범우비평판세계문학선 44-0

떼레즈 데께루
밤의 종말(외)

프랑수아 모리악 / 전채린 옮김

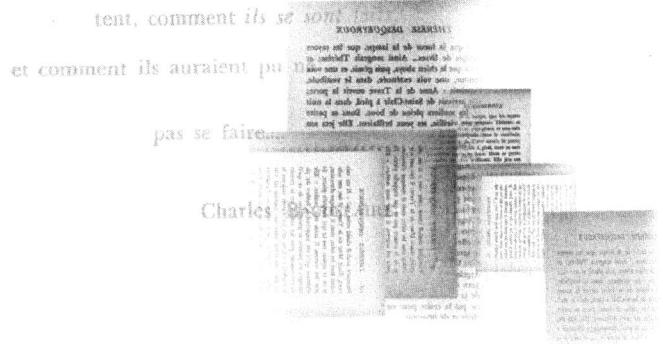

범우사

차 례

■이 책을 읽는 분에게 · 5

떼레즈 데께루 · 9

의사를 방문한 떼레즈 · 113
　□ 해　설 · 138

호텔에서의 떼레즈 · 145
　□ 해　설 · 170

밤의 종말 · 175
　□ 해　설 · 359

　　□ 작가론 · 378
　　□ 작품 연보 · 404

■ 이 책을 읽는 분에게

1950년 5월 26일, 프랑스에서는 콜레트 여사를 명예회장으로 한 심사위원들이 모여서 '20세기 전반 50년 동안에 발표된 가장 훌륭한 12편의 소설'을 뽑았다. 선택된 12편의 영광스러운 소설의 리스트에서 〈떼레즈 데께루〉는 여덟번째의 자리를 차지하고 있다. 아나톨 프랑스의 〈제신들은 목마르다〉, 프루스트의 〈스완의 사랑〉, 지드의 〈사전꾼들〉, 말로의 〈인간의 조건〉, 사르트르의 〈구토〉와 함께.

이 소설의 기법의 장점인 탄탄한 문체, 놀랄 만한 암시력, 잘 조화되어 있는 간결함과 함축성뿐만 아니라 보르도라는 지방의 일련의 사회계층의 섬세한 묘사, 비밀스럽고도 슬프고, 단조로우면서도 과격한 시골의 시적 환기 등을 높이 사서 심사위원들에게 선택되었던 것이다.

1937년 4월, 《그랭고아르》지에서 소설가들에게 "당신이 쓰신 책 중에서 어떤 작품을 제일 좋아하십니까"라는 설문지를 돌렸을 때 프랑수아 모리악은 다음과 같은 대답을 하고 있다. "내 책 한 권 한 권은 내가 그 책을 쓸 때 이루고자 원했던 것에 가깝게 가고 있는 몇 페이지들—— 많아야 50여 페이지——을 포함하고 있고 그 나머지는 나를 실망시킨다. 순전히 나의 즐거움을 위해서 처음부터 끝까지 다시 읽고 싶은 책은 없지만 다른 책에서보다 인간의 섬세한 점을 더 잘 다루었다는 느낌을 갖고 있는 책은 있다. 내가 쓴 모든 소설 중에서 가장 영향력이 컸고 또한 의미도 큰 작품이라면 〈떼레즈 데께루〉를 꼽을 수 있겠다."

이상에서 프랑수아 모리악의 작품 중에서 〈떼레즈 데께루〉가 차지하고 있는 위치가 얼마나 중요한가가 잘 드러나고 있다.

이 책은 프랑수아 모리악이 떼레즈 데께루라는 인물을 주인공으로 해서 썼던 두 편의 중편소설과 두 편의 단편소설을 번역한 것이다.

시인이며 소설가며 극작가며 시사평론가였던 모리악은 그가 마흔 한 살이 되던 1927년에 그의 열번째 소설인 《떼레즈 데께루》를 출간한다. 그 후 모리악이 "여러 점에서 나와 정반대의 인물, 그러나 내 속에서 극복해야 할, 회피해야 할 혹은 잊어야 할 그 모든 것으로 이루어진 인물"이라고 말하고 있는 떼레즈 데께루는 그의 마음속을 떠나지 못하고 있었다.

일생 동안 카톨릭신자로서 믿음이 깊었던 모리악으로서는 떼레즈를 남편의 용서도 받지 못한 채, 신앙도 찾지 못한 채 파리의 길거리에 버려진 채로 소설을 끝냈다는 점도 마음에 걸렸던 것 같다. 떼레즈가 최초로 나온 〈양심, 성스러운 본능〉에서는 신부님에게 고해를 하는 기독교 여인의 모습을 하고 있다. 이 책은 몇 페이지도 안되는 초고를 쓰다 말았으며 그 후 〈떼레즈 데께루〉의 성공으로 초고인 채로 버려졌다. 우리는 1930년에 출판된 소설 〈잃어버려진 것〉의 9장에서 주인공이 길가 벤치에서 울고 있던 떼레즈를 잠시 만나는 장면을 보게 된다. 그러나 여기서 떼레즈는 소설의 줄거리와는 아무런 상관이 없기에 이번 번역서에는 포함하지 않았다.

이번 번역서에 포함된 네 편의 소설을 간단히 설명해보면 다음과 같다. 1927년에 나온 〈떼레즈 데께루〉는 떼레즈의 사춘기, 안느와의 우정, 결혼, 아제베도와의 만남, 남편독살시도, 공소기각판정, 아르퀼루즈에서의 유폐, 파리로의 출발로 끝나고 있다. 1933년에 나온 두 단편인 〈의사를 방문한 떼레즈〉와 〈호텔에서의 떼레즈〉는 떼레즈가 파리로 떠난 지 10년쯤 후에 있었던 일로 떼레즈가 고독한 생활 속에서 방황할 때 일어났던 짧은 에피소드를 다루고 있다. 떼레즈의 운명이 어두운 시대 속으로 '잠수'했던 두 번의 시도로써 이 두 단편은 1938년에 《잠수들》이라는 표제로 출간된 단편집에 재수록되고 있다. 1935년에 나온 〈밤의 종말〉은 '잠수'의 시대보다 5~6년 후, 그러니까 떼레즈가 남편을 독살하려 했던 첫번째 소설로부터 15년쯤 후, 떼레즈의 나이가 마흔 다섯 살이 되어 있을 때의 이야기다. 떼레즈는 심장병의 중환자로 파리의 한 아파트에서 하녀 안느와 고독하게 살고 있다. 성년이 된 딸 마리의 도착, 마리의 연인인 조르주와의 만남, 아르쥘루즈로의 귀향과 죽음으로 소설도 끝나고 떼레즈 데께루라는 여인의 생애도 대단원의 막을 내리고 있다.

본 번역서는 이상 네 편을 출간된 순서에 따라 배열하였다. 새로 번역한 세 편의 소설 뒷부분에, 역자가 사용한 텍스트인 《플레이야드판 모리악전집》을 편찬·주석한 자크 프티 교수의 해설을 번역·수록하여 소설을 읽는 독자의 이해를 돕고자 했음을 밝힌다. 작가 프랑수아 모리악의 생애와 작품 연보는 본 번역서의 말미에 첨부했다. 인명, 지명 등 고유명사의 표기에 있어서 '외래어표기법'을 따라야 하겠으나 주인공의 이름 등 우리말로 프랑스어 발음에 좀더 가깝게 표기할 수 있을 때 된소리를 그대로 옮겨놓았음을 밝힌다.

옮 긴 이

떼레즈 데께루
Thérèse Desqueyroux

> 하느님, 불쌍히 여기시옵소서, 광인(狂人)
> 들을 불쌍히 여기시옵소서! 오, 창조자시
> 여! 왜 자기들이 존재하고 있는지를 알고,
> 어떻게 *그렇게 되었으며* 또한 어떻게 하면 그
> 렇게 되지 않을 수도 있었는지를 알고 있는
> 그런 사람들의 눈에만 괴물로 보이는 자들이
> 존재할 수 있단 말입니까…….
>
> 샤를르 보들레르

떼레즈, 많은 사람들은 네가 존재하고 있지 않다고 말하리라. 그러나 몇 년 전부터 너를 살펴보며, 가끔 지나가다, 떼레즈, 너를 멈추어 너의 진실을 드러내던 나만은 네가 존재하고 있음을 안다.

어렸을 적에 답답한 법정에서, 무섭게 생긴 변호사들과 그보다 더 사납고 허황된 부인네들로부터 조소당하고 있던 너의 창백한 얼굴, 그리고 핏기 없는 너의 입술을 나는 기억한다.

그 후 어느 시골의 거실에서, 늙으신 부모나 순진한 남편이 "도대체 쟤가 왜 저러지?" 또는 "하지만 우리는 뭐든지 다 해줬잖아!"라고 한탄할 때 그런 염려에도 핏대를 세우고 있는 젊은 여인의 모습 속에서 난 너를 다시 읽었다.

그 이후로 난 넓고 아름다운 너의 이마 위에 놓인 큼지막한 손을 얼마나 여러 번 사랑했던지! 그리고 나는, 떼레즈, 네가 가족이란 울타리 속에서 살금살금 맴을 도는 것을 너무나 많이 보아왔다. 그때마다 너는 심술궂고 서글픈 눈으로 나를 뚫어지게 바라보았지.

내가 지금까지 그려온 어느 주인공보다 더 끔찍한 인물을 상상해낸 것에 많은 사람들은 놀랄 것이다. 도대체 나는 덕성이 넘쳐흐르고 양심에 두 손을 얹고 있는 그런 사람에 대해서는 아무것도 말할 줄 모르는 것일까? '양심에 두 손을 얹고' 있는 자들에게는 아무 이야깃거리가 없다. 그러나 나는 가슴에 많은 것을 감추고 있고 육체는 진창에 빠져 있는 그런 자들의 이야기를 알고 있다.

떼레즈, 고통이 너를 하느님께로 인도해가기를 나는 바랐어야 했나보다. 그러나 나는 오랫동안 네가 성녀 로큐스트(로마시대 유명한 독살녀)와 버금가는 자이기를 원했었다. 아마도 인간의 전락과 유혹당한 영혼의 속죄를 믿고 있는 사람들은 불경스런 일이라고 외칠 것이다.

이제 너와 헤어지는 이 보도 위에서 나는 네가 외롭지 않기를 바란다, 떼레즈.

1

 변호사가 문을 열었다. 재판소의 후미진 복도에서 떼레즈 데께루는 얼굴에 스치는 안개를 깊이 들이마셨다. 누가 밖에서 기다리지나 않을까 겁이 난 떼레즈는 잠시 머뭇거렸다. 옷깃을 세운 남자가 플라타너스 뒤에서 몸을 드러내었다. 아버지였다. 변호사가 외쳤다. "공소기각." 그러고는 떼레즈를 향하여 "나오셔도 됩니다. 아무도 없습니다"라고 말했다.
 그녀는 젖은 층계를 내려왔다. 그 작은 광장엔 정말 인적이 없었다. 그녀의 아버지는 딸을 포옹하지도 않고, 눈길을 주지도 않고 듀로 변호사에게 질문을 했다. 변호사는 누가 엿듣기나 하듯 낮은 목소리로 대답하였다. 그녀에게 불명확하게 그들의 말소리가 들려왔다.
 "내일 공소기각의 공문을 받을 것입니다."
 "다른 군소리는 또 없겠소?"
 "없습니다. 다 끝난 일이나 마찬가집니다."
 "사위가 진술을 한 후부터는 뻔한 일이었소."
 "다 됐다 하더라도…… 끝날 때까지는 모르는 일입니다."
 "사위가 직접 한 번도 몇 방울인지 세어본 일이 없다고 진술한 순간에……."
 "아시겠지만, 라로크 씨, 이런 일이란 희생자의 증언이……."
 떼레즈의 목소리가 들려왔다. "아무도 희생자는 아니었어요."
 "제 말은 경솔한 행동의 희생자란 의미였습니다, 부인."
 두 사람은 잠시 동안 오버 속에 꽉 죄여 꼼짝 않고 있는 젊은 여자를,

아무 표정도 없는 그 여자의 창백한 얼굴을 바라보았다. 그녀는 어디에 마차가 있느냐고 물었다. 아버지는 사람의 눈을 피하려고 마을 밖의 뷰도 가(街)에서 기다리라 했다고 알려줬다.

그들은 광장을 가로질러 갔다. 비에 젖은 벤치 위에 플라타너스 잎이 붙어 있었다. 다행히 낮이 퍽 짧아졌다. 게다가 뷰도 가로 가려면 군청이 있는 가장 한적한 길로 가야 했다. 떼레즈는 그 두 사람의 가운데에서 나란히 걸었다. 두 사람은 마치 그녀가 없다는 듯이 다시 이야기를 시작하였다.. 그러다가 둘 사이를 갈라놓고 있는 이 여자가 성가셔지자 팔꿈치로 그녀를 밀어내었다. 그러자 그녀는 뒤로 처져서 걸었다. 왼손의 장갑을 벗어서 옆으로 끼고, 걷고 있던 담장의 오래된 돌 위에 있는 이끼를 뽑았다. 때때로 자전거를 탄 노동자와 짐수레가 지나갔다. 그럴 때면 진창물 때문에 벽에 바싹 붙어 서야 하곤 했다. 그러나 어둠이 떼레즈를 가려주고 있어서 지나가는 사람들은 그녀를 알아볼 수 없었다. 그녀에게는 이 빵굽는 냄새와 안개가 소도시의 저녁냄새의 의미만이 아니었다. 드디어 그녀에게 다시 주어진 생(生)의 향기였다. 풀이 무성하고, 젖은 잠든 흙의 냄새에 그녀는 눈을 감았다. 단 한 번도 딸을 뒤돌아보지 않는 짧고 굽은 다리의 사나이가 하는 말을 안 들으려고 그녀는 애썼다. 그녀가 이 길 위에 쓰러졌더라도 아버지도 듀로도 알아차리지 못했을 것이다. 그들은 이젠 거칠 것없이 큰 소리로 이야기하고 있다.

"데께루 씨의 진술은 물론 훌륭했었습니다. 그런데 의약처방서가 문제였습니다! 결국 가짜의…… 또 소송을 제기한 게 바로 페드메 의사였고……."

"그 의사는 소송을 취하했었소……."

"하여튼 따님의 변명이란 게, 의약처방서를 주고 부탁했다는 그 미지의 사람이……."

떼레즈는 피곤해서보다도 몇 주일 전부터 그녀를 귀찮게 구는 이 이야기를 안 들으려고 발걸음을 늦췄으나 쓸데없었다. 아버지의 지어내는 듯한 목소리를 안 들을 수는 없었다.

"내가 몇 번이나 딸애에게 말했다구요. 이 불쌍한 것아, 딴 얘기를 생각해내렴, 딴 얘기를……."

사실 아버지는 수없이 그 얘기를 했으니 아버지가 하실 일은 다 하셨었다. 왜 또다시 떠들고 야단일까? 아버지가 가문의 명예라고 부르는 것은 더럽혀지지 않게 되었다. 상원의원 선거를 하게 될 쯤엔 아무도 이 이야기를 기억하는 사람이 없게 될 것이다. 그 두 사람과 떨어져 있기를 원했던 떼레즈가 그런 생각을 하고 있을 때 열띤 토론 끝에 두 사람이 길 한가운데 우뚝 서서 몸짓을 했다.
"라로크, 내 말을 믿고 대항을 해요. 일요판 《르 쓰뫼르》지에 공격을 하도록 해요. 내가 책임지고 처리할까요? 제목은 비열한 소문······."
"아닐세. 여보게, 아니지, 아니야. 무슨 대답을 하란 말인가? 예심을 소홀히 처리했다는 건 너무나 분명하지 않나. 필적감정도 하지 않았잖아. 침묵을 지켜서 소문의 꼬리를 감춰버리는 게 최상이라고 생각하네. 내가 온갖 힘을 기울여 그렇게 하겠네. 하여튼 가족을 위해서는 다 덮어버려야 할걸세······ 덮어버려야지······."
뒤로의 대답은 떼레즈에게 들리지 않았다. 둘이 다시 발걸음을 재촉했기 때문이다. 목졸려 죽게 된 사람처럼 그녀는 새삼스럽게 비 오는 밤공기를 들이마셨다. 그런데 갑자기 알지도 못하는 외할머니 줄리 벨리드의 얼굴이 그녀에게 떠올랐다——미지의, 라로크 집이나 데께루 집안의 어느 구석에서도 그 외할머니의 초상화나 은판사진이나 단 한 장의 사진도 찾아볼 수 없고 어느 날 집을 떠나셨다는 것 외에 아무것도 그 외할머니에 대해서는 모르고 있다. 떼레즈는 자기 역시 그처럼 지워져버리고 사라져버릴 수도 있으며, 후에 사기 딸 이린 마리에게 자기 어머니의 사진조차 앨범에서 볼 수 없게 할 수도 있다고 생각하였다. 떼레즈가 오늘밤 늦게나 도착될 아르쿨루즈의 방에서 이 시간에 마리는 잠들어 있다. 어둠 속에서 떼레즈는 아가의 숨소리를 들을 수 있으리라. 몸을 굽혀서, 물을 찾듯이 그녀의 입술은 이 잠든 생명을 찾으리라.
도랑가에서 포장을 친 사륜마차에 매달린 등불이 두 필의 마른 말 엉덩이를 비추고 있었다. 저편 길의 좌우로는 숲의 검은 장벽이 우뚝 서 있었다. 한쪽에서 다른 쪽 비탈로 앞줄의 소나무 끝이 서로 맞닿아 있고 그 아치 밑으로 신비로운 길이 길게 뻗쳐 있었다. 위에는 하늘이 나뭇가지로 얽힌 침대 위에 누운 듯 펼쳐 있었다.
 마부는 게걸스럽게 떼레즈를 쳐다보았다. 떼레즈가 그에게 막차를 타자면 니장역에 너무 일찍 도착하지 않겠느냐고 묻자, 그는 떼레즈를 안심시키며 늦는 것보다는 나을 것이라고 했다.
 "가르데르, 이게 마지막으로 날 위해 수고해주는거야."
 "아씨, 이젠 여기 안 오셔도 됩니까?"
 그녀는 머리를 흔들었다. 마부는 여전히 뚫어져라 그녀를 바라보았다. 떼레즈는 죽을 때까지 이렇게 쳐다봐져야만 한단 말인가?
 "자, 만족했겠지?"
 아버지는 드디어 딸이 거기 있다는 것을 알아차린 것 같았다. 떼레즈는 잠시 이 걱정으로 더럽혀진 얼굴을, 마차의 등불이 생생히 비추고 있는 노리끼리한 거센 털이 듬성난 두 뺨을 살펴보았다, 낮은 목소리로 그녀가 말했다. "너무 괴로웠어요…… 몹시 지쳤어요……." 그러다가 말을 끊었다. 말해서 뭣하리? 아버지는 자기 말을 듣지 않고 있다. 그녀를 보고 있지도 않다. 떼레즈가 어떻게 느끼든 그와는 아무 상관 없는 일일 것이다. 단지 중요한 것은, 그가 상원의원이 될 길이 막혔고 이 딸 때문에 위태롭게 되었다는 것이다(여자란 바보가 아니면 모두 히스테리들이다). 다행히도 이젠 이 딸의 이름이 라로크가 아니고 데께루다. 중죄재판소는 빠져나왔다. 한숨 돌릴 수 있게 되었다. 어떻게 반대파들이 이 사건을 물고 늘어지지 않게 한담? 내일 지사를 만나러 가야겠다. 천만 다행으로 《라 랑드 콩세르바트리스》지의 편집장을 구슬릴 수 있었지. 이런 젊은 여자들의 이야기란…… 그는 떼레즈의 팔을 잡았다.
 "빨리 타라, 시간이 됐다."
 그때 변호사가 신의 없이—— 혹은 자기가 말 한마디도 안한 채 떼레즈를 보내지 않기 위해서였든지, 오늘 저녁부터 베르나르 데께루 씨와 만날 것인지를 물었다. "물론이죠. 남편이 절 기다리고 계시니까요……"라고 대답하며 그녀는 판사를 떠난 이래 처음으로, 이제 몇 시간 후에는 아직 몸이 불편한 남편이 누워 있는 방의 문지방을 지나갈 것이며, 이제부터는 그 사람 바로 곁에서만 살아야 할 수많은 낮과 밤들이 열려 있다는 생각이 떠올랐다.

예심이 시작되었을 때부터 이 작은 마을의 입구에 있는 아버지집에 기
거하며 그녀는 오늘 저녁에 가는 길과 같은 길을 여러 번 여행했었다.
그러나 당시에는 다만 남편에게 정확한 이야기를 전해줄 생각밖에 다른
생각은 없었다. 마차에 오르기 전에 그녀는 데께루가 다시 질문을 당했
을 때 해야 할 대답에 대한 마지막 충고를 듣고 있었다. 그때 떼레즈에
게는 이 환자와 마주 대할 생각 때문에 괴롭거나 조금도 신경이 쓰이리
라는 생각은 없었다. 그때까지도 그들에게 중요한 일은 실제로 어떤 일
이 일어났나가 아니라 이런 말을 해야 하는지 아닌지가 중요했었다. 이
부부는 이 변론 때보다 더 잘 결합된 적이 없었다. 유일한 육체 속에의
결합——그들의 딸 마리라는 육체 속에. 그들은 판사가 하듯이, 단순하
고 잘 짜였고, 논리적인 판사를 만족시킬 수 있을 이야기를 다시 지어내
었다. 그때에도 떼레즈는 오늘밤 그녀를 기다리고 있는 이 마차를 타곤
했다. 그러나 얼마나 초조히 밤의 여행이 끝나기만 기다렸던가! 그러나
이제는 이 여행에 끝이 없기를 간절히 원하고 있다. 마차에 타자마자 그
때부터 빨리 아르쥘루즈의 그 방에 있기를 원했었고, 베르나르 데께루가
기다리고 있는 신술을 다시 외려고 애를 썼던 기억이 떠올랐다(어떤 모
르는 사람이 자기는 약방에 외상값이 있어서 못 가겠으니 떼레즈보고 좀
대신 심부름해달라고 부탁했었다는 의약처방에 관한 얘기를 어느 날 저
녁에 아내가 자기에게 한 일이 사실이라고 맹세하기조차 베르나르는 두
려워하지 않았다…… 그러나 변호사 듀로는 베르나르가 아내의 경솔
한 행동을 야단쳤던 일까지 기억한다는 것은 지나치다고 생각했었다
……).

이제 악몽은 끝났다. 오늘 저녁 베르나르와 떼레즈는 무슨 말을 할 것
인가? 그녀는 그가 자기를 기다리고 있는 몰락한 집을 머릿속에 그려본
다. 바둑판 무늬가 있는 그 방 한가운데 있는 침대, 상 위에 신문과 약
병들 사이에 있는 낮은 램프…… 마차가 잠을 깨운 개들이 짖다가 다시
잠잠해진다. 다시 무거운 침묵이 내리겠지. 베르나르가 끔찍스럽게 토하
는 걸 바라보고 있던 여러 날 밤의 무거운 침묵이. 떼레즈는 잠시 후 그
들이 최초로 나눌 시선을 상상하려 애쓴다. 그리고 이 밤, 다음날, 또
그 다음날, 주일들, 그늘이 겪은 드라마의 고백을 함께 지어낼 필요가

없는 이 아르쥘루즈의 집안에서의 날들. 둘 사이엔 진실로 일어난 일 외에 아무것도 있을 수 없을 것이다…… 진실로 일어났던 일…… 공포에 사로잡혀 떼레즈는 변호사 쪽으로 몸을 돌리며 중얼거렸다(그러나 그녀는 아버지에게 하였다). "데께루 곁에서 며칠을 보낼 생각이에요. 차도가 있게 되면 전 아버님께로 돌아가겠어요."

"아! 그건 안돼! 안된다, 애야!"

가르데르가 마부석에서 움찍하자 라로크 씨는 좀 낮은 목소리로 계속했다.

"너 정말 정신 나갔니? 이런 때 네 남편을 떠나? 너희 둘은 한 손의 두 손가락처럼 행동해야 된다…… 두 손가락 말이다. 알겠니? 죽을 때까지……."

"아버님 말씀이 옳군요, 제가 좀 정신이 나갔었나봐요. 그럼 아버님이 아르쥘루즈로 오시겠어요?"

"아니다, 떼레즈. 전처럼 장날인 목요일에 너희들을 집에서 기다리겠다. 옛날하고 똑같이 그날 오너라!"

전과 눈꼽만큼만 다르게 행동해도 큰일이라는 걸 떼레즈가 모르다니 기가 막힌 일이었다. 잘 알아들었는지? 떼레즈를 믿을 수 있을까? 벌써 지나치게 집안망신을 시켜놓고서…….

"넌 그저 네 남편이 하라는 대로만 하면 된다. 난 더 말 않겠다." 그러면서 그는 떼레즈를 마차 속으로 밀어넣었다.

떼레즈는 변호사의 손이, 검고 딱딱한 손톱이 그녀를 향해 내밀어지는 것을 보았다.

"결과만 좋으면 다 좋습니다"라고 변호사가 말했다. 그 말은 정말 마음속에서 우러나는 말이었다. 사건이 법대로 처리되었다간 그에겐 아무 이득도 없었을 것이다. 라로크 씨는 보르도 변호사협회의 페이르카브 씨에게 부탁했을 것이다. 정말로 다 잘 되었다…….

2

 떼레즈는 낡은 마차의 곰팡내 나는 가죽냄새를 좋아했다…… 캄캄한 데에서는 담배 피우기를 싫어했기 때문에 담배를 잊고 온 것이 그다지 아쉽지는 않았다. 마차의 등불은 비탈길이며 고사리의 꼬부라진 잎이며 거대한 소나무 밑둥우리를 비추고 있었다. 자갈 무더기들이 마차의 그림자를 부서뜨리곤 했다. 때때로 짐수레가 지나갔다. 잠든 노새몰이꾼은 꼼짝 안해도 노새들이 알아서 제갈길을 가고 있었다. 떼레즈는 결코 아르쥘루즈에 가 닿지 않을 것만 같았다. 그녀는 가 닿지 않기를 바라고 있다. 니장역까지 마차로 한 시간 더 걸린다. 그러고는 역마다 끝없이 멎는 그 작은 기차를 탄다. 생 클레르로부터 아르쥘루즈까지 또 삼륜마차로 10킬로 거리다(어떤 차도 밤에는 가지 않는 그런 길이다). 이 모든 여정 도중에 운명의 여신이 나타나서 그녀를 해방시켜줄 수도 있으련만. 떼레즈는 언도 전날 밤에 혐의를 벗어나지 못한다면 지진이 일어나길 기대했던 일을 다시 생각했다. 그녀는 모자를 벗고 창백하고 흔들리는 작은 머리를 가죽냄새가 나는 시트에 기대고는 마차의 동요에 몸을 맡겼다. 이 저녁까지 그녀는 쫓기는 삶을 살아왔었다. 위험을 면하게 된 이제 그녀는 얼마나 지쳐 있는가를 재본다. 쑥 들어간 양볼, 광대뼈, 얄팍한 입술, 넓고 아름다운 이마, 이런 것들이 이 언도받은 여인의 얼굴을 이루고 있다——그렇다, 아무리 사람들은 그녀가 무죄라고 한다 해도——그녀는 영원한 고독 속에 살도록 언도받은 여인이다. 전에 모든 사람이 그 매혹에 저항할 수 없다던 그녀의 매력. 얼굴에 비밀의 고통과 내적 상처의 갈망을 나타내 보여주는 그런 사람들이 세상을 속여나가기에 지쳐버리지 않았을 때 간직하는 그런 매력. 소나무의 짙은 어둠 속에 뻗어 있는 이 길 위에 흔들리는 마차 깊숙히 앉아 가면을 벗은 젊은 여인은 바른손으로 생생히 타오르는 자기의 얼굴을 부드럽게 만지고 있다. 자기의 거짓 증언으로 떼레즈를 구해준 데 대한 베르나르의 첫 말은 어떤 것일까? 어쩌면 오늘 저녁엔 질문을 안할지 모른다…… 그리니 내

일은? 떼레즈는 눈을 감았다가 다시 뜨고는 말의 속도가 느려지자 이곳이 어느 오르막길인가 알아보려 했다. 아무 예측도 하지 말자. 상상을 않는 편이 훨씬 간단한 일일지도 모르겠다. 아무 예측도 하지 말자. 잠들자…… 왜 또 마차로부터 상상력은 벗어나는가? 푸른 양탄자 뒤에 있는 그 사람, 예심판사…… 또다시 그 사람…… 그는 사건이 조작되었다는 것을 알고 있다. 그의 머리가 좌우로 움직인다. 공소기각의 결정은 내릴 수 없다. 새로운 사실이 발견되었다. 새로운 사실이라고? 떼레즈는 자기의 일그러진 얼굴을 적이 보지 못하도록 고개를 돌린다. "부인, 다시 잘 생각해보십시오. 그 낡은 외투 안주머니 속에——10월의 비둘기 사냥 때에만 입는 그 외투 말입니다——그 속에 아무것도 감추거나 잊고 있는 게 없습니까?" 그녀는 항의할 수가 없다. 기침을 한다. 예심판사는 피고를 눈에서 떼지 않고 바라보며 책상 위에 붉은 것으로 봉인한 작은 꾸러미를 올려놓는다. 떼레즈는 그 봉투 위에 씌어 있는 것을 외워 알고 있는데 그 판사는 딱딱 끊기는 목소리로 읽는다.

　클로로포름 : 30그램
　아코니틴 : 20알
　디기탈린졸 : 20그램

　판사는 웃음을 터뜨린다…… 자갈이 바퀴에 부딪쳐 소리를 냈다. 떼레즈는 잠에서 깨어났다. 그녀의 팽창된 폐에 안개가 가득 찼다(흰 냇물의 내리막길인가보다). 어렸을 적에 하나의 잘못 때문에 초등교원 자격증시험을 다시 봐야 하게 되었을 때 그녀는 그런 꿈을 꾸었었다. 이 저녁에도 그때 잠이 깨었을 때와 같은 안도감을 맛보았다. 공소기각이 공문으로 나오지 않았으니 조금만 더 기다리면 된다. "우선 변호사에게 통고가 와야 된다는 걸 너도 잘 알겠지……."

　자유스럽다…… 그보다 더 무엇을 바라겠는가? 베르나르 옆에서 자기 삶을 살아가도록 만든다는 건 문제 없는 일일 것이다. 속속들이 그에게 털어놓고 아무것도 숨기지 않는 것, 그것이 구원을 받을 수 있는 길이다. 이제까지 숨겨졌던 모든 것을 당장 이 저녁부터 백일하에 드러내놓도록 하자. 이렇게 결심을 하니 떼레즈는 기뻐졌다. 그들의 행복한 휴일이던 매토요일마다 그녀의 신앙 깊은 친구인 안느 드 라 트라브가 하던 말대로 하자면 떼레즈가 '고해를 준비할' 시간은 아르퀼루즈에 도착하기까지 충분할 것이었다. 작은 내 동생 같던 안느, 순진하고 사랑스런 안느, 이 이야기에 네가 차지하는 자리가 어떠한 것인지! 가장 순수한 인간들은 매일 낮과 밤으로 그들이 무슨 일에 가담하고 있는지를 모르고 그들의 어린애 같은 발자국 아래 독을 품은 무엇인가가 싹트고 있다는 것도 모르고 있다.

확실히 그 소녀가 이성적이고 냉소적인 고등학생이었던 떼레즈에게 하던 말은 옳은 얘기였다. "너는 고해 후에, 용서를 받은 후에 오는 이 해방감을 상상할 수도 없을거야——깨끗해진 마음으로 새롭게 자기 생을 다시 시작할 수 있는거야." 모든 것을 다 말하리라고 결심을 하자 떼레즈는 실제로 마음이 따스하게 풀어지는 것을 느꼈다. '베르나르는 다 알게 될 것이다. 난 그이에게 다 말하겠어…….'

그녀는 무엇을 그에게 말할 것인가? 무슨 고백으로부터 시작할 것인가? 이 욕망과 각오와 예측불능의 행동으로 혼란된 이 얽매인 심상을 언어로써 충분히 표현할 수 있을까? 그 사람들, 자신의 죄를 알고 있는 모든 사람들은 어떻게 행동할까?…… '나는 내 죄를 모른다. 사람들이 내게 뒤집어씌우려던 그 죄는 내가 원하지 않았던 것이다. 나는 내가 무엇을 원했었는지 모른다. 나는 결코 나의 내부에 또 외부에 있는 이 미치광이 같은 힘이 무엇을 향하고 있는지를 알지 못했다. 가는 길마다 파괴하는 그 힘이 나 자신도 무서웠다…….'

연기 나는 석유램프가 니상액의 잔돌을 끼워 바른 벽과 멈춰 있는 한 대의 사륜마차를 비추고 있었다(어둠이 주위에 빨리도 다시 깃들이는구나!). 역에 정차하고 있는 기차로부터 기적소리가, 서글픈 울음소리가 들려왔다. 가르데르는 떼레즈의 가방을 들고는 또다시 그녀를 뚫어져라 바라보았다. 아마 그의 부인이 "어떻게 생긴 여잔지 표정이 어떻던지 잘 봐둬요"라고 했었을 것이다. 본능적으로 떼레즈는 "그 여자는 예쁜지 미운지는 모르겠지만 확실히 매력이 있다……"라고 말을 하는 미소를 라 로크 씨의 마부에게서 읽었다. 두 명의 소작인의 아내들이 무릎 위에 바구니를 얹고 고개를 흔들며 뜨개질을 하고 있는 대합실을 건너갈 용기가 없던 떼레즈는 마부에게 창구에 가서 표를 사다달라고 부탁하였다.
 차표를 사오자 떼레즈는 그에게 잔돈을 가지라고 했다. 손에 모자를 들고 인사를 하고는 고삐를 거머쥔 그는 마지막으로 자기 주인의 딸을 뚫어지게 바라보려고 고개를 돌렸다.
 기차는 아직 홈에 들어오지 않았었다. 예전에 여름방학 때나 학교에서 돌아올 때 떼레즈 라로크와 안느 드 라 트라브에게 이 니장역에서의 기다림은 큰 즐거움이었다. 둘은 식당에서 햄 위에 튀긴 계란을 먹곤 했었다. 그러고는 서로 허리를 껴안고 오늘 저녁엔 이다지도 캄캄한 이 길로 걸어가곤 했었다. 그러나 그 모든 날들이 지나간 지금 떼레즈에게 보이는 것은 흰 달빛뿐이다. 그때에는 둘이 두 개의 긴 그림자가 하나로 보이는 것에 웃었었다. 아마도 둘은 자기네 학교 여선생이며, 친구들 얘기를 했었겠지── 한 명은 자기 수녀원을 두둔하고 다른 애는 자기 고등학교를 두둔하며 "안느……." 떼레즈는 어둠 속에서 큰 소리로 그 이름을 부른다. 애초에 베르나르와 이야기했던 것도 안느에 관해서였다……. 인간 중에도 가장 정확한 인간인 베르나르. 그는 모든 감정을 구분하고 분리시킨다. 감정 중에는 덧없는 것이, 실로 짜인 그물 같은 것이 있다는 것을 모른다. 떼레즈가 살아왔고 괴로워해왔던 이 불확실한 세계 속에 어떻게 그를 인도한담? 그러나 해야 한다. 잠시 후에 그의 방에 들어서서 할 일이란 다만 침대가에 앉아서 베르나르가 그녀를 멈출 때까지 한 단계 한 단계 베르나르를 이끌어갈 일뿐이다. '이젠 나도 이해하겠소. 일어서요, 용서하겠소.'
 그녀는 더듬더듬해서 역장 사택의 정원을 가로질러 갔다. 보이지는 않지만 국화 냄새가 났다. 일등차칸엔 아무도 없었다. 더구나 희미한 불빛에 얼굴을 분간하기 어려웠다. 무엇을 읽을 수도 없다. 이 끔찍한 자기 생에 비하면 어떤 이야기도 떼레즈에게 흥미를 끌 수가 없을 것이다. 아마도 그녀는 수치 때문에, 고통 때문에, 회한 때문에, 피곤 때문에 죽을 수는 있을지라도 권태로워서 죽지는 않을 것이다.
 그녀는 구석에 몸을 처박고 눈을 감았다. 그녀 정도의 학식이 있는 사람이 이 드라마를 알아듣게 말할 수 없다는 일이 있을 수 있단 말인가? 그래, 떼레즈의 고백이 끝나면 베르나르는 그녀를 일으켜세울 것이다.

"걱정하지 마오, 떼레즈. 다 잊어요. 이 아르쥘루즈의 집에서 이제까지 있었던 일은 다 잊고 함께 죽는 날까지 삽시다. 목이 마르오. 당신이 부엌으로 내려가서 오렌지 주스 한 잔 만들어다주오. 주스가 맑지 않더라도 난 단숨에 마시겠소. 그 맛이 지난날 아침의 초콜릿에서 나던 그 냄새를 풍긴들 어떠리요? 사랑하는 당신, 당신은 그날의 구토를 기억하겠지? 당신의 따뜻한 손이 내 머리를 부축했었소. 그 푸르죽죽한 액체로부터 당신은 눈도 떼지 않았었소. 나의 가사상태도 당신을 겁나게 하진 않았었지. 그런데 내 다리에 힘이 빠지고 감각이 없어졌던 그날 밤 당신은 얼마나 창백해졌었던지. 난 덜덜 떨었었소. 기억 나오? 그리고 그 바보 같은 페드메 의사는 내 체온이 너무 내려가고 심장이 너무 뛴다고 기겁했었지……."

'아!' 떼레즈는 생각했다. '그인 이해하지 못할거다. 모든 것을 처음부터 다시 시작해야 할 것이다…….' 우리들 행동의 시초란 어디에 있나? 우리의 운명이란 그것만을 떼어놓으려 할 때면 뿌리가 너무 넓게 퍼져서 뽑아질 수 없는 나무와 같아진다. 떼레즈는 어린 시절까지 소급해 올라가야 할 것인지? 그러나 어린 시절 역시 그 자체로 하나의 끝이고 하나의 도달점이다.

떼레즈의 어린 시절, 백설같이 순수한 때부터 가장 더러워진 강물의 원천 같을 때까지. 고등학교 때 그녀는 무관심하게 사는 것 같아 보였으며 그의 친구들을 괴롭혔던 소소한 비극을 모르는 아이 같았다. 여선생님들은 자주 학생들에게 떼레즈 라로크의 본을 따라고 말하곤 하셨었다. "떼레즈가 바라는 선행의 보상이란 다민 그녀 속에 우월한 인간형을 형성하려는 기쁨뿐입니다. 떼레즈의 양심은 그녀에게 유일하고도 충족스런 빛이랍니다. 형벌의 두려움보다 더 강하게 떼레즈를 부축이고 있는 것은 엘리트적인 인간에 속한다는 자만심입니다……"라고 그녀의 여선생 어느 분이 말했었다. 떼레즈는 지금 의문스럽다. '내가 그다지도 행복했었단 말인가? 그렇게도 순진했었단 말인가? 내가 결혼하기 전에 있었던 모든 일은 니의 추억 속에서 순수하게만 생각되어진다. 마치 결혼이라는 지울 수 없는 더러움과 명확한 대조를 이루려는 듯이. 고등학교 시절은, 남의 아내로서 어머니로서의 시절 저 너머에서 마치 천국 같은 생각이 든다. 그때에는 그런 줄도 몰랐었지. 내 생이 있기 전의 그 많은 세월을 내가 진정하게 살았었던건지 아닌지를 내가 어찌 알 수 있었을까? 난 순수했었다. 천사. 그렇다. 열정을 가득 지닌 천사였다. 내 여선생들은 무엇이라고 하였던 간에 나는 괴로웠었고 또 남을 괴롭혔었다. 나는 나로 인해 생긴 죄악을 즐겼고 또 내 친구들로 인해 생긴 죄악도 즐겼었다. 어떠한 회한도 변경시킬 수 없었던 순수한 고통, 고통과 기쁨은 가장 순수한 즐거움으로부터 생겨났다.'

그 뜨겁던 계절에 떼레즈가 바란 보상이란 아르쥘루즈의 참나무 아래서 만나곤 하던 안느보다 자신이 열등하지 않다는 것이었다. "너처럼 순수하기 위해서는 내게 이 모든 상으로 받은 리본도 이 모든 칭찬의 말도 필요없어……"라고 떼레즈는 성심회(聖心會)에서 교육받은 안느에게 말할 수 있었어야 했다. 더구나 안느 드 라 트라브의 순수함은 특히 무지로부터 기인됐었다. 성심회의 수녀들은 현실과 그들의 어린 학생들 사이를 수천의 베일로 덮어씌우고 있었다. 떼레즈는 덕성과 무지를 혼동하고 있던 그들을 경멸했었다. "얘, 안느, 넌 인생을 몰라……"라고 떼레즈는 그 옛날 아르쥘루즈의 여름에 되풀이 말하곤 했었지. 그 아름답던 여름에…… 드디어 발차하는 작은 기차 속에서 떼레즈는 사건을 명확히 보기 위해선 그 여름까지로 소급해야 한다고 생각했다. 우리들의 삶이 아직도 완전히 순수했던 그 새벽 속에 이미 최악의 폭풍이 내포되어 있었다는 믿을 수 없는 진리, 너무나도 푸르던 아침들이란 오후와 저녁의 날씨가 나쁠 징조였다. 그 아침들은 뒤죽박죽이 될 화단과 막 꺾여져버린 나뭇가지와 그 모든 진창들을 예보하고 있었다. 떼레즈의 삶의 어느 순간도 곰곰이 생각되어졌거나 미리 계획되어진 적은 없었다. 어떠한 갑작스런 전환기도 예감한 적이 없었다. 그녀는 미지의 경사를 처음엔 천천히 그러다가 점점 빨리 내려왔던 것이다. 오늘밤 구원받을 길 없이 어둠에 보호되어 남몰래 아르쥘루즈로 돌아가고 있는 바로 이 여자가 아르쥘루즈의 찬란한 여름에 행복해하던 그 젊은 소녀다.

너무나 피로하다! 이미 저질러진 일의 숨겨진 동기를 찾아봐야 무슨 소용이 있단 말인가? 떼레즈는 차창 밖에서 죽은 것 같은 자신의 모습 외에 아무것도 분간할 수 없었다. 작은 기차는 속도가 늦어진다. 기적이 길게 울리며 조심스럽게 어느 역으로 가까이 다가간다. 어느 손이 순찰용 각등을 흔든다. 사투리로 서로 부르는 소리, 하차된 돼지새끼들이 날카로운 소리로 운다. 벌써 위제스트다. 한 정거장만 지나면 생 클레르다. 거기서 마차로 아르쥘루즈로 가야 한다. 떼레즈에겐 방어를 준비하기 위한 시간이 정말 얼마 남지 않았다!

3

아르쥘루즈는 진정 지구의 끝이다. 그곳을 지나서는 한 발짝도 더 갈 수 없는 그런 곳 중의 하나다. 이 일대라고 불리는 곳은 생 클레르읍에서 단 하나의 울퉁불퉁한 길로 10킬로 떨어져 있으며 교회도 군청도 묘지도 없고 다만 몇 채의 소작농가가 호밀밭 주위에 흩어져 있을 뿐이다. 수레바퀴자국과 구멍투성이의 이 길은 아르쥘루즈를 지나면 모래 많은 오솔길로 바뀐다. 그리고는 바다에 이르기까지는 다만 80킬로에 달하는 늪과 간석지와 가느다란 소나무 밭과 늦겨울에는 암양들이 잿빛이 되는 황야뿐이다. 생 클레르의 쟁쟁한 가문들은 이 잊혀진 지대의 출신이었다. 19세기 중엽에 그들이 가축으로부터 얻던 근소한 수입에 송진과 목재가 큰 힘이 되기 시작하자 오늘날 살아 있는 가족의 할아버지들이 생 클레르에 자리를 잡았었다. 그래서 아르쥘루즈에서 그들이 살던 집은 소작농가가 되었다. 처마에 있는 조각된 대들보나 때로는 대리석 벽난로가 그들의 옛날의 관록을 증명해주고 있다. 처마는 매년 조금씩 내려앉아서 지붕 한 쪽의 낡은 큰 날개가 거의 땅에 닿을 정도다.

이 낡은 집채 중에 두 채는 아직도 지주의 집이다. 라로크가와 데께루가는 아르쥘루즈의 집을 선조로부터 물려받은 대로 그대로 두었었다. B시의 현(縣) 평의원인 제롬 라로크 씨는 군청 건너편에 자택을 두고 살면서 부인으로부터 얻은 이 아르쥘루즈의 집을 조금도 변경하려 하지 않았다(그의 부인은 떼레즈가 아직도 갓난애일 때 산욕으로 사망했다). 그리고 자기 딸이 방학을 매번 이곳에서 보내고 싶어하는 것을 조금도 놀랍게 생각하지 않았다. 떼레즈는 아버지의 누나인 클라리 고모와 함께

7월만 되면 벌써 이곳에 왔었다. 클라라 고모는 귀가 먹은 노처녀로서 그녀의 말을 빌리면 이곳에서는 다른 사람들의 입술이 움직이는 것을 보지 않아도 되고, 들리느니 소나무 숲의 바람소리뿐이어서 이런 한적한 곳이 좋다고 했었다. 라로크 씨는 아르쥘루즈가 딸을 치워버리기도 하거니와, 공적인 성격을 띠고 있지는 않다 하더라도 어느 날인가엔 두 가족의 소원에 따라서 떼레즈가 결혼해야 할 베르나르 데께루와 딸을 가깝게 해준다는 것을 기뻐했었다.

베르나르 데께루는 아르쥘루즈에 있는 라로크 씨 옆집을 아버지로부터 상속받았었다. 그는 사냥철이 시작되기 전에는 한 번도 이곳에 나타나지 않았고 근처에 야생 비둘기 막사를 지어놓고 10월이 되어서야 집에서 잠을 자곤 했었다. 겨울에는 이 분별 있는 청년은 파리에서 법률 강의를 들었고, 여름이라 해도 집에 붙어 있는 날은 거의 없었다. 과부였던 그의 어머니가 '한푼없이' 재혼했던 빅토르 드 라 트라브가 생 클레르에서 전설이 될 정도로 낭비하는 데 베르나르는 몹시 화가 났었다. 의붓동생인 안느는 그 당시 베르나르의 주의를 끌기엔 너무 어렸었다. 그가 떼레즈 생각은 많이 했었던지? 그 두 집의 땅이 서로 혼동될 정도로 인접해 있었기에 마을 사람들은 떼레즈와 베르나르가 결혼하리라 믿고 있었고 그 점에 있어서는 그 착한 청년 베르나르도 같은 의견이었다. 베르나르는 아무것도 되는 대로 하는 일이 없으며 자기 생활의 모범적인 기획을 자랑스럽게 생각했었다. "인간이 불행해지는 건 자기 잘못 때문이지……"라고 좀 너무 살이 찐 이 청년은 말하곤 했었다. 결혼할 때까지 그는 공부와 놀기에 자신을 정확히 반분했었다. 음식이나 술이나 특히 사냥을 소홀히하지 않았고 또 그의 어머니 표현을 따르면 '전력을 다해' 공부했었다. 왜냐하면 남편은 아내보다 더 학식이 많아야 하니까. 게다가 이미 떼레즈가 똑똑하다는 소문은 널리 알려졌었다. 두드러진 인격의 소유자겠지 아마…… 그러나 베르나르는 여자가 어떠한 논리에 양보를 하는지 알고 있었고, 그의 어머니는 그에게 늘 '양다리 걸치는 것이' 나쁘지만은 않다고 얘기했었다. 라로크 부친이 그를 써줄 수도 있는 일이니까. 베르나르 데께루는 스물 여섯 살에 이탈리아, 스페인, 네덜란드 등지를 미리 기를 쓰고 공부한 후에 여행을 하고 돌아오면 이 랑드 지방에서 가장 미인은 아니지만 가장 부자고 똑똑한 여자, '예쁜지 미운지는 모르겠지만 확실히 매력이 있는' 여자와 결혼하도록 되어 있었다.

떼레즈는 머릿속으로 자기가 그렸던 베르나르의 캐리커처에 웃음이 났다. '솔직히 말해서 그이는 내가 결혼할 수 있었던 다른 어느 청년보다 제일 섬세했었어.' 대학에 들어가서부터는 저희들끼리 밀려다니며 조금도 세련될 줄 모르던 남자들보다 이 황야 지방의 여자들은 훨씬 우월했었다. 황야가 그 남자들의 마음을 지켜주는 것이었고 그들의 정신은 그곳에서 살고 있는 것이다. 그들에게는 이 황야가 그들에게 제공하고 있는 쾌락 그 외엔 어떠한 것에도 흥미가 없었다. 그들이 소작인을 닮지 않고 사투리를 쓰지 않고 투박하고 야생적인 태도를 삼간다는 것은 이 지방을 배반하는 것이며 떠나는 것이었다. 베르나르는 딱딱한 외모 속에 선심을 간직하고 있었던가? 그가 거의 사경을 헤매고 있을 때 소작인들은 "그 분이 돌아가시면 이곳에 도련님은 마지막이다"라고 말했었다. 그렇다! 선심과 또한 정신의 정확함과 대단한 선의를 가졌었다. 그는 자신이 모르는 것에 대해서는 거의 아무 말도 안했다. 자기의 한계를 잘 알고 있었다. 사춘기 때에 이 잘못 다듬어진 이폴리트(희랍신화에 나오는 테베 왕국의 왕자 이폴리트도 계모 '페드라'를 가졌었다.)는 전혀 추남은 아니었고 계집애들보다는 황야에서 쫓던 산토끼에 더 흥미를 갖고 있었다.

그러나 지금 떼레즈가 눈을 내리뜨고 기차의 차창에 머리를 기대어, 옛날 그 어느 날 아침 아홉 시경, 날씨가 너무 뜨거워지기 전에 생 클레르에서 아르쥘루즈로 오는 길 위로 자전거를 타고 불쑥 나타나는 사람을 그려보는 것은 베르나르가 아니다. 무관심한 약혼자가 아니라 얼굴이 불같이 달아오른 그의 동생 안느였다. 벌써 매미들은 소나무 숲에서 울부짖기 시작했고 하늘 아래 이 황야의 도가니가 끓기 시작했었다. 키가 큰 히드 숲으로부터 수많은 파리들이 날아왔다. "응접실에 들어가려거든 코트를 걸쳐라. 냉장고 같다……." 그러고는 클라라 고모가 덧붙여 말했다. "애야, 땀이 식거든 마실 걸 들도록 해라……." 안느는 이 귀머거리 여인에게 필요없는 인사말을 큰 소리로 외쳤다.

"목이 쉬도록 외칠 거 없어, 안느. 고모는 입술 움직이는 기로 다 알아들으셔…….." 그러나 안느는 쓸데없이 말 한마디 한마디를 끊어 말하며 작은 입을 우스꽝스럽게 만들었다. 두 소녀가 도망가서 마음껏 웃을 수 있게 되기까지 고모는 아무렇게나 대답하시곤 했었다.

어두운 기찻간 구석에서 떼레즈는 자기 생의 순수했던 날들을 되돌아본다――순수했으나 불안정한 가냘픈 행복으로 밝혀졌던 날들. 당시는 이 기쁨의 불안한 빛이 이 세계에서 그녀가 살아갈 유일한 구석이었다는 걸 몰랐었다. 그녀의 모든 운명이 그 혹심한 더위의 한여름에 어두컴컴한 응접실에서, 붉은 직물의 긴의자 위에서 모두어진 두 무릎 위에 사진첩을 놓고 있던 안느 옆에 매달려 있었다는 것을 아무도 그녀에게 알려주지 않았었다. 그녀에게 있어 그 행복은 어디서부터 오는 것이었나? 안느가 떼레즈의 취미 중에 단 하나라도 갖고 있었던 것이 있었나? 안느는 책읽기를 싫어했고 재봉과 재잘거리기와 웃는 것만을 좋아했었다. 무엇에 대해서도 아무런 생각이 없었다. 반면에 떼레즈는 시골집의 선반에서 구할 수 있는 모든 것을, 폴 드 코크의 소설이나, 일요일의 이야기나, 집정시대사나를 똑같은 열정으로 읽었었다. 뜨거운 태양이 컴컴한 어둠 속에 죽치고 숨어 있는 인간들을 꼼짝 못하게 하던 그 오후에 함께 있다는 것 외에는 아무런 공동의 취미가 없었다. 때때로 안느는 더위가 좀 가셨는지를 보려고 일어서곤 했었다. 그러나 덧문이 약간 열리자마자 마치 용광로 속의 한 주먹의 뜨거운 철과 같은 햇빛이 갑자기 쳐들어와서 마루를 태우는 것 같았다. 다시 모든 문을 닫고 집안에 웅크릴 수밖엔 없었다.

저녁 때가 되어 태양은 소나무 밑둥을 붉게 물들이고 마지막 매미 한 마리가 땅 가까이에서 극성스레 울고 있을 때에도 떡갈나무 아래에 더위는 고여 있었다. 두 친구는 마치 호숫가에나 앉아 있듯이 밭기슭에 눕는다. 폭풍을 품은 듯한 구름이 그들에게 붙잡기 힘든 그림을 그려 보여주었다. 그러나 안느가 하늘에서 보았다는 날개 달린 선녀의 그림을 떼레즈가 알아차려 보기도 전에 그 그림은 벌써 없어지고 이제는 이상한 짐승이 누워 있는 그림이라고 안느가 말하곤 했다.

9월에는 둘은 학기말 종업식 후에 외출해서 목마른 땅으로 들어가볼 수 있곤 했었다. 아르쥘루즈에는 가는 물줄기 하나도 없었다. 라 위르라고 불리는 시내의 원천까지 가 닿으려면 모래 위를 오랫동안 걸어야 했다. 둘은 개암나무 뿌리들 사이에 작은 풀밭이 우묵한 곳을 여기저기 파헤치곤 했었다. 두 소녀의 벗은 다리가 얼음 같은 물속에서 얼얼해졌지만 물이 마르기만 하면 또다시 활활 뜨거워졌었다. 10월에 야생 비둘기 사냥꾼들이 쓰는 움막 중에 한 곳이 어두운 응접실처럼 그 둘을 받아들였었다. 서로 할 말은 아무것도 없었다. 말 한마디 안한다. 이 순수한 긴 휴식 동안 시간은 흘렀다. 마치 사냥꾼이 새가 가까이 올 때 조용하라고 신호하며 꼼짝 아하듯이 두 소녀는 움직일 생각도 안했다. 마치 꼼짝만 하면 그들의 형태도 순결한 행복도 달아나버리기라도 할 것 같았다. 안느가 먼저 기지개를 켰다. 땅거미 질 때에 종달새를 잡고 싶어 초조해했다. 그 놀음을 싫어했던 떼레즈도 그녀를 떠나기가 싫어서 따라갔다. 안느는 현관에서 용수철이 튀지 않는 24구경총을 꺼내왔다. 안느가 호밀밭 한가운데서 마치 태양을 꺼버리려는 듯 태양을 겨냥하는 모습을 떼레즈는 비탈에 서서 보았다. 떼레즈는 귀를 막았다. 취한 듯한 외마디 울음이 푸른 창공에서 멎었고 안느는 총에 맞은 새를 주워서 조심스럽게 한 손에 꽉 쥐었다. 그러고는 자기 입술로 새의 따뜻한 날개를 문지르면서 죽였다.

"내일 올래!"

"아! 아니, 매일은 싫어."

떼레즈도 매일 안느를 보고 싶지는 않았었다. 아무 대꾸도 해서는 안 되는 옳은 얘기였다. 떼레즈 자신에게도 어떠한 공박도 이치에 닿지 않게 보였으리라. 안느가 다시 오시 않고 싶이하는 것이다. 별로 일이 있어 그러는 것은 아니다. 그렇지만 왜 매일 서로 만나야 한단 말인가? "마지막에는 서로 반감을 갖게 되고 말거야"라고 안느가 말했었다. 떼레즈의 대답, "그래……그래……조금도 부담을 느끼진 말아줘. 오고 싶어지면 그때 와…… 뭐 달리 뾰족히 할 일이 없거든……." 자전거를 탄 소녀는 방울을 울리면서 이미 어두워진 길 위로 사라져버렸다.

떼레즈는 집으로 돌아갔다. 소작인들이 멀리서 그녀에게 인사를 보냈다. 어린애들은 떼레즈 가까이로 오지 않았다. 참나무 밑에 흩어져 있던 암양들이 갑자기 모두 뛰고 목동은 소리를 지르는 그런 시각이었다. 고모는 문지방에서 떼레즈를 기다리고 있다가 귀머거리들이 흔히 그러듯이 상대편이 말을 하지 않도록 쉬지 않고 말을 했다. 그때의 그 고통은 도대체 무엇이었나? 그녀는 책을 보고프지도 않았고 아무것도 하고프질 않았다. 또다시 바람을 쐬러 나갔다. "멀리 가지 마라. 저녁 준비 다 됐다." 그녀는 길가로 다시 돌아왔다――그녀의 시선이 다하는 곳까지 텅 비어 있는 길. 부엌 문간에서 종이 울렸다. 아마도 이 저녁엔 램프를 켜야겠나보다. 두 손을 내프킨 위에 얹고 꼼짝 않고 있는 벙어리 여인의 침묵보다 약간 심술이 나 있는 소녀의 침묵이 더욱 짙었었다.

베르나르, 베르나르, 단순한 사람들의 가차없고 맹목의 종족에 속해 있는 그이를 어떻게 이 혼돈된 세계 속으로 인도할 수 있단 말인가? "하지만 생각 좀 해봐, 떼레즈." 첫마디부터 그이는 내 말을 가로막으리라. "왜 나와 결혼했지? 난 당신 뒤를 쫓아다니질 않았었어……." 왜 그녀는 그와 결혼을 했나? 그가 전혀 조급해하지 않았던 것은 사실이었다. 떼레즈는 베르나르의 어머니인 빅토르 드 라 트라브 부인이 아무에게나 이렇게 말하던 일이 생각났다. "우리 애는 얼마든지 기다릴 수 있었지만 저애가 결혼하고 싶어했답니다. 저애는 불행히도 우리와 같은 근본의 애가 아니랍니다. 한 가지 예를 들어보면 담배를 끔찍히 많이 태우지요. 잘난 체하는 취미지요. 그렇지만 성격이 곧고 솔직하기가 금쪽 같아요. 곧 우리가 저애에게 건강한 정신을 갖게 만들 수 있을 겁니다. 확실히 이 결혼이 우리 편에 좋기만 한 건 아니지요. 그래요…… 벨라드 할머니만 해도…… 전 다 알고 있어요…… 하지만 이젠 다 잊혀진 이야기가 아니겠어요? 단지 한때 스캔들이었다 할 정도로 쑥 들어가버렸어요. 선생께서는 유전을 믿으시나요? 부친의 사상이 건전치 않다는 건 잘 알려진 사실이지요. 그러나 딸에게는 좋은 본보기만 보여줬답니다. 속세의 성인이지요. 또 영향력이 큰 분이고요. 누구든 필요한 시대니까요. 하여튼 무슨 일에도 눈감아줘야 할 것이 있답니다. 그러고는 내 말을 믿고 싶으면 믿으세요. 저애가 우리들보다 훨씬 부자랍니다. 믿을 수 없지만 그게 사실인걸요. 그리고 저애가 베르나르를 사랑한다는 건 나쁜 일은 아니니까요."

그래, 그녀는 베르나르를 사랑했었다. 그보다 더 쉬운 일은 없었으리라. 아르쥘루즈의 거실에서나 떡갈나무 밑에서 그를 향해 눈만 쳐들면 되었었다. 그 시선에 사랑스런 순진함을 가득 담기는 쉬운 일이었다. 그런 먹이가 자기 발밑에 있다는 것에 청년은 놀라지 않고 자존심을 만족시켰던 것이다. "저애랑 놀지 마라." 그의 어머니가 자주 그에게 말했었다. "저애는 자기 자신을 갉아먹는 애다."

'내가 그이와 결혼한 이유는······.' 눈살을 찌푸리고 눈 위에 한 손을 얹은 떼레즈는 기억해내려고 애쓴다. 이 결혼으로 안느의 올케가 된다는 어린애 같은 즐거움이 있기도 했다. 그러나 그 결혼을 재미있게 생각했던 건 특히 안느였다. 떼레즈에게 이런 결혼이란 아무 중요성도 없었다. 솔직히 말해서 왜 그 때문에 부끄러워한담? 베르나르의 2,000헥타르의 땅에 무관심할 수는 없었다. "언제나 저애는 핏속에 소유욕이 흐르고 있다." 긴 식사가 끝나고 치워진 식탁 위에 술을 가져올 때에 떼레즈는 자주 소작인, 광산의 말뚝, 송진이며 터빈유에 관한 어른들의 말을 듣기 위해 그들과 함께 앉아 있곤 했었다. 소유지를 값으로 따지는 일을 그녀는 열정적으로 흥미있어 했었다. 그 넓게 퍼진 숲을 지배한다는 사실이 그녀를 혹하게 했으리라는 것은 의심할 여지가 없다. "그이 역시, 내 소나무를 사랑했었어······." 그러나 떼레즈는 아마도 그녀가 밝혀내려 애쓰는 불명료한 감정에 의해 행동했었는지도 모른다. 어쩌면 그녀는 결혼으로부터 지배나 소유보다는 피난처를 찾았었는지도 모른다. 그녀를 서둘러 결혼하게 만든 것이 일송의 공포가 아니었던가? 실질적인 소녀, 가정적인 애였던 그녀는 제줄에 서고 결정적인 제자리를 찾기에 조급했었다. 그녀는 알지 못하는 그 어떤 위험으로부터 자신을 안심시키고 싶었었다. 그들의 약혼시절처럼 그녀가 이치에 맞는 여자처럼 보인 적은 없었다. 그녀는 가족적인 테두리내에 죽치고 들었었고 가정적인 여자가 되었었다. 그녀는 정상적으로 되었었다. 그녀의 영혼은 구원받았었다.

약혼시절의 그 봄에 둘은 아르쥘투즈에서 빌메자로 가는 모래길을 걷고 있었다. 아직 참나무의 죽은 잎새들이 창공을 흐리게 하고 있었다.

새 지팡이 자국이 난 땅 위에는 짙은 초록의 마른 고사리풀이 뒤덮여 있었다. 베르나르가 말했다. "담뱃불 조심해요. 불을 낼 염려가 있으니까요. 이 황야엔 물이 한 방울도 없어요." 그녀가 물었다. "정말 고사리풀에 청산이 있나요?" 베르나르는 고사리풀 속에 있는 청산이 인체에 해로울 정도인지 아닌지는 몰랐었다. 그는 다정히 그녀에게 물었다. "당신 죽고 싶소?" 그녀는 웃었다. 그는 그녀가 좀더 단순하게 되었으면 좋겠다고 얘기했었다. 커다란 두 손이 그녀의 작은 머리를 꼭 쥐고 귀에다 대고 "여기에 아직도 나쁜 생각이 있군"이라고 말했을 때 떼레즈는 눈을 감았던 생각이 난다. 그녀는 대답했다. "베르나르, 당신이 그걸 없애주세요." 그들은 미장이들이 빌메자의 소작인 집에 방 하나를 더 짓는 것을 바라보았다. 보르도 지방 출신인 지주가 '폐를 상한' 막내아들을 그곳에 기거하게 하고자 했었다. 그의 누이도 그 병으로 사망했었다. 베르나르는 이 아제베도 가문에 대해서 큰 멸시를 느끼고 있었다. "저 사람들은 유태인이 아니라고 자기네 신 앞에 맹세를 한다오……그렇지만 뻔한 일이지요. 게다가 폐병까지, 모든 병이란 병은……." 떼레즈는 조용히 있었다. 결혼식 때문에 안느는 생 세바스티엥 수녀원으로부터 돌아오게 되어 있었다. 그녀는 드길렘 집 아들과 만날 것이었다. 그녀는 떼레즈에게 다른 여자 들러리의 옷이 어떤지 '즉각 회신으로' 알려 달라고 청했었다. "그 견본들을 볼 수 없겠니? 자기들한테 맞는 색조를 고르는 건 모든 들러리의 관심거리가 아니겠어……." 떼레즈는 생전 처음으로 평화를 느꼈었다. ── 그녀가 평화라고 믿었던 것 그것은 그녀의 가슴속에 파충류가 잠이 든 것, 무감각하게 된 것에 지나지 않았던 것이다.

4

숨이 막힐 것 같던 그 결혼식날, 조그마한 오르간소리를 덮어버리는 부인네들의 수다, 그리고 교회의 향냄새보다 더 짙었던 그 아낙네들의 향수가 범벅이 된 생 클레르의 교회에서 떼레즈는 그녀의 종말을 느꼈다. 그녀는 몽유병자처럼 새장 안으로 들어갔고 무거운 문이 닫히는 요란한 소리에 떼레즈는 갑자기 의식이 들었다. 변한 것은 아무것도 없었으나 이제부터는 혼자서 길을 잃을 수는 없겠다는 생각이 났을 뿐이다. 은은한 불꽃 한 줄기가 히드 수풀 밑으로 기어가서 소나무 한 그루를 다 태운 후 또 다른 한 그루를 태우고 그렇게 해서 점점 퍼져서 불붙는 숲을 이루듯이 첩첩이 쌓인 가족 한가운데서 그녀는 가슴을 은은히 태우려는 것이다. 그 많은 사람들 속에서 그녀의 눈은 다만 안느에게만 향했다. 그러나 그 소녀가 어린애처럼 즐거워하는 것을 보고 떼레즈는 소외감을 느꼈다. 뭘 기뻐하는지! 바로 그 저녁부터 둘은 헤어져야 한다는 걸 그녀는 모르는지. 그것도 공간적인 헤어짐뿐만이 아닐텐데. 바로 떼레즈가 괴로워하려는 이 순간에──그녀의 순수한 육체가 돌이킬 수 없는 그 무엇을 겪게 될 순간에 안느는 상처받지 않은 사람들이 기다리고 있는 그쪽 해안에 머무를 것이다. 떼레즈는 당한 여자들의 무리 속에 뒤섞이게 될 것이다. 성당의 제의실에서 자기를 향해 쳐든 명랑한 작은 얼굴에 키스를 하려고 고개를 숙였을 때 떼레즈는 그녀가 헛되이 애매한 고통과 모호한 기쁨의 세계를 구축하였던 것이 무(無)였음을 갑자기 알아차렸다. 순간적으로 그녀는 자기 심장의 불안한 힘과 이 분칠을 한 다정한 얼굴 사이에서 무한한 부조화를 발견했었다.

생 클레르에서나 B시에서 그날이 지난 지 오랜 후에도 이 가마슈의 결혼(소설 돈키호테에 나오는 결혼. 풍족한 결혼 잔치를 비유함.)──100여 명의 소작인과 하인들이 참나무 아래서 먹고 마셨었다──을 이야기할 때면 빼놓지 않고 '예쁘다고 말할 수는 없어도 매력이 넘치는 신부가' 그날에는 모두들에게 밉고 끔찍스럽게까지 보였었던 일을 얘기하곤 했다. "그 여자하고 전연 다르게 보였었어요. 마치 다른 사람 같았었지요……." 사람들은 다만 그녀의 외모만 달라졌다는 걸 보았었다. 희게 한 화장이며 더위 탓이라고 생각했었다. 그들은 그 여자의 진짜 얼굴을 알아보지 못했던 것이다.

농민 스타일과 부르주아 스타일이 반반씩 섞였던 그 결혼일 저녁에 처녀들의 성장한 옷에 눈부셨던 구경꾼들은 신혼부부의 자동차를 못 가게 막으며 둘을 박수로 축하해주었었다. 그들은 아카시아 꽃잎이 흩뿌려져 있는 길 위로 술취한 마부들이 지그재그로 모는 마차들을 지나쳐갔었다. 떼레즈는 곧 닥칠 밤을 생각하며 "끔찍하겠다……"라고 중얼기렸다. 그러다가 "아니야, 그렇게 끔찍하진 않아……"라고 다시 고쳐 마음먹었었다. 이탈리아의 호수를 찾았던 그 여행 동안에 그녀는 많이 괴로웠던가? 아니, 아니다. 그녀는 그 역할을 잘해냈었다, 자신을 드러내보이지 않도록. 약혼자란 쉽게 속아 넘어간다. 그러나 남편이란! 누구든지 거짓말을 할 줄 안다. 육체의 거짓말은 다른 재주를 요구한다. 욕망, 기쁨, 행복스런 피곤함 등을 흉내내는 일은 아무나 할 수는 없다. 떼레즈는 그런 거짓 속에 자신의 육체를 휘말릴 줄 알았었고 쓰디쓴 쾌락을 맛보았었다. 한 남자가 그녀에게 강제로 발을 들여놓도록 한 이 미지의 감각의 세계. 그곳에는 아마도 그녀에게조차 행복이 가능할 수도 있지 않을까 하고 그의 상상력을 동원했었다── 그러나 무슨 행복인가? 마치 비에 흠뻑 젖은 경치 앞에서, 우리가 태양빛 아래에서는 어떨까 하고 상상해보듯이 떼레즈는 그렇게 육체의 쾌락을 알게 되었다.

　사막과 같은 시선의 청년 베르나르는, 명화의 번호가 베데커 여행 안내서와 다를 때마다 화를 내는, 가장 단시일내에 보아야 할 것을 다 보았다는 것에 만족하고 있는 그런 사람이었다. 얼마나 속이기 쉬운 사람인지! 그는 구유통에서 행복에 흥흥대는 걸 막사를 통해 보면 이상하게 느껴지는 사랑스런 어린 돼지처럼 자신의 즐거움 속에 갇혀 있었다. '내가 구유통이다'라고 떼레즈는 생각했다. 그는 그 돼지같이 부산하고 바쁘고도 심각한 모습을 하고 있었다. 그는 질서정연했다. "정말 그게 현명한 일이라고 생각하세요?" 기겁을 한 떼레즈가 때때로 감히 질문을 하곤 했다. 그는 웃으며 그녀를 안심시켰다. 육체에 관련된 모든 것을 분리하는 방법을 그는 어디서 배웠었던가?── 점잖은 사람의 애무와 사디스트의 애무를 구별하는 방법을? 절대로 주저하는 법이 없었다. 귀로에 파리에 들렸던 어느 날 저녁에 둘은 쇼 극장에 갔었다. 베르나르는 그 쇼에 깜짝 놀라서 공공연하게 그곳을 나왔었다. "외국인들이 저런 걸 볼 게 아닌가! 정말 수치스러운 일이군! 게다가 저걸 보고 우리나라를 판단할 테니……." 떼레즈는 이 수줍은 사내가 한 시간 후면 어둠 속에서 그녀에게 온갖 것을 참게 만들 바로 그 사내라는 것을 경탄스럽게 바라보았다.

　'가엾은 베르나르── 다른 사람보다 더 나쁘지는 않아! 그러나 욕망이란 우리 가까이에 있는 사람들을 그들과 닮지도 않은 괴물로 변하게 만드는 것이야. 그의 흥분상태보다 더 우리 둘 사이의 공모감을 갈라놓는 것은 없었어. 난 언제나 베르나르가 쾌락 속에 깊숙이 잠기는 것을 보았었지——그런데 나는 마치 이 미치광이가, 이 간질병 환자가 내가 꼼짝만 했다 하면 내 목을 졸라 죽일 수도 있다는 듯이 죽은 것처럼 누워 있었다. 자주 그의 절정의 쾌락 끝에 그는 갑자기 자기의 외로움을 느끼곤 했었지. 무기력한 끈질김이 멈추고 다시 제정신이 들면 베르나르는 마치 해변가에 내던져졌거나 한 듯이 이를 악물고 차갑게 누워 있는 나를 다시 보곤 했었어.'

안느의 편지는 단 한 장. 계집애는 편지쓰길 싫어했었다. 그러나 기적적으로 단 한 줄도 떼레즈 마음에 안 드는 구절이 없었다. 편지란, 우리의 진실된 감정보다도 그 편지를 즐겁게 읽기 위해 느껴야 할 감정을 더 많이 표현해준다. 안느는 아제베도네 막내가 온 후에는 빌메자 쪽으로 갈 수 없다는 불평을 쓰고 있었다. 고사리풀 속에 그의 긴 의자를 멀리서 보았다고도 썼었다. 폐결핵 환자는 끔찍하다고도.

떼레즈는 이 편지를 자주 다시 읽고 다른 편지는 기다리지도 않고 있었다. 그래서 편지배달 시간에(쇼 극장에서 중간에 나왔던 저녁 다음날 아침이었다) 안느 드 라 트라브의 글씨가 적힌 세 개의 봉투를 보고는 정말 놀랐었다. 그들이 몇몇 예정지를 건너뛰었기 때문에——베르나르가 "우리의 보금자리를 어서 찾고 싶어서"라고 말하며——여러 곳의 '우체국 유치'의 소인을 달고 그들에게 이 편지들이 도달되었다. 베르나르는 그렇게 말했지만 사실은 둘이 함께 더 이상 있을 수가 없었기 때문이었다. 그는 그의 엽총, 사냥개, 피콩석류 술맛이 어디보다 좋은 여인숙으로부터 멀리 떨어져서는 권태로워 죽어가고 있었다. 게다가 그렇게도 차갑고 조소적인 여자, 전혀 즐거움을 나타낼 줄 모르며 재미있는 얘기를 하기를 싫어하는 여자와 함께 있어야 하다니!⋯⋯한편 떼레즈는 마치 임시석인 감옥에서 권태로워하는 유형수가 자기의 남은 생을 살아야 할 유배섬을 알고 싶어하는 태도로 생 클레르로 돌아가고 싶어했었다. 떼레즈는 애써서 세 개의 봉투 위에 찍혀 있는 날짜를 하나하나 알아내었다. 그녀가 가장 오래된 날짜의 봉투를 찢었을 때 베르나르가 한탄의 소리를 내며 몇 마디 외쳤다. 그러나 창문이 열려 있었고 이 모퉁이에서 자동차들이 속도를 바꾸었기 때문에 그녀는 그 말을 알아듣지 못했다. 그는 자기 어머니로부터 온 편지를 읽느라고 면도를 하다가 말았다. 떼레즈는 성기게 짠 직물의 조끼와 근육 좋은 벗은 팔뚝을 보았다. 이 창백한 피부 그리곤 갑자기 시뻘건 목과 얼굴을. 이 7월의 아침에 벌써 유황질의 더위가 내리누르고 있었다. 연기에 휩싸인 태양으로 발코니 너머에 보이는 죽은 듯한 건물이 더 더럽게 보였다. 그는 떼레즈에게로 가까이 와서 큰 소리로 외쳤다. "이 가시나 너무한데! 이것 봐! 당신 친구 안느는 지나쳤어! 누가 그래. 내 누이동생이 감히……."
　떼레즈가 눈으로 질문을 하자,
　"그애가 아제베도 아들녀석한테 반하다니 당신 믿을 수 있겠어? 그래요, 사실이 그렇대. 그 폐결핵 환자 녀석 때문에 빌메자를 넓혔던데…… 그래요, 아주 심각한 상태래요…… 안느는 성년이 될 때까지 참겠다고 한대…… 어머니는 그애가 완전히 돌아버렸다고 쓰셨어. 제발 드길렘가에서 그 일을 알지 못해야 할텐데! 드길렘 아들이 청혼을 안할 수도 있단 말이야. 당신한테 그애 편지가 왔소? 자, 어떻게 된 일인지 알아봅시다…… 아니 어서 편지를 뜯어요."
　"순서적으로 읽고 싶어요. 그리고 당신께 이 편지를 보여드릴 수는 없어요."
　베르나르는 그런 떼레즈를 잘 알고 있다. 그녀는 언제나 모든 걸 복잡하게 만든다. 여하간 떼레즈가 안느의 정신을 차리게 한다는 게 중요했다.
　"부모님은 당신만 믿고 계셔. 당신이면 안느에게 뭐든지 할 수 있으니까…… 그럼…… 그건 사실이야! 부모님은 당신이 다 잘 해결해주리라 기대하고 계셔."
　떼레즈가 옷을 입을 동안 그는 전보를 한 장 치고 남행 급행열차에 좌석을 두 개 예약하기로 했다. 그동안 그녀는 짐을 쌀 수 있을 것이었다.
　"안느 편지를 읽지 않고 뭘 기다리고 있어?"
　"당신이 나가시기를."

베르나르가 문을 닫고 나간 뒤 오랫동안 떼레즈는 맞은편 발코니에 씌어 있는 더러워진 금박의 큰 글자들에 눈을 둔 채 담배를 피우며 꼼짝 안하고 누워 있었다. 그러다 첫 봉투를 찢었다. 아니다, 아니다. 이 불같은 말을 지어낸 것은 그 사랑스럽던 꼬마 바보가 아니다. 그 융통성 없는 수녀원의 학생이 아니다. 그 목석 같은 마음의 안느가 쓴 글일 수가 없다──안느는 목석 같은 마음의 소유자였다. 떼레즈만은 그걸 알고 있다! ─이 아가(雅歌)를, 소유당한 여자, 기쁨에 거의 죽을 것 같은 육체의 이 긴 행복스런 한탄을 첫줄부터 쏟아놓은 것이 안느일 수는 없었다.

……내가 그이를 만났을 때 난 그이인 줄 믿을 수가 없었어. 그인 소릴 치며 개와 뛰어놀고 있었어. 그 사람이 그 중병환자라고 내가 어떻게 상상이나 할 수 있었겠니…… 하지만 그인 환자가 아니야. 가족에게 불행한 일이 있었기 때문에 다만 조심을 하려고 그러는거야. 그인 가냘프지도 않아──오히려 마른 편이야. 그리고 응석받고 귀염받기에 버릇이 든 분이야…… 넌 날 알아보지도 못할거야. 더위만 가시면 곧 그이의 덮개를 찾으러 가는 게 나아…….

만일 베르나르가 이 순간에 방에 들어왔었다면 침대 위에 앉아 있는 이 여자가 자기 부인이 아니며 자기는 모르는 여인, 이름도 없는 이상스런 인간임을 보았을 것이다. 그녀는 담배를 내버리고 두번째 봉투를 뜯었다.

……난 필요한 때가 오기까지 기다리겠어. 어떠한 반대도 두렵지 않아. 내 사랑은 그런 건 느끼지도 않아. 집에선 나를 생 클레르에 붙잡아두지만 장과 내가 서로 못 만날 정도로 아르퀼루즈가 멀지는 않아. 비둘기사냥 막사가 있던 곳 생각나지? 내 사랑하는 떼레즈, 내가 이런 기쁨을 알게 될 장소를 미리 선택해준 게 너야…… 아! 제발 우리가 무슨 나쁜 짓이라도 한다고는 믿지 말아줘. 그인 그렇게도 섬세한 분이야. 이런 종류의 남자애들이 어떤지 넌 상상도 못 할거야. 그인 너서럼 공부도 많이 했고 책도 많이 읽었어. 젊은 청년이 그랬다는 건 내게 조금도 거슬리지 않고 그 때문에 그일 괴롭힐 생각은

조금도 없어. 내가 너처럼 지식이 많아질 수만 있다면 뭐든지 다 주겠어! 사랑하는 떼레즈, 단 한 번의 접근으로 지고의 행복을 맛볼 수 있다는 그 행복, 오늘 네가 갖고 있는 행복, 난 아직도 모르는 그 행복이란 어떤 것이니? 네가 늘 먹을 걸 갖고 가자고 했었던 그 비둘기사냥 막사에서 난 그이 옆에 있으면 내 속에 무엇인가 내가 만질 수 있을 것만 같은 행복을 느껴. 그러나 이 기쁨을 초극하는 다른 기쁨이 존재한다는 것을 난 생각하고 있어. 장이 창백해져서 떠나가버리면 우리들 애무의 추억과 다음날에의 기대로, 아무것도 모르는…… 절대로 아무것도 알 수 없는 이 가엾은 사람들의 간원도 기원도 욕설도 아무것도 내게 들리지 않게 돼…… 날 용서해줘. 내가 마치 너 역시 이런 행복을 모르고 있는 것처럼 얘길 했지. 하지만 난 네게 비하면 이제 초심자에 불과해. 난 네가 이렇게 우리를 괴롭히는 자들에 반대해서 우리 편일 것이라고 확신하고 있어…….

떼레즈는 세번째 봉투를 찢었다. 흘려 갈겨쓴 몇 줄뿐이었다.

어서 와, 사랑하는 떼레즈. 저들은 우리를 헤어지게 해놓았어. 내게서 잠시도 눈을 떼지 않아. 저들은 네가 그들 편이 되어서 일을 해결하리라고 믿고 있어. 난 너의 판단에 맡기겠다고 말해줬어. 내가 네게 다 이야기해줄게. 그이 환자가 아니야…… 난 행복하고 괴로워하고 있어. 난 그이 때문에 괴로워한다는 게 행복해. 그리고 그이의 내게 대한 사랑의 증명 같아서 그이의 고통조차 나는 사랑하고 있어…….

떼레즈는 더 읽지 않았다. 그 편지를 다시 봉투에 넣으려 할 때 처음에는 보지 못했던 사진 한 장이 있었다. 창문 가까이에서 그녀는 그 사진을 바라보았다. 숱이 많아서 머리가 너무 강해 뵈는 그런 젊은이였다. 떼레즈는 사진에서 장소를 알아보았다. 다비드처럼 장 아제베도가 우뚝 서 있는 그 경사지(그 뒤에는 양떼가 풀을 먹는 황야가 있다). 그는 웃옷을 팔에 걸치고 있었다. 와이셔츠 단추가 몇 개 열려 있었다……. "이게 그이가 말하는 허락된 최후의 애무라는 거야……." 떼레즈는 눈을 들고 거울에 비친 자기 얼굴에 놀랐다. 악문 이빨을 풀고 침을 삼키기에는 큰 힘이 들었다. 관자놀이와 이마에 향수를 뿌렸다. '이 여자는 이 기쁨을 안다…… 그런데 나는? 나는? 왜 나는 모르나?' 사진은 책상 위에 있었다. 바로 그 옆에 바늘 하나가 반짝이고 있었다…….
 '내가 이걸 했다. 이렇게 한 것이 나다…….' 흔들리는 기차 속의, 내리막길에서 속력을 가하고 있는 기차 속에서 떼레즈는 되풀이하고 있다. '2년 전, 그 호텔방에서 난 바늘을 들고 그 청년의 사진 위에 가슴이 있는 그곳에 바늘을 찔렀다——사납게가 아니라 냉정하게 자연스런 행동을 하듯이. 변소에 가서 그렇게 가슴을 찔린 사진을 던져넣고는 물을 내렸다.'
 베르나르가 돌아왔을 때 떼레즈가 많은 생각을 하고 난 사람처럼 침착하고, 이미 두 젊은이의 행동을 중지시킨 듯해서 기뻐했다. 그러나 이렇게 담배를 많이 피우다니, 이러다간 중독에 걸리겠는걸! 떼레즈 말은 어린 안느의 변덕스러운 마음에 너무 신경 쓸 것은 없다는 것이었다. 그녀는 안느의 정신을 차리게 해주겠다고 약속했다……. 포켓 속에 돌아갈 차표를 느끼며 즐거워하며 베르나르는 떼레즈가 자기를 안심시켜주길 원했다. 특히 가족들이 벌써 자기 아내에게 도움을 청했다는 일에 기분이 좋았다. 그는 떼레즈에게 돈이 들긴 하겠지만 여행의 마지막 저녁을 먹으러 보아(파리 근처 숲)의 큰 레스토랑에 가자고 했다. 택시 속에서 베르나르는 사냥철의 시작에 대한 계획을 얘기했다. 그는 발리옹이 훈련시킨 개를 시험해볼 일로 가슴이 들떠 있었다. 다리 절던 암말을 불로 지진 덕택으로 이젠 절지 않는다는 소식을 어머니가 전해왔다……. 레스토랑에는 손님은 없었지만 끊임없는 서비스에 그들은 기가 죽었었다. 지금 떼레즈는 그때의 제라늄과 소금물의 냄새가 생각난다. 베르나르는 한번도 라인포도주를 마셔본 적이 없었다. "제기랄! 할 수 없지." 그러나 언제나 좋은 일만 있는 것은 아니었다. 베르나르의 딱 벌어진 체격으로 떼레즈에겐 그 방이 다 가려졌었다. 커다란 유리창 뒤에서 소리없이 차들이 미끄러져가고 멎곤 했었다. 베르나르의 양쪽 귀옆으로 측두근이 움직이는 것이 보였다. 첫모금부터 그는 온통 얼굴이 붉어졌다. 몇 주일 전부터 일용할 양식과 술에 흥분할 곳을 못 가졌던 잘 생긴 시골청년. 그녀는 그를 증오하지는 않았었다.
 그러나 자기 고통에 대해서 생각하고 자기가 고통받는 곳을 찾아내기 위해서 얼마나 혼자 있고 싶었느냐! 단지 그이만 저기 없었으면. 억지로 먹고 억지로 미소하지 않아도 되었으면. 얼굴 표정을 짓고 시선의 불을 끄도록 애쓰지 않아도 되었으면. 그녀의 정신이 자유롭게 이 신비로운 절망 속으로 집중할 수 있었으면. 넌 그 여자가 끝까지 이 황폐한 섬에서 네 옆에 살리라고 생각했었지. 그런데 그 여자는 이곳에서 달아난다. 그 여자는 다른 사람들과 너를 갈라놓고 있는 심연을 가로질러서 그 사람들과 합류한다 —— 즉 항성을 바꾼다…… 아니다, 어느 인간이 항성을 바꾸어 산 적이 있단 말인가? 안느는 언제나 단순하게 생활하는 사람들의 세계에 속해 있었다. 그들만의 방학 동안에 떼레즈가 자기 무릎 위에서 잠든 그녀를 바라보았던 것은 유령에 지나지 않았었다. 진정한 안느 드 라 트라브를 떼레즈는 전혀 몰랐다. 오늘 장 아제베도가 생 클레르와 아르쿼루즈 사이에 버려져 있는 비둘기 사냥막에서 만나는 그 안느는.

"당신 웬일이야? 통 먹질 않잖아? 남겨선 안돼. 값이 얼마짜린데 그래. 너무 아깝잖아. 더위 때문인가? 기절하진 않겠지? 당신까지 안 그래도 탈이라면 이미……."

그녀는 미소하였다. 단지 입술만 미소하였다. 그녀는 안느의 일을 생각하고 있다고 말했다(그녀는 안느 얘기를 해야만 했다). 베르나르가, 그녀가 그 일을 맡게 된 순간부터 자기는 아무 걱정 안한다고 말했을 때 떼레즈는 왜 그의 부모가 이 결혼을 반대하느냐고 물었다. 그는 떼레즈가 농담을 하고 있다고 생각하고는 제발 역설을 시작하지 말아 달라고 빌었다.

"우선 당신도 그들이 유태인이란 걸 알겠지. 어머니는 세례를 거부했었던 아제베도네 할아버지를 잘 알고 있어."

그러나 떼레즈는 이 이스라엘 포르투갈계의 가문보다 보르도에서 더 오래된 집안이 없다고 주장했다.

"가난한 목동이었던 우리네 조상들이 그들의 늪가에서 열에 들떠 떨고 있었을 때에도 이미 아제베도가(家)는 큰 거리에서 떵떵거리며 살고 있었어요."

"이것봐, 떼레즈. 단지 토론하는 재미로 말싸움은 하지 마. 유태인이란 모두 같아……. 게다가 이 집안은 퇴락한 집안이라고…… 척추 속까지 폐결핵 환자라는 건 모두 잘 알고 있어."

그녀는 담배에 불을 붙였다. 늘 베르나르에게 충격을 주는 그런 행동이었다.

"그럼 당신 할아버지, 증조할아버지께서는 무슨 병으로 돌아가셨는지 말해주시겠어요? 당신은 저와 결혼하실 때 저의 어머님이 무슨 병으로 돌아가셨는지 걱정스러우셨어요? 우리들의 조상을 잘 찾아보면 이 우주를 몰살할 정도의 폐결핵 환자와 매독 환자를 찾을 수 없을 것 같으세요?"

"당신 지나치구려, 떼레즈. 그러는 게 아니야. 농담이라도 혹은 나를 놀리려 한다 해도 가족일을 들먹여선 안돼."

그는 기분이 상해서 거드름을 피웠다── 거만하게 굴기 위해서 동시에 떼레즈에게 우스꽝스럽게 보이지 않기 위해서. 그러나 그녀는 고집을 피웠다.

"두더지 같은 조심성을 갖고 있는 우리 가족들이 내겐 우습기만 해요! 겉에 보이는 오점에 대해 질겁을 한다는 것은 알려지진 않았지만 훨씬 수가 많은 오점에 대한 무관심과 똑같은 일이에요……. 당신만 해도 이 표현, 비밀스런 병……을 사용하시지요? 아니예요? 인류에게 가장 두려운 병을 정의내리자면 비밀스런 그런 병이 아니겠어요? 우리의 가족은 그 생각은 결코 안하지요. 자신의 더러운 것은 덮고 감추는데 만장일치하면서. 하인들이 없었다면 아무것도 몰랐겠지요. 하지만 다행히도 하인들이란 게 있어서……." "난 대답하지 않겠어. 당신이 시작하면 그저 끝나기를 기다리는 게 제일 좋은 방법이니까. 내게는 하잘것없는 단점밖엔 없어. 당신이 농담하고 있다는 건 잘 알어. 그러나 알겠지만, 집에선 그런 일을 좋아들 하시지 않을거야. 가족을 갖고 농담을 하지는 않는 집안이니까."

가족이라고! 떼레즈는 담뱃불이 꺼지도록 내버려두었다. 곧은 눈으로 그녀는 수없이 살아 있는 창살이 쳐진 새장을 머리에 그려보았다. 수많은 눈과 귀가 촘촘히 박혀 있는 새장. 그곳에서 꼼짝 안하고 쪼그리고 앉아 무릎 위에 턱을 괴고, 두 팔로 무릎을 감싼 채 그녀는 죽기를 기다리게 될 것이다.
"이봐, 떼레즈, 그런 얼굴 하지 말아요. 만일 당신 생각에……."
그녀는 미소를 하였다. 다시 얼굴에 마스크를 썼다.
"농담이었어요…… 당신 참 어리석으시군요."
그러나 택시 속에서 베르나르가 가까이 다가왔을 때 그녀의 손은 그를 멀리하며 피했다.
고향으로 돌아가기 전날 밤에 그들은 9시부터 잠자리에 들었다. 떼레즈는 수면제를 한 알 먹었다. 그러나 너무 열심히 잠을 기다렸기 때문에 오히려 잠이 오지 않았다. 한순간 깜박 정신이 혼미해졌을 때 베르나르가 알아듣지 못할 소리를 중얼거리며 돌아누웠다. 그때 그녀는 자기 몸 위에 뜨거운 큰 몸을 느꼈다. 그녀는 그를 밀치고는 그 불길을 피하기 위해서 침대의 맨 끝으로 가 누웠다. 그러나 몇 분 후에 그는 다시 그녀 쪽으로 굴러왔다. 마치 정신은 잠이 들었어도 육체는 살아 있어서 잠속에서조차 습관이 된 그의 먹이를 막연히 찾고 있는 듯했다. 거친 손길로, 그러나 그를 깨우진 않고 다시 그녀는 그를 밀쳤다…… 아! 영원히 그를 밀쳐버릴 수 있었으면…… 어둠 속에서 침대 밖으로 그를 떨어 뜨려버렸으면.
밤에 아르쥘루즈에서 달이 밝으면 개나 닭이 울듯이 파리에서는 자동차의 경적이 울리고 있었다. 길로부터는 조금도 서늘한 바람이 올라오지 않았다. 떼레즈는 램프를 켜고는 베개에 팔꿈치를 기댄 채 그녀 옆에서 꼼짝 않고 있는 그 사내를 바라보았다――스물 일곱 살의 이 사내. 그는 이불을 걷어찼다. 숨소리조차 들리지 않았다. 헝크러진 머리카락이 아직 순수한 그의 이마와 주름이 없는 관자놀이를 덮고 있었다. 무장해제되고 벗은 아담. 그는 영원과 같은 깊은 잠을 자고 있었다. 떼레즈는 그의 몸 위에 이불을 다시 덮어주고는 일어서서 읽다 만 편지 중의 하나를 찾아들고 램프 가까이로 갔다.

……만약 그이가 나보고 자기를 따르라고 하면 난 당장 모든 것을 버리고 떠날테야. 우리는 최후의 애무의 극한선에서 멈추고 있어. 그것도 그이의 의지에 의해서야. 내가 저항해서가 아니라――오히려 그이가 나를 억제시키고

있어. 나는 그이가 늘 말해주는 단 한 번의 접근으로 모든 기쁨을 능가한다는 그 미지의 극한에까지 가보기를 원하고 있어. 그의 말을 들으면 항상 이편에 머물러 있어야 한대. 한번 발을 들여놓으면 참지 못하게 된다는 그 경사 위에서 억제할 수 있다는 것에 그이는 자부심을 느끼고 있어…….

떼레즈는 덧문을 열었다. 새벽이 채 오기 전의 이 시간에 단 한 대의 무개차가 소리를 내고 있는 돌로 된 심연 위에 몸을 구부리고 그 편지들을 작은 조각으로 찢어버렸다. 콩잎조각들이 빙빙 돌다가 아래층의 발코니 위에 떨어졌다. 이 여인이 들이마시는 풀냄새는 어느 시골로부터 이 아스팔트의 사막에까지 불어온 것인가? 떼레즈는 보도 위에 엉망이 된 자기 육체를 상상했다——그리고 그 주위에 있는 경관들과 구경꾼들의 소음을……. 떼레즈, 넌 자살하기엔 너무 상상력이 많다. 사실 그녀는 죽고 싶지는 않았다. 급히 할 일이 그녀를 부르고 있었다. 복수도 증오도 아니다. 저기 생 클레르에서 행복이 가능하다고 믿고 있는 그 바보 꼬마가 떼레즈처럼 행복은 없다는 것을 알게 되어야 한다. 그 두 여인이 서로 공통점을 갖고 있지 않다 해도 적어도 이것만은 같이 갖고 있어야 했다. 권태, 모든 고귀한 임무나 높은 의무의 부재, 일상스런 저질의 일 외에 아무것도 기대할 수 없음——아무 위안도 없는 철저한 고립. 새벽 여명이 지붕을 비추고 있었다. 그녀는 침대 위에 꼼짝 않고 있는 남자에게로 돌아갔다. 그러나 그녀가 그의 옆으로 눕자마자 그는 가까이 다가왔다.

그녀가 잠을 깨었을 때에는 머리가 맑았고 이성적으로 되었었다. 무엇을 그렇게 멀리서 찾으려 했던가? 가족이 그녀의 도움을 청하고 있다. 그녀는 가족이 요구하는 대로 행동할 것이다. 그리하여 안느는 조금도 빗나가지 않게 될 것이다. 안느가 드길렘가와의 결혼을 못 하게 된다면 큰일이라고 자꾸 말하는 베르나르에게 떼레즈도 동의했다. 드길렘 가는 그들의 가문과는 다른 집안이다. 할아버지가 목동이었다……그렇다. 그러나 그들은 그 지방에서 가장 좋은 소나무 숲을 갖고 있다. 그리고 뭐니뭐니해도 안느는 부자가 아니다, 아버지로부터 기대할 것은 랑공 근처 충적토 평야에 있는 포도밭뿐이다——그것도 2년에 한 번은 홍수가 지

는. 무슨 일이 있어도 안느가 이 드길렘과의 결혼을 못 하게 되어서는
안된다. 방에서 나는 초콜릿 냄새에 떼레즈는 구역질이 났다. 이 사소한
거북스러움은 또 다른 일의 징표였다. 벌써 임신. "당장 갖는 게 좋아."
베르나르가 말했다. "그런 다음엔 거기에 대해 생각할 필요가 없어질테
니까." 그러고는 그는 뱃속에 끝없는 소나무 밭의 유일한 주인을 간직하
고 있는 여자를 존경심을 갖고 바라보았다.

5

  곧 생 클레르다! 생 클레르…… 떼레즈는 머릿속에서 지나온 길들을
어림짚어보았다. 베르나르로부터 그곳까지 함께 올 승낙을 얻을 수 있을
까? 떼레즈는 이 울퉁불퉁한 길 위로 그렇게도 느린 걸음으로 걷는 일
에 베르나르가 동의해주기를 감히 바라지도 못했다. 그러나 본질적인 것
은 아무것도 말하여지지 않았었다. '지금 내가 있는 이 협로에 그와 함
께 도달하였다 해도 아무것도 밝혀지지 않은 채 그대로였으리라.' 그녀
는 자기 자신의 풀기 어려운 문제를 연구하였고, 생 클레르에서 살림을
했었을 때 모두가 똑똑하다고 칭찬했었던 젊은 부르주아 신부였던 자기
를 의문을 갖고 돌이켜보았고, 시부모님의 선선하고 어둡던 집에서 보낸
처음 몇 주일을 다시 상기해냈다. 큰 광장으로 향해진 쪽의 덧문은 늘
닫혀 있었다. 그러나 왼쪽에는 철책을 통해서 해바라기며 제라늄, 페튜
니아가 만발한 정원이 보였다. 1층의 어두운 작은 응접실 속에 죽치고
들어 있는 라 트라브 부부와 금족령이 내려 정원을 방황하고 있는 안느
사이를 떼레즈는 비밀을 듣는 자, 공모자로서 왔다갔다했었다. 그녀는
라 트라브 부부에게 말했다.
  "부모님께서 약간 양보하시는 척하세요. 그애에게 무슨 결정을 내리기
전에 여행을 하자고 하세요. 제가 여행을 하도록 만들겠어요. 안 계신
동안에 제가 일을 해결하겠습니다." "어떻게?" 라 트라브 부부는 그녀
가 젊은 아제베도를 만날 것을 예상했었다. "어머니, 그런 직접적인 공
격으로는 아무 결과도 얻을 수 없어요." 라 트라브 부인의 말을 믿는다

면 천만다행으로 아직 아무 소문도 나지 않았었다. 우편국 직원 모노 양만이 이 일을 알고 있었다. 그 여자가 몇 통의 안느 편지를 중간에서 되돌려주었었다. "그애는 아주 입이 무거운 여자다. 더구나 우리 편이지 ……떠들지 않을거다."

"될 수 있는 대로 안느에게 고통을 주지 않는 방향으로 합시다……"라고 엑토르 드 라 트라브는 되풀이 말하곤 했다. 전에는 안느의 아주 작은 변덕에도 말을 들어주던 아버지였지만 이번만은 "오믈렛을 만들려면 계란을 깨지 않고는 안되지……." 혹은 "언제고 그애가 우리에게 감사할거다"라고 말하면서 자기 부인에게 동의하지 않을 수 없었다. 그래, 그런데 그렇게 하는 동안에 병이나 나지 않을까? 두 부부는 초점 흐린 눈을 하며 입을 다물었다. 아마도 그들은 머릿속에서 뜨거운 태양 아래, 아무것도 먹기 싫어서 기진맥진해진 딸을 상상하고 있는지 몰랐다. 안느는 꽃들을 눈에 안 보이는 듯 짓밟았고 나갈 구멍을 찾으며 살금살금 철책 주위를 맴돌고 있다…… 드 라 트라브 부인이 머리를 흔들었다. "하지만 내가 걔 대신 고기즙을 마실 순 없지 않겠어요? 걔는 마당에서 과일들을 실컷 먹고는 끼니 때가 되면 빈 접시만 앞에 놓고 있다우." 엑토르 드 라 트라브는 "우리가 그애 말을 들어주어도 나중에는 오히려 우릴 비난할 거요…… 게다가 병든 애들을 낳게 될 뿐만이 아니라……." 부인은 마치 변명을 찾으려 애쓰는 것같이 구는 남편이 원망스러웠다. "드길렘네가 아직 돌아오지 않은 건 다행한 일이에요. 우리에게 이 결혼에 매달릴 기회가 아직은 있어요……." 그들은 서로 질문을 하려고 떼레즈가 방을 나가기를 기다렸다. "그런데 수녀원에서 이애 머릿속에 무얼 집어넣었는지 모르겠어요? 집에선 좋은 본보기밖엔 안 보여줬었어요. 우린 걔가 읽은 책을 다 검사했었고요…… 떼레즈 말은 어린 여자애들 머리를 돌게 하는 데에는 우량도서목록에 있는 사랑 소설보다 더 나쁜 게 없다고 해요…… 그렇지만 그애는 너무 역설적이에요…… 게다가 안느는, 천만다행으로 책 읽는 데 미쳐 있지 않아요. 그 점에 있어서는 내가 그애를 걱정할 필요가 한 번도 없었으니까요. 그런 걸 보면 안느는 가정적인 애예요. 사실, 우리가 그애 기분을 바꾸게 해줄 수만 있다면…… 기관지염 때문에 홍역을 치르게 되었던 후, 살리에 갔었을 때 얼마나 안느가 건강해졌었는지 생각나시지요? 우리 안느가 원하는 곳으로 갑시다. 더 좋은 방법은 모르겠어요. 사실 꽤나 걱정 끼치는 애예요." 드 라 트라브 씨는 작은 소리로 한숨을 쉬었다. 약간 귀가 먼 자기 부인이 "뭐라고 하셨어요?"라고 묻자 "아! 우리와 같이 여행을······ 아무것도 아니야! 아무것도 아니래두!" 하고 대답했다. 그가 이제까지 살아온 그의 운명 깊숙히에서 이 늙은이는 어느 사랑의 여행을, 사랑하던 청춘의 어느 축복받은 시간을 갑자기 상기해낸 것일까?

떼레즈는 정원에 나가서 작년에 입던 양복이 너무 헐렁해진 소녀를 다시 만났다. "어떻게 되었어?" 안느는 자기 친구가 가까이 오자 곧 소리쳤다. 화단 통로의 잔해, 삐걱이며 메마른 풀밭, 말라죽은 제라늄의 향기 그리고 그 8월의 오후에 어떤 식목보다 더 시들어 보이던 소녀. 떼레즈 마음속에 다시 생각나지 않는 것은 하나도 없다. 때때로 폭우처럼 쏟아지는 소나기에 둘은 온실로 들어갔다. 우박이 유리 위로 소리를 내며 떨어졌다.

"아무래도 그이를 못 만나는데 여행을 떠나면 어떻겠니?"

"그이를 보진 못하지만 난 그이가 여기서 10킬로 떨어진 곳에 있다는 걸 알고 있어. 동풍이 불 때에는 그이가 나와 같은 시각에 교회 종소리를 듣는다는 걸 알고 있어. 베르나르가 아르퀼루즈에 있건 파리에 있건 네겐 마찬가지겠니? 장을 볼 수는 없지만 난 그이가 멀리 있지 않다는 건 알고 있어. 일요일에 미사드릴 때 난 고개를 돌리려고도 안해. 왜냐하면 우리 자리에서 보이는 건 제단뿐이고 기둥이 가려서 다른 사람들은 볼 수도 없으니까. 그러나 끝내고 나올 때에는······."

"이번 일요일에 안 왔었니?"

떼레즈는 알고 있었다. 어머니한테 끌려나오며 안느가 보이지 않는 얼굴을 헛되이 군중 속에서 찾았었다는 걸 그녀는 알고 있었다.

"어쩌면 그이가 아플지도 몰라······ 그이 편지를 모두 빼앗으니 난 아무것도 알 수가 없어."

"그래도 그이가 소식 전할 방법을 어떻게든지 찾지 못한다는 건 이상하다."

"떼레즈, 만일 네가…… 그래, 나도 네 입장이 미묘하다는 건 알고 있어……."

"여행을 가겠다고 해. 네가 없을 때 어쩌면……."

"난 그이로부터 멀리 떨어질 수 없어."

"안느, 아무튼 그인 갈거야. 몇 주일만 지나면 그인 아르쥘루즈를 떠날거야."

"아! 그런 소리 마! 그 생각을 하면 난 참을 수가 없어. 그런데 그이로부터는 내가 살아갈 수 있는 도움의 말 한마디 들을 수 없다니. 그 생각을 하면 난 정말 죽을 것 같애. 매순간 내게 그렇게도 큰 기쁨을 주던 그이의 말을 기억해내야만 살 것 같아. 그런데 너무 자주 그 말들을 반복해보았더니 이젠 그런 말을 그이가 진짜 했었는지 어땠는지 모르게 돼버렸어. 예를 들어 이런 말 같은 것. 우리가 마지막 만나던 날이었어. 난 지금도 들리는 것 같애. '나의 생에는 당신 외에 아무도 없어요…….' 그이가 그렇게 말했었어. 어쩌면 '내 생에서 가장 귀중한 게 당신입니다……'였는지 몰라. 정확하게 기억할 수가 없어."

눈살을 찌푸린 채 안느는 위안의 말들을 찾아 그 의미를 끝없이 넓히고 있었다.

"그런데 그 청년 어떤 사람이니?"

"넌 상상할 수도 없을거야."

"그렇게도 보통 사람들과 다르게 생겼니?"

"네게 그이를 그려 보여주고 싶지만……그런데 그이는 내가 말로 할 수 있는 것보다 너무 먼 곳에 있어……어쩌면 넌 그이가 너무 평범하다고 생각할지 몰라…… 그렇지만 난 그이가 평범하지 않다는 걸 확신하고 있어."

자기가 그 사람에게 품고 있는 사랑 때문에 눈이 현혹되어 그녀는 그 청년의 특별한 점을 하나도 얘기할 수 없어졌다. '나라면' 떼레즈는 생각했다. '열정은 나를 더욱 냉철하게 만들거다. 내가 열망하고 있는 인간의 아무리 작은 것도 나는 놓치지 않을거야.'

"떼레즈, 만일 내가 이 여행을 가겠다고 하면 네가 그일 만나겠니? 내게 그이 말을 전해주겠니? 그이에게 내 편지를 전해주겠니? 만일 내가 떠난다면…… 만일 내게 떠날 용기가 생긴다면…….”
  떼레즈는 빛과 불의 왕국을 떠나서, 마치 한 마리의 음침한 말벌처럼, 부모들이 더위가 가시기를, 또 딸이 마음을 바꿔주기를 기다리고 있는 사무실 속으로 다시 들어갔다. 마침내 안느가 출발하기를 동의할 때까지는 수없이 그 두 곳을 왔다갔다해야 했다. 드길렘 집안 사람들이 곧 돌아오는 일이 없었더라면 떼레즈는 그 일을 이룰 수 없었을지도 몰랐다. 안느는 이 새로운 위험 앞에 몸을 떨었다. 떼레즈는 안느에게 부잣집 아들치고 '이 드길렘 집 아들이 나쁘지는 않은 편'이라고 여러 번 말하곤 했다.
  "하지만 떼레즈, 난 그 사람은 거의 본 적도 없어. 코안경을 낀데다가 대머리고 늙었어.”
  "그인 스물 아홉 살이야…….”
  "내 말이 그 말이야. 늙은이란 말이야. 하여튼, 늙은이든 아니든 간에…….”

  저녁 식사 때 라 트라브 부부는 비아릿츠 얘기를 했고 호텔에 관해서 알아보았다. 떼레즈는 안느를, 혼이 빠져 꼼짝 않고 있는 안느를 관찰하였다. "자, 조금만 억지로라도 먹어봐라…… 싫어도 먹어야 한다.” 라 트라브 부인이 반복해서 말했다. 기계적인 몸짓으로 안느는 숟갈을 입으로 가져갔다. 눈에는 아무 빛도 없었다. 이 부재 외에는 그녀에게 아무것도 누구도 없었다. 히드가 만발한 오두막 속에서 장 아제베도의 너무 거친 손길이 그녀의 블라우스를 약간 찢곤 하던 시절에 받은 애무나 들은 말을 기억할 때 때때로 안느의 입술 위에 미소가 엷게 떠올랐다. 상체를 접시 위에 구부리고 있는 베르나르를 떼레즈는 바라보았다. 빛을 뒤에서 받고 있었기 때문에 그의 얼굴은 볼 수 없었다. 그러나 성스러운 음식을 길게 씹는 소리와 반추하는 소리는 들려왔다. 떼레즈는 식탁을 떠났다. 시어머니가 말했다. "저애는 우리가 모른 척해주는 걸 더 좋아해요. 난 저애를 귀여워해주고 싶지만 저애는 누가 돌보아주는 걸 싫어해요. 임신을 해서 저 정도라면 아무것도 아니에요. 그런데 저애한테는 아무리 말해야 소용없어요. 담배를 너무 피워요.” 그러고 나서 그 부인은 자기가 임신했을 때 일을 상기하였다. "내가 너를 뺐을 때 난 고무공 냄새를 맡아야 했었단다. 그것만이 속을 가라앉혔었어."

"떼레즈, 어디 있니?"
"여기, 긴의자 위에."
"아! 알겠어. 네 담뱃불이 보여."
안느는 앉아서 꼼짝 않는 어깨 위에 자기 머리를 기댔다. 하늘을 쳐다보며 말했다. "그이도 이 별을 보고 있을거야. 이 교회 종소리를 듣고 있을거야……." 그녀가 다시 말했다. "떼레즈, 날 꼭 안아줘." 그러나 떼레즈는 자기를 믿고 있는 머리를 향해 몸을 기울이지 않았다. 다만 이렇게 물어보기만 했다.
"괴롭니?"
"아니, 오늘 저녁엔 괴롭지 않아. 무슨 일이 있어도 결국엔 그이와 만나게 되리라는 걸 알게 됐어. 이젠 마음이 평온해. 근본적인 일은 그이가 그걸 안다는 거야. 그인 너를 통해서 그걸 알게 될거야. 난 이 여행을 갈 결심을 했어. 그러나 돌아오는 길에 난 벽을 타고 숨어서 그이에게 갈테야. 조만간에 난 그이의 품에 안기게 될거야. 그렇게 되리라는 걸 난 내 생명처럼 확실히 믿고 있어. 싫어, 떼레즈, 싫어. 넌, 적어도 너만은 내게 훈계하지 마. 가족 얘길랑은 하지 말아줘……."
"이봐, 난 가족 생각을 하는 게 아니야. 그 사람 생각을 하고 있어. 그렇게 한 사람의 생에 갑작스레 얽히는 법이 아니야. 그이도 역시 가족이 있고, 이해관계며 일이며 혹은 어쩌면 교제하는 여자가 있을지도 모르지 않니……."
"아니야. 그이는 '내 생에는 당신밖에 없어요……'라고 말했었어. 또 한 번은 '이 순간 내가 애착을 느끼는 유일한 것은 우리의 사랑입니다'라고도 말했었고……."
"이 순간이라고?"
"넌 무얼 생각하니? 그이가 얘기하던 그 순간만을 의미했다고 생각하니?"
떼레즈는 더 이상 그녀가 괴로워하는지를 물어볼 필요가 없었다. 어둔 속에서 괴로워하는 그녀를 느낄 수가 있었다. 그러나 조금도 동정을 느끼지 않았다. 왜 그녀가 동정을 느꼈어야 하나? 심장으로 밀접하게 연결되어 있는 어떤 인간의 이름이나 성을 되풀이 말한다는 것은 참으로 달콤한 일일 것이다! 그이가 살아 있고 숨쉬고 밤에는 구부린 팔 위에 머리를 괴고 잠들고 새벽에 그가 잠이 깨면 그 젊은 육체가 안개를 걷어버린다……는 그런 생각.

"떼레즈, 울고 있니? 너 나 때문에 우는 거니? 넌 나를 사랑하고 있지, 떼레즈."

안느는 무릎을 꿇고 앉아서 떼레즈의 옆구리에 머리를 기댔다. 그러더니 갑자기 몸을 일으키며,

"내 이마에 뭐가 움직이는 걸 느꼈어……."

"응, 며칠 전부터 움직이기 시작했어."

"애기가?"

"응. 벌써 살아 움직이는거야."

둘은 전에처럼 허리를 껴안고 니장의 길 위로, 아르쥘루즈의 길 위로 걸어서 집으로 돌아왔다. 떼레즈는 그 꿈틀거리는 짐이 무서웠던 일이 생각난다. 얼마나 많은 열정이 자기 존재의 가장 깊은 곳에 이 아직도 형체도 없는 육체 속으로 스며들 것인가! 그 저녁 자기 방 안에 열려진 창 앞에 앉아 있는 자신을 다시 보는 것 같다. 베르나르는 정원에 들어서자 그녀에게 소리쳤었다. "모기가 들어올테니 불을 켜지 마." 그녀는 애가 태어날 때까지 몇 달이나 남았나 세어 보았다. 아직 자기 내장과 혼합되어 있는 이 미지의 인간이 나타나지 않도록 허락을 내릴 수 있는 신이 있다면 떼레즈는 그 신을 알고 싶었을 것이다.

6

안느와 라 트라브 부부가 출발한 후 며칠간이 떼레즈에게는 혼수상태 처럼밖에는 회상되지 않는 게 이상한 일이다. 그녀가 그 아제베도와 해결을 볼 방법을 찾고 그에게 체념을 시키도록 약속이 되었던 아르쥘루즈

에서 떼레즈는 다만 휴식과 잠만을 생각했었다. 베르나르는 자기 집에서 살지 않고 더 편하고 또 클라라 고모가 살림의 귀찮은 일을 다 돌봐주는 떼레즈의 집에서 살 것에 동의했었다. 남들이야 어떻든 떼레즈에게 무슨 상관이람? 저희들끼리 어떻게 해결을 보겠지. 해산 때까지 이런 마비상태 외에 다른 어떤 것도 싫었다. 매일 아침 베르나르는 장 아제베도에게 접근하겠다던 약속을 상기시키며 그녀를 귀찮게 굴었다. 그러나 떼레즈는 딱 잘라서 거절했다. 떼레즈는 점점 더 참기가 어려웠다. 그녀의 그런 기분도 임신중이니 할 수 없다고 베르나르는 생각했다. 베르나르와 같은 종류의 사람들이 30대 이전에 그런 감정을 느낀다는 건 드문 일이지만 그 역시 보편적인 강박관념의 첫 징조를 느끼고 있었다. 즉 죽음에의 공포──그처럼 견고히 자란 청년에겐 처음에는 퍽 놀라운 일이었다. 그러나 그가 "당신은 내가 요즘 느끼고 있는 감정을 몰라……"라고 말할 때 무엇이라고 대답해줄 수가 있을까? 한가하고 너무 영양이 좋은 족속의 이 대식가의 육체는 다만 힘의 상징처럼 보였다. 밭의 기름진 땅에 심어진 소나무는 빠르게 성장한다. 그러나 너무나 일찍 그 나무의 심장은 썩고 한창 자랄 때 그 나무를 베어버리지 않을 수 없게 된다. "신경과민이군"이라고 사람들은 베르나르에게 말하곤 했다. 그러나 그는 그 갈라진 금을──강철에게조차 있을 수 있는 그 결함을 잘 느끼고 있었다. 게다가 생각도 못 할 일이 일어났다. 그는 더 이상 먹지를 않았다. 배가 고프지 않았다. "왜 진찰을 받으러 가시지 않아요?" 그는 어깨를 으쓱하며 초탈한 척했다. 사실은 죽음의 선고보다는 불확실한 상태가 덜 무섭게 느껴졌는지 모른다. 밤에 때때로 힐떡이는 소리에 떼레즈는 깜짝 놀라 깨곤 했다. 베르나르의 손이 그녀의 손을 쥐어 자기의 왼쪽 가슴에 올려놓아 일시적인 단절을 느끼도록 해주었다. 그녀는 불을 켜고 일어서서 물컵에 길초산염을 타주었다. '이 혼합음료가 몸에 이롭다니 무슨 우연인가!'라고 그녀는 생각했다. 왜 해롭지는 않고? 영원히 잠드는 것 외에는 아무것도 진정시킬 수도 진실로 잠들게 할 수도 없는 것이다. 이 불평투성이의 사나이는 왜 영원히 그를 안정시킬 것에 대해 그렇게도 두려워하고 있나? 그는 그녀보다 먼저 다시 잠이 들었다. 그 코고는 소리가 때로는 고통스럽게까지 되는 이 거나된 육체 옆에서 어떻게 잠들기를 기다린단 말인가? 천만다행으로 그는 이제는 그녀 가까이로 오지 않았다――모든 운동 중에서도 사랑하는 게 가장 자기 심장에 해롭다고 그는 생각하고 있었다. 새벽의 닭울음소리가 소작인들을 깨웠다. 동풍이 부는 가운데 생 클레르의 성당 종소리가 울려왔다. 그제서야 떼레즈의 두 눈이 감겼다. 그러면 또다시 그 사내의 몸이 움직였다. 그는 농부처럼 재빨리 옷을 입었다(겨우 머리를 찬물에 적시는 둥 마는 둥했다).

찬장에 남아 있는 음식을 대단히 좋아한 베르나르는 강아지처럼 부엌으로 달려갔다. 찬 고기 한 조각이나 혹은 포도 한 송이와 마늘과 버터를 살짝 칠한 빵 한 쪽 등 극소량의 남은 음식으로 아침을 때웠다. 그게 그가 먹는 하루 음식 중 제일 잘 먹는 거라니! 그는 입맛을 다시고 있는 개 플랑보와 디안느에게 먹을 걸 던져주었다. 안개는 가을냄새를 품고 있었다. 이때가 베르나르가 피로워하지 않는 시간이고 그의 속에 힘찬 젊음을 다시 느끼는 시간이다. 곧 야생비둘기들이 지나갈 철이다. 미끼새를 준비하고 눈을 빼야 할 것이다. 열 한 시에 아직 누워 있는 떼레즈에게로 다시 돌아왔다.

"어때? 아제베도 아들은 어떻게 하지? 어머니가 비아리츠에서 국유치우편으로 소식을 기다리고 계시다는 건 당신도 알고 있지?"

"심장은 어떠세요?"

"내 심장 얘기는 말아줘. 당신이 그 말만 하면 난 또다시 아프기 시작하니까. 분명히 신경 때문이야…… 당신도 신경 때문에 그렇다고 생각하우?"

그녀는 절대로 그가 듣고자 하는 대답을 그에게 해준 일이 없었다.

"무슨 일이 날지 누가 알아요. 당신 혼자만이 증세를 아시잖아요. 뭐 당신 아버님이 협심증으로 돌아가셨대서 그러는 건 아니예요…… 특히 당신 나이에…… 분명히 데께루 집안식구는 심장이 약하긴 해요. 베르나르, 그렇게 죽음을 두려워하다니 우스워요! 당신은 저처럼 당신이 불필요한 존재라는 것을 생각해보신 적 없으세요? 없어요? 우리 같은 사람들의 삶이란 이미 끔찍히도 죽음과 닮았다고 생각하지 않으세요?"

그는 어깨를 으쓱했다. 그녀는 그런 궤변으로 그를 괴롭히곤 했다. 재치가 있다는 건 그렇게 나쁜 일은 아니다. 이치에 맞는 일에 온통 반대만 하면 된다고 베르나르는 생각했다.

그는 덧붙여 자기를 괴롭히려 그렇게 많은 노력을 들이는 건 잘못이라고 했다. 아제베도 아들과 만날 때를 위해서 참아두는 게 나을 거라고.
"10월 중순에는 그가 빌메자를 떠난다는 걸 알고 있지?"

생 클레르 하나 전 정거장인 빌랑드로에서 떼레즈는 생각한다. '내가 그 청년을 사랑하지 않았다고 어떻게 베르나르에게 믿게 할 수 있을까? 분명히 그이는 내가 그 청년을 사랑했다고 믿을거다. 사랑을 전혀 모르는 모든 사람처럼 그이도 내가 비난받고 있는 이런 죄는 다만 사랑 때문이라고 생각하고 있을 것이다.' 그 시절에 떼레즈가 그를 귀찮게는 여겼지만 미워하지는 않았다는 것을 베르나르는 알아야 한다. 그러나 떼레즈는 당시 어떤 딴 인간이 그녀에게 조금이라도 도움을 줄 수 있으리라고는 생각할 수도 없었다. 결국 베르나르가 그렇게 나쁘지는 않았다. 소설 속에서 흔히 특별한 인간을, 우리가 절대로 현실에서 볼 수 없는 인간을 그리고 있는 걸 떼레즈는 증오하곤 했었다.

떼레즈가 알고 있던 단 한 명의 탁월한 인간이라면 그녀의 아버지였다. 여러 가지 일을 하고 있으며, 고집 세고, 남을 믿지 않고 과격했던 아버지에게 어떤 위대함을 찾아보려 떼레즈는 애써보았다. 지주실업가(B시의 제재소 외에도 아버지는 자신의 송진과 여러 일가의 송진을 생 클레르의 공장에서 취급하고 계시다)——정치가, 아버지의 거만한 태도로 많은 오해를 사고 있지만 도지사는 아버지를 신용하고 있다. 그리고 아버지는 얼마나 여자를 경멸하시는지! 모두가 떼레즈의 총명을 칭찬하던 때에도 아버지는 떼레즈조차 경멸했었다. 이 사건이 일어난 후에는 "여자란 바보가 아니면 모두 히스테리들이다!"라고 변호사에게 되풀이 말했었다. 이 교권반대주의자는 스스로 몹시 수줍어하는 사람으로 자처했다. 때때로 자신도 〈베랑제의 노래〉 후렴을 흥얼거리기도 하지만 누가 자기 앞에서 그렇고 그런 얘기를 하는 걸 못 참아했고 마치 사춘기 소년처럼 빨개지곤 했다. 라로크 씨는 동정으로 결혼했을 거라는 드 라 트라브 씨의 말을 베르나르도 인정했다. "홀아비가 되신 이래로 전혀 여자

관계가 없었다고 모두들 그러더군. 당신 아버지는 별난 분이야!" 정말, 그 분은 별난 사람이었다. 그러나 멀리 있을 때에는 아버지를 미화해서 상상하던 떼레즈도 아버지가 옆에 있을 때에는 그의 천한 점을 헤아려보곤 했다. 아버지는 생 클레르에는 거의 오시지 않았지만 아르췰루즈에는 꽤 자주 오셨다. 라 트라브 식구들을 만나고 싶어하지 않으셨기 때문이었다. 그들과 함께 있을 때엔 정치얘기는 안하도록 되어 있었는데도 수프를 먹을 때부터 하찮은 토론이 시작되었고 곧 대화가 험악해지곤 했다. 떼레즈는 그 토론에 참여하기가 창피했다. 그녀는 종교문제를 얘기할 때 외에는 입을 다묾으로써 자존심을 지켰다. 그럴 때면 그녀는 서둘러 라로크 씨의 도움을 청했다. 각자가 소리를 질러서 클라라 고모조차 몇 마디 알아듣고서는 그 토론에 합세해서 귀머거리의 괴상한 목소리로 "수녀원에서 무슨 일이 일어나는지를 알고 있다"는 나이먹은 급진파 여인의 열정을 아무렇게나 토로하곤 하였다. 속으로는(떼레즈는 생각했다) 라 트라브 가족의 누구보다 신심이 깊은 고모, 그러나 고모를 귀머거리에 추녀로 만들었고 한 번도 누구에게서 사랑을 받지도 소유당하지도 못한 채 죽게 만든 절대자를 고모는 공공연히 비난을 했다. 어느 날 드 라 트라브 부인이 식탁을 떠나버린 후로 가족들은 암암리에 형이상학적인 문제는 대화에서 피했다. 우익이든 좌익이든 정치얘기만 나오면 버럭 화들을 내곤 하던 이들은 이 근본원리 —— 즉 이 세상의 유일한 재산은 소유자며 토지를 소유하는 것보다 더 살 가치를 주는 것은 없다는 —— 에는 모두 일치하고 있었다. 그런데 화재를 고려에 넣어야 할는지? 넣는다면 어느 정도까지? '핏속에 소유에의 애착을 갖고 태어난' 떼레즈는 그런 문제가 제기되기를 냉소적으로 원했었다. 그러나 라로크나 드 라 트라브가가 둘 다 좋아하고 있는 일을 아닌 척 가장하고 있는 꼴이 떼레즈에겐 증오스러웠다. 아버지가 '민주주의에의 불멸의 헌신'이라고 큰소리 치실 때면 떼레즈는 "그러실 필요 없어요. 우리끼리 뿐인걸요"라며 아버지의 말을 중단시켰다. 떼레즈는 숭고함을 정치에서 찾는 것은 구역질 난다고 말했다. 가장 가난한 사람도 소유주인 나라에서 사회계급 투쟁의 비극이 왜 있는지 왜 점점 더 그 비극이 커가는지 그녀는 알 수 없었다. 토지와 사냥, 먹고 마신다는 공통의 취미가 부르주아고 농부고

간에 밀접한 우정을 맺을 수 있는 그런 나라에서 베르나르는 더 교육을
받았었다. 사람들은 그보고 시골사람 같지 않다고 했다. 떼레즈 자신도
그가 함께 이야기를 할 수 있는 사람이란 걸 기쁘게 생각하고 있었다.
'하여튼 그가 자란 환경에 비하면 아주 탁월한……' 그녀는 장 아제베
도를 만나는 날까지 그렇게 베르나르를 생각하고 있었다.

 밤의 서늘함을 오전 내내 느낄 수 있는 그런 계절이었다. 종업식만 끝
나면 태양은 뜨거웠지만 약간의 안개가 멀리서 황혼을 알려주었다. 첫
야생비둘기떼가 지나갔다. 베르나르는 저녁 때까지 들어오지 않았다. 그
러나 그날은 밤새 고통을 받았기에 진찰을 받으려고 그는 당장 보르도로
갔다.
 '그 당시 난 아무것도 원하고 있지 않았었다.' 떼레즈는 생각한다. 임
산부는 걸어야 했기 때문에 난 길을 따라서 한 시간 가량 걸었다. 난 숲
길을 피해서 갔다. 야생비둘기 사냥꾼 때문에 자주 멈춰 서서 휘파람을
불고는 사냥꾼이 다시 걸어도 좋다고 외쳐서 알려줄 때까지 기다려야 했
기 때문이었다. 그러나 때로는 휘파람을 불면 긴 휘파람이 응답하곤 했
다. 참나무 숲에 비둘기 사냥이 한창이다. 그러면 몸을 숨겨야 한다. 그
리고 나는 다시 집에 들어와서는 클라라 고모가 마련해주는 대로 응접실
이나 부엌의 불가에 앉아 졸곤 했다. 신이 자기를 섬기는 자에 관심을
안 두듯이 나도 늘 부엌이나 소작인에 대한 이야기를 콧소리를 내며 하
고 있는 이 늙은 고모에게 전혀 주의를 하지 않았다. 고모는 얘기하고
또 했다. 남의 얘기를 들으려 애쓰고 싶지 않아서. 거의 언제나 그녀가
돌보아주고 헌신으로 보살펴주고 있는 소작인들에 관한 불길한 얘기들
이었다. 굶어 죽게 된 노인들, 종신 부역형을 받은 사람들, 버림받은 불
구자들, 끝없는 일에 지쳐버린 여자들의 이야기. 클라라 고모는 일종의
희열을 갖고 순진한 사투리로 그들의 가장 끔찍한 말들을 인용했었다.
진정으로 고모가 사랑한 사람은 나였다. 고모가 무릎을 꿇고 내 신발의
끈을 풀어주고 양말을 벗기고 늙은 그녀의 손 속에서 내 발을 데워주는
걸 쳐다보지조차 않던 나였다.
 하인 발리옹은 생 클레르로 가기 전날에는 고모의 주문을 받으러 왔었

다. 클라라 고모는 심부름의 리스트를 작성하고 아르쾰루즈의 환자들을 위한 처방을 한데 모았다. "제일 먼저 약방엘 가야 해요. 다르케 약제사가 하루 종일 한가한 건 아니니까……."

장과의 처음 만남…… 자세한 상황을 하나하나 기억해야겠다. 나는 버려진 야생비둘기 막으로 갈 것을 결정했다. 전에 안느와 함께 간식을 먹던 곳이고 그 다음엔 안느가 아제베도를 만나 사랑하던 곳이었다. 내가 계획적으로 그 행각에 나서려고 했던 것은 전혀 아니었다. 다만 그쪽의 소나무는 야생비둘기 사냥을 할 수 없을 정도로 너무 키가 크게 자랐었다. 그러니 사냥꾼들을 방해하지 않아도 되었다. 그 주위의 숲이 지평선을 꽉 덮고 있었기 때문에 그 사냥막은 사용되지 않고 있었다. 크게 퍼져 있는 나무 꼭대기들 때문에 사냥꾼들이 새가 나는 걸 지켜볼 수가 없었다. 생각해봐. 그 10월의 태양은 아직도 뜨겁게 불타고 있었지. 그 모래로 된 길 위를 난 고생스럽게 걸었었어. 파리들은 윙윙 귀찮게 굴었었지. 내 배는 어찌도 무거웠던지! 난 사냥 막사의 썩은 의자 위에 앉을 수 있기만 원하고 있었다. 내가 그 문을 열었을 때 모자를 안 쓴 젊은 청년이 나왔다. 난 단번에 장 아제베도를 알아보았고 처음엔 내가 랑데부를 망쳤다고 생각할 정도로 그의 얼굴은 혼란되었다. 그러나 내가 아무리 가버리려 해도 허사였다. 그가 그렇게도 나를 붙잡으려 한 건 이상스러웠다. "아닙니다, 부인. 들어오세요. 조금도 제게 방해가 되지 않는다고 맹세하겠어요."

그가 하도 우겨서 내가 들어간 막사 속에 아무도 다른 사람이 없어서 난 놀랐다. 아마 그 양치는 여자애는 다른 문으로 나간 걸까? 그렇지만 나뭇가지 하나 움직이는 소리가 나지 않았었다. 그 역시 나를 알아봤고 안느 드 라 트라브의 이름이 우선 떠올랐다. 난 앉았고 그는 사진에서처럼 서 있었다. 난 작잠견 셔츠를 통해서 내가 핀으로 찔렀던 곳을 바라보았다. 모든 열정이 제거된 호기심. 그가 미남이었나? 번듯한 이마, 그 집안 특유의 벨벳 같은 두 눈 그리고 그런 나이의 청년들에게서 내가 싫어하던 여드름, 피가 끓는다는 징표. 모든 곪은 것들. 특히 악수하기 전에 손수건으로 닦는 축축한 손바닥. 그러나 그의 아름다운 시선은 불타고 있었다. 난 이 큰 입이 항시 뾰족한 이를 보이며 조금 열려 있는 걸 좋아했다. 더워하는 젊은 개의 주둥이. 그리고 나는, 난 어땠었나? 아주 가족의 대표자연했던 것이 생각난다. 벌써 난 거만하게 대하며 엄숙한 어조로 "훌륭한 집안에 소란과 분란을 일으켰다"고 그를 비난했다. 아! 그의 솔직한 놀라움, 어린애스럽게 터뜨린 웃음이 생각나지. "그럼 당신네들은 내가 안느와 결혼하고 싶어한다고 생각하시나요? 내가 술책을 써서 그 명예를 얻으려 한다고 생각하시나요?" 깜짝 놀라서 나는 한눈에 안느의 정열과 이 청년의 무관심 사이의 심연을 재보았다. 그는 열을 내며 자신을 변명하였다. 매력 있는 아이의 매혹에 어떻게 넘어가지 않을 수 있단 말입니까? 놀지도 말라는 법은 없지 않은가. 그들 사이엔 결혼이란 건 생각도 할 수 없는 것이었기 때문에 그 놀음이 그에겐 위험스럽게 보이지 않았다는 것이다. 아마 그도 안느의 마음을 함께 나누고 있는 척했었겠지…… 마치 말이나 타고 있듯이 높이 앉아 내가 그의 말을 가로막았을 때 그는 격렬하게 다시 말을 시작했다. 그가 너무 지나치지 않도록 절제했었다는 건 안느가 증명해줄 수 있을 거라고. 그러고는 드 라 트라브 양이 그녀의 쓸쓸한 생활 속에서 유일하게 주어졌던 진정한 정열의 시간을 그에게 감사히 여길 것을 믿어 의심치 않는다고. "부인께서는 안느가 괴로워한다고 말하십니다. 그녀의 운명 중에서 이 고통보다 더 좋은 기대가 있으리라고 믿으십니까? 소문을 들어 저도 부인을 알고 있습니다. 이런 얘기들을 당신께 드려도 괜찮다는 걸 알고 있고 또 당신께서는 이곳 사람들과 다르다는 것도 알고 있습니다. 안느가 생 클레르의 낡은 집 속으로 가장 서글픈 인생의 여행을 떠나기 전에 내가 안느에게 감각과 꿈의 재산을——어쩌면 그녀를 절망으로부터, 아니면 마비상태로부터 구해줄 수도 있는——불어넣어주었던 것입니다." 이 과도한 주장과 허식스러운 말에 내가 신경질이 났었는지 혹은 그걸 느끼기나 했었는지 기억이 나지 않는다. 사실 어찌나 말솜씨가 빠른지 처음에는 잘 따라갈 수조차 없었다. 그러나 곧 내 머리가 그의 능변에 익숙해졌다. "내가 그런 결혼을 원한다고 생각하시다니요. 이 모래 위에 닻을 내리는 일을 혹은 파리로 꼬마 하나를 데리고 갈 책임을 질 수 있다고 생각하시다니요? 물론 안느로부터 저는 사랑스런 이미지를 간직하고 있습니다. 그리고 부인께서 갑자기 나타나셨을 때 바로 안느 생각을 하고 있었습니다…… 하지만 어떻게 인간이 정착을 할 수 있을까요? 매순간이 기쁨을 가져와야 합니다——전에 맛보았던 어느 기쁨과도 다른 새로운 기쁨을."

 이 젊은 짐승 같은 탐욕이, 한 인간 속의 이 지성이 내게 너무나도 이상스럽게 보였기 때문에 난 아무 말 없이 그의 이야기를 들었다. 그래 확실히 난 현혹되었었다. 다행히도 아무 수고도 하지 않고도. 사실 나는 현혹되었었다. 멀리서 양떼가 가까이 온다는 것을 알려주는 발소리, 방울소리, 목동들의 야생의 외침이 들려오던 일이 생각난다. 난 그 청년에게 우리가 이 막사에 함께 있으면 이상하게들 생각할 거라고 말했다. 난 그가 양떼가 지나갈 때까지 아무 소리 내지 않고 있는 게 좋을 거라고 말해주길 원했었다. 난 이 함께 있는 침묵을, 이 공모성을 기꺼이 즐겼었으리라(이미 나 역시 요구를 많이 하게 되었고, 매순간이 나에게 살아갈 수 있는 그 무엇을 가져다주기를 바라고 있었다). 그러나 장 아제베도는 아무 말 없이 막사의 문을 열고 예의바르게 옆으로 비켜섰다. 내게 아무 방해물도 없다는 것을 확신시켜준 다음에 그는 아르쥘루즈까지 나를 따라왔다. 돌아오는 길에 그 청년은 많은 얘기를 할 시간을 가졌었지만 내겐 참으로 짧게도 느껴졌었다! 그는 내가 약간 알고 있다고 믿었던 것들을 이상하게 부활시켜주었다. 예를 들어 종교문제에 있어서 내가 버릇처럼 집안에서 하던 말을 다시 시작하자 그는 내 말을 중단시켰다. "네, 물론…… 그렇지만 그보다는 훨씬 복잡한 것입니다……." 과연 그는 내게 아름답게 보였던 명석성으로 이야기하였었다…… 지금은 확실히 그런 매력에 구역질이 날거다. 그는 오랫동안 신의 추구, 추종 외에는 아무것도 중요한 게 없다고 믿었다고도 말했다. "출범하는 것, 미지의 대양으로 가는 것, 찾았다고 믿으며 정지하며 그 속에서 잠을 자려 피난처를 짓는 그런 사람들을 죽음처럼 피하는 것입니다. 전 오래전부터 그런 사람들을 경멸해왔습니다……."

 그는 내가 르네 바쟁이 쓴 〈푸코 신부의 일생〉을 읽었는지 물어보았다. 내가 웃으려 하자 그는 이 책이 그를 뒤흔들어놓았다고 말했다. "깊은 의미로 위험하게 산다는 것은" 그는 덧붙여 말했다. "신을 찾는다는 것보다는 신을 발견했다는 것일 것이고 신을 발견한 후에 신의 영역내에서 산다는 것일 겁니다." 그는 내게 '신비론자들의 대모험'을 설명해주었고 그런 모험이 금지된 자기의 허약한 체질을 한탄하였다. "그러나 자기 기억이 아무리 거슬러 올라가보아도 자기가 순수했던 때의 기억은 나지 않는다"고 말했다. 그런 뻔뻔스러움, 그렇게 쉽게 자신을 내보이는 행동들이 나의 시골스러운 분별성을, 우리집에서는 자기 내적인 생은 혼자만 간직한다는 침묵을 뒤흔들어놓았다. 생 클레르의 험담은 외부의 사건만 건드린다. 속마음은 한 번도 내보이지 않는다. 사실 난 베르나르에 대해 무엇을 알고 있나? 내가 그를 생각해내야 할 때 내가 그럭저럭 상상해내는 캐리커처보다 그의 내부엔 무한히 더 많은 것이 있을 것이 아닌가? 장은 계속 말을 했고 난 입을 다물었다. 내 입에는 가족끼리의 토론 때에 늘 버릇처럼 하던 말밖에는 떠오르질 않았다. 이곳에서 모든 마차들이 '길에 맞게' 되어 있듯이, 다시 말하면 바퀴가 마차의 차철에 꼭맞을 정도로 넓게 되어 있듯이, 그날까지의 모든 나의 사고는, 나의 아버지, 시부모의 '길에 맞게' 되어 있었던 것이다. 장 아제베도는 모자를 안 쓴 채 걸어갔다. 어린애같이 가슴 위가 열린 웃도리, 너무 강인한 그의 목을 지금도 다시 보는 것 같다. 육체적인 매력을 느꼈던가? 아! 하느님, 아니었었다! 그러나 그는 당시에 내가 만난 유일한 사람이었고 무엇보다도 정신생활을 가장 중요시 여겼던 유일한 사람이었다. 그의 선생들, 파리의 친구들, 그들이 하던 말들, 책들의 이야기 때문에 그가 다만 하나의 현상이 아니라 실제 인물이었다고 믿을 수 있었다. 그는 '존재하고 있는' 수많은 엘리트에 속해 있다고 말했다. 그는 내가 모른다는 건 염두에도 안 두고 이 이름 저 이름을 들먹였다. 나는 그런 이름을 처음 듣는 게 아닌 척했다.

굽은 길을 돌아서자 아르쥘루즈의 밭이 보였을 때 나는 "벌써!"라고 외쳤다. 풀을 태우는 연기가 호밀을 생산하던 가난한 땅에 나직히 떠 있었다. 경사지의 풀을 벤 자리에 가축떼가 더러운 우유처럼 흐르고 있었고 모래를 뜯어먹는 것처럼 보였다. 장이 빌메자로 가려면 이 밭을 가로질러 가야 했다. "바래다드리겠어요. 애기가 아주 흥미있습니다"라고 나는 그에게 말했다. 그러나 우리는 더 이상 할 얘기를 생각해낼 수 없었다. 샌들을 신은 발 위로 잘린 호밀 줄기가 아프게 찔러왔다. 나는 그가 혼자 있고 싶어하며 자기 생각을 마음껏 즐기고 싶어한다는 느낌이 들었다. 난 그에게 우리가 아는 얘길 안했다는 걸 알아차리게 했다. 우리의 대화의 주제나 특히 우리의 명상의 주제를 우리는 자유롭게 선택할 수 없는 거라고 그가 내게 알려주었다. 그는 훌륭히 덧붙여 말했다. "그렇지 않으면 신비론자들이 창안해낸 방법을 따라야 합니다…… 우리 같은 인간은 언제나 흐르는 물을 따라가며 경사지를 내려갑니다……." 이렇게 그는 그 당시 그가 읽고 있던 것에 모든 것을 귀속시켰다. 우리는 아는 문제를 어떻게 할지 계획을 세우기 위해 다시 만날 약속을 했다. 그는 멍하니 말하고는 내가 묻는 말에 대답도 않은 채 몸을 굽혔다. 어린애 같은 몸짓으로 그는 내게 버섯을 한 송이 보여주었다. 그러고는 그의 코와 입술을 버섯 가까이로 가져갔다.

7

베르나르는 문지방에서 떼레즈가 돌아오기를 지켜보고 있었다. "내게 아무 병도 없대! 아무 탈 없대!" 그는 어둠 속에서 그녀의 옷자락이 보이자 곧 소리 질렀다. "나 같은 사람이 빈혈환자겠어? 못 믿을 일이지만 그게 사실이래. 겉에 나타나는 것만 너무 믿어서는 안되겠어. 치료를 받으면 돼…… 포울러식 치료. 비산으로 치료하는 거지. 중요한 것은 내가 식욕을 다시 찾는 일이야……."
처음엔 떼레즈가 화나지 않았던 기억이 난다. 베르나르로부터 오는 것은 언제보다 더 그녀에겐 남의 일같이 느껴졌었다(마치 너무나 먼 곳에서 타격이 오는 것처럼). 그녀는 그의 말을 듣고 있지 않았다. 육체와 영혼이 다른 세계로 향해 있었다. 갈망하는 인간들이 살고 있는 세계, 인식과 이해만을 원하는 인간들——장이 깊은 만족감으로 말하던 '있는 그대로의 인간이 되고자' 원하는 인간들이 살고 있는 세계. 식탁에서 겨우 떼레즈가 장을 만난 이야기를 꺼내자 베르나르가 소리쳤다. "그 애길 여태 안했었어? 당신 참 이상하구려! 그래서? 어떻게 하기로 결정보았어?"

그녀는 즉흥으로 실행되어야 할 계획을 지어내었다. 장 아제베도가 부드럽게 안느에게 편지를 써서 안느로 하여금 단념하게 할 것을 동의했다고. 떼레즈가 그 청년은 전혀 이 결혼에 대해 생각지도 않고 있더라고 하자 베르나르는 웃음을 터뜨렸다. 아제베도 녀석이 안느 드 라 트라브와의 결혼을 생각지도 않다니! "그래? 당신 돌았구려? 다만 그 자가 별수없겠다는 걸 알았기 때문이야. 그런 자들은 확실히 잃을 걸 알게 되면 위험을 무릅쓰질 않는 법이니까. 당신은 아직 순진해."

모기 때문에 베르나르는 불을 켜지 않았었다. 그래서 그는 떼레즈의 시선을 보지 않았다. 그는 자기 말대로 '식욕을 되찾았었다'. 보르도의 의사는 벌써 그를 다시 살려놓았던 것이다.

나는 장 아제베도를 자주 만났었던가? 그는 10월 말경에 아르쥘루즈를 떠났다…… 아마 우리는 대여섯 번 같이 산보를 했었을 것이다. 우리가 함께 안느에게 편지를 쓰느라고 보냈던 날만이 따로 생각이 난다. 그 순진한 청년은 마음을 가라앉힐 수 있다고 생각되는 문장에서 멈추곤 했고 난 그에겐 아무 말 안했지만 그 문장에 혐오를 느끼고 있었다. 우리가 마지막으로 만나던 며칠이 혼동되어 단 하나의 추억이 생각난다. 장 아제베도는 내게 파리, 그의 친구들 이야기를 해주었고 나는 '자기 자신으로서 산다'는 신조 아래 있는 왕국을 상상했다. "이곳에서 당신네들은 죽을 때까지 거짓에 살도록 강요되고 있습니다." 그는 목적의식을 갖고 그런 말들을 했었던가? 무엇 때문에 나를 의심했었나? 그의 말을 들으면 내가 이 숨막히는 분위기를 참을 수 있다는 게 불가능하게 생각되었다. "저것 좀 보세요." 그가 말했다. "이곳의 모든 것이 사로잡혀 있는 이 끝없고 단조로운 결빙상태를 보세요. 때때로 약간의 금이 가면 검은 물이 나오지요. 누군가가 투쟁을 하면 사라져버립니다. 딱딱한 껍질이 다시 뒤덮여버리지요…… 왜냐하면 어디나 마찬가지지만 여기서의 각자 자기 자신만의 법칙과 함께 태어납니다. 어디나 마찬가지지만 여기서는 각자의 운명은 특수합니다. 그러나 모두 이 서글픈 공동의 운명에 복종해야 되지요. 몇 명이 반항합니다. 거기서 드라마가 일어나고 거기에 대해 온 가족은 침묵을 지킵니다. '침묵을 시켜야 하느니라……'그고 말하지요."

"아! 그래요!" 내가 큰 소리로 말했다. "때때로 집안의 모든 앨범에서 사진이 없어진 어떤 종조부(從祖父)나, 어떤 다른 조상의 이야기를 묻습니다. 그러나 난 어떤 대답도 들을 수가 없었어요. 단지 단 한 번 이런 고백을 들었어요. '그분은 사라졌다…… 가족이 사라지게 만들었다.'"

장 아제베도는 내게 이런 운명이 올 것을 두려워했었나? 이런 얘기를 그는 안느에게는 할 생각도 없었다고 나를 안심시켰다. 왜냐하면 열정적이긴 해도 안느는 아주 단순한 인간이며 고집 센 점도 없고 곧 어른의 노예가 될 사람이기 때문이라고 했다. "그러나 당신은! 저는 당신의 모든 말 속에서 성실성에의 굶주림과 목마름을 느낍니다……." 이 말을 그대로 베르나르에게 해줘야 할까? 그이가 그 말을 조금이라도 이해하리라 기대한다는 건 미친 짓이다! 하여튼 내가 투쟁 없이 항복한 것은 아니란 것만 그이가 알아줬으면. 타락에의 가장 비열한 동의를 그는 교묘한 언어로 장식하고 있다고 내가 그 청년에게 반박했던 일이 생각난다. 나는 고등학교 시절에 읽었던 도덕적인 말들을 생각해내기조차 했었다. "자기 자신으로 산다고요?" 내가 되풀이 말했다. "그렇지만 우리는 우리가 자신을 만들어나가는 정도 외엔 아무것도 아니예요(더 부연해도 소용없다. 그러나 아마 베르나르를 위해서는 부연해야 할 것이다)." 아제베도는 자신의 말을 부인하는 것보다 더 나쁜 타락은 없다고 부정하였다. 그는 한 번 이상 자신을 검토하지 않았고 모든 자기의 한계에 일단 도달해보지 않은 영웅도 성자도 없었다고 주장하였다. "신을 찾기 위해서는 자신을 초월해야 합니다"라고 그는 여러 번 말하였다. 또한 "자기 자신을 받아들인다는 것은 우리들 중에 가장 탁월한 사람들에게 가면을 벗은 얼굴로 술책이 없는 투쟁 속에서 그들 자신과 얼굴을 맞대지 않을 수 없게 만드는 것입니다. 그 때문에 그런 자유로운 사람들이 흔히 가장 좁은 의미의 종교로 개종하게 되는 일이 일어나는 것입니다"라고도 말했다.

베르나르와는 이 도덕의 합법성을 토론해서는 안된다. 그런 것은 빈약한 궤변에 지나지 않는다고 그에게 동의를 해야 할 것이다. 그러나 나와 같은 종류의 여자가 그런 것에 어느 정도 영향을 입을 수 있는지를, 그 저녁에 아르쥘루즈의 식당에서 내가 어떻게 느꼈는지를 그이가 이해해 주었으면, 이해하려고 노력을 해주었으면. 부엌 구석에서 베르나르는 장화를 벗으며 그날의 수확에 대해 사투리로 얘기하고 있었다. 식탁 위에 던져진 주머니엔 가득 잡힌 야생비둘기들이 파닥이고 있었다. 되찾은 식욕에 즐거워진 베르나르는 천천히 먹었고 신이 나서 '포울러' 약방울을 세었다. "이게 바로 건강이다"라고 여러 번 말하면서. 큰 불이 지펴져 있었다. 디저트를 들 때에 의자를 돌려앉아 펠트 실내화를 신은 발을 불에 쪼였다. 《라 프티트 지롱드》라는 신문을 보고 있던 그의 두 눈이 감겼다. 때로는 코를 골기도 했지만 숨을 쉬는 소리조차 들리지 않았다. 부엌에서는 여전히 하녀 발리옹트의 헌신을 끄는 소리가 들려왔다. 발리옹트가 휴대용 촛대를 갖고 들어왔다. 그러고는 침묵이었다. 아르쥘루즈의 침묵! 이 잃어버린 황야를 모르는 사람은 이 침묵이 어떤 것인지 알 수 없다. 이 침묵이 집을 온통 감싸고 있다. 때때로 우는 부엉이 외에는 아무것도 살고 있지 않은 듯 모두가 이 크고 두꺼운 숲속에 엉겨붙어버린 것 같았다(밤에 우리는 우리가 참고 있던 흐느낌의 소리를 들을 수 있는 것 같다).

아제베도의 출발 후 나는 이 침묵을 더욱더 알게 되었다. 날이 새면 장이 다시 내 앞에 나타나리라는 것을 알고 있을 동안에는 그의 존재로 이 외적인 어둠도 내게 해롭지 않았었다. 가까운 곳에서 그가 자고 있다는 생각이 이 황야의 밤을 가득 채웠었다. 1년 후에 다시 만나자고 약속을 했고, 그때쯤엔 내가 해방되었으리라고 희망에 차서 말했던 우리가 마지막으로 만나던 날 후에 그가 아르쥘루즈를 떠나자마자부터, 즉 내가 장을 떠나자마자부터, 나는 끝없는 터널 속으로 끝없이 불어나는 어둠 속으로 빠져들어가는 것처럼 느꼈다(오늘까지도 난 그가 그저 경솔히 그런 말을 했었는지 뒷생각이 있어서 그랬었는지 모르겠다. 나는 이 파리장이 침묵을, 아르쥘루즈의 침묵을 참을 수 없어 했고 그의 유일한 청취자로서 나를 좋아했었다고 믿고 있다). 때때로 나는 내가 질식하기 전에 마침내 자유로운 공기 속에 숨쉴 수 있게 될까 자문하곤 했다. 1월에 내가 해산할 때까지 아무 일도 일어나지 않았었다…….

여기서 떼레즈는 주저한다. 장이 출발한 다음 다음날 아르쿨루즈의 집 안에서 일어났던 일을 생각하지 않으려 노력한다. '아니야, 아니야.' 그녀는 생각한다. '그 일은 내가 조금 있다가 베르나르에게 설명해야 될 일과는 아무 관계 없는 일이야. 아무 도움도 안될 작은 일들을 상기해낼 시간이 내겐 없어.' 그러나 생각은 심술궂다. 그녀가 원하는 쪽으로만 가도록 굽힐 수가 없다. 떼레즈는 그 10월 밤의 기억을 머리에서 없애버릴 수가 없을 것이다. 2층에서 베르나르는 옷을 벗고 있었다. 떼레즈는 장작이 완전히 타버린 후에 올라가려고 기다리고 있었다. 한순간이나마 혼자 있을 수 있다는 것에 행복해져서. 이 시간에 장 아제베도는 무얼 하고 있을까? 어쩌면 그가 떼레즈에게 얘기해주었던 그 작은 술집에서 술을 마시고 있을지도 모른다. 어쩌면(그렇게도 그밤은 부드러웠다) 친구와 인적 없는 부르고뉴 숲을 드라이브하고 있겠지. 어쩌면 책상 앞에서 공부하고 있고 파리의 소음이 멀리서 들려오는지. 침묵을 만든 것도 그였을 것이고 세상의 시끄러움을 물리치는 것도 그이리라. 떼레즈를 숨막히게 하는 이 침묵처럼 그의 침묵은 외부로부터 강요된 것이 아니리라. 그의 침묵은 그가 만든 것이고 그의 램프불보다 책이 가득 있는 책장보다 더 멀리 퍼져 있지는 않을 것이다…… 그런 생각들을 떼레즈는 하고 있었다. 그런데 개가 짖더니 흥흥거렸다. 그러고는 아는 목소리가, 지쳐빠진 목소리가 현관에서 개를 조용하게 했다. 안느 드 라 트라브가 문을 열었다. 그녀는 생 클레르로부터 이 밤에 걸어서 온 것이다. 신발은 진흙투성이였다. 늙은 것 같은 그녀의 작은 얼굴 속에서 두 눈이 빛나고 있었다. 그녀는 모자를 의자 위에 벗어던졌다. 그러고는 "그이 어딨어?"라고 물었다.

떼레즈와 장은 편지를 써서 부친 것으로 이 일이 끝난 것이라고 믿었다 —— 안느가 체념하지 않으리라고는 생각도 안했었다 —— 마치 삶 그 자체가 문제인 때에 이성이나 이론에 양보할 수나 있다는 듯이! 그녀는 어머니의 감시를 빠져나와 기차를 탈 수 있었던 것이다. 아르쿨루즈의 캄캄한 길 위로 맑은 하늘이 봉우리들 사이로 그녀를 인도해주었었다. '그를 다시 보는 것이 전부다. 그를 다시 만나기만 하면 다시 그를 정복할 수 있을 것이다. 그를 다시 보아야 한다.' 그녀는 비틀거렸고 차 바퀴자국 속에 발이 빠졌었다. 그렇게도 아르쥘루즈에 빨리 가 닿고 싶었었다. 그런데 지금 떼레즈는 그녀에게 장이 떠났으며 파리에 있다고 말하는 것이다. 안느는 머리로 아니라고 했다. 떼레즈를 믿지 않았다. 피로와 절망으로 쓰러지지 않기 위해서는 그녀를 믿지 않아야 했다.

"거짓말이지, 넌 언제나 거짓말만 해왔어."

떼레즈가 항의하자 안느는 덧붙여 말했다.

"아! 넌, 정말 가족징신에 투철하구나! 넌 이해심 많은 척 꾸미고만 있었어…… 그래서 결혼을 하자 넌 단번에 가정부인이 된거야…… 그래 그래, 잘 알고 있어. 네가 잘한다고 한 일이란 말이지. 날 구제하기 위해서 날 배반했어? 웅? 제발, 설명은 안해줘도 돼."

안느가 문을 다시 열었을 때 떼레즈는 어딜 가느냐고 물었다.

"빌메자에, 그의 집에."

"이틀 전부터 그이가 거기 없다고 말했잖니."

"네 말 못 믿겠어."

안느는 나갔다. 떼레즈는 현관에 매달려 있던 램프에 불을 켜들고 그녀를 따라갔다.

"안느, 길을 잃겠어. 그 길은 비우르주로 가는 길이야. 빌메자는 저쪽이야."

들판으로부터 흘러넘치는 안개를 가로질러 둘은 갔다. 개들이 잠을 깨었다. 빌메자의 참나무가 보인다. 집은 잠든 것이 아니라 죽은 것 같았다. 안느는 이 빈 묘지 주위를 빙빙 돌고 두 주먹으로 문을 두드렸다. 떼레즈는 꼼짝 않으며 램프를 풀 위에 놓았다. 그녀는 자기 친구의 가벼운 그림자가 아래층의 모든 창문마다에 다가가는 걸 보았다. 안느는 이름을 되풀이 말하고 있는 것 같았다. 소용없는 줄 알았기에 큰 소리로 외치지는 않았다. 잠시 동안 어떤 집 속으로 그녀가 사라졌다. 다시 나타나 문까지 와서 문지방 위에 미끄러지듯 주저앉았다. 무릎을 두 팔로 감싸고 그 위에 얼굴을 파묻었다. 떼레즈가 그녀를 일으켜세워 데리고 왔다. 비틀거리며 안느가 같은 말을 또 하고 또 하곤 했다. "내일 아침 파리로 갈테야. 파리는 그렇게 넓지는 않아. 파리에서 그이를 찾을거야

……." 조르다가 지친, 이미 포기한 어린애의 말투였다.
그들의 목소리에 잠이 깬 베르나르가 응접실에서 실내복차림으로 기다리고 있었다. 이 오누이 사이에 일어났던 장면을 기억에서 없애버리려는 건 잘못이다. 기진맥진한 소녀의 팔목을 거칠게 잡아끌어서 3층의 방까지 끌고 가서 문을 잠가버릴 수 있었던 그 사람, 그이가, 떼레즈, 너의 남편이다. 이제부터 두 시간 후면 너를 심판할 그 베르나르다. 가족 정신이 그를 상기시켜 전혀 주저하지도 않게 만든다. 어떠한 경우에도 그는 가족의 이익을 위해서 해야 할 일을 늘 잘 알고 있다. 떼레즈, 너는 고통에 가득 차서 긴 변론을 준비하는구나. 그러나 다만 원칙이 없는 사람만이 이상스런 이치를 승인한단다. 베르나르는 네 이론에 코웃음 칠 거다. "난 내가 해야 할 일을 알고 있어." 그는 언제나 그가 해야 할 일을 알고 있다. 만일 때로 주저할 일이 생기면 그는 "우리들 가족이 이야기한 후에, 우리가 판단하건대……"라고 말한다. 그가 이미 자기가 내릴 선고를 준비했다는 걸 넌 어째 믿지 않니? 너의 운명은 영원히 결정된 것이다. 그러니 잠이나 자는 게 좋을거다.

8

라 트라브 부부가 안느를 설복해서 생 클레르의 집으로 데려간 후부터 해산이 거의 가까워오기까지 떼레즈는 아르쥘루즈를 떠나지 않았다. 그녀는 11월의 기나긴 밤 동안에 정말로 침묵이 무엇인지를 잘 알게 되었다. 장 아제베도에게 보냈던 편지엔 답장이 없었다. 아마도 그는 이 시골여자는 답장을 써줄 가치도 없는 여자라고 생각했었나보다. 뭐니뭐니 해도 임신한 여자란 아름다운 추억을 남길 수 없는 것이다. 먼 곳에서 생각하면 그에게 떼레즈가 멋없는 여자, 거짓스런 복잡성과 태도에 사로잡힌 바보로 보였을 것이다. 그러나 떼레즈의 이 위선 같은 단순성에서, 직선적인 시선에서, 결코 주저하지 않는 몸짓에서 그가 무엇을 이해할 수 있었을까? 사실 그는 떼레즈도 안느처럼 그의 말만 믿고 모든 것을 버리고 그를 좇아올 수 있는 여자라고 생각했었다. 장 아제베도는 너무

빨리 무기를 버리는 여자들, 그래서 상대방에게 함정을 만들 여유를 주는 여자들을 신용하지 않았다. 그는 승리라면, 승리의 결실이라면 아무 것도 두려운 것이 없는 사람이었다. 그러나 떼레즈는 그 청년의 세계 속에서 살려고 노력하였다. 그러나 장이 좋아했었기에 보르도에서 주문해 온 책들은 읽어보아도 이해할 수가 없었다. 그녀에겐 너무나 시간이 남아 돌아갔다! 그런 여자에게 산의(產衣)나 준비하라고 해서는 안되었다. "그런 건 저애가 할 일이 아니예요"라고 드 라 트라브 부인이 말하곤 했다. 시골에서는 많은 여자들이 아기를 낳다가 죽었다. 떼레즈는 자기도 엄마처럼 될 것이며 살아나지 못할 것을 확신하고 있다고 말하곤 해서 클라라 고모를 울리곤 했다. 또한 매번 "난 죽어도 아무렇지도 않다"라는 말을 덧붙이길 잊지 않았다. 거짓말! 그녀가 이토록 열렬히 살기를 열망한 적은 없었다. 또한 베르나르가 그렇게 떼레즈를 염려해준 적도 없었다. '그이는 나를 걱정한 게 아니라 내 뱃속의 아이를 걱정하였다.' 그가 끔찍스런 액센트로 "퓌레요리를 좀더 먹지…… 생선은 먹지 말고…… 당신 오늘은 충분히 산보했어……"라고 아무리 말해야 소용없었다. 낯모르는 유모에게 젖의 양분 때문에 걱정해줄 때 그 유모가 느낄 감동만큼도 난 그의 말에 감동되지 않았으니까. 라 트라브 부부는 내 몸 속의 성스러운 그릇을 애지중지했었다. 그들의 자손받이를. 만일의 경우가 생길 때 그들이 태아를 위해서 나를 희생하리라는 것은 의심의 여지가 없었다. 나는 나 개인이 살고 있다는 감정을 잃어가고 있었다. 나는 다만 덩굴에 지나지 않았다. 가족의 눈에는 그 덩굴에 매달려 있는 결실만이 중요했다.

 12월 말까지 그런 암흑 속에서 살아야 했었다. 마치 수많은 소나무만으로는 족하지 않다는 듯이 끊임없는 비가 어두운 집 주위에 수백만의 움직이는 창살을 내려뜨렸었다. 생 클레르로 가는 유일한 도로가 못 쓰게 되자 나는 읍내에 있는 아르쥘루즈의 집 못지않게 어두운 집으로 옮겨왔다. 광장에 서 있는 오래된 플라티너스의 잎새는 여전히 비바람에 시끄러운 소리를 내고 있었다. 아르쥘루즈를 떠나서는 살 수 없어 하는 클라라 고모는 나와 함께 오지 않았다. 그러나 고모는 아무리 날씨가 나빠도 작은 이륜 마차를 타고 자주 나를 보러 왔다. 내가 어렸을 때 몹시 좋아하던, 고모는 아직도 내가 좋아한다고 믿고 있는 과자들을, 미크라 불리는 호밀과 꿀로 반죽된 둥근 빵이며 지뢰 혹은 루마자드라 불리는 과자들을 내게 가져왔었다. 나는 식탁에서만 안느를 보았고 안느는 내게 한마디도 하지 않았다. 체념하고 설득당한 듯한 그녀는 단번에 신선미를 잃어버렸었다. 머리카락을 너무 꽉 잡아매어서 창백하고 못생긴 귀가 드러나 보였다. 아무도 드길렘 아들 얘기를 하지 않았지만 드 라 트라브 부인은 안느가 승낙은 하지 않았지만 거절도 하지 않았다고 말했다. 아! 장은 안느를 잘 보았다. 그녀에게 고삐를 씌우고 길을 걷게 만드는 데 긴 시간은 필요하지 않았다. 베르나르는 아페리티프로 술을 다시 마시기 시작했기 때문에 건강이 다시 나빠졌었다. 내 주위에 있던 이 사람들은 무슨 말을 했었던지? 기억나는 것은 그들이 사제에 대한 얘기를 많이 했던 일이다(우리는 사제의 주택 건너편에 살고 있었다). 예를 들면 이런 질문을 했었다. "왜 사제는 낮 동안에 네 번 광장을 지나가는데 매번 다른 길로 오는지 모르겠어……."

교구인들과 교제가 없고 교구인들이 거만하다고 말하는 아직 젊은 이 사제가 장 아제베도에 관해 몇 마디 말을 하는 걸 들은 후 떼레즈는 이 사제에 좀더 관심을 두게 되었다. "이곳에 필요한 사제는 아니다." 그가 아주 가끔 라 트라브 댁을 방문할 때에 떼레즈는 그 사제의 흰 관자놀이와 거만한 이마를 쳐다보았다. 그에겐 친구가 한 명도 없었다. 저녁시간은 어떻게 보낼까? 왜 이런 생을 택했을까? "아주 정확한 사람이다." 라 트라브 부인이 말했다. "매일저녁 기도를 드린단다. 그런데 남에게 경건한 마음을 불러일으키는 힘이 없다. 독실하다고 말할 수 있는 분이 못 된다고 생각한다. 그리고 다른 일들을 하나도 하지 않는단다." 그녀는 그 사제가 교구의 악대를 해체시킬까봐 걱정했었고 다른 부모들은 그 사제가 아이들을 축구장에 데려가질 않는다고 불평했었다. "매일 책에만 파묻혀 있는다는 건 훌륭하긴 하지만 교구의 신도를 곧 잃게 된단다." 떼레즈는 그 사제의 설교를 들으려고 성당에 자주 갔다. "애야, 드디어 네가 성당엘 다닐 결심을 했구나. 가던 사람도 그만두게 될 몸을 하고는." 교리나 도덕에 관해 이야기하는 사제의 설교는 비인칭적인 것이었다. 그러나 떼레즈는 어느 억양, 어느 몸짓에 흥미를 느꼈었다. 어떤 단어가 때로 더 무게 있게 느껴진다던가……아! 그 사제가 어쩌면 그녀 속의 이 혼동된 세계의 얽힌 것을 풀 수 있게 그녀를 도울 수 있을지도 몰랐다. 다른 사람들과 다른 그이 역시 비극을 짊어진 사람이었다. 그의 내적인 고독에 성직자 옷이 그 옷을 입는 사람 주위에 만드는 사막을 그는 덧붙여 갖고 있었다. 이 매일의 제식 속에서 그는 어떤 위안을 얻는 것일까? 떼레즈는 성가대 어린이들 외에 아무도 없이 그가 빵조각 앞에 몸을 굽히고 중얼거리는 주일 동안의 미사에 참석하고 싶었다. 그러나 그랬다간 가족과 읍내 사람들 눈에 이상하게 보였을 테고 개심했다고 시끄럽게 굴었을 것이다.

그 시절 떼레즈는 퍽 고통을 받았다. 특히 해산 직후 그녀는 정말로 더 이상 살아갈 수 없겠다고 생각하기 시작했었다. 겉으로는 아무 변화도 없었다. 베르나르와 그녀 사이에 언쟁도 없었다. 그녀는 남편이 자기 부모에게 공경하는 것보다 더 시부모에게 공경을 보였다. 그게 바로 비극이었다. 결별할 이유가 하나도 없었다. 죽을 때까지 이런 투의 생활에서 벗어날 수 있으리라고 예견하기가 불가능했다. 불화는 충돌할 여지를 내포하고 있다. 그러나 떼레즈는 절대로 베르나르와 부딪치지 않았고 시부모와는 더욱 그러했다. 그들의 말은 통 그녀의 귀에 들어오지 않았다. 그들의 말에 대답할 필요가 있다는 생각이 그녀에겐 들지 않았다. 그들 산에 단지 한마디라도 공통용어가 있었던가? 그들은 본질적인 말들에 다른 의미를 부여하고 있었다. 떼레즈의 입에서 하나의 진실된 외침이 나오면 가족은 더 생각해볼 여지도 없이 그녀가 변덕스럽다고만 인정하고 말았다. "난 못 들은 척해요." 드 라 트라브 부인이 말했다. "그래도 그애가 고집 피우면 의미 없는 얘기인 척해버리지요. 우리한테는 그런게 안 통한다는 걸 저도 알고 있어요……."

그런데 사람들이 어린 마리와 떼레즈를 닮았다고 감탄할 때마다 도저히 못 참겠다는 듯하는 떼레즈를 드 라 트라브 부인은 견디기 어려워했다. 늘 듣는 감탄사들("저애 좀 봐요, 정말 꼭 닮았지 뭐예요……")은 떼레즈가 감추지 못할 정도의 극도의 감정을 사게 했었다. "이 애기는 조금도 날 닮은 데가 없어요." 떼레즈가 주장했다. "이 갈색 피부며 검은 눈을 보세요. 내 사진을 다시 보세요. 난 어렸을 때 창백했어요."
 그녀는 마리가 자길 닮는 걸 싫어했다. 자기 몸에서 떨어져나간 이 육체가 조금도 자기와 공통된 것을 간직하지 않았기를 바랐었다. 모성애도 그녀의 고집을 꺾지 못한다는 소문이 떠돌기 시작했다. 그러나 드 라 트라브 부인은 떼레즈가 자기 식대로 딸을 사랑한다고 사람들을 안심시켰다. "물론 그애에게 애기 목욕이나 기저귀를 가는 일을 시켜서는 안되지요. 그런 일을 할 애가 못 되니까요. 그렇지만 난 그애가 저녁 내내 꼬마가 자는 걸 바라보려고 담배도 안 피우고 요람 옆에 앉아서 보내는 걸 보았답니다…… 게다가 우리 하녀는 아주 침착한 일꾼입니다. 또 안느도 있고요. 아! 안느는 정말 훌륭한 어미노릇을 할 거예요……." 집안에서 애기의 숨소리가 들리자 안느가 다시 살기 시작했던 것은 사실이었다. 언제나 요람이란 여자들을 이끈다. 특히 안느는 다른 어떤 여자보다도 깊은 기쁨으로 애기를 다루었다. 좀더 자유롭게 애기방에 드나들기 위해서 그녀는 떼레즈와 화해를 했지만 가족적인 부름이나 몸짓 외에 그들의 예전의 애정은 다 사라졌었다. 그녀는 특히 떼레즈의 모성으로서의 질투를 두려워하고 있었다. "애기는 엄마보다도 나를 훨씬 더 잘 알아봐요. 나만 보면 곧 웃는답니다. 전날에 내가 애기를 안고 있었는데 떼레즈가 안으려니까 애기가 막 큰 소리로 울기 시작했어요. 애기는 날 더 좋아해요. 때로는 너무 그래서 미안할 정도로……."
 안느는 미안해할 필요가 없었다. 그 당시 떼레즈는 모든 사람들로부터 또 자기 딸로부터 분리되어 있다고 느꼈었다. 그녀는 사람들을, 사물을, 자기 자신의 육체와 정신조차도, 마치 신기루처럼 자기의 밖에 매달려 있는 연기처럼 바라보았다. 그 허무 속에서 단지 베르나르만이 끔찍스런 현실로서 보였다. 그의 뚱뚱한 모습, 그의 콧소리 그리고 이 단호한 어조, 이 만족. 세계 밖으로의 탈출……그러나 어떻게? 그리고 어디로? 첫 더위가 떼레즈를 괴롭혔다. 그녀가 일을 저지를 순간에 있다는 걸 예시해주고 있는 것은 아무것도 없었다. 그해에 무슨 일이 있었던가? 그녀는 어떤 사건도 어떤 싸움도 기억할 수 없다. 성체첨례축일에 반쯤 닫힌 덧문 사이로 행렬을 바라보면서 그녀가 보통 때보다 더욱더 남편을 증오했었던 일이 생각난다. 베르나르는 남자로는 혼자서 제단 천개 뒤에 있었다. 길에 풀어놓은 것이 양이 아니라 사자였던 것처럼 몇 순간 동안에 마을의 인적이 끊겼었다……. 사람들은 몸을 보이지 않기 위해서 혹은 무릎을 꿇지 않기 위해서 땅 위에 엎드렸었다. 위험이 지나가자 문이 하나 둘 다시 열렸다. 두 손으로 그 이상한 물체를 쥐고 거의 두 눈을 감고 앞으로 걸어가고 있는 사제를 뚫어지게 바라보았다. 그의 입술이 움직였다. 이 고통스런 표정으로 그는 누구에게 말을 하고 있는 것일까? 그리고 곧 그의 뒤에서 '자기 임무를 수행하고 있는' 베르나르가 나타났다.

비 한 방울 떨어지지 않은 채 몇 주일이 지나갔다. 베르나르는 화재의 공포 속에서 살았고 다시 심장에 고통을 느꼈었다. 루샤 쪽에서 500헥타르가 탔었다. "북풍이 불었었다면 발리삭 쪽의 내 소나무도 탈 뻔했었어." 떼레즈는 이 변화 없는 하늘로부터 뭔지 모를 것을 기다리고 있었다. 비는 단 한 번도 오지 않았었다…… 어느 날이고 이 주위의 모든 숲이 바삭바삭 타겠지. 그러면 읍내도 건질 수 없어질 거고. 왜 랑드 지방의 마을은 한 번도 불이 나지 않는 것일까? 그녀는 불길이 소나무만 태우고 사람은 태우지 않는 것은 부당하다고 생각했다. 집안에서는 끊임없이 화재의 원인에 대해서 얘기했다. 불붙은 담배 한 개비? 누군가의 악의로? 떼레즈는 어느 날 밤에 일어나서 집을 나가 히드가 가장 무성한 숲에 이르러 담배를 던지면 광대한 연기가 새벽의 하늘을 어둡게 만들리라…… 고 꿈을 꿨다. 그러나 그녀는 핏속에 소나무에의 사랑을 가졌기에 그 생각을 떨쳐버렸다. 그녀의 증오의 표적은 나무들이 아니었다.

이제 떼레즈는 자기가 범한 행동을 직시하려는 순간이다. 베르나르에게 무슨 설명을 해야 하나? 그에게 하나하나 어떻게 일이 일어났는지를 다시 상기시키는 수밖에는 없다. 마노에 큰 불이 났었던 날이었다. 가족이 서둘러 조반을 먹고 있던 식당에 사람들이 들어왔었다. 어떤 사람들은 불이 생 클레르에서는 아주 멀리 보인다고 안심시켜주었다. 다른 사람들은 경종을 울려야 한다고 주장했다. 불에 탄 송진 냄새가 찌는 듯한 더위에 배서 태양은 더럽혀져 보였다. 털이 잔뜩 난 단단한 손으로 잔에 포울러 약방울을 떨어뜨리며 베르나르가 고개를 돌려 발리옹의 보고를 듣고 있던 일을 떼레즈는 지금 다시 보는 것 같다. 더위에 멍해진 떼레즈가 베르나르에게 약방울이 보통 때보다 두 배 들어갔다고 알려주기 전에 그는 단숨에 그 약을 마셔버렸다. 모두 식탁을 떠났다. 자신의 비극 외에 모든 비극에 무관심하듯 이 혼란에도 냉정하고 남의 일인 듯 무관심한 떼레즈는 새 편도조림통을 뜯고 있었다. 경종은 울리지 않았다. 베르나르가 한참 후 돌아왔다. "동요하지 않은 당신이 이번엔 옳았어. 불은 마노 쪽에서 타고 있어······." 그가 물었다. "내가 약을 먹었던가?" 그러고는 대답도 안 듣고 그는 그의 잔에 약방울을 떨어뜨렸다. 그녀는 아마도 귀찮아서, 혹은 피곤해서 입을 다물었다. 그 순간에 그녀는 무엇을 원했었나? '내가 입을 다물겠다고 미리 생각했다는 것은 말도 안되는 얘기다.' 그러나 그날 밤 베르나르가 토하며 울며 하는 머리맡에서 페드메 의사가 그녀에게 그날 있었던 일을 물었을 때 그녀는 식탁에서 보았던 것에 대해 아무 말도 안했다. 그러나 그녀가 의심받지 않게 의사에게 베르나르가 먹던 비소에 주의를 돌리는 건 어렵지 않았을 것이다. 다음과 같은 말을 그녀는 할 수 있었을 것이다. "그 순간에도 전 조금도 알아차리지 못했었어요······우리는 모두 불 때문에 정신이 없었어요······그런데 지금 생각하니 확실히 그이가 두 배의 양을 마셨던 것 같아요······." 그녀는 아무 말도 안했다. 그녀는 얘기하고 싶은 마음이나 느꼈었는지? 조반 때 그녀 모르는 사이에 그녀 속에 들어온 행동이 그 때에는 그녀 존재 깊숙히 스며들기 시작했었다——아직은 형태가 없었으나 반쯤 의식을 하면서.

의사가 떠난 후 그녀는 마침내 잠이 든 베르나르를 바라보았다. 그녀는 생각하였다. "이게 '그것'이라는 증거는 없어. 다른 징조는 없지만 맹장염이나······ 혹은 악성 인플루엔자일 수도 있어." 그러나 이틀 후 베르나르는 일어났다. "그게 '그것'일 수도 있었어." 떼레즈는 그렇다고 맹세하지는 않았으리라. 그게 확실한지 알고 싶었다. "그래 난 조금도 끔찍한 유혹에 사로잡혀 있는 느낌은 아니었어. 단지 만족시키기에 조금 위험스러운 호기심 문제였어." 베르나르가 방에 들어오기 전에 그의 잔에 포울러 방울을 내가 미리 떨어뜨리던 첫날에 이렇게 되풀이 얘기했던 기억이 난다. "단 한 번, 그걸 속속들이 알기 위해서……그를 아프게 만든 것이 그것이었는지 난 알게 될 것이다. 단지 한 번만, 그러면 끝나리라."

기차가 속도를 늦추었다. 길게 경적을 울리고 다시 떠났다. 어둠 속에서 두세 번, 생 클레르역이다. 그러나 떼레즈는 더 이상 검토해볼 것이 없었다. 그녀는 크게 입을 벌리고 있는 범죄 속에 휩쓸려 들어갔다. 그녀는 범죄를 갈망하게 됐었다. 그 다음에 일어난 일은 베르나르도 그녀만큼 잘 알고 있다. 갑작스러운 고통의 재발, 그리고 떼레즈는 힘에 부쳤고 아무것도 먹지 못하게 되었어도 밤낮으로 그를 돌보았다(베르나르가 그녀에게 포울러 치료를 해보라도 설복했고 페드메 의사로부터 처방을 받았을 정도였다). 가엾은 의사! 그는 베르나르가 토하던 푸르죽죽한 액체에 기겁을 했었다. 그는 환자의 맥박과 체온 사이에 그 정도의 부조화가 있을 수 있다는 걸 결코 믿을 수 없었을 것이다. 그는 여러 번 파라티프스 환자에게서 열이 높아도 맥박이 정상인 경우를 봤었다──그런데 이 빠른 맥박과 정상 이하의 체온은 무엇을 의미한단 말인가? 전염성의 유행성 감기인지 모른다. 유행성 감기 하면 모든 얘기는 끝이다.

드 라 트라브 부인은 유명한 왕진 전문의사를 부르고 싶었지만 이 오래된 친구 의사의 기분을 상하게 하고 싶지는 않았다. 게다가 떼레즈는 베르나르를 놀라게 할까봐 염려했었다. 그러나 8월 중순쯤 더 놀라운 발작이 있은 후에 페드메 의사 자신이 동료 의사의 의견을 듣고 싶어했다. 다행히도 그 다음날부터 베르나르의 상태는 호전되었었다. "3주일 후에는 회복이라는 말을 하게 되었었다. "큰일날 뻔했었군." 페드메가 말했다. "그 유명한 사람이 왔었더라면 이 치료의 모든 덕을 그 사람 혼자 볼 뻔했었어."

베르나르는 야생비둘기 사냥 때까지는 다 회복되리라 계산하고 아르쥘루즈로 옮겨왔다. 그 당시 떼레즈는 몹시 지쳐 있었다. 클라라 고모는 류머티즘의 심한 발작으로 자리에 누워 있었다. 모든 일을 혼자 해야 했다. 두 환자와 어린애. 클라라 고모가 하다 만 많은 일은 계산하지 않더라도. 떼레즈는 기꺼이 아르킬루즈의 가난한 사람들에게 고모가 하던 일을 교대해서 했다. 그녀는 소작농가를 돌아보았고 고모가 하듯이 그들의 처방을 받아왔고 자기 돈으로 약값을 지불했다. 빌메자의 소작농가의 문이 닫혀 있는 것에 슬퍼할 생각도 못 했었다. 그녀는 이제는 장 아제베도 이 세상의 누구도 생각하지 않았다. 그녀는 혼자서 현기증 나는 터널을 지나갔다. 터널의 가장 어두운 곳에 그녀는 있었다. 생각해볼 것도 없이 짐승처럼 이 암흑, 이 연기 속에서 나와야 했다. 자유로운 공기에 다달아야 했다. 빨리! 빨리!

12월 초에 베르나르는 고통의 재발작에 쓰러졌다. 하루 아침 잠을 깨었을 때 그는 덜덜 떨렸고 두 다리에 기운이 빠졌고 무감각해졌다. 그 다음에 있었던 일이란! 드 라 트라브 씨에 의해 보르도에서 어느 날 저녁 불려온 왕진 의사. 환자를 진찰한 후 그의 긴 침묵(떼레즈가 램프를 들고 있었는데 그녀의 얼굴이 이불호청보다 더 희었다는 걸 아직도 발리옹트는 잊지 못했다). 희미한 층계참에서 페드메는 떼레즈가 들을까봐 목소리를 낮추어 동료 의사에 설명했다. 약제사 다르케가 그에게 날조된 처방 두 장을 보여주었었다. 한 장에는 범죄자의 손으로 '포올러 처방액체'라고 썼었고 다른 장에는 지나치게 많은 양의 클로로포름과 디기탈린과 아코니틴이라고 써 있었다. 발리옹이 그 두 처방을 다른 여러 개와 함께 약방에 가져왔었다. 이런 독약을 준 것이 걱정이 된 다르케가 그 다음날 페드메 집으로 뛰어왔었다……그렇다, 베르나르도 이 모든 사실을 떼레즈처럼 잘 알고 있다. 지금으로 위생차가 그를 보르도의 병원으로 데려갔다. 그날부터 그는 건강을 되찾기 시작했다. 떼레즈는 혼자 아르킬루즈에 있었다. 아무리 혼자 있다 하더라도 그녀는 자기 주위에 커다란 소음을 감지하고 있었다. 사냥개의 일당이 다가오는 소리를 듣고 있는 웅크린 짐승처럼. 마치 강제로 긴 길을 걷고 난 듯이 기진맥진해서 —— 마치 목적지에 다 와서 손은 이미 벌렸는데 갑자기 다리가 부러져서 땅에 쓰러져버린 듯이. 겨울이 다 갈 무렵 어느 저녁 아버지가 와서 그녀의 결백을 증명할 것을 간청하였다. 아직 모든 것은 구제받을 수 있었다. 페드메는 고소를 취하할 것에 동의했었고 그 처방중의 하나는 전적으로 자기가 쓰지 않은 것인지 확실치가 않다고 말했었다. 아코니틴과 클로로포름, 디기탈린에 있어서 자기가 그렇게 다량의 처방을 할 수는 없었겠지만 환자의 핏속에서 아무 흔적도 발견되지 않았으므로…….

떼레즈는 클라라 고모의 머리맡에서 아버지와 얘기하던 일을 상기해 본다. 장작불이 방을 밝히고 있었다. 아무도 램프를 켜고 싶어하지 않았다. 그녀는 과목을 외우는 어린애의 단조로운 목소리로 설명을 했다(잠을 못 자던 여러 밤 동안에 되뇌이던 그 과목). '길에서 모르는 사람을 만났다. 그는 아르쥘루즈에 살고 있지 않으며 내가 다르케 약방에 심부름을 보내는 길에 자기 처방도 받아와주기를 간청했다. 그 사람은 다르케에게 빚이 있어서 약방에 자신이 나타나지 않기를 원했다…… 그 사람은 집으로 약을 찾으러 오겠다고 약속했으나 이름도 주소도 알려주지 않았다…….'

"다른 얘길 생각해봐라, 떼레즈. 가족의 이름으로 네게 간청한다. 불쌍한 것아, 제발 다른 얘길 생각해봐라!"

라로크 영감은 고집 세게 비난을 퍼부었다. 반쯤 베개에서 몸을 일으킨 귀머거리 고모는 떼레즈에게 무서운 위협이 있다는 걸 느끼고는 신음하였다. "네게 뭐라고 말하니? 네게서 뭘 원하고 있는거지? 왜 사람들은 너를 괴롭히니?"

그녀는 겨우 기운을 차려서 고모에게 미소를 했고 손을 잡아주었다. 그러면서 교리문답시간의 소녀처럼 암송하였다. "길에서 만난 사람이었다. 그의 얼굴을 알아보기엔 너무 어두웠다. 그는 어느 소작농가에서 살고 있는지 말하지 않았다." 어느 날 밤 그가 약을 찾으러 왔었다. 불행히도 집안의 아무도 그를 보지 못했었다.

9.

드디어 생 클레르다. 기차에서 내릴 때에 아무도 떼레즈를 알아보지 못했다. 차표는 발리옹이 대신 내었고 떼레즈는 역을 뒤로 돌아서 판자가 쌓여 있는 곳을 가로질러 마차가 서 있는 길로 나왔다.

그녀에겐 이제 이 마차가 피난처였다. 여기저기 움푹 패인 길에 나서면 이제는 누굴 만날까봐 두려워하지 않아도 되었다. 이제까지 고통스레 다시 되풀이되었던 모든 이야기가 무너져버렸다. 그렇게 열심히 준비를 했건만 고백을 할 것이 하나도 없었다. 어떠한 이유도 생각해낼 수 없었다. 가장 간단한 방법은 입을 다무는 것, 질문에만 대답하는 것이리라. 떼레즈가 겁낼 게 무엇이 있나? 모든 밤이 지나가버렸듯 이 밤도 지나갈 것이다. 내일 태양은 떠오르리라. 무슨 일이 일어나도 여기서 벗어날 것을 확신하고 있었다. 이 무관심, 세계와 그녀의 존재 자체로부터 그녀를 분리시키는 이 완전한 초탈보다 더 나쁜 일은 있을 수가 없다. 그렇다. 생 속에의 죽음. 그녀는 살아 있는 사람이 죽음을 음미할 수 있는 한 최대로 죽음을 맛보고 있다.

돌아가는 길목에서 몇몇의 얕은 농가가 마치 누워 잠이 든 짐승과 같은 모습을 하고 있는 것이 어둠에 익은 그녀의 시선에 들어왔다. 이곳에서 예전에 안느는 자전거 바퀴에 뛰어들곤 하던 개를 무서워했었지. 조금만 더 가면 목향나무가 분지를 알려주고 있다. 이 분지에는 가장 뜨거운 날에도 선선함이 숨겨져 있어 소녀들의 불같이 뜨거운 뺨을 식혀주곤 했었다. 자전거를 탄 어린 안느, 밀짚모자 아래 반짝이던 이빨, 방울소리, "이봐! 나 두 손 다 놓았어!" 하고 외치던 목소리. 이젠 영원히 끝이 나버린 시절 속에서 이런 혼동된 영상만이 떠올라 떼레즈의 완전히 지쳐버린 심장이 쉴 수 있었다. 떼레즈는 마차의 발굽소리에 맞추어 기계적으로 이런 말을 되풀이한다. "인생의 무용성——내 생의 허무——끝없는 고독——출구 없는 운명." 아! 단 하나의 몸짓, 그것을 베르나르는 해주지 않을 것이다. 아무것도 묻지 않고 다만 내게 두 팔을 열어주었으면! 그녀가 인간적인 가슴에 머리를 기댈 수만 있었으면, 살아 있는 인간에 기대어 울 수만 있었으면!

그녀는 어느 덥던 날 장 아제베도가 앉아 있던 밭의 비탈을 바라보았다. 그녀를 이해해주고 어쩌면 존경해주고 사랑해줄 사람들 가운데서 그녀가 활짝 필 수 있는 곳이 이 세상 어디에 있다고 그녀가 믿을 수 있었으면! 그러나 그녀의 고독은 문둥이에게 있는 짓무른 환부보다 더 밀접하게 그녀에게 들러붙어 있었다. '아무도 나를 위해 아무것도 해줄 수 없어. 아무도 나를 해치려고 할 수 없어.'

"도련님과 클라라 양이 계십니다."

발리옹이 고삐를 늦추었다. 두 그림자가 다가왔다. 아직도 허약한 베르나르가 그녀를 마중 온 것이구나 —— 한시라도 빨리 안심하기 위해서. 그녀는 반쯤 몸을 일으켜 알려주었다. "공소기각!" "뻔한 일이요!"리고만 대답하고는 베르나르는 고모가 마차에 오르는 것을 도와주고 나서 고삐를 잡았다. 발리옹은 걸어서 귀가할 것이다. 클라라 고모가 부부 사이에 앉았다. 다 잘되었다고 고모의 귀에 큰 소리를 쳐주어야 했다(고모는 이 사건에 관해서 잘 모르고 있었다). 늘 하던 대로 고모는 숨이 차도록 이야기를 시작했다. 고모는 '그들'은 늘 같은 술책을 쓰고 있고 드레퓌스사건이 다시 시작되는 거라고 말했다. "중상 모략들 해보라지. 그래도 항시 무언가는 남는 법이란다. '그들'은 몹시 강하다니까. 공화당이 미리 방비를 안했다는 건 잘못이야. 이 더러운 짐승들은 잠깐만 여유를 주어도 뛰어든단 말이다……." 이 수다로 부부는 한마디도 서로 나누지 않을 수 있었다.

헐떡거리며 클라라 고모는 손에 휴대용 촛대를 들고 층계를 올라갔다. "너희들 잠자리에 들지 않니? 떼레즈는 기진맥진했을텐데. 네 방에 수프 한 잔과 찬 닭고기를 올려두었다."

그러나 부부는 현관에 서 있었다. 고모는 베르나르가 응접실 문을 열고 떼레즈 뒤로 들어가는 것을 보았다. 그녀가 귀머거리만 아니었다면 문에 귀를 대고 들었을텐데…… 산 채로 벽 속에 유폐된 그녀는 의심할 필요가 없었다. 그러나 그녀는 촛불을 끄고 더듬어 층계를 내려와서는 문의 열쇠구멍에 눈을 갖다대었다. 베르나르가 램프를 옮겨놓고 있었다. 밝게 비춰진 그의 얼굴은 겁먹은 듯하며 동시에 엄숙해 보였다. 고모는 앉아 있는 떼레즈의 등을 보았다. 떼레즈는 오버와 모자를 의자 위에 던져놓았다. 장작불에 젖은 그녀의 신에서 김이 올랐다. 한순간 그녀가 남편 쪽으로 머리를 돌렸을 때 고모는 떼레즈가 미소하고 있는 것을 보고 기뻤다.

떼레즈는 미소하였다. 외양간에서 집으로 들어오는 짧은 시간과 공간 사이에 베르나르 옆을 걸으며 갑자기 그녀는 자기가 한 일의 중요성을 보았다. 아니 본 것 같았다. 이 사나이의 단 한 발자국의 접근으로 자신을 설명하고 내맡기려던 희망을 완전히 없애버렸다. 가장 잘 알고 있는 사람들을 우리가 그들과 떨어져 있기만 하면 얼마나 왜곡하게 되는지! 이 긴 여행 동안에 자기도 모르는 사이에 떼레즈는 그녀를 이해할 수 있는 베르나르, 그녀를 이해하도록 노력할 베르나르를 애써 새로 상상해보았던 것이다.
　그러나 그를 다시 보는 순간에, 있는 그대로의 베르나르, 일생에 단한 번이라도 남의 입장에 서 본 적이 없는 그런 베르나르를 떼레즈는 알게 되었다. 자기 자신으로부터 벗어나 상대편이 보는 것을 보려고 애쓰는 것이 무엇인지 모르는 인간. 사실, 베르나르는 그녀의 말을 들어주기라도 할는지? 그는 습기차고 천장이 낮은 그 커다란 방을 큰 걸음으로 걷고 있었다. 여기저기 썩은 마룻바닥이 그의 발 밑에서 삐걱거렸다. 그는 자기 아내를 쳐다보지 않았다──이미 오래전부터 생각해온 얘기들로 가득 차서. 그리고 떼레즈 역시 자기가 할 말을 알고 있었다. 가장 간단한 해결책은 언제나 우리가 생각지도 않은 곳에 있다. 떼레즈는 다음과 같이 말하고자 했다. "베르나르, 난 사라져버리겠어요. 내 걱정은 마세요. 원하신다면 이제 곧 어둠 속으로 사라지겠어요. 숲이나 어둠은 겁나지 않아요. 숲과 어둠은 나를 알고 있어요. 우리는 서로 알고 있어요. 나는 이 불모의 땅, 지나가는 철새나 떠돌아다니는 멧돼지 외에는 살아 있는 것이란 없는 이 땅과 닮게 만들어졌어요. 나는 버림받겠어요. 내 사진은 모두 태우세요. 내 딸도 내 이름조차 모르고 가족의 눈에 내가 결코 존재하지 않았던 것처럼요."
　그리고 벌써 떼레즈는 입을 열어 말한다.
　"베르나르, 날 사라져버리도록 둬주세요."
　이 목소리에 베르나르는 돌아섰다. 방의 저쪽 구석에서 얼굴에 핏줄을 세우며 그는 다가왔다. 더듬거리며 "뭐라고? 감히 의견을 말해? 소원을 말해? 그만둬. 한마디도 더 하지 마. 당신은 듣기만 해, 내 명령을 듣기만 해. 나의 단호한 결정에 복종하기만 해."

그는 더 이상 더듬거리지 않았다. 이제는 조심껏 준비했던 구절들을 말한다. 벽난로에 기대어서 그는 엄숙한 목소리로 얘기해갔다. 주머니에서 종이를 한 장 꺼내서 살펴본다. 떼레즈는 이젠 두렵지 않았다. 웃고 싶었다. 저 사람은 우스꽝스럽다. 우스꽝스러운 사람이다. 그가 이 비열한 말투로 하는 말, 우습기만 한 말은 조금도 중요하지 않다. 생 클레르만 아닌 어디로고 그녀는 떠날 것이다. 이 모든 드라마는 무슨 소용인가? 이 바보가 살아 있는 자들로부터 사라져버린들 조금도 중요할 게 없을 것이다. 그녀는 흔들리는 종이 위로 그의 다듬어지지 않은 손톱을 보았다. 커프스도 안하고 있다. 그는 자기 토굴에서 나온 우스꽝스러운 시골뜨기 중에 한 명일 뿐이다. 그의 생이 어떠한 동기에도 어떠한 사상에도 어떠한 인간에도 중요하지 않은. 그런데 사람들이 한 인간의 생명에 그렇게 무한한 중요성을 부여한다는 것은 습관에 의해서다. 로베스피에르가 옳았다. 그리고 나폴레옹도, 레닌도…… 그는 그녀가 미소짓는 것을 보았다. 화가 나서 어깨를 으쓱한다. 그녀는 그의 말을 듣지 않을 수 없다.

"난, 당신을 버리지 않겠어. 알겠소? 당신은 가족이 내린 결정에 복종해야 해. 안한다면……."

"안한다면…… 뭐요?"

그녀는 이제는 무관심한 체하지 않기로 했다. 그녀는 도전적이고 비웃는 어조로 외쳤다.

"너무 늦있이요! 당신은 내편으로 증언을 하셨지요? 이젠 번의하실 수 없어요. 거짓 증언이라는 게 알려지면……."

"아직 우리는 새로운 증거를 발견할 수는 있어. 이 밝혀지지 않은 증거를 난 가방에 갖고 있어. 다행히도 시효가 상관없어."

그녀는 몸을 떨며 물었다.

"당신은 내게서 뭘 원하세요?"

그는 자기 수첩을 들춰본다. 몇 순간 동안 떼레즈는 아르쥘루즈의 경탄할 만한 침묵에 주의를 돌렸다. 닭이 올 시간은 아직도 멀었다. 이 사막 속에는 한 줄기 흐르는 물도 없고 수많은 나뭇가지를 흔들 바람 하나 없다.

"난 개인적인 입장은 고려하지 않겠어. 내 입장은 생각지 않기로 했고, 단지 가족이 중요할 뿐이야. 가족의 이해관계가 늘 나의 모든 결정을 좌우해왔으니까. 가족의 명예를 위해서 난 내 조국의 정의를 속이기에 동의했었어. 신이 나를 판단하리다."

이 과장적인 어조는 떼레즈의 기분을 상하게 했다. 그에게 좀더 단순하게 얘길 해달라고 빌고 싶었다. "가족을 위해서는 세상 사람들이 우리가 결합되어 있다고 믿고 그들의 눈에 내가 당신의 결백을 추호도 의심하지 않는 것처럼 보인다는 것이 중요해. 다른 한편으로는 나는 나 자신을 가능한 한 조심하고 싶고……."

"내가 두려우세요, 베르나르?"

그는 중얼거렸다. "두려우냐고? 아니야. 소름끼쳐." 그러고는 "빨리 말합시다. 그리고 두 번 다시 말할 것없이 전부 해버리겠어. 내일 우리는 이 집을 떠나서 옆의 데께루 집으로 옮길거야. 당신의 고모가 내 집에 있는 걸 난 원치 않아. 당신의 식사는 발리옹트가 당신 방으로 날라다줄 거야. 당신은 다른 어떤 방으로 가는 것도 금지하겠어. 하지만 숲에 나가는 것은 금하지 않겠어. 일요일에는 생 클레르의 성당의 대미사에 둘이 같이 참석할거야. 사람들이 내 팔을 끼고 걷는 당신을 보아야 하니까. 그리고 매달 첫 목요일에는 우리가 늘 했던 대로 B시의 장날에 당신 아버지 댁으로 무개차로 갈 것이고."

"그리고 마리는요?"

"마리는 내일 유모와 생 클레르로 떠나. 그리곤 어머니가 남부지방으로 데리고 갈거야. 사람들에게는 건강 때문이라 말하면 돼. 당신 우리가 그애를 당신에게 맡기기를 바라진 않겠지? 그애 역시 안전한 곳에 두어야 하겠어. 내가 죽어도 그애가 스물 한 살이 되면 소유주가 될 테니까. 남편 다음엔 아이…… 왜 아니야?"

떼레즈는 일어섰다. 큰 소리를 칠 뻔했다.

"그럼 당신은 소나무 때문에 내가……."

그녀의 행동의 수천 가지 비밀스런 동기 가운데서 이 바보는 그래 단 하나도 발견하지 못했구나. 그러고는 가장 비열한 동기를 생각해내다니.

"물론, 소나무 때문이야…… 그렇지 않다면 뭣 때문이지? 하나하나 없애버리면 될 테니까. 다른 동기를 대볼 수 있으면 해봐…… 여하간 이젠 아무 소용 없는 일이고 내게 흥미도 없어. 난 알고 싶지 않아. 당신은 이젠 아무것도 아니니까. 다만 당신의 이름이 중요할 뿐! 몇 달 후에 사람들이 우리 사이가 좋다는 것도 알게 되고 언젠가 드길렘 아들과 결혼을 하게 되면…… 드길렘 댁에서는 연기를 신청해왔어. 좀더 생각해봐야겠다면서…… 그렇게 된 후에야 난 생 클레르로 옮겨갈 수 있을거야. 당신은 여기 있고. 신경쇠약 환자든가 무슨 다른 병이 있다고 말하면 될테지…….”

 “예를 들어서 광증이요?”

 “아니야. 그건 마리에게 해가 미칠 테니까. 하지만 그럴 듯한 이유를 찾기는 어렵지 않겠지. 내말은 다 했어.”

 떼레즈는 “아르쥘루즈에서…… 죽을 때까지……” 하고 중얼거렸다. 창가로 다가가서 창문을 열었다. 베르나르는 이 순간에 진정 기쁨을 느꼈다. 늘 자기를 겁주고 모욕하던 이 여자를 드디어 이 저녁에 내 손아귀에 넣었구나 하고. 저 여자는 끔찍히 경멸당하고 있다고 느낄거다! 베르나르는 자신의 겸손이 자랑스러웠다. 드 라 트라브 부인은 여러 번 아들이 성자라고 말했었다. 온 가족이 그의 고매한 마음씨를 칭찬했었다. 베르나르는 처음으로 자신의 이 고매한 마음씨를 느꼈다. 요양소에서 사람들이 아주 조심스럽게 떼레즈의 범죄사실을 그에게 알려주었을 때 그가 냉정했다고 모두들 칭찬했지만 베르나르에게는 그 냉정함을 지키려고 노력할 필요도 없었다. 사랑을 할 수 없는 인간에게는 아무것도 진정으로 중대한 것이 없는 법이다. 베르나르는 사랑을 모르는 사람이었기에 단지 그가 느낀 것은 커다란 위험을 가까스로 피하고 난 후에 느끼는 떨리는 기쁨뿐이었다. 그가 몇 년 동안이나 아무것도 모른 채 성난 미치광이 옆에서 살아왔었다는 것을 알려주었을 때 한 인간이 느낄 수 있는 그런 기쁨. 그러나 이 저녁에 베르나르는 자기의 힘을 느꼈다. 그가 생을 지배하고 있었다. 그는 어떠한 어려움도 바른정신의 인간, 옳게 판단하는 인간을 넘어뜨릴 수 없다는 사실에 경탄하고 있다. 그렇게도 큰 고통을 치르고 났는데도 그는 인간이란 자신의 잘못 때문이 아니고는 불행하지 않다는 이론을 지지할 만반의 준비가 되어 있었다. 이 최악의 사건을, 그는 자신의 모든 사건을 처리하듯이 해버렸던 것이다. 이 일은 알려지지 않을 것이다. 그의 체면은 세워질 것이다. 이젠 아무도 그를 동정하지 않을 것이다. 그는 동정받고 싶지 않았다. 결국 논쟁에 내가 이겼는데 괴물과 결혼했었다는 게 창피스러울 게 무엇이람? 게다가 남자의 생이란 멋있는거다. 죽음을 가까이 느끼고 나자 그의 소유물, 사냥, 자동차, 먹고 마시는 것 —— 즉 삶에의 흥미가 놀랍게도 배가되었었다.

떼레즈는 창 앞에 서 있었다. 몇 개의 흰 자갈돌이 보였고 양떼 때문에 철책을 쳐놓은 담 안에 피어 있는 국화 향기가 들어왔다. 저 멀리에는 참나무의 검은 그림자가 소나무 숲을 가리고 있었다. 그러나 보이지는 않아도 소나무의 송진 냄새가 방을 가득 채우고 있었다. 떼레즈는 집 주위를 둘러싸고 있는 소나무 숲을 피부로 느끼고 있었다. 이 감옥의 간수와 같은 소나무들이 은은한 신음소리를 내며 떼레즈가 긴 겨울 동안 쇠약해지는 것을, 뜨거운 여름날에 숨을 헐떡이는 것을 볼 것이다. 그들이 이 긴 질식의 증인이 될 것이다. 그녀는 창문을 다시 닫고 베르나르에게 가까이 갔다.

"당신은 억지로 나를 잡아둘 수 있다고 생각하세요?"

"당신 좋을 대로…… 그렇지만 이것만은 알아둬. 당신이 이곳을 떠나는 날엔 두 손에 수갑이 채워지리라는 것을."

"과장스럽기도 하시군요! 난 당신을 알고 있어요. 천성에도 없는 악당처럼 굴지 마세요. 가족에게 그런 창피한 일을 당하게 하시진 못하실 거예요! 난 아무렇지도 않아요."

그러자 그는 모든 사리를 따져본 사람으로서 떼레즈에게서 떠난다는 것은 자신이 죄인임을 자인하는 거라고 설명하였다. 그런 경우에는, 부패한 부분을 짤라내버리고 사람들 앞에 가족이 아니라고 부인함으로써만 치욕으로부터 가족을 구할 수 있는 것이라고도.

"어머니는 바로 그렇게 하자고 하셨었어. 생각 좀 해봐! 우리는 마지막까지 사회의 정의대로 따르려고 했었지. 단지 안느와 마리가 아니었다면…… 하지만 아직도 시간은 있어. 서둘러 대답할 건 없어. 날 밝을 때까지 시간은 있으니까."

떼레즈는 낮은 소리로 말했다.
"제 아버지가 계셔요."
"당신의 아버지? 장인도 우리와 전적으로 의견일치를 보았어. 그 분에겐 그 분의 생애가, 정당이, 대표하고 있는 사상이 있어. 무슨 대가를 치르고라도 장인은 이 스캔들을 가라앉히기만 바라고 있어. 적어도 그 분이 당신한테 해주신 걸 감사나 해. 교육이 소홀했었다면 분명히 장인 덕분으로…… 장인이 직접 공식적인 의사를 당신한테 설명했을텐데…… 아니야?"
베르나르는 이젠 목소리도 높이지 않았고 예의바르게 되었다. 그가 조금이라도 동정을 느껴서 그런 건 아니었다. 그러나 이제는 그에게 숨소리도 안 들리는 이 여자가 마침내 뻗어버린 것이다. 그녀의 진정한 위치를 알게 된 것이다. 모든 질서가 다시 잡혔다. 한 인간의 행복이란 이러한 타격에서 견뎌낼 수 없는 것이다. 베르나르는 이 교정에 성공한 것이 자랑스러웠다. 모든 사람들은 잘못 생각할 수 있는 것이다. 더구나 떼레즈에 관해서는 모두들 잘못 생각했었다―― 보통 때에는 자기 가족들을 그렇게도 재빨리 비판하던 드 라 트라브 부인까지도. 그것은 요즈음 사람들이 원리원칙을 충분히 고려하지 않기 때문이다. 그들은 떼레즈가 받은 교육의 위험을 모르고 있다. 아마 괴물인가보다. 하지만 "그 여자가 하느님을 믿었었다면……"이란 말은 아무 소용도 없다. 현명하게 되는 시작은 두려움이다. 이렇게 베르나르는 생각하고 있었다. 그리고 온 마을 사람들은 그들이 창피해하는 꼴을 보고 즐기려고 조급해 있을텐데, 일요일마다 이렇게 결합된 부부를 보고 얼마나 실망을 할까! 사람들의 놀라는 얼굴을 보고 싶은 마음에 그는 어서 일요일이 왔으면 했다…… 더구나 이번 일에 불의는 아무것도 없었다. 그는 램프를 들었다. 그의 치켜진 팔로 떼레즈의 뒷덜미가 비춰졌다.
"아직 안 올라가겠어?"
그녀는 아무 말도 못 들은 것 같았다. 그는 어둠 속에 그녀를 남겨놓은 채 방을 나갔다. 층계 밑 첫 계단 위에 클라라 고모가 쭈그리고 앉아 있었다. 고모가 그를 뚫어지게 바라보자 그는 애써 미소지으며 그녀의 팔을 부축해 일으켜세웠다. 그러나 고모는 반항하였다 ―― 단말마의 고통에 사로잡혀 있는 주인의 침대가에 있는 늙은 개처럼. 그는 석재 위에 램프를 놓고 그녀의 귀에 대고 큰 소리로 떼레즈는 훨씬 좋아졌으며 잠자러 가기 전에 얼마 동안 혼자 있고 싶어한다고 말했다. "떼레즈의 변덕맞은 생각은 잘 아시지요!"

그렇다. 고모는 그걸 알고 있었다. 떼레즈가 혼자 있고 싶어할 때 그 애 방에 들어가곤 했던 건 자주 있었다. 고모는 문만 조금 열어보아도 자기가 귀찮은 존재가 될지 얼른 알아차릴 수 있었다.

고모는 힘들여 일어나 큰 응접실 바로 위에 있는 그녀의 침실까지 베르나르의 팔에 기대어 갔다. 베르나르는 그녀 뒤로 그 방에 들어가서 책상 위에 있는 초에 불을 켜주는 수고를 한 후에 그녀의 이마에 키스를 하고는 방을 나갔다. 고모는 그에게서 눈을 떼지 않았다. 말을 듣지 못하는 사람들의 얼굴에서 그녀는 무엇인들 알아차리지 못했을까? 베르나르가 자기 방으로 돌아갈 시간을 준 다음에 그녀는 조용히 방문을 다시 열었다…… 그러나 그는 아직도 난간에 기대어 층계참에 서 있었다. 그는 담배를 한 대 말고 있었다. 떨리는 다리로 숨이 턱에 차서 어찌나 급히 방으로 돌아왔던지 그녀에겐 옷을 벗을 기운도 남아 있지 않았다. 그녀는 두 눈을 뜬 채 침대 위에 누웠다.

10

응접실에서 떼레즈는 어둠 속에 앉아 있었다. 잿더미 속에는 아직도 타다 남은 장작이 살아남았었다. 그녀는 움직이지 않았다. 이제 너무 늦어버린 이 시간에 그녀의 기억 깊은 곳에서부터 여행 동안에 준비하였던 고백의 누더기가 갑자기 떠올랐다. 그러나 왜 그 고백을 하지 못했던 것을 나무라야 하나? 사실, 이 너무 잘 구성된 이야기는 현실과 아무런 연결점도 갖고 있지 않았다. 장 아제베도의 이야기에 그렇게도 중요성을 부여하고자 했다니, 얼마나 어리석었나! 마치 그게 조금이라도 중요한 것이었듯이! 아니다, 아니다. 그녀는 깊은 법칙에, 준엄한 법칙에 복종했었던 것이다. 그녀는 이 가족을 파괴하지 않았다. 그러니 파괴당한 것은 그녀 자신이다. 그들이 그녀를 괴물로 취급한 것은 옳았지만 그녀 역시 괴물 같다고 생각하고 있었다. 아무것도 밖으로 나타나지 않게 그들은 시간이 걸리는 방법으로 그녀를 없애버리려는 것이다. "이제부터 내 의사에 반대해서 이 가족적인 힘 있는 조직이 구성될 것이다——그 톱니바퀴를 제때에 정지시킬 줄을 몰랐고 그 바퀴에서 제때에 뛰쳐나올 줄을 몰랐었기 때문에. '그게 그들이었고 그게 나였었기 때문에……'라는 이유 외에 다른 이유를 찾아야 소용이 없다. 내 얼굴에 가면을 쓰고, 체면을 세우고 속이는, 내가 2년 내에 이룩할 수 있었던 이 노력. 다른 사람들은(나와 같은 종류의) 아마 중독이 되어버려서 습관에 마비되어 얼이 빠져버려서 어머니 같고 전능한 가족의 한가운데서 잠이 들어버려서 죽을 때까지 끈기 있게 견뎌나갈 수 있을 수도 있겠지. 그렇지만 나는, 그러나 나는, 나는……."

그녀는 일어서서 창문을 열고 새벽의 찬 공기를 느꼈다. 왜 도망가지 않는가? 단지 이 창문만 건너뛰면 된다. 그들이 그녀를 뒤쫓아올까? 그래서 다시 경찰에 넘겨버릴까? 위험을 무릅써볼 기회였다. 이 끝이 없는 고통보다는 무엇이든 좋았다. 벌써 떼레즈는 의자를 하나 끌어다가 창가에 기댄다. 그런데 그녀는 돈이 없다. 이 수백만 그루의 소나무가 그녀의 것이지만 헛일이다. 베르나르의 중개 없이는 그녀는 한푼도 만질 수가 없다. 어렸을 때 떼레즈가 그렇게도 가엾게 여겼던 쫓기던 살인자 다게르가 했듯이 황야 속으로 뛰어들어가는 편이 날 것이었다(아르쥘루즈의 부엌에서 발리웅트가 포도주를 따라주던 헌병들이 머리에 떠올랐다)——그런데 그 가엾은 사가 숨은 곳을 알아낸 건 데께루 집의 개였다. 사람들은 히드 숲속에서 굶주림에 반쯤 죽은 그를 데려왔다. 떼레즈는 짚을 나르는 짐수레에 묶여 있는 그를 보았었다. 소문에 그가 카이엔느에 도착하기도 전에 배에서 죽었다고 했다. 배…… 도형수의 감옥…… 그들은 자기네들이 말했듯이 그녀를 경찰에 넘겨줄 수 있는 사람들이 아닌가? 베르나르가 갖고 있다고 주장하던 그 증거물…… 어쩌면 거짓말일지 모른다. 그 낡은 외투의 주머니 속에서 그 독약 보따리를 발견하지 않았다면…….

떼레즈는 다 알게 되겠지. 그녀는 더듬더듬 층계로 갔다. 위로 올라갈수록 위층의 창문으로 비추는 새벽의 여명으로 앞을 더 잘 볼 수가 있었다. 여기 다락으로 가는 층계 참에 낡은 옷이 걸려 있는 장이 있다── 사냥철에 필요하기 때문에 남에게 주어버리지 않는 낡은 옷들. 이 빛바랜 낡은 외투에는 속이 깊은 주머니가 있다. 클라라 고모가 혼자서 야생 비둘기를 사냥하러 갈 때 걸치는 털옷을 거기에 넣어두었었다. 떼레즈는 거기에 손을 넣어 초로 봉해진 꾸러미를 꺼냈다.

클로로포름 : 30그램
아코니틴 정제 : 20알
디기탈린유 : 20그램

그녀는 이 이름, 이 숫자를 다시 읽는다. 죽는다는 것. 그녀는 늘 죽는다는 것에 공포를 느꼈었다. 중요한 것은 죽음을 정면으로 바라보지 않는 것이다──다만 필요한 행동을 준비하는 것이다. 물을 따르고 가루를 물에 타서 단번에 마시고 자리에 누워 눈을 감는다. 저 세상을 보려고 조금도 애쓸 것 없다. 다른 어느 때의 잠보다 이 잠을 더 두려워할 건 무엇인가? 그녀가 소름끼친 것은 새벽의 찬기 때문이었으리라. 그녀는 내려가서 마리가 잠들고 있는 방 앞에서 멈춰선다. 그곳에서 유모는 짐승이 으르렁대는 것처럼 코를 골고 있었다. 떼레즈는 문을 민다. 덧문 사이로 새벽의 여명이 스며들고 있었다. 어둠 속에서 좁은 철제 침대는 희게 보였다. 이불 위에 조그마한 두 주먹이 놓여 있었다. 아직 형체가 제대로 잡히지 않은 아기의 옆 얼굴이 베개 속에 잠겨 있었다. 떼레즈는 얼굴에 비해 너무 큰 이 귀를 알아보았다. 그녀의 귀. 사람들은 옳았다. 그녀 자신의 복사가 그곳에 마비되어 잠들어 있는 것이다. "나는 간다──그러나 나 자신의 이 부분은 여기에 남는다. 그리고 끝까지 살아 [生]야 할 이 운명이, 그중의 극소의 부분도 누락되지 못할 것이다." 성향, 기질, 핏줄의 원칙, 항거할 수 없는 법칙들. 떼레즈는 절망에 빠진 사람들이 죽으러 갈 때 그들의 아이들을 데리고 간다는 것을 읽은 적이 있었다. 선량한 시민들은 읽던 신문을 떨어뜨린다. "어쩌면 이런 끔찍스런 일이 있을 수 있을까?" 떼레즈는 괴물이었기에 그런 일이 있을 수 있다는 것을 마음 깊이 느낀다. 그리고 아무것도 아닌 일로…… 그녀는 무릎을 꿇었다. 그녀의 입술에 움직이지 않는 작은 손을 댈 듯 말듯 하였다. 그녀의 존재 가장 깊숙한 곳에서부터 무엇인가 솟아나와 그녀의 눈으로 올라가고 그녀의 뺨을 불태우는 그 무엇인가에 그녀는 깜짝 놀랐다. 가련한 몇 줄기 눈물, 절대로 울지 않는 그녀가!

떼레즈는 일어서서 다시 아기를 바라보고는 드디어 자기 방으로 가서 잔에 물을 가득 따르고 초로 밀봉한 것을 뜯어낸 다음에 세 개의 독약 상자 사이에서 주저하였다.

창문은 열려 있었다. 소나무 가지 사이에 반투명한 단편으로 남아 있던 안개를 닭의 울음소리가 찢어버리는 것 같았다. 새벽의 기운에 흠뻑 젖어 있는 시골. 어떻게 이 많은 빛을 포기할 수 있을까? 죽음이란 무엇인가? 인간은 죽음이 무엇인지를 모른다. 떼레즈는 아무것도 없다는 것을 확신할 수가 없었다. 죽음의 나라에 아무도 없다는 것을 절대적으로 믿을 수가 없었다. 떼레즈는 이렇게 겁을 내는 자신이 싫었다. 다른 사람들을 그곳으로 보내는 것에 주저 않던 그녀가 아무것도 없다는 것 앞에 불끈한 것이다. 이 비겁함에 얼마나 그녀는 모욕을 느꼈던지! 이 전능한 존재가 정말 있는 것인지(그녀는 짧은 순간, 그 짓누르는 듯한 성체첨례를, 금박이 법의 밑에 찌그러진 그 외로운 사람을, 그가 두 손 속에 가져가던 그 물건을, 움직이던 그 입술을, 그 고통스럽던 표정을 다시 보는 것 같았다). 그 분이 있기 때문에 그 분은 너무 늦기 전에 죄악을 범하려는 손을 단념시키는 것이나. 그리고 이 눈이 먼 가엾은 영혼이 그 일을 해치우게 된 것이 그 분의 의지였다면 적어도 그 분은 이 괴물, 당신의 피조물을 사랑으로 받아들이실 수 있어야 할 것이다. 떼레즈는 물속에 클로로포름을 부었다. 그중 알 수 있는 이름이고, 잠을 자게 한다는 생각 때문에 덜 겁이 났다. 그녀는 서둘러야 했다. 집안이 잠을 깨기 시작한다. 발리옹트가 클라라 고모 방의 덧문을 열었다. 그녀는 고모에게 큰 소리로 얘길 하는 것일까? 보통 때에는 하녀는 입술이 움직이는 것으로 자신의 의사를 표시할 줄 알았다. 문을 여닫는 소리와 발소리. 떼레즈는 독약병들을 감추기 위해서 책상 위에 숄을 덮을 시간

밖에 없었다. 발리옹트가 노크도 없이 들어왔다. "아가씨는 돌아가셨어요! 침대 위에 옷을 입은 채 죽어 있는 걸 보았어요. 벌써 온몸이 차가워요."

신을 믿지 않던 이 늙은 여인의 손가락 사이에 염주를, 가슴 위에 십자가를 사람들은 놓아주었다. 소작인들이 들어와서 무릎을 꿇었다가 나갔다. 침대 발치에 서 있는 떼레즈를 뚫어지게들 오랫동안 바라보고 나서 ("이 일을 저지른 것이 또 저 여자일지 누가 안담?") 베르나르는 가족에게 알리고 모든 절차를 밟기 위해서 생 클레르로 갔다. 그는 이 사건이 마침맞게 일어나서 사람들의 관심을 돌리게 됐다고 생각했을 것이다. 떼레즈는 이 육체를 바라보았다. 그녀가 죽으려고 했던 그 순간에 자기 발 아래 몸을 던진 이 충실한 늙은 육체를. 우연, 우연의 일치. 누가 그녀에게 특수의지에 관해 말했더라면 그녀는 어깨를 으쓱했으리라. 사람들은 말했다. "보셨어요? 저 여자는 우는 척도 안하는군요!" 떼레즈는 마음속에서 이제는 죽은 그 분께 이야기하고 있다. 살자, 그러나 마치 그녀를 증오하고 있는 자들의 손 속에 있는 시체처럼 살자. 저 세상의 아무것도 보려고 애쓰지 말자.

장례식 때 떼레즈는 자기 위치를 지켰다. 그 다음 일요일에 그녀는 베르나르와 함께 성당에 갔다. 그는 늘 하듯이 교회의 측랑 쪽으로 들어가지 않고 보라는 듯이 중앙 홀을 가로질러 갔다. 떼레즈는 시어머니와 남편의 사이에 자리를 잡고 앉을 때까지 쓰고 있던 상복의 베일을 들추지 않았다. 기둥 때문에 그녀는 다른 사람들에게 보이지 않았다. 그녀의 앞에는 성가대 외에 아무것도 없었다. 사방으로 둘러싸여 있었다. 뒤에는 군중이, 오른쪽에는 베르나르가, 왼쪽에는 드 라 트라브 부인이 그리고 단지 이 공간만이 마치 어두운 곳에서 밖으로 나오게 된 투우 경기장처럼 그녀 앞에 열려져 있었다. 이 빈 공간, 두 어린애 사이에 변장한 한 사나이가 두 손을 약간 벌리고 속삭이며 서 있는 이 공간.

11

 그날 저녁 베르나르와 떼레즈는 몇 년 전부터 아무도 살지 않았던 아르쥘루즈의 데께루 집으로 갔다. 굴뚝에서는 연기가 나고 창문은 잘 닫기지 않으며 문에는 쥐가 뚫어놓은 구멍으로 바람이 들어왔다. 그러나 그해 가을은 어찌나 아름다웠던지 처음 얼마간 떼레즈는 그런 불편에 고통받지 않았다. 베르나르는 사냥으로 저녁까지 집에 돌아오지 않았다. 들어오자마자 그는 부엌으로 가서 발리옹 부부와 함께 저녁식사를 했다. 떼레즈는 수젓소리와 단조로운 목소리를 듣곤 했다. 10월엔 밤이 일찍 내렸다. 옆집에서 가져온 몇 권의 책은 이미 욀 정도였다. 보르도의 책방에 주문을 해달라는 떼레즈의 요구에 베르나르는 대답도 안한 채였다. 그는 다만 떼레즈에게 담배를 더 갖다줄 것만 허락했다. 불을 쑤시어 일으킬까…… 그러나 진이 나며 꺼져가는 연기에 눈이 따가웠고 담배 때문에 탈이 난 그녀의 목을 아프게 했다. 발리옹트가 조금 먹다 만 식사를 들고 나가자마자 떼레즈는 불을 끄고 자리에 누웠다. 잠이 그녀를 해방시켜줄 때까지 얼마나 많은 시간을 누워 있어야 하나! 아르쥘루즈의 침묵이 잠을 못 들게 했다. 떼레즈는 바람 부는 밤을 더 좋아했다——나뭇가지의 끝없는 호소는 인간적인 안온함을 감추고 있다. 떼레즈는 그 흔들림에 몸을 맡기곤 했다. 떼레즈는 조용한 밤보다 추분 무렵의 바람 거센 밤에 잠이 더 잘 왔다.
 저녁시간이 떼레즈에게 끝없이 길게 느껴졌지만 때로 그녀는 땅거미가 지기도 전에 집에 돌아오는 일이 종종 있었다——그녀를 보자 어느 어머니가 자기 아이의 팔을 붙들어 거칠게 소작농가 속으로 끌어들여갔다던가——혹은 그녀가 이름을 알고 있는 소 치는 사람이 그녀의 인사에 대꾸도 안했다던가 하는 일로. 아! 사람들이 복작대는 큰 도시 깊숙히 사라져 잠겨버릴 수 있다면 얼마나 좋을까! 아르쥘루즈에서는 어느 목동조차 그녀의 이야기를 모르는 사람이 없었다(클라라 고모의 죽음도 그녀의 탓으로 돌리고 있었다). 그녀는 어느 집 문지방도 감히 건널 수 없었다. 자기의 집에서도 감춰진 문으로 살짝 나와서 집들을 피해 다녔다. 멀리서 마찻소리만 들려와도 그녀는 옆길로 재빨리 숨곤 했었다. 빠르게 걸었다. 도망가는 사람의 조인 가슴으로 자전거가 지나갈 때까지 히드 숲속에 엎드리곤 했다.

일요일에 생 클레르의 성당에서 미사 드릴 때에는 이런 공포는 느끼지 않았고 그녀는 약간 숨을 돌릴 수 있었다. 읍내의 소문이 더 그녀에게 호의적이었다. 그녀는 아버지와 라 트라브가에서 그녀를 무고하게 치명상을 입은 희생자인 양 말하고 있다는 것을 모르고 있었다. "우리는 그 애가 회복되지 못할까봐 걱정이랍니다. 걔가 아무도 보지 않으려 해요. 의사 선생님께서는 걔 말대로 들어주라고 하시고요. 베르나르가 그애를 잘 돌보아주고 있지만 원체 정신적으로 타격을 받아놔서⋯⋯."

10월 마지막 날 밤에 대서양으로부터 온 거센 바람이 오랫동안 나뭇가지를 괴롭혔다. 떼레즈는 반수상태에서 이 대양의 소리에 귀기울였다. 그러나 새벽에 그녀의 잠을 깨운 것은 바람소리가 아니었다. 덧문을 열어도 방 안은 어두웠다. 부속건물의 기와지붕 위에 참나무의 아직도 무성한 잎 위에 가늘고 빽빽한 비가 흘러내리고 있었다. 그날 베르나르는 나가지 않았다. 떼레즈는 담배를 내던지고는 층계참으로 나가서 아래층에서 남편이 이 방에서 저 방으로 왔다갔다하는 소리를 들었다. 파이프 담배냄새가 그녀의 방에까지 스며들어와 떼레즈의 담배냄새를 덮어버렸다. 그녀는 옛날 생활의 냄새를 다시 맡았다. 궂은 날씨가 시작되는 첫날⋯⋯ 불이 자꾸 꺼지는 이 난롯가에서 어떻게 그녀는 그 모든 궂은 날들을 살아갈 것인가? 방 모서리는 곰팡이로 벽지가 너덜거린다. 벽에는 베르나르가 응접실에 걸려고 떼어간 초상화가 걸렸던 자국이 그대로 남아 있고 아무것도 걸려 있지 않은 녹슨 못이 여기저기 박혀 있다. 벽난로 위에 가짜 자개틀 속의 사진들은 거기 찍혀 있는 죽은 사람들이 두 번째의 죽음을 당한 듯 창백히 빛이 바래 있다. 베르나르의 아버지, 할머니, 에두아르식 옷을 입은 어린 베르나르. 이 방에서 살아야 할 이 모든 날들, 주일들, 달들⋯⋯.

밤이 오자 떼레즈는 더 이상 참지 못해서 살그머니 문을 열고 내려가서 부엌으로 들어갔다. 불 앞의 낮은 의자에 앉아 있던 베르나르가 갑자기 일어섰다. 발리옹은 총을 소제하던 걸 멈췄다. 발리옹트는 뜨개질을 떨어뜨렸고, 그 세 명이 어찌나 끔찍스런 표정으로 그녀를 바라보던지 그녀는 "내가 무서워요?"라고 물었다.

"부엌 가까이 오는 일을 금한다는 걸 알지 않소?"

그녀는 아무 대답도 없이 문 쪽으로 뒷걸음질했다. 베르나르가 그녀를 다시 불렀다.

"당신을 보았으니 하는 말인데⋯⋯ 내가 더 이상 여기 있을 필요가 없겠어. 생 클레르에는 좋은 소문이 돌게 되었고, 사람들은 당신이 신경쇠약이라고 믿고 있어, 아니면 믿는 척하고 있든지. 당신은 혼자 살기를 좋아하고, 난 자주 당신을 보러 오겠어. 이제부턴 미사에 안 나와도 좋아⋯⋯."

그녀는 "미사에 가는 게 조금도 싫지 않았어요"라고 중얼거렸다. 그녀가 좋아하건 말건 상관없는 일이라고 그는 대답했다. 구하던 결과가 얻어졌다는 것만이 중요했다.

"게다가 미사란 당신에게 아무 의미도 없으니까⋯⋯."

그녀는 입을 열어서 한 순간 이야기를 할 듯하더니 아무 말도 안했다. 예상 외로 말 한마디나 몸짓 하나로 빨리 얻은 성공을 위태롭게 할 수도 있다고 베르나르는 강조했다. 그녀는 마리가 어떤지 물었다. 그는 마리는 잘 있으며 내일이면 안느와 드 라 트라브 부인과 함께 보뢰로 떠날 거라고 말했다. 베르나르 자신도 며칠 거기서 보낼 거라고도. 길어야 두 달 정도. 그는 문을 열고 떼레스에게 나가라는 듯 문을 붙들고 옆으로 비켜 섰다.

어두운 새벽에 그녀는 발리옹이 마차를 준비하는 소리를 들었다. 베르나르의 목소리, 말발굽소리, 그러고는 멀어져가는 마차의 흔들리는 소리, 마침내는 지붕 위에, 흙탕의 유리창 위에, 아무도 없는 밭 위에, 100킬로의 황야와 늪 위에, 허물어져가는 둔덕 위 마지막 모래에, 대서양 위에 떨어지는 빗소리만이 들리게 되었다.

떼레즈는 피우던 담뱃불에 새 담배를 붙였다. 4시경 그녀는 '방수복'

을 입고 빗속으로 나갔다. 그녀는 어둠이 두려워서 자기 방으로 다시 돌아왔다. 불은 꺼졌고 덜덜 떨렸기 때문에 잠자리에 들었다. 7시쯤 발리옹트가 햄 위에 얹힌 달걀 프라이를 가져왔을 때 그녀는 먹지 않았다. 이 기름기는 하도 먹으니 이젠 구역질이 났다! 항상 기름에 싼 고기 아니면 햄이었다. 발리옹트는 더 좋은 걸 드릴 수가 없다고 말했다. 베르나르 도련님이 닭은 건드리지 말라고 명령하셨어요. 그녀는 쓸데없이 떼레즈가 자기에게 오르락내리락 시킨다고 불평했다(그녀는 심장병을 앓는데다 다리가 부었다). 이 일만 해도 그녀에겐 지나치게 힘이 들었으며 이 정도라도 하는 것은 다만 베르나르 도련님을 위해서 하는 거라고 말했다.

그날 밤 떼레즈는 열이 났다. 그리고 이상하게도 정신이 맑아져서 파리에서의 생활을 자세히 구상하였다. 그녀는 전에 갔었던 보아의 레스토랑을 다시 그려보았다. 그러나 베르나르와 함께가 아니라 장 아제베도와 젊은 여자들과 함께였다. 그녀는 식탁 위에 자개 박힌 담배 케이스를 놓고 압둘라 담배에 불을 붙였다. 떼레즈가 얘기하고 자기 심정을 설명하는데 오케스트라가 은은히 연주하고 있었다. 그녀는 주의깊은 주위 사람들을 매혹시키고 있었다. 그들은 조금도 놀라지 않았다. 한 여자가 말하기를 "꼭 나와 같은 경우야⋯⋯ 나도 바로 그걸 느꼈었어!" 어떤 문인이 그녀를 한편으로 데려가서 말하기를 "당신 마음속에서 일어나는 모든 일을 쓰십시오. 우리 잡지사에서 현대 여성의 일기를 출판하겠습니다." 떼레즈 때문에 괴로워하고 있는 어느 젊은 남자가 그녀를 자기 자동차로 데려갔다. 둘은 보아의 큰 길을 달렸다. 그녀는 당황하지는 않았지만 자기 왼편에 앉아 괴로워하고 있는 젊은 육체를 즐기고 있었다. "안돼요. 오늘 저녁은 안되겠어요"라고 그녀가 그에게 대답했다. "오늘 저녁은 여자친구와 약속이 있어요." "그럼 내일 저녁은요?" "역시 안되겠어요." "하루도 약속이 없는 날이 없으십니까?" "거의⋯⋯ 하루도⋯⋯ 말하자면 없어요."

어떤 사람이 그녀의 생에 자리잡고 있어. 그이 때문에 이 세상의 모든 사람은 무의미해 보였다. 자기 그룹의 아무도 모르는 어떤 사람이, 아주 소박하고 전혀 알려져 있지 않은 어떤 사람. 그러나 떼레즈의 전존재는 이 태양과 같은 사람의 단 한 번의 시선을 받기 위해 살고 있고 그 뜨거움은 그녀의 육체만이 알고 있는 그 어떤 사람. 파리는 소나무 숲이 바람에 흔들리는 듯 소음에 사로잡혀 있다. 그녀의 육체를 꽉 끌어안고 있는 육체는 가벼웠지만 그녀의 숨을 막히게 한다. 떼레즈는 그에게서 멀어지는 것보다는 숨이 막혀 죽어버리는 편을 택할 것이다(그리고 떼레즈는 꼭 껴안는 듯한 몸짓을 한다——그녀의 바른손이 왼쪽 어깨를 꽉 끌어안는다——왼손의 손톱이 바른쪽 어깨 깊숙히 박힌다).

그녀는 맨발로 일어선다. 창문을 연다. 어둠은 차갑지 않다. 그러나 어느 날인가 비가 그치리라고 어떻게 상상할 수 있을까? 이 세상이 끝나도록 비가 내릴 것이다. 그녀가 돈만 가졌다면 파리로 도망가서 곧장 아제베도에게로 갈텐데. 그에게 부탁을 할텐데. 그는 그녀에게 직장을 구해줄 수 있을 것이다. 파리에서 혼자 사는 여자, 자기 생활비를 버는 여자, 아무에게도 얽혀 살지 않는 여자가 되는 것이다…… 가족이 없는 여자가 된다! 자기 마음에 따라 자기 가족을 결정한다——핏줄에 따른 게 아니라 정신 세계가 같은 사람끼리, 또한 육체에 의해서도, 아무리 드물고 아무리 흩어져 있다 해도 자기의 진짜 가족을 발견하리라…… 창문을 열어둔 채 마침내 그녀는 잠이 들었다. 차고 축축한 새벽이 그녀의 잠을 깨웠다. 그녀는 이를 딱딱 부딪치고 있었다. 일어나서 창문을 닫을 힘도 없이——팔을 뻗쳐서 이불을 덮을 수조차 없었다.

그날 그녀는 일어나지도 않았고 세수도 하지 않았다. 담배를 피울 수 있기 위해서 기름에 싼 고기 몇 점과 커피를 마셨다(빈 속에 그녀의 위는 담배를 견디지 못하게 되었다). 그녀는 밤에 상상하던 것을 다시 생각해내려 애써보았다. 게다가 아르쾰루즈는 너무나 조용했고 오후도 밤과 마찬가지로 어두웠다. 1년 중에 낮이 제일 짧은 이런 때에는 끊임없는 비가 시간의 변화를 없애버리고 아침이나 저녁이나 똑같게 만들어버린다. 변함없는 침묵 속에 한 황혼이 다른 황혼으로 연결되어가고 있다. 그러나 떼레즈는 자고픈 생각이 전혀 없었고 그녀의 꿈은 점점 더 정확해져갔다. 질서 있게 그녀의 과거 속에서 잊혀진 얼굴을 찾았고, 멀리서 소중히 여겼던 입술을 찾았고, 우연한 만남이나 밤의 우연이 그녀의 순진한 육체에 가까이 느끼게 해주었던 분별되지 않는 육체를 찾았다. 그녀는 행복을 구상했고 기쁨을 만들어냈고 모든 조각들을 모아 불가능한 사랑을 창작하였다.

"저 여자는 침대에서 나오지도 않고 고기와 빵을 그대로 남겨요"라고 그때부터 얼마 후 발리웅트가 발리옹에게 말했다. "그렇지만 마실 건 몽땅 비워요. 그 미친년에게 마실 건 얼마든지 주어도 다 마셔버릴 거예요. 그리고 나선 담뱃불로 온통 이불을 태우지요. 끝내는 저년이 이 집에 불을 내고 말 거예요. 손과 손가락이 있는 한 담배는 얼마든지 피울 겁니다. 마치 손을 아르니카에 담근 것 같아요. 불행천만한 일이지요! 이 집 재산으로 만든 이불인데…… 내가 자주 바꿔주나 두고 보세요!"

그녀는 또한 떼레즈가 방을 치우고 침대를 챙겨주는 건 조금도 거절하지 않는다고도 말했다. 그러니 게을러 터져서 침대 밖으로 안 나오려는 거지 뭐란 말인가. 다리가 부은 발리웅트가 뜨거운 물통을 올려다줄 필요는 없다고도 말했다. 갖다준대야 아침에 두었던 자리, 문 밖에 그대로 저녁까지 있을텐데 뭐.

떼레즈의 사고는 자기의 기쁨을 위하여 찾아냈던 미지의 육체로부터 떨어져나갔다. 그녀는 자기의 행복에 싫증이 났고 상상으로 느끼는 기쁨에도 지쳐버렸다. 그래서 새로운 도피를 생각해내었다. 사람들이 그녀의 초라한 침대가에 무릎을 꿇는 것을 생각하였다. 아르귈루즈의 어떤 어린애(그녀가 가까이 갔을 때 피하던 애 중의 하나)가 거의 죽게 되어 떼레즈의 방에 데려와 잔다. 그녀가 그애에게 니코틴으로 샛노래진 손을 얹으면 그애는 완쾌되어 일어선다. 그녀는 좀더 겸허한 다른 꿈들을 생각해내었다. 바닷가에 집 한 채를 장만한다. 머릿속에 정원과 테라스를 그려보고 방들을 꾸민다. 하나하나 가구를 선택하고 생 클레르의 그녀 방에 있던 가구를 놓을 자리를 찾는다. 그리고 어떤 천으로 가구를 씌울까 오래 망설인다. 그러다가는 모든 장식이 무너지며 점점 덜 정확히 보이게 되고 다만 바다를 바라보는 관목 정자 하나와 의자 하나만이 남게 된다. 떼레즈는 그 의자에 앉아서 어깨 위에 머리를 기댄다. 식사를 알리는 종소리에 일어서서 검은 관목 정자 속으로 들어가면 누군가 그녀의 옆을 걷던 사람이 갑자기 두 팔로 그녀를 감싸고 끌어안는다. 한 번의 키스가 시간을 멈출 것이라고 그녀는 상상한다. 또한 사랑의 무한한 순간들을 상상한다. 떼레즈는 상상을 할 뿐이다. 영원히 사랑을 할 수 없을 것이다. 떼레즈는 또다시 하얀 집과 우물을 머릿속에 그린다. 펌프소리가 삐꺽인다. 정원은 이슬에 젖은 헬리오트롭의 향기로 가득하다. 저녁식사 후에는 이 저녁과 밤의 행복, 직면해서 볼 수조차 없을 행복, 우리 심장의 한계를 넘치는 힘을 가진 행복이 있으리라. 이제까지 떼레즈가 가져보지 못한 이 사랑을 그녀는 이 순간 엿보고 있고 피부로 느끼고 있다. 그녀는 발리웅트의 외치는 소리를 듣는 둥 마는 둥한다. 저 늙은 여자는 뭘 떠들고 있나? 예고도 없이 베르나르 도련님이 조만간 남부지방에서부터 돌아오신다고 하고 있다. "도련님이 이 방을 보시면 뭐라고 하시겠어요? 돼지우리라고 하시겠지요! 아씨께선 좋든 싫든 일어나셔야 해요." 침대가에 앉아 떼레즈는 놀라서 자기의 뼈만 남은 다리를 바라보았다. 발이 유난히 커보였다. 발리웅트가 그녀를 실내복에 감싸서 의자로 밀었다. 그녀는 주위에서 담배를 찾았으나 그녀의 손은 허공 속에 떨어졌다. 열려진 창으로 차디찬 태양이 들어왔다. 발리웅트는 손에 비를 들고 흔들거리며 숨을 헐떡이며 욕설을 중얼거렸다──그렇지만 발리웅트는 착한 여자였다. 크리스마스 때마다 그녀가 키운 돼지새끼를 죽일 때 그녀가 운다는 얘기를 가족들이 하는 걸 보면. 그녀는 떼레즈가 자기 말에 대답을 안한다고 앙심 먹고 있었다. 그녀의 눈에는 침묵이란 욕설이고 경멸의 표시였다.

　그러나 떼레즈에겐 말한다는 것이 자기 의지로 될 일이 아니었다. 그녀의 육체에 깨끗한 이불의 신선함을 느꼈을 때 그녀는 고맙다고 말한 줄 알고 있다. 사실은 그녀의 입술 사이로는 아무 소리도 나오지 않았던 것이다. 발리웅트는 나가면서 "이 이불만은 태우지 마세요!"라고 내뱉았다. 떼레즈는 그녀가 담배를 가져갔을까봐 겁이 나서 책상 쪽으로 손을 뻗었다. 담배가 없어졌다. 담배를 못 피우면 어떻게 산담! 그녀의 손가락이 끊임없이 이 작고 더운 것을 만져야만 했다. 그리고 그녀는 그 손가락을 무한히 냄새 맡아야 했고 또한 이 방이 그녀의 입에서 빨아들였다가 다시 내보낸 그 연기 속에 젖어 있어야만 했다. 발리웅트는 저녁까지 올라오지 않을 것이다. 담배 없이 이 온 오후를 보내야 한다니!

그녀는 눈을 감았다. 그녀의 노란 손가락은 담배를 피울 때 하던 습관된 손버릇을 여전히 하고 있었다.

7시에 발리옹트는 촛대를 갖고 들어와서 책상 위에 저녁식사를 놓았다. 우유, 커피, 빵 한 조각. "뭐 더 필요한 것 없으세요?" 그녀는 떼레즈가 담배를 요구하기를 심술궂게 기다렸다. 그러나 떼레즈는 벽으로 향한 얼굴을 돌리지 않았다.

아마 발리옹트가 창문을 닫지 않았었나보다. 바람이 한 번 세차게 불자 창문이 열렸고 밤의 찬기가 방 안을 가득 채웠다. 떼레즈는 이불을 걷어차고 일어서서 맨발로 덧문이 있는 곳까지 갈 용기가 없음을 느꼈다. 몸을 쪼그리고 이불을 눈까지 덮고는 얼음같이 찬 바람을 눈과 이마에만 느끼며 꼼짝 않고 누워 있었다. 소나무의 우렁찬 소리가 아르쥘루즈를 가득 채우고 있었다. 아무리 대서양의 파도소리가 들려와도 이것은 뭐니뭐니해도 아르쥘루즈의 침묵이었다. 떼레즈는 자기가 고통받기를 좋아하는 성격이라면 이렇게 깊숙히 이불 속으로 파고들지는 않았으리라고 생각했다. 그녀는 이불 밖으로 조금 몸을 내밀어보았지만 추위에 잠시밖에는 견디지 못하였다. 그러다가는 마치 놀이를 하듯, 다음 번에는 좀더 오래 있을 수 있었다. 이 고통을 참는 일은 떼레즈의 단호한 의지에 의한 것은 아니었으나 그녀가 해야 할 일처럼 생각되었고 그러고는——또 누가 안담?——떼레즈가 이 세상에 존재하는 이유처럼 생각되었다.

12

"도련님 편지예요."

발리옹트가 내미는 봉투를 떼레즈가 받지 않자 발리옹트는 고집하였다. 확실히 도련님이 언제 돌아오신다고 썼을 것이고 모든 준비를 하기 위해선 그걸 알아야 한다고.

"아씨께서 제가 읽어드리길 원하신다면……."

떼레즈는 "읽어요, 읽어요"라고 말했다. 그러고는 언제나 발리옹트가 있을 때마다 하듯이 벽 쪽으로 돌아누웠다. 그러나 발리옹트가 떠듬거리는 소리는 그녀를 마비상태로부터 깨어나게 하였다.

발리옹의 보고로 아르쥘루즈에 아무 일도 없이 잘 있다는 소식 반가웠소…….

베르나르는 돌아오는 길이지만 도중에 여러 곳에서 쉬었다가 올 예정이므로 정확한 귀가 날짜를 알려줄 수는 없다고 쓰고 있다.

그러나 12월 20일을 넘기지는 않을 것이오. 내가 안느와 드길렘 댁 자제와 함께 가는 걸 보고 놀라지 마시오. 둘은 보뤼에서 약혼했소. 그렇지만 아직 공식적인 건 아니오. 드길렘은 우선 당신을 보겠다는 것을 무척 강조하고 있다오. 예절문제라고 그 사람이 안심을 시킵디다. 내 생각으로는 그가 당신도 알고 있는 그걸 명확히 하고자 하는 것 같은 느낌이 드오. 당신은 총명하니 이번 일을 잘 해결해주리라고 믿고 있소. 당신이 몸이 아프며 정신적 타격을 입었다는 일을 잊지 마오. 하여튼 난 당신한테 일임하겠소. 안느의 행복을 해치지 않고, 어느 면으로 보나 우리 가족에 만족스러운 이 계획을 망치지 않고자 당신이 노력해주면 감사하겠소. 당신이 사보타주한다면 경우에 따라서는 비싼 대가를 치르게 하는 일에 주저하지 않겠소. 그렇지만 그런 걱정은 할 필요 없다는 것을 확신하고 있소.

날씨는 차고 맑았다. 떼레즈는 발리옹트의 명령에 고분고분히 일어나서 그녀의 팔에 기대어 마당에서 몇 발자국 걸었다. 그러나 끝까지 견디기엔 너무 힘에 부쳤다. 12월 20일까지는 열흘이 남아 있었다. "아씨께서 조금만 애쓰신다면 걷는 게 그다지 힘들진 않아요"라고 발리옹트가 말했다.

"악의로 저런다고 말할 수는 없어요"라고 발리옹트는 발리옹에게 말했다. "할 수 있는 만큼은 애쓰고 있어요. 베르나르 도련님은 버릇 나쁜 개를 훈련시키는 방법을 아시고 계신답니다. 당신도 아시지요. 도련님이 억지로 개에게 쇠줄을 매달 때 말이에요? 저 여자를 얌전하게 만드는 데 오래 길지 않을 거예요. 그렇지만 너무 믿어선 안되지요……."

사실 떼레즈는 꿈과 잠과 마비상태로부터 떠나기 위해서 모든 노력을 했다. 그녀는 걷고, 먹고, 특히 다시 냉철해져서 자기 두 눈으로 사물과 사람들을 보려고 자신을 채찍질했다. 그러고는 마치 그녀가 태워버린 황야에 돌아와서, 그 재를 밟고, 타서 까맣게 된 소나무 숲 사이를 걸어다니듯이, 그녀는 이 가족——그녀의 가족——가운데서 말하고 미소하려고 노력할 것이었다.

    18일날 오후 3시경, 날씨는 흐렸으나 비는 안 오는데 떼레즈는 눈을 감고 의자 뒤에 머리를 기대어 자기 방의 난로 앞에 앉아 있었다. 자동차 모터의 진동소리에 잠이 깨었다. 그녀는 현관에서 나는 베르나르의 목소리를 알아들었다. 또한 드 라 트라브 부인의 목소리도. 발리옹트가 숨이 차서 노크도 없이 방문을 열었을 때 그녀는 이미 일어서서 거울 앞에 있었다. 떼레즈는 입술과 볼에 붉은 연지를 칠했다. "그 청년에게 겁을 주어서는 안되겠다"라고 속으로 말했다.
    베르나르가 먼저 자기 부인의 방으로 올라오지 않은 것은 잘못이었다. 자기 가족에게 "한눈 팔지 않겠다"고 약속을 했던 드길렘 청년은 '최소한 이렇게 기다리게 한다는 건 생각해볼 문제'라고 생각하고 있었다. 그는 안느로부터 조금 떨어져서 털오버의 깃을 세우며 '이런 시골 응접실이란 난방을 하려고 애쓸 가치도 없는 곳'이라고 생각했다. 그는 베르나르에게 물어보았다. "이 방 아래에 지하창고는 없나요? 그렇다면 이 아래에 시멘트 축대를 넣지 않는 한 이 바닥은 썩고 말 것입니다……."
    안느 드 라 트라브는 회색다람쥐 모피의 오버에 리본도 장식끈도 없는 펠트 모자를 쓰고 있었다("하지만 장식 하나 없는 것도 옛날 우리 때의 깃털과 새털장식이 있는 모자보다 더 비싸답니다"라고 드 라 트라브 부인이 말했다. "정말 펠트만은 최고급이에요. 라일라카 모자점에서 샀지요. 모델은 르부식이지만"). 드 라 트라브 부인은 장화를 난로에 쪼이며 교만하나 맥없는 표정으로 문께를 바라보고 있었다. 그녀는 베르나르에게 상황에 대처하여 처신하겠다고 약속했었다. 예를 들어 미리 아들에게 알려주기를 "그애에게 키스하라고는 요구하지 마라. 네 어미에게 그런 일을 시켜선 안되는 법이다. 그애와 악수를 하는 것만도 끔찍한 일이다. 너도 알겠지. 그애가 한 짓이 얼마나 지독한 일이었는지는 하느님은 아실거다. 하지만 그 일 때문에 내가 이러는 건 아니란다. 살인자란 어디에도 있다는 사실을 알고 있으니까?…… 그애의 위선 말이다! 그게 난 그중 끔찍스럽다! 너도 생각나지 '어머니, 이쪽 의자에 앉으세요. 더 편하실 거예요…….' 그애가 너를 놀라킬까봐 두려워하던 일 생각나지? '가엾은 그이는 죽음을 아주 무서워하고 계셔요, 진찰결과를 알게 되시면…….' 그때 내가 눈꼽만큼도 의심하지 않았다는 건 하느님이 아실거다. 그애의 입으로 '가엾은 그이'라고 하던 걸 생각하면…….”

이 아르쥘루즈의 응접실에 있는 모든 사람들은 드 라 트라브 부인조차도 거북살스러움을 느끼지 않을 수가 없었다. 그녀는 드길렘 청년의 까치눈이 베르나르를 뚫어지게 보고 있는 걸 살펴보았다.

“베르나르, 떼레즈가 뭘 하는지 네가 올라가보렴…… 아마 몸이 아주 안 좋은가보다.”

안느가(마치 여기서 일어나는 일과 관계 없는 듯이 무관심한) 제일 먼저 늘 귀에 익었던 발소리를 알아듣고 말했다. “내려오는 소리가 들려요.” 가슴에 한 손을 얹고 베르나르는 뛰는 맥박에 고통받고 있었다. 엊저녁에 도착하지 않은 일은 바보 같은 짓이었군. 떼레즈와 미리 모든 얘길 해둘 수 있었을텐데. 그 여자는 무어라도 말할까? 한마디 야단도 칠 수 없게 나를 위태롭게 만들 수 있는 힘을 갖고 있지 않은가. 층층대를 천천히도 내려오네! 그들은 모두 문 쪽을 향해 일어섰다. 마침내 떼레즈가 문을 열었다.

오랜 세월이 흐른 뒤에노 베르나르는 이 부서져버린 육체, 이 희고 분칠한 작은 얼굴이 가까이 왔을 때 그가 제일 먼저 중죄재판소를 생각했었던 일이 기억났다. 그러나 그건 떼레즈가 저지른 죄 때문이 아니었다. 아르쥘루즈의 정원에 있는 널판지로 만든 작은 방을 장식하고 있던 《프티 파리장》이란 잡지에서 오린 울긋불긋한 그 사진이 한순간 느닷없이 그에게 떠올랐던 것이었다── 파리가 윙윙 대고, 밖에는 뜨거운 대낮의 매미가 찢어질 듯 울어대는데 어린 베르나르의 눈은 포아티에의 감금실을 나타내고 있는 그 붉고 푸른 그림을 유심히 살펴보았었다.

그런 투로 베르나르는 그 당시 핏기 없고 뼈만 앙상한 떼레즈를 비기

보았다. 그리고 무슨 대가를 치르고라도 이 끔찍스런 여자를 피하지 못한 자기의 실수를 재보고 있었다―― 마치 당장 폭발될 폭탄을 물속에 내던져버리듯이 그것이 자의였던 타의였던 떼레즈는 비극을 일으켰었다―― 비극보다 더 나쁜 것. 신문의 3면 기삿감의 사건을. 그녀는 죄인이 아니면 희생자였어야 했다……. 가족들간에 너무 놀란 눈치와 전혀 가식이 없는 동정이 보였기 때문에 드길렘 청년은 어떻게 결정을 지어야 할지 주저하였고 무슨 생각을 해야 하는지도 모르게 되어버렸었다. 떼레즈가 말했다.

"별일 아니었어요. 날씨가 나빠서 외출을 할 수 없었어요. 그래서 식욕을 잃게 되었구요. 거의 아무것도 먹지 않다시피 했어요. 살찌는 것보다는 마르는 편이 더 나으니까요…… 안느 네 얘기를 하자, 난 정말 기쁘구나……."

그녀는 안느의 두 손을 잡았다(그녀는 앉아 있었고 안느는 서 있었다). 안느를 유심히 바라보았다. 사람들이 수척해졌다고 생각할 떼레즈의 얼굴에서 안느는 예전에 그녀를 괴롭혔던 고집 센 시선을 다시 알아보았다. 떼레즈는 안느가 "제발 나를 그런 눈으로 보지 말아줘!"라고 전에 하던 말이 생각났다.

"안느, 난 너의 행복을 진심으로 기뻐하고 있어."

떼레즈는 짧게 '안느의 행복'에, 드길렘 청년에게 미소를 지었다―― 그 청년, 저 머리통, 이 헌병 같은 수염, 이 축 처진 어깨, 이 웃도리, 회색과 검은 줄이 있는 바지 속의 이 살찐 작은 엉덩이(뭐란 말인가! 이 사람은 모든 다른 사람과 마찬가지가 아닌가―― 전형적인 남편 타입의). 그러고는 다시 그녀는 안느를 바라보며 말했다.

"모자 벗어봐……아! 그래, 이제야 정말 너를 다시 알아보겠어."

이제 안느는 이 약간 찌푸린 입과 이 항시 메마른 눈, 눈물이 없는 눈을 아주 가까이 보았다. 그러나 그녀는 떼레즈가 무엇을 생각하고 있는지는 알 수 없었다. 드길렘 청년은 가사를 돌보기를 즐기는 여자에겐 시골에서 겨울을 나는 일이 그다지 나쁘지는 않다고 말했다. "집 안에는 언제나 할 일이 잔뜩 있으니까요."

"새언니, 마리 소식을 묻지 않겠수?"

"그렇구나…… 마리 얘길 해줘."

안느는 다시 경계하는, 적의를 품은 표정이 되었다. 몇 달 전부터 그녀는 자주 자기 어머니와 똑같은 말투로 반복하곤 했었다. "난 언니가 한 일 모든 것을 다 용서해줄 수 있어요. 하여튼 언니는 환자니까요. 그렇지만 마리에 대한 무관심, 그것만은 정말 이해가 안 가요. 자기 자식에게 관심이 없는 어미는 무슨 변명을 늘어놓는다 해도 난 비열하다고밖엔 볼 수 없어요."

떼레즈는 안느의 머릿속을 읽고 있었다. 내가 제일 먼저 마리 얘길 안했다고 안느는 날 경멸하고 있다. 어떻게 안느에게 설명할 수 있을까? 나는 나 자신으로 꽉 차 있고, 전적으로 내게만 전념하고 있다고 말해도 저애는 이해할 수 없을거다. 안느는 자기 엄마가 그랬듯이, 또한 가족의 모든 여자들이 그랬듯이, 어린애가 생기면 즉각 어린애 속에 자신을 없애버릴 것만 기다리고 있다. 난, 난 언제나 나를 다시 찾아야만 하고 다시 나 자신과 만나려고 늘 애쓰고 있다…… 안느는 저 난쟁이가 웃도리도 벗지 않은 채 서둘러 만들게 할 첫 어린애의 울음소리만 들으면, 나와 함께 보냈던 어린 시절도, 장 아제베도의 애무도 다 잊어버릴 것이다. 가정의 여자들은 자기의 개인적인 생을 모두 잃어버리려고 열망하고 있다. 이 종족에의 전적인 기여란 아름답다. 나도 이 자기말소, 자기전멸의 아름다움을 느낀다…… 그렇지만 나는, 그러나 나는…….

그녀는 사람들이 하는 말을 듣지 않고 마리 생각을 하려고 애썼다. 이제 마리는 말을 시작했겠지. 아마 얼마 동안은 그애가 하는 말을 듣는 게 재미있겠지. 그러나 곧 난 싫증을 느낄 테고 혼자 나 자신과 다시 만날 수 있기만을 초조하게 기다리게 될 것이다. 그녀는 안느에게 물었다.

"마리, 이젠 말하겠구나?"

"누가 하는 말도 다 따라해. 얼마나 우습다고. 닭이 울든지 자동차 경적만 들려도 그 쪼끄만 손가락을 들고는 '고모, 들었쪄?'라고 말해. 너무 사랑스럽고 예쁘다우."

떼레즈는 생각하였다. '남들이 하는 말을 들어야 한다. 머리가 텅 빈 것 같다. 드길렘은 무슨 말을 하고 있나?' 그녀는 아주 애를 써서 귀를 기울였다.

"발리작의 우리 밭에서 일하는 수지채취인들은 여기처럼 부지런하질 못하답니다. 아르쥘루즈의 농군들이 송진을 7,8통 해낼 때 겨우 4통밖엔 채취하지 않는답니다."

"아니 송진값이 얼만데, 정말 게으름뱅인가보군요!"

"요즘 송진채취인이 하루 100프랑이나 번다는 사실을 아시지요……, 제 생각엔 데께루 부인이 퍽 피곤하신 것 같군요……."

떼레즈는 의자 등걸이에 목을 기댔다. 모두 일어섰다. 베르나르는 생 클레르로 돌아가지 않겠다고 했다. 드길렘이 차를 운전하기로 했다. 다음날 운전사가 베르나르의 짐을 날라오기로 했다. 떼레즈가 애써 일어나려 했더니 시어머니가 그러지 말라고 했다.

그녀는 눈을 감았다. 베르나르가 자기 어머니에게 하는 말이 들렸다. "이놈의 발리옹 부부를 그냥! 한바탕 엄하게 꾸짖어야겠어요…… 단단히 혼이 나봐야 알 거예요." "조심해라. 너무 지나치게 꾸짖지는 마라. 나가겠다고 하면 안되니까? 그들은 우리 내막을 너무 자세히 알고 있는데다가 우리 땅의 일만 해도…… 모든 경계선을 잘 알고 있는 게 발리옹 혼자가 아니냐."

떼레즈가 알아듣지 못한 베르나르의 말에 시어머니가 대답했다. "그래도 조심해라. 너무 그애를 믿지 말고, 그애 하는 짓을 다 감시해라. 그리고 절대로 혼자서 부엌이나 식당에 들어가게 해선 안된다…… 아니다. 기절한 게 아니야, 잠이 들었거나 잠든 척하고 있는 거다."

떼레즈는 다시 눈을 떴다. 베르나르가 그녀 앞에 서 있었다. 잔을 하나 들고 말했다.

"이걸 단숨에 마셔봐. 스페인 포도주야. 기운을 돋우어줄거야. 그러고는 언제나 자기가 하겠다고 결심한 일은 해치우듯이 그는 부엌으로 들어가서 화를 내기 시작했다. 떼레즈는 발리옹트의 날카롭게 외치는 사투리를 들으며 생각했다. '베르나르는 겁을 내고 있다. 그건 확실하다. 뭘 두려워하는 걸까?' 그가 돌아왔다.

"당신이 방에서 식사하는 것보다 식당에서 하는 게 훨씬 식욕이 날거야. 전처럼 식탁을 차리라고 명령했어."

떼레즈는 예심 때의 베르나르를 다시 알아보았다. 어떠한 대가를 치르고라도 사건에서부터 그녀를 구해내려던 자기 편. 무슨 일이 있어도 떼레즈가 회복되기를 그는 원하고 있었다. 그렇다. 그가 두려워하고 있다는 것은 분명했다. 떼레즈는 자기 앞에 앉아서 불을 돋우고 있는 남편을 관찰하였지만 그의 커다란 두 눈이 불꽃 속에서 바라보고 있던 그 그림은 알 수 없었다. 이 《프티 파리장》지에서 오린 붉고 푸른 그림. 포아티에의 감금실.

아무리 비가 많이 와도 아르퀼루즈의 모래는 물구덩이 하나 고이게 할 줄 몰랐다. 한겨울에도 한 시간만 해가 비치면 이 뾰족뾰족하고 유연하고 메마른 펠트 같은 길 위를 운동화를 신고도 아무 지장 없이 밟고 다닐 수 있게 되었다. 베르나르는 매일 사냥을 하였으나 식사 때에는 집에 돌아왔고 떼레즈를 염려해주었으며 언제보다 더 자상히 그녀를 돌보아주었다. 그들의 관계에는 거의 아무런 속박이 없었다. 그는 떼레즈에게 매 사흘마다 몸무게를 재어볼 것과 담배는 식사 후에 두 개비만 피우라고 시켰다. 떼레즈는 베르나르의 충고대로 많이 걸었다. "운동이 그저 제일 좋은 식욕이지."

그녀는 이제는 더 이상 아르퀼루즈가 무섭지 않았다. 소나무들도 그녀에게 길을 비켜주고 가지를 열어주고 어느 쪽으로 가면 길이 나오는지 알려주고 있는 것 같았다. 어느 날 저녁 베르나르가 그녀에게 말했다. "안느의 결혼까지만 기다려줘. 온 마을 사람들이 다시 우리 둘이 함께 있는 것을 보아야 하니까. 그 후에는 당신 마음대로 해."

그날 밤 그녀는 잠을 잘 수가 없었다. 걱정스러운 기쁨이 그녀의 두 눈을 감을 수 없게 만들었다. 새벽에 그녀는 서로 화답하는 것 같지 않는 수많은 닭의 울음소리를 들었다. 닭은 모두 동시에 울었고 단 하나의 경적으로 땅과 하늘을 가득 채우는 것 같았다. 전에 길들일 수 없었던 멧돼지 암컷을 황야에 놓아주었듯이 베르나르는 그녀를 세상 속에 풀어놓아줄 것이다. 마침내 안느만 결혼하고 나면 사람들이 무슨 말을 하든 상관없을 것이다. 베르나르는 떼레즈를 파리 깊숙히 잠기게 해놓고는 도망갈 것이다. 그들 사이에 그러자고 얘기가 있었다. 이혼도 공식적인 별거도 없을 것이다. 사람들에겐 건강상의 문제라고 지어내어 말할 것이다 ("그애는 여행을 해야만 건강을 되찾아요"). 그는 떼레즈에게 매해 12월

초에 충실하게 그녀의 송진 대가를 계산해주겠다고 했다.
 베르나르는 떼레즈의 계획에 대해서는 묻지 않았다. 그녀가 다른 데에 잡히거나 말거나 상관 안한다고 했다. "난 떼레즈가 여기서 나가야지만 걱정이 없어질 겁니다"라고 자기 어머니에게 말하곤 했다. "난 그애가 처녀 때 이름을 다시 썼으면 싶다만…… 아무리 처녀 때 이름을 써도 사람들이 곧 너를 생각하게 되겠지." 그러나 그건 떼레즈가 항의할 것이라고 베르나르는 확신하고 있었다.
 아마도 자유로워지면 좀더 분별이 있어질지도 모른다고 생각하였다. 여하간 운명에 맡겨볼 수밖엔 없었다. 라로크 씨의 의견도 그러했다. 모든 고려를 해본 결과 떼레즈가 사라져버리는 것이 이로웠다. 사람들이 더 빨리 잊을 것이고 그 얘기를 하지 않게 될 테니까. 잠잠하게 만든다는 것이 중요했다. 이런 생각이 그들에게 뿌리 박혔고 어느 것도 그 생각을 포기시킬 수 없었다. 떼레즈가 이 집에서 사라져야 했다. 얼마나 그들은 그 일을 초조히 기다렸던지!
 떼레즈는 겨울이 다 갈 무렵, 헐벗은 땅을 더욱 황량하게 만드는 이 철을 좋아했다. 그러나 참나무에는 죽은 갈색의 잎새가 끈덕지게 붙어 있었다. 그녀는 아르쥘루즈의 침묵이란 없다는 것을 알게 되었다. 더없이 고요한 시간에도 숲은 자기 자신을 슬피 우는 사람처럼 탄식하고, 스스로를 달래고 잠자는 것이었다. 밤은 끝없는 속삭임이었다. 그녀의 앞날에, 상상할 수도 없는 그 앞날에는, 새벽이 너무나 고적해서 아르쥘루즈에서 잠이 깰 때 유일한 소음이었던 수없는 닭의 울음소리가 그리워질 그런 때가 있을 수도 있겠지. 앞으로 살아나갈 여러 여름 동안에 그녀는 한낮의 매미소리와 밤의 귀뚜라미소리를 기억할 것이다. 파리. 바람에 부대끼는 소나무 대신에 겁내야 할 사람들이 있는 곳. 한 무리의 나무 대신에 한 무리의 인간이 있는 곳.
 부부는 그들 사이에 전혀 거북스러움이 없는 데 놀랐다. 우리가 떠날 게 확실해지면 훨씬 서로를 참기가 수월해지는가보다고 떼레즈는 생각하였다. 베르나르는 떼레즈의 몸무게에 또 그녀의 말에 관심을 보였다. 떼레즈는 생전 처음으로 그의 앞에서 자유롭게 이야기하였다. "파리에서는…… 내가 파리에 있게 되면……." 떼레즈는 호텔에서 살거나 어쩌면 아파트를 구할 거라고 말했다. 강의도 듣고, 강연회와 음악회에도 참석하여 '기초부터 다시 배우기 시작'할 계획이라고 말했다. 베르나르는 전혀 떼레즈를 경계하지 않았다. 아무 생각 없이 떼레즈가 만들어준 수프를 먹었고, 따라주는 포도주를 마셨다. 때때로 아르쥘루즈의 거리에서 페드메 의사가 그들 부부를 만날 때마다 자기 부인에게 "저 사람이 조금도 일부러 저러는 것처럼 보이지 않다니 참으로 놀라운 일이오"라고 말하곤 했다.

13

3월의 어느 따뜻한 날 아침 10시경, 베르나르와 떼레즈가 앉아 있는 카페의 테라스 앞에는 사람들이 복잡하게 밀려가고 있었다. 떼레즈는 피우던 담배를 버리고 고향 랑드 지방 사람들이 그러듯이 조심스럽게 밟아 껐다.
"당신, 이 보도를 불낼까봐 걱정돼?"
베르나르는 애써 웃었다. 떼레즈와 파리까지 같이 온 일이 후회스러웠다. 아마도 안느의 결혼식 다음날이어서 사람들의 눈 때문에 여기까지 떼레즈와 함께 온 것이었지만 그보다도 떼레즈가 그래 주기를 바랐기 때문이었다. 이 여자는 가장을 하는데 천재라고 베르나르는 생각했다. 그러니 이 여자가 그의 생애 가까이 있는 한 그는 말도 안되는 행동을 너그럽게 봐주게 될 위험이 늘 있는 게 걱정스러웠다. 자기처럼 조화되어 있고 확고한 정신 상태를 가진 사람에게도 이 미친 여자는 영향을 주는 것같이 느껴졌다. 이 여자를 떠나려는 순간에 그는 자기에게 전혀 어울리지도 않는 슬픔 같은 것을 느낌을 부정할 수가 없었다. 이런 종류의 느낌을 다른 사람 때문에(그것도 특히 떼레즈 때문이라니…… 상상할 수도 없는 일이었다) 갖게 된다는 것은 그에겐 너무나도 이상스러웠다. 얼른 이 짐을 벗어버렸으면! 남행 열차를 타고 난 후에야 그는 숨을 자유롭게 쉴 수 있을 것만 같았다. 오늘 저녁에 랑공에서 자동차가 그를 기다리고 있을 것이다. 역을 빠져나오기만 하면 곧 빌랑드로 가로부터 소나무가 시작된다. 그는 떼레즈의 옆얼굴을 살펴보았다. 그의 눈동자는 때때로 군중 속의 한 사람을 지켜보다가 그 사람이 사라질 때까지 눈으로 따라갔다. 그러다 갑자기,
"떼레즈…… 물어보고 싶었는데……."
그는 한 번도 이 여자의 시선을 바로 볼 수가 없었기에 눈을 돌리고는 재빨리 물었다.
"알고 싶어…… 날 증오했었기 때문이었어? 내가 당신에게 혐오스러웠기 때문이었어?"
그는 놀라서 또 화가 나서 자기가 하는 말을 듣고 있었다. 떼레즈는 미소하며 진지하게 그를 바라보았다. 드디어! 떼레즈였다면 제일 먼저 떠올랐었을 그 질문을 마침내 베르나르가 그에게 한 것이다. 니장으로 가던 길 내내 사륜마차에서, 생 클레르로 가는 작은 기차 속에서 오랫동안 준비했던 그 고백. 생각해내려 고심하던 그 밤. 그 초조하게 찾던 일. 자기 행동의 시초로까지 거슬러올라가려던 그 노력 —— 한마디로 자기 자신에로의 그 힘든 귀의가 드디어 그 대가를 인정받을 순간이 되었나보다. 자기도 모르게 떼레즈는 베르나르를 동요시켰었던 것이다. 그를 복잡하게 만들었던 것이다. 그래 여기 주저하고 분명히 알지 못하는 베르나르가 그녀에게 질문을 하고 있는 것이다. 덜 단순해졌다…… 그러니 이해시키기에도 덜 어렵게 되었다. 떼레즈는 이 새롭게 된 베르나르에게 친절한, 거의 모성적인 시선을 던졌다. 그러나 그녀는 비웃는 말투로 그에게 대답하였다.
"당신 소나무 때문이었다는 걸 모르세요? 그래요. 나 혼자서 당신네 소나무를 다 갖고 싶었던 거예요."
그는 어깨를 으쓱했다.
"그 말을 내가 전엔 믿었을지 몰라도 이젠 믿고 있지 않아. 왜 그 일을 저질렀어? 이제는 내게 말해줘도 되잖아?"
그녀는 허공을 바라보았다. 이 보도 위에서, 이 도시의 먼지와 바쁜 사람들 속에 뛰어들어 싸우려는 순간에, 혹은 이 속에 매몰되기를 동의하려는 순간에 그녀는 돌아갈 희망의 일말의 빛이 보이는 걸 느꼈다. 그녀는 비밀스럽고 서글픈 지방으로 돌아가는 것을 상상했다 —— 아르쥘

루즈의 고요함 속에서 명상하며 완성해갈 생을, 내적인 모험을 신에의 추구를…… 양탄자와 구슬목걸이를 파는 한 모로코인이 그녀가 자기에게 미소를 보낸 줄 알고 그들 가까이로 왔다.

그녀는 여전히 비웃는 태도로 말을 했다.

"왜 내가 그랬는지 모른다고 당신께 대답하려 했었어요. 그런데 지금은 아마 난 알 것 같애요. 아시겠어요! 아마도 당신의 눈속에서 불안을, 호기심을, 근심을 보기 위해서 그랬을 거예요. 즉 조금 전부터 당신의 눈속에서 보는 그 모든 것을요."

베르나르가 투덜거렸다. 떼레즈에게 신혼여행 때를 생각하게 했다.

"당신은 그래 끝까지 재치를 부리려 드는군…… 농담말고, 왜 그랬어?"

그녀는 웃음을 그쳤다. 그리고 물었다.

"베르나르, 당신 같은 분은 항시 자기가 하는 행동의 이유를 아시지요. 그렇지요?" "물론이지…… 글쎄…… 적어도 내겐 그렇게 생각이 드는군."

"나 역시, 모든 걸 당신이 다 아셨으면 얼마나 좋을지 모르겠어요. 내가 분명히 알기 위해서 어떠한 고뇌를 겪어야 했었는지를 아신다면…… 하지만, 아시겠어요. 내가 무슨 이치를 따져 얘기를 한다 해도 내가 그 이야기를 하자마자 그건 거짓으로 들리게 될 거예요……."

베르나르는 참을 수가 없어졌다.

"하지만, 그래도 당신이 결심을 했던 날이 있지 않아…… 당신이 그 행동을 한 날 말이야?"

"네, 마노에 큰 불이 났던 날이에요."

둘은 가까이 다가앉아 낮은 소리로 말을 하고 있었다. 이 파리의 네거리에서, 이 엷은 태양 아래, 외국제 담배 냄새가 나며 노랗고 붉은 블라인드를 흔들고 있는 약간 지나치게 신선한 바람 속에서 떼레즈는, 그 짓누르던 오후, 연기로 가득 찬 하늘, 검푸르던 하늘빛, 불타는 솔밭에서 뻐셔나오던 폐를 찌르는 냄새를—— 그리고 서서히 범죄가 형태를 이루었던 그녀 자신의 졸고 있던 마음을 회상한다는 것이 이상하게 생각되었다.

"어떻게 일이 일어났었나 말해볼게요. 식당에서였어요. 언제나처럼 어두운 정오께였어요. 당신은 잔에 약방울을 세기를 잊어버리고 고개를 발리옹 쪽으로 돌린 채 말을 하고 계셨어요."

떼레즈는 베르나르 쪽으로 고개를 돌리지 않고 아주 작은 상황도 빼놓지 않으려고 정신을 바싹 차리고 있었다. 그런데 그가 웃는 소리가 들려왔다. 그때 그를 뚫어지게 바라보았다. 그래, 그는 그 바보 같은 웃음을 웃고 있는거야. 그는 "아니야! 당신은 날 누군 줄 알고 있는 거지?"라고 말하고 있었다. 그는 떼레즈를 믿지 않았다(그렇지만 사실상 떼레즈가 하고 있는 말은 믿을 수 있는 것이었던가). 그는 비웃었고 떼레즈는 자신에 찬 베르나르를, 남에게 속아넘어가지 않는 베르나르를 다시 알아보았다. 베르나르는 다시 침착성을 되찾았다. 떼레즈는 새롭게 가망 없이 느껴졌다. 그는 빈정거렸다.

"그래, 그럴 생각이, 그렇게, 갑자기, 성신의 작용으로 생기게 됐단 말이군?"

그는 떼레즈에게 질문을 했던 자신이 지독히도 밉살스러웠다! 이건 그때까지 이 미친 여자에게 퍼부었던 경멸의 특권을 몽땅 잃어버리는 게 아닌가. 저 여자가 고개를 다시 들다니, 참 내! 왜 갑자기 그는 이해하려는 욕망을 참지 못했던가? 마치 이런 정신이상자들에게 뭐라도 이해할 것이나 있다는 듯이! 그건 그의 실수였다. 잘 생각해보지 않은 일이었다…….

"내 말 들어보세요, 베르나르. 내가 당신에게 말하는 것은, 나의 결백을 증명하려는 건 아니예요. 전혀 다른 이야기예요."

그 여자는 자기가 책임을 지려고 이상하게 흥분했다. 그 여자 말을 들으면, 그렇게 몽유병자처럼 행동하기 위해서는 몇 달 전부터 그 죄를 범하려는 생각을 품어왔고 그 생각을 키워왔어야 했다는 것이다. 게다가 첫 행동이 완수된 후 얼마나 끔찍스런 명석성으로 자기 계획을 밀고 나갔던지! 얼마나 고집 세게!

"내 손으로 주저할 때에만 내가 잔인하다고 느꼈어요. 난 당신의 고통을 연장시키는 자신이 원망스러웠어요. 끝까지 해내야 했어요. 그것도 빨리! 난 자신을 끔찍스런 책임감에 맡겼어요. 그래요. 그건 마치 책임감 같은 거였어요."

베르나르가 그녀의 말을 가로막았다.

"쓸데없는 말만 늘어놓는군! 제발 단 한 번만이라도 당신이 뭘 원했었나 말해봐! 난 겁날 게 없어."

"내가 원했던 거라구요? 아마 내가 원하지 않았던 걸 말하는 편이 더 쉬울 것 같아요. 난 누구의 역할을 하는 게 싫었고, 강요된 행동을 하는 게 싫었고, 판에 박은 얘기를 하는 게 싫었고, 매순간 진정한 나 떼레즈를 배반하는 게 싫었어요…… 아니예요, 베르나르, 난 다만 솔직하려고 애쓰고 있는 거예요. 어째서 내가 당신께 하는 얘기는 다 가짜로만 들리게 되는 걸까요?"

"좀 작게 말해. 우리 앞에 앉은 손님이 고개를 돌리지 않아."

베르나르는 다만 다 끝내버리기만을 바라고 있었다. 그러나 그는 이 미치광이를 알고 있었다. 이 여자는 기꺼이 아주 세밀하게 따지고 싶어 할 것이다. 떼레즈 역시, 한순간 가까웠던 이 사나이가 이젠 영원히 멀리 가버렸다는 것을 알고 있었다. 그러나 그녀는 계속했고, 아름다운 미소를 지었고, 그가 좋아했던 낮고 약간 목이 쉰 목소리로 얘기하였다.

"그러나 이젠, 베르나르, 작은 부주의로도 불을 낼 수 있다는 걸 알기 때문에 본능적으로 담뱃불을 밟아 끄는 떼레즈. 자신이 자기 소나무를 세고 송진값을 계산하길 좋아하는 떼레즈. 데께루와 결혼한 것이 자랑스러운 떼레즈. 랑드 지방의 훌륭한 집안에서 자기 위치를 지켜나가고, 사람들이 말하듯 정착하기에 만족해 있는 떼레즈. 그 떼레즈와 동시에 다른 떼레즈도 똑같이 살아 있다는 것을 느끼고 있어요. 아니예요. 아니예요. 한 떼레즈 때문에 다른 떼레즈를 희생시킬 필요는 절대로 없어요."

"어떤 다른 떼레즈 말이야?"

그 여자는 무엇이라 대답할 줄을 몰랐다. 그는 시계를 바라보았다. "그래도 난 몇 번은, 내일 때문에…… 또 마리 때문에 돌아가야 할 거예요"라고 그녀가 말했다.

"무슨 일? 공동재산을 관리하는 건 나야. 일단 합의된 얘기를 다시 하진 맙시다. 안 그래? 우리 가문과 마리를 위해서 우리 둘이 함께 있는 것을 사람들이 보아야 할 모든 공식적인 큰일 때에는 당신에게 연락

할게. 우리처럼 일가가 많은 가문에서는 자주 결혼식이 있는 법이니까. 또 장례식도. 가까이로는 마르땡 아저씨가 가을을 넘긴다면 기적일거야. 그게 당신이 내려올 기회가 될거야. 이미 당신은 그런 일에 지친 것 같아 보이니……"

말을 탄 순경이 호각을 입에 갖다대었다. 보이지 않는 수문을 열어놓은 듯한 대열의 도모자들이 서둘러 길을 건너니 곧 그 뒤로 택시의 물결이 가로질러 길을 메웠다. '난 어느 날 밤 다게르처럼 남부의 황야로 떠났어야 했어. 그 나쁜 땅의 구부러진 소나무 사이를 걸었어야 했어 —— 기진맥진해질 때까지 걸었어야 했어. 난 간척지의 물구덩이에 머리를 처박을 용기는 없었을거야(작년에, 며느리가 먹을 것을 안 준다고 그랬던 그 아르퀼루즈의 목동처럼). 그렇지만 나는 모래 위에 누워서 눈을 감을 수는 있었을거야…… 까마귀떼나 개미떼가 달려들었을 건 확실한데……."

그녀는 이 인파를, 그녀의 몸을 파헤치고 굴리고 이끌어갈 이 살아 있는 군중을 바라보았다. 더 이상 아무것도 할 일이 없었다. 베르나르는 다시 자기 시계를 꺼냈다.

"11시 15분 전이군요. 호텔에 들를 시간이야……."
"여행하시기에 날씨가 너무 덥지는 않을 거예요."
"오늘 저녁에 차 속에서는 담요라도 덮어야 할걸."

그녀는 머릿속에 그가 갈 길을 그려보았다. 찬바람이, 늪 냄새가 나고, 송진 냄새가 나고, 풀이 타는 냄새, 박하 냄새, 안개 냄새가 나는 찬 바람이 그녀의 얼굴을 스치는 듯이 느꼈다. 그녀는 베르나르를 바라보고는 미소를 지었다. 전에 랑드 지방의 부인들에게 '그 여자가 예쁜지는 몰라도 매력적이긴 하다'고 말하게 했던 그 미소를. 만일 베르나르가 "용서하겠소, 갑시다……"라고 말해주었다면 그녀는 일어서서 그를 따라갔을 것이다. 그러나 베르나르는 자기가 잠시 감동했던 일에 신경질이 났고 이런 안하던 행동을 하고 매일 하던 말과 다른 말을 하게 된 것이 다만 증오스럽게만 느껴졌다. 베르나르는 그의 마차처럼 '대로'를 가는 사람이었다. 그는 자기 궤도가 필요했다. 바로 이 저녁에 생 클레르의 식당에서 그 궤도를 다시 찾았을 때에 그는 마음의 안식과 평화를 느낄 것이었다.

"베르나르, 마지막으로 당신께 용서를 빌고 싶어요."

그녀는 이 말을 지나친 정중함과 절망감으로 말했다——다시 대화가 계속되기 위한 최후의 노력으로. 그러나 그는 "더 얘기 말지……" 하며 대꾸하였다.

"당신도 앞으로 외롭게 느끼실 거예요. 거기에 없어도 내 자리를 차지하고 있을 테니까요. 당신께는 내가 죽는 편이 더 나으실 거예요."

그는 약간 어깨를 으쓱하더니 거의 명랑한 투로 자기 걱정은 말아달라고 했다.

"데께루 집안에는 대대로 홀아비가 있었어! 이번 대엔 난가봐. 내겐 그런 성격이 있었지(당신이 반대하진 않겠지). 단지 내게 유감스러운 것은 우리에게 딸뿐이란 거야. 이 대에서 이름이 끊길테니. 사실 우리가 함께 살았다 해도 다시 애를 날 수는 없었겠지만…… 그러니 결과적으로 다 잘된 일이야…… 일어날 생각 말고 그저 앉아 있어."

그는 택시를 불렀다. 그러고는 떼레즈에게 술값은 치렀다는 것을 얘기해주려고 다시 왔었다.

그녀는 오랫동안 베르나르의 잔에 남아 있는 포도주 방울을 바라보았다. 그러다가 다시 지나가는 사람들을 보았다. 몇몇 사람들은 누굴 기다리는 듯 왔다갔다하고 있었다. 한 여자가 두 번 돌아다보더니 떼레즈에게 미소를 보냈다(공장 직공, 아니면 직공처럼 가장한 여자인가). 양장점의 공장이 파하는 시간이었다. 떼레즈는 그곳을 떠날 생각을 안하고 있었다. 그녀는 권태롭지도 않았고 슬프지도 않았다. 떼레즈는 그날 오후에는 장 아제베도를 찾아가지 않겠다고 결정했다——그러고는 해방의 숨을 내쉬었다. 그녀는 그를 보고 싶은 욕망이 없었다. 다시 얘길 해야 하다니! 격식을 찾아야 하다니! 그녀는 장 아제베도를 알고 있었다. 그러나 그녀가 가까워지기를 원하고 있는 사람들, 그들은 그녀가 알지 못하고 있다. 그들에 관해서 알고 있는 것은 다만 그들이 말하기를 요구하지 않으리라는 것뿐이었다. 떼레즈는 고독이 두렵지 않았다. 그저 꼼짝 안하고 있으면 족했다. 남부의 황야에 누워 있는 그녀의 육체가 개미나 개를 꼬이게 하듯이 여기서 그녀는 이미 자기 육체 주위에 불명확한 움직임을, 소용돌이를 예감했다. 그녀는 배가 고파져서 일어섰다. 올드 잉글랜드의 거울 속에서 자신의 젊은 여자 모습을 보았다. 아주 잘 맞춰진 이 여행복은 그녀에게 걸맞았다. 그러나 아르쥘루즈의 시절에서부터 그녀는 수척한 모습을 하고 있었다. 광대뼈가 너무 두드러졌고 이 짧은 코. 그녀는 생각하였다. "난 나이가 없다." 그녀는(꿈에서 자주 그랬었듯이) 로와얄 가에서 점심을 먹었다. 돌아가고 싶지도 않는데 왜 호텔로 돌아간담? 푸이 포도주 반 병 덕분에 따뜻한 만족감이 그녀를 감쌌다. 그녀는 담배를 청했다. 옆 테이블에 앉았던 젊은이가 그녀에게 불을 켠 라이터를 내밀었다. 그리고 그녀는 미소하였다. 바로 한 시간 전에 무시무시한 소나무가 가득 찬 빌랑드로의 길로 이 밤에 베르나르 옆으로 가기를 원했었다니! 어떤 고장을 좋아하든 다른 고장을 좋아하든 소나무를 좋아하든 단풍나무를 좋아하든 대서양을 좋아하든 평지를 좋아하든 무슨 중요할 게 있을까? 살아 있는 것, 피와 육신으로 된 사람들 외에는 아무것도 그녀의 관심을 끄는 건 없었다. "내가 사랑하는 것은 이 돌로 포석된 도시도 강연회도 박물관도 아니고, 여기서 움직이는 이 살아 있는 인간의 숲, 어떠한 폭풍우보다도 더 맹렬한 열정이 그 속을 후벼파는 인간의 숲이다. 밤의 아르쥘루즈의 소나무의 신음소리도 그것이 인간적이라고 말할 수 있었기에 감동적이었다."

떼레즈는 술은 조금 마셨고 담배를 많이 피웠다. 그녀는 마치 행복한 여자처럼 혼자 웃었다. 그녀는 정성껏 화장을 고치고 입술을 그렸다. 그러고는 길로 나가서 우연에 몸을 맡기고 걸어갔다.

의사를 방문한 떼레즈
Thérèse chez le docteur

"정말이라니까요, 파르팽 양. 다시 말하지만 선생님께서는 오늘 저녁에는 진료하시지 않으신다니까요. 퇴근하셔도 돼요."

카트린느의 이런 말이 진료실 칸막이를 통해 들려오자 의사 엘리제 슈바르츠는 진료실의 문을 열고 자기 아내 쪽으로는 눈길도 주지 않은 채 여비서에게 이렇게 말했다.

"잠시 후 다시 부르겠소. 이곳에서 비서는 내가 시키는 일만 하면 되오."

카트린느 슈바르츠는 파르팽 양의 불손한 눈초리는 아랑곳하지 않으며 미소를 짓고는 책을 하나 집어들고서 유리문 쪽으로 다가갔다. 아직 덧문은 열려 있었다. 이곳 건물 7층의 테라스 위로 빗물이 철철 흐르고 있었다. 진료실에 켜놓은 전등불빛이 빗물에 젖은 테라스 바닥을 비추고 있었다. 잠들어 캄캄한 공장지대 사이로 그르넬 가의 가로등이 두 줄로 나란히 멀리까지 뻗어 있는 모습을 카트린느는 잠시 쳐다보았다. 남편은 20여 년 전부터 해오던 버릇대로 아내인 자기 말에 거역하고 그렇게 함으로써 자기를 모욕하려고 저러는 것이려니 생각했다. 허지만 벌써 그는 자기의 이런 태도에 대해 충분한 벌을 받았으련만. 오늘 그는 파르팽 양에게 받아쓰게 할 무슨 일이 있는 걸까? 어쩌면 두서너 페이지 정도의 ...... 남편의 연구논문인 〈블레즈 파스칼의 성본능〉은 별 진척을 보이고 있지 않았다. 이 유명한 정신과 의사가 문학사와 관련된 주제로 논문을 쓰겠다고 호언장담을 한 이후로 매일매일 그일은 섬섬 더 어렵게만 느껴졌었다.

　비서는 상사의 진료실 문을 향해 몸을 돌린 채 충실한 고양이의 눈을 하고 서 있었다. 카트린느는 책을 펼쳐들고는 읽어보려고 애쓰고 있었다. 전등은 아주 낮은 현대식의 책상 위에 놓여 있었다. 그 옆에 있는 긴의자도 별로 높은 것은 아니었지만 책을 읽으려면 양탄자 위로 내려 앉아야만 불빛을 받을 수 있었다. 위층에서 어린 딸아이가 피아노교습을 받고 있는 소리가 들려왔지만 이웃집에서 들려오는 라디오소리를 방해할 정도는 아니었다. 라디오에서는 들리던 〈이졸데의 죽음〉이 갑자기 끊기더니 경음악조의 샹송이 들려왔다. 아래층에서는 젊은 부부가 말다툼하는 소리가 들리더니 문이 쾅하고 닫히는 소리가 들려왔다.

　아마도 그때에 카트린느는 친정부모가 살던 바빌론 가의 안뜰과 정원을 갖춘 저택에 감돌던 침묵을 상기했던 것 같다. 전쟁이 터지기 직전에 유태인 피가 섞인 알사스 출신의 이 젊은 의사와 결혼할 때만 해도 카트린느 드 보레쉬는 남편의 완벽해 보이는 지성의 위엄, 육체적인 매력, 남을 강력히 압도하는 힘(오늘날까지도 남편은 그런 힘으로 수많은 환자들을 사로잡고 있다)에 마음이 빼앗겼었다. 아니, 그게 아니었지. 1910년에서 1913년 사이에 보레쉬 남작의 딸인 카트린느는 가족에 대해 지독한 반항심을 갖고 있었다. 보기에도 끔찍한 아버지, 죄가 될 정도로 추악한 모습의 아버지, 일주일에 두 번씩 의사 엘리제 슈바르츠가 태엽을 다시 감아주러 오지 않으면 죽어버릴 것 같은 꼭두각시였던 아버지를 그녀는 몹시 증오하고 있었다. 또한 그녀는 갑갑한 생활에 만족한 듯 살아가고 있던 어머니도 경멸하고 있었다. 그 시절에는 귀족 집안의 딸로서 문학으로 학사를 딸 정도로 공부를 하고 소르본 대학가를 쏘다닌다는 것은 꽤나 도전적인 행동이었다. 어쩌다 간단히 때우는 점심식탁에서 잠시 보게 되든가 아니면 손님을 초대한 저녁정찬 때에 긴 식탁의 반대편 끝에 앉아 찌렁찌렁 울리는 우렁찬 목소리를 듣곤 하였던 슈바르츠 박사는 당시 소녀의 눈에는 진보 그 자체, 성스러운 과학 그 자체로 보였었다. 그녀는 자기가 거부하였던 세계와 그녀 자신 사이에 이 결혼이라는 장막을 드리워놓았었다. 솔직히 말해서 이미 명성을 얻고 있었던 의학자며 인권연맹의 사무총장이었던 슈바르츠로서도 명문 보레쉬 가문의 저택 안으로 대문을 통해 들어가서 가족의 일원이 되는 일보다 더 바랄 것이 없는 처지였다. 그 당시 그는 그 일에 거의 성공했다고 믿고 있었다. 그가 비밀스럽게 계획을 착착 진행시키고 있을 때 약혼녀가 자기 계획을 간파하고 있음을 알아차리고는 포기할 수밖에 없었던 것이다. 그래서 결혼 첫날부터 이 두 부부 사이에는 일종의 희극이 벌어지기 시작했다. 카트린느에 의해서 감시당할 때마다 슈바르츠는 속물근성을 삼켜버리고 사상의 전위에 서 있는 학자의 역할로 되돌아가곤 하는 희극을 연출할 수밖에 없었던 것이다.

슈바르츠는 복수를 했다. 특히 주위에 사람들이 있을 때엔 한수 더 떴고 난폭한 방법을 상스러운 말을 더욱 자주 더욱 많이 써왔다. 20년의 결혼생활 동안 어떠한 경우에도 아내를 모욕하는 일이 그에겐 버릇이 되어버렸다. 그 버릇이 어찌나 심했든지 오늘 저녁처럼 부지불식간에 마음에 없으면서 아내를 모욕하는 행동이 불쑥 튀어나오게 되었던 것이다.

쉰 살인 그는 숱많은 회색머리카락의 고매한 얼굴 모습을 간직하고 있었다. 햇볕에 그을린 갈색 피부는 홍조를 띠고 있었고 나이를 먹어 보이지 않았다. 젊은이들처럼 팽팽한 피부에 입도 전혀 처지지 않았다. 바로 그런 점 때문에 카트린느가 남편 곁에 남아 있는 거라고들 사람들은 생각하고 있었다(왜냐하면 그녀가 멀리했던 사람들이 바로 그녀의 좌경사상에 이끌려 다시 그녀 옆으로 모여들었으니까). "저 여자는 매맞는 걸 좋아해요"라는 소문까지 나 있었다. 그러나 그녀의 어머니인 보레쉬 남작 부인을 알고 있던 사람들은 부지불식간에 이 해방된 사상을 갖고 있는 딸이 많은 점에서 어머니와 닮았다고 생각하고 있었다. 방심한 듯한 태도며, 남에게 지나치리만큼 친절한 태도까지, 또한 유행이 변했음에도 불구하고 정장을 고수하는 성격까지 그녀는 어머니를 닮았었다.

그날 저녁처럼 양탄자 위에 주저앉아 있는 모습은 흔히 볼 수 없는 전혀 그녀답지 않은 모습이었다. 그녀의 희끗희끗한 짧은 머리카락은 바싹 마른 목 뒤를 드러내 보여주고 있었다. 그녀는 작은 얼굴에 찌푸린 납작코, 맑고 직선적인 시선을 갖고 있었다. 아주 가느다란 입은 무의식적인 버릇으로 약간 처진 것처럼 보이곤 했는데 그걸 보는 사람들은 자기네들을 비웃거나 조롱하고 있다고 잘못 생각하기 일쑤였다.

파르팽 양은 선 채로 까치발 달린 탁자 위에 쌓여 있는 잡지를 뒤적이고 있었다. 탁자 위에는 환자들이 남긴 손자국이 훤히 드러나 보였다. 키가 땅딸막하며 너무 살이 찐 여비서는 코르셋이 필요한 것 같은 그런 여자였다. 그녀는 환자대기실에서 전화가 울리자 마치 슈바르츠 부인에게 '당신은 전화대화를 들을 권리가 없소'라고 말하듯이 문을 닫았다. 그러나 그런 건 소용없는 행동이었다. 이웃이나 위층에서 피아노나 라디오소리가 아주 크게 울릴 때라도 이 병원의 이방 저방에서 나는 소리는 어디에서나 다 잘 들리는 형편이었으니까. 게다가 비서는 전화를 받으며 점점 더 목소리를 높이고 있었다.

"의사 선생님과 만나실 날짜와 시간을 예약해드릴까요, 부인?…… 이 시간에 의사 선생님을 뵙겠다고요? 꿈도 꾸지 마세요!…… 안된다니까요. 부인, 억지 부리셔봐야 소용없어요…… 허지만 부인, 선생님께서 부인에게 약속하셨을 리가 없어요…… 아니예요, 부인, 착각하신 거예요. 엘리제 슈바르츠 박사님께서는 술집에 다니는 분이 아니세요…… 정 그러시다면 마음대로 하세요. 다시 말씀드리지만 아무 소용없는 일이라니까요……."

파르팽 양은 환자대기실에서 의사의 진료실로 직접 통하는 문으로 의사에게로 갔다. 카트린느는 그녀의 호들갑스러운 대화를 엿듣기 위해서 귀를 기울일 필요도 없었다.

"미친 여자예요, 선생님. 글쎄 선생님께서 낮이고 밤이고 간에 아무 시간에나 오면 만나주신다고 약속을 했다고 우기지 않겠어요…… 그 여자 말이 2년 전에 게를리스라던가 게르니라던가 잘 알아들을 수가 없었어요. 하여튼 그런 술집에서 선생님을 만났었다고 하는군요."

"그런데 비서가 그 여자의 요구를 거절했단 말이오? 누가 당신에게 마음대로 환자를 거절해도 된다고 했단 말이오? 당신이 뭘 안다고 참견하냔 말이오?" 의사는 화를 내었다.

비서는 지금이 10시가 넘었고, 이 늦은 시간에 선생님이 환자를 보실 리가 없다고 생각되어 그랬노라고 중얼거렸다. 의사는 생각하려면 똑똑히 하라고 소릴 질렀다. 의사는 그 환자가 누구인지 잘 알고 있었다.
'아주 멋진 환자였지…… 저런 바보 때문에 좋은 기회를 하나 또 놓치고 말았군…….'
"허지만 선생님, 그 분이 30분 안에 여기로 온다고 했어요……."
"아! 그래도 그 여자가 온다고 했단 말이지?"
그는 당황한 듯, 감동에 찬 듯 보였다. 잠시 주저하다가 이렇게 덧붙여 말했다.
"좋아요, 여기 오는 대로 즉각 내게 들여보내요. 그 후엔 퇴근하도록 하시오."
그 순간에 카트린느가 진료실로 들어왔다. 책상 앞에 다시 앉았던 의사가 반쯤 몸을 일으키고는 퉁명스러운 말투로 웬일이냐고 물었다.
"엘리, 그 여자 환자를 정말 만날 생각은 아니겠지요?"
가는 허리가 드러나 보이는 꼭 끼는 갈색의 저지 양복을 입고 목덜미는 꼿꼿이 세운 모난 모습의 카트린느가 남편 앞에 서 있었다. 밝은 전등불빛에 속눈썹이 짧은 두 눈을 깜빡이며, 길고 아름다운 오른손은 가슴 위에 놓은 채 손가락으로는 산호 목걸이를 꽉 쥐고 있었다.
"아니, 당신, 이제는 문 밖에서 남의 말을 엿듣기까지 하는거요?"
그녀는 재미있는 이야기를 들었을 때처럼 미소를 지었다.
"문에는 모두 매트리스를 대고, 벽과 천정, 바닥은 코르크를 바르던가 해서 방음장치를 하지 않는 한…… 그렇게도 많은 가련한 사람들이 고해를 하려고 오는 집치고는, 차라리 이건 희극적인 상황이에요……."
"좋아…… 자, 이제, 나 일 좀 하게 내버려둬주구려."
불랭비에 가로 버스 한 대가 질주해 내려오는 소리가 들렸다. 한 손으로 문고리를 잡은 채 카트린느가 몸을 돌렸다.
"물론, 파르팽 양은 그 여자에게 당신이 환자를 볼 수 없다고 해야겠죠?"
의사는 양손을 호주머니에 넣은 채 묵직한 양어깨를 흔들며 건장한 모습으로 그녀 쪽으로 다가와서는 "왜 또 시작이냐?"고 물었다. 그러더니 담배를 한 대 피워 물고는 다시 물었다.
"당신 무슨 일인지 알기나 하면서 그러는거야?"

라디에이터에 기대 서서 카트린느는 무슨 일인지 잘 안다고 대답했다.
"그날 저녁일은 지금도 눈에 선해요. 3년 전, 2월인가 3월이었죠. 당신은 그때 자주 외출을 했었어요. 집에 돌아와서 내게 모든 걸 다 이야기해주었었지요. 그 강박관념에 사로잡힌 여자가 당신에게 약속을 꼭 하라고……."

그는 등을 굽히고는 양탄자만 내려다보았다. 수치스러워하는 것 같아 보였다. 엘리제 의사가 고해석이라고 부르는 가죽으로 된 긴의자 위에 카트린느는 앉았다. 이 의자 위에서 수천 수만의 불행한 사람들이 자기가 모른다고 생각하고 있는 자기네 생의 비밀을 발견해내기 위해서 거짓말들을 주절주절 엮어내려갔었다…… 라디오에서는 인상적이긴 하나 바보 같은 굵은 목소리로 레비칸표 가구를 광고하는 소리가 들려왔다. 언제나 이 건물 밖의 네거리에선 자동차들이 경적을 울렸다. 이 건물이 조용해지려면 자정이 넘어야 했다. 그것도 건물에 들어 있는 어느 집에서 파티를 하지 않는 밤에만 그랬다. 의사는 눈을 들어서 타이프가 놓여 있는 작은 책상 곁에 서 있는 파르팽 양을 바라보았다. 그는 여비서에게 현관으로 가서 그 부인이 오나 기다리라고 지시했다. 비서가 나가자 카트린느는 단호한 어조로 말했다.

"그 환자 받지 마세요."
"두고 보구려."
"그 환자 받지 마세요, 위험해요……."
"차라리 질투한다고 하지 그래……."

그녀는 웃음을 터뜨렸다. 예상치 못했던 신선한 느낌이 들었다.
"아니, 그건 아니예요…… 가련한 당신…… 내가 질투를 해요?"

잠시 그녀는 자기가 질투를 했었던 시절을 향수에 젖어 회상하고 있는 것 같았다. 그러다가 갑자기 말을 계속했다.

"당신도 나만큼 총알 두 방을 맞고 싶은 생각은 없으셔요…… 그런 일은 절대로 없다고요? 뽀찌*사건을 생각해보세요…… 당신은 내가 그

---

* 파리의 유명한 정신과 의사. 1918년 6월 13일에 자신의 환자 중의 한 명에 의해 살해당했음.

부인을 모른다고, 한 번도 본 적이 없다고 말하시는 거지요? 나는 그날 밤 당신이 내게 한 말을 한 자도 빼놓지 않고 다 기억하고 있어요…… 당신에 관한 일에 있어서는 나의 기억력은 끔찍할 정도랍니다. 당신이 내 앞에서 하시는 말은 단 한 구절도 잊혀지거나 그냥 지나쳐버리는 게 없어요. 내가 그 여자를 한 번도 본 적은 없지만 길에서 만난다면 당장에 알아볼 수 있을 거예요. 타르타르인 타입의 그 여자, 모두 등을 깊게 드러낸 옷을 입고 있던 당신의 여자 친구들 사이에서 혼자서만 정장의 투피스를 입었고 혼자서만 눈까지 푹 눌러쓴 모자를 쓰고 있던 여자 …… 그리고 저녁이 끝날 무렵 그 여자는 모자를 벗고는 짧은 머리를 홀 뜨리며 멋진 이마를 드러내 보였었지요…… 생각나세요? 당신이 내게 그 이야기를 해주실 때 당신은 약간 취했었어요…… 당신은 '멋진 이마야, 정갈한 탑과 같은 인상의……'라고 자꾸만 되뇌셨어요. 같은 말을 또 하고 또 하고 하던 일 생각나시지 않아요? 또 이런 말도 하셨죠. '소련의 칼마키아 인을 닮은 여자들은 조심해야 돼……'라고요. 지금도 당신은 그런 여자들을 경계하고 있지요. 솔직히 말해보세요…… 당신은 이 여자 환자를 되돌려 보내고 싶은 마음이 굴뚝 같지요. 만약에 이 환자를 받는다면 그건 오기 때문이에요……."

엘리제는 아내의 말에 욕설로 대꾸하지 않았다. 아내 앞에서 센 척해 보일 관객이 아무도 없었기 때문이었다. 다만 낮은 목소리로 "약속했었소"라고만 말했다.

부부는 이 건물 내부에서 울려오는 소리에 귀기울인 채 입을 다물었다. 그 울림은 승강기가 움직이고 있다는 것을 의미했다. 의사가 입 속에서 중얼거렸다. "그 여자는 아닐거야…… 30분 후라고 말했다니까……."

부부는 각자 자기의 상념 속에 빠져들었다. 의사가 그 유명한 지지 빌로델이란 여자 꽁무니를 쫓아다니던 시절을 다시 상기하고 있을지도 모른다. 그 시절에 의사는 자기의 진면목을 세상에 탄로낼 뻔했었다. "모두들 당신을 비웃고 있어요"라고 매일 카트린느는 남편에게 되뇌곤 했었다. 의사는 탱고춤을 개인적으로 배우고 있다는 사실을 아내에게 숨겼었다. 그 당시 매일밤 지지와 그녀의 패거리들은 그를 이 술집 저 술집으로 끌고 다녔었다. 그가 긴장해서 거구를 흔들며 틀리지 않으려고 정확한 폼으로 춤을 출 때면 그걸 보던 젊은 축들은 킥킥거리곤 했었다. 그는 땀을 철철 흘렸고 화장실을 들락거리며 젖은 Y셔츠 깃을 바꿔 달아야만 했었다. 당시 지지는 아직 화가 빌로델과 결혼을 하기 전이었지만 자기 이름에 벌써 그의 성을 부쳐서 부르고 있었다. 그리고 아직 사교계에 정식으로 받아들여지지 않았었으나 사교계 사람들 중에 손쉽게 친교를 맺을 수 있는 몇몇과는 이미 사귀고 있었다. 이 풍만한 금발의 여자는 남들이 '르노아르가 그린 여자' 같다고 말하는 소리를 자주 듣고 있었다. 또한 똑똑하다는 소문도 났었는데 그 소문이 과장된 것은 아니었다. 적어도 겉으로는 방종한 생활을 해도 타락하지 않는 타입의 여자였고 조금만 어수룩했어도 혼란에 빠져버렸을 생활로부터 크나큰 탐험의 성과를 거두곤 하는 그런 부류의 여자였다. 그런데 그녀는 얼마나 끔찍한 진창 속에 빠져 있던 사람들을 건져서 패거리로 끌고 다녔던 것인지. 그 당시 카트린느는 의사가 그녀의 패거리 속에서 훌륭한 연구거리들을 발견했고 그래서 그런 일시적인 사랑놀음 속에서도 학문에 보탬이 될 이득을 보고 있다고 어디서나 말하고 다녔었다. 대체로 사람들은 그런 변명을 정말로 믿곤 했었다. 그런데 그 패거리 중에서 단 한 명의 여자가 의사의 관심을 끌고 있었던 것은 사실이었다. 젊은 사내들과 지지 빌로델이 춤을 추곤 할 때마다 그의 관심을 다른 곳으로 돌릴 수 있는 힘을 가졌던 유일한 여자가 그녀였고 좀 전에 전화를 했었고 이제 곧 이곳에 나타날 여자가 바로 그녀였다.

카트린느는 독서를 하고 있는 척하고 있는 남편에게로 다가가서 그의 어깨에 손을 얹었다.

"이봐요, 당신이 그 여자에게 어느 시간에 와도 받아주겠다고 약속을 하던 날 저녁에 그 여자가 당신에게 고백한 걸 잊으신 건 아니겠지요. 그 여자는 자기 남편을 독살하려 했었던 이래로 살인을 하고픈 욕망으로 어쩔 줄 모르겠다고 했잖아요…… 자기 욕망을 행동에 옮기지 않으려고 온갖 노력을 다하고 있다고 했어요…… 그런데 밤 11시에 당신은 바로 그 여자랑 둘이서 진료실에 있겠단 말이에요!"

"그게 사실이었다면 그 이야기를 내게 하진 않았었을 거요. 날 놀리느라고 했던 소리지…… 게다가 무슨 위험이 있겠소? 당신은 내가 누군 줄 알고 그러는 거요?"

카트린느는 순진스런 두 눈동자로 남편을 직시하며 목소리도 높이지 않은 채 이렇게 말했다.

"엘리, 당신은 두려워하고 계세요. 당신 손을 좀 보세요."

의사는 양손을 호주머니 속에 깊숙히 찔러넣고, 양 어깨를 으쓱 올렸다내리고는 재빨리 고개를 오른쪽으로 기울이며 말했다.

"자! 빨랑빨랑! 내일 아침까지 내 눈앞에서 사라지란 말이오!"

조금도 동요됨 없이 카트린느는 현관 쪽으로 난 문을 열었다. 그러사 의사가 긴의자에 앉아 있던 비서에게 그 여자 환자가 오면 즉각 진료실로 안내하고는 꺼져버리라고 큰 소리로 고함을 쳤다.

다시 문이 닫힌 후 잠시 동안 카트린느와 파르팽 양은 어둠 속에 그대로 있었다. 그러고 나서 여비서가 전깃불을 켰다.

"사모님!"

이미 2층으로 향한 층계를 오르기 시작했던 카트린느가 몸을 돌려 내려다보았다. 뚱뚱한 노처녀의 두 뺨 위로 눈물이 흐르고 있었다.

"사모님, 여기 계세요!"

그녀의 목소리에는 조금도 건방진 구석이 없었다. 그녀는 애원을 하고 있었다.

"그 여자는 누군가가 감시를 하고 있다는 걸 느낄 수 있어야 합니다. 옆방에 누군가가 있다는 걸 그 여자가 알아야 해요…… 참, 저도 여기 남아 있으면 어떨까요?" 그녀는 갑자기 생각이 난 듯이 덧붙여 말했다. "우리 둘이서 있다고 해도 너무 많은 건 아니지요…… 참, 안돼요, 선생님께서 안된다고 하셨으니까……."

"아! 남편에게 거짓말하기는 쉬운 일이에요……."

여비서는 고개를 가로저으며 "천만의 말씀이에요!"라고 중얼거렸다. 혹시 자기 직업을 잃게 할 간교가 숨겨져 있는 것이 아닐까 하는 생각이 여비서의 머릿속에 퍼뜩 떠올랐던 것이다. '슈바르츠 부인이 오늘밤의 일을 의사 선생님에게 이야기할 게 틀림없어. 의사 선생님은 아주 작은 거역도 절대로 용서하시지 않는 분이시지.' 두 여사는 입을 다물었다 이번에는 분명히 승강기가 올라오는 소리가 들렸다. 카트린느가 낮은 목소리로 말했다.
"진료실로 안내하세요. 그리고 아무 걱정 말고 집에 돌아가서 주무세요. 오늘밤에 의사 선생님에게 아무 일도 안 일어날 거예요. 정말이에요. 내가 선생님을 보살펴온 지 20년이 넘었어요. 그동안 비서의 도움 없이도 잘해왔어요."
그리고 난 후 그녀는 어두운 층계 속으로 사라졌다. 그러나 층계참에 이르러서는 몇 계단을 다시 내려가 층층대 난간 위로 몸을 굽혀 아래를 내려다보았다.
승강기 문이 열리고 또 닫히는 소리가 났다. 짧은 초인종소리…… 파르팽 양은 몸을 비켜 그 여자를 집 안으로 들여보냈다. 여환자의 얼굴은 보이지 않았다. 그녀가 부드러운 목소리로 슈바르츠 의사 선생님이 사는 곳이 여기냐고 물었다. 파르팽 양이 물이 떨어지는 우산과 함께 손님이 들고 있는 가방을 받아쥐려고 하자 그 손님이 자기 가방을 휙 나꿔채며 놓지 않았다.
그 후 파르팽 양은 층계에 앉아 있던 카트린느 옆으로 와서 몹시 겁에 질린 표정으로 그 여환자에게서 위스키 냄새가 났다고 속삭이듯 말했다…… 두 여자는 온몸의 신경을 다 집중해서 귀를 기울였다. 의사의 목소리만 들려왔다. 카트린느는 그 여자가 무슨 옷을 입었더냐고 물었다. 좀 낡아보이는 친칠라 깃이 달린 어두운 색의 외투를 입고 있더라고 비서가 알려주었다.
"제가 걱정하는 건 그 여자의 가방이에요, 사모님. 그 여자가 팔 아래를 꽉 쥐고 있었어요…… 그걸 빼앗도록 해야 해요…… 어쩌면 권총을 감추고 있을지도 몰라요……."
여환자의 웃음소리가 들려왔다. 그러고는 의사가 다시 말을 시작했다. 카트린느가 여비서에게 "너무 흥분하지 말고 침착하라"고 말해주었다. 여비서는 카트린느의 손을 꽉 쥐고는 진심으로 "감사합니다"라고 말했다. 곧 그녀는 자기가 한 행동이 얼마나 우스꽝스러운가를 깨달았다. 그 가련한 노처녀가 거울 앞에서 모자를 고쳐 쓰고 열이 올라 붉어진 두 뺨에 분을 바르는 모습을 카트린느는 높은 층계에 서서 냉혹한 표정으로 내려다보았다. 드디어 여비서가 떠났다.

또다시 카트린느는 계단에 쭈그리고 앉았다. 언성을 높이는 일 없이 남편의 목소리와 여환자의 목소리가 낮게 번갈아 들려왔다. 남편이 안 보는 곳에서 몰래 남편의 목소리를 듣는 일은 참으로 이상스러웠다! 마치 그녀가 전혀 모르는 사람, 온화하고 관대로운 사람의 목소리를 듣고 있는 것 같았다. 남편의 환자들이 자주 "선생님은 매력적인 분이세요, 아주 친절하시고요, 또 아주 다정하시고요……"라고 그녀에게 말하는 이유를 그제서야 이해할 것 같았다.

그 여환자의 어조는 꽤 높았다. 카트린느만큼 흥분한 것 같았다. 어쩌면 술기운에 흥분된 것일까? 약간은 비정상적인 웃음소리가 몰래 엿듣고 있는 아내의 고통스러운 마음을 일깨워주고 있었다. 카트린느는 소리 없이 층계를 내려와 환자대기실로 들어가서는 불도 켜지 않은 채 의자에 앉았다.

빗물에 흠뻑 젖은 테라스는 유리문에 쳐놓은 얇은 명주망사 발을 통해서 마치 호수처럼 번뜩이고 있었다. 그 너머로 그르넬 가의 가로등들이 비오는 밤 속에 얼룩을 이루고 있었다. 의사는 여느 모임에서 대화할 때와 같은 어조로 지지 빌로델에 관하여 이야기를 하였고 또 그녀의 패거리로 몰려다니던 사람들이 그 후 어떻게 되었는지를 묻고 있었다.

"선생님, 이제 그 패거리들은 모두 흩어졌어요…… 그런 잠시 동안의 즐거움을 위해 모인 패거리들이란 오래 가지 않는다는 것을 이제는 체험으로 겪어서 잘 알게 되었답니다…… 생각해보니 저도 꽤 여러 패거리들과 어울려 다녔었어요…… 선생님을 몇 주일 동안 이끌고 쏘다녔던 그 패거리들 중에서 이제는 빌로델 부부와 저밖에는 아무도 남지 않았어요. 생각나시죠? 팔레지 말이에요. 끔찍히도 술을 마시던 잘 생긴 청년 말이에요. 마시기만 하면 몹시도 즐거워하더니…… 그 사람 골수염에 걸려서 끝내는 랑그독 지방에 사는 부모집으로 가서 생을 끝마쳤어요. 또 그렇게도 사나운 성격의 작은 초현실주의자 생각나시죠? 어린애들처럼 수건을 머리에 뒤집어쓰고 강도로 변신하며 우리에게 접주려고 애쓰던 젊은이 말이에요(눈썹을 찌푸리고, 머리칼을 곤두세우고, 악당 같은 얼굴을 하곤 했지요. 아무리 별짓을 다해도 천사 같기만 했었어요) …… 우리는 항상 그 청년에게 자살을 내일 할 거냐고 묻곤 했었지요…… 허지만 저는 웃을 수 없었어요. 헤로인은 다른 약물과는 다르지요. 늘 끝이 좋지 못하게 마련이에요…… 그래요. 지난 달에, 전화로…… 아제베도가 장난치려고 한밤중에 그에게 전화를 걸어서 자기가 누구라고 말하지도 않은 채 도라가 그 사람 몰래 레이몽과 재미 보더라고 말해주었어요…… 농담이었어요…… 그런 소문은 있었지만 그게 사실이 아니라는 걸 모두 알고 있었지요……침착한 목소리로 '정말 확실한 일이지요?'라고 말하는 소리를 아제베도는 들었대요. 그러고 나서는 단 한 방의 소리뿐…….'

미지의 여인은 약간 숨가빠하면서 빠르게 말하고 있었다. 카트린느는 남편이 한 번도 자기에게 그런 말투로 말해준 적이 없는 애정 깊고도 진중한 어조로 대답하고 있다는 사실에 너무나 신경을 쓴 나머지 무엇이라고 대답을 했는지 알아듣지를 못했다. 이 불도 안 켜서 캄캄한 거실에서, 빗물이 철철 흐르는 유리문과 물에 젖은 지붕들과 끝없이 길게 서 있는 가로등을 바라보며 '저 남자는 나에게만, 그래, 단지 나에게만 잔인스럽게 굴었던 거야……'라고 카트린느는 속으로 되뇌고 있었다.

여환자가 힘주어 말하는 소리가 들려왔다.

"아! 신경쓰실 것 없으세요, 제 앞에선 아제베도 이야기를 터놓고 하셔도 돼요…… 이젠, 아무렇지도 않은 일이 되었으니까요! 아니예요. 그렇지는 않을 거예요…… 어떠한 사랑도 결코 완전히 끝나는 법은 아니니까요. 저는 아마 그 사람을 증오해야 할지 모르겠군요…… 그 사람이 제게 끼친 해악의 영향만은 여전히 제 속에 남아 있습니다. 이제 제게는 그 사람이 그 이상도 그 이하도 아닌 있는 그대로의 인간으로밖에는 생각되지 않지만 그렇다고 해서 달라진 건 하나도 없어요. 증권이 계속 오르는 시기에나 증권으로 돈을 좀 벌 줄 아는 그런 사람이라는 걸 잘 알고 있지만 저의 이 육체로부터 있을 수 있는 온갖 종류의 고통을 짜냈던 남자였다는 사실이 저의 뇌리에서 지워지지는 않습니다. 가장 비열한 사람들은 그들이 얼마나 크게 남을 파괴하느냐에 따라 그만큼 크게 남는가봅니다. 제가 이 정도까지 바닥으로 바닥으로 내려오고 또 내려온 것도, 그래서 마지막 문에까지 이르게 된 것도 모두가 다 파괴되고 공허만, 무(無)만이 남았기 때문입니다…….”

의사가 짐짓 장난기 있는 투로 이렇게 물었다.

“친애하는 여사님, 적어도 그 사람 덕택에 이제 사랑의 열병으로부터는 회복되셨겠지요?”

카트린느는 소스라쳤다. 미지의 여인이 터뜨린 웃음소리는 마치 헝겊이 찢어지듯이 날카로웠고 이 건물의 7개의 천장을 가로질러 내려가 지하실까지 울려퍼질 것처럼 카트린느에게 생각되었던 것이다.

“그랬다면 밤 11시에 여기엘 왔겠습니까?……제가 들어오자마자 제가 불타고 있다는 걸 못 느끼셨어요? 그렇게 많은 공부를 하셨는데 그 학식이 선생님에게 뭘 하는 데 소용되는지 모르겠군요?”

의사는 유쾌한 어조로 자기는 점쟁이가 아니라고 대답했다.

“전 부인께서 제게 이야기해주시는 것만 재료로 삼고 판단합니다……저는 이야기를 듣는 사람일 뿐입니다. 그 외에 아무것도 아니지요……저는 부인께서 복잡하게 얽힌 감정의 미로를 풀어가시는 걸 도와드릴 수 있을 뿐입니다.”

“사람이란 자신이 원하는 것만큼 밖엔 털어놓지 않는 법이에요…….”

“잘못된 생각이십니다, 부인! 이 진료실에서 환자들은 특히 자신이 감추고 싶어했던 것들을 발견하곤 한답니다. 그보다는 이렇게 말하는 게 더 옳을 것 같군요. 환자들이 감추고 싶어하는 것, 부지불식간에 나타나는, 환자들이 의식하지 못하고 있었던 것들을 제가 감지해내서 환자들에게 제시해주지요. 환자들의 마음속에서 꼼지락거리며 괴롭혔던 놈을 붙잡아 밖으로 끌어내어서 환자들에게 그놈의 이름이 무엇인지를 알려주지요. 그러면 환자들은 더 이상 그놈 때문에 괴로움을 당하지 않게 된답니다…….”

“선생님께서 우리들이 지껄이는 말을 그대로 믿으신다면 잘못이에요……사랑이 얼마나 커다란 거짓을, 아니면 착각을 우리 속에 만들어내는지 잘 아시지요!…… 한 가지만 봐도 그래요. 제가 아제베도와 결별했을 때 그 사람이 제가 보냈던 편지들을 모두 돌려주었습니다. 그 편지 묶음을 앞에 놓고 그날 저녁 내내 그것만 바라보고 아무 일도 못 했었습니다. 그 묶음이 얼마나 가벼웠던지 믿을 수가 없었어요! 저는 그 편지들을 다 담으려면 커다란 가방이 필요할 거라고 생각했었어요. 그런데 그저 큰 봉투 하나 속에 모두 들어갈 수 있었답니다. 전 그 봉투를 제 앞에 놓았습니다. 이 봉투가 그 끔찍한 고통을 담고 있다고 생각하니 ──선생님께서는 저를 비웃으시겠지요! ── 일종의 존경심과 공포심을 느꼈습니다(정말이에요! 우스우시겠지만······). 그 편지를 단 한 장도 다시 읽어볼 수 없을 정도로 존경과 공포를 느꼈었어요. 그러다가 결국에는 가장 끔찍한 날 썼던 편지를 다시 읽어볼 결심을 했습니다. 그 8월달에, 페라곳에서 그 편지를 썼던 고통스러웠던 날을 다시 상기했었습니다. 그날, 아주 작은 우연한 사건만 없었더라면 저는 자살했을 것입니다······ 그러나, 그 편지를 쓴 지 3년이 지난 후, 마침내 저 자신은 그 열병에서 완전히 회복되었다고 믿고 있었을 때였는데도 그 편지는 저의 손가락 끝에서 또다시 떨리고 있었답니다······ 그런데, 제 말을 믿으실 수 있으시겠어요? 그걸 다시 읽었더니 그 편지가 바뀐 게 아닐까 할 정도로 전혀 대수롭지 않게 생각되었어요······ 정말이지 그것이 바로 죽기 직전에 씌어진 글이라고는 믿을 수가 없을 지경이었어요. 그 글에서 읽을 수 있는 것이라곤 가련하게도 억지로 꾸며서 쓴 건방진 말투뿐이었어요. 그건 마치 저의 육체 어딘가에 난 상처를 보고 사랑하는 사람이 구역질을 느낄까봐서, 아니면 저를 동정할까봐서 수치심에서 감추듯이, 저의 이 끔찍스러운 고통을 감추고 내보이지 않겠다는 오직 그 걱정뿐 아무것도 아닌 것이었지요······ 절대로 성공할 수 없는 이런 속임수란 희극적인 사건이라고 생각되는군요. 선생님께서는 그렇게 생각하지 않으세요? 그 당시 저는 이렇듯이 가짜로 무관심한 척함으로써 아제베도를 질투에 빠지게 만들 거라고 생각했었어요······ 거기에 있는 모든 편지들은 몽땅 다 일부러 꾸며내서 지어낸 글들이었어요······ 사랑이 만드는 음모보다 더 부자연스럽고, 더 솔직하지 못한 건 없는 것 같군요······ 저의 이런 얘기들이 선생님께는 새로울 게 아무것도 없는 얘기들이겠지요, 선생님의 직업이 그러시니까. 이런 문제에 관해서라면 선생님께서는 그 누구보다 더 잘 알고 계시겠지요. 저는 사랑을 할 때면 끊임없이 계산하고 음모를 꾸미고 미리 예견하여 준비하곤 한답니다. 그러나 어찌나

서투르게 굴기만 하는지 상대방을 끝내는 측은한 마음에 빠지게 만들 지경이지요. 그런데도 실제로는 상대방을 측은하게 만들기는커녕 매번 저의 서투른 음모와 연극에 성가셔 할 뿐이었습니다…….”

어둠 속에서 카트린느 슈바르츠는 그 여환자의 말을 한마디도 놓치지 않고 듣고 있었다. 그 환자의 말은 이상한 곳에서 끊기다가 이어지곤 했는데 문장이 끊기는 곳에서의 자연스러운 리듬에 의한 끊김이 아니라 갑자기 말이 막혀서, 목소리가 안 나와서 끊기는 것 같았다. 저 여자는 왜 남편에게 저 이야기를 하고 있는 것일까? 하고 카트린느는 속으로 자문하고 있었다. 저런 마음속의 비밀을 왜 하필이면 남편에게 털어놓고 있는지? 그녀는 진료실의 문을 열고 그 미지의 여인에게 이렇게 소리 지르고 싶었다.
"저 사람은 당신을 위해서 아무것도 해줄 수 없는 사람입니다. 당신을 더욱더 그 진창 속에 빠지게 해줄 수밖에는 아무런 도움도 줄 수 없는 사람이랍니다. 당신이 누구에게로 가야 도움을 받을 수 있는지를 내가 알지는 못하지만 저 사람은 아닙니다, 저 사람은 아니에요!"
그때 남편의 목소리가 들려왔다.
"부인, 만일 부인께서 또다시 사랑에 빠지시지 않으셨다면 이렇게 사랑에 관해서 정확한 판단을 내리시지는 못하시리라 생각되는데요…… 제 말이 맞지 않습니까?"
의사는 아버지처럼, 조용하게, 친절하게, 부드럽게 자기 의견을 말하고 있었다. 그러나 그의 어조는 속되고 천하게까지 들려왔다. 그때 환자가 의사의 말을 중도에서 끊었다.
"물론이지요! 장님이 아니고는 누군들 그걸 못 알아챘겠어요…… 제게 말을 하게 만들려고 너무 애쓰시지 마세요. 제가 여기에 온 이유가 뭐겠어요? 말을 하기 위해서 온 거예요. 만약에 선생님께서 이 방을 나가신다 해도 저는 이 책상에게, 아니면 이 벽에게 말을 할 거예요."
그때에 카트린느는 자기가 지금 저지르고 있는 죄의 중대성에 대하여 분명한 의식을 하게 되었다. 의사의 아내로서 남의 말을 엿듣고 있는 죄, 의사인 남편에게만 고백하고 있는 환자의 비밀을 몰래 듣고 있는 죄

...... 그녀의 두 뺨이 붉게 달아올랐다. 그녀는 일어서서 현관을 가로질러 작은 층계를 올라서 자기 방까지 갔다. 그녀의 방은 샹들리에 불빛으로 환했다. 그녀는 거울 앞으로 가까이 가서는 자기와 함께 인생을 살아가고 있는 이 보잘것없는 얼굴을 오랫동안 바라다보았다. 샹들리에 불빛과 늘 보아서 익숙한 가구들, 물건들이 그녀를 진정시켜주었다. 무엇 때문에 그녀가 두려워했었던 것일까? 무슨 위험을 느꼈던 것일까? 더구나 저 여환자는 오다가다 들어온 사람도 아닌데…….

그 순간에 언성을 높인 목소리가 들려와 카트린느를 움찔하게 만들었다. 그 방의 문이 약간 열려 있었던 것이다. 그녀는 문을 밀었고 층계를 몇 단 내려갔다——그 여환자가 외치고 있는(사실 그녀는 외치고 있었다) 이야기를 알아들을 수는 없을 정도로 몇 단만. 조금만 더 내려가면 저 말소리를 하나도 빼지 않고 다 알아들을 수 있을텐데…… 허지만 직업상의 비밀을…… 그런데 남편의 생명이 위험에 처할지도 모르지…… 카트린느는 또다시 유혹에 빠져서 대기실로 내려가 소파에 앉았다. 잠시 승강기소리에 아무 말도 알아들을 수가 없었다. 그 후에 다시 그 여자의 말소리가 들려왔다.

"……무슨 말인지 아시겠어요, 선생님? 이 여름 내내 저는 필리와 떨어져 있었습니다. 제가 지금 필리를 필요로 하는 정도로 제 일생에 그 누구를 필요로 한 적이 없었습니다. 아제베도와의 관계에 있어서도 이렇게 끔찍하지는 않았습니다. 그 사람과 함께 있지 못할 때면 숨이 막혀서 죽을 것만 같습니다. 그 사람은 저를 멀리 떼어놓으려고 사업이다, 약속이다, 이런저런 구실을 붙여 변명을 했었습니다. 허지만 실제로는 그 사람은 돈 많은 여자랑 결혼하려고 애쓰고 있었답니다. 허지만 시간이 많이 지났었고…… 또 그 사람은, 그래요, 스물 네 살 때 이미 이혼을 한 경험이 있었거든요…… 그동안 내내 저는 한없이 방황하며 돌아다녔어요. 그 당시의 저의 생활이 어떠했는지는 선생님께 말씀을 드릴 수가 없어요. 끊임없이 그 사람의 편지를 기다리는 그런 삶이었답니다. 새로운 도시에 도착할 때마다 제 흥미를 끄는 것이라곤 그 도시의 국유치(局留置)편지를 내주는 우편국의 창구뿐이었답니다. 당시 제게 있어서 여행이란 말은 국유치 우편물을 취급하는 우체국이란 말과 같은 의미를 갖고 있었습니다."

카트린느는 자기가 이제는 더 이상 단순한 의무감에 의해서 말을 엿듣고 있는 것이 아니란 것을 잘 알고 있었다. 이제는 혹시 남편이 공격을 받게 되면 구조하려고 그녀가 이렇게 앉아서 듣고 있지는 않았다. 그런 건 아니었다. 그녀는 억누를 수 없는 호기심에 몸을 맡기고 있는 것이었다. 소심증이라고 할 정도로, 편집병이라고 할 정도로 사려 깊게 행동하곤 했던 카트린느였는데! 그러나 이 미지의 여인의 목소리는 카트린느를 어찌지 못할 정도로 사로잡고 있었고 또 동시에 이 불행한 여인을 기다리고 있을 실망을 생각하면 카트린느는 참을 수가 없었던 것이다. 남편 엘리는 저 여자를 이해할 수조차 없는 인간이었다. 저 여자에게 연민을 느낄 수조차 없는 그런 인간이었다. 남편의 다른 희생자들의 경우에서와 같이 남편은 저 여자가 충분히 만족할 때까지 말을 하도록 할 것이다. 육체의 충족에 의한 정신의 해방. 이것이 항상 남편이 끌어내는 해결방법이었다. 남편이 영웅심, 죄, 신성, 단념…… 등의 용어를 해설하는 데 적용하곤 하는 방법도 바로 그 더러운 성에 의한 해결방법이었다. 이러한 생각들이 혼동되어 카트린느의 머릿속에 떠오르고 있는 동안에도 그녀는 진료실에서 들려오는 말을 한 마디도 놓치지 않았다.

"……필리의 편지가 점점 더 길어진다는 사실을 알아챘을 때, 저를 위로하고자 해서, 저를 행복하게 만들고자 신경을 써서 편지를 쓰고 있다는 사실을 의식하게 되었을 때 제가 얼마나 놀랐었는지 선생님께서는 상상하실 수 있으시겠어요? 여름이 지나가게 됨에 따라 편지의 수가 차츰 더 많아졌고 이윽고는 거의 매일 받을 수 있게 되었습니다.

"그 일이 일어난 것은 제가 제 딸과 한 주일을 함께 보내게 되었을 때였습니다. 저는 1년에 한 주일씩 저의 딸과 함께 지낸답니다. 제 딸은 지금 열 한 살입니다. 제가 미리 정해놓은 곳으로 그 아이의 가정교사가 딸아이를 데리고 온답니다. 물론 그 장소는 보르도시로부터 적어도 500 킬로는 떨어진 곳이어야 하고요. 그게 제 남편의 요구랍니다. 끔찍한 한 주일이었습니다. 집안에서 저를 비난하고 있는 그 죄목에 대해 제 딸이 알고 있는지는 모르겠습니다. 하여튼 딸아이는 저를 무서워하고 있어요. 가정교사는 온갖 신경을 다 써서 무엇이고 마실 때에는 설내로 제가 따르지 못하도록 조처하고 있고요…… 선생님도 아시겠지요. 저는 무슨 짓이라도 다 할 수 있는 여자니까요. 그 사건이 났던 시절, 제가 무죄 판결을 받던 날 저녁에 제 남편이 말했듯이요(아직도 남편의 말 끝을 길게 끄는 랑드 지방 말투가 귀에 쟁쟁합니다). '아니 당신에게 어린 것을 맡기리라고 바라고 있는 건 아니겠지? 우리 딸도 당신의 약통들로부터 안전한 곳으로 피신시켜야겠소. 내가 독살당하게 되면 이 땅을 유산으로 받을 사람은 성년이 된 저 아이뿐이니까…… 남편을 없애고 나면 그 다음엔 아이도 없애려들겠지! 저 아이를 없앤다는 사실에 겁을 낼 당신은 아니니까!' 그래도 그들은 1년에 1주일은 제게 딸아이를 맡겨준답니다. 그럴 때면 저는 딸아이를 데리고 식당이며 서커스 구경이며…… 다니지요…… 참 그 이야기를 하고 있었던 게 아니었지요…… 필리의 편지들이 저를 행복하게 만들었고 제가 더 이상 괴로워하지 않게 되었다는 이야기를 하고 있었지요. 그이는 빨리 저를 다시 보고싶어 마음이 급하다고 했어요. 저 자신보다 더 조급한 마음을 편지에 쓰고 있었어요. 저는 행복했고 마음이 평화로웠습니다…… 저의 편안한 마음이 제 얼굴에도 나타나 보였던 것 같습니다. 딸아이 마리는 전보다 저를 덜 무서워했어요. 어느 날 저녁에 베르사이유의 작은 트리아농궁 앞의 벤치에 앉아서 저는 딸아이의 머리카락을 쓰다듬어주었어요…… 저는 참으로 구제불능의 바보였지요! 저는 희망을 갖고서…… 이런 저런 생각을 하며…… 저는 신에게 감사를 할 정도의, 제 생이 축복받았다고 믿을 정도의 상태에 있었답니다."

또다시 카트린느는 일어섰고 양뺨이 불같이 뜨거워져서 자기 방을 향하여 층계를 다시 올라갔다. 진료실 문 뒤에서 그녀는 죄를 저지르고 있다고 느꼈다. 도둑질 중에서 가장 더러운 도둑질을 저지르고 있는 것 같았다. 남편 엘리는 저 가련한 여자를, 저렇게 그의 발 아래서 자기 속을 다 털어놓고 있는 저 여자를 어떻게 처리할 것인가? 카트린느는 자리에 앉자마자 다시 일어서서는 층계를 내려가 말소리를 알아들을 수 있는 계단에 다시 앉았다. 그 미지의 여인이 이야기를 계속하고 있었다.

"그날 그 사람은 아침 7시에 역 앞에서 기다리고 있었습니다. 생각해 보세요, 믿을 수 없을 정도로 아름다운 일이었지요. 그이의 피곤하고 겁먹은 가련한 얼굴이 보였습니다. 사랑하는 사람을 오랫동안 못 만났다가 다시 만나게 될 때에는 아주 짧은 순간이지만 상대방을 사랑이라는 광기가 우리 마음속에 지어내게 했던 왜곡된 모습이 아니라 있는 그대로의 모습으로 보게 되는 그런 순간이 있습니다…… 안 그런가요, 선생님? 사랑이란 열정의 사기극을 간파할 수 있는 순간 말입니다…… 하지만 우리는 그 순간을 포착하여 이용할 줄 알 만큼 명석해지기보다는 사랑 때문에 받는 괴로움에 너무 집착하고 있어 그 순간을 흘려보내고 말지요. 그이는 저를 오르세 카페로 끌고 들어갔습니다. 우리는 이것저것 두서없이 이야기를 했고 서서히 예전 관계를 다시 찾게 되었습니다…… 그이는 저에게 송진수확에 관해서, 소나무에 관해서 광산에 파는 말뚝 만들 나무에 관해서 물었습니다(그때는 저의 소유지에서 나오는 수입이 괜찮았을 때였습니다). 저는 웃으면서 올해에는 허리끈을 졸라매야 할 거라고 그이에게 말했습니다. 이제 송진수입은 끝장났다고요! 미국사람들이 터빈유(油)의 대용물을 발견했었습니다. 또 더 이상 나무도 팔리지 않게 되었고요. 아르쿨루즈의 제재소들은 폴란드에서 수입한 전나무 재목을 소매하고 있었고 자기네 제재소 문 앞에서 자라고 있는 소나무는 썪을 때까지 내버려두었으니까요. 한마디로, 모두가 당하고 있듯이 파산이었지요…… 제가 말을 해감에 따라서 점점 필리의 안색이 창백해져갔습니다. 그이는 아주 똥값에라도 소나무를 팔 수 없는지를 알고 싶어했습니다. 그 말에 '그랬다가는 진짜로 거지가 될 거라고' 제가 항의했을 때 그의 관심이 저로부터 멀어져가는 걸 느낄 수 있었습니다. 아르쿨루즈의 소나무 밭과 함께 저도 아무짝에도 쓸모없는 것이 되었답니다. 선생님, 제 말을 이해하실 수 있으시겠어요? 그때 저는 울지는 않았습니다. 웃고 있었습니다. 제가 웃고 있었다니까요! 그이는 저로부터 천리 밖에 떨어져 있었고요…… 그 이후 그이는 저를 만나지 않았습니다. 그 일이 무엇을 의미하는지 이해할 수 있으려면 그런 고통을 겪어보아야 합니다. 우리에게 있어 이 세상에 존재하는 단 한 사람인 그 사람의 눈에 내가 더 이상 존재하지 않게 된다는 사실은…… 그 사람의 관심을 끌기 위해서라면 무슨 일인들 못 할 것이며, 어떠한 경솔한 짓인들 못 하겠습니까…… 선생님, 제가 그때 얼마나 끔찍한 경솔한 행동을 했었는지,

선생님께서는 짐작도 못 하실 것입니다…….”
 "그걸 짐작하기란 어렵지 않지요…… 부인께서는 그 사람에게 부인의 과거를…… 부인이 받고 계신 비난에 관한 이야기를 했겠지요…….”
 "선생님께서 그걸 어떻게 아세요? 그래요, 바로 그 일을 저질렀어요 …… 그 당시 저는 누군가가 필리의 목덜미를 쥐고 있고 협박하고 있고 또 진짜로 그이를 체포당하게 할 수도 있다는 사실을 모르고 있지는 않았어요(하지만 그 사건 이야기는 선생님께 해드릴 수 없습니다). 그래서 그때 제 과거이야기를 그이에게 해주었지요…….”
 "그 이야기가 그 분의 흥미를 끌던가요?”
 "아! 이말만은 얼마든지 믿으셔도 좋아요! 그이는 대단한 관심을 갖고 제 이야기를 들었습니다…… 저는 분명한 이유는 모르겠어도 어쩐지 겁이 났습니다. 뭔가 저의 과거를 털어놓는 게 잘못하는 일임을 느낄 수 있었습니다. 그이가 제게 관심을 갖게는 되었습니다. 그런데 이제는 너무나 지나치게 관심을 갖게 된 것이에요, 아시겠어요! 처음에는 무슨 협박을 할 것 같아 두려웠습니다. 그런데, 그게 아니었어요…… 더구나 무엇으로 저를 협박할 수 있었겠어요? 제 사건은 종결된 사건이었고 저는 더 이상 아무런 죄도 없었으니까요. 그게 아니었어요. 다른 생각이 그이의 머리를 뱅뱅 돌고 있었답니다. 그이는 제가 그이에게 이용당할 수 있는 사람이라고 생각했던 거예요…….”
 "그 사람에게 이용당하다니요? 무슨 일에 말입니까?”
 "선생님은 바보신가보지요? 그이가 감히 못 하고 있는 어떤 행동을 완수하는 일에 말입니다…… 그 일만 해치우고 나면 저랑 결혼해주겠다고 맹세했어요. 우리는 서로가 서로의 약점을 쥐고 있으니 영원히 함께 살게 될 거라고도 했어요. 그이에게는 벌써 계획해놓은 방법이 있으며 그대로 하면 제게는 아무런 위험도 있을 수 없다고 안심시키는 것이었습니다. 제가 한 번 했었던 일이니 다시 한 번 더 하는 일은 어렵지 않을 거라고도 했습니다. 단 한마디 말만 하면 그이의 생애를 망쳐버릴 수 있는 그이의 적이 시골에 살고 있다는 사실을 선생님께 말씀드려야겠군요. 그 사람은 남서지방에 작은 농토를 갖고 있는 농부라 할 수 있는 사람이었습니다. 포도밭을 갖고 있지요. 저도 그전에 그 사람의 포도주를 사기 위해서 그 농장에 갔었던 적이 있었답니다. 선생님도 아시겠지만 요즈음엔 여자들도 모든 직업에 다 종사하게 되었어요. 그중에서도 매매 중개일은 많이들 하지요. 저의 중개로 그 사람이 몇 번 돈을 좀 벌었던 일이 있었어요. 그러니 우리가 포도주 저장창고에 가서 함께 포도주 맛을 보다가…… 무슨 말인지 아시겠어요? 거기서는 누구나 같은 잔에 포도주를 마시거든요. 그 사람은 주정쟁이라는 소문이 난 사람이에요 …… 전에 몇 번 발작이 났던 적이 있는 사람이니…… 그런 일이 있다고 놀랄 사람은 없을 것이고…… 또 선생님도 아시겠지만 그런 시골에는 검사의(檢死醫)란 없거든요…… 어떠한 검시도 안할 테고…….”

그 여자가 말을 중단했다. 의사는 아무런 대꾸도 하지 않았다. 컴컴한 층계에 앉아 있는 카트린느의 심장은 미칠 듯이 쿵쿵 뛰고 있었다. 또다시 미지의 여인의 목소리가 들려왔다. 그런데 이번에는 아까와는 전혀 다른 목소리였다.

“선생님, 저를 구해주세요…… 그이는 저를 한시의 틈도 주지 않고 못살게 다그치고 있어요…… 결국 저는 그이의 요구를 들어주고 말 거예요. 그이는 끔찍한 사람이에요. 그런데 외모는 꼭 어린애 같아요…… 그런 천사 같은 얼굴을 가진 사람들을 때때로 사로잡고 있는 이 힘은 어디서 나는 걸까요? 바로 몇 년 전만 해도 아직 학교에 다니는 학생이었던 그런 사람들 말이에요…… 선생님, 선생님께서는 악마가 존재한다고 믿고 계십니까? 악이 인간의 형상 속에 존재한다는 것을 믿으십니까?”

카트린느는 그 순간에 터뜨리는 남편의 웃음소리를 참을 수 없었다. 그녀는 자기 방으로 올라가 문을 쾅 닫고는 침대 곁에 쭈그리고 앉아 두 손으로 귀를 막았다. 그녀는 그렇게 무릎 꿇은 채, 아무 생각도 못 한 채, 상처받은 마음으로 오랫동안 머물러 있었다…… 갑자기 공포에 가득 찬 목소리로 자기 이름을 부르는 소리가 온 집안에 울려퍼졌다. 그녀는 재빨리 방을 나가 서둘러 층계를 내려가서는 진료실로 들어갔다. 처음에 언뜻 보니 남편이 보이지 않자 남편이 살해당했구나 하는 생각이 들었다. 그런데 그때 남편의 말소리가 들려왔다.

“저 여자가 미워하는 게 당신은 아니니까…… 허지만 조심해…… 빨리 저 여자의 무기를 빼앗아!…… 저 여자는 무기를 갖고 있단 말이야."
 카트린느는 의사가 책상 뒤에 쭈그리고 숨어 있다는 사실을 알아차렸다. 미지의 여인은 반쯤 열린 지갑 속에 오른손을 넣은 채 벽에 기대어 서 있었다. 그녀는 꼼짝 안하고 자기 앞만을 뚫어지게 쳐다보고 있었다. 카트린느는 천천히 그 여자의 손목을 잡았다. 그 여자는 카트린느가 하는 대로 몸을 맡기고는 지갑을 땅바닥으로 떨어뜨렸고 무엇인가를 쥐고 있는 주먹을 꽉 쥐었다. 그것은 권총은 아니었다. 그때 얼굴에 핏기가 하나도 없이 창백해진 의사가 책상 뒤에서 몸을 일으켰다. 그는 책상을 짚고 있는 떨리는 두 손을 감추는 일조차 잊고 있었다. 여환자의 손목을 쥔 채로 카트린느는 그 여자의 손가락을 펴려고 애썼다. 마침내 흰 종이에 쌓인 작은 물건이 양탄자 위로 떨어졌다.

 미지의 여인이 카트린느를 바라다보았다. 그 여자가 모자를 벗자 넓은 이마와 벌써 희끗희끗한, 숱이 없어 보잘것없는 짧은 머리카락이 드러났다. 움푹 패인 두 뺨에도, 툭 튀어나온 광대뼈 위에도 분을 바른 흔적이 없었고 분노를 참고 있는 입술 위에도 연지를 바른 흔적이 없었다. 얼굴 피부는 노랬고 눈 밑에는 갈색으로 짙게 드리워졌다.
 카트린느가 바닥에 떨어진 물건을 주워서 그 위에 쓰여진 것을 읽을 동안에 미지의 여자는 카트린느의 행동을 막으려는 어떠한 노력도, 몸짓도 하지 않았다. 그것은 단순히 약사의 처방전이었다. 그 여자는 여전히 모자를 손에 든 채 진료실의 문을 열었다. 현관에 나오자 그 여자는 자기가 우산을 갖고 왔다고 말했다. 조용한 목소리로 카트린느가 그 여자에게 물었다.
 "제가 전화로 택시를 불러드릴까요? 밖엔 지금 비가 몹시 세차게 내리고 있습니다."
 그녀가 작은 머리를 가로저었다. 카트린느가 환자보다 앞서서 층계로 나가서 자동타임 스위치를 눌러 불을 켰다.
 "모자를 쓰시지 않으시겠어요?"
 여환자로부터 어떠한 답변도 나오지 않자 카트린느가 환자의 손에 쥐고 있던 모자를 가져다 머리에 씌워주고, 외투의 단추를 다 채워준 후에 외투에 달려 있는 친칠라털로 된 깃을 세워주었다. 그녀에게 미소를 짓고 한손을 들어 그녀의 어깨 위에 올려놓아주어야 할텐데…… 카트린느가 그런 생각을 하는 동안에 여환자는 층계로 사라져버렸다. 카트린느는 잠시 머뭇거리다가 집 안으로 다시 들어갔다.

의사는 방 한가운데에서 양손을 호주머니에 넣은 채 서 있었다. 그는 카트린느를 쳐다보지 않았다.

"당신 말이 맞았어. 최고 악질 타입의 정신병자였어. 다음부터는 좀더 신중하게 행동하겠소. 그 여자는 자기가 권총을 갖고 있는 척했단 말이야…… 그 어느 누구였다 해도 속아넘어갔을거야. 어쩌다가 그런 일이 일어났느냐고 당신은 묻지도 않는구려? 자초지종을 얘기하자면 이렇게 된 일이었소. 자기 이야기를 다 털어놓고 나더니 막무가내로 자기 병을 낫게 해달라고 내게 윽박지르는 것이었소…… 자기의 복잡하게 얽힌 사연을 장황하게 오래 이야기할 수 있었던 것만도 벌써 많은 일을 한 것이지. 이제는 그녀 자신이 더욱 명확하게 사건을 인식하게 되었으니까 그녀 쪽에서 사건을 이끌어나갈 수 있을 것이고, 상대방이 그녀에게 요구하는 것을 하지 않고서도 그녀가 그에게서 기대하고 있는 것을 얻어낼 수 있을 것이라고 내가 설명해주려 했더니 노여움을 터뜨리는 것이었소 …… 그 여자가 소리치는 걸 당신은 듣지 못했소? 그 여자는 나보고 도둑놈이라고 했소. 이런 말을 하더군. '당신은 인간의 영혼을 치유할 수 있는 척하면서 영혼의 존재를 믿고 있지도 않군요…… 정신과 의사란 영혼을 치유하는 의사란 말이에요. 그런데 당신은 영혼은 존재하지 않는다고 말하고 있잖아요……' 등등, 당신도 그 항상 되풀이하곤 하는 넋두리를 잘 알고 있겠지…… 가장 비천한 수준의 신비주의적 경향에다가 더군다나 과거에 저지른 일을 생각하면…… 아니 카트린느, 당신 왜 웃는거지? 무엇이 그렇게 우습다는 거요?"

의사는 놀라서 자기 아내를 쳐다보았다. 아내의 이런 행복으로 빛나는 모습은 그의 일생 한 번도 본 적이 없었다. 양팔을 축 늘여뜨린 채, 양손은 그녀의 옷에서 조금 떨어진 곳에 둔 채 마침내 그녀가 말했다.

"이걸 깨닫는 데 20년이나 걸렸다니…… 하지만 드디어 다 끝났어요! 엘리, 난 해방되었어요. 이젠 더 이상 당신을 사랑하지 않아요."

□ 해 설

 소설 〈떼레즈 데께루〉를 쓰고 난 후에 작가 모리악이 후회를 하고 있다는 것은 그 소설의 짧은 서문에서도 분명히 드러나 있다. "떼레즈, 고통이 너를 하느님께로 인도해주기를 나는 바랐어야 했나보다……." 이 말을 쓰고 있는 모리악은 자기가 쓴 소설의 주인공을 '개종'시키지 못해서 유감스럽게 여기고 있는 기독교인으로서의 모리악이기도 하지만 그보다는 한 명의 '미완성된' 인물에서 손을 떼게 된 것이 후회스러운 소설가로서의 모리악이다. 소설 〈떼레즈 데께루〉는 주인공이 출발하는 지점에서 끝맺고 있다. "그녀는 정성껏 화장을 고치고 입술을 그렸다. 그러고는 길로 나가서 우연에 몸을 맡기고 걸어갔다." 모리악의 소설 속에서 이렇게 미완성인 채 독자의 상상에 맡겨지는 경우는 아주 드물다. 모리악은 한 가지 이야기를 시작했으면 완결하는 편을, 적어도 어떤 전망을 분명히 보이게 하는 편을, 자신이 창조한 인물의 운명을 결정하는 편을 즐겨 택하고 있다. 예를 들어 〈문둥이에의 키스〉에 나오는 주인공 노에미 펠루에이르나 소설 〈운명〉에 나오는 엘리자베스 고르낙의 경우가 그랬었듯이. 소설 〈문둥이의 키스의 마지막 장〉에서 모리악이 다시 노에미라는 인물을 다루고 있는 것은 바로 그 인물이 자기의 운명으로부터 벗어날 수 없다는 것을 보여주기 위해서였다. 그래서 모리악은 《떼레즈 데께루》를 출간한 직후 〈떼레즈의 종말〉이란 소설을 쓸 생각을 하였다. 그 생각은 결국 8년이 지난 후에 〈밤의 종말〉이란 소설로 실현되고 있다. 그러나 모리악은 그 소설 속에서도 결국 주인공을 '개종'시키고 있지는 않다. 모리악에게 기독교인으로 교화하고자 하는 의도보다는 소설 작가로서의 의무가 더 중요시 여겨졌음은 우리들 독자들에게는 다행스러운 일이었다.

1928년 초부터(《떼레즈 데께루》는 그 전해에 출판되었다.) 모리악은 이 주제에 관해서 탐색하고 있었다. 소설이 끝난 후에 아마도 떼레즈는 장 아제베도와 다시 만나 사랑을 했던 것 같다. 그녀는 그와의 관계를 종결하기로 결심했고 그래서 다음과 같은 편지를 사랑했던 상대에게 쓰고 있다.

〈떼레즈의 종말〉*

내 사랑이여, 아무런 흔적도 남기지 않은 채 사라져버리고 싶다고 생각하다니 무슨 정신 나간 생각일까요. [그러나 더 이상 당신에게 아무런 소식도 보내지 않고도 견딜 수 있는 충분한 기력이 내게 아직 남아 있다는 사실을 확신할 수 있었어요-삭제.] [그런데 그 용기가 내겐 부족해요(확인 불가능 단어 하나). 죽을 용기 또한 부족하고요-행간에 수정하여 적어넣다.] [기억하세요 -여백에 삽입해 써넣다.] 내가 자주 숨차할 때마다 당신에게 걱정 말라고 안심시켜드리곤 했었지요. 사랑하는 사람을 자살하겠다는 협박으로 [확인 불가능 단어 하나]하는 것보다 더 쉽고 더 [확인 불가능한 단어 하나]한 것은 없지요. 나는 당신의 생활을 혼란시키지 않기 위해서 나로 하여금 죽음을 가까이할 수 없게 만드는 이 공포를 과장하기까지 했었답니다. 인간이란 허무 속에서와 마찬가지로 생활 속에서도 망가질 수 있는 것임을 생각하게 되었던 날이 오도록까지는 말입니다. 내가 당신과 헤어질 수 있는 기력을 어디서 얻을 수 있었는지는 좀 있다 말해드리지요. 그러나 [두 줄 삭제] 내가 나 자신에게 했던 약속을 지키지 못하게 된 것이, 그래서 아직도 당신에게 이 글을 쓰고 있는 것이, 고통이 나를 이겼기 때문이라고는 생각하지 마세요. [확인

---

* 1928년 3월 4일, 스팍스와 가베스간의 기찻간에서라는 글이 제목 앞에 붙어 있다. 다음의 글은 모리악이 1928년 초에 튀니지에의 짧은 여행기간 동안 사용했던 수첩에서 나온 것이다.

불가능한 단어 하나]일 수도 있겠지요. 나는 내가 어느 한계에 이르면 더 이상은 참을 수 없게 되는 그 한계를 잘 알고 있습니다. 그러나 내가 전보다 덜 괴로워하게 된 것은, 아니 그보다는 내가 괴로움을 덜 느끼게 된 것은 여행중이라는 환경의 변화 덕택입니다. 내가 당신을 덜 사랑하게 되었기 때문은 아닙니다. 다만 혼자서 여행을 하면 나 자신을 객관적으로 바라볼 수 있게 됩니다. 여기 앉아 있는 것은 또 다른 떼레즈, 몇 가지 감각만으로 축소되고 작아진 떼레즈입니다.

이렇게 문장이 끝나고 몇 줄 띄어서 다시 시작된다.

내가 굴복한 것은 내 고통이 아니라 당신의 고통 때문입니다. 내가 당신을 알고 난 후부터, 당신이 나 때문에 불행하다고 생각할 수 있는 상쾌한 감정은 한 번도 내게 주어진 적이 없었다는 것은 당신도 잘 알고 있습니다. 그런데 오늘 나는 그 사실이 분명하다는 확신을 하게 된 것입니다. 당신은 절대로 나를 잃게 되리라고는 믿지 않으셨었습니다. 그런데 당신은 나를 잃은 것입니다. 당신 속에 [확인 불가능한 단어 넷] 애정이라고 불릴 수 있는 것이 없었다고 하더라도 나의 열정이 물러가버렸다는 것 한 가지만으로도 당신은 치명적으로 헐벗은 상태가 될 것입니다.

예전에 몹시 서투르게 나를 사랑하여서 나를 신경질 나게 만들곤 했던 사람이 기억납니다. 그가 고집 세게 나의 모든 [확인 불가능한 단어 하나]을 엿보고 [확인 불가능한 단어 넷]하려는 것이 나의 신경을 건드렸던 것입니다. 나는 그의 호소하는 표정을 [확인 불가능한 단어 하나]하고 그의 고통을 비웃었습니다. 어느 날인가 그 사람은 내 앞에서 사라졌습니다. 소문에는 [두 줄 삭제] 그가 입대했다고 했습니다. 나중에 그의 사망 소식을 들었습니다.

당신은 이 바닷가에서 사는 일에 습관이 든 사람입니다. 이 밀물과 썰물이 당신의 생활에 리듬을 맞추어주었었습니다.

이 초고는 그 후 중단되었다. 4년이 지난 1932년 정월에야 모리악은 이 초고에 다시 손을 대기 시작했다. 그때 모리악은 막 《문둥이의 키스의 마지막 장》을 출간하고 난 참이었다. 그 후 몇 년 동안(1932년에서

1936년 사이에는 특히) 그는 전에 썼던 작품으로 되돌아와서 그 속편을 쓰는 작업을 했다. 그러나 그는 이 단편의 원고를 다시 중단했다가 〈프롱트낙의 비밀〉이란 소설을 끝마치고 난 12월에야 이 단편을 끝낸다.

그 전에 소설 〈잃어버려진 것〉 속에서 작가는 잠시 동안 떼레즈라는 인물을 되살리고 있다. 어느 날 밤에 알랭 포르카는 샹젤리제 근처의 길거리 벤치 위에 앉아 울고 있는 떼레즈를 보게 된다. 알랭은 (……) 그녀에게 무엇 때문에 괴로워하고 있느냐고 어떻게 물어야 할지 몰랐다. 떼레즈는 "그 누구 때뮤이에요"라고 약간 과장되게 대답했다. 작가의 머릿속에서는 이미 떼레즈의 운명은 결정되어 있었다. 즉 일련의 불행한 연애사건에 휘말리게 된다는 운명이다. 이번의 단편소설에서 독자는 떼레즈가 전에 꿈꾸었듯이 장 아제베도와 다시 만났으나 이미 3년 전에 그와의 관계는 끝났고 의사 슈바르츠가 말하고 있듯이 다시 '사랑에 빠졌다'는 것을 추측할 수 있다.

이곳에서 모리악은 그가 쓴 다른 소설에서 나왔던 인물인 필리를 재등장시키고 있다. 필리는 지나칠 정도의 미남에다가 약간은 무기력하고 불량기가 있는 인물이다. 소설 〈독사덩어리〉에서 루이가 질투 섞인 노여움으로 말하고 있는 필리를 우리는 읽었었다. 그 소설의 말미에서 필리는 자기 부인과 헤어져서 중년의 애인에게로 갔다는 것을 독자들은 알게 된다. 그러나 그 남자가 떼레즈의 애인이 되게 된 상황 설명도 전혀 없었고 그 두 사람이 만나기 전에는 어떻게 살아온 인물인가에 대한 이야기도 없었다. 다만 석연치 않은 어떤 사건에 연루되어 있다는 암시를 통해서 우리는 필리라는 인물이 모리악의 작품에서 흔히 '천사의 얼굴'을 하고 있는 불길하고 악마적인 성격의 인물로 그려지고 있는 그룹에 속하고 있음을 알 수 있을 뿐이다.

필리는 떼레즈에게 죄를 저지르도록 부추기고 있는데 그 일을 다만 그녀 속에 내재해 있는 악——그리고 죽음——에 대한 매혹을 일깨우는 방법으로 쓰고 있음을 알 수 있다. 이러한 매혹은 이미 〈떼레즈 데께루〉 속에서는 분명히 드러나 있고 〈밤의 종말〉 속에서도 줄곧 그녀의 머리에서 떠나지 않는 것으로 그려져 있다. 이것이 이번 단편소설의 진정한 주제인 '고해'의 핑계가 되고 있다. 이 단편에서 떼레즈는 과거 그녀가 힛

되이 베르나르에게 갈구했던 '용서'를 원하고 있다. 그러나 "그 누구도 다른 누구를 용서할 것이 없다. 아니면 그 누구도 다른 누구를 용서할 권리가 없는 것이다." 모리악에 있어서 두 번에 걸쳐서 이 근본적인 주제가 삭제되었다. 이 주제는 최초의 계획의 연장선상에는 있었다. 〈떼레즈 데께루〉, 〈양심, 성스러운 본능〉의 초고는 용서할 '권리'를 갖고 있는 유일한 인간인 어느 신부에게 고해하는 구성으로 되어 있었다. 떼레즈라는 인물은 계속해서 자기 자신 속에 '악'이 존재하고 있음을 의식하고 있고 그래서 계속 베르나르에게, 의사 슈바르츠에게 그리고 〈밤의 종말〉에서는 자기 딸에게, 조르주에게…… 헛되이 고해하고 있다.

이번 단편에서는 줄거리가 그 당시 모리악이 심취해 있던 정신분석이론 쪽으로 흘러가고 있다. 이미 〈독사덩어리〉에서부터 '복수심'에 관한 냉소적인 암시로 그러한 성향을 드러내 보여주고 있었다. 이 단편 속에서는 엘리제 슈바르츠라는 인물(그는 프로이트처럼 유태계 게르만족이다.)을 통해서 바보 같고 무능하고 비겁한 인물로 무자비할 정도로 희화화되어 있다. 이 인물은 전혀 독자의 호감을 살 수 없는 인물로 그려져 있다. 그 당시에 모리악이 일시적으로나마 빠져 있던 이 정신분석이론을 우리는 어떻게 설명할 수 있을는지 알 수가 없다. 특히 그 후에는 모리악이 그 주제를 거의 다루고 있지 않으니까. 더욱이나 모리악 스스로도 말했듯이 그는 정신분석이론에 관해서는 피상적인 지식밖에는 갖고 있지 않았다(그가 프로이트의 글을 늦게서야 읽었고 그때에는 이미 그의 소설들이 끝난 후였다고 1969년 11월 《블록 노트》 5권에 쓰고 있다). 〈독사덩어리〉에서는 루이가 프로이트를 읽기 전에 발견하는 오이디푸스 컴플렉스로 정신분석이론을 축소시키고 있다. 그리고 프로이트의 이론 중에서는 고귀한 감정이든 수치스러운 감정이든 하여튼 모든 감정을 '똑같이 추잡한 해결의 열쇠'——아마도 성본능——로 해석한다는 것과 그 이론의 실제응용방법에서는 병원의 쿠션 있는 긴의자의 사용만으로 남아 있을 뿐이다. 그 작품 속에서 정신분석이론은 마치 자기 환자들로부터 그들이 '감추고 싶어하는' 고백을 끌어내고, 그들의 비밀스러운 욕망이 무엇인지 알고 나면 그 욕망을 충족시키도록 부추기는 일종의 고해를 듣는 비종교인과 같은 모습으로 그려져 있다.

이 작품에 나타나는 근본적인 이의는 종교적 차원의 이의라는 것을 우리는 쉽게 알 수 있다. "당신은 영혼이 존재하고 있지 않다고 말하시는군요." 그러나 모리악을 이 '임무'로 이끌어가고 있는 여러 이유들을 이해할 수는 없다.

떼레즈의 고백은 작가가 〈프롱트낙의 비밀〉에서 삭제했던 한 장으로부터 꽤 직접적으로 빌려오고 있는 요소라는 다른 한 요소를 제시하고 있다. 이 작품에서 젊은 여자가 사랑의 고통과 거짓을 말하고 있듯이 〈프롱트낙의 비밀〉에서는 과연 이브라는 인물이 그런 이야기를 하고 있다.

모리악의 소설에 있어 흔하지 않은 수법인 한 가지 이야기 속에다 다른 에피소드를 삽입하는 구성으로 엘리제와 카트린느 부부를 통해서 작가가 즐겨 다루는 되풀이되는 주제를 개입시키고 있다. 그 주제란 〈사랑의 사막〉에 나오는 쿠레주 부부나 〈독사덩어리〉의 부부를 상기시키는 사이가 틀어진 부부 이야기다. 이번 단편에 나오는 부부의 경우와 유사점은 한두 가지가 아니다. 부자가문 출신의 여자와 가난한 하층가문 출신의 똑똑한 남자 사이의 신분차이 나는 결혼. 직업적 성공과 사랑에는 실패한 경우…….

이 단편소설이 모리악에게 있어서 하나의 주제를 중심으로 해서 구성된 독립된 짧은 단편이라기보다는 어느 소설의 에피소드를 하나 따로 떼어놓은 형식을 취하고 있어서 그 소설의 복합성을 간직하고 있는 이야기라는 것을 우리는 알 수 있다. 모리악이 다른 단편소설들에 관해서 말하고 있듯이 〈의사를 방문한 떼레즈〉와 〈호텔에서의 떼레즈〉는 연대순으로 특히 주제순으로 보아 〈떼레즈 데께루〉와 〈밤의 종밀〉 사이에 위치할 수 있는 〈썩어지지 않은 어느 소설〉의 두 개의 단편이라고 간주될 수 있다 (〈칼질〉과 〈불면증〉 두 단편에 관한 이야기. 사실 〈어느 문인〉과 〈인식의 악마〉 두 단편을 제외하고 모리악의 단편소설들은 마치 잊혀진 장인 것처럼 다른 작품의 여백에 씌어진 듯이 구성되어 있다).

〈의사를 방문한 떼레즈〉는 1933년 1월 12일 자 《깡디드》지에 게재되었다. 그 후 1938년에 출판된 단편모음집 《잠수들》 속에 재수록되었다. 그리고 모리악의 전집에서는 제2권에 〈떼레즈 데께루〉와 〈밤의 종말〉 사이에 다른 떼레즈를 주인공으로 한 단편과 함께 실려 있다. 원고는 공책

한 권(21쪽)에 씌어 있고 맨 첫장에 이렇게 적혀 있다. "떼레즈의 종말. 콩블루의 P. L. M. 호텔 561호실에서 1932년 1월 20일 저녁 5시에 쓰기 시작함."

출간 날짜와 비교해보면 잠시 중단했다가 몇 달 후에 다시 쓰기를 계속한 것 같다. 앞서 인용했던 쓰기 시작했다가 삭제하고 수정하다가 중단한 원고를 참고해보면 단편을 쓰기 시작한 것이 1932년 1월이었음을 추측할 수 있다.

호텔에서의 떼레즈
Thérèse à l'hôtel

이 세상에 내 속마음을 털어놓을 수 있는 단 한 사람이라도 누가 있었다면, 그 사람에게 나는 여기서 그 청년과 나 사이에 있었던 일을 명확하게 설명해줄 수 있을까? 내가 오늘 아침에도 있었고, 어제 이 시간에만 해도 정원에서 우리가 서로를 보고 있지는 않았으나 아주 가까이서 대화를 나누었던 이 호텔에서 일어났던 일을 말이다. 무엇을 글로 옮겨 쓴다는 일에는 아주 게으른 편이지만 이 순간에는 나 자신의 이야기에 온 신경을 집중시키고 싶은 욕망이 그 게으름보다 훨씬 강하게 나를 사로잡고 있다. 이처럼 처절하도록 고독한 상태를 견디어낼 수 있는 여인이 나말고도 또 있을 수 있을까. 나 자신을 마주하고서 조금도 권태로워하지 않는 나의 성격이 이런 상태에 빠져 있는 나를 구원해주고 있다.

내가 저지른 행위들이 나를 구속하고 있다. 행위들이라고? 아니다. 나의 단 한 번의 행위다. 내 생애의 어느 순간에 그 행위를 저질렀다는 의식을 밤에조차도 잊게 될 수 있을는지 확신이 안선다. 나는 매일매일 어떤 잔 속에, 어떤 컵 속에 몇 방울의 약을 떨어뜨렸었다…… 그 악몽 같은 행위를 중단한 지 벌써 10년이 되었다. 10년 이래로 목숨을 구한 베르나르는 잘 살고 있고 아마도 과도한 영양섭취와 술 때문에 머잖아 닥쳐올 죽음의 징조들이 벌써 그의 육체 속에 자리잡고 있는지도 모를 일이다. 그러나 나는 이제 그곳에 없으니 그의 죽음의 시각을 재촉할 수가 없다. 이제는 더 이상 그의 죽음을 초조한 마음으로 기다리는 사람이 그의 주위에는 아무도 없다. 이 만족과 자족의 덩어리 같은 인간을 지구상에서 없애버리고 싶은 필요성을 느끼고 있는 그의 주위에는 아무도 없다…… 그런데 나의 이 헛된 죄악의 감옥 속에서 앞으로도 살아나가야 할 사람은 바로 나 자신이로구나. 나의 가족에 의해서, 소위 나의 희생자라고 일컫는 자에 의해서 무(無) 속에 내던져진 나. 이 세상에 살고 있는 그 어느 누구보다 더욱더 하염없이 방황하는 존재인 나, 그 어느 누구보다 더욱더 버림받은 존재인 나.

지금까지 내가 쓴 글을 다시 읽어보았다. 이러한 나 자신의 모습에 만족을 느끼고 있다는 것은 확실하다. 솔직히 말하자면 나 자신은 어느 역할을 맡았다는 사실에 얽매여 있는 것이 아닐까? 어떤 인물을, 역할을 해야 한다는 강박관념에 사로잡혀 있는 것은 아닐까? 예전에 저질렀던 범죄와 나 자신을 갈라놓고 있는 또 다른 떼레즈가, 진정한 떼레즈가 어딘가 존재하고 있는 것은 아닐까? 이 범죄 때문에, 어쩌면 진정으로는 나에게 속하지 않는 이 범죄 때문에, 어떤 태도가, 몇몇 몸짓들이, 어떤 삶의 방식이 내게 강요되었던 것은 아닐까?

이 기진맥진한 육체를, 이 굶주림에 죽을 것 같은 마음을 내가 그 어디로 이끌고 가더라도 나의 행위는 나를 둘러싸고 있다…… 아, 살아 있는 벽이여! 아니다, 벽이 아니라 살아 있는 생울타리다. 매년 점점 더 뒤얽히기만 하는 울타리다.

……나는 나 자신을 들여다보며 권태를 느끼지 않는다. 이 나 자신에 대한 호기심이 아마도 내 속에 있는 속성 중에 가장 비인간적인 성질인지 모르겠다. 과거지사를 적당히 잊어버릴 수 있다는 사실이 대부분의 사람들로 하여금 평온하게 살 수 있게 만들어준다. 그런 사람들은 그들의 생의 씨줄과 날줄이 짜놓은 것을 모두 쉽게 잊을 수 있다. 특히나 여자들은 기억력이 없는 인종이다. 그것이 그 모든 끔찍한 일을 겪고 났음에도 여자들이 여전히 어린애 같은 눈동자를 간직할 수 있게 해주는 것이다. 그 여자들이 행했던 어떠한 행위도 그들의 눈 속에 반영되고 있지 못한 것이다. 그런 점에서 나는 다른 여자들과 닮지 않았다. 예를 들어 보통 여느 여자였다면 이렇게 말했을 것이다. "필리가 자살한 후에 내가 이 페라곳에 있는 호텔로 죽치고 틀어박히려고 온 것은 이곳에서 혼자서

조용히 괴로워하기 위해서, 내 고통을 나 혼자 곱씹기 위해서였다"라고. 그런데 나는 이렇게 고백하겠다. "그렇게도 나를 고통스럽게 했던 그 청년의 자살은 나를 구원했다(나는 내가 그에게서 느꼈던 사랑을 그가 내 속에 심어주었던 고통의 크기로 그 심도를 재고 있다)." 그가 죽었다는 사실을 알게 되자마자 나는 안도의 숨을 내쉬었고 행복하기까지 했다. 그것은 내가 그를 사랑한 만큼 그가 나를 사랑하지 않았다는 사실로부터 온 고통으로부터 헤어났을 뿐 아니라 또 다른 아주 속된 고통으로부터도 헤어났다는 안도감이었다. 그 수표사건 때문에 필리가 고발되기 직전이라는 것을 알게 되었을 때 나는 그가 고발되면 즉각 그의 생활수단에 관한 수사가 있게 될 것이고 그러면 나의 존재가 드러날 것임을 예견했었다. 이런 류의 사회면 기삿거리 사건 속에는 언제나 연상의 여자가 등장하게 마련이고 그럴 때마다 기자들에게 흥밋거리가 될 기사자료를 제공하게 마련인 것이다. 언제나 모든 돈을 다 지불해주는 여인상, 볼썽사납고 가련한 늙은 여자, 그게 바로 이 사건에서 내가 맡을 역인 것이다, 나, 이 떼레즈가. 단 15분 동안의 모든 이해관계를 떠난 사랑을 위해서라면 이 목숨도 바칠 수 있는 난데, 바로 그런 사랑 이외에 어느 것도 이 세상에서 바란 것이 없던 난데!

 그런 수치스러운 일이 정말 내게 닥쳤었다면 나는 이 자존심 때문에라도 견뎌내지 못했을 것이다. 그런데 필리의 죽음으로 나는 그 수치로부터는 해방되었다. 그것말고도 또 다른 일이 날 괴롭혔었음을 고백하자. 아무리 증인의 입장이라도 예심판사로부터 심문을 당한다는 사실은······ 예심판사는 나의 과거를 들춰냈을거다. 예선에 형사피의자였다는 사실도 캐내고 말았을 것이다······ 비록 그 당시에 꼬리를 잡히지 않고 증거를 인멸했었지만 단지 10년 전처럼 예심판사와 마주앉는다는 사실 하나만으로도 나는 참지 못했을거다. 질문 하나하나 속에 함정을 감추고 있던 그 사나이와 마주앉는다는 사실 말이다······ 아니지, 정말로 난 참지 못했을거야, 참지 못했을거야.

 그런데 떼레즈, 네게 사랑의 영감을 불어넣어주었던 사람의 끔찍스러운 죽음을 네가 기쁨으로 받아들이는 것을 보니 너는 그 사랑을 그다지 자랑스럽게 생각할 수 없었던 것 같은데 그 사랑은 네게 도대체 무슨 가치가 있는 거였니, 이 위선자야! 네가 사랑이라고 부르고 있는 것은 자기한테 만만한 상대를 발견할 때까지 불모의 땅을 이리저리 헤매며 다니다가 그 상대를 발견하면 덮쳐서 망치고 마는 악마가 아니냐. 그리고 그 상대가 파괴되고 나면 네 사랑의 악마는 또다시 방황하지. 해방된 느낌 속에서, 그러나 또 새로운 상대를 찾아 떠나고 그 상대를 찾으면 덮쳐서 그 상대로부터 영양분을 빨아먹어 살쪄야 한다는 악마의 법칙을 준수하면서 방황하는 거지……

필리를 묻고 난 후(그가 버렸던 전 부인은, 그의 시신을 찾으러 왔던 그 작은 보르도 출신 여인은 얼마나 절망에 빠져 있었던지! 왜 필리는 그 여자에게 돈이 필요하다는 말을 안했을까? 그 여자에게 요구했다면 그에게 필요했던 모든 돈을 다 주었을텐데. "그보다는 차라리 뒈지는 게 낫지!"라고 필리는 여러 번 내게 말했었다.) 내가 이 호텔에 온 것은 연인의 죽음을 슬퍼하는 여인으로서가 아니라 회복기에 접어든 여인으로서였다. 할 일이 없어져 한가해진 내 속의 악마가 또 다른 상대를 찾아 방황을 시작했음을 느낀다는 이중적이지만 달콤한 고통을 간직한 회복기에 접어든 여인으로서였다.

내가 이렇게 생겨먹었다는 것을 잘 알고 있지만 사실 나는 내가 저질렀던 행위들에 대해서 놀라고 있는 것이 아니라 내가 저지르지 않았던 행위들에 관해서 놀라고 있다. 그렇다. 버림받고서, 이 세상의 그 어느 사람도 이처럼 철저히 버림받을 수 없었을 정도로 버림받고서, 내 육체와 영혼이 그런 상태에 있었으면서도 어떻게 내가, 시쳇말로 돌아버리지 않을 수 있었을까? 그게 놀랍다…… 그래 나도 잘 알고 있어, 떼레즈. 넌 똑똑하지. 그래 너 자신에 대해 너는 무척 똑똑하다고 말할 수 있어. 그리고 어떤 밤에, 샹젤리제 거리나 부르고뉴 숲에 놓여 있는 벤치에서, 아니면 어느 카페의 테라스에 놓인 식탁에서 만나 우연히 말을 건네곤 했던 그 술주정쟁이 여인들, 그녀들이 바보였지. 우리 여자들은 남자들보다 훨씬 더 똑똑할 필요가 있어. 바보 같은 여자들이란, 가족 혹은 관습이란 유대에 매여 있지 않게 되자마자 완전한 바보가 되고 말지. 그래, 너는 똑똑했기에 네가 이야기하고 있는 타락으로부터 너를 구하려면 구할 수 있었을거야. 하지만 악덕으로부터는 구할 수 없었겠지……
아! 네가 저지른 행위들이란 너의 가족의 여인들에게는 기겁해서 성호를 긋게 만들 그런 행위였다는 것을 나는 잘 알고 있다…… 발이 부르트도록 아무 데나 목적 없이 너무나 오래 걷고 나서 피로에 지쳐서 어느 이름 모를 성당의 의자 위에 털썩 주저앉을 때 내가 때때로 느끼고 있는 이 이상한 유혹에 만약 내 몸을 맡긴다 해도, 그래서 한 남자가 그 속에 갇혀 있고 창살 창문을 통해 누군가의 말에든 귀를 기울이고 있는 저 작은 칸막이 속으로 만약에 내가 들어간다면, 만약에 그곳에서 내가 저질렀던 가장 무거운 행위들을 잔뜩 털어놓고 싶다는 요구에 내 몸을 맡긴다 해도, 내가 저지른 행위의 아주 작은 몫도 나는 털어놓지 못할 것이다. 그만큼 수없이 많은 행위를 저질렀으니까. 몇 년이 흐른 후에 아무것도 빠뜨리지 않고 자기가 저지른 모든 죄를 다 고해하는 사람들은 어떻게 그럴 수 있을까? 내 입장으로 보면 빠뜨리고 고해 안한 단 한 가지의 죄가 남아 있다 해도 내가 죄의 사함을 받는 일을 헛된 것으로 만든다는 생각이 들 것이고, 내가 한 고해의 그물에서 빠져나간 하찮은 죄 하나가 남아 있다 하더라도 그 한 가지 죄의 주위에 다시 새롭게 모든 나의 나쁜 행위들이 뭉쳐서 굳건해지기에 족한 곳이라는 생각이 들 것이다.

그래도 내가 건너가지 않았던 한계가 존재하고 있긴 하다…… 그 이야기를 한다는 것은 우스꽝스러워지는 일이지만. 바로 내 마음이 나를 타락시키기도 하며 동시에 나를 구원해주고 있다…… 내 마음은 나를 이런저런 서글픈 사랑이야기에 빠지게 함으로써 나를 타락시키고 있다. 그러나 내 육체로 하여금 그 사랑 속에서만 유일하게 먹이를 추구하기를 허락하지 않음으로써 내 마음은 나를 구원하고 있는 것이다…… 아니, 떼레즈, 너는 무엇을 너 자신에게 설득하고 싶은 거니? 다른 어느 여자와 똑같이 너도 악을 행할 수 있는 게 아니니? 그럴지도 모르지. 하지만 그런 일이 있은 다음날에 내가 한 행위에 대해 결산을 해보면 쾌락, 수치심, 구역질. 결론적으로 혐오감이 가장 큰 비중으로 남곤 하지.

세어보자면 내가 몇 번이나 타락에 빠졌었나를 셀 수 있을 정도로 그 행위 후에 남는 혐오감은 강했었다…… 더욱이 타락에 빠지자면 거의 매번 네게는 애정이라는 미끼가 필요했었어. 너의 마음은 네가 빠졌던 가장 가련한 연애사건 속에서도 흥미를 느끼고 애정을 갈구하고 있었지. 그 사건이 진전되기 위해서는, 너 자신이 철저히 말려들기 위해서는 그 애정이라는 유혹이 필요했던 거야. 아마도 시작하기 전부터 잘못되었다는 것을 알고 있었을지도 모르지만 그래도 애정이라는 그 희망이 필요했었지. 아! 필리의 자살사건 앞에서 내가 그처럼 괴물같이 비정할 수 있었던 것은, 아마도 이런 종류의 연애사건에서는 처음부터 그것이 사기라는 것을, 남자란 하나의 구실에 지나지 않는다는 것을 내가 확신할 수 있었다는 것으로 설명될 수 있을지 모르겠다. 그래, 그거야. 내 마음이 거의 아무렇게나 붙잡았던 구실에 지나지 않는 사건이었어. 거의 아무렇게나. 나의 사랑이란 한 마리의 두더지야. 한 마리의 눈먼 짐승이야. 마치 한 인간이 우연하게 다정한 인간과 사랑에 빠지는 일이 가능하기나 한 것처럼! 그런데 이 세상에 다정한 인간이 존재하고는 있는 걸까? 여자건 남자건 우리가 사랑을 하는 쪽일 때 우리는 다정한 인간이 되는 것이다. 그러나 사랑을 받는 쪽일 때에는 절대로 다정한 인간이 될 수 없는 것이다.

그 청년과 나 사이에 있었던 일이란...... 허지만 우리 사이에는 아무 일도 일어나지 않았었어! 내가 느꼈던 감정, 지금도 느끼고 있는 감정, 그것만이 새로운 일일 뿐이야...... 첫날 나는 휴식을 취하고 난 후처럼 긴장이 풀린 마음상태로 호텔식당에 들어갔었어. 부활절 휴가를 보내면서 이 호텔에 묶고 있는 모든 가족들은 점심식사 동안 내내 책이나 보며 혼자 앉아 있는 내 모습을 아마도 가엾다고 생각했을거야. 나의 사막과도 같은 인생에서는 이런 호텔에서 보내는 시간이 마치 항구에 기착한 것 같은 느낌이라는 것을 그 사람들은 짐작도 못 했겠지. 그들이 식당의 내 주위에 있다는 것만으로도 약간의 인간적인 열기를 느끼게 해주고 있다는 것도, 또한 내 시선 속으로 인간이 들어오고 그들이 어떤 사람일까 짐작을 해본다는 일만으로도 내 인생에서는 벌써 굉장한 일이라는 것도 그 사람들은 상상도 못 하고 있었을 것이다.

그 사람들을 보며 내 마음은 따스해졌으나 내 욕망을 자극하지는 않았었다. 식탁을 빙 둘러서 아버지, 어머니, 아이들이 앉아 있는 모습을 보자, 내 인생의 한 시기, 베르나르가 내 앞에 마주앉아서 독특한 모습으로 음식을 씹고 입술을 닦고 뭘 마시고 하는 걸 보며 내가 혐오감에 사로잡혀 있던 시절이 생각났었다. 그때 그 모습이 얼마나 혐오스러웠던지. 어느 날 햇빛 때문에 눈이 부시다며 내가 앉은 오른쪽으로 자리를 옮겼을 때 나는 마치 해방된 것같이 느꼈을 정도였다…… 누가 또 알아? 만약에 베르나르가 계속해서 내 오른쪽에 앉아서 식사를 했었다면, 내가 그를 마주 보지 않아도 되었었다면, 혹시 내게 그런 일을 저지를 생각이 떠오르지 않았을 수도 있었을시 모르지…… 허지만 내 생각은 왜 언제나 그 일 쪽으로 되돌아가곤 하는 걸까?

내가 앉아 있는 곳에서 가장 가까운 식탁의 가족을 살펴보았다. 어머니, 할머니, 누이동생 셋이 모두 고집스럽고도 점잖은 표정을 하고 있었다. 할머니의 태도로부터 출발해서 그대로 손녀딸에게로 전해진 모습이었다. 그리고 그 청년은…… 몇 살이나 먹었을까? 열 여덟 살? 스무 살? 하여튼 조금도 잘 생겼다고는 말할 수 없는 청년이었다. 그런데 내 눈을 사로잡은 것은 일종의 경이로움이었다. 아무도 그걸 알아보지 못하는 걸 보면 그 경이로움은 아마도 남들에게는 보이지 않는 모양이었다. 어떠한 경이로움이었던가? 불순물이 전혀 섞이지 않은 젊음, 순수한 상태 그대로의 젊음. 오로라의 불꽃이 그의 얼굴을 환히 비추고 있는 것 같았다. 그의 얼굴에서는 어떠한 혼란의 기미도 보이지 않았다. 나는 별 관심 없이 그를 관찰하고 있었다. 적어도 나 자신은 별 관심이 없다고 믿고 있었다…… 마치 필리를 향한 나의 열정이 아직도 뜨거운 등걸불을 감추고 있는 잿더미가 아니기나 한 것처럼! 매번 이런 휴지부의 순간에 나는 다시 사로잡히곤 했다. 내 심장은 이제 죽었노라고 나 자신을 설득하고 있을 때 내 심장은 다시 살아나 숨을 쉬기 시작하곤 했던 것이다. 한 연애사건이 끝나고 새로운 사건이 시작되기 전의 휴지부 동안에 누군가가 나의 두 눈을 가려주지 않을 때면 거울 속의 내 모습은 현실의 내 모습보다 훨씬 더 늙고, 낡았고, 쓸모없는 모습으로 보이곤 한다. 그런 확인이 내게 일종의 안도감을 주곤 했다. 나를 안심시켜주었던 것이다. 이제 싸움은 끝났다. 사랑, 그 더러운 것은 이제는 너 이상 나와는 상관없는 것이 되었다. 나는 접근할 수 없는 발코니에서 내려다보듯이 타인들의 생을, 나 자신의 과거를 굽어볼 수 있게 되었다. 이런 감정들 말이다. 나의 연애사건 하나가 끝날 때마다 나는 이런 결정적인 안도감을 느꼈었다. 내가 느꼈던 사랑 하나하나는 내게 있어서는 최후의 사랑이었다. 이보다 더 논리적인 것이 무엇이 있을 것인가? 모든 사랑의 시초에는 의지의 행위가 하나 있다. 매번 전적으로 나의 의지에 의해 그 숙명적인 문지방을 건너갔던 정확한 순간을 나는 알고 있다. 그렇다면 아직도 뜨거운 열정의 흔적들을 내 속에 간직하고 있으면서 어떻게 또다시 내 의지로 사랑의 용광로 속으로 뛰어들 정도로 내가 또다시 미쳐버릴 수 있다는 것을 상상이나 할 수 있었을까? 그건 있을 수 없는 일이다…… 지금도 그럴 수는 없다고 생각하고 있다.

그래서 그때 나는 어느 아름다운 식물을 한 그루 바라다보는 심정으로 그 미지의 청년을 바라다보고 있었다. 시험공부하느라 몹시 지쳐 있는 것 같아 보였다. 그는 알약을 이것저것 먹었고 식사 후에는 식구들이 그 청년에게 가서 누우라고 재촉하곤 했었다. 그는 이런 식구들의 성화를 귀찮게 여기고 있었다. 어머니와 할머니의 재촉을 거절하였지만 매몰찬 어투가 아니라 착한 아이의 애정 깃들인 그런 거절이었다. 그는 책을 많이 읽고 있었다. 특히 잡지를 많이 읽고 있었는데 겉장 표지의 색조로 잡지제목을 쉽게 알아볼 수 있는 그런 잡지는 아니었다. 저녁식사를 하는 도중에도 그는 참지 못하고 호주머니에서 잡지 한 권을 꺼내 독서를 계속하곤 했다. 허지만 그럴 때면 즉시 어른들이 버릇없다고 야단하곤 했다. 그러면 한숨을 쉬며 어른의 말에 복종하고는 머리를 한번 으쓱하며 늘상 이마 위로 흘러내려오는 머리카락을 위로 치켜올리곤 하였다.

그 청년과 가족들의 그런 신경전을 바라다보는 일이 재미있었다. 나는 상대방 몰래 사람을 관찰하는 일에는 이력이 나 있어서 그 청년 모르게 그의 행동을 지켜보고 있었다. 손에는 《차털리 부인의 사랑》이란 책을 들고 식사중에 독서하는 척하며 이웃식탁에 앉아 식사를 하는 젊은 청년의 행동거지를 놓치지 않았다. 더구나 그 청년은 내게 대해서 눈꼽만큼의 관심도 갖고 있다는 몸짓을 해보인 적이 없었다. 다만 어느 날 아침, 내가 호텔 홀의 책상 위에 놔두었던 로렌스의 소설을 뒤적이고 있는 그 청년을 본 적이 있었을 뿐이었다. 내가 다가가자 그는 서둘러 그 책을 책상 위에 다시 내려놓았고, 그때 아직도 어린애 같은 모습인 그의 양뺨이 핏기가 올라 붉어지는 걸 보았다. 그는 머리를 약간 돌린 채 나로부터 멀어져갔었다.

  그런 일이 있던 다음날 나를 놀라게 한 일이 일어났다. 그런 일이라면 이제는 예사롭게 받아들일 수 있어야 할 일이었건만 그래도 역시 나를 깜짝 놀라게 했으며, 아마도 다시 그런 일이 일어난다면 또다시 나를 당황시킬 게 분명한 그런 일이었다……..

  점심식사를 하는 도중에 시선을 허공에 둔 채 방심한 듯이 식사를 하고 있는 그 청년을 나는 주시하고 있었다. 내 생각에는 어떤 부류의 젊은이들에게서 볼 수 있는 영원한 부재의 태도, 다른 곳에 있는 듯한 태도, 항상 뭔지 모를 몽상에 사로잡혀 있는 것 같은 그런 태도보다 더 우아한 모습은 없는 것 같다. 그 청년의 모습은 너무나도 현재의 자신을 떠나 무엇엔가 넋을 빼앗기고 있는 것 같아서 나는 이런저런 술책을 사용할 것없이 좀더 자유롭게 그를 염탐할 수 있다고 느끼고 있었다. 그런데 그의 시선의 강한 집중력이 날 좀 놀라게 했다. 그래서 나는 그의 시선이 어디를 향하고 있는지 따라가보았다. 그런데 거울의 조작을 통해서 (그 호텔식당은 여기저기 거울이 많았다.) 그가 바라다보고 있는 상대가 나였다는 것을 발견했을 때 나는 얼마나 놀랐던지, 그의 시선에 얼마나 강한 표정이 담겨 있던지 나는 혼란에 빠져버렸었다! 나는 그가 자기 술책을 내가 알아차렸다는 것을 눈치채지 못하게 재빨리 시선을 내리깔았다. 그 청년은 억제되었으면서 동시에 열정적인 그런 태도로 잠시도 눈을 떼지 않으며 나를 바라보고 있었다.

  그 순간에 내 마음이 느꼈던 감정을 무엇에다 비할 수 있을까? 가뭄에 타고 있던 초원을 단 한 번의 소나기로 다시 새파랗게 물오르게 하는 느낌…… 그래, 바로 그거였다. 그 갑작스럽게 닥치는 봄, 광기의 봄과 같은 거였다. 내가 다 죽어버렸다고 믿고 있었던 모든 것에 새싹이 돋아나고 만개하는 것이었다. 나의 육체적인 타락의 경험을 통해 얻었던 진리들이 모두 소용없어져버렸던 것이다. 단번에 내 육체에 관한 기억을 다 잊어버리고 말았다. 내 두 눈이 본 것을 믿을 수조차 없을 정도의 상황에 놓여 있던 그때에 내가 그 미지의 청년에게 불러일으키고 있던 관심이 나의 젊음을, 나의 잃어버린 매력을 다시 소생시켜주고 있었다. 한편으로는 내 마음속에서 "그게 불가능한 일이라는 것을 넌 잘 알고 있잖어……"라는 조심스러운 항의가 일어나고 있는 반면에 다른 한편으로는 나보다 훨씬 더 나이를 먹었으나 열렬한 사랑을 받았었던 여인들의 이야기가 기억 속에 떠올랐다. 더군다나 그 청년은 역광을 받고 있는 내 모습을 보고 있는 게 아니었다. 당시 내 얼굴에는 남프랑스의 강열한 태양이 잔인할 정도로 비치고 있었으니까. 아니야, 아니었어. 있는 그대로의 내 모습으로도 나의 내부에 무엇인가 그 청년에게 강한 인상을 주는 것이, 그 청년을 매료하는 무엇이 있었던 거야. 그게 무엇인지는 꼬집어 말할 수는 없겠지만 내가 처음 파리에 올라와서 살 때에 자주 관찰할 수 있었던 강렬한 그 무엇과 같은 것이야.

그러니 그 시선 하나만으로 족했었어. 난 벌써 모든 것을 다 다시 견디어낼 마음의 준비가 되었었어! 그것이 아무리 하찮은 것이라 해도 난 다시 행복해지기 시작할 수 있을거야. 난 이미 내가 그 대가를 치러야 하리란 것을 알고 있었어. 그것도 아주 빠른 시일내에. 허지만 나는 그 생각은 접어두기로 했어. 나중에는 무슨 일이 일어난다 하더라도 그 전에 이 행복한 순간이 있을 테니까. 이 공모의 첫 미소가 있고, 서로 처음으로 나누게 된 몇 마디 말들이 있고, 나의 온몸에 퍼져가는 열병의 시초가 있을 테니까. 나는 그 열병이 이미 시작되었음을, 벌써 내 숨을 막히게 하고 있음을 느낄 수 있었다.

그를 얼핏 보아서는 그 누가 이 방심한 것 같아 보이는 어린 청년이 한 여인에게 저렇듯 많은 관심을 쏟을 수 있다고 믿을 수 있었을까? 사실로 말해서 그의 얼굴은 열정으로 초췌해졌었다. 그의 두 눈은 너무도 깊이 움푹 들어간 눈두덩 아래에서 어둡게 불타고 있었다. 크고 잘 생긴 입은 그가 웃을 때면 반짝이는 흰 이를 드러내보여주고 있었다. 언제나 이마 위로 몇가닥 내려뜨려진 머리카락은 고행을 하고 있는 것 같아 보이는 이 젊은 얼굴을 한결 부드럽게 해주고 있었다.

식당을 나갈 때 그 청년은 나의 바로 옆을 스치고 지나갔으나 시선 한 번 주지 않았다. 얼마나 키가 크던지! 육체가 나이보다 훨씬 빠르게 성장하는 그런 아이들이 있지. 애기 같은 얼굴을 한 어른 남자들 말이다.
 나는 그의 뒤를 쫓아서 식당 밖으로 나가지 않으려고 머뭇거렸다. 내가 호텔의 홀로 나갔을 때 그는 할머니와 이야기를 하고 있었다. 할머니는 그에게 홀에 있는 의자에 누워서 쉬라고 했다(나머지 가족들은 자동차를 타고 어디론가 가는 모양이었다). 저게 뭐지? 저 청년은 호텔에 혼자 남아 있고 싶어하지 않는 모양인가? 내게 말을 걸어볼 기회를 엿보고 싶지 않단 말인가? 벌써 이 불안한 시작을 느낄 수 있었다. 벌써 이 의구심, 이 고통을 느낄 수 있었다. 아! 그건 그리 오래 끌지 않았다! 허지만 어떤 이유에서 그는 내가 홀에 남아 있으리라고 믿고 있는 걸까? 더구나 내게는 식사 후에 홀에 남아 뭉그적거리는 습관이 없었는데. 그렇다면, 내가 그가 있던 옆의 탁자에 자리잡고 앉자마자 그가 갑작스럽게 가족의 명령에 순종하기로 한 것은 우연한 일치였을까? 또다시 기쁨으로 나는 숨이 막히는 것 같았다. 나는 뜨거운 커피를 천천히 마셨다.
 그의 커다란 구두는 모양이 망가진 채였고 양말은 흘러내려와 있었고 싸구려 회색 바지는 허리에 겨우 걸쳐져 있었다. 나는 책을 읽고 있는 척했다. 홀에는 그의 시선을 도울 거울이 없었지만 나는 그의 책략을 방해하지 않으려고 애썼다. 허지만 눈을 들어 바라볼 필요는 없었다. 나는 내 얼굴 위에 쏟아지고 있는 그의 시선을 느낄 수 있었다. 그런데 시간은 자꾸만 흘러갔으나 아무 일도 일어나지 않았다. 그가 겨우 한 시간쯤 정도밖에는 누워 있지 않으리라는 걸 난 알고 있었다. 헛되이 흐르는 1분 1분이 내게는 고통스러웠다. 무슨 구실을 내세워 그에게 접근할 수 있을까? 아무 구실도 찾을 수 없어 안타까웠다. 밖의 날씨는 좋은지? 아니면 비가 오고 있는지? 나는 아무 생각도 나지 않았다. 나의 고통을 둘러싸고 있는 이 세상은 모두 사라져버린 것만 같았다. 우리 사이에 한 마디 말도 오가지 않은 채 한 시간이 지나갔다. 마침내 그가 일어섰다. 그러고는 굳어진 그의 긴 몸을 쭉 폈다. 그의 몸이 어찌나 길던지 머리가 너무나 삭세, 뱀의 머리통만큼(조금 납작했지만) 작게 보였다. 그러고는 멀어져가는 것이었다. 나는 피우던 담배를 껐다.

"저, 실례지만······."
그가 몸을 돌려 내게 미소를 보냈다. 그의 시선은 아주 부드러웠으나 그 강도는 견디지 못할 지경이었다. 나는 그가 로렌스의 소설을 뒤적이는 것을 보았으며 만약에 그걸 읽고 싶다면 쾌히 빌려주겠다고 그에게 말했다. 그의 얼굴에서 미소가 사라졌고 표정이 굳어졌다.
그는 어쩌면 노여움을 띤 것 같은 표정으로 나를 쳐다보았다. 노여움이 아니었다면 슬픔이었을 것이다. 나는 안도의 숨을 내쉬었다. 내가 말을 걸었고 그가 거기 서 있었던 것이다. 가장 어려운 단계는 넘어섰다. 우리 사이에 교제가 시작되었으니까. 이 첫번의 대화로서 나는 그의 생으로 들어간 것이고 그는 나의 생으로 들어온 것이다. 그는 이 시선 단 하나로 나의 생으로 들어온 것이다. 그가 나의 생으로부터 도망가기 위한 출구를 이제는 더 이상 쉽사리 찾을 수 없게 되었다는 사실을 그는 아직은 모르고 있었다. 나는 첫번째의 승리 후에 이 기쁨, 이 휴식에 온통 마음이 빼앗겨서 그가 처음에 내게 한 말이 무엇이었는지 듣고 있지 않았다. 이제 무슨 일이 일어난다 하더라도 우리 사이의 드라마가 전개되어나가는 것을 막을 수 있는 것은 아무것도 없으리라. 그는 계속해서 어린애 같은 무례함을 갖고서 나를 뚫어져라 쳐다보았다. 그 홀에는 우리 둘뿐이었다. 지금 생각이 나는데 밖의 날씨는 화창했고 모든 사람들은 밖으로 나가 있었다. 드디어 내 귀에 조금 불쾌한 듯한 목소리로 그가 하고 있는 말소리가 들려왔다.
"부인과 같은 분들에게 이 따위 책일랑 읽을 필요가 없다는 충고를 하기 위해서가 아니라면 이 세상에 비평가란 존재가 무엇 때문에 필요한지 저는 모르겠습니다. 그 책에 무엇이 씌어 있는지를 알기 위해서 들여다 볼 필요를 저는 느끼고 있지 않습니다······."
나는 말없이 가만히 있을 수만은 없어서 이 책은 훌륭한 책이라고 아무렇게나 대답을 했다.
"아!······ 그럴 줄 알았어요······." 하며 그는 한숨을 내쉬었다.
그의 목소리는 이제는 불쾌하기보다는 걱정스러워하는 것같이 들렸다. 그는 나를 직시하고 있었다. 벌써 그는 내가 마음에 들지 않아진거야. 벌써 그의 마음이 상하게 된거야. 벌써 나는 그가 기대했던 내 모습과 다른 모습을 보여주고 만거야. 내가 그를 안심시킬 수만 있다면 무슨 일인들 못 했으랴! 나는 아직은 내가 어떤 여자이길 그가 바라고 있는지를 모르고 있다. 허지만 난 곧 알게 될 것이고 그런 모습이 되어 그를 만족시키는 일이란 식은죽 먹기일 것이다. 처음에 서로 대화를 나누며 서로의 마음을 짚어보는 일이 내게는 제일 어려운 일로 생각되었다.

　나는 그가 무슨 말을 하고 있는지를 알아차리려고 주의를 집중했다. 그는 너무 빠르게 말을 하고 있어서 더듬거릴 정도였다.

　"훌륭한 책이라고요! 이 책에 분개하시지조차 않으신 것 같군요!"

　나는 그가 모호한 질투심에 사로잡혀 있는 게 아닐까. 내가 또 하나의 차털리 부인이 될까봐 걱정하고 있는 게 아닐까 생각했다. 그러면서 나는 본능적으로 내가 늘 써먹는 효과적인 논리를 폈다. 예전에 내가 몰려 다니던 패거리들 사이에서 방종한 책에 대해 이야기가 오갈 때면 이 논리가 늘 성공적인 효과를 거두곤 했었다. 나는 내가 멋진 일들을 상상하기 위해선 어떤 책의 도움도 필요없다는 사실로 그를 안심시켰다…….

　"그런 말씀을 하다니, 입에 담을 수 없게 상스러운…….''

　내가 좀 놀라서 가만히 있자 그가 말을 계속했다.

　"허지만 저는 부인이 하시는 말씀을 하나도 믿지 않습니다!"

　그는 머리를 한 번 젖히며 이마 위에 내려왔던 머리카락을 위로 올리고는 불타는 그리고 애정에 찬(그래, 난 그때 애정에 찼다고 믿었었어!) 시선으로 나를 뚫어지게 쳐다보았다. 아, 그 순간에 난 얼마나 그를 사랑했었던지! 오후 차시간을 위해 식탁을 정리하고 있던 종업원들만 없었더라면 아마 내 심정을 토로했을지도 모른다는 생각은 지금도 든다. 나는 어찌나 혼란에 빠졌던지 내가 무슨 말을 하고 있는지도 모를 정도였다. 아니야, 단지 내가 혼란에 빠져 있었기 때문만은 아니었어. 사실 그가 하는 말이 내겐 이상스럽게 느껴졌어. 그래서 나는 좀더 정신을 집중하려 애썼다. 아마도 내가 그에게 불러일으키고 있는 흥미가 그의 얼굴에 훤히 드러나 보이는 것 같았고 그의 목소리의 어조까지도 그걸 나타내고 있는 것 같았다. 그런데 그가 말하고 있는 내용은 이 뜨거운 목소리의 열기와 걸맞지 않았다. 그가 나에 대해서 아무리 작은 환상일지라도 환상을 가져주기를 원하고 있지 않다고 내가 항의를 하자 그가 이런 말을 했다.
 "아닙니다. 저는 부인을 실제보다 더 훌륭한 분이라고 상상하고 있지 않습니다(그러고는 뜨거운 눈길로 나를 감쌌던 것이다). 저는 부인께서 생각하시는 것보다는 더 많은 경험을 겪었습니다. 사람의 얼굴을 보고 어떤 생활을 하고 있는지 알아보는 데 별로 틀려본 적이 없습니다. 특히 중년의 사람들의 경우에 있어서 저는 단 한 번도 틀려본 적이 없습니다."
 그의 말투는 너무도 자연스러웠다.
 나는 그가 나를 중년의 부류에 넣으리라고는 상상도 하지 못했었다. 그러니 가슴이 찢어지는 것 같았다.
 "저와 같은 나이의 젊은이들의 경우가 더 틀리기 쉽지요. 남자든 여자든 천사와 같은 얼굴을 한 사람들은 조심해야 한답니다. 허지만 그런 종류의 사람들을 어떻게 하면 추적할 수 있는지 이제는 알게 되었습니다. 나쁜 천사들이 겉모습은 아름답게 생겼지 않습니까? 그걸 알고 있으면 문제될 게 없지요. 많이 살아온 사람들에 관해서 말하자면……."
 이번에는 나에 관한 이야기라는 사실은 의심할 여지가 없었다.
 "늙은 사람에 관한 것 말이군요……."
 나는 억지로 미소를 지으며 그의 말을 받아 되풀이했다.
 나는 순전히 형식적인 이의라 할지라도 이의를 제기해주기를 내심 바라고 있었다. 그러나 어떤 이의의 말도 들리지 않았다. 다만 약간 시선을 다른 곳으로 돌리며 그는 이렇게 말했다.
 "그래요, 그 사람들이 살아온 생애 전체가 얼굴에 드러나지요."
 심문자의 눈초리를 한 이 키 큰 어린애의 존재에 당황해진 나는 처음에는 아무 말 못 한 채 벙어리처럼 앉아 있었다. 그러고 나서 내가 항상 내 마음에 드는 사람의 호기심을 끌어 난처해지게 하고, 신비롭고 드라마틱한 약속으로 그 사람을 붙잡아두고자 할 때 써먹는 방법을 썼다.
 "내 인생의 이야기는 젊은이를 놀라게 할 거예요. 그 이야기를 들으면 구역질을 느끼게 될 거예요. 젊은이가 아무리 모든 상상력을 다 동원해서 상상해낸다 해도……."
 그는 거의 난폭하다고 할 정도로 급작스럽게 내 말을 중단시키고는 어떠한 비밀이야기도 듣고 싶지 않다며 나를 안심시켜주었다. 그는 아주 이상한 방법으로 자기는 그 이야기를 들어줄 사명감도 받지 못하고 있다고 또 그걸 사하여줄 사명감도 없다고 낮은 목소리로 덧붙여 말했다.

그 순간 이 냉정하면서도 열정적인 얼굴을 한 이 청년에게 내가 속았었던 게 아니었나 하는 생각이 들기 시작했다. 그러나 나는 그 사실을 인정하고 싶지 않았다. 그가 겉으로 보여주고 있는 이 열성적인 관심만 보고 난 안심하고 있었다. 그가 아무리 나를 늙은이 축에 분류하고 있다고 해도 그건 중요하지 않다는 생각이 들었다. 내가 아무리 그에게 늙은 여인으로 보였다 하더라도 그는 나로부터 그의 시선을 돌리지 않고 있었으니까. 더구나 그의 시선은 내가 생전 처음 경험해보는, 나를 집어삼킬 듯이 강렬한 시선이었으니까.

그가 낮은 목소리로 이야기를 다시 시작했다.

"부인께서 과거에 어떤 일을 했다고 하셔도 부인을 보며 제가 느낀 인상은 그렇지 않습니다. 정말로 영혼이 죽은 사람들을 만났을 때 저는 한 번도 틀림이 없이 알아볼 수 있었습니다. 그걸 어떻게 설명하면 좋을까요? 그래요. 때때로 사람들과 만나는 속에서, 어떤 남자나 어떤 여자 옆에서, 그들의 영혼이 죽었다는 것을 저는 저의 육체의 감각으로 분명히 지각할 수 있습니다…… 그게 무엇을 의미하는지 이해하시겠어요? 마치 그들의 영혼이 이미 시체나 다름없는 것처럼 보이는 거예요. 그런데 부인을 보고는…… 이렇게 솔직하게 말하는 저를 용서해주시겠지요 (어쩌면 제가 잘못 보았을 수도 있긴 해요). 부인의 영혼이 깊은 병에 걸려 있다는 걸, 끔찍한 병에 걸려 있다는 걸 알 수 있었어요. 하지만 부인의 영혼이 아직은 살아 있다는 것은 분명히 알 수 있습니다. 내기를 해도 좋습니다…… 그래요. 생명이 흘러넘치고 있어요. 제가 부인을 관찰하기 시작한 이래로, 오늘날까지 부인께서 살아오신 생애와, 부인이 품고 계신 가능성들 사이의 격차가 어찌나 대조적인지 그 생각을 제 머리에서 떨쳐버릴 수가 없었답니다…… 제 말에 마음이 상하시지나 않으셨는지요? 제가 우스운 녀석이라고 생각하고 계시군요?"

그는 내가 웃음을 터뜨리자 당황해서 말을 중단했다. 내가 웃음을 터뜨린 것은 이 바보 같은 젊은이 때문이 아니라 나 자신 때문이었다. 나는 내가 우스꽝스럽게도 착각을 했던 것에 웃음을 터뜨렸던 것이다. 그리고 동시에 내가 하마터면 빠질 뻔했던 수치스러운 일로부터 가까스로 빠져나왔기에 그게 기뻐서 웃고 있었다. 왜냐하면 이 말을 듣기 조금 전만 해도 까딱했었으면 나는 다정한 몸짓을 할 뻔했었으니까. 그의 손을 잡을 뻔했었으니까…… 나는 안도의 숨을 내쉬었다.

그러고는 갑자기 저 엘리아 신(라신의 비극 〈아탈리〉에 나오는 인물로 다윗의 후손을 절손시키려는 아탈리의 끈질긴 시도에도 불구하고 유대의 왕이 됨.)의 눈에 비쳐진 그대로의 나의 모습, 즉 한 명의 늙은 여자의 모습을 볼 수 있게 되었다. 그는 내가 빠졌었던 감정의 혼란을 상상조차 못했었을 것이다. 나는 그를 쳐다보았다. 스무 살이나 먹은 바보, 여자들의 영혼이나 걱정해주고 있는 바보인 그를. 나는 그를 미워하고 있었다…… 그가 다시 되풀이해서 말했다.

"제가 우스운 녀석이라고 생각하고 계시군요?"

그러나 나는 이미 일어서 있었다. 나의 이 분노를 삭이기 위해서 밖으로 나가서 걸어야 할 필요를 느끼고 있었다. 그러나 동시에 한마디 말, 그 말 한마디면 영원히 나로부터 그를 멀어지게 할 수 있을 그 한마디 말을 참지 못하고 내가 내뱉어버릴까봐 나 자신이 두려웠다. 나는 이 청년을 잃고 싶지는 않았다. 과연 나는 살고 있었다는 것을, 그러나 그가 생각하고 있는 방식으로가 아니라 다르게 살고 있다는 것을 그에게 보여줄 일이 내게는 남아 있었던 것이다. 내가 아주 육감적인 목소리로 그에게 이렇게 말하는 소리가 내 귀에 들려왔다.

"젊은이는 나이에 비해 아주 사려 깊으시군요. 어쩌면 약간은 무례하다고 말할 수 있겠지, 하여튼 아주 사려 깊으셔요!"

그는 자기가 사려 깊으려고 애쓰고 있지는 않다고 반박했다. 무례한 점은 과연 그렇게 생각하노라고 했다. 그는 시간을 끌고 용의주도하게 처리해야 할 일을 하는 데 있어서 순서를 건너뛰며 너무 빨리 해치우려는 버릇이 있노라고 했다. 그렇게 실패를 했는데도 고쳐지지 않는다고도 했다. 그는 다시 한 번 실례에 대한 용서를 빌었고 내 생각을 알아내려고 애썼다. 그러나 나는 그에게 아무런 꼬투리도 내보이지 않았다.

"젊은이, 하여튼 그 열정을 높이 평가해요."

그러면서 그에게 손을 내밀었다. 나는 잠시 동안 그의 손을 잡고 있었다. 그의 손은 좀 축축했었고 그때로서는 그와의 접촉이 혐오스러웠다. 그러고 나서 예전에 남들의 사랑을 받게 했던 그런 미소를 지으며 이렇게 덧붙였다.
"오늘 저녁에 다시 말 좀 해주겠어요?"
그의 대답을 기다리지 않고 그곳을 떠나며 이 말을 남겼다.
"젊은이는 내게 많은 도움을 줄 수 있을 것 같아요."
나는 두 눈을 반쯤 감으면서 '많은'이란 말을 강조했다. 나는 아름다운 영혼의 소유자들에게 해주어야 할 말이 어떤 것인지 잘 알고 있다. 이런 아름다운 영혼의 소유자를 만난 것이 내게 처음 있는 일은 아니었다. 다만 이렇게 내가 착각했던 일은 처음이었다! 나는 어서 속히 혼자 있고 싶었다. 더 오래 끌면 아무 일도 아닌 듯 견디낼 힘이 없을 것 같았다. 나는 빌르프랑쉬 쪽으로 급히 멀어져갔다.

그 작은 항구 마을의 술집 테라스가 생각나겠지. 가련한 젊은 여자들이 출범하려는 배에 무리져 올라타고 있는 영국해병들을 쳐다보고 있었지. 몇몇 뒤쳐졌던 해병들이 서둘러 뛰어갔는데, 그들은 축구시합을 끝내고 난 참이어서 운동복 팬츠 아래로 피와 흙이 온통 뒤범벅된 커다란 정강이를 드러내고 있었다. 처녀애들은 그 무리들 속에서 그녀들이 잠시 놀아주었던 짝을 알아보려고 애쓰고 있었다. "저기 저 사람이 내 짝이야……내 짝은 저기 배의 앞머리에 있어, 저 빨간 머리 말이야……."
나는 인간의 영혼에 관심을 갖고 있던 젊은이, 저 여자들도 불멸의 영혼의 소유자라고 믿고 있을 젊은이를 생각하고 있었다. 아! 그 꼬마 기독교인을 이 짐승 같은 여자들에게 넘겨줄 수 있다면 얼마나 신나는 일일까!…… 아니, 그보다는 그 꼬마에게 맞는 짝을 내가 선택해주는 쪽이 더 좋을거야. 저기 저 여자, 애꾸눈을 한 여자로 말이야. 그 여자는 자기 짝이 맥주를 마저 마실 시간이 없었다고 큰 소리로 외치고 있었다. 주위 사람들이 웃어대는 것에 흥분하여 그 여자는 갑자기 그 맥주잔을 두 손으로 들고서 배로 다가가서 자기 짝에게 내밀어주었다. 그 짝이 단숨에 잔을 비우는 모습을 아직 어리애 같아 보이는 장교가 무표정한 시선으로 내려다보고 있었다.

그날 저녁은 달도 없이 구름이 무겁게 드리우고 있었다. 보이지 않는 바다의 냄새보다는 비단향꽃무꽃에서 나는 냄새가 더 짙게 퍼져 있었다. 내가 호텔의 홀을 떠나는 모습을 그의 시선이 뒤쫓고 있었다. 나는 그가 나를 다시 보고자 하는 마음이 들 때 못 찾게 될까 걱정이 되어서 멀리 가지는 않았다. 마음을 정하지 못한 채 나는 호텔의 불빛이 비추이는 영역내에서 오락가락하고 있었다. 만약에 그가 나를 사랑했더라면 이러한 기다림이 어떠했을까 하는 생각을 지워버릴 수가 없었다. 잠시 동안 어쩌면 내가 그의 마음에 혼란을 일으켰을 수도 있지 않을까 하는 생각이 들기도 했다…… 우리가 우리 자신의 능력을 더 이상 믿지 못하게 된다는 것은 얼마나 고통스러운 일인가! 이 세상에는 순결한 인간이 존재하는 것일까? 그런 인간이 존재할까? 아니야, 물론 없어! 적어도 겉으로 나타내보이고 있는 덕성의 뒤에는 항상 무엇인가 비밀을 감추고 있게 마련이야…… 그게 옳지 않다는 것을 잘 알면서도 나는 그런 생각을 반복하고 있었다. 예전에 내가 알았던 젊은이들의 경우를 다시 생각해보았다. 그들은 부정한 일에 뛰어들기 위해서는, 나를 다시 만나기 위해서는 큰 노력을 하지 않으면 안될 정도로 천성적으로 엄숙한 청년들이었다.

그가 호텔 정문의 계단을 내려왔다. 그가 입고 있는 야회복은 싸구려였고 넥타이도 아무렇게나 매고 있었다. 나는 내가 있는 곳을 알려주기 위해서 담뱃불로 신호를 보냈다. 그가 가까이 다가왔다. 나는 그에게 아무 말도 하지 않았다. 나는 그가 혼란에 빠져 있는 모습을 즐기고 있었다. 그는 다시 한 번 자기가 무례하게 군 일을 사과했다. 그러는 동안 그는 나의 표정 속에서 무언가 판별해보려고 애썼다. 내가 침묵을 지키고 있는 일이 그에게 깊은 인상을 주는 것 같았다. 그 순간에 어쩌면 그는 나의 증오심을 어렴풋하게나마 느끼고 있었을지 모르겠다. 만약에 그가 나에게 나쁜 짓을 하려 했었다면 난 그를 이렇게 증오하지는 않았을 것이다.

그러나 나를 한 여인으로 간주할 수 있었으리라는 생각, 내가 그로부터 연애감정을 기대할 정도로 미쳤었다는 생각은 털끝만큼도 그의 머리에 떠오르지 않았었다. 그리고 바로 그 점이 끔찍스런 일이었다. 그런 의문조차 품어보지 않는 그의 태도, 그것이 끔찍스러운 일이었다. 그의 눈에는 내가 볼장 다 본 인간이라는 것이 너무나 자명한 일이었던 것이다. 아니다, 범죄를 저지르는 것은 범죄를 저지르겠다는 의도가 아니다. 그런 의도가 없다는 것 그게 바로 죄악인 것이다. 만약에 그가 나를 해치려고 했다면, 내게 상처를 남기려고 했다면, 나는 그의 악의에 찬 감정을 증거로 내세우면서 안심할 수 있었을 것이었다. 그리고 여자란 자기를 미워하고 있는 사나이로부터는 모든 것을 희망할 수 있는 법이다. 그러나 어떤 종류의 친절함은 돌이킬 수 없이 결정적인 경우가 많다. 그는 내가 이제 여성으로서는 끝이라는 것을 증언하고 있었던 것이다. 그건 무의식적이었으나 부정할 수 없는 증언이었다.

우리는 호텔 밖의 벤치 위에 앉아 있었다. 나는 불현듯이 그의 나이를 물었다.

"스무 살...... 곧 스물 하나가 됩니다......."

무심한 녀석 같으니! 내가 왜 이런 질문을 했는지 생각해보고서, 내가 그로부터 도망하고 있다는 사실을, 우리 사이에 돌이킬 수 없는 이별일 수도 있다는 사실을 눈치채고 불안한 마음이 그에게 들기나 했다면 나는 충분히 복수했다고 느낄 수 있으련만! 지금까지 내 옆을 스쳐간 어떤 청년도 나 때문에 매순간 자신이 조금 덜 나이를 먹었다는 사실 때문에 고통스러워하지 않은 젊은이는 없었다. 그들은 나를 고문할 수 있었고 또 나를 버릴 수도 있었다. 그러나 나는 그들 속에 그들의 청춘이 죽어가는 모습을 바라다볼 수밖에 없다는 고통을 남겨주곤 했다. 그 이후로 그늘에게는 이 고통 외에는 아무것도 남는 게 없게 되곤 했다.

이제는 내가 말을 할 차례였다. 나는 가장 일상적인 이야기들, 눈에 보이지는 않지만 그 근처 어디엔가 있다는 것을 느낄 수는 있는 바다에 관해서, 비단향꽃무꽃의 향기에 관해서, 저 멀리서 은은하게 들려오는 오케스트라의 연주소리에 관해서 이야기를 했다. 이런 것들이 바로 행복을 이루는 배경이 되는 것이 아니겠느냐고도 했다. 배경은 완벽한데 단지 행복만이 빠져 있군요라고도 말했다......

"지금 내 모습이 보이기 않지요...... 내가 젊은 여자라고 상상해보세요......."

나는 잠시 말을 멈추었다. 그러나 나의 이 말에 항의하여 내가 젊다는 것을 믿기 위해서 어둠이 필요하지는 않다고 말해줄 생각이 그의 머리에는 떠오르지 않았다. 아주 온화한 말투로 그는, 그의 눈에는 연극이나 영화가 늘상 보여주고 있는 사랑의 배경이란 현실과는 전혀 부합되지 않아 보인다고 대답했다. 그러고는 사랑이란 "어디서나 원하는 곳에서는 꽃을 피우는 것이라고, 바닷가의 카페테라스에서보다는 더 자주 병원이나 나환자수용소에서 꽃을 피우는 것이라고……." 약간 연설조의 말을 덧붙였다. 나는 우리가 말하고 있는 사랑은 그것과는 다른 종류의 사랑이라고 했다…… 그러나 그는 내 의견과는 반대로 사랑이란 유일한 것이라고 믿고 있었다. 이 세상에는 다만 한 가지 종류의 사랑만 존재할 뿐인데 우리가 그 사랑을 여러 다른 대상에게 적용하고 있다고 그는 믿고 있었다. 이 모든 말에는 아무 의미도 없었다. 우리 사이에 존재하고 있는 심오한 갈등의 어느 한 부분도 표현하고 있지 않았다. 마침내 나는 용기를 내어 그에게 확실한 질문을 하나 던졌다. 그가 오늘 거절하고 있는 이 인간적인 행복을 후에 언젠가는 후회하게 되지 않겠느냐고 물었다. 놓쳐버린 기회에의 기억이 강박관념이 되어 그의 머리를 떠나지 않게 되지 않겠느냐고 물었다.

  그는 아무 대답도 하지 않았다. 내가 그의 민감한 정곡을 찔렀기 때문이었는지, 혹은 내 생각을 전개시킬 시간을 나에게 주기 위해서였는지는 모르겠다. 그의 침묵은 나를 한술 더 뜨게 했다. 젊음이 끝나고 나면, 풍요로운 시절에 등한시했거나 낭비해버렸던 행복의 아주 작은 그림자 한 조각까지도 우리가 죽을 때까지 우리에게 매달려 놔주지 않는다는 사실을 분명히 알아두라고 말해주었다. 어느 한 시선, 우리가 단 한 번 그 시선의 호소를 듣기를 거절했던 그 시선을 우리는 다시는 만날 수 없으며 때로는 그것을 다시 찾기 위해서 우리 생을 헛되이 낭비해버리기도 한다는 말을 해주었다. 행복을 '나중에'라며 뒤로 미루어놓아도 된다고 믿고 있는 젊음의 광기, 행복이란 언제나 다시 줄 수 있다고 믿고 있는 젊음의 광기가 얼마나 허황된 것인가에 대해서도 말했다.

  그는 감동한 것 같아 보이지 않았다. 오히려 내가 울고 있었다. 그는 말없이 나를 쳐다보고 있었다.

"우린 길을 잃었나봐요, 어디가 어딘지 통 모르겠어요"라고 내가 낮은 목소리로 말했다.

내가 잔디밭 위에서 비틀거리며 길을 찾지 못하고 있자 그가 내 손을 잡고는 오솔길이 있는 쪽으로 인도해갔다. 그러다가 내가 약간 힘을 주어 그의 손을 꽉 잡자 그가 곧 자기 손을 뺐다. 나는 더 이상 참을 수가 없었다.

"말을 좀 해봐요! 뭐라고 대답 좀 해보란 말이에요……."

"부인께 무어라고 대답을 할까요? 부인께서는 아직도 사랑이 무엇을 의미하는지, 행복이 무엇을 의미하는지 모르고 계세요……."

"그럼 젊은이는? 젊은이가 내게 그걸 가르쳐줄 수 있다고 생각하고 있어요? 가엾은 어린애 같으니라구!"

그는 조용하게 말을 계속했다.

"그런 걸 아는 데에는 나이는 상관이 없답니다. 어떤이들은 어려서부터 그걸 알고 있습니다. 또 다른 사람들은 스무 살에 그걸 알게 되고요. 또 어떤 사람들은 오랫동안 고통을 겪고 난 후에나 알게 됩니다. 그러나 대부분의 사람들은 죽음이 닥쳐온 순간에나 그걸 깨닫게 됩니다."

나는 낮은 목소리로 중얼거렸다.

"이건 다 쓸데없는 말장난일 뿐이야!"

그는 마치 내 말을 듣지 못한 듯이 자기 말을 계속했다.

"그건 마치 부인께서 이제부터 모든 것을 다 배워야 한다는 것과 같은 이야기입니다. 모든 것이 다 부인의 앞에 펼쳐져 있습니다. 그런데 부인께서는 그것을 모르고 계신 겁니다."

나는 도전적인 말투로 내가 이미 겪을 것은 다 겪었다고 확실하게 말해주었다. 내가 겪은 일의 아주 작은 부분만을 말해주어도 젊은이는 두 귀를 막아야 할 거라고도 해주었다.

"가련한 젊은이! 이게 바로 젊은이가 살고 있는 부류의 가정에서(그런 가정이 어떤 것인지는 나도 잘 알고 있어요, 나도 바로 그런 가정에서 태어났으니까요.) 죄많은 과거라고 부르는 그런 거지요…… 만약에 내 말을 믿을 수 없다면……."

그는 그 과거가 아무리 죄가 많다고 하더라도 내가 다시 어린애처럼 되기 위해서는 눈물 몇 방울이면 족하다고, 내 이마 위로 손 하나를 쳐드는 몸짓이면 족하다며 내 말에 이의를 제기했다.
"제가 말하고 있는 사랑이란 바로 그런 것입니다······."
그의 마지막 말은 겨우 알아들을 수 있을 정도로 낮게 들려왔다.
"쓸데없는 말장난이야!"라고 내가 되풀이했다.
그러나 우리가 호텔의 전면에서 새나오고 있는 불빛이 있는 쪽으로 다가갔을 때 나는 붉게 상기된 그의 얼굴을 보았다. 그래, 끔찍히도 많은 것을 요구하고 있는 열정이 이 젊은이를 사로잡고 있음에 틀림없었다. 혹은 그보다는 오히려 이렇게 말하는 게 옳을지도 모르겠다(그때 내가 느낀 감정을 어떻게 표현할 수 있을까?). 그 어떤 존재가 그를 온통 사로잡고 있고, 그로부터 흘러넘쳐서 나를 불태우고 있다고······ 무의식중에 내가 이렇게 말하고 있었다.
"젊은이는 나를 혐오하고 있군요······."
그가 낮으나 분명한 목소리로 대답했다.
"전 부인을 사랑하고 있습니다."
이 말, 내가 허황되게 듣고 싶어했고 기다리고 있던 이 말이 드디어 내 귀에 들려왔다. 내가 원하고 기다렸던 말이 바로 이 말이었으나 이젠 뜻이 완전히 달라져버린 말이었다! 나는 단 1초도 착각에 빠지지 않고 분명한 의미를 알았다.
"가엾은 바보!"라고 내가 대답해주었다.
지금 기억해보건대 그는 자기가 나로부터 원했던 그 광기에 대해 내게 이야기했고 또 매일 내가 그 광기에 빠지도록 기도해주겠노라고도 했던 것 같다.
"난 젊은이의 동정은 필요없어요! 아무리 비싼 대가를 치러야 했어도 난 이미 겪을 건 다 겪었어요, 겪을 건 다 겪었단 말이에요······."
나는 세번째로 "겪을 건 다 겪었다"고 말하며 울음을 터뜨렸다. 아니다. 나는 겪을 것을 다 겪은 것이 아니야. 나에게는 모든 것이 시작도 하기 전에 다 끝나버리고 만거야. 이제는 사랑으로부터는 아무것도 기대할 게 없어져버렸어. 이제 사랑은 내가 젊었을 때처럼 내겐 낯선 것이, 미지의 것이 되어버린거야. 사랑에 관해서라면 내가 경험했던 욕망 외에는 나는 아무것도 모르고 있다. 그 욕망이 동시에 나를 덮쳐서는 눈멀게 만들어버린거야. 나를 모든 죽은 길로 내동댕이치고, 사방 벽에 부딪치게 하고, 늪에 빠져 비틀거리게 하고, 기진맥진해져서 진창으로 가득 찬 웅덩이 속에 눕게 만든거야.

이미 젊은이는 내곁에서 사라졌었다. 나는 울며 다시 정원 쪽으로 걸어갔다. 눈물은 펑펑 저절로 쏟아져내렸다. 얼굴을 찡그리며 애쓰지 않아도 저절로 쏟아져내렸다. 나는 이 폭풍 같은 심정이 가라앉기를, 나의 불에 탄 듯 뜨거워진 얼굴을 밤바람이 식혀줄 때까지 오랫동안 기다렸다.

□ 해 설

 '떼레즈 데께루'를 주인공으로 한 두번째 단편소설인 〈호텔에서의 떼레즈〉는 1933년 8월에 발표되었다. 아마도 발표되기 직전에 씌어졌으리라 짐작은 되지만 어디서 씌어졌는지 씌어질 당시의 상황에 대해서는 알려진 것이 없다. 다만 그 전해에 씌어진 단편소설인 〈의사를 방문한 떼레즈〉와 직접적으로 밀접한 연관관계가 있다는 것만은 분명하다. 〈의사를 방문한 떼레즈〉에서 문제가 되고 있는 연애사건은 상대인 필리가 어떤 사기사건에 연루되어 체포될 위험에 처하자 자살해버림으로써 끝나게 되고 이 단편에서 떼레즈는 또 다른 남자를 만나고 있다.
 떼레즈라는 인물의 변화과정은 이 단편소설에서 좀더 분명하게 드러나고 있다. 전편 〈의사를 방문한 떼레즈〉에서는 장 아제베도와 필리 두 사람에 대한 이야기밖에는 나오지 않지만 이번의 단편에서는 떼레즈가 겪었던 일련의 연애사건에 관한 이야기가 나온다. 그리고 그녀가 '타락'하는 것으로부터 그녀를 막아준 유일한 것이 바로 이 애정에의 욕구였음도 밝히고 있다. 떼레즈의 입을 빌리면 "이 애정에의 욕구는 나를 서글픈 사랑놀음에 빠져들게 함으로써 나 자신을 잃게 하였다. 그러나 이 애정에의 욕구는 내 육체로 하여금 단지 인간의 육체에서만 양식을 구하도록 허락하지 않음으로써 나 자신을 구원해주기도 했다……." 그런 그녀는 '이 세상에서 가장 방황하는 피조물, 이 세상에서 가장 버림받은 피조물'이 되었고, 행복의 어떠한 형태의 희망에도 몸을 내맡기는 '죽도록 굶주린 마음'의 소유자가 되었다고 말하고 있다.

이 단편소설에서는 또 다른 주제가 나타나고 있는데 그 주제는 그 후에 쓸 소설인 〈밤의 종말〉속에서 더욱 깊이 있게 발전시키고 있다. 즉, 그 주제는 떼레즈가 그토록 애써서 정복한 자유가 헛된 것, 의미 없는 것이었다는 주제다. "나의 행위들이 나를 타락시키고 있다. 나의 행위들이라고? 아니다. 나의 단 한 번의 행위지." 소설 〈떼레즈 데께루〉의 마지막 부분에서 전개되었던 분열의 이미지를 다시 떠올리며 그녀는 자신이 '어떤 역할을 하도록' 사로잡혀 있다고 느끼고 있다. 그리고 유일한 진정한 떼레즈는 그 범죄를 범하기 전의 자기 자신일 뿐이라고 생각하고 있다. "그 범죄 때문에 어떤 독특한 태도가, 어떤 독특한 몸짓이, 어떤 독특한 삶의 방식이 내게 강요되고 있다……."

이 단편소설의 처음 몇 장만 읽어보아도 독자는 작가 모리악이 자기 소설의 주인공인 떼레즈를 '구원'하려는 욕망을 포기하지 않았다는 것을 잘 느낄 수 있다. 그래서 작가가 몹시 지친 떼레즈로 하여금 어느 성당 안으로 피신해서 고해실로 들어가서 '가장 무겁게 짓누르고 있는 그 많은 행위들을 다 쏟아놓아버리고' 싶다는 '이상스러운 유혹'에 사로잡혀 있는 모습을 그리고 있어도 독자는 놀라지 않는다. 오히려 독자는 혹시 이 단편소설이 어느 소설의 초고가 아닐까, 쓰다가 중단한 어느 소설의 첫부분이 아닐까, 혹시 진짜 〈밤의 종말〉이 될 수도 있었을 소설의 첫부분이 아닐까 하는 의문을 갖게 된다(모리악이 처음에 썼다가 없애버린 〈밤의 종말〉의 머리말에서 주인공 떼레즈를 '개종'으로까지 이끌어가지 못했던 점을 아쉬워하고 있음을 우리는 알고 있다. 그런 일에서 우리는 작가의 교화적인 의도보다 작가가 떼레즈라는 인물에 대해 갖고 있는 애착을 설명하고 있음을 볼 수 있다 하겠다. 작가가 주인공이 개종에 실패하는 것에서 느끼는 아쉬움은, 작가 자신이 말하고 있듯이 독자들에게 쇼크를 줄까봐 두려웠다는 것으로는 설명될 수 없다. 그 정도에 쇼크를 느끼는 소심한 독자라면 벌써 여러 번 쇼크를 당했을 사건들이 모리악의 소설 여기저기에 있으니까. 그의 아쉬움은 그보다 훨씬 깊은 곳에 뿌리를 둔 복합적인 반발작용에 기인하고 있다 하겠다).

이 단편소설에서 〈고백록〉을 쓰고 있다. 작가의 다른 작품인 〈양심, 성스러운 본능〉처럼 이 단편도 1인칭으로 서술되고 있다. 그런데 이 단편에는 모호한 점이 없지 않다. 왜냐하면 떼레즈가 자기 자신에게 말을 하고 있는 것 같아 보이기 때문이다. 그러나 떼레즈는 자기 자신에게 말을 하는 것이 아니라 글을 쓰고 있다. 그녀가 글을 쓰고 있는 의도는 옛일을 상기하기 위해서가 아니라(그녀가 쓰고 있는 사건들은 바로 그 전날에 일어난 일들이다.) 자기 자신의 행동을 더 잘 이해하기 위해서, '자기 자신의 이야기에 주의 깊은 관찰'을 하기 위해서다. 다시 말해서 떼레즈가 일기를 쓰기 시작한다고 말할 수 있을 것이다. 그녀는 그 일기에서 자기 자신에 대해서 잔인할 정도로 냉철하고 정직하려고 애쓰고 있다. '다른 여자였다면, 내가 고백하건대…… 라고 쓰겠지…….' 다른 글에서는 이런 면에 있어서 매우 엄격한 면을 보여주고 있는 모리악이 이 단편에서는 '나'라는 1인칭을 쓰고 있는데 있어 정당성을 부여하려는 어떠한 설명도 덧붙이고 있지 않다는 점이 특이하다 하겠다(예를 들어 소설 〈독사덩어리〉에서 루이는 왜 자기가 1인칭으로 그 글을 쓰고 있는지 여러 이유를 들면서 자문하고 설명하고 있다. 또 다른 소설 〈문둥이에의 키스〉에서 처럼 〈양심,성스러운 본능〉에서도 1인칭 문장이 나올 때에는 독자가 어느 대상에게 쓰는지를 알 수 있도록 작가는 밝히고 있다). 이 단편은 마치 소설의 한 부분의 발췌나, 쓰다가 중단한 텍스트를 읽고 있는 느낌이 들도록 모든 구성이 짜여지다가 끝에 가서 독자에게 사건을 밝히는 설명이 주어지고 있다.

 떼레즈가 말하고 있는 어떤 사람과의 만남이 그녀로 하여금 자기 자신에 대해서 깊은 명상을 하도록 만들고 있는데 그 명상이 이 단편소설의 긴 전반부를 이루고 있고 그 후에 짧은 반전으로 소설이 끝난다. 이것은 실패한 만남의 이야기다. 떼레즈는 그녀가 묵고 있는 호텔에서 보았던 그 소년을 유혹했다고 믿고 있다. 사실 그 소년도 떼레즈에게 관심을 갖고 있지만 일상과는 다른 차원의 관심이었다. 즉 그 소년은 떼레즈를 개종시키고자 하는 꿈을 품고 있었는데 단지 그녀에게 설교만 하는 것으로 둘 사이는 끝나고 만다. 떼레즈에게 있어서 그 소년을 유혹하는 데 성공하리라는 희망이 무척 강렬했던만큼 더욱이나 아마도 최초의 실패인 것 같은 이 패배는 떼레즈에게 깊은 영향을 남기고 있다. '그 순간에 내 마음에 느끼고 있던 감정을 무엇에다 비할 수 있을까? 가뭄에 불타고 있는 초원을 단 한 번의 소나기로 다시 새파랗게 물오르게 하는 느낌……
그래, 바로 그거였어, 그 갑작스럽게 닥치는 봄, 광기의 봄과 같은 거였
어.' 이 단편의 서술체 소설 구성방식은 그녀의 이 희망과 그 희망의 갑
작스러운 파괴를 재생시키고 있다. 우선 떼레즈는 독자에게 결론을 알려
주지 않으면서 그녀가 착각했었던 그 환각의 장면을 재현시켜주고 있다.

이 단편을 읽으면서 몇몇 순간에 독자는 이 실패가 그녀에게 자기 자
신에 대해 자각하게 만든다고 생각하게 된다. '나에게 있어 시작도 하기
전에 모든 것은 다 끝났다. 이제는 더 이상 사랑으로부터 아무것도 기대
할 것이 없다…….' 이미 이 단편소설의 앞부분에서 떼레즈는 이렇게
쓰고 있다. '그때 내가 느꼈던 감정, 아직도 내가 느끼고 있는 감정, 바
로 그것이 새로운 일이다…….' 이 말이 그녀의 '육체적인 퇴락'을, 늙
었음을 드러내 보여주는 암시였을까? 이 늙음의 주제는 떼레즈라는 인
물의 한계를 넘어서 지나칠 정도로 집요하게 다루어져 있다(첫작품부터
이 단편에 이르기까지 산술적으로 연대를 계산해보아도 떼레즈는 고작
설흔을 넘었을까 말까 한 나이다). 혹은 그 젊은 청년이 떼레즈에게 한
말을 암시하고 있는 것일까? 그 청년은 그 당시 모리악이 '기독교인의
고뇌와 행복'에서 쓰고 있는 말과 같은 이야기를 하고 있다. 그러나 청
년의 신앙심 깊은 설교는 떼레즈의 공격적인 무신론과 부딪히고 만다.
"그건 모두 말뿐이야!" 그러나 떼레즈의 눈물을 자아내고 있긴 하다.

〈의사를 방문한 떼레즈〉가 소설로서 구성된 단편, 잘 배열된 이야기,
처음부터 어떤 상황에 의해서 한계가 그어진 줄거리라면 이번의 단편은
열려진 채로 끝을 맺고 있다. 소설의 마지막 단락은 어떠한 결론을 의미
하고 있지 않다. 주인공은 결단성 없고 우유부단한 채로 그대로 남아 있
다. 그런데 작가 모리악은 그 인물을 종교적인 태도를 취하도록 그리고
싶어하고 있으면서도 불쑥 '악마적'인 주제를 이끌어내고 있다. 이 주제
는 다음에 쓸 떼레즈를 주인공으로 한 〈밤의 종말〉 속에서 더 발전되고
있다. 떼레즈는 자기 자신 속에 잠재해 있는 파괴력을 발견한다. 암암리
에, 그러나 확실하게 마귀 들린 영혼의 이미지가 끼여들고 있다. '네가
너의 사랑이라고 부르고 있는 것은 불모의 땅을 이리저리 헤매다니는 악

마다…….' 이 악마는 〈마태복음〉에서 예수가 어느 귀신 들린 자의 육신으로 쫓아내었던 악마다. 그 악마는 그 후 또 다른 약한 자의 육신을 찾아헤매고 있다. 그 순간부터 필리의 자살사건은 다른 뜻을 갖게 된다. 떼레즈는 그의 자살에 안도의 감정을 느끼고 행복해한 것이 아닌가? '또 다른 대상을 찾아서' 헤맬 수 있도록 자유로워졌음을 느끼고 있는 게 아닐까?

그러다가 그 대상이 파괴되고 나면 네 사랑의 악마는 또다시 헤매게 되지. 해방감 속에서, 또다시 새로운 대상을 찾아 떠나라는, 그래서 그 대상을 덮쳐서 자양분을 빨아먹으라는 악마의 법칙에 복종하며 헤매게 되는 거지…….

이 '흡혈귀'적 인물과, 사랑의 욕망이 '온갖 죽음의 길 위로 내동댕이치고', '온갖 벽에 부딪히게 하고'…… 그러다가 그녀의 마지막 상대가 그녀에게 말하고 있는 '유일한 사랑'으로 이끌어가야 할 여자라는 인물 사이에서 작가는 이 단편소설에서도 결론을 내리지 못하고 있다. 싫든 좋든 간에 작가 모리악은 다음 소설인 〈밤의 종말〉에서도 또다시 떼레즈라는 주인공이 전자의 역할을 하는 편을 택하도록 그리고 있다. 떼레즈라는 인물은 그 당시에 작가의 상상력을 매혹시키고 있었던 몇몇의 '어두운 천사' 중의 한 형태다.

1933년 8월 31일 자 《깡디드》지에 게재되었던 이 단편의 원고가 어디에 있는지는 알려지지 않고 있다. 〈의사를 방문한 떼레즈〉와 마찬가지로 1938년에 출판된 단편모음집 《잠수들》 속에 재수록되었고 모리악의 전집에서는 제2권에 〈떼레즈 데께루〉와 〈밤의 종말〉 사이에 실려 있다.

밤의 종말
La Fin de la nuit

1

"안나, 오늘 저녁에도 외출할 거니?"

떼레즈는 머리를 들어 하녀를 바라다보았다. 떼레즈가 준 맞춤양복을 입은 하녀의 터질 듯한 몸매는 젊음을 발산하고 있었다. 안나는 주인아주머니 앞에 잠자코 서 있었다.

"애야, 비오는 소리가 들리지 않니? 밖에 나가서 뭘 하려고 그러니?"

떼레즈는 이 하녀를 붙잡아두고 싶었다. 귀에 익은 설거지하는 소리를 듣고 싶었고 이 알사스 출신의 하녀가 늘 끊임없이 후렴을 되풀이하며 흥얼대는 뜻모를 노래도 듣고 싶었던 것이다. 다른 날 저녁에는 10시까지는 이 집에 살고 있는 유일한 사람인 이 젊은 하녀가 내는 그런 소리들을 들으며 떼레즈는 마음을 가라앉힐 수 있었다. 처음 몇 달 동안에 안나는 이 아파트에 딸린 비어 있는 작은방에 기거했었다. 그리고 한밤중에 하녀가 내는 한숨소리며, 꿈을 꾸는 아이들의 뜻모를 잠꼬대며, 때로는 짐승의 울음 같은 소리를 떼레즈는 들을 수 있었다. 그리고 그 젊은 여자가 아주 조용하게 잠들어 있을 때에도 떼레즈는 그 여자가 이 아파트내에 있다는 존재감을 예민하게 느낄 수 있었다. 마치 벽칸막이 뒤에 누워 있는 육체 속을 흐르는 피의 고동소리를 듣기나 하는 것처럼. 그럴 때면 자신이 혼자가 아니라고 느꼈고 자기 자신의 심장 뛰는 소리에 더 이상 두려움을 느끼지 않게 되곤 했다.

도요일 저녁이면 하녀가 외출을 하는 날이었다. 그런 저녁이면 그 아이가 돌아올 때까지는 잠들지 못하리라는 것을 잘 알면서 어둠 속에 두 눈을 뜬 채 하염없이 앉아 있곤 했다. 하녀는 때로는 새벽녘이 되어서야 돌아오곤 했다. 한 번도 외출에 관해 잔소리를 한 적이 없건만 어느 날엔가 안나는 자기 짐을 하녀들이 공동으로 사용하는 방으로 옮겨놓았다. "마음대로 쏘다니고 싶어서 그런 거예요!"라고 여자 수위가 말했다.

떼레즈는 10시까지는 안나가 곁에 있음으로써 느끼는 짧은 위안에 기대는 마음이 컸던 것 같다. 그래서 하녀가 밤인사를 하고 다음날 할 일에 대해 물어보러 올 때면 떼레즈는 그녀와 이야기하는 시간을 길게 끌어보려고 애쓰며 가족의 안부를 묻기도 했다. "어머니한테서 소식이 왔니?" 그러나 대개의 경우 아주 짤막한 대답밖에는 얻어내지 못했다. 그건 마치 어서 놀러가고 싶어 죽겠는데 어른들이 붙들고 귀찮게 굴 때 어린아이가 대답하는 모습이었다. 그러나 무슨 적의가 있던 건 아니었고 때로는 애정을 표시해주려고 하기도 했다. 그러나 대체적으로는 자기네들이 좋아할 수 없는 관심사에 늙은이들이 흥미를 보일 때 느끼는 젊은 이의 무관심을 내보이고 있었다. 떼레즈는 이 닫힌 세계의 주위를 맴돌고 있었다. 농사꾼의 딸아이, 감옥 속에서 한 조각의 검은 빵처럼 소중히 간직하고 있는 하녀아이. 그녀에게는 이 아이와 다른 어떤 인간과의 사이에 선택을 할 선택권이 주어져 있지 않았다. 여느 때 같으면 그녀는 길게 끌려고 애쓰지 않았다. 그래서 안나가 "아주머니, 안녕히 주무세요, 뭐 또 시키실 일은 없지요?" 하고 물어오면 떼레즈는 언제나 문닫히는 소리가 그녀의 심장에 주는 고동소리를 기다리며 방구석에 틀어박히곤 했다.

그러나 그 토요일 저녁에는 아직 9시도 되지 않았는데 안나는 하이힐을 신고 외출준비를 마친 것 같았다. 가짜 악어구두 속에서 약간 살찐 그녀의 두 발이 삐져나올 것 같아 보였다.

"애야, 비가 오는데 괜찮겠니?"

"지하철까지는 멀지 않아요……."

"그 맞춤옷이 다 젖겠다."

"우린 길가에 서 있지 않을 거예요! 극장에 갈 거거든요……."

"우리라니 누구 말이니?"

안나는 고집스런 표정으로 "친구들이죠 뭐……"라고 대답하고는 벌써 문앞까지 갔다. 떼레즈가 다시 불렀다.

"안나, 오늘 저녁에는 여기 있어 달라고 부탁하면 어떡할래? 몸이 좀 불편해서 말이야……."

떼레즈는 깜짝 놀라며 자기가 하는 말소리를 듣고 있었다. 이것이 정말 자기가 하는 말일까? 하녀는 "그러시다면 할 수 없지요 뭐!" 하고 투덜대는 투로 말했다. 그러나 곧 떼레즈는 제정신을 차려서 말했다.

"아니야, 다시 잘 생각해보니 그렇게 불편하진 않아…… 그럼 가서 잘 놀다 와."

"아주머니, 우유라도 데워다드릴까요?"

"아니야, 필요없어, 어서 나가봐."

"그럼 불을 지펴드릴까요?"

떼레즈는 추워지면 자기가 불을 땔테니 걱정 말라고 하였다. 그녀는 젊은 하녀의 두 어깨를 밀어 밖으로 내쫓고 싶은 마음을 간신히 억제하고 있었다. 문이 닫히는 소리가 이번에는 그녀의 마음을 괴롭히기는커녕 일종의 해방감 같은 느낌을 들게 해주었다. 그녀는 거울 속에 자기 모습을 들여다보고는 혼자서 이렇게 말했다. "떼레즈, 너 어떻게 된 거니?" 하지만 뭔가 오늘 저녁 그녀가 자기 생의 어느 순간보다 더 굴욕을 느꼈던 것일까? 혼자서 보내야 할 하룻저녁, 하룻밤을 앞두고 그녀는 늘상 그래왔듯이 아무나 눈앞에 있는 인간에게 매달렸던 것이다. 혼자 있지 않으려고, 누군가와 대화를 나누려고, 젊은 생명이 숨을 쉬는 소리를 들으려고…… 그녀가 요구했던 것이 그 외에 아무것도 아니었건만 그것조차 그녀에게는 허락되지 않았던 것이다. 그리고 또다시 늘상 그래왔듯이 그녀의 깊숙한 속마음으로부터 애매한 증오심이 떠올라왔다. '그 바보같은 년은 곧 뒈지게 될거야. 길거리에서 콱 쓰러져버릴거야…….'

떼레즈는 자기의 옹졸한 생각이 부끄러웠고 그래서 머리를 가로 흔들었다. 불을 때야지…… 10월의 이 밤이 추워서가 아니라, 흔히들 말하듯이 불은 마음의 상대가 되어주니까. 책이라도 읽어볼까…… 왜 낮에 탐정소설이나 한 권 구해볼 생각을 못 했었을까? 그녀는 탐정소설 이외에는 다른 어떤 책도 참고 읽어낼 수가 없었다. 그녀가 젊었을 때에는 책

속에서 자기 자신의 모습을 찾아보며 몇몇 구절에는 밑줄을 그으며 읽기도 했었다. 이제는 더 이상 이런 소설 속에 지어놓은 인물들과의 만남에서 어떤 기대도 할 수 없어졌다. 자신의 생이 비추는 빛에 비해보면 그런 허구의 인물들은 모두 사라져버리고 무(無)로 되어버렸던 것이다.

오늘밤 그녀는 망설이는 손으로 책장의 유리문을 열었다. 옛날 아르쥘루즈에서 죄를 모르고 살던 시절 젊은 처녀였던 떼레즈의 방에 있던 바로 그 책장이었다. 이 책장은 남편의 건강상 각방을 쓸 수밖에 없게 되었을 때 젊은 부인으로서의 떼레즈도 보았다...... 그 시절에 며칠 동안 《집정 및 제정시대사》전집 뒤에 약병이 들어 있는 작은 봉지를 감춰두었던 일이 떼레즈의 머리에 떠올랐다...... 이 착한 낡은 가구는 독약을 감춘 자, 그녀의 죄의 공범자, 그녀의 죄를 목격한 자였다...... 아르쥘루즈의 소작지의 저택에서부터 바크 가(街)의 오래된 집 4층까지 그 긴 길을 이 낡은 가구가 어떻게 올 수 있었던가? 떼레즈는 잠시 망설이다가 책한 권을 뽑아들었다. 그걸 다시 꽂아놓고는 책장문을 닫고서 거울 앞으로 다가갔다.

그녀는 남자처럼 머리칼이 빠지기 시작했다. 그래, 그녀의 머리숱이 적은 이마는 마치 늙은 대머리 영감의 이마 같았다. '사색가의 이마......' 하고 낮은 목소리로 뇌까려보았다. 그러나 이런 현상은 밖으로 드러난 유일한 노쇠의 표지였다. "모자를 쓰면 예전의 모습과 똑같애. 벌써 20년 전에도 사람들이 나보고는 나이를 알 수 없는 사람이라고 했었지......"

너무 짧은 코의 양가장자리로부터 입가로 내려오는 두 줄기 주름살도 예전보다 약간 더 깊이 패였을까. 별 차이가 느껴지지 않았다. 밖에 나가볼까?...... 영화를 볼까? 안된다. 그랬다간 돈을 너무 쓰게 될거다. 영화구경을 하고 나면 술집을 순례하며 술을 마시지 않고는 못 배길 테니까...... 그녀는 이미 빚을 조금씩 지기 시작했다. 고향 랑드 지방의 사업은 점점 더 악화일로였다. 올해 처음으로 경비를 빼고 나면 토지소유주에게 돌아갈 이익금이 한푼도 남지 않는다는 소식이었다. 남편은 이 문제에 대해서 4장이나 되는 장문의 편지를 써보냈었다. 이제는 더 이상 광산으로 버팀목이 팔리지 않는다는 이야기였다. 영국에서 거래를 중지

해왔다는 것이다. 그래도 소나무 밭의 간벌은 해주어야 하며 그러지 않으면 소나무가 잘 자라지 못한다는 것이다. 예전에는 간벌로 자른 소나무도 돈이 되었지만 요즈음은 일손을 사는 데에도 돈이 많이 든다. 송진의 시세가 요즘처럼 떨어진 것은 처음이다…… 소나무를 팔려고 애쓰고 있지만 장사치들이 제시하는 금액은 터무니없는 헐값이다…….

그러나 떼레즈는 예전의 생활태도를 그대로 간직하고 있었다. 모래주머니를 버리듯 돈을 쓰지 않고는 파리에서 외출을 할 수가 없었다. 그건 이 마음의 공허로부터 약간이나마 정신을 고양시키기 위해서였고, 쾌락까지는 맛보지 못하더라도 적어도 마음을 딴 곳으로 돌리기라도 하기 위해서, 마비상태에 빠지기 위해서였다. 게다가 그녀는 이제 혼자서 길거리를 헤매고 다닐 육체적인 기력도 없었다. 영화에서는 한 번도 위안을 얻은 적이 없었다. 그 어두컴컴한 장소에서는 권태로움이 사정없이 밀어닥치면 어떻게 방어해낼 수가 없었다. 아무 카페에서나 그녀가 그 몸짓을 눈으로 볼 수 있는 아무리 하찮은 인간이라도 영화 속에 나타나는 그림들보다는 훨씬 흥미를 끌었다. 그러나 이제는 더 이상 타인들의 행동을 몰래 살펴보는 재미로 기분을 풀 용기가 없었다. 왜냐하면 그녀는 어디서나 남의 눈에 띄지 않고 지나칠 수가 없었기 때문이다. 아무리 중간색의 옷을 입어도, 아무리 침침한 구석자리를 찾아도 소용없었다. 자기 모습 중에서 어떤 점이 남의 시선을 끄는지 그녀도 알지 못했다. 어쩌면 괜히 남의 눈에 띈다고 상상하고 있는 거나 아닐는지? 그녀의 고통스러운 얼굴 때문일까? 아니면 꽉 다문 입 때문에 남의 시선을 끌고 있는 걸까?

그녀의 옷매무새는 자기로서는 단정하고 오히려 소박하다고 생각하고 있지만, 무언가 헝클어진 느낌을 주는 구석이, 벌써 신경을 써주는 사람이 주위에 없는 나이 들어가는 여자들에게서 흔히 드러나 보이는 상궤를 벗어난 느낌을 주는 구석이 있었다. 어렸을 때 떼레즈는 클라라 아주머니가 언제나 남이 사 준 모자를 뜯어서는 제 마음에 맞게 모양을 바꾸어 놓지 않고서는 못 배기곤 한다고 비웃었었다. 그런데 오늘 바로 떼레즈 자신이 그 노처녀의 궤벽을 그대로 답습하고 있고 그래서 그녀 주위의 모든 것이 무의식중에 괴상한 모양을 띠게 되었다. 아마도 그녀는 몇 년 후에는 깃털이 꽂힌 모자를 쓰고 공원 벤치에 앉아서 낡은 헝겊조각으로 보따리를 다시 동여매며 혼자서 중얼거리는 이상한 노파가 될지도 모르겠다.

자기 모습이 남과 다르다는 사실을 그녀가 분명히 의식하고 있지는 않았지만 혼자 살아가는 사람들에게 없어서는 안되는 힘을—— 곤충이 나뭇잎이나 나무껍질의 빛깔로 변하는 보호색의 힘을—— 잃어버렸다는 것은 분명히 알고 있었다. 다방이나 식당에서 몇 년 동안 떼레즈는 식탁에 앉아서 눈치채이지 않으며 남들을 살펴볼 수가 있었다. 그녀를 보이지 않게 만들어주던 요술반지를 어디서 잃어버린 것인가? 요즈음은 마치 한떼의 같은 짐승의 무리 속에 끼여 있는 한 마리 색다른 짐승모양 온통 주위의 시선을 집중시키곤 했다.

여기에서는 적어도 사면의 벽과, 푹 꺼진 마룻바닥과, 손을 들면 만져질 천장에 둘러싸인 그녀는 타인의 시선으로부터는 안전하다고 안심할 수 있었다. 그런데 이런 한계 속에 머물러 있기 위해서는 힘을 찾아야 했다. 그리고 오늘 저녁에 그녀는 혼자 있을 수가 없겠다는 느낌이 들었던 것이다. 끔찍한 행동에 몸을 내맡길 뻔할 정도로 그녀는 도저히 혼자 있을 수 없겠다는 확실성을 느꼈다. 다시 벽난로로 다가가서 거울 속의 자기를 들여다보았다. 그러고는 늘 하던 버릇대로 천천히 양뺨을 쓰다듬어내렸다. 바로 이 순간에 그녀의 생에는 늘상 있어 왔던 것 외에 다른 아무것도, 새로운 그 무엇도 없었다…… 아무것도 없었다. 그러나 그녀는 한계에 다다랐다는 것을 확신할 수 있었다. 마치 떠돌이가 지금껏 걸어온 길이 막다른 길이라는 것을, 온통 모래길 속에서 길을 잃었다는 것을 뚜렷이 인식하게 되는 순간과 같은 것이었다(자동차의 경적소리, 어느 여인의 웃음소리, 브레이크 밟는 소리 등). 밖에서 들려오는 소리 하나하나가 인간적인 소음으로부터 고립되어 절대적인 가치를 지니고 있었다.

떼레즈는 창가로 가서 창문을 열었다. 밖에는 비가 오고 있었다. 약방의 유리문을 통해 아직 훤히 불을 켜놓은 게 보였다. 어느 포스터의 초록색과 붉은색이 가로등불 아래서 유난히 선명하게 보였다. 떼레즈는 창 밖으로 상반신을 내밀며 눈으로 보도까지의 거리를 재어보았다. 마치 허공 속을 자로 재어보는 것 같았다. 그녀에게는 허공 속에 몸을 내던질 용기가 눈꼽만큼도 없었다! 허지만 혹시 현기증이 나면…… 그녀는 현기증이 오길 기다리면서도 한편 현기증에서 벗어나려고 바둥거렸다. 그녀는 서둘러 창문을 닫으며 "겁쟁이!" 하고 중얼거렸다. 자기의 죽음을 무서워하면서 남을 죽이려고 했었다는 것은 끔찍스런 일이다.

떼레즈가 그 군청소재지의 재판소를 나와 변호사의 보호를 받으며 인적 없는 작은 광장을 가로질러가며 "공소기각! 공소기각!" 하고 낮은 목소리로 중얼거리던 날이 어제로 만 15년이 되었다. 드디어 자유의 몸이 되었다고 그녀는 생각했었지…… 실제로 범죄를 저질렀는데, 범죄를 저지르지 않았다고 결정하는 일이 마치 인간들에게 속해 있기나 한 것처럼! 그날 저녁 그녀는 자신이 이 세상에서 가장 비좁은 관보다 더 고약한 감옥에 들어갔다는 사실을, 즉 자기 행위의 감옥에 들어갔으며 영원히 거기로부터 빠져나올 수 없으리라는 사실을 꿈에도 생각할 수 없었다.

"내가 남의 생명을 소홀히 생각하지만 않았더라도…… 허지만 내 생명은……." 아르쥠루즈에서 단 한 번 자살하려 했던 일이 있은 이래로 절망의 고통 속에서조차 자기 생명을 보존하려는 본능이 맹렬히 활동하곤 했었다. 지난 15년 동안, 아무리 무질서한 생활을 할 때조차도 그녀는 자기 건강을 위해 신경쓰는 일을 잊지 않았었다. 그래서 자신의 병든 심장을 돌보는 일을 게을리하지 않았다. 약물중독자들 사이에 팽배해 있는 자살에의 취미, 자신의 육체를 파괴하는 일에의 무관심과 같은 일에 떼레즈가 이끌린 적은 한 번도 없었다. 그건 고상한 이유 때문에가 아니라 죽음의 공포 때문이었다. 의사가 그녀의 심장에 해롭다고 담배를 놓을 것을 결심시키는 데에는 별로 힘들일 필요가 없었다. 그녀의 집을 온통 뒤져도 담배 한 개비 발견하지 못했을 것이다.

떼레즈는 추위를 느꼈다. 그녀가 부엌용 성냥 한 개비를 신발 밑창에 마찰시켜 불을 켜자 불꽃이 곧 질 나쁜 장작에 타올랐다. 그나마 파리에서는 비싼값을 주고 산 장작이었다. 이 바작대며 장작 타는 소리, 연기의 냄새가 이 랑드 출신의 여자에게 죄를 모르고 지내던 시절을 상기시켜주었다. 그 행위를 저지르기 이전의 시절을…… 그녀는 안락의자를 될 수 있는 대로 벽난로 가까이로 옮겨놓고는 두 눈을 감고서 예전에 클라라 아주머니가 하던 식으로 자기의 양다리를 쓰다듬기 시작했다. 장작이 처음 탈 때 내는 향기 속에는 다른 많은 냄새를 포함하고 있었다. 보르도 시내의 쓸쓸한 보도 위에 또 군청소재지의 보도 위에 깔려 있던 안개의 냄새──신학기의 냄새도. 그녀의 의식 속에는 여러 얼굴들이 잠시 나타났다가는 다시 사라졌다. 그녀의 생애에 어느 부분을 차지했던 사람들의 얼굴이었다. 아직 주사위는 던져지지 않았던 시절, 아직 아무 놀음도 저질러지지 않았던 시절, 자기 인생이 그 후에 일어난 사태와는 다르게 전개될 수도 있다고 믿었던 시절에 만난 얼굴들이었다. 그러나 이제 모든 행위는 저질러졌고 그녀가 저지른 행위의 총량에서 아무것도 변경시킬 수가 없으며 그녀의 운명은 영원의 모습을 띄게 된 지 이미 오래되었던 것이다. "헛되이 오래 살아간다"는 말이 의미하는 게 바로 이런 거다──현재 있는 것에 아무것도 더 이상 덧붙일 수도 없고 베어낼 수도 없다는 사실이 분명해질 때 더욱 그렇다.

떼레즈는 9시를 치는 소리를 들었다. 아직 얼마 동안은 더 시간을 보내보도록 해야 한다. 그나마 몇 시간의 잠을 보장해줄 수면제를 삼키기에는 아직 너무 이른 시각이었다. 이 절망에 빠졌으나 조심스런 여자에게 수면제 복용이 습관이 된 것은 아니었지만 오늘 저녁은 수면제의 도움 없이는 견디낼 수 없을 것 같았다. 아침이 되면 언제나 견디낼 용기가 생기곤 했다. 무슨 대가를 치르더라도 피해야 할 것은 한밤중에 잠을 깨는 일이다. 어떤 불면증보다 제일 두려웠다. 캄캄한 어둠 속에 누운 채 저항할 힘없이 맹렬한 상상력에 정신의 온갖 유혹에 빠져버린다는 것은 참을 수가 없었다. 지금의 이런 여자로 존재한다는 고통으로부터 도피하기 위해서, 말없는 군중들의 관심의 표적이 되지 않기 위해서──그 군중 속에서 남편이며 희생자인 두 볼이 처진 베르나르의 음침한 얼굴을 알아볼 수 있었고 또한 그녀의 딸 마리의 작은 갈색 얼굴도 알아볼 수 있었다. 올해 마리는 열 일곱 살이다. 그 외에도 많은 얼굴들이 있었다. 그녀가 쫓아다녔던 사람들, 괴롭혔던 사람들, 차버린 사람들 그리고 그녀로부터 도망갔던 사람들. 이런 망령의 돌진에 숨막히지 않기 위해서 그 긴 불면의 밤 동안에 그녀가 할 수 있는 일이란 그들 가운데 아무나

한 명을 선택해서 별 볼일 없던 그 사람과 좀더 친해지도록 상상해보고 머릿속에서 미래 없는 짧은 즐거움을 되살려보는 일뿐이었다. 왜냐하면 예전엔 조금도 중요하게 여겨지지 않았고 또 그녀 삶에 아주 작은 자리나마 차지할 수 없었던 그런 일들──겨우 시작되다가 끊긴 우정, 악화될 시간이 없이 끝나버린 사랑만이 부드러운 추억으로 상기되었기 때문이었다.

잠 못 이루는 밤이면 떼레즈는 머릿속에서 지난날의 사랑의 싸움터를 헤매고 쓰러진 시체들을 들춰보고 아직 상처를 입지 않고 남아 있는 얼굴이 있는지 찾아보았다. 그녀에게 씁쓸한 추억을 남겨주지 않은 연애사건이 몇 개나 남아 있을까? 처음에 그녀를 사랑했던 사람들의 대부분이 그녀에게 이런 파괴력이 있다는 사실을 발견해내는 데 시간이 얼마 걸리지 않았다. 다만 그녀가 슬쩍 스쳐 지나간 사람들, 그녀 생의 주변부에 다가섰다 사라진 사람들만이 그녀를 도와줄 수 있었고 그런 사람들로부터만 그녀는 위안을 기대할 수 있었다. 어느 날 밤 우연히 만났었고 그 후 다시는 보지 못한 사람들…… 그러나 흔히는 그런 사람들은 기억 속에서조차 떼레즈로부터 사라져버리기 일쑤였다. 떼레즈는 상상 속에서 한 순간 갑자기 그들이 더 이상 그곳에 있지 않고 자기 생각이 그들과는 먼 곳에서 방황하고 있다는 사실을 의식하게 되곤 했다. 상상 속에서조차 그들은 떼레즈의 친구 노릇하기를 거부하였다. 그들은 그녀를 혼자 내버려두었고 그러자 다른 얼굴들이 불쑥 나타났다. 아! 그런 작자들, 이번에는 떼레즈편에서 먼저 도망치고 싶었다! 그들은 굴욕과 수치의 추억을 불러일으켜주었다. 그러한 비참한 연애사건에서는 항상 떼레즈가 상대편이 자기를 이용하려 한다는 사실을 깨닫게 되는 순간들이 있었다…… 그렇다, 언제고 함정이 있는 말과 손을 내미는 순간들이 불쑥 튀어나오곤 했다. 직접 돈을 빌려달라는 것으로부터 관심 많은 멋진 사업이야기에 이르기까지 그들의 착취는 온갖 형태를 띠고 있었다.

떼레즈는 가장 평화로운 이 시간에, 시골의 고요가 파리에까지 퍼지고 있는 이 시간에 그녀가 빌려주었거나 떼어먹힌 돈을 한없이 계산해보는 일을 다시 시작했다. 이제 생계가 매우 핍박해진 그녀는 화가 났고 격분했으며 잃은 돈의 총액과 빚의 총액을 비교해가며 예전에 집안의 늙은이들이 늘 시달리는 모습을 보아왔던 '적자의 두려움'에 그녀 역시 전적으로 사로잡히는 것이었다…….
 아니다, 오늘밤에는 떼레즈는 그런 괴로움에 빠지지 않으리라. 억지로 잠을 이룰 수도 있는 일이니까. 아직 한 시간은 더 기다려야 한다. 앞으로 한 시간을! 그러나 그녀는 벌써 참을 수가 없었다…… 그녀는 일어서서 축음기가 놓여 있는 테이블로 다가갔다. 그러나 큰 소리가 들릴 수 있다는 생각에 몸을 떨었다. 마치 튀어나올 준비가 되어 있는 음악이 벽을 부수고 그녀를 부서진 벽의 잔해 밑에 짓눌러버릴 힘이라도 갖고 있기나 한 것처럼. 그래서 그녀는 다시 안락의자로 돌아와서는 다시 불꽃을 들여다보았다.
 "어떻게 1초를 더 살아가는 일을 참아낼 수 있을까? 그렇다고 아무 일도 일어나지 않을거야, 내게는 다시는 아무 일도 일어나지 않을 거고 일어날 수 없을 테니까"라고 그녀가 생각하고 있던 바로 그 순간에 현관의 벨이 울리는 소리가 들렸다. 짧막한 소리였다. 그녀에겐 무척 크게 들렸다. 그러나 곧 그녀는 놀라는 자신이 우스꽝스러웠다. 안나가 양심에 가책이 되어서, 주인 아주머니가 정말 병에 걸렸을지 모른다 싶어서 되돌아온 걸거야…… 아니야, 안나조차도 아닐거야. 이 늙은 여자가 뭐 필요한 게 없나 한 번쯤 들여다봐주겠다고 약속을 한 수위아주머닐거야. 그래, 수위아주머니가 틀림없어(그런데 수위아주머니가 누르는 벨소리와는 다르긴 하네……).

2

 떼레즈는 현관의 불을 켜고는 잠시 귀를 기울이고 있었다. 문 뒤에서 누군가 숨이 차하는 소리가 들렸다.
 "누구세요?"
 산뜻한 젊은 목소리가 대답했다.
 "저예요…… 마리예요."
 "마리라고? 어떤 마리지?"

"어머니, 저예요!"

떼레즈는 문지방에 서 있는 커다란 처녀를 쳐다보았다. 그 처녀는 오른손에 들고 있는 트렁크의 무게 때문에 몸을 약간 옆으로 구부린 채로 서 있었다. 3년 전에 마지막으로 보았던 계집아이가 이렇게 눈부신 아가씨로 변해 있다니 믿을 수가 없었다…… 그러나 이 목소리, 이 웃는 모습, 이 갈색 눈…… 딸아이임에 틀림없었다.

"얘야, 화장을 하니까 몰라보겠구나."

이것이 떼레즈가 한 첫마디 말이었다. 한 여자가 다른 여자에게(모녀가 아니라) 하는 말부였다.

"어머니는 그렇게 생각하세요? 집에서는 아무도 그렇게 말해주지 않아요…… 아이 좋아라! 불을 지펴놓으셨네!"

마리는 트렁크 위에다 외투와 손으로 짠 목도리를 얹어놓았다. 모양 없는 노란 스웨터 속으로 여인이 되어가는 처녀의 상반신이 뚜렷이 드러나 보였다. 팔도 넓은 목덜미도 햇볕에 탄 갈색이었다.

"우선 담배 한 대 피우고요…… 아니, 웬일이세요, 어머니? 담배를 끊으셨어요? 가방 속에 몇 개비 남아 있어요…… 한 대 피우고 나서 이야기를 시작할게요…… 놀라운 이야기예요."

딸아이는 몸을 흔들며 이야기를 했고 천장이 낮은 방은 곧 젊은 처녀의 냄새로 가득 찼다. 그녀는 담배를 피워 물고서 난로 앞에 쪼그리고 앉았다.

"아버지는 어디 계시니?"

"아르쥘루즈에 계시지 어디 계시겠어요? 산비둘기 사냥을 하고 계세요. 10월 11일에 아버지가 산비둘기 사냥말고 뭘 하시겠어요? 류머티즘을 앓으시게 된 이후로는 사냥오두막에 마루를 깔고 난방을 한 식당까지 지으셨어요…… 거기서 집으로 내려오시지도 않으세요…… 세계가 무너지거나 말거나 상관 않으세요…… 산비둘기만이 중요하시다니까요."

"아버지가 네가 나한테 오는 걸 허락하셨니?"

"허락받았어요."

떼레즈는 몸을 다시 일으켜세우고는 깊게 숨을 들이쉬었다. 이 얼마나 빈기요 인인가! 딸이 무슨 말을 할지 듣지 않아도 알 수 있었다. 아버지와 서로 마음이 맞지 않는다, 더 이상 아버지를 참을 수가 없다, 도움을 구하러, 피난처를 구하러 왔다. 이런 말을 할테지. 왜 떼레즈는 미리 이런 일이 일어날 줄 예견하지 못했던가? 뭐니뭐니해도 이 아이는 자기 딸이 아닌가. 데께루가(家)에서는 입버릇처럼 "이 아이는 제어미와 닮은 데라곤 한 군데도 없다"고 늘상 말해왔었다. 어디가 닮지 않았단 말인가! 이 불쑥 나온 광대뼈하며, 목소리며 웃음소리까지 닮았다. 그런데 마리가 태어났을 때부터 떼레즈 자신도 두 모녀 사이에 조금도 닮은 구석이 없다고 화를 낼 지경으로 늘 부정해왔었다. 그런데 이제 보니 너무나 닮아서 떼레즈가 깜짝 놀랄 정도였다. 20년 전에 떼레즈가 그들에 둘러싸여 숨막혀 하던 사람들을 오늘의 젊은 처녀가 어떻게 고통받지 않고 견뎌낼 수 있을 거라고 생각했던가?

"애야, 이제 이야기를 해보렴⋯⋯."

"그보다 우선 뭐 먹을 것 좀 주세요⋯⋯ 배가 고파 죽을 지경이에요."

그 아이는 기차의 식당칸에서 요기를 할 만한 돈의 여유가 없었던 것이다. 몇 푼 남은 돈은 팁으로 써버렸던 것이다⋯⋯ 그녀는 약간 더듬거렸고 말을 끝까지 맺지 못하고 "어머, 재밌어!", "어머, 멋져!" 등의 말을 자주 끼워넣으며 말했다. 그리고 담배 연기를 코로 뿜어내며 입에 붙은 담뱃가루를 뱉어내곤 했다.

"집에 먹을 게 아무것도 없을텐데⋯⋯ 나가야 할 것 같구나."

떼레즈는 벌써 딸과 함께 레스토랑에 들어가는 자기 모습을 머릿속에 그려보았다. 어쩐지 마음에 내키지 않았다. 그래도 그녀는 찬장을 뒤져보았다.

안나의 괘종시계가 비좁은 부엌에서 2시를 쳤다. 부엌은 깨끗하게 정돈되어 있었고 벽에는 잘 닦여 번쩍이는 냄비가 걸려 있었다. 떼레즈는 햄과 계란, 버터, 비스킷을 찾아내며 예전에는 항상 냉장고에 몇 병의 샴페인을 넣어두었던 일을 생각해냈다. 찾아보니 마지막 한 병이 남아 있었다⋯⋯ 그건 특별한 때 쓰려고 두었던 샴페인이었다. 떼레즈는 이 술을 따지 않겠다고 결심했다. 그러나 벌써 마리가 부엌에 쫓아와 있었다.

"어머, 좋아라! 샴페인이군요!"

그녀는 자기가 오믈렛 요리솜씨로 소문이 자자하다는 말을 덧붙였다.
"산비둘기 사냥철에는 오믈렛을 만드는 건 언제나 제 차지였어요······ 어머, 기름이 없네요? 버터로 한 요리는 질색이에요! 할 수 없군요, 계란 반숙을 먹도록 해요."
불빛이 유난히 밝은 부엌에서 여태까지 정면으로 쳐다본 적이 별로 없었던 어머니의 얼굴을 딸아이가 마침내 바라다보았다.
"불쌍한 어머니! 어디 편찮으시군요?"
떼레즈가 아니라고 고개를 가로저었다. 그저 심장이 조금 약할 뿐이고······ 그리고 나이를 먹은 탓이라고 했다······.
벌써 딸아이는 가스난로에 불을 켜고는 어머니 쪽으로 등을 돌렸다.
"네 아버지가 알고 계신 거냐?"
"아뇨."
"그렇다면 몹시 놀라시겠구나······."
"어머니는 아버지를 잘 모르세요······ 참, 알고 계시겠지요! 정말! 아버지는 아버지 자신의 일이 아니라면 무슨 일에도 절대로 놀라시는 일이 없어요, 생각해보시면 아시겠지만요. 아버지가 다른 사람을 거들떠보기나 하는 줄 아세요? 다른 사람이 아버지의 안중에 존재하기나 하나요!"
딸아이는 몸을 돌리지 않은 채 그러나 갑자기 진지한 목소리로 이렇게 말했다.
"어머니, 이제 와서 제가 얼마나 어머니를 이해하고 있는지 어머니께서는 모르실 거예요!"
떼레즈는 아무 대답도 하지 않았다. 딸아이가 이야기를 계속했다.
"그렇게나 오랫동안 어머니를 오해하고 있었던 것이 얼마나 후회스러운지 몰라요!······."
그녀는 어머니가 아무 말 안하는 것에 마음이 쓰였던지 입을 다물고는 계란이 얼마나 삶아졌는지 살펴보는 척했다. 다시 그녀가 말해다.
"제 잘못은 아니었어요. 어린아이였던 제가 아버지와 할머니 사이에서 어머니의 생활이 어떠했었는지를 상상이나 할 수 있있겠어요?······."
갑지기 그녀는 몸을 홱 돌려서는 화가 난 어조로 이렇게 말했다.

"왜 아무 말씀이 없으세요? 어머니는 저를 원망하고 계시군요…… 어머니, 얼굴이 왜 그리 창백하세요?"
떼레즈가 꺼져가는 목소리로 말했다.
"아니다! 아니야! 와서 상차리는 것 좀 도와주렴."
떼레즈는 마리가 난로 앞에 식탁을 옮겨놓고 접시와 잔 등을 놓는 일을 보고만 있었다. 그녀는 어두운 현관의 벽에 기대선 채 꼼짝도 안하고 있었다. 마리는 콧노래를 부르며 부엌에서 거실로 들락날락하고 있었고 떼레즈는 눈으로 그녀의 모습을 쫓고 있었다. 떼레즈가 좀전에 느꼈던 기쁨은 깡그리 사라졌었다. 그녀가 마리라고 부르고 있는 이 여자는 누구인가? 왜 그녀는 이 여자에게 '너'라고 말하고 있는가? 3년 전부터 베르나르 데께루는 떼레즈가 불평하지 못할 온갖 핑계를 생각해내서 모녀가 1년에 한 주일씩 함께 보내던 일도 못 하도록 하고 있었다. '나는 남들이 고약한 어미라고 부르는 그런 여자일까?'
아닌게아니라 떼레즈가 이 아이를 생각하느라고 자기 일을 못 한 적이 한 번이라도 있었던가? 젊은 어머니였을 때 그녀는 자기 자신의 운명의 빛에 눈이 부셔서 딸을 별로 거들떠보지 않았었다. 그러나 비정한 성격에서 나온 무관심 때문에 그랬던 것은 아니었다…… 나중에 그녀는 일부러라도 뒷전에 숨어서 남에게 드러나지 않으려 애쓰지 않았던가? 그건 아이의 장래를 위해서 그랬었다…… 그렇다. 떼레즈는 언제나 마리를 부르고 있는 이 목소리를 자기 속에 꾹 눌러왔다. 자기 눈에 어미로서의 자격을 인정할 수 없어진 떼레즈는 다시는 그 문제를 돌이켜 생각해보려 한 적이 없었다. 떼레즈가 원했다면 베르나르 데께루의 결정이나 지시를 뒤집어버리는 일이 어렵지는 않았겠지만 그녀 자신이 자신에게 내린 판단은 뒤집을 수 없는 결정적인 것이었다. 그런데 이제 갑작스럽게 떼레즈가 한 번도 상상조차 못 했던 일이 일어난 것이다. 오늘 저녁 나타난 딸이 모든 문제를 새로 제기하려 하고 있다…… 딸아이는 이제 더 이상 어린 아이가 아니었다…… 예전에 어머니가 받은 것과 똑같은 속박을 받고 있는 딸아이는 똑같은 새장 속에서 질식할 지경이었던 것이다…… 그리고 이제 와서 아이는 이 도망친 여인과 연대감을 느끼고 있다. 왜 도망을 쳐야 했는지 그 이유를 알지 못하면서도 자기 것으로 삼고 있다.

어머니를 위해 변명을 생각해낼 뿐만 아니라 어머니의 행위를 인정하고 있는 것이다.

이것은 보통일이 아니었다. 떼레즈는 일이 이렇게 되기를 바란 적은 없었다. 항상 떼레즈는 딸아이가 지기를 닮지 않았다는 사실에, 딸아이가 데께루 집안의 여자라는 사실에 안도감을 느끼고 있었다. 그녀는 이 어린 데께루 집안의 딸로부터 비판당하고 손가락질당하는 일을 그대로 받아들였었다. 사실 마리는 제 어미에 관한 일을 정확하게 무얼 알고 있을까? 이 아이에게 그 일에 관해서 자세히 이야기해준다는 것은 집안에서는 금기사항이었다. 그러나 아이가 태어난 직후에 아르쥘루즈의 방에서 일어났던 모든 끔찍스런 일을 아이가 예감할 수 있기에 충분할 정도로는 아이에게 경고하지 않을 수 없었을 것이다. 떼레즈는 결단코 자신의 행위가 자신과 마리 사이에 파놓은 깊은 심연을 체념하고 받아들이고 살아왔다…… 그런데 여기 마리가 한팔은 쳐들고, 한손은 짙은색 머리카락을 만지며 거울 앞에 서 있는 것이다. 마치 여느 처녀아이가 제 어미 방 안에 서 있듯이…… 저 아이는 떼레즈의 딸이 분명했다. 경탄할 만한 사건이 아닌가. 떼레즈가 나직한 목소리로 "내 딸……" 하고 불러보았다. 겨우 들릴까말까한 그 두 마디가 그녀 존재의 가장 깊은 곳까지 울려퍼졌다. 그녀는 어두운 현관의 벽으로부터 걸어나오며 큰 소리로 불렀다.

"내 어린 딸아……."

마리는 몸을 돌려 어머니에게 미소를 보냈다. 그러나 그녀는 어머니 얼굴의 표정 속에 일어난 변화를 전혀 눈치채지 못했다. 그 변화란 해빙 같은 것, 갑작스레 닥쳐온 봄기운 같은 것이었다. 떼레즈는 그 느낌을 너무나 잘 알고 있었다! 그러나 이번의 변화는 예전처럼 육체의 움직임이나, 피끓음이나, 욕망의 기적에서 기인된 변화가 아니었다. 기숙사의 여학생과 같은 왕성한 식욕으로 볼이 미어지도록 맛있게 먹고 있는 마리와 마주앉아 떼레즈는 이 행복을 마음껏 누리고 있었다…… 이 행복을 무엇에 비교할 수 있을까? 기차가 끝없이 긴 터널을 벗어나 밖으로 나올 때 갑자기 얼굴을 스치는 축축한 공기와 나뭇잎과 풀잎의 싱싱한 향기를 맡을 때의 기분과 같달까…… 그러나 그녀는 샴페인 병마개를 따려고 애쓰고 있는 마리를 보지 않으려고 눈을 돌렸다.
"두고 보세요! 아무 소리 안나게 살짝 딸 테니까요······."
 병마개가 튀어오르지 않도록 꼭 누르고 있는 이 조심스러운 몸짓을 떼레즈는 지금까지 다른 많은 사람들이 하는 것을 본 적이 있었다. 특히 한 남자가 하는 것을······ 마리는 떠나보내야 하리라. 이 순간을 충분히 이용해야지. 왜냐하면 이 아이가 여기에 오래 머문다는 일은 불가능한 일이니까. 떼레즈는 오늘 하룻저녁, 하룻밤만의 만남을 자기 자신에게 허용하기로 하였다. 그녀는 자신에게 이 기쁨을 허락했고 그러고 나서는 딸아이를 제 아버지에게 돌려보낼 생각을 했다. 그녀는 딸아이를 바라보았다. 그녀는 이제까지 자기 사랑의 대상이었던 그녀의 먹이가 아닌 한 인간을 사랑하고 있었다. 딸아이는 이야기를 계속했고 아버지와 할머니에 대한 길다란 험구를 늘어놓느라고 이야기가 갈팡질팡하고 있었다. 얽히고설킨 이야기가 헝크러진 그물처럼 뒤죽박죽이었다.
 "숫제 수녀원에 있을 때가 더 좋았어요. 그런데 집에서는 수녀원에 내는 내용이 너무 비싸졌다는 거예요. 송진이 크게 폭락한 이후로는 얼마나 난리를 치시는지 어머니께서는 상상도 못 하실 거예요······ 그리고 적자가 날까봐 두려워하시는 모습이란! 전 단 한 번 무도회에 갔었어요. 작년에 쿠르종 씨 댁에서 있었던 초라한 무도회였어요. 제가 너무 어리다는 구실로 모든 초대를 다 거절했답니다. 그리고 사순절에는 춤을 추어서는 못 쓴다면서요! 그렇지만 실은요, 제가 입고 갈 새 무도복값이 아까웠기 때문이었어요! 정말이에요! 아니라고 말씀하실 것 없어요, 어머니. 어머니께서는 저보다 그 두 분을 더 잘 알고 계시잖아요? 할머니 목소리가 지금도 귀에 쟁쟁해요. '갚을 길 없는 호의를 고분고분 받아들이는 법이 아니란다.' 왜 우스우세요? 제가 흉내를 잘 내죠?"
 "마리야, 그래도 네 할머님이신데 그러면 못 써."
 "싫어요, 어머니! 적어도 어머니만큼은 설교하시려 들지 마세요. 제가 할머니를 비판하는 건 아니예요······ 제가 할머님께 매달려 살고 있기 때문에 더욱 할머니가 싫어지는 거예요······ 어머니 곁에 살면 전 할머니를 잊을 수 있을 거예요. 또 아버지도 잊을 수 있을 거예요. 하루종일 제 뒤를 쫓아다니며 이래라저래라 하시지 않는다면 저도 더 이상 그 분들을 미워하지 않는 일이 쉬울 거예요. 어머니, 어머니께서는 제 마음을 이해해주시죠…….”

"안된다, 마리야. 그런 말을 하는 게 아니다…… 안되고말고！”

딸아이가 떼레즈에게로 되돌아온 것이다. 다른 식구들보다 그녀를 더 좋아하게 된 것이다…… 얼마나 멋진 복수인가！ 그러나 마리는 자기 어미의 소송서류를 전부 손에 쥐어본 적이 있었는지？ 저 아이는 정확히 무엇을 알고 있는가？ 저 아이가 무서워하게 만들기에 충분할 만큼은 베르나르가 딸에게 이야기를 밝혀주었을 게 틀림없다. 예전에 모녀가 잠시 동안 만나곤 할 때마다 떼레즈는 딸아이의 행동 속에서 겁에 질린 태도를 관찰할 수 있었다…… 그런데 그 아이가 오늘 저녁에는 저기에 있다…….

"아니다, 애야, 네 아버지에게 결점이 없지는 않지만 구두쇠는 아니다.”

"어머니는 아버지가 어떻게 변하셨는지 모르고 계세요. 어머니께서 15년 전의 아버지를 견디내지 못하셨는데 지금의 아버지를 보시면 어떻게 하셨을까요？ 어머니는 상상도 못 하셔요…… 할머니하고 아버지는 입버릇처럼 이렇게 말하세요. ‘이젠 더 이상 절약을 할 수도 없게 되었다. 절약할 것도 다 없애버렸으니까. 그리고 나머지는 모두 세금으로 바쳤다. 애야, 너도 일을 해서 살림에 보태야 할는지 모른다…… 우리가 이 지경이 되었구나. 네가 일자리를 얻어야 할 지경이 되었단 말이다！’ 그때 제가 ‘좋아요！ 멋진 불행이군요！ 제가 일을 할게요……’라고 대답할 때의 두 분의 표정을 어머니가 보셔야 하는데. 두 분은 저 역시 집안 사정이 이 지경이 된 것을 두 분과 함께 슬퍼하기를 바라고 계세요. 두 분께서는 제가 사는 시대상황을 그대로 제가 받아들이고 있다는 것을 이해하지 못하세요.”

이런 말투는 어린 딸아이의 말투가 아니라는 생각이 떼레즈의 마음에 떠올랐다. 저 아이는 저보다 나이가 든 여자친구로부터 들은 말을 그대로 옮기고 있는 게 아닐까？ 아니면 혹시 어떤 젊은 남자친구가 생긴 걸까？

"마리야, 날 똑바로 쳐다보렴.”

딸아이는 술잔을 내려놓고 미소를 지었다.
"네가 지금까지 한 이야기를 모두 들어보아도 기껏해야 기분이나 상할 일이나 아니면 화나 내고 말 일인 것 같구나…… 그 정도의 일로 두 분에게 반항한다는 것은, 더구나 여기까지 날 찾아올라온 것은……."
떼레즈는 나중의 몇 마디 말을 거의 들릴락말락 낮은 소리로 말했다.
"너 다른 무슨 일이 있는 거지…… 내게 꼭 털어놓아야 할 말이 있는 거지……."
딸아이는 고개를 숙이지 않았다. 깜빡이는 눈꺼풀에서, 갑자기 붉히는 얼굴에서 떼레즈가 정곡을 꿰뚫었음을 감지할 수 있었다.
"마리야, 내게 할 말이 있지……."
"그럴 시간을 주시지 않으셨잖아요…… 어머니는 지나치게 예민하셔요. 모두 다 꿰뚫어보셨군요."
"그 사람 네게 친절하니?"
"친절하냐구요? 천만에요. 그와는 정반대예요. 친절 그건 바로 그 사람이 제일 싫어하는 말 중에 하나예요…… 그 사람은 꽤 괜찮아요, 어머니!"
딸아이는 담배를 붙여 물고 팔꿈치를 상에 괴었다. 갑자기 한 여인, 성숙한 한 여인이란 느낌이 들었다.
"얘야, 어서 다 얘기해보렴."
"제가 딴 문제로 여기까지 왔을 것 같으세요."
"물론 그 문제 때문에 온 거겠지."
"물론이에요!"
다시 지난날의 친숙한 괴로움이 되살아났다. 떼레즈는 이번에는 사랑받는 상대가 더 이상 우리를 아프게 하지 않는 행복한 영역에 도달했다고 믿고 있었다. 왜냐하면 우리가 사랑의 상대로부터 아무런 기대도 하고 있지 않을 때면 아픔도 없을 테니까. 그러나 이 세상에는 완전히 이해관계를 떠난 사랑이란 없다. 우리는 우리가 사랑을 주고 나면 아무리 작은 것일지라도 준 것의 보상으로 되돌려받기를 기대하고 있다. 떼레즈는 자기가 모든 일을 다 내다보고 대처했노라고 믿고 있었다. 그녀는 완전무장을 하고 있었다. 딸아이를 자기로부터 떼어내어 제 아버지에게 되돌려보내려고 모든 힘을 집중하고 있었다. 그런데 갑자기 딸아이를 자기로부터 떼어내려고 노력할 필요가 없다는 것을 발견한 것이다. 왜냐하면 한 번도 딸아이가 제 어미에게 매달려온 적이 없었으니까. '나 때문에 온 것이 아니었어…… 저 아이에게 내 도움이 필요한 일이 일어나지 않았다면 내가 다시 저 아이를 보지 못하고 그대로 죽어버려도 그만이었을 거야…… 제 아버지에 대항하여 싸워야 하게 되었을 때, 자기 사랑을 지키기 위해 싸워야 하게 되었을 때 저 아이는 이 세상에 내가 살고 있다는 사실을 생각해내게 되었던 거야…….'

떼레즈는 이 씁쓸한 느낌을 잘 읽고 있었다. 딸아이에 대한 애정 속에서까지도 자기의 옛 원수를, 자기의 영원한 원수, 사랑받는 사람이 상대방에게 느끼는 정열을 감지해낼 수 있었던 것이다. 이제까지 언제나 이 정열의 이해타산 때문에 남자들이 그녀를 쫓아다녔었다. 그녀는 항상 봉사만 해왔고 이용만 당해왔던 것이다.

마리는 불안한 눈초리로 어머니를 바라다보았다. 어머니의 표정이 달라졌던 것이다. 이 잔인하고 교활한 가면 같은 얼굴이, 꽉 다문 입이, 이 차디찬 눈초리가 이제까지 그녀를 알아왔던 대부분의 사람들에게는 진정한 떼레즈를 구성하고 있는 요소라는 것을 이 무지한 소녀로서는 상상도 할 수 없었다. 어머니의 너무나도 부드러운 목소리에 딸아이는 오히려 겁이 났다.

"애야, 왜 너희들의 일에 나를 끌어넣으려는 거니?"

"어머니가 저희들을 구해줄 수 있는 마지막 사람이에요……."

"마리야, 내가 죽었어도 넌 꼼짝 안했겠지! 내가 필요해지지 않았다면……."

떼레즈는 웃음을 터뜨리고는 곧 무표정해졌다. 딸아이는 어머니를 뚫어지게 쳐다보았다.

"하지만 어머니, 제가 어머니를 버린 것은 아니었잖아요?"

떼레즈는 얼굴을 돌리고 한손으로 두 눈을 가렸다. 마리가 일어나서 어머니에게 키스하려 하자 떼레즈가 몸을 피했다.

"자, 이젠 식탁을 치우렴."

딸아이가 부엌에서 돌아왔을 때 떼레즈는 자리에서 일어나서 벽난로의 벽에다 팔을 기댄 채 서 있었다. 그녀는 딸을 쳐다보지도 않으며 이렇게 말했다.
"마리야, 난 아무도 버리지 않았단다. 태어나면서부터 버림받은 사람은 바로 나란다. 너는 내 말을 이해할 수 없을거다."
사실 마리는 이해할 수 없었다. 그러나 강한 충격을 받은 딸아이는 다시 어머니에게 키스하려 했으나 어머니가 조용히 몸을 뺐었다.
"전 어머니를 사랑하고 있어요, 어머니. 그걸 믿지 않으시나요? 그렇군요, 믿지 않으시군요. 왜 제가 키스하는 걸 피하세요?"
"너도 알고 있으면서 마리야."
"제가 알고 있다고요?"
떼레즈는 머리를 가로저었다.
"그 이야긴 그만두자…… 네 이야기나 듣자, 애야. 어서 얘기나 해보렴."
딸아이는 서슴없이 이야기를 시작했다. 자기가 사랑하고 있는 조르주 필로 문제로 아버지와 할머니에 대항하여 싸우고 있는 끝없는 언쟁 속에 떼레즈를 끌어들였던 것이다. 할머니와 아버지는 이 결혼이 굴욕적이라시며 말도 꺼내지 못하게 한다는 것이다. 돈 한푼 없이 거의 파산할 지경이면서도 아직도 가문을 찾고 있는 그들이 떼레즈에게는 놀라울 뿐이었다.
떼레즈는 이 필로 가문에 대하여 잘 알고 있었다. 데께루가의 똑같은 소작지를 100여 년 간 부쳐먹던 집안이었다. 그녀가 어렸을 때에 양을 지키면서 뜨개질을 하고 있는 필로 노인의 모습은 아직도 눈에 선했다. 그 노인의 아들과 손자는 땅장사로 대전중에 큰 돈을 모았었다. 그러나 마리의 말로는 그 재산의 일부분을 다시 잃었다는 것이다. 베르나르 데께루는 이 결혼을 거의 승인할 뻔하다가 갑자기 마음을 달리 먹었고 또 필로 가족도 이 결혼문제에 대해 맹렬히 반대하고 있다는 것이다. 마리는 그게 자존심 때문이라고 생각하고 있었다.
"그 집안은 아직 꽤 많은 재산을 갖고 있어요. 물론 전반적인 경제위기 때문에 타격을 받았겠지만. 오귀스트 필로(조르주의 아버지)는 2만 헥타르가 넘는 큰 덩어리의 매매를 했대요. 늘상 그 땅에 있는 나무를 잘라서 판 돈을 소개료로 받는대요, 또 땅도 공짜나 다름없는 값으로 손에 넣게 되고요…… 그런데 나뭇값이 폭락해서 타격을 좀 봤대요. 하지만 아직 우리집보다는 훨씬 부자예요…… 물론 가문도 보아야겠지요! 그렇지만 그이는 아주 특별나요. 머리도 비상한 분이고 정치학을 전공할 거예요."

떼레즈는 이런 생각을 하고 있었다. '이건 딸아이의 말투가 아니다. 자기 주위에서 들은 이야기를 흉내내고 있는거다. 처녀 때에 나도 이런 바보 같은 이야기를 했었지.'

이젠 딸아이가 무슨 말을 하는 무방한 일이 되었다. 그녀는 왜 딸이 파리행 기차를 탔는지 알게 되었다. 조르주 필로가 정치학 강의를 수강하게 된다는 것이다. 마리로서는 그와 멀리 떨어지지 않는 것이 중요한 일이었던 것이다.

"아! 그야 나도 그 사람과 떨어져 살아갈 수 있을 거예요. 물론 그 정도의 용기는 제게 있어요…… 그러나, 어머니는 모르실 거예요. 믿음이 있어야겠지요. 그이는…… 아직도 그이와 같은 청년이 이 세상에 존재하는지 전 모르겠어요. 그이는 저를 사랑하고 있어요. 그럼요! 그런데 우리가 단둘이 있을 때에만 절 사랑해줘요. 이런 이야기는 어머니한테만 고백하는 거예요. 그이는 가끔 끔찍한 말을 해요. '당신이 내 눈앞에 없으면 다 끝장이오. 난 내 흥미를 끄는 일을, 내 눈에 보이는 사람들을 생각하게 되거든…….' 그이가 다른 어떤 여자보다도 저를 좋아하고 있다는 것은 확실해요. 그런데 제가 눈앞에 안보이기만 하면 아무 힘도 없어지는 거에요. 그이는 그런 사람이에요. 그러니 우리 사이에 헤어져 있다는 것이 무슨 뜻인지 이해하시겠어요……."

"응, 그래서 네가 온 거지? 그렇지만 너는…… 저, 얘야, 너는(떼레즈는 잠시 말을 주저했다) 내가 네게 누를 끼칠지 모른다는 것을 미처 생각지 못했구나?"

마리의 얼굴이 빨개지면서 나지막하게 항의했다.

"참, 어머니도, 무슨 말씀을 하세요!"

"사람들은 나를 잊고 살아왔단다. 세월이 나를 감추고 매장한거야…… 네게 어미가 있다는 것을 세상 사람들이 이제 잊어버린거야. 그런데 갑자기 네가 나를 파내는구나. 그리고 나를 관에서 파내는 일에만 만족하지 못하고 너는 나를 요구하고 있어. 너와 너의 사랑을 내 보호 아래 놓으려 하고 있어. 그 누구의 보호인지 생각해봤니……."
 그녀는 자기 이름과 성을 어찌나 낮은 목소리로 말했던지 마리에게는 거의 들리지 않을 정도였다.
 "이 이름이 세상 사람들의 마음속에 무슨 생각을 불러일으킬지 생각해 보렴."
 "제가 낯붉힐 일은 하나도 없어요, 엄마."
 마리는 너무나도 평온한 목소리로 대답했다.
 "네 정신이 아니구나, 마리야."
 그러나 딸아이는 아무 말 없이 일어서서 어머니 곁으로 다가가 두 팔로 어머니를 껴안았다. 떼레즈는 딸아이를 뿌리치며 다시 말했다.
 "넌 네 정신이 아니야……."
 "그래요, 알고 있어요. 그래서 어쨌다는 거예요?"
 "네가 알고 있다면야……."
 "알고 있어요…… 아니, 짐작하고 있다고 하는 편이 더 낫겠지요."
 "그래도 나에게 키스할래?"
 "아! 엄마, 전 어머니를 비판하고 있지 않아요. 만약에 그렇다 하더라도……."
 두 모녀는 서로 마주 서 있었다. 떼레즈는 딸의 입술에 손을 대는 시늉을 했다.
 "그렇다면 날 용서하겠니?"
 "어머니를 용서한다고요? 허지만 어머니는 아무 잘못도 하시지 않았잖아요……."
 "네가 내 딸이라는 이유만으로 네게 덮쳐오는 것 말이다……."
 "그게 그리 중요한 일인가요?"
 "이 세상에 그보다 더 중요한 게 뭐가 있겠니?"
 "그렇지만 어머니……."
 떼레즈는 깜짝 놀라서 딸을 바라보았다.
 "허지만 그들은 네 귀에 멍이 들도록 이야기를 해줬을 게 아니니!"

"아마 제가 두 분의 중상모략을 듣고도 괴로워하지 않으리라는 걸 미리 알아차리셨나보지요. 하여튼 아무도 별로 상세한 이야기를 해준 사람은 없었어요."

"뭐라고? 내가 집을 떠나 있어야 하는 이유를 말할 때에는……"

"두 분은 항상 애매하게 설명해주시곤 했어요. 한두 번 아버지는 내 앞에서 성격이 맞지 않는다는 이야기를 하신 적은 있었어요. 그리고 사실, 무슨 일이 있었던지 간에 아버지 말씀이 옳다고 생각해요. 결국 모든 것이 그 한마디 말에 귀착되니까요. 성격이 맞지 않는 것…… 저는 그 말이 무엇을 의미하는지를 알기 위해서 큰 대가를 치르어야 했으니까요!"

고개를 숙이고 있던 떼레즈가 고개를 들고 마리를 바라보았다. 범죄에 대한 의구심이 이토록 이 소녀에게 전혀 일어나지 않을 수 있단 말인가! 시어머니와 남편이 잠자코 있었다는 사실에 떼레즈는 놀랄 뿐이었다. 이 뜻하지 않은 자비 앞에 경의를 표해야 하리라. 물론 두 사람이 침묵하기로 동의했던 것은 떼레즈를 위해서가 아니었다. 가문의 명예를 위해서였고 마리의 예민한 감수성을 건드리지 않기 위해서였다. 그러나 그들의 동기가 무엇이었던 간에 두 사람은 딸의 머릿속에서 떼레즈의 가치를 떨어뜨릴 말은 한마디도 하지 않은 게 분명했다. 그렇다면…….

"왜 그렇게 저를 쳐다보세요, 어머니?"

"나는…… 나를 네 눈에 나쁜년으로 만들 수도 있었을 네 아버지가 아무 말도 안하셨다니 네 아버지를 존경해야겠다는 생각을 하고 있었단다."

"제 눈에 어머니를 나쁜 여자로 만든다고요? 그랬다면 그 때문에라도 전 어머니를 더욱 좋아했을 거예요!"

떼레즈는 일어서서 책장 쪽으로 걸어갔다. 딸을 등지고 서서 책들을 꺼냈다가 도로 끼워넣었다가 했다.

"넌 그걸 알 수가 없다…… 만약에 네가 안다면……."

"그래 그게 뭔가요! 어머니가 누굴 사랑하시기라도 했나요? 그래서 가출하셨던가요? 그렇죠? 추측하기에 어려운 일도 아니예요! 제가 왜 그 때문에 어머니를 원망하겠어요?"

이 처녀 아이가 믿고 있는 것이 이 정도고, 의심하고 있는 것이 이 정도란 말이구나! 이 아이가 눈을 뜨게 해줘야 한다. 그러나 딸에게 모든 것을 샅샅이 고백할 수는 없다. 그 일은 떼레즈에겐 너무나 힘겨운 일이었다. 그리고 그렇게 한들 무슨 소용이 있단 말인가? 이 아이에게는 어느 정도의 이야기만 해주면 아이를 나로부터 멀리 보내기에 충분하겠지.
 "이리 오렴. 아냐, 내 안락의자에 걸터앉지 마라. 아냐, 내게 키스를 하진 마라. 이 낮은 의자에 얌전히 앉아 있거라. 이건 아르쥘루즈에서 갖고 온 거다. 클라라 아주머니가 난로의자라고 부르던 거지. 내 말을 잘 들어라. 나에 대해 조심해서 말을 피해준다는 일은 훌륭한 처사야. 암, 훌륭한 처사고말고. 두 분은......."
 "하지만 어머니, 그런 생활을 참지 않으시고 뛰쳐나오셨다는 사실은 제게는 장한 일로 보여요!"
 "그 일에 관해서 필로가의 사람들은 어떻게 생각하고 있을까?"
 마리는 당황해했다. 그쪽 집안 식구들은 자주 마리가 모르고 있는 사건들에 대해 암시하는 말을 하곤 했었다. 양보를 해야 할 쪽은 데께루가 쪽이라고 넌지시 비친 적도 있었다. 그러나 생 클레르 마을이나 아르쥘루즈 마을의 사람들이 무슨 생각을 하던 마리에겐 하등 관심 없는 일이었다.
 "내 말 잘 들어라. 좀더 가까이 앉으렴. 네게 이야기를 하려면 사방이 캄캄했으면 좋겠구나. 애야, 아르쥘루즈로 돌아가거라. 빨리, 빨리······ 어미에게는 아무것도 물어보지 마라."
 그녀는 아주 낮은 목소리로 "나는 어미 자격이 없다······"라고 덧붙여 말했다. 그러나 마리가 알아듣지 못하자 다시 되풀이해서 말했다.
 "나는 어미 자격이 없다."
 "어느 어머니든 어머니될 자격은 있는 법이에요······."
 "아니다, 마리야."
 "어머니, 제가 방금 뭘 발견해냈는지 아세요? 어머니는 제가 생각했던 것보다 훨씬 더 어머니 세대의 사고방식에 젖어 있다는 거예요! 사랑하는 어머니! 어머니는 생 클레르나 아르쥘루즈의 사람들이 하듯이 자신을 비판하고 계세요. 그 사람들과 같은 원칙하에 자신이 죄인이라고 여기고 계세요. 제 나이 또래의 처녀의 눈에는 조금도 탓할 일이 못 되는 것을 갖고 산같이 크게 생각하고 계세요. 어머니는 사랑이 죄악이라고…….”
 "아니다, 나는 네 사랑을 죄악이라고 생각하지 않는다.”
 "하지만 어머니 사랑은 영원히 사랑일 뿐이에요. 어머니가 결혼한 여자였다고 해서…….”
 "애야, 넌 이젠 종교적 도덕을 믿지 않고 있니?”
 마리는 머리를 가로저으며 자부심에 찬 목소리로 이렇게 말했다.
 "그 단계를 극복하는 데 조르주가 절 도와주었어요…… 우습죠, 엄마?”
 떼레즈는 억지로 웃었다. 한 인간의 속물근성은 단 한마디 말에, 그 말을 내뱉는 어투 속에 드러난다. 그녀는 마리가 '그 단계'라고 말하는 모습을 보며 마음이 아팠다. 딸아이는 자기 의자를 더욱 가까이 끌어당겨와서 모녀의 두 무릎이 서로 닿을 정도가 되었다. 그녀는 두 손을 모두어 어머니의 무릎 위에 올려놓았다. 그러고는 비밀이야기를 나누는 소녀들이, 자기 마음을 털어놓는 소녀들이 짓는 주의깊고도 열정적인 표정으로 떼레즈의 얼굴을 쳐다보고 있었다.
 "내 말을 이해해주렴. 내게 불가능한 일까지 더 말하도록 만들지 말아다오. 물론 사랑이 반드시 죄악인 건 아니다…… 그렇지만 가짜 사랑이 가면을 씌워주지 않을 때 죄악은 참으로 끔찍한 거란다!”
 떼레즈는 두어 마디 거의 들리지 않는 목소리로 중얼거렸다. 마리가 "뭐라고요?”라고 묻자
 "아냐, 아무것도 아니다……”라고 대답했다.
 모녀는 한동안 입을 다물고 있었다. 어머니를 뚫어지게 쳐다보고 있는 마리의 두 눈은 얼마나 커다란지! 마리는 약간 뒤로 물러서서 두 손을 깍지끼고 상반신을 똑바로 일으켰다. 떼레즈는 불집게를 쥐고 난롯불을 헤쳤다.
 "이해하려고 애쓸 것 없다. 나는 훌륭한 사람은 못 된다. 네 마음껏 상상해도 좋다.”
 그녀는 "나는 훌륭한 사람은 못 된다”라고 되풀이했다. 그때 마룻바닥

에 의자가 끌리는 소리가 났다. 마리가 좀더 멀리 떨어져 앉았다. 떼레즈는 두 손을 들어 눈께로 가져갔다. 절대로 울지 않는 그녀에게 오늘 저녁에 무슨 일이 일어난 걸까? 딸아이가 우는 것을 눈치채서는 안된다. 그러나 눈물은 손가락 사이로 거침없이 흘러내렸다. 어릴 때보다 더 뜨겁고 거침없는 눈물이었다. 어릴 때처럼 그녀는 가슴이 들썩이며 흐느꼈다. 다시 의자를 가까이 끄는 소리가 들렸다. 마리는 성급한 손짓으로 떼레즈의 손목을 잡고 억지로 얼굴에서 떼게 만들었다.

마리는 손수건을 꺼내서 어머니의 두 뺨을 닦아주었다. 그러고는 두 팔로 어머니의 얼굴을 감싸쥐고는 황량한 이마와 숱없는 머리카락 위로 키스를 퍼부었다. 그러자 떼레즈는 단숨에 그 포옹에서 벗어나 자리에서 벌떡 일어나더니 화가 난 목소리로 말했다.

"저리 가…… 넌 벌써 떠났어야 했는데. 내가 할 말은 다했어. 그런데 이 눈물 때문에 처음부터 다시 되풀이하게 되었구나…… 난 참 바보다! …… 마리야, 나에게 더 이상 아무것도 묻지 마라. 내 말을 믿어줘."

떼레즈는 한마디 한마디 끊어가며 또렷이 이렇게 말했다.

"나는 너랑 함께 살 수 있는 그런 여자가 못 된단다. 내 말 알아들었니?"

마리는 고개를 옆으로 저었다.

"그래서요! 어쨌다는 거예요! 어머니는 지금껏 살아오셨어요! 그래서요? 아르쥘루즈를 떠나실 때 어머니께서 무슨 일을 하셨던 간에 어머니에게는 정당한 이유가 있었겠지요……."

그러나 떼레즈는 더 이상 고백을 해줄 수가 없었다. 이 세상에 아무도 그녀로부터 그 고백을 요구할 권리를 갖고 있지 않았다. 떼레즈가 "네가 여기 있을 수는 없어! 그럴 수는 없어!" 하고 되풀이하자 마리가 그녀의 말을 막았다.

"아, 알겠어요. 어머니는 혼자가 아니시죠? 거기까지는 미처 생각하지 못했어요. 어머니의 생활은 꽉 차 있어서 제가 비집고 들어갈 수 없단 말씀이군요. 예전에는 이것저것 상상해봤었지만……."

"그래, 나처럼 늙은 여자가 그러리라고 네가 어찌 생각할 수 있었겠니……."

딸에게 그걸 믿게 하다니! 그러나 딸아이가 그걸 믿을 필요가 있었던 것이다. 딸아이는 구역질이 나겠지……. 차라리 저애가 진실을 사실 그대로 아는 편이 낫지 않을까? 그렇다, 그러나 떼레즈는 딸아이가 일어서서 거울 앞으로 가서 머리모양을 고치고 베레모를 찾는 모습을 보자 결심이 허물어졌다.
"아니야, 마리야! 내겐 아무도 없다! 거짓말을 했던 거야!"
소녀는 숨을 크게 내쉬고는 미소를 지으며 어머니를 쳐다보았다.
"그럴 줄 알았어요……."
"난 혼자란다. 생전 요즘처럼 외로운 적이 없을 지경으로 혼자란다."
"이제 앞으로는 어머니 곁에 제가 있게 될 거예요."
떼레즈는 딸아이가 베레모를 의자 위에 내던지고 다시 에미 앞에 앉아서 어미의 시선을 찾는 모습을 물끄러미 쳐다보았다. 자기는 왜 이리도 비겁하였던가? 모든 게 다 잘 정리되려는 순간이었다. 곧 그녀는 딸아이를 오르세 호텔로 데리고 갈 참이었지 않았나. 날이 밝으면 베르나르 데께루 앞으로 전보를 칠 생각이었는데…….
그러나 이제는 이 힘든 싸움을 다시 모두 시작해야 한다.
그녀는 마리에게 분별 있게 행동하라고 또 어미 말을 믿으라고 간청했다. 어미는 남편에게 이 세상에서 가장 큰 잘못을 저질렀으며, 그래도 남편은 관대했었다고 말해주었다. 자기가 생각했던 것보다 훨씬 더 관대했음을 알게 되었다고도 했다. 마리의 눈에 어미의 가치를 떨어뜨릴 이야기를 한마디도 안해준 것을 보면…….
"그 때문에 주저하신다면……."
마리는 잠시 주저하다가 어머니 곁으로 다가와서 안락의자의 팔거리 위에 걸터앉았다.
"제 말 좀 들어주세요. 어머니께서 모든 걸 다 아시는 편이 좋겠어요…… 그래요, 모두들 저에겐 아무 말도 안해주셨어요…… 아마 종교적인 조심성 때문이었을 거예요. 그 분들이 침묵을 지켰다고 해도 선의로 그런 건 절대로 아니예요, 제 말을 믿으세요. 밖에서 이야기할 때면 즉각 알 수 있었는걸요…… 사람들과 이야기하다가 어머니에 대한 이야길 입 밖에 내기만 하면 사람들은 얼굴을 붉히고 눈을 돌리곤 했어요

…… 그러나 이제 더 이상 그런 상황에 부딪치지 않도록 처신할 줄 알게 되었어요. 어머니에게 모든 걸 다 털어놓아도 괜찮겠지요? 지금까지 제 마음을 털어놓고 이야기할 사람이 있었다면 그건 조르주예요. 그런데 말이에요, 어머니에 관한 이야기만은 아직까지 우리 사이에 털어놓고 이야기할 수 있는 단계에까지 오지 못했어요. 그이가 터무니없는 일을 상상하고 있다는 걸 전 알고 있어요! 전 그이의 잘못된 생각을 바로잡아주고 싶지만 어떻게 해야 할지 모르겠어요. 그 일에 대해 제가 물고 늘어지려면 그이는 곧장 모자를 집어들고 가버려요. 아니예요, 두 분이 어머니를 아끼려고 그러신 건 아니예요. 그러니 어머니가 그 분들에게 감사하실 건 하나도 없어요. 어쩌면 두 분이 그 일에 관해서 허풍을 떨었는지도 몰라요. 우리가 결혼한다는 일에 송구스러워해야 할 필로네 식구들이 까다롭게 구는 걸 보면요! 정신상태가 어떤 사람들인지 알아볼 조지요, 안그래요? 그게 다 어머니가 아르퀼루즈의 집에서 숨이 막혀서 죽기를 동의하지 않았다는 것 때문이라니요. 어머니, 제가 이렇게 말한다고 노여워하시지는 않으시겠지요?"

떼레즈는 마리를 밀어젖히고 등을 꼿꼿이 세웠다. 그녀가 말을 하는 모습은 마리에게는 마치 빨리 걸어서 숨이 찬 것 같아 보였다.

"보려무나! 너도 알겠지? 난 네게 나쁜 일만 생기게 한단다…… 나 때문에 네 혼담이 깨질지도 모르겠다…… 조르주 필로는 네가 내게로 온 걸 알고 있니?"

마리는 당황하는 표정으로 고개를 가로저었다.

"넌 그애에게 아무 말도 하지 않은거냐?"

마리는 조르주를 놀라게 해줄 심산이라고 대답하였다.

"제가 파리에 있다는 사실이 기뻐서 다른 문제로 화를 내지 않을 거라고 생각했어요……."

"그럼 이 어미의 존재에 대해선 어떻게 생각할 것 같으냐? 안된다! 안돼! 한시바삐 어미 곁을 떠나라. 네 앞날은 거기 달려 있다. 내가 그 일에 대해 자꾸 말하게 만들지 말아주렴."

떼레즈는 다시 난롯불 쪽으로 몸을 굽혔다. 이번에는 마리도 당황한 듯 보였다. 딸아이가 몇 발자국 물러서서 어머니를 바라보며 이렇게 물었다.

"하지만 어머니, 도대체 무슨 일이 있었나요? 설마 어머니가 문둥병자는 아니실테죠?"

떼레즈는 중얼거리듯 낮게 말했다.

"네가 정곡을 찔렀다는 사실을 넌 믿지 못하고 있겠지……."

그리고 나서 그녀는 숨을 깊이 들이쉬었다. 비로소 목적은 달성되었던 것이다.

마리는 자기 주위를 돌아보며 자기 짐을 주섬주섬 챙겼다.

"택시로 바래다주마. 오르세 호텔에서 하룻밤 묵어라. 내일 아침에 내가 기차역까지 데려다줄게…… 기차 시간이 7시 50분 아니면 8시 10분일거다…… 잘 생각이 나지 않는구나. 호텔에서 물어보면 될거다."

떼레즈는 흐르는 눈물을 참으려 애쓰지 않았다. 이제는 더 이상 눈물을 감추려 애쓸 필요가 없었다. 그녀의 괴로움 속에는 안도의 기쁨이 깃들여 있었다.

그녀는 할 일을 했던 것이다. 그러면서도 그 끔찍한 문제는 건드리지 않을 수 있었던 것이다…… 그런데 갑자기 차가운 표정으로 마리가 떼레즈 곁으로 다가와서 그렇게도 오래전부터 집안 식구들이 자기에게 감추어온 내막을 이야기해주기 전에는 절대로 돌아갈 수 없을 거라고 선언했다.

"저나 어머니 때문에 이러는 게 아니예요. 조르주 때문에 이러는 거예요. 우리 사이를 갈라놓고 있는 게 무엇인지를 저는 알아야겠어요. 제가 모르는 그 사건이 만약에 어머니께서 암시해주신 것과 같다면……."

이 위협하는 듯한 어조를 들으며 떼레즈는 냉정을 되찾을 수 있었다. 그녀는 단호한 어조로 말하였다.

"이제 그 문제에 대해서 네게 할 말은 다했다. 네 마음대로 상상해보려무나. 이제 너도 알만큼 알고 있으니 남들이 뭐라 수군대던 견뎌내기 어렵지 않겠지. 수녀원의 기숙학교 생활 동안에 너희 반 친구들이 그 일로 아무 말도 안했다는 게 이상할 정도로구나…… 수상한 투서 같은 걸 받은 적 없었니? 없었다구? 그렇다면 인간들은 우리가 생각하는 것보다 훨씬 훌륭하게 행동한다고 믿어야겠구나. 그런데 이런 이야기로 네가 무슨 생각을 할지……."
 그녀는 마리의 표정을 지켜보고 있었다. 긴장한 얼굴이며 어리둥절한 눈초리를…… 그렇다. 마리는 지금까지 몇 번이나 자기가 나타나면 사람들이 갑자기 말을 중단한다거나, 수업중에 선생님의 말 가운데서도 자기 혼자만 그 암시의 뜻을 모르고 있는 듯 온 반의 친구들이 자기를 바라보는 경험을 겪었었다. 그러나 이 순간에 마리가 모든 집중력을 다해서 기억해내고자 애쓰고 있는 일은 작년에 일어났던 어떤 사건의 회상이었다. 마리와 동갑인 아나이스는 소작인의 딸로 마리의 시중을 들고 있었다…… 처음에 이 아이는 마리에게 열정적인 애착을 보였었다. 그러나 마리는 자기가 좋아하지 않는데도 자기를 좋아하는 사람들에게 조금도 다정하게 굴지 않는 성격이었다. 게다가 이 까무잡잡한 소녀는 마리의 마음에 들지 않았고 옷도 아무렇게나 걸치고 또 나쁜 냄새를 풍기고 있어서 마리에게는 구역질이 날 정도였다. 그래서 마리는 그 아이의 관심 있는 호의를 매정하게 거절하곤 했었는데 아나이스는 그걸 잘 참아내고 있었다. 그러던 어느 날 그 계집아이는 필로 댁 아들이 아가씨와 자주 만난다는 사실을 알게 되었다. 그건 이미 온 마을 사람들이 다 알고 있는 사실이었다. 그 당시 마을에 퍼져 있던 험담의 진원지가 그 계집아이였음을 식구들이 나중에 알게 되었다(그 계집아이는 어느 날 밤 마리가 조르주를 자기방에 받아들였다고 소문을 냈다는 것이다). 계집아이는 곧 쫓겨났다. 큰 언쟁이 벌어진 끝에 계집아이의 부모도 소작지를 떠나야 했다.
 그런 일이 있은 지 두세 달 후에 마리는 자기 앞으로 보내온 우편물 속에서 파리의 신문기사를 오려서 부친 한 통의 봉투를 발견했다. 한동안 사람들의 입에 오르내리던 어떤 범죄사건에 관한 기사였다. 마리는 신문을 별로 읽고 있지 않았기에 기사내용을 전혀 모르고 있었다. 그러나 그녀는 얼굴도 모르는 사람이 자기를 위해서 일부러 오려서 부쳐준 그 기사를 유심히 읽어보았다. 그건 그녀가 짐작건대 검사의 논고의 일부였다. 어느 정도 사건의 진상을 알려줄 수 있었을 기자의 해설부분은 없었다.
 마리는 《라 프티트 지롱드》, 《라 리베르테 뒤 쉬드 우에스트》 등 그

지방에서 구할 수 있는 지방신문을 들춰보며 이 사건에 관한 기사를 찾아보았지만 헛수고였다. 마리가 받은 기사 조각은 수주일 전에 나온 신문에서 오려냈던 것 같았다. 그녀는 너무나 열심히 그 기사를 읽고 또 읽어서 한마디 단어도 틀리지 않고 외울 수 있을 정도였다.

"배심원 여러분, 잠시 후 존경하는 변호사께서는, 여러분들에게 자식을 둔 아버지로서의 심정에 호소할 것입니다. 피고의 자식들의 장래를 생각해보시라고 여러분의 마음을 움직여보려 할 것입니다. 좋습니다. 그렇다면 본인도 정의의 이름으로 그리고 피해를 입은 사회의 이름으로 이 죄없는 자식들의 문제를 생각해보며 여러분들에게 호소해보고자 합니다. 이 아이들이야말로 이 악독한 피고의 최초의 희생자들입니다. 이 여자 때문에 앞으로 이 아이들이 살아 있는 한 언제나 남의 손가락질을 받을 것입니다. 그리고 이 아이들은 영원히 '저 아이들 좀 봐! 저게 독살녀의 자식들이야'라는 끔찍한 말을 귓전에 듣게 될 것입니다."

잠시 동안 마리의 시선이 어머니의 시선과 마주쳤다. 먼저 눈길을 피한 것은 딸 쪽이었다. 마리의 머릿속에서는 단 한순간도 떼레즈 데께루의 미지의 사건과 그 범죄사건 사이에 손톱만큼의 관련이라도 있다는 생각이 떠오른 적은 없었다…… 적어도 맑은 정신으로는 그랬었다. 그러나 마리는 그 신문조각을 아버지에게 보이지도 않았고 그 누구에게 한마디도 말하지 않은 채 태워버렸다. 그건 아마도 무신경 때문이었거나 아니면 게으름 때문에, 무관심 때문에, 아니면 일을 복잡하게 만들기가 싫었기 때문이었을 거다…….

그래서 지금 이 순간조차 마리는 자기가 미쳤나보다고 자신을 비난하고 있었다. 집안 식구 중에 독살당해 죽은 사람이 아무도 없지 않은가. 아무도 재판을 받은 적이 없지 않은가. 마리가 기억할 수 있는 한 옛날로 거슬러올라가봐도 어머니는 항상 자유로운 몸이었지 않은가.

떼레즈는 메마르고 무관심한 마음으로 딸아이가 괴로워하는 모습을 바라보고 있었다. 그녀는 벌써 아무것도 느끼고 있지 않았다. 판사의 언도만을 기다리고 있는 심정이었다. 이제는 더 이상 아무 말도 안해도 되리라 싶었다. 다만 한두 개의 질문에 간단히 답하면 그걸로 끝이리라 싶었다.

'집에서 누가 죽었었지?' 하고 마리는 마음속으로 자문해보고 있었다. '클라라 이모?' 마리는 이 노처녀에 관해서는 아무것도 기억나는 게 없었다. 그러나 이 노처녀에 관계된 일일 수는 없었다. 어머니는 클라라 이모를 아주 좋아했었고 지금까지도 때로는 이모 생각을 하며 눈물을 흘릴 정도니까. '어쩌면 희생자를 집안 식구말고 밖에서 찾아야 하는 게 아닐까?'

이따금 발코니 위로 내려치는 빗물소리가 크게 들려오곤 했다. 마리가 이제 곧 어미에게 물어오겠지…… 떼레즈는 마리가 물어오면 "그래", "아니야"라고 간단히 대답해버리리라고 다짐하고 있었다. 그녀는 딸의 일격을 기다리고 있었다. 갑자기 마리의 목소리가 들렸다.

"어머니 때문에 죽은 사람이 아무도 없다고 맹세해주세요."

"맹세하마, 마리야, 아무도 없다."

딸아이가 안도의 숨을 내쉬었다.

"어머니, 판결을 받으신 일도 없으셨죠?…… 제 말은 법정에서 말이에요?"

"없었다."

"그렇다면 어머니 잘못이에요. 이제까지 아무 말도 안해주신 것은요! 어머닌 절 용서해주시죠?"

떼레즈가 고개를 끄덕였다.

"어머니가 한 번도 재판소에 들락날락한 일이 없으셨다면……."

"애야, 내가 그렇게 말한 적은 없다…… 절대로 없어! 내 말은 한 번도 몇 년 형의 판결은 받은 적이 없었다는 거였다……."

"어머니는 말장난을 하고 계세요!"

"간단한 얘기란다. 난 재판소에 신세진 일이 있었지만 수사가 중단됐단 말이다. 공소가 기각되었다. 그뿐이다. 이젠 날 더 이상 괴롭히지 말아다오."

"그렇지만 공소가 기각되었다면……."

떼레즈는 일어서서 딸아이의 모자와 외투를 집고서는 딸아이를 현관 쪽으로 밀어내고자 했다. 그런데 서가에 기대어 서 있던 딸아이는 꼼짝도 하려 들지 않았다.

"마리야, 이 어미를 불쌍히 여겨주렴."
"어머니는 아무도 죽인 적이 없었다고 하셨죠……."
"그래, 아무도."
"그럼 어머니는 죄가 없으셨지요?"
"그렇지 않다."
 떼레즈는 몸을 웅크리고 팔꿈치를 무릎에 기대며 난롯가의 낮은 의자에 도로 앉았다.
"한 가지만 더 묻겠어요. 희생자가 누구였는지 그 이름을 알려주세요. 그러면 어머니를 더 이상 괴롭히지 않을게요. 떠나겠다고 맹세할게요. 외부 사람이었지요?"
 떼레즈는 아니라고 머리를 가로저었다.
"그럼 집안식구였나요?"
 떼레즈는 고개를 끄덕였다.
"클라라 이모였나요? 아니예요?…… 그럼 아버지?"
 마리는 어렸을 때처럼 사람찾기놀이를 하고 있는 표정이었다. 피고는 눈을 들지도 않았고 깍지낀 손을 풀지도 않았다. 그리고 얼굴의 근육 하나도 움직이지 않았다. 그러나 마리는 자기가 맞췄다는 확신을 가질 수 있었다. 딸아이가 다른 질문을 더 이상 할 생각도 못 하면서 외투의 단추를 채우고 있을 동안 떼레즈는 돌처럼 굳어져 있었다. 딸아이는 더 이상 아무것도 알고 싶지 않았던 것이다. 그 이상의 것은 자기와는 아무 관계가 없는 일이었다. 마리는 남의 일에 별로 흥미를 느끼지 못하는 그런 아이였다. 비록 그 일이 자기 친어머니에 관한 일이라 할지라도. 자기가 조르주 필로와 결혼할 수 없으리라는 사실을 알게 된 것만으로 충분하였던 것이다. 어쩌면 그 청년에게 몸을 줄 수 있을지 모르겠다…… 그것도 물론 상대가 그 일에 동의해야 하겠지만…….
"방에 우산이 있다…… 잠시만 기다려라…… 심장에 발작이 와서 그런다. 이제 곧 진정될거다. 내가 널 호텔까지 데려다줘야 할텐데."
 마리는 그럴 필요가 없다고 했다. 다만 호텔숙박비와 차비를 좀 꿔달라고만 했다. 생 클레르에 가면 우편환으로 갚아주겠다고도 했다.
 물론 마리는 이제 더 이상 어머니에게 빚지고 싶지 않은 심정이었다.

그러나 자정이 지난 시각이었고 떼레즈는 이 밤중에 딸아이를 혼자 내보 낼 수가 없다고 생각하고 있었다. 아무리 오르세 호텔이 엎어지면 코 닿 을 가까운 거리에 있다 하더라도. 떼레즈가 다시 말했다.

"이 한밤중에 너 혼자 내보낼 수는 없다."

"어디엘 가도 여기보다는 나을 거예요."

"비가 좀 뜸해지길 기다리렴……."

"어머니가 돈을 빌려주시기만 기다릴 뿐이에요."

'어머니가 돈을 빌려주시기만 기다릴 뿐이에요'라는 짤막한 말은 떼레 즈가 잘 알고 있는 친숙한 말이었다. 왼쪽 어깨와 팔의 통증을 되살아나 게 할 염려만 없었던들 그녀는 소리를 내어 한바탕 웃었을 것이다. 그러 나 그녀는 이렇게 말했다.

"내가 일어서는 일 좀 도와주렴."

아마도 떼레즈의 말소리가 너무나 작았던지 마리는 그 말을 듣지 못한 것 같았다. 그러자 떼레즈는 벽난로를 가로지른 대를 잡고 신음소리를 죽이며 겨우 몸을 일으켜서는 옆방으로 들어갔다. 마리는 열쇠를 열쇠구 멍에 넣어 비트는 소리를 들었다. 그러나 그때 마리는 어머니 생각을 하 고 있지 않았다. 조르주를 생각하고 있었다. 그는 벌써 며칠 전부터 파 리에 올라와 있었다. 그를 만나보지 않은 채 되돌아가야 할까? 뭐니뭐 니해도 그에게 해명해줄 건덕지가 아무것도 없었다. 그는 오래전부터 이 사건의 전모를 알고 있는 게 분명할 테니까…… 아니야, 아니야, 아 직 아무것도 절망이라고 생각할 건 없어. 가장 현명한 일은 서둘러 생 클레르로 되돌아가는 일이야. 그리고 조르주가 이 불쾌한 여행에 관한 일을 모르는거야. 조르주! 조르주! 이 순간에 조르주가 마리의 머릿속 을 완전히 사로잡고 있었다. 어머니가 무엇을 느끼고 있을지, 또 어머니 가 되돌아와서 낮은 의자에 몸을 웅크리고 앉아 있다는 것도 마리에겐 전혀 관계 없는 일 같았다. 하여간에 이제부터 마리는 떼레즈 데께루의 딸로서는 조르주와의 결혼은 기대할 수 없는 행운임을 식구들에게 말할 수 있게 된 것이다…… 적어도 그 점에 있어서 그녀의 입장이 유리한 위치에 있게 되리라. 걱정스러운 쪽은 오히려 필로 집안 쪽이었다…… 그렇지만 대순가! 만약에 그쪽에서 이 결혼을 정말로 원하지 않았다면 훨씬 더 분명히 결혼반대의사를 표명했어야 하지 않았을까. 중요한 일은 조르주의 마음이 약해지지 않는 일이다. 모든 게 조르주에게 달려 있다 …….

그러자 마리는 이 문제를 다른 각도에서, 그것도 여러 가능성을 포함한 각도에서 검토하기 시작했다. 조르주는 한두 번이 아니라 기회가 있을 때마다 자기는 아무도 필요없노라고 공언해왔었다. 생각만 해도 무서운 일이다…… 자신을 속일 필요는 없다. 둘이 함께 있는 한, 둘이 세상의 같은 장소에서 숨을 쉬고 있는 한 마리는 어느 정도 안심할 수 있었다. 그런데 조르주가 파리로 옮겨온 것은 그녀에게 참으로 큰 위협이었다! 그런데 이제는 더 이상 파리의 그에게 찾아갈 수 없는 입장이 아닌가…… 솔직히 말해서 못 갈 게 무언가? 왜 그녀는 처음에 느낀 두려움에서 헤어나지 못하는 걸까? 매년 며칠씩 어머니 곁에서 지낸다는 일은 벌써 예전부터 동의되어온 일이 아니었던가. 조르주는 이 일을 아주 자연스런 일로 생각할 것이다. 그녀가 어머니 곁에 머무르는 기간을 조르주 때문에 연장한다 해도 거절하지는 않을 것이다. 그렇다, 곰곰이 생각해보니 자기는 얼마나 바보같이 굴었던가! 15년 전에 일어난 일은 그녀와는 아무 관계도 없는 일이다. 마치 자기 또래의 젊은 처녀가 늙은 히스테리 환자와 연대감을 느낄 수라도 있듯이 생각해오다니! 더군다나 그 누가 즐겨 이 사건을 확대하려 했겠는가…… 사건이 불기소로 처리된 걸 보면 어머니는 자기가 생각하고 있는 것처럼 죄가 많지는 않다고 믿어야 한거다…… 뭐니뭐니해도 죄가 있건 없건 간에 이 잊혀진 사회면 기삿거리가 젊은 처녀의 인생에 영향을 끼칠 이유가 어디 있단 말인가? 마리는 낮은 의자 맞은편에 있는 안락의자에 다시 앉아서는 부드럽게 떼레즈의 손을 만졌다. 떼레즈는 깜짝 놀란 듯 몸을 떨며 얼굴을 들고는 자기 눈을 믿을 수가 없었다. 마리가 빙그레 웃고 있었던 것이다. 물론 입술 끝을 떨며 억지로 웃고 있긴 했다. 그러나 어쨌든 무장은 해제한 것이다. 마리가 이렇게 말했다.

"어머니, 절 용서해주세요."
"너 미쳤구나! 내게 용서를 빌다니!"
"제가 정신이 나갔었어요. 첫번에 느낀 감정에 몸을 맡겼던 거예요……

그런 뜻밖의 사실을 처음 알게 되었을 때 남들이 느꼈음직한 감정을 느끼고 있는 척했던 거예요…… 허지만 그건 저의 진실한 감정과는 다른 느낌이었어요…… 제 말을 믿으시겠어요?"
 "네가 나를 동정하고 있다는 걸, 그리고 나를 위로하고 싶어한다는 건 알고 있다……."
 "이것 보세요, 어머니, 제가 증거를 하나 보여드리겠어요."
 어머니는 모파상의 소설 《피에르와 장》을 읽은 적이 있을까? 마리는 동네 대본집에서 빌려 읽은 적이 있었다. 조르주는 그 소설이 '시시하다'고 했다. 그는 그 시대의 모든 소설가들이 다 피상적이라고 생각하고 있었다…… 하지만 《피에르와 장》은, 이 소설의 줄거리는 한 아들이 자기가 불의의 씨라는 사실을 알아내고 어머니의 연애사건을 밝히는 일을 중심으로 벌어진다…… 그런데 자식들이 자기를 낳아주신 부모 앞에 비판가로 처세하고, 부모의 감정적 생활을 캐내고 캐낸 일에 화를 내거나 절망한다는 것은 마리에게는 어찌나 말도 안되는 일 같아 보였는지 말도 할 수 없을 지경이었다고 말했다.
 "그래요, 어머니의 경우는 이것과는 다르다는 것을 잘 알고 있어요. 허지만 결국에는 서로 비슷한 점은 있어요. 그런데 소설에서와는 반대로 저는 어머니에 대해 좀더 자유롭게 처신하겠어요. 제가 아무것도 모르고 있을 때에는 어머니께서 집안 식구들의 의견에 전적으로 동의하시고 또 식구들의 의견에 따라 행동하는 척하시는 일이 당연했겠지요. 그러나 이제는 저를 속이려 하는 건 필요없어요……."
 떼레즈는 마리를 관찰하고 있었다. 결국 딸아이는 이런 결론에 도달하려 했었구나. 저 아이는 진실이 밝혀진 어머니가 자기와 공범자가 되리라고 생각한거야. 또 누가 알아? 어머니가 조르주와 만나는 일을 허락해주리라고 생각했을지도…….
 "내 말 들어라, 마리야……."
 떼레즈는 무슨 말을 할지 찾고 있었다…… 이 지루한 언쟁이 도대체 언제나 끝장이 날 것인가?
 "내 말 들어라, 마리. 네가 나를 비난하지 않으려는 건 올바른 태도이긴 하다. 허지만 그렇다고 내가 모든 일을 허락하리라 생각한다면 그것 역시 날 비난하고 있는 행동이다⋯⋯."
 "어머닌 무슨 터무니없는 생각을 하고 계시나요? 여느 어머니가 딸에게 해줄 수 있는 것 외에 다른 건 원하는 것이 아무것도 없어요."
 이제 마리는 억지로 애정 깃들인 말투를 가장하려고 애쓰지조차 않았다. 그녀의 말투는 퉁명스러웠다. 떼레즈가 딸아이의 말을 가로챘다.
 "이제 너는 내가 왜 너의 아버지에게 싫은 소리를 들을 구실을 주어서는 안되는지를 알고 있다."
 "어머닌 어쩌면 그렇게 지당한 말씀을 하세요! 식구들이 어머니 말씀을 들었다면 자기 귀를 의심했을 거예요."
 "마리야⋯⋯."
 갑자기 딸아이가 분노를 터뜨렸다.
 "도대체 왜 그러세요. 어머니가 사랑을 했단 말이죠. 어머닌 사랑이 무엇인지 알고 계시죠. 이제 겨우 사랑을 시작한 저도 이제 더 이상 사랑에 관해서는 남의 가르침이 필요없다고 생각되네요. 어머니께 다시 말씀드리겠어요. 저는 조르주를 매일 만날 수만 있다면 그이의 사랑에 자신을 가질 수 있어요. 그이가 멀리 가버린다면 전 그이를 잃게 될 거예요. 이번에 파리에서 지낼 동안이 우리에겐 끔찍한 시련기가 될 거예요 ⋯⋯ 좋아요, 어머니 곁에서 사는 일은 단념하겠어요. 허지만 때때로 며칠씩 묵으러 이곳에 오는 일은 무방하지 않겠어요?⋯⋯."
 "난 네 아버지의 의견에 따르겠다."
 "그런 말씀을 하시다니! 어머니 입을 통해 이렇게도 합리적이고 부르주아적인 말이 나오다니⋯⋯."
 떼레즈가 딸아이의 말을 중단했다.
 "이제 그만둬라. 내가 더는 참을 수 없을 정도로 힘들어 하는 걸 모르겠니? 자, 여기 열쇠가 있다. 식당에 있는 옷장에서 이불을 꺼내서 구석에 있는 작은방에 잠자리를 만들어라. 내일 아침 우체국이 문을 열면 네 아버지에게 전보를 치겠다⋯⋯ 안돼! 이젠 아무 말도 하지 마라!"
 떼레즈는 마리의 얼굴을 쳐다보지도 않으며 열쇠를 내밀었다. 그녀가 다시 고개를 들었을 때 딸아이의 모습은 보이지 않았다. 떼레즈는 아파트 저쪽 구석에서 옷장의 열쇠를 따는 소리를 들었다 그러고는 가구가 움직이는 소리가 꽤 오래 들렸다. 얼마 후에 현관에 나가 귀를 기울이니 잠이 든 규칙적인 숨소리가 들렸다. 드디어 잠을 잘 수 있게 되었군! 잠이 들겠다는 기대는 해볼 엄두도 내지 못했다. 그저 온몸을 쭉 펴고 죽은 듯 누워 있다는 것도 얼마나 기분 좋은 일인지. 그런데 그녀의 모든 예상을 뒤엎고 불을 끄고 눈을 감자마자 그녀는 곧 잠에 빠져버렸다. 마치 낭떠러지에서 떨어지듯 깊은 잠속으로 단박에 떨어졌던 것이다. 그리고 이 밤에 일어났던 어떤 일도 꿈속에 나타나지 않았다. 또 밤에 들었던 말 한마디도 그녀의 무의식 깊은 곳에서 울려오지 않았다. 이 지쳐 빠진 짐승 위에 자연이 충분한 휴식으로 감싸주었다. 이웃에 있는 방에서는 아직도 난로에 장작 하나가 붉게 피어오르고 있었다. 떼레즈가 걸터앉아 괴로워했던 낮은 의자며, 까치발 달린 테이블 위에 잊혀진 샴페인병 위, 어지러진 가구들 위로 새벽의 여명이 비추고 있었다.

3

기계적인 비질소리에 떼레즈는 잠이 깼었다. 그녀의 머릿속에 제일 처음 떠오른 생각은 '안나에게 집 안에 누가 있다고 알려주기엔 너무 늦었구나……'라는 것이었다. 안나가 벌써 딸아이가 자고 있는 방에 들어갔을 게 뻔했다. 떼레즈는 플란넬로 안을 댄 낡은 실내 가운을 걸치고 하녀가 있는 곳으로 갔다. 하녀의 낯빛은 심통이 나 있었다.
"방에 들어가 봤지?"
"그래요! 방이 엉망이더군요!"
"그 아이를 깨웠구나?"
"아무도 없었어요. 누군지 잔 사람은 이미 떠났던데요."
떼레즈는 식당을 가로질러 작은방의 문을 열었다. 정말로 그 방은 비어 있었다. 마리의 트렁크도 없었다.
아마 마리는 보르도행 기차를 탔을지 모르겠다. 어쩌면 그 남자친구를 만나러 갔을지도 모르고…….
"커피 끓여올까요?"

떼레즈는 안나의 어조에 친밀하고 공모자연하는 낌새가 들어 있음을 눈치챌 수 있었다. 그래서 떼레즈가 설명을 했다.

"딸아이가 엊저녁에 불쑥 날 찾아왔었다. 네가 외출한 직후였어. 그 아이가 나한테 간다는 말도 없이 떠났다니 믿을 수가 없구나. 날 깨울까봐 그냥 떠난 모양이다……."

"그 손님 때문에 아주머님 병환이 나았나보군요? 이젠 괜찮으신가요?"

떼레즈는 안나의 짙게 깔린 비아냥을 보고 못 알아챈 채하며 아직 조금은 몸이 개운치 않다고 말했다. 그러자 안나가 까치발 달린 테이블 위에 반쯤 들어 있는 샴페인병을 들며 이렇게 말했다.

"이게 아주머니 병을 치료해줬군요! (이렇게 말하면서 비웃는 듯이 힐끗 떼레즈를 쳐다보았다.) 제가 입원을 했을 때 일인데요. 수술 후에 이걸 마시라고 주더군요. 마시고 나니 마취 기운에서 활짝 깨게 되더라구요."

떼레즈는 어깨를 으쓱 치켜올렸다. 이 아이가 알아듣도록 설명해주려고 애를 쓰기에는 그녀는 너무나 피로했으며 또한 마음이 내키지도 않았다. 옷을 갈아입으면서 이런 생각을 했다. '저 아이가 무슨 생각을 하던 무슨 상관이람?' 그러나 떼레즈는 그 생각밖에는 아무 생각도 할 수 없었고 그래서 마리의 일을 잊어버릴 정도였다. 안나로 하여금 자기를 존경하도록 하는 일, 일종의 두려운 공손함 같은 것, 때로는 거의 애정과 같은 공손함으로 안나가 자기를 대해주는 일은 떼레즈에게 중요한 그녀 삶의 부분이었다. 그런데 그녀에의 신뢰가 최초로 느낀 의심으로 당장 허물어지는 걸 보면 식모아이가 이런저런 나쁜 소문을 들었던 게 틀림없었다…… 이 어린 안나…… 그렇다면 떼레즈에게 남은 이 마지막 충성자 역시 단념해야 할 것인가…… 이 일에 대해서는 생각해볼 시간은 얼마든지 있다. 우선은 가장 급선무를 해결하러 뛰어가야 한다.

베르나르에게 전보를 쳐야지. 내 책임은 완수해야 한다. 마리의 말은 옳았어. 그쪽 집안식구들이 늘상 부르짖고 있는 모든 형식적인 것들, 주문(呪文) 같은 말들이 어느 새 떼레즈의 입에서 나오고 있었던 것이다.

'내 책임은 완수해야 한다'라는 말을 무의식적으로 내뱉다니.

그르넬 가(街)에 있는 우체국을 나오자 떼레즈는 잠시 망설였다. 다시 아파트로 되돌아가서 날 경멸하고 있는 안나의 얼굴을 본다? 싫어, 그녀에겐 그걸 견디낼 힘이 없었다. 또 점심에 무얼 준비해놓으라는 이야기도 일러주지 않고 나오지 않았는가?…… 할 수 없지 뭐! 안나가 기다릴테면 기다리라지. 오늘처럼 초겨울의 맑고도 차가운 날씨는 길을 걷기엔 안성맞춤이다. 떼레즈는 여기저기 카페의 테라스에서 차를 마시기도 하고 극장에도 들를 수 있겠지 생각했다. 또 햇빛이 구름 속에 숨지 않을 때면 광장의 벤치에 앉아도 좋겠지. 아니면 어두컴컴한 성당에 들어가 무릎꿇고 기도하고 있는 사람들 사이에 웅크리고 있는 것도 나쁘진 않을거다. 그러 때면 떼레즈는 마치 무슨 비밀을 훔치거나, 보이지 않는 문에 귀를 대고 엿듣는다는 느낌이 들곤 했다.

하여튼 지금 그녀에게 무엇보다 중요한 일은 박트 가(街)의 아파트로 되돌아가지 않는다는 것. 고통으로 꽉 차 있는 그 사방의 벽과 천정의 무게를 느끼지 않는다는 것이었다. 아! 무엇보다도 안나의 새로운 표정, 그 무례한 표정을 보지 않고, 엊저녁에 있었던 그 끔찍스런 장면을 되살려보지 않는다는 일이 중요했다. "난 내 잘못을 인정했지. 만약에 마리가 그 젊은이를 만나러 갔다면 난 쓸데없이 내 비밀을 털어놓았던 거야…… 난 아무 소용없이 딸아이의 애정을 잃고 말았어…… 아니야" 하고 그녀가 목소리를 내어 말을 덧붙여 했다(그러자 한떼의 어린 학생들이 몸을 돌려 그녀를 쳐다보았다). "그건 내겐 아무래도 좋아. 오늘 아침 난 그 때문에 조금도 괴롭지 않아."

자기 딸에 대해서 이상스러울 정도로 무관심해져버렸다. 그보다는 안나가 어떻게 생각할까가 더 중요했다. "그래! 좋아! 그렇게 생각한다면……." 마리의 마음을 돌려 애정을 다시 얻으려는 희망은 떼레즈의 가슴속에 뿌리박을 겨를이 없었다. 그러나 안나, 안나의 존경과 애정을 얻는다는 일은 혼자 죽치고 살고 있는 떼레즈에게는 물과 빵과 같은 것이었다…… 그런데 이제는 더 이상 떼레즈에게 안나의 존경도 애정도 남아 있지 않았다…… 이 세상에 그녀에게 남아 있는 것은 아무것도 없었다…… 아스팔트 냄새와 나뭇잎 냄새로 가득 찬 이 10월 아침의 햇빛과 안개 속에서, 생 제르맹 로(路)의 보도에 서서 '더 이상 아무것도 없다! 아무것도 없다!' 아무리 되풀이 말해보아도 그녀는 괴롭지 않았다. 그녀가 모를 그 무엇으로부터 해방된 것 같았고 그 환부를 수술로 도려내버린 것 같았다. 마치 이제는 더 이상 삶의 쳇바퀴를 헛되이 돌고만 있지 않을 것처럼, 갑자기 앞으로 전진하고, 무엇인가를 향해서 걷고 있기나 한 것처럼. 어젯밤의 옥신각신중에 그녀는 자기도 모르는 사이에 마귀의 주술을 몰아낼 무슨 말을, 무슨 행위를 했던 것일까? 여느 때와 다른 무슨 말을, 무슨 행위를 했던 것일까? 어쨌든 전보다 모든 게 분명해졌다. 그녀는 어느 일정한 방향을 향해 가고 있다는 느낌이었다.

이 거북스러움, 이 숨이 막힐 듯한 느낌, 이 심장을 파먹는 죽음의 존재만 없었다면 거의 행복이라 불러도 좋을 그런 느낌이었다…… 생 제르맹 데 프레 성당 주위로 보이는 하늘은 아름답기도 하지! 그녀를 쳐다보며 낄낄대는 젊은이들의 피곤한 얼굴을 그녀는 얼마나 사랑하고 있는지! 그녀는 죽고 싶지 않았다! 정말로 죽고 싶은 마음이 전혀 없었다!

'되 마고' 카페의 테라스에 놓인 식탁에 앉아 그녀는 좀 취하고 싶어서 억지로 아나이스술 한 잔을 마셨다. 그러면서 이런 생각을 했다. '우리의 자만심을 살찌우는 이 회한을 죽이자. 자만심에는 모든 게 다 좋지. 어젯밤 마리가 나에 대한 심문을 좀더 철저히 끝까지 밀고 나가지 않았다는 사실에 난 실망했었어. 내가 희망했던 만큼 난 그 아이를 놀래키지 못했고…… 내 생에는, 그것이, 실패한 범죄가 있었어…… 이 광장 위에 이 카페 안에 우글거리는 이 모든 사람들의 생에는 또 다른 무엇인가가 있겠지. 만약에 사람들이 자기의 죄악이, 자기의 악덕이, 자기의 잘못이 아무 중요성도 없고 또 그들이 덕성이라고 부르는 것도 아무 중요성도 없다는 사실을 납득하게 된다면…… 아니 자기의 재능까지도…… 재능이라야 별것도 아니지만…… 어젯밤에 내가 마리에게 희생하겠다는 듯이 보였다고 해서 내 속에 스며들어온 이 작은 만족감을 나는 혐오하고 있다. 이 작은 만족감의 목을 비틀어버려야지…… 자신에 대한 전적(全的)이며 명석한 경멸…….' 아! 바로 그 방향으로, 그쪽으로 전진해 걸어가야 했었구나. 떼레즈의 무심한 손짓에 술잔이 엎어져 깨졌다.

옆 테이블에 앉아 있던 젊은이들 중에 한 명이 일어서서 깨어진 유릿조각 몇 개를 집어서는 한 손에 모자를 쥐고 지나치게 격식을 차려 떼레즈에게 바쳤다. 그걸 보며 그의 친구들은 킥킥 웃음을 터뜨렸다. 떼레즈는 아무 말 없이 해맑은 눈으로 그 젊은이를 뚫어지게 쳐다보았다. 그러자 그 젊은이가 유릿조각을 떼레즈 앞에 내려놓으며 아주 정중하게 말했다.
"우리를 용서해주십시오, 부인. 우리는 젊으니까요!"
떼레즈는 고개를 끄덕이며 미소를 지었다. 그러고는 '내가 이제는 더 이상 아무것도 느끼지 않는다는 걸 저 아이는 모르겠지' 하고 생각했다.
그녀는 렌느 가(街) 쪽으로 접어들어서 게에떼 가(街)를 쭉 걸어 멘느 로(路)와 만나는 곳까지 내려갔다. 그러다가 어느 가난한 동네를 헤매였고 잠시 숨을 돌리려고 멈춰 서야 했다. 맞은편에는 길가를 향해 말고기 가게가 문을 열어놓고 있었다.
펠트 신발 속에서 맨발이 드러나 보이는 중년의 임산부 한 명이 작은 보랏빛 나는 고기 한 덩어리를 저울에 재고 있는 푸줏간 주인을 날카로운 눈빛으로 감시하고 있었다. 떼레즈는 지나가는 택시를 잡을 것이고 그러고는 고급식당의 주소를 택시기사에게 말하리라 마음먹었다. '안전지대에서 살고 있는 사람들에게는 진정한 고통이란 없는거야'라고 그녀는 생각했다. 그녀는 항상 안전지대에서 살아왔다.
"라 쿠폴 식당으로!"
떼레즈는 택시를 타며 기사에게 말했다. 그녀는 자기가 파산했다고 믿고 있었다. 그러나 그 보랏빛 고기덩어리를 노란 종이에 싸서 들고 가는 저 여자에게는 현재의 떼레즈의 생활비가 엄청난 부자로 생각될 것이었다. 모든 경제적 속박에서 벗어나서 마음의 고통이나 되씹고 있다는 것은 괴로움도 아니다. 우리에게는 사치가 들러붙어 있다. 우리의 고통조차 사치다. 방 안에 틀어박혀서 울 수 있다는 것까지도…… 필요한 순간에는 언제나 우리 손에 생기곤 하는 이 돈…… 이렇듯 떼레즈는 생각하고 있었지만 그녀의 입은 식당의 지배인에게 이렇게 말하고 있었다.
"고급 샴페인 있어요? 그게 좋겠어요…… 아주 차게 식힌 걸로 ……."

떼레즈는 늦게 귀가했다. 가방에서 열쇠를 찾고 있을 때 안나의 목소리가 들렸다.
"아주머님이 오신 것 같아요…… 그래요! 아주머니세요! 아가씨가 여섯 시부터 아주머니를 기다리셨답니다. 저녁은 차려드렸어요…… 하지만 뭐 별로 드시진 않으셨어요."
다른 모든 감정보다 우선 떼레즈를 기쁘게 한 것은 안나가 자기가 거짓말했다고 의심하지 않겠구나 하는 생각이었다. 어젯밤 아파트에서 밤을 보낸 사람이 마리였다는 사실을 안나는 더 이상 의심할 수 없으리라는 생각이었다.
떼레즈는 모자도, 구긴 외투도 벗지 않은 채 거실로 들어갔다. 마리가 일어섰다. 그 아이에게서는 엊저녁의 활기 넘치는 모습을 찾아볼 수 없었다. 얼굴빛은 뿌옇고 입은 부어 있는 것 같았다. 그 아이는 미워져 있었다. 마리는 우선 어머니에게 자기가 생 클레르에 전보를 쳤으며 내일 도착한다고 했음을 알려주었다.
"날 다시 볼 필요가 있었니?"
"네, 우선 제 기차삯 때문이에요. 어제 주신 돈 중에서 얼마를 오늘 낮에 쓸 수밖에 없었어요……."
마리는 질문을 기다리며 입을 다물었다. 그러나 떼레즈는 아무 말 없이 딸아이만 쳐다보았다. 그러자 딸아이가 결심을 하고 털어놓았다.
"조르주를 만났어요. 우린 함께 점심을 먹었어요……."
"그래서?"
딸아이는 말을 이을 수가 없었다. 눈물이 솟구쳐 흘러내렸다. 손가방에서 이미 다 젖어버린 손수건을 꺼냈다.
"하지만 얘야, 뭐 새로운 일이 일어날 건 없었을텐데……."
"새로운 일은요, 제가 그이에게 어머니의…… 어머니 이야기에 대한 진실을 알고 있다는 말을 했다는 것이에요. 그러니까 그이는 제게 자유스럽게 터놓고 이야기할 수가 있었어요. 그이의 부모님들은 점점 더 우리 결혼을 반대하고 계신대요…… 그래요, 그 일에 대해서 알고 난 후에는…… 그 사건 자체 때문이 아니라 그 후 몇 년 동안의 어머니의 생활태도를 알게 된 후부터는 더욱…… 이런 말 한다고 절 나쁘게 생각하셔도 할 수 없죠 뭐! 어머니도 아실 건 아셔야 하니까요! 이건 어머니의 잘못이에요! 모든 게 다 어머니 때문이에요!"

떼레즈는 오늘 낮의 일은 꿈이었구나 하는 생각이 들었다. 자기가 긴 잠에서 깨어나서 다시 똑같은 이 낮은 의자에 앉아 있고, 또다시 화가 났고 흥분한 똑같은 재판관 앞에 있게 된 거구나 하는 생각이 들었다. 떼레즈는 딸에게 항변의 말을 했다.

"그렇지만, 마리야, 그 '생활태도'란 게 말이다. 설령 내가 정말로 그런 나쁜 생활을 했다고 가정하더라도 말이다 —— 정확하게 무슨 일을 했다고 나를 비난하고 있는지 나도 알고 싶구나 —— 필로네 집에서 너희들 결혼 계획을 반대하지 않았던 때에도 그 일은 이미 알고 있었던 게 아니냐. 내가 네 말을 잘 알아들었는지 모르겠지만 처음에는 별로 반대하지 않았었다면서?"

마리는 이것저것 논리에 닿지 않는 설명을 뒤죽박죽 퍼부었다. 그 아이 말을 종합해보면 그때에는 조르주의 아버지가 데께루 집안이 상당한 부자라고 알고 있어서 그 나머지 일에 관해서는 문제삼지 않겠다고 했지만 오늘날에는 두 집안 모두 반쯤은 파산한 상태고 필로 집안은 자금이 필요해졌다는 설명이었다.

"그이의 아버지는 끊임없이 그이에게 이렇게 말하고 있으시대요. '결혼은 너 좋을 대로 해도 좋지만 랑드 지방(데께루 집안이 살고 있는 보르도 일대의 지방) 출신 처녀는 안되는 줄 알아라'라고요. 물론 우리집은 그쪽에게 결혼을 거절하기에 좋은 구실을 너무 많이 제공하고 있어요…… 조르주는 그런 타산은 초월한 청년이에요. 하지만 그이에겐 직업이 없어요. 그이는 법학공부를 끝마쳐야 할텐데요…… 게다가 나보다 더 그이의 마음을 사로잡고 있는 것들이, 나보다 더 그이의 흥미를 끌고 있는 것들이 얼마나 많은지 몰라요!"

딸아이는 안락의자의 푹신한 등거리에 얼굴을 묻고 울고 있었다. 떼레즈는 이제 어떻게 할 생각이냐고 딸아이에게 물었다. 딸아이는 생 클레르로 돌아갈 거라고 했다. 자기에게 희망이 있었을 때에도 이미 숨이 막혀 죽을 것 같았던 그 생활을 다시 할 수밖에 없잖느냐고 했다.

"하지만 이제는 무덤이나 마찬가지일 거예요……."
 딸아이는 한 팔로 얼굴을 가린 채 떼레즈가 잘 못 알아듣게 무슨 말을 중얼거렸다.
 "지금 한 말을 다시 해보렴."
 딸아이는 냉혹한 시선으로 어머니를 바라보더니 도전적인 말투로 내뱉았다. "'대상이 나였다면 적어도 어머니가 실패하지는 않았겠지'라고 말했어요."
 "너까지도, 마리야, 너까지도. 넌 매번 과녁에 적중시키는 말만 하는구나."
 떼레즈는 두 손바닥을 부비면서 왔다갔다했다. 그녀는 24시간 전에 바로 이 방에 기쁨에 가득 찬 얼굴로 들어서던 마리의 모습을 상기해보았다. 불면과 절망과 증오 때문에 추해진 딸의 얼굴을 힐끗 쳐다보면서 자기 자신 속에 갑작스럽게 꽃피었던 모든 것이 '겨우 이 지경에 이르기 위해서'였던가를 상기해보았다. 이 증오. 그래. 떼레즈는 이 증오를 받아 마땅하다고 생각했다.
 자기 자신의 운명을 비난한다 해도 그것은 위선은 아니었을 것이다. 옛날에 돌이킬 수 없는 그 어떤 행위도 저지르지 않았다 해도, 그래서 12월부터 7월까지는 생 클레르의 집의 큰 광장 쪽으로 문이 열리는 그 작은 거실에 앉아서 보내고 나머지 몇 달은 아르쥘루즈의 집에서 보내며 일생을 베르나르 데께루의 아내로 보냈었다고 해도 그 때문에 데께루의 생애에서 딸의 존재가 더 크게 부각되지는 않았었을 것이다. 떼레즈에게는 모성애가 없었다. 다른 여자들로 하여금 자기가 낳은 자식들에게 자기 자신의 생애를 전입시킬 수 있도록 해주는 모성본능을 떼레즈에게서는 어떻게 설명할 수 없지만 찾아볼 수 없었다. 그렇다. 그녀의 생애가 아무런 기복없이 순탄하게 흘렀었다 해도 어젯저녁 자기 딸인 한 여인이 이 집에 들어오는 것을 보고 그녀가 느꼈던 그 놀라움을 어느 날이고 느꼈었으리라고 확신할 수 있었다. 같은 지붕 아래에서 수십 년을 같이 살고 났었다 해도 떼레즈는 어느 날 갑자기 자기 딸을 재발견했으리라 확신할 수 있었다. 제 나름의 여러 취미와 제 나름의 여러 반감을 갖고 있는 낯선 여인으로, 미지의 여인으로 갑자기 나타났으리라. 서서히 떼레즈가 모르는 사이에 형성된 모든 것을 지닌 채, 떼레즈의 관심을 끌 수 없고 떼레즈와는 관계가 없는 모든 것을 지닌 여인으로 나타났으리라는 것을 확신할 수 있었다. "그랬었다 해도 아무것도 변하지는 않았었을 거야." 그러나 오늘 저녁 떼레즈에게 책임을 묻기 위해 거기에 있는 이 적 앞에서 떼레즈는 자기가 죄인이라는 느낌이 들었고 어떠한 정상참작사항에도 호소해볼 생각이 없었다. 그녀가 저지른 모든 죄들보다 제일 먼저 저지른 죄악이라면 아마도 어떠한 율법의 구속으로부터도 자유롭도록 태어난 그녀가 한 남자와 관련을 맺었고 아이를 낳았고 공공의 법률에 구속을 받았었던 일이었는지도 모르겠다.

아니다! 그것 또한 아니다! 만약에 그녀에게 모성애가 없었다면 어젯저녁에 마리가 아파트 문지방을 들어설 때 느꼈던 그 기쁨은 어디서 나온 것이겠는가? 가족들에 대한 복수심에서 나온 것이었나? 그럴지도 모르지…… 그렇다면 이 아이가 고통스러워하고 있는 모습 앞에 느끼는 이 혐오감은 무엇일까? 왜 할 수 있다면 이 아이를 불행에서 건지고 싶다는 이 욕망은 무엇일까? 떼레즈는 그래서 된다면 자기 생명까지 내주고 싶었다…… 하지만 자기 생명을 내주어 모든 일이 다 해결될 수 있다면 그건 너무나 쉬운 일일 것이다…… 아무도 우리의 생을 필요로 하고 있지 않다. 자기 피를 대가로 치르고 살 수 있는 것은 아무것도 없다. 그렇지 않다면 너무 일찍 자살해버려야 할 것이다…… 그랬었다 하더라도 이 가엾은 마리의 운명 위로 떼레즈의 그림자가 드리우긴 했었으리라. 누가 이런 가혹한 운명공동체를 요구하고 있는 것일까? '내가 죽는다 해도 그렇다고 해서 난 너를 덜 불행하게 만들 수가 없을거다…… 난 무엇을 네게 줄 수 있을까? 돈?…….'

갑자기 떼레즈가 서성이던 행동을 멈추고 서서 딸아이를 뚫어지게 바라보며 이렇게 말했다.

"마리야, 좋은 수가 있다."

마리는 고개를 들지조차 않았다. 팔꿈치를 무릎 위에 놓은 채 몸을 좌우로 흔들고 있었다.

"들어봐, 내게 좋은 생각이 났어."

떼레즈는 말을 빠르게 했다. 이것저것 생각할 시간을 가져서는 안된다. 건너온 다리는 끊어버리고 곧장 앞으로만 나가야 한다고 생각했다. 그녀가 이야기를 시작했다.

"얘야, 네 말을 들어보니……."

사실, 이런 말을 해야 한다는 것은 슬픈 일이지만, 모든 문제는—— 이 세상 일에서 거의 모든 경우 그렇지만—— 결국 이해타산 문제로 귀결되는 것이다. 한편으로 젊은이가 마리에게 애착을 느끼고는 있지만 현재의 상황으로는 자기 아버지의 뜻을 거역할 수 없는 입장이다 이 말이 아니겠는가(마리가 고개를 끄덕였다. 이제 딸아이는 깊은 관심을 갖고 어머니의 말을 듣고 있있다). 또 다른 한편으로는 필로 아버지가 자금이 필요해서 아들을 랑드 지방 출신이 아닌 여자와 결혼시키려고 한다는 말이지. 마리는 이번 문제는 그 두 가지 점으로 집중된다는 뜻으로 몸짓을 해보였다.

"만약에 내가 외가로부터 물려받은 모든 재산을 네 앞으로 돌려놓으면 어떻겠니……."

그래. 결국은 땅문제가 아닐까. 3,000헥타르의 땅 중에서 한 부분은 아버지가 팔아버렸지만——그 때문에 요즈음엔 그녀의 수중에 들어오는 금액이 아주 축소되었다——그 땅은 한창 잘 자라고 있는 15년생 묘목으로 가득 차 있으니 장래의 전망은 밝았고 아무리 경제가 위기에 처해 있다 해도 아직은 몇백만 프랑의 가치는 족히 되었다. 만약에 필로네 댁에서 당장 돈이 필요하다면 이 땅을 저당잡히는 일은 어렵지 않을거다 …… 떼레즈는 정확한 액수를 말해줄 수는 없었다. 그러나 2,3일내에 정확한 액수를 알 수 있게 될 것이다. 용돈이 모자라게 된 떼레즈는 남편 몰래 공증인에게 그 액수가 얼마나 될는지 알아봐달라고 부탁해놓았으니까. 하여튼 필로 집안으로서는 그들이 필요한 자금을 구할 수 있는 좋은 기회가 아니겠는가. 요즈음의 그 집안 재정 형편상으로 보아서 조르주 필로가 '네 할머님 말씀마따나' 제 발에 맞는 신발을 어디 가서 구한다는 것이 쉽지는 않을 테니까!

떼레즈는 기쁘다고 할 수 있는 어조로 마지막 말을 내뱉았다. 그 정도로 자기에게 속했었던 모든 것을 포기하겠다고 제안하는 것만으로 벌써 떼레즈를 홀가분하게 만들었던 것이다. 그러나 마리는 어깨를 으쓱 치켜

올려 보였다. 그건 불가능한 일이란 것이다. 어머니를 그렇게 알거지가 되도록 할 수는 없다는 것이다. 어머니는 먹고 살 건 남겨놓아야 할 것이며 지금은 충동적으로 그런 말을 하지만 10분만 그 일에 관해 생각해 보면 생각이 달라질 게 뻔하다는 것이다.
 떼레즈는 자기가 이 문제에 대해서 오래전부터 생각해봤노라고 우겼다. 또한 자기가 저질렀던 잘못을 이렇게 해서 다소라도 보상할 수 있다면 어미로서는 기대할 수 없었던 행복이라고도 했다. 이제 자기는 몇푼 안되는 연금만 있으면 된다고, 싸구려 양로원 입주비만 낼 수 있을 정도면 족하다고 덧붙여 말했다(실은 이런 방안은 그 순간에 머리에 떠오른 대로 말했던 것이다. 떼레즈는 싸구려 양로원에 들어가 사느니보다는 차라리 판잣집에서 얼어죽는 편을 택하리라 단단히 결심하고 있었다). 떼레즈는 다시 오래전부터 자기는 궁핍하게 살고 있으며 또 조만간 그녀의 심장이 '절단이 날 것'이니까(주치의도 그 사실을 그녀에게 감추지 않고 솔직히 말해준 바 있었다) 이제는 목숨을 거두기 위한 작은 방구석만 있으면 더 이상 아무것도 필요없노라고 덧붙여 말했다.
 마리는 훨씬 부드러워진 말투로 절대로 그걸 받아들일 수 없다고 했다. 더구나 그 일이 성사되려면 우선 아버지도 그 일에 동의해야 할 것이고 또 마지막으로는 필로네 집안 식구들이 이런 타협에 마음이 움직여야 할 거라고도 했다. 그러나 떼레즈는 무슨 문제에도 해결 방안을 갖고 있었다. 그녀는 부부재산제 조건으로 결혼했으니 이 결정에 남편이 왈가왈부할 아무런 권한도 없다. 이 이야기를 들으면 물론 처음에는 남편이 무척 놀라긴 하겠지만 이의를 제기할 아무런 권한도 없을 것이다…… 필로가의 사람들의 이야기라면…….
 "있잖니, 얘야, 내가 네 조르주를 한번 만나보면 어떻겠니?"
 "아, 안돼요! 절대로 어머니는 나타나지 말아주세요…… 어머니 모습을 보이지는 말아주세요…… 제 말에 기분이 상하셨다면 용서해주세요. 하지만 제 생각에는……."
 떼레즈는 아니라고 고개를 가로저었다. 아니다. 딸아이의 말에 기분이 상하지 않았다. 이제 떼레즈는 그 어떤 말에도 기분이 상하는 일은 없게 되었다. 그러나 그 청년이 자기에 관해서 터무니없는 생각을 하고 있는 게 분명한 것 같았기에 있는 그대로의 모습을 그에게 보여준다는 것도 나쁘지 않으리라는 생각이 들었던 것이다.
 "내 생각에는 그 청년을 설득할 수 있는 사람은 나 하나뿐인 것 같구나. 내 계획은 필로 아버지의 두 가지 반대를 해결한다는 이중의 이점을 갖고 있지 않니. 즉 그 댁에게 필요한 자본을 제공한다는 점과 또 하나는(그녀는 잠시 말을 주저했다.) 떼레즈 데께루라는 골칫거리를 몰아낸다는 점이지. 이제 알겠니? 나는 사라지는거야. 없어져버린단 말이다. 내가 죽더라도 아무도 모르게 말이다."
 그 말에 마리가 항의했다.
 "아니예요. 그게 문제가 아니예요. 제 본심을 말하면 말이에요. 만약에 어머니가 조르주를 만나신다면 그래서 그이의 감정이 어떤지를 알아내셔서 제게 말해주실 수 있으시다면 전 퍽 기쁠 거예요…… 하지만 분명히 그이는 방어의 입장에 서서 자기의 본색을 밖으로 드러내지는 않을 거예요…… 하지만 어머니께서는 경험이 많으시잖아요…… 제 말의 뜻을 이해하시죠?…… 아니, 어머니, 어디 아프세요?"
 떼레즈는 눈을 뜨고 약하게 미소를 지었다.
 "아무렇지도 않다…… 하루종일 걸었기 때문에 그렇단다…… 걱정 말아라. 뭘 좀 먹어야겠다. 안나가 저녁 준비를 하고 있을거다. 너도 좀 쉬어야지. 어미가 한 말을 곰곰이 생각해봐라."

 "안나, 옷 갈아입는 일을 도와줘서 고맙다……더운 물주머니는 이불 속에 넣어놓았겠지…… 누우니까 참으로 편안하구나! 베개를 좀 높여주면 좋겠어…… 그래 그래. 이제는 램프의 갓을 내려줘. 수프가 다 식지 않았니?"
 안나가 수프 그릇을 떼레즈에게 내밀어주었다.
 "아주머니 입맛에 맞으세요?…… 아가씨는 벌써 잠자리에 드셨어요."
 "특히 부엌에서 소리 내지 않도록 조심해라. 이제 겨우 10시다. 오늘 밤에도 외출할 거니?"
 안나는 고개를 가로저었다. 오늘밤은 홑숯거리 장만으로 할 일이 많다고 했다.
 "그렇다면, 혹시⋯⋯한 15분 동안만이라도⋯⋯ 여기에 일감을 갖고 오지 않겠니? 아무 말도 하지 않아도 좋아. 하지만 네가 곁에 있다는 것을 느끼기만 해도 한결 마음이 가라앉는단다. 더 쉽게 잠들 수 있을거야."
 "그렇게 해서 아주머니가 기쁘시다면⋯⋯."
 어렸을 때에 병들어 누워 있을 때처럼 램프가 천정에 둥근 원을 그리며 흔들리고 있었다. 그때에도 오늘밤처럼 램프 불빛 밑에서 막일로 거칠어진 두 손이 투박한 삼베의 가장자리를 접어서 감치고 있는 모습을 그녀는 보고 있었다. 이것은 떼레즈가 알고 있는 비밀이었다. 즉 수 년 동안 쌓인 우리가 한 행동의 두꺼운 층 아래에는 우리의 어렸을 때의 영혼이 변하지 않은 채 그대로 남아 있다는 사실 말이다. 영혼은 세월의 두께에 영향을 받지 않는다. 마흔 다섯 살이 된 떼레즈가 잠들어 암흑의 세계로 빠지기 전이면 옆에 하녀가 있다는 사실로 마음이 놓이고 평온할 수 있었던 어린 시절의 모습으로 되돌아간 것이다.
 "안나, 오늘 아침에 무슨 생각을 했었니?"
 하녀는 소스라치게 놀랐다.
 "오늘 아침에요?"
 "그래, 흐트러진 침대며 지저분한 집 안이며 샴페인병을 보았을 때 말이야."
 "아무 생각도 안했어요, 아주머니."
 "남들이 나에 관해 좋지 않은 말을 많이 했지? 털어놔봐! 수위 아주머니며⋯⋯ 푸줏간 주인이며⋯⋯."
 "아! 푸줏간 주인은 아무 말 안하는 사람이에요, 아주머니! 그리고 저는요, 그런 말이 모두 사실이 아니란 걸 잘 알고 있어요. 전 늘 이런 생각을 하고 있어요. 이 집에 관해 이러쿵저러쿵 말할 수 있는 사람이 있다면 그게 저겠지요, 안 그렇습니까?"
 떼레즈는 아무 대답도 하지 않았다. 눈물이 쏟아질 것 같아서 그녀는 숨을 죽이고 있었다. 그녀가 운다는 것을 안나가 눈치채어서는 안되었다. 그러나 딸꾹질을 안하며, 헐떡거리지 않으며, 숨을 몰아쉬지 않으며 어떻게 울 수 있겠는가(우리가 열 살을 먹었든 쉰 살을 먹었든 자기가 울 줄 아는 방식으로 우는 것은 자기 속에 남아 있는 어린애다).
"어마! 아주머니! 아주머니!"
"아무것도 아니다, 안나야."
"아가씨가 아주머님께 퍽 많은 걱정을 끼쳐드렸나봐요!"
"이젠 그쳤다, 보렴. 난 잘테다. 하지만 잠시만 더 여기 있어주렴."
떼레즈는 눈을 감았다. 한참 후에 하녀에게 그만 자기 방으로 돌아가도 된다고 일러주었다. 안나는 일감을 차곡차곡 개켜 챙긴 후 일어서서 말했다.
"아주머니, 안녕히 주무세요."
떼레즈가 하녀를 다시 불렀다.
"내게 키스해줄 수 있겠니?"
"아! 물론이지요, 아주머니······."
안나는 손등으로 자기 입술을 닦았다.

4

"그야 물론이지, 애야. 난 그렇게 바보는 아니란다! 그 청년은 단 한 순간도 내가 자기에게 결혼을 부추기러 왔다고는 느끼지 <u>않을거다.</u> 난 그 문제에 대한 이야기는 꺼내지조차 않겠다. 네가 결혼을 할 경우 내 입장이 어떤지만을 간단히 알려주고 말겠다. 내 생각에는 한 몇 분만 이야기하면 끝날 일이다 싶구나······."
"하지만요, 그이가 그 일에 관해 이런저런 구실을 꺼내더라도 어머니는 잠자코 듣고만 계세요, 그래서 어떻게 해서든 그이의 진심을······."
마리는 벽난로 위에 있는 거울 앞에 서서 짧은 베일을 눈 위쪽에서 묶고 있는 어머니의 모습을 놀라워하며 쳐다보고 있었다. 어머니는 입술과 양 뺨에 연지를 약간 발랐는데도 갑자기 다른 사람처럼 변해 있었다. 마치 이제부터 그녀가 하려는 일의 사명감이 그녀의 사회적 본능을 되살려주기가 한 것처럼. 그녀는 어머니라는 역할을 되찾게 되자, 무대에 재등장하려는 여인이 하듯이 이제까지 잊혀졌던 모든 몸짓이 다 기억에 떠오른 것 같아 보였다. 마리 역시 생기를 되찾았었다. 푹 자고 나서 피로가 가신 얼굴에 희망으로 가득 찬 눈이 반짝이고 있었다.
"그이가 어쩌면 방에 없을지도 몰라요…… 아냐, 있을 거예요! 언제나 호텔에서 점심을 먹으니까요. 방값에 식사대까지 포함되어 있거든요 …… 만약에 아직 들어오지 않았다면 좀 기다려주세요……."
"물론 그렇게, 애야, 아무 걱정 마라."
어제와 같은 태양, 어제와 같은 안개. 기차역 근처인 몽파르나스 큰길가에 있는 조르주 필로의 호텔까지 떼레즈는 걸어서 가리라 마음먹었다. 그녀는 자기가 그 청년에게 무슨 말을 할지 미리 생각해보지 않기로 작정했다. 이제 그녀는 길 한복판에서 파헤친 구덩이 속에서 힘들여 일하고 있는 저 사람들을, 너무 무거워 힘에 부쳐하며 수레를 끌고 가는 저 젊은이를, 또 저기 벽에 기대어 서서 손도 내밀고 있지 않은 저 여자까지도 천천히 바라다볼 수 있었다. 떼레즈는 재산을 모조리 처분하려고 결심을 했다. 그녀는 벌써 무일푼이 된 홀가분한 기쁨을 맛보고 있었다. 이 순간에 그 느낌은 쾌락과 같았다. 재산이라고는 굶어죽지 않을 정도밖에 남지 않았을 때의 자신의 생활이 어떨 것인가를 상상해본다는 것은 불가능했다. 그 문제에 관해서는 아무런 두려움도 그녀는 느끼고 있지 않았다. '닥치게 되면 알게 되겠지……'라고 반복해 생각하면서도 아무런 두려움도 느낄 수 없었다. 어쩌면 어느 날이고 자기가 한 약속을 이행해야만 할 날이 오리라는 사실을 그녀가 믿지 않고 있는지 모른다. 이 결혼은 성립될 수 있을까? 더구나 집안 식구들이 그녀의 재산을 포기한다는 일에 찬성해서 받아들여준다고 해도 베르나르 데께루는 그녀가 굶어죽지 않을 정도보다는 좀더 쓸 수 있도록 조치해줄 게 확실했다. 그래도 역시 생활비를 줄여야 할 것이다. 그녀는 자기의 희생이 미리 맛보게 해주는 쾌감은 변화시키지 않으면서 지금의 생활에서 무엇무엇을 절약해야 할까를 머릿속에서 계산해보려고 애썼다.
떼레즈는 보지라르 가(街)를 쭉 따라가다가 몽파르나스 불르바르가 나오자 왼편으로 기차역 쪽의 보도로 접어들었다. 마리가 그 호텔의 번지를 모르고 있기 때문에 떼레즈는 즐비한 건물의 더러운 간판들을 살피며 걸었다. '낭트 호텔', '서부역 호텔'…….

　유리문을 통해서 여자 지배인이 앉아 있는 테이블 주위로 서너 명의 남자들이 서 있는 모습이 보였다. 떼레즈는 호텔로 썩 들어서길 잠시 망설이다가 계단 쪽을 향해 몇 발짝 걸어갔다. 양팔을 걷어붙인 무섭게 더러운 소년 하나가 계단 위에 구둣솔로 가득 찬 상자를 내려놓고서는 물크러진 얼굴을 떼레즈를 향해 쳐들었다.
　"필로 씨요? 5층에 83호실입니다."
　떼레즈가 그 소년에게 필로 씨에게 가서 부인이 찾아왔노라고 전해달라고 하자 이렇게 말하였다.
　"방에 있을 겁니다. 올라가보시면 될텐데요."
　떼레즈는 거듭 부탁하면서 그 소년에게 동전 한 닢을 주었다. 소년은 얼굴을 찡그리며 웃음을 띄우면서 떼레즈를 쳐다보았다.
　"그럼 성함은 말씀드리지 않아도 되겠지요? 그저 '어떤 부인'이 왔노라고만 전하겠어요."
　그녀는 그 소년의 뒤를 쫓아서 점점 더 어두컴컴해지는 급한 층계를 천천히 올라갔다. 아래층의 반찬 냄새가 한층 한층 높아짐에 따라서 세면장의 냄새와 수채통의 구정물 냄새로 변해져갔다. 누군가 큰 소리로 외치는 소리가 들렸다.
　"물론이야, 올라오라고 해!"
　난간 위로 누군가 몸을 굽혀 내려다보았다. 그때 다시 떼레즈의 귀에 이런 말이 들려왔다.
　"격식 좋아하시네!"
　5층의 층계창에 서 있는 저 키 큰 젊은이는 다른 모습의 여자를 기다리고 있던 게 틀림없었다…… 갑자기 그의 얼굴이 긴장되었다.
　"네, 부인, 제가 조르주 필로입니다."
　그의 방문이 열려 있어서 층계창을 밝히고 있었지만 불빛은 그의 뒤편에서 비추고 있었다. 떼레즈가 볼 수 있었던 것은 큰 키, 약간 굽은 등, 좁은 이마, 헝클어진 검은 머리에 윗도리를 안 입고 있다는 것뿐이었다. 그는 스웨터 바람이었다. 푸른색의 와이셔츠의 윗단추는 열려 있었다. 떼레즈는 청년에게 할 말이 몇 마디 있어서 왔노라고 안심시켰다. 알려줄 이야기가 있노라고 했다. 그녀는 강압적인 태도로 그의 방에 들어갔고 일부러 문을 닫지 않은 그 청년 쪽으로 몸을 돌리고는 자기 이름을 말해주었다.
 오래전부터 생 클레르와 아르쥘루즈의 사람들에게 떼레즈라는 이름만 대어도 그들의 얼굴에 떠오르는 표정, 그 탐욕스러운 호기심을 그녀는 너무도 잘 알고 있었다. 그녀 쪽을 내려다보고 있는 이 좀 너무 긴 듯하고 뼈만 남은 얼굴에 드러난 표정도 바로 그 호기심이었다. 또한 불안과 의구심 또한 볼 수 있었다. 떼레즈는 우선 그 불안과 의구심을 씻어주고 싶었다.
 "안심해요, 나는 나와 관계 없는 일에 참견하려고 온 것은 아니니까요. 잠깐만 이야기하고 가겠어요."
하고 급히 덧붙여 말했다.
 "그러나 언젠가 마리와 젊은이 두 사람이 어떤 결정을 내려야 하게 된다면 이런 건 미리 알려드려야 할 것 같아서 온 거예요······."
 떼레즈는 되찾은 침착함으로 조리 있게 말을 해나갔다. 그녀는 자기가 분명하게 말을 하고 있는데도 청년의 마음을 사로잡고 있지 못 하다는 인상을 받았다. 그래서 이야기를 하면서 내내 청년의 표정을 살폈고 이 사나이에게 뭔가 별 다른 점이 있는 걸까 알아내려고 애썼다. 그가 약간 사팔뜨기라는 것을 떼레즈는 알아차렸다. 이 결점은 지나치게 평범한 청년의 얼굴에 매력을 주었으며 그의 시선은 술에 취한 듯 흐려 보였다. 떼레즈가 가짜로 겸손한 체하지 않으면서 그렇다고 상대방의 무례함을 암시하지도 않으며 "의자에 앉아도 괜찮겠어요?"라고 말하자 청년은 어색하게 사과하면서 안락의자 위에 얹어놓았던 외투와 더러워진 셔츠와 레코드판 몇 장을 치우고 나서 그 의자를 떼레즈 쪽으로 밀어놓았다. 그러고는 수염을 깎지 않은 것에 대해 사과를 하면서 여러 번 한 손으로 양 뺨과 턱을 쓰다듬었다. 청년은 창문을 닫았다.
 "시끄러워서 말소리가 잘 안들린답니다."
 "이렇게 기차역 근처에 산다는 것은 힘들겠어요······."
 "아! 저는 시끄러운 건 괜찮습니다."
 떼레즈 맞은편에 있는 침대 위에 앉은 그 청년은 이제 떼레즈의 이야기를 주의깊게 듣고 있었다.
"무슨 재촉이나 그 비슷한 일로 온 게 아니란 건 잘 아시겠지요……더구나 마리의 문제에 대해서 바깥 사람이 어떻게 생각하고 계신지 아직 제게 알려주신 바도 없었어요. 그리고 내 나름의 의견을 갖기엔 나는 내 딸과 너무 멀리 떨어져서 살아왔어요……."
떼레즈는 여느 때와 다른 자기 말소리를 의식할 수 있었다. 억지로 내려고 애써도 낼 수 없는 좀 억눌린 것 같고 낮은 목소리에서는 약간 쉰 듯 들리는 그런 목소리였다. 그녀는 자기가 다음과 같이 말하는 것을 듣고 있었다.
"내가 마리 앞으로 돌려놓으려는 재산을 증여한다는 것은 그 후 즉각 내가 사라져버린다는 사실을 포함하고 있는 행위입니다."
그녀는 아주 자연스러운 어조로 이렇게 말을 하며 한 손으로 손짓을 곁들여 강조했다. 그녀는 어떤 효과를 내려고 애쓰지도 않았고 자신을 무슨 희생자가 되는 듯 보이려 하지도 않았다. 조르주 필로는 "그런 이해관계에 얽힌 문제는 자신에게는 아무 관심도 없노라"고 단언하였다. 그러고는 다소 거만하다고 볼 수도 있고 또 약간 겁이 난 사람과 같은 어조로 이렇게 덧붙였다.
"일생이 지참금이니, 유산이니, 유언이니 하는 문제를 중심으로 돌아가던 우리 부모님들의 세대와 우리 세대는 전혀 다릅니다. 경제공황으로 그런 건 모두 다 날아가버렸습니다. 우린 그런 것에 조금도 흥미를 느낄 수 없습니다."
"나도 그건 알고 있어요. 하지만 댁의 아버님께서는 내 의도를 아실 권리가 있으십니다. 젊은이 생각에 필요한 일이다 생각 드시면 내 말을 아버님에게 전해주시길 바라겠어요."
떼레즈는 자리에서 일어났다. 조르주 필로는 뭔가 주저하는 것 같았다.
"마리는 지금 아주머니 댁에 있나요?"
그는 확신이 서지 않은 모습으로 떼레즈를 바라다보았다. 창문을 닫고 나자 방 안에서는 낡은 옷 냄새, 담배 냄새, 비누 냄새 등이 가득 차 있었다. 그리고 해가 구름 속에 가리워지자 갑자기 방 안이 더 지저분하게 보였다. 떼레즈는 마리를 위해서 몇 마디 해볼 때가 왔음을 느꼈다.
"그 아인 오늘 밤차로 떠나요. 그 아이에게 뭐 전할 말은 없어요?"
"부인께서 제 마음을 좀 이해해주셨으면……."
즉각 떼레즈는 다시 의자에 앉아서 그를 쳐다보았다. 자기 자신의 이해관계로부터는 전적으로 유리되었으나 자기가 부탁받은 일에는 열성적인 관심을 표하고 있다는 게 드러나보이는 그녀 특유의 표정을 하고 있었다. 청년은 자기가 아직 스물 두 살밖에 되지 않았으며 결혼이라는 것이 두렵다고 말하였다. 만약 자기가 결혼을 한다면 자기는 마리 외의 어떤 여자도 생각해본 적이 없노라고도 했다…….
떼레즈가 청년의 말을 중단했다.
"내가 이 말을 마리에게 그대로 전해도 되겠지요? 그렇다고 젊은이가 무슨 책임을 질 일은 없으니까요……."
청년은 뭐 단순히 핑계를 대려고 그런 말을 한 것은 아니라고 단언했다. 자기는 진정 애정을 갖고 마리를 생각하고 있노라고도 했다. 그의 유년기와 사춘기의 모든 추억은 마리와 얽혀 있으며 만약에 마리가 없었다면 생 클레르에서 보내야 했던 방학을 참을 수 없었을 거라고도 했다.
"전 랑드 지방을 사랑하고 있으며 동시에 증오하고 있습니다…… 아주머님께서는 그렇지 않으십니까?"
"아, 나야 뭐."
이 부인이 누구였던가를 상기하며 청년은 얼굴을 붉혔다. 생 클레르라는 이름 하나만 들어도 부인의 머릿속에 무슨 생각이 날까를 생각하니 낯이 붉어졌던 것이다. 그러나 그는 짧은 베일을 쓰고 생각에 잠긴 시선으로 자기를 쳐다보고 있는 저 부인과 떼레즈 데께루라는 이름과를 도저히 같은 사람이라고 상상할 수가 없었다.
잠시 후 청년이 말을 계속했다.
"제가 앞으로 결혼하지 않겠다는 말은 아닙니다. 그러나…… 지금은 불가능합니다! 우선 학교문제도 있고요, 계속 되는 시험 준비도 있고……."
떼레즈가 그의 말을 중단했다.
"그런 거야 큰 문제가 될 게 없겠지요. 반대로 결혼은 다른 일에 신경을 쓰거나 쓸데없이 사람들과 어울리는 일을 방지해주지요. 하지만 젊은이의 나이에 결혼을 주저한다는 심정은 이해할 수 있어요."
 "그렇죠, 부인? 저는 이제 겨우 스물 두 살밖에 안되었어요."
 떼레즈는 이 청년의 마르고 긴 얼굴을 바라다보았다. 선이 뚜렷하긴 했지만 아직 변화할 가능성이 보이는 앳된 얼굴에 약간 사팔뜨기의 기미가 있는 갈색눈은 어느 한 곳에 집중하지 못하고 방황하고 있었다. 다만 입술만은 굵고 선이 뚜렷하였다.
 "벌써 스물 두 살이나 먹었다고 말하는 편이 더 나을 것 같군요."
 그 말에 청년이 괴로워하며 물었다.
 "부인이 보시기에 제가 이미 어리지 않은 것 같습니까?"
 "아! 아시잖아요! 배에 일단 올라타기만 하면 벌써 목적지에 도착한 것처럼 느끼게 되지요…… 그렇게 생각하지 않아요?"
 그렇다, 조르주는 아주 강하게 그런 걸 느끼고 있노라고 했다.
 "상상하실 수 있으시겠어요. 제가 스무 살이 되던 생일날에——부인께선 믿으시지 못하실 거예요——그 날에 전 울었답니다……."
 "젊은이가 운 것은 옳은 행위였어요"라고 떼레즈가 간단히 말했다.
 조르주는 그녀의 말에 귀를 기울이고 있었다. 떼레즈는 청춘기란 무엇의 시작이 아니라고, 그보다는 반대로 괴로움의 시작이라고 말했다…….
 그녀는 한 장의 레코드판의 제목을 읽으려 가까이 쳐다보며 덧붙여 말했다.
 "허지만 젊은이는 음악을 좋아하니까…… 음악만이 그런 걸 표현해줄 수 있어요, 이거, 슈만의 판이군요……."
 "사실, 제가 음악 속에서 구하고 있는 게 바로 그 점인 것 같아요. 그런 괴로움을 느끼고 있는 젊은이가 많다고 생각하십니까?"
 떼레즈가 자기보다 그런 것은 청년이 더 잘 알고 있을 거라고 대답하자, 그는 갑자기 이런 말을 했다.
 "제 친구 한 명이 지난 7월에 자살을 했습니다. 사람들은 그 까닭이 무엇이었는지 찾아내질 못했습니다. 흔히들 자살하는 사람에게 따라다니는 몇 가지 이유 중에 어느 하나도 그 친구에게는 맞지 않았습니다.

전 그 친구를 잘 알고 있었어요. 여자 문제도 없었고 어떤 나쁜 일도 하지 않는 친구였습니다……."

"약물복용은요?"

"아니요, 어떤 약물도 복용하지 않았습니다. 아주머니 말씀을 듣고 보니 아마도 아까 말씀하신 것과 비슷한 그런 감정이 아니었을까 하는 생각이 듭니다…… 그 친구는 그 무엇인가를 서둘러 끝내고 싶어했어요. 그걸 완전히 끝장내고 싶어했어요. 지금까지 그런 생각은 한 번도 못했었어요……."

떼레즈는 일어섰다.

"마리가 날 기다리고 있어서 이만……."

그녀는 전혀 다른 목소리로 아주 침착하게 말했다.

"그럼, 지금 당장 젊은이가 두려워하는 것은 결혼이라는 사실이 맞는 말이지요? 내가 그 말을 마리에게 전해줘도 괜찮겠어요? 젊은이가 마리를 향해 갖고 있는 감정은 변함이 없다는 것도 덧붙여 이야기해줘도 괜찮겠지요?"

그는 떼레즈의 질문에는 대답을 하지 않았다.

"참 이상해요. 저는 아주머니가 누구시라는 것을 잊고 있었어요. 제가 생각했던 분과는 너무나 다르셔요…… 마리는 제게 아무 언질도 해주지 않았어요…… 마리는 사람이 어떻다고 그려 말해줄 줄을 모르는 아이예요……."

잠시 둘 다 아무 말도 안했다. 침묵을 깨뜨리기 위해 그는 마리가 떠나기 전에 작별인사를 하러 가도 좋겠느냐고 물었다.

"차라리 저녁 식사를 함께 하는 게 좋지 않겠어요?"라고 갑자기 떼레즈가 말했다. 그러고는 다시 생각해볼 시간도 갖지 않은 채 덧붙였다.

"그 후에 마리를 정거장까지 전송해도 괜찮아요……."

그는 놀란 것 같아 보이지 않았고 아주 기꺼이 수락했다. 여섯 시경에 그가 집으로 오리라는 약속을 했다. 그때 호텔 보이가 반쯤 열려 있던 문을 열었다.

"가르생 부인이 왔어요…… 손님이 있다고 했지요. 아래층에서 기다리고 있어요."

조르주 필로는 떼레즈 쪽으로 몸을 돌리고는 만족한 표정으로 말했다.
"아시죠, 옥타브 가르생 부인을요…… 라뷔르트 마을의 가르생 집안 말입니다…… 아주머님과 먼 친척이 되지 않던가요? 그 집안은 이제 파리에서 살고 있답니다……."
"시어머니 되는 분은 잘 알았었지요. 그 부인을 너무 오래 기다리게 하진 마세요…… 그 부인은 혹시 기다리는 데 이력이 난 분인가요?"
조르주가 잘난 체하는 투로 항의했다.
"아, 아니에요! 부인! 그런 상상은 제발 말아주세요……."

호텔의 현관에서 떼레즈는 키가 날씬한 젊은 여자를 재빨리 힐끗 보았다. 한 시가 다 됐다. 마리를 기쁨으로 가득 차게 해줄 생각에 들떠서 그녀는 길을 걸었다. 딸아이가 얼마나 초조히 기다리고 있을까! 그래도 그 아이에게 너무 크게 희망을 갖게 해서는 안될 것이다…… 그러나 층계참에서 어머니의 도착을 기다리고 있는 마리를 보자 떼레즈는 참지 못하고 이렇게 소리쳤다.
"오늘 저녁에 누가 우리랑 함께 저녁 식사를 할 것인지 맞춰봐!"
마리는 감히 그 이름을 말하지 못하며 웃고만 있었다.
"그 사람이 여섯 시면 여기 올거다. 그리고 널 정거장까지 전송해줄거야……."
마리는 어머니를 거실로 끌고 들어가서는 모자를 벗을 시간도 주지 않고 두 팔로 어머니를 꽉 껴안았다.
"어머니는 좋은 분이세요! 그런데 난 너무 나쁜애예요!"
갑작스럽게 떼레즈가 딸의 포옹에서 벗어났다.
"아냐, 아냐, 난 좋은 어미가 아냐."
그녀는 딸의 앞장을 서서 식당으로 갔다.
"어머니, 죄다 자세히 얘기해주세요. 어머니가 하신 말이며 그이가 뭐라고 대답했는지도 말이에요…… 그리고 어머니가 그이에 대해서 어떤 인상을 받았는지도요……."
"넌 너무 흥분했어! 너무 흥분했단 말이다!"
떼레즈는 내번에 딸아이를 기쁘게 해주려는 즐거움을 다 소모해버렸다. 마리에게 너무 큰 희망을 안겨줘서는 안된다고 되풀이해서 마음속으로 다짐했다. 딸아이의 꿈이 깨어질 때 너무 괴로워할 그런 상황에 처하도록 해줘서는 안된다고 다짐했다.

"그래, 그 청년이 오늘 저녁에 집에 와서 저녁을 함께 먹을거다…… 그 약속은 했다…… 하지만 무엇보다도 중요한 일은 그 청년이 구속당하고 싶어하지 않는다는 사실이야…… 그 문제만은 분명히 해두고 싶대. 그 점에 대해서는 강력히 주장하더라……."

"아!"

마리는 어머니의 얼굴을 쳐다보느라고 잔이 넘치고 있는 줄도 모르고 계속 물을 따르고 있었다.

"얘야, 식탁보가 젖는구나…… 허지만 뭐 그렇다고 해서 걱정할 건 없다. 그 청년은 자기 입장을 분명하게 밝혔단다. 그 사람이 두려워하고 있는 건 결혼 자체라고 말이다. 막상 결혼 문제가 거론되자 뒤로 주춤 물러서게 되나보더라. 나이 겨우 스물 두 살이니 그렇게 느끼는 것도 당연한 일이지! 허지만 너에 대한 감정은 문제될 게 전혀 없었단다."

두 모녀는 한동안 침묵에 잠겼다. 마리는 흘린 물을 닦았고 자기 접시를 밀어놓았다.

"싫어요, 아무것도 먹고 싶지 않아요. 그럼 그이가 어머니에게 나에 대한 그이의 감정을 이야기했단 말이지요…… 그이가 바로 '감정'이란 단어를 썼어요?"

떼레즈는 그가 그 단어를 썼던 것 같았다. 하여튼 그 청년이 '사랑'에 대한 말을 한 적이 없던 건 확실했다. 떼레즈는 마리가 입술 가장자리를 파르르 떠는 걸 보고 재빨리 '감정'이란 사랑을 의미한다고 덧붙였다. 그렇게 오랫동안 만났는데 그 사람이 또 다른 이야기도 하지 않았겠느냐고 마리가 끈질기게 물고 늘어졌다.

"글쎄다…… 여름 방학의 추억에는 항상 너에 대한 생각이 함께 했다는 이야기, 그리고 네가 자기 생활의 일부를 차지하고 있었다는 이야기……."

"그리고 또요?"

식탁에 팔꿈치를 고이고 깍지낀 손 위에 턱을 얹은 마리는 어머니에게서 눈을 떼지 않았다.
"하지만 애야, 더 이상 생각이 나지 않는구나."
"그래도 두 사람이 30분이나 함께 있었잖아요……."
"우리가 음악에 관해 이야기한 것 같다."
마리는 괴로운 표정을 지었다. 그러고는 이렇게 중얼거렸다.
"그인 음악에 미쳐 있어요."
"그런데 넌 음악을 싫어하지…… 하긴 데께루 식구들은 모두 음악과는 담을 쌓고 있으니까…… 너희 두 사람에게 잘된 일은 아니구나."
딸아이는 오늘날에는 피아노를 칠 줄 아는 게 아무 소용 없는 일이라고 항의했다.
"조르주 말마따나 제가 아무리 피아노를 잘 쳐도 그 사람이 갖고 있는 레코드판을 따를 수는 없을 거예요."
떼레즈는 그래도 마리가 음악을 계속하지 않은 것은 유감스러운 일이라는 의미로 말을 했다.
"왜요? 그이는 자기 마음에 드는 음악은 언제든지 들을 수 있는데요 뭐!" 하고 마리가 자기 주장을 굽히지 않았다.
"물론 그렇긴 하지, 애야…… 그래도 음악가에게는 악보를 읽을 줄 아는 아내를 갖는다는 건 아주 멋진 일일 게다…… 허지만 그게 문제가 되는 건 아니다. 내 생각을 말해보면 이 문제에서 가장 중요한 것은 이 반대되는 성격 때문에…… 음악을 싫어하는 여자와 음악 없이는 못 사는 남자 사이를 갈라놓을 수도 있다는 점이다."
떼레즈는 약간 불안하기도 하고 슬프기도 한 표정으로 나지막한 목소리로 말하였다. 마리가 열렬히 말했다.
"전 그이가 좋아하는 것은 무엇이든지 좋아하도록 노력할 거예요. 그 점에 있어서는 걱정할 게 없어요. 그런 일이 가능하다고 생각지 않으세요? 그이가 요구해오기만 하면 돼요……."
떼레즈가 고개를 가로저었다.
"안심해라. 그 사람은 아무 요구도 하지 않을거다…… 어쨌든 앞으로 너희들 둘이 함께 살게 된다 해도 어쩌면 반대로 그 사람이 도피의 가능성을 갖고 있다는 걸 다행으로 여길지도 모르겠다…… 그래, 그의 아주 가까이 있으면서도 네가 그를 따라 들어갈 수 없는 세계가 있다는 것 말이다. 음악이 상대로부터 자신을 해방시켜주는 것이 어떤 때에는 여자 편이기도 하고 어떤 때에는 남자 편이기도 하단다…… 그건 참 좋은 일이다. 더욱이나 두 사람이 모두 음악가일 때에도 같은 도취가 두 사람 사이를 갈라놓는 일도 있으니까. 같은 사랑의 공간 속에서, 같은 시간의 짬 속에서 음악은 서로 같은 사랑으로 사랑하고 있는 사람만을 결합시켜 준단다."

"그렇지만 어머니, 우리도 서로 사랑하고 있어요. 그이 자신도 어머니께 그의 사랑을, 아니면 그의 '감정'을 이야기했다면서요……."

떼레즈는 일어서서 빠른 걸음으로 거실로 갔다. 마리가 어머니 뒤를 쫓아가며 이야기를 계속했다.

"그이에게는 저 하나밖에 없다고 제가 유일한 여자라고 몇 번이나 되풀이했는지 몰라요…… 왜 웃으세요?"

떼레즈는 입술을 꽉 다물었다. 가르생 부인 이야기는 해서는 안된다고 속으로 되뇌이고 있었다. 그녀는 자기가 웃은 게 아니라 얼굴을 찡그렸던 거라고 대답해주었다. 갑자기 안면 신경통이 일어났기 때문이라고…… 자기는 어둡게 하고 자리에 눕겠노라고 말해주었다. 오늘 저녁 식사대접에 관해서는 마리에게 신경을 쓸 것을 당부했다. 다만 샴페인을 잊지 말 것과 또 얼음을 주문해야 한다는 것은 일러주었다. 조르주의 식성은 마리가 알고 있을 테니까.

"애야, 그 일을 하면 시간이 갈거다."

침대에 누워 떼레즈는 부엌에서 그릇 달그락거리는 소리를 듣고 있었다. 흐린 오후였다. 방 안의 가구도 희미하게 보였다. 자동차소리, 트럭 소리, 브레이크 밟는 귀에 거슬리는 소리…… 일상생활이 계속되고 있었다. 국민학교 운동장에서 들리는 휴식시간인지 왁자지껄 떠드는 소리는 세상이 다시 예전과 마찬가지로 돌아가고 있다는 것을 증명해주는 듯했다. 의자 속을 갈아주는 사람이 조그마한 나팔을 불며 지나갔다. '마리가 너무 기대를 갖게 해서는 안되는데…… 그렇다고 그애의 행복을 죽여버려서도 안된다. 나는 그애의 행복을 죽여버리고 싶은 걸까? 만일 그렇다면 그건 예전에 내가 저지른 죄보다 훨씬 더 나쁜 일일 것이다. 그때에는 그래도 정상을 참작할 여지가 있었다. 생매장을 당했던 것과 같았던 나는 나를 짓누르고 있던 돌 하나를 밀어젖히려고 했었던 것이다. 그런데 지금, 내가 항상 그 속에 빠져버리곤 하는 내 존재의 심연은 어떻게 생긴 걸까? 허지만 나는 얼마나 선의로 가득 찬 여자인가(이렇게 생각하며 떼레즈는 혼자서 쿡쿡 웃었다). 지난 번에 마리를 제 아버지에게 돌려보내기 위해서 내가 고백을 했던 일은…… 그때 나는 나 자신보다 더 높은 경지에 있었고 내가 정말로 고통스러웠음에도 불구하고 그 자기초월의 상태를 나는 즐기고 있었다…… 그러나 어제, 내 재산을 포기하기로 결심을 하였을 때 진짜로 커다란 기쁨을 느꼈었다. 나는 진정한 나 자신보다 몇백 배 높은 곳을 날고 있었던 것이다. 나는 오르고 오르고 또 올랐다가…… 단숨에 떨어져버렸다. 그리하여 이 얼음같이 차갑고 악의에 찬 의지 속에 빠져버린 것이다. 이것은 내가 아무 노력도 안할 때의 나 자신이다. 내가 나 자신에게 빠질 때면 떨어지곤 하는 상태다.'

떼레즈는 베개를 높게 고였다. '아니야, 나는 그렇게 끔찍스러운 여자는 아니다. 나는 다른 사람들에게 사태를 명석히 판단하기를 요구할 뿐이다. 내가 마리를 못마땅하게 여기고 있는 점은 그애가 환상을 쫓고 있다는 점이다. 나는 옛날부터 눈가리개를 벗겨버리지 않고는 배기지 못하는 버릇이 있었다. 내 주위에 있는 모든 사람이 진상을 분명하게 보게 될 때까지 나는 그 버릇을 버리지 못했었지. 사람들이 나처럼 절망에 빠져야만 속이 시원했다. 사람들이 절망하지 않는다는 것을 나는 이해할 수가 없다. 내가 마리에게 이렇게 외치고 싶은 건 내가 심술궂어서일까? 그 사람은 너를 사랑하고 있지 않고, 앞으로도 너를 사랑하지 않으리라는 것을 왜 모르니? 적어도 네가 사랑하고 있는 그런 열정으로는 너를 사랑하고 있지 않단 말이다. 단지 나는 앞으로 아르퀼루즈 마을의 평범한 주부가 될 마리와, 호기심과 괴로움으로 가득 차 있는 청년과의 사이에 벌어져 있는 거리를 마리가 재어보도록 해주고 싶을 뿐이었다. 한 인간과 그의 전운명을 점령하겠다고 주장하다니 얼마나 끔찍한 만용인가! 이 이야기를 그 아이에게 해줘야지. 마리가 언제고 그 청년과 결혼을 한다 해도 그 청년의 인생은 마리가 도저히 접근할 수 없는 수준에서 구축될 거라는 말을 해줘야지. 적어도 마리가 그 청년을 꼼짝 못 하게 잡아버리지 않는 한…… 그렇게 되면 청년이 마리의 발밑에 굽혀들겠지만 그때에는 청년은 죽은 거나 다름없으리라…… 아냐(그녀가 낮은 목소리로 말했다), 난 마리에게 아무 말도 안할테야.'

오후의 시간이 지나가고 있었다. 자동차들이 교차로에서 서로 엇갈려 지나가고 있었다. 생 제르맹 대로를 지나가는 전차에서 땡땡 울리는 소리가 들렸다. 잠시 조용해진 틈을 타서 새 한 마리의 삐약삐약 지저귀는 소리가 들리다가 멎었다. 떼레즈는 이 방 안에서 꼼짝 안하고 있으리라, 몸을 움직이는 일도 삼가리라 생각했다. 마치 몸을 조금만 움직여도 마리에게 상처를 입히거나 할 것처럼. 말도 삼가자. 일상생활에 필요한 말 외에는 아무 말도 말자. 마리가 장을 보고 돌아와서 어머니 방문을 두드리자 떼레즈는 몸이 좋아졌다고, 저녁 식탁에는 나가 앉을 수 있을 거라고, 허지만 그때까지는 누워서 쉬겠노라고 큰 소리로 말해주었다.

여섯 시 조금 지나 현관의 초인종소리가 들렸고 그 후에 마리의 약한 웃음소리, 그 웃음소리를 중단시키는 남자 목소리가 들렸다. 때로는 둘이서 동시에 떠들기도 했고 그러다가 갑자기 목소리를 낮추곤 했다. "아마 내 이야기를 하고 있나보지……" 하고 떼레즈는 생각했다. 조용해졌다. 마치 거실에 아무도 없는 것같이 생각될 정도였다. 아! 저 두 사람 사이에는 이런 의기투합이 있었지. 육체는 별개의 두 마음에 연민을 느끼는 법이다. 그래서 둘 사이의 심연을 가로질러 가는 것이다. 그 심연을 가리고 덮어버리기 위해 두 육체는 심연 저 위에서 서로 만나는 것이다. 아마 청년이 마리의 어깨 위에 머리를 기대고 있으리라 싶었다. 그러면 모든 문제는 해결되고 던져진 모든 질문은 허공중에 그대로 매달려 미결인 채로 남아 있게 되리라.

두 사람이 일부러 의자를 움직이기도 하고 일부러 의미 없는 말을 큰 소리로 말하기도 하고 기침을 하기도 했다. 부엌 쪽에서 양념냄새가 났다. 떼레즈는 전등을 켜고 일어나서 얼굴에 크림을 발랐다. 저 청년은 모자를 쓰고 있는 떼레즈의 모습밖엔 본 적이 없었다. 그녀는 자기 이마를 좁게 보이도록 머리를 빗을 줄 알았다. 머리인두가 뜨거워지는 동안에 모로코가죽으로 된 원피스를 입고 목이 보이지 않도록 푸른색 스카프를 둘렀다. 떼레즈는 그 청년이 자기의 진짜얼굴을 보는 것을 원하지 않았고 그에게 자신을 드러내 보이고 싶지도 않았다. 외부에 보이는 인상도, 입 밖에 내는 말도 모두 가식으로 꾸미리라 생각했다. 되도록 입을 적게 열리라. 자기의 존재가 남의 눈에 띄지 않게 하리라 생각했다. 어쩌면 그런 행동이 쉽지 않을지도 모르겠다. 원하건 원치 않건 간에 그 사람과는 말을 하지 않고는 못 배기는 그런 종류의 사람이 있으니까. 오늘 아침에만 해도 두 사람의 대화는 영원히 계속될 수도 있었을 것이었다. 그러나 오늘 저녁에는 마리가 함께 있을 것이다. 게다가 저녁식사만 끝나고 나면 두 아이는 떼레즈를 곧 혼자 있게 해주겠지. 기차는 10시에 출발이다. 중개역할도 곧 끝나게 될 것이다. 이틀 전부터 이 모든 일로 떼레즈는 너무나 바쁘게 시간을 보냈다. 딸아이에게 고백을 한 일이며, 자기 재산을 제공하게 된 일, 청년을 방문했던 일 등. 그녀는 멋진 역할을 했던 것이고 자기의 행위에 만족했었다. 오늘밤부터 그녀는 참된 자기 자신으로 되돌아갈 것이고, 다시 허무 속에 빠져들 것이다.

5

떼레즈가 두 사람이 있는 방으로 들어갔을 때 그녀는 둘이서 자기 이야기를 하다가 중단했다는 것을 금방 알아차릴 수 있었다. 그러니 떼레즈가 이 침묵을 깨기 위해 무슨 말이고 하지 않을 수 없었다. 식탁에서는 아르쥘루즈와 생 클레르에 관한 이야기가 궁한 화젯거리를 메우는 데 크게 도움이 되었다. 떼레즈가 예전에 알던 이런저런 사람들의 이름을 대면 조르주 필로는 그들의 아들을 알고 있노라고 했다. 떼레즈와 조르주는 결코 같은 세대 사람들의 이야기를 할 수가 없었다.
"그렇겠군요. 그 집에 당신 또래의 아들이 있겠군요…… 아니예요. 내가 말하고 있는 드길렘 씨는 젊은이가 알고 있는 드길렘의 아저씨 뻘이 될 거예요……."
조르주가 이렇게 말했다.

"제가 아르쥘루즈를 생각하면 슬퍼지는 이유는요, 그곳에서는 나무의 수명이 인간의 수명보다 길지 못하다는 사실 때문이랍니다. 인간의 한 세대가 가버리듯이 그곳에서는 소나무도 얼마 안 있어 없어져버린다는 말입니다. 그래서 그곳의 경치는 끊임없이 변화하고 있어요. 부인께서 어린 시절을 보냈던 아르쥘루즈의 모습은 이제 어디에서도 찾아볼 수 없을 것입니다. 그곳에서는 제일 오래된 나무들을 모두 베어버린답니다. 전에는 숲이 빽빽해서 시야를 가로막던 곳이 이제는 넓은 지평선이 보이는 허허벌판이 되었어요."

떼레즈가 말했다.

"내가 그곳에 살던 시절에는 산주인들은 울창한 소나무를 자랑스럽게 여겼었어요. 그래서 소나무가 썩으면 그대로 죽도록 내버려둘망정 베어버리지는 않았었지요…… 허지만 나는 다시는 그곳으로 되돌아가지 않을 거예요."

떼레즈가 잔을 들어 마시는 모습을 마리와 조르주는 아무 말 없이 쳐다보고 있었다. 떼레즈가 이야기를 계속했다.

"그렇지만 만약에 내가 다시 아르쥘루즈로 돌아간다면 아무리 변했다고 하더라도 모래밭이며, 갈색의 사암(砂岩 : 프랑스의 랑드 지방에서 나는 바위)이며, 급류처럼 빠르게 흐르는 얼음같이 찬 시냇물이며, 송진 냄새며, 늪에서 나는 물 냄새며, 양치는 목동이 외치는 소리에 따라서 종종걸음으로 떼지어 걷는 암양들의 발소리며 모든 것을 다 다시 알아볼 수 있을 것 같군요."

"부인께서는 퍽 아르쥘루즈를 사랑하셨던 모양입니다."

"사랑했다고요? 아니예요. 나는 그곳에서 너무나 고통스러웠어요. 그 고통이 어찌나 컸던지 결과는 사랑했던 것과 마찬가지처럼 들리는군요."

조르주는 어떻게 대답해야 할지를 몰랐다. 출발시간이 다가옴에 따라 마리는 조르주에게서 눈을 떼지 못하고 전심을 다해 그 사람만을 바라다보고 있었다. 마치 앞으로 닥쳐올 갈증을 미리 예견하고 물을 잔뜩 마셔두는 사람처럼! 조르주가 담배를 피워도 좋겠느냐고 양해를 구했다.

떼레즈가 조르주에게 물었다.

"젊은이도 성탄절 방학은 고향에 내려가서 보내겠지요? 그렇다면 이제 석 달도 채 못 되어 둘이 다시 만나게 되겠구나."
 "석 달이나!" 하고 마리가 어머니의 말을 되받았다.
 마리가 식탁 쪽으로 고개를 숙이자 머리카락이 흩어지며 못생긴 귀가 한쪽 드러나 보였다. 그녀는 오른손에 끼고 있는 반지를 돌리고 또 돌리면서 조르주에게 미소를 보내고 있었다. 떼레즈에게는 '저 청년은 별로 말끔하질 못하다'는 생각이 들었다. 포마드를 발랐으나 말을 잘 듣지 않는 머리카락 몇 가닥이 위로 뻗치고 있어서 마치 어린 까마귀의 모습을 하고 있었다. 때때로 떼레즈는 그의 사팔뜨기 눈이 자기를 보고 있음을 눈치채서 쳐다보면 그는 곧 시선을 돌리곤 했다. 모녀는 오래전부터 접시를 다 비웠는데 청년은 천천히 먹고 있었다. 그는 어떤 요리도 거절하지 않고 주는 대로 다 받아 먹었다. 그러고는 마치 한 번도 후식을 먹지 못한 사람처럼 치즈와 과일도 오랫동안 먹었고 샴페인도 그의 잔에 따르기가 무섭게 곧 비워버리곤 했다.
 떼레즈가 말했다.
 "얘야, 이제 시간이 됐다. 필로 씨가 네 짐을 내려다주시겠지."
 출발하는 순간에 마리가 두 팔로 어머니를 꽉 껴안았다. 떼레즈는 좀 너무 급히 그 포옹에서 벗어났다. 그러고는
 "둘 다 분별 있게 행동하거라"라고 말했다.

 그러고는 떼레즈는 다시 혼자가 되었다. 그녀에게는 일종의 흥분이, 혼란상태가 남아 있었고 그 기분은 달콤했다. 책을 한 권 집어들었으나 읽을 수가 없었다. 떼레즈는 마음속으로 이렇게 생각했다. '나는 아무것도 부러뜨리지 않았어. 아무것도 망가뜨리지 않았어. 결론적으로 말해서 나는 마리를 도와주었어. 그리고 만약에 결혼이 이루어진다면⋯⋯.' 떼레즈는 자기 재산을 포기한다는 문제에 대해 생각해보았다. 이제는 조금도 기쁘지 않았고 오히려 약간 불안한 마음이 들기 시작했다. 아름다운 행위를 완수했다는 사실도 이제는 더 이상 아무런 자존심의 만족감도 그녀에게 불러일으켜주지 못했다. 지금에 와서 그녀는 그와 같은 희생이 자기 생활에 어떤 새로움을 가져다줄 것인가를 명확히 그려볼 수 있었다. 떼레즈는 자신을 안심시키려고 애썼다. '식구들은 그 일에 찬성하지

않을거야…… 아니면 혹시 내가 살아나가기에 충분한 연금을 받을 수 있게 될지도 몰라. 그렇게 된다면 요즈음의 이 불안정한 생활보다는 더 잘된 일일거야…… 결과적으로 잘된 일이 될 수도 있어…….' 그녀는 웃었다. "관대로운 몸짓은 영원히 남는 법이다." 그녀가 분을 조금밖에는 안 바르긴 했지만 거울 속에 비친 자신의 얼굴에 홍조가 띤 것을 보고 떼레즈는 놀랐다. 그녀는 샴페인을 조금 마셨었다. 아마 그 때문에 얼굴이 붉어졌을 게 분명해. 우리를 사로잡고 있는 절망이 우리를 옥죄고 있는 힘을 느슨히 풀어줄 때에는 거의 언제나 아주 하잘것없는 육체적인 이유에 기인되기가 일쑤다. 예를 들어 하룻밤을 푹 잘 자고 났다던가, 포도주 한 잔을 마셨다던가…… 그럴 때 절망은 우리 곁을 완전히 떠난 척하고 있지만 겨우 몇 발자국 떨어져 있을 뿐이고 우리는 곧 절망이 되돌아오리라는 것을 잘 알고 있다. 그러나 하여튼 절망이 그 당장엔 없어졌고 세상은 좁은 것이라고 생각된다. 어쩌면 우리는 앞으로 수 년 더 오래 살 수 있는 게 아닐까 하는 마음도 든다. 죽음 외에는 그 어떤 고독도 결정적이지 못하다. 우리는 오늘 저녁에, 내일 누구를 만나게 될지 모르고 있다. 그렇게도 많은 사람과 우리는 교차해 지나가지 않는가! 매순간 불꽃이 피어날 수 있고 어떤 교류가 이루어질 수도 있는 것이다. 그렇듯이 오늘밤 떼레즈는 기쁨에 몸을 맡기고 있고 심장의 아픔은 느끼지 않고 있었다. "어쩌면 내가 죽지 않을지도 몰라. 어쩌면 앞으로 좀더 오래 살지도 몰라"라고 그녀는 생각하였다.

떼레즈는 창문을 열고 어두컴컴하며 아직도 시끄러운 길 위로 몸을 굽혀 내려다보았다. 여기저기 상점의 철문을 요란한 소리를 내며 닫는 소리가 들렸다. 검은 자동차들이 네거리에서 짤막한 경적을 울리며 차도를 미끄러져 달려갔다. 한 대의 버스가 몹시 요란하게 브레이크 소리를 내며 주위의 다른 모든 잡음들을 삼켜버렸다. 그 속에서도 층계창의 문이 열리는 소리만은 분명히 떼레즈의 귀에 들렸다. 잠시 후 안나의 목소리와 한 남자의 목소리가 현관에서 이야기를 나누는 것이 들렸다. 떼레즈가 창문을 닫고 돌아서자 모자를 벗은 조르주 필로가 보였다. 그는 외투를 입은 채였다. 그 순간에 심장에 고통이 왔다. 괴로움 때문에 입을 꽉 다물고 이마를 찡그리고 있는 모습을 보고 젊은이는 떼레즈가 자기가 되돌아온 것에 화를 내고 있다고 생각했다.
 "뭘 잊어버리고 갔나요?"
 젊은이는 단지 마리의 소식을 전해드리고 싶었노라고 입 속으로 중얼대듯 말했다. 모든 일이 다 순조로웠고 마리에게 기차의 구석자리를 구해줄 수 있었다고 말했다. 떼레즈는 심장의 고통을 길들이기 위해서 상체를 앞으로 구부린 채 의자에 앉아 있었다. 적의 공격을 받으면 죽은 체 꼼짝도 안하는 곤충처럼 그녀는 몸을 움직이지 않고 있었다. 한숨을 놀리고 나서 그녀는 청년에게 저편 안락의자에 앉으라고 권했다. 그제야 청년은 떼레즈가 화가 난 게 아니라 고통을 참고 있는 것이 아닐까 하는 생각을 했다.
 "조금 안 좋아서 그래요…… 이젠 좀 나요. 잠시만 더 실례하겠어요……."
 시계추가 움직이는 소리와 근처 아파트에서 들려오는 라디오소리 외에는 아무 소리도 들리지 않았다. 청년은 이 죽은 것 같은 얼굴 외에 다른 곳으로 시선을 옮겨보려고 애쓰고 있었다. 그러나 거의 주름살이 없는 이 넓은 이마로만 그의 눈이 자꾸만 갔다. 그는 아래로 내리감은 눈꺼풀을, 눈 주위의 거무스레한 무리를, 애써 악물고 있다고 볼 수밖에 없는 입을 바라다보지 않을 수가 없었다. 그러다가 갑자기 상대방도 속눈썹 사이로 자기를 관찰하고 있다는 것을 알아차렸다. 그는 얼굴을 붉히며 외면하였다. 떼레즈가 상체를 바로 세웠다.
 "이제 다 나았어요. 마리에 관한 이야기를 해줘요. 그 아이는 만족해서 떠났나요?"
 그는 마리가 만족해서 떠난 줄 알고 있노라고 했다.
 "그 아이가 젊은이에게 뭐라고 하던가요?"
 그는 "우리는 주로 부인에 대한 이야기를 했답니다"라고 감히 대답할 용기가 나지 않았다. 허지만 지금이 그의 머릿속을 떠나지 않던 점에 대해서 밝혀줄 것을 이 여자에게 요구할 기회가 아닐까? 그가 마리에게 여러 번 말한 것처럼 마리의 어머니가 어떤 대가를 치르고라도 자유롭게 되고 싶다는 욕망을 느꼈다는 것은 전혀 이상할 게 없는 일이었다. 다만 생 클레르의 사람들이 수군대는 소문을 도저히 그는 믿을 수가 없었던 것이다. 지금 이 순간에 고통스러운 얼굴을 자기 쪽으로 돌리고 있는 저 여자가 며칠을 두고 계속하여 독약을 몇 방울씩 남편의 약잔에 떨어뜨리며 끝없는 단말마의 고통을 지속시켰다는 것을 어떻게 상상이나 할 수 있단 말인가? 마리 역시 그런 일이 있을 수 있다고 믿지 못하고 있었다. 솔직히 말해서 그녀는 어머니의 책임을 축소시킴으로써 자기의 애인에게 좋은 인상을 주겠다는 심사였다. 마리의 눈에는 그 일만이 소중하였으니까. 그러나 마리가 어머니를 심문하면서 더 깊게 캐묻지 않은 것에 놀라고 있는 조르주에게 마리는 뭐라고 대답해야 좋을지 몰랐다.
  "당신 어머니가 질문에 대답해주기를 허락했는데도 그 기회를 놓치다니, 참 내! 물론 피차에 괴로운 일이기야 할테지. 그렇지만 늘 의혹 속에 있다는 것보다 더 나쁜 일은 없어. 내가 네 입장이었다면 도저히 그냥 덮어두고 살 수는 없을 것······."
  마리는 이제는 그도 떼레즈 데께루를 알고 있으니 그 자신이 직접 그 일을 캐어물어보면 되지 않겠느냐고 대답해주었었다. 그때 조르주는 "아, 뭐, 나는 오직 당신 때문에 그 문제에 관심을 가질 뿐이야"라고 항의했었다. 마리는 그 말을 듣고 몹시 기뻤다. 아마 그녀는 이 시간에 기차 속에서 그 말을 새삼 되새기고 있을 것이다. 마리는 조르주가 거짓말을 한 사실을 모르고 있었다. 그는 마리와는 아무 상관 없이 떼레즈의 비밀사건에 커다란 호기심을 느끼고 있었다. 이 층계를 올라오면서, 이 문의 초인종을 누르면서 조르주가 생각한 사람은 마리가 아니었다. 그러나,
  "두 사람이 뭐에 관해 이야기했는지 내게 들려주고 싶지 않아요?"라고 떼레즈가 거듭 물었을 때 그는 대답을 회피했다. 그러고는 멸시하듯이,
  "어린애를 상대로 무슨 말을 하겠어요?"라고 말했다.
  떼레즈는 미소를 지었다. 그리고 중요한 것은 그녀의 어린 마리가 만족해서 떠난 것이라고 말했다. 청년은 마리에게 너무 큰 희망을 갖게 해주었을까봐 걱정이라고 했다. 언젠가는 마리가 절망에 빠질 것을 생각하면 굉장히 걱정되노라고도 했다······ 이런 말을 하며 그는 떼레즈를 관찰했으나 그녀가 조금도 언짢게 생각하고 있지 않다는 것을 알아차렸다.

"마리는 가까운 장래에 무슨 결정이 나리라고 기대하고 있지는 않아요 …… 시간의 여유가 생긴 것만 해도 성과를 거둔 셈이에요. 젊은이가 어떤 결정을 내리게 되더라도 마리가 그 결정을 받아들이도록 마음의 준비를 시킬 시간적 여유는 얼마든지 있게 되었으니까요. 내년 여름 방학 동안에 마리는 자유롭게 매일 젊은이를 만날 수 있겠지요. 마리로서는 운을 걸고 해볼 기회가 되겠군요."

청년은 떼레즈가 이렇게 남의 말하듯 초연한 태도로 말하는 것이 은근히 기뻤다. 사실 이 여자는 다른 여느 어머니와는 다르다. 이 여자는 모든 것을 다 이해하고 있다고 그는 생각했다.

떼레즈가 덧붙여 말했다.

"사실 나는 마리의 기회가 그렇게 적기만 한 건 아니라고 믿고 있어요."

청년은 무엇이라고 대답할지를 몰라 히죽이 웃으며 한쪽 어깨를 으쓱해 보였다.

"생 클레르에선 여름날을 어떻게 보내세요? 우리 때에는……."

"오늘날의 젊은이들에게는 물빙앗간이라는 좋은 곳이 있어요…… 우리는 매일 수영을 한답니다. 그리고 물에서 나오면 햇볕에 몸을 태우고요……."

떼레즈가 큰 소리로 외쳤다.

"뭐라고요? 생 클레르에서까지도!"

청년은 그녀가 불안해하고 분노하고 있다고 믿고는 변명을 했다.

"우리는 나쁜 짓은 절대로 안해요!"

떼레즈는 "그것이 나와 무슨 상관이 있담!" 하며 그의 말을 중단하려다가 자기 딸의 이야기임을 상기하고 입을 다물었다. 그는 약간 바보 같은 미소를 지으며 떼레즈를 바라보았다. 그러고는 해변가에서의 생활을 상기시켜주는 그곳에서의 해수욕에 대해서 신이 나서 오랫동안 이야기했다. 방죽 안에 얼음같이 차갑고 잔잔한 물속에 들어가면 몸이 훤히 다 보일 정도로 그곳의 물이 맑다는 이야기, 그리고 마른풀이나 경사진 언덕 위에 둘이 누워 있으면 나뭇잎사귀의 그림자가 피부에 호랑이 무늬를 얼룩지게 그리고 있어서 나무가 없는 바닷가에서보다 살결이 더욱 살아 있는 것처럼 보이기도 한다는 이야기 등이었다.
 "마리와 저는 멋지게 마음이 통한답니다. 우리는 말 한마디 없이 나란히 누워서 몇 시간이고 보낼 수 있습니다. 그러다가는 다시 일어나 물속에 뛰어들지요. 그러나 오래 헤엄칠 수는 없답니다. 물이 너무 차고 또 해초가 많아서요. 그래서 우리는 곧 되돌아와 눕지요. 그러면 주위에서 울고 있던 귀뚜라미와 메뚜기들이 울음을 딱 멈추어요. 그러다가는 마치 우리가 죽은 사람인 것처럼 우리의 바로 귓가에서 다시 울기 시작하곤 한답니다. 우리들의 눈은 소나무 가지 꼭대기의 세계만 바라보는데 익숙하게 되지요, 다람쥐며 언치새며……."
 "마리의 목과 팔에 아직도 햇볕에 그을린 흔적이 남아 있더군요……."
 "마리가 제일 아름답게 보일 때에는 여름방학이 끝날 무렵입니다."
 "요컨대 젊은이는 마리를 사랑하고 있지요?"
 조르주는 "모르겠어요……"라고 대답했다. 그는 감동한 것 같아 보였고 애매한 미소를 짓고 있었다. 그가 일어서서 담배를 피워 물었다.
 떼레즈가 "그렇다면……" 하고 말을 시작하다 말고 서가에 몸을 기대섰다. 그가 물었다.
 "무슨 말씀을 하시려고 했나요?"
 "내 얘기는 우리가 선택한 상대, 혹은 우리를 선택한 상대와 함께 산다는 것은 태양에 몸을 맡긴 채 긴 낮잠을 자는 것, 끝 모르는 휴식, 동물적인 평온감, 이런 것이 아니겠느냐는 말이에요. 그래요…… 서로 마음이 맞고, 순종하고, 만족하고 있는 한 인간이 그곳에, 손만 뻗치면 잡을 수 있는 곳에 있다는 확신을 갖는 것이겠지요. 그 사람은 우리와 마찬가지로 다른 어느 곳이 아니라 바로 이곳에 나와 함께 있기만을 원하는 그런 사람이고요. 머릿속에서조차 어떤 종류든 배신 같은 것은 도저히 생각할 수도 없을 정도로 우리의 사고를 마비시킬 수 있을 만큼 커다란 무기력 상태가 우리 주위를 감싸고 있어야 할 것이고요."
 "날씨가 서늘하게 되기 시작하기만 하면 우리는 다른 생각을 하게 되고, 그곳을 떠나고 싶어진다는 것은 사실이에요. 그럴 때면 마리가 갑자기 '무슨 생각을 하고 있어요?' 하고 묻곤 한답니다."

"그러면 당신은 '아무 생각도 하지 않아'라고 대답하겠지요. 왜냐하면 당신이 들어가 있는 세계, 여자가 근접할 수 없는 세계, 그 세계 속으로 마리를 끌고 들어간다는 일은 너무나 복잡할 테니까요."

"몽두가 늘 내게 하는 말이 바로 그 말이에요."

떼레즈가 "몽두라니 누군데요?" 하고 물었다. 그러나 그녀는 벌써 몽두라는 사람이 어떤 타입의 사람일는지 보지 않아도 뻔했다. 조르주와 같은 나이의 젊은이들이 늘상 잘 알고 있다고 자랑하는 비범한 타입의 사나이, 모든 책을 다 읽은 친구. 어떠한 악보를 갖다 보여도 대번에 연주할 수 있으며 절대적 신념을 갖고 있는 사람. 그를 추앙하고 있는 젊은이들이 남에게 소개해주지 못해 안달하는 그런 인물. 그러나 여자들은 그를 만나기 전부터 혐오하는 그런 인물. "두고 보면 아시겠지만요, 그 친구는 쉽사리 본심을 털어놓지 않아요. 허지만 만약에 기분이 아주 좋을 때면……." 그런 친구란 대부분 여드름투성이에다 목젖이 튀어나왔기 일쑤고 소심함과 자만심과 질투심이 뒤섞여 있는 괴팍한 청년이다. 몽두와 같은 친구의 영향은 항상 대단한 것이다. '하지만 내가 걱정할 게 뭐가 있담? 마리는 몽두를 두려워할 게 하나도 없는데' 하고 떼레즈는 속으로 생각했다.

"제가 부인께 그 친구를 소개해드리겠어요. 부인께서 흥미를 느끼시게 될 게 틀림없어요. 그런데 제가 너무 결례를 하고 있는 게 아닐까요? 벌써 11시예요……."

"아! 잠드는 일이란 원체……."

그러나 떼레즈는 더 이상 그를 붙잡으려는 아무 말도 안하며 일어섰다. 청년은 또 뵐 수 있겠느냐고 물었다. 마리가 그에게 다시 방문해도 조금도 실례될 것이 없다고 그를 안심시켜주었노라고 했다. 그는 떼레즈가 동의해주기를 살피고 있었다. 떼레즈는 아무 대답도 안하고는 "가엾은 마리!" 하고 한숨을 내쉬었다.

"왜 가엾다고 하십니까?"

"왜냐하면 성탄절 방학에는 해수욕도 할 수 없고 물방앗간에서 낮잠을 잘 수도 없을 테니까요……."

"그래도 우리는 만날 거예요. 마리는 좀처럼 저의 집에 오지 않고 또 저도 마리의 집에 찾아가지는 않습니다. 마리가 승마를 잘한다는 것을 부인께서도 알고 계시겠지요. 우리는 날씨가 나빠도 승마를 한답니다. 그래서 거의 매번 우리는 실레에 있는 버려진 소작지에서 만나곤 하지요……."

"그곳은 내가 젊었을 때에도 이미 아무도 살고 있지 않았어요……."

그 작은 집의 벽에 숯으로 그려져 있던 외설스런 그림이며 때로는 목동들이 밤을 지낼 때 쓰는 나무묶음이 한쪽 구석에 쌓여 있던 모습이 떼레즈의 눈에 선했다.

"우리는 양떼가 노는 공원에다 말을 매어놓고는 나뭇가지를 모아다가 큰 불을 피운답니다……."

잠시 동안 두 사람은 아무 말도 하지 않았다. 떼레즈가 입을 열었다.

"어쩌면 내 남편이 이제는 훨씬 반갑게 당신을 집으로 초대할 수 있을 것 같군요. 집 안에서 만나는 것이 훨씬 편할 거예요. 게다가 음악도 즐길 수 있고요……."

청년은 웃으면서 떼레즈를 바라다보았다.

"아주머니께서 마리를 그렇게 모르실 수 있어요! 마리는 음악이라면 진저리치는 아이예요!"

떼레즈는 "내가 정신이 나갔나?"라고 말하는 것 같은 표정으로 어깨를 으쓱해 보이며 미소를 지었다. 그녀가 말했다.

"요즈음엔 전축이 있으니 음악을 연주하거나 말거나 그리 중요하지 않게 되었어요!"

청년은 마치 항의하려는 자신을 억제하고 있듯이 입을 약간 삐죽거렸다. 그때 갑자기 떼레즈는 깊은 즐거움을 느꼈다. 그게 스스로 부끄럽게 생각되었다. 그러자 갑작스럽게 열의를 보이며 이렇게 물었다.

"마리에게 편지를 보내시겠지요?"

조르주가 조만간 편지를 쓰겠노라고 약속을 하자 떼레즈가 이렇게 재촉했다.

"안돼요, 당장에 쓰세요! 이 처음 며칠 동안 그 아이의 마음이 어떻겠나 상상해보세요."

"실은 저는 편지를 쓰는 것은 질색입니다"라고 그가 고백을 하였다.

"다만 몽두에게 쓰는 것만은 빼고요. 제가 그가 보내온 편지들을 그 속에 들어 있는 사상에 따라 요약철을 갖고 있다면 믿으시겠어요? 그 요약철은 정치·철학·종교 이렇게 세 분야로 구분되어 있습니다. 부인께 빌려드리겠어요. 보시면 아시겠지만 굉장한 글이에요…… 웃고 계시는군요? 절 비웃고 계시나요?"

떼레즈는 고개를 가로저으며 속으로 '얼마나 철부지 시절인가! 스무 살에 인간은 이토록 어리석단 말인가!'라고 생각했다.

그러나 조르주는 마리에게 편지를 쓰겠다고 약속을 했고 다시 찾아뵈어도 괜찮겠느냐고 물었다.

"무슨 일로요?" 하고 떼레즈가 물었다. 그때 청년이 당황해하자 그녀가 재빨리 덧붙여 말했다.

"마리에 관한 이야기를 내게 해주려고요? 그렇다면 얼마든지 좋아요…… 허지만 난 좀처럼 집에 있지 않아요."

청년은 슬픈 표정으로, 또 딴 데 정신이 팔린 모양으로 떼레즈에게 고맙다고 했다. 그러더니 '아주 우연히' 자기가 거의 매일 정오에 '뒤 마고' 카페에서 몽두를 만난다는 것을 떼레즈에게 말해주었다. 떼레즈는 현관까지 그를 전송하였다. 젊은이는 문고리를 쥐고 한참 망설이더니 몸을 돌리며 주저하는 목소리로 이런 말을 했다.

"궁금해서 못 견딜 일이 있어요…… 아니, 나중에 말씀드리겠습니다……."

그는 문을 열었다 닫았다 두 번이나 되풀이하며 떠나기를 망설였다. 떼레즈는 청년의 발걸음소리가 계단에서 점점 멀어지는 것을 들었다. 그러고는 거실로 되돌아왔다. 담배연기가 자욱한 거실은 가구가 흐트러져 있었지만 그건 살아 있음을 느끼게 해주었다. 속을 넣은 안락의자들도 벽난로 앞에 있던 낮은 의자도 위치가 바뀌어져 있었다. 이 아르컬루즈에서 끌고 온 유물들이 생기를 되찾은 것 같아 보였다. 떼레즈는 그 청년이 알고 싶어하는 것이 무엇인지 짐작이 갔다. 그러나 그 청년은 떼레즈가 알려주는 것 외에는 아무것도 더 알 수는 없으리라. 그녀는 스스로 신기할 정도로 과거의 자기 행동에 대하여 자신을 가질 수 있었다. '그건 관점의 문제지'라고 그녀는 생각했다. 거울 앞으로 다가가서 자기가 모르고 있는 자기 얼굴을 찾아보았다. 그녀의 진짜 얼굴이 아니라 그 젊은이의 두 눈에 비추어졌던 떼레즈의 얼굴이었다. 단 한 번의 몸짓으로 머리카락을 뒤로 젖히고 이마와 관자놀이를 드러내 보이기만 하면 충분했으리라. 그렇다. 두 손을 몇 초만 움직였다면 그녀 자신의 가짜 모습을 지워버릴 수 있었으리라…… 그러나 떼레즈는 입술에 연지를 바르고 얼굴에 분을 발랐다. 그러고는 눈에 보이지 않는 상대에게 대답하듯이 이렇게 큰 소리를 내어 말했다.

"하지만 그 청년은 마리에게 편지를 쓴다고 했어! 내가 그 편지를 쓰겠다는 약속을 하게 했어. 마리는 기뻐할거야……." 떼레즈는 자기가 솔직하지 못하다는 것을 의식하지 않을 수 없었다. 그러나 그녀는 그 거짓 속에 안주하였고 휴식을 구하였다. 목이 말라 그녀는 부엌으로 갔다.

"안나, 아직 방에 올라가지 않았니?"

한 번도 사용한 적 없는 냄비들이 번쩍이고 있는 깨끗이 정돈된 부엌에서 안나는 두 팔꿈치를 식탁에 기대고 두 주먹으로 머리를 싸안은 채 앉아 있었다. 아무렇게나 잘랐고 기름기가 낀 너무 긴 머리카락이 눈물로 부성부성한 얼굴을 반쯤 가리고 있었다. 무슨 일이 있었을까? 혹시 애인으로부터 버림을 받았을까? 혹은 어디가 아픈가? 아니면 임신을 한 것일까? 얼마 전까지만 해도 떼레즈는 이런 순간이 오기를 얼마나 기다렸던가. 안나의 괴로움을 나눈다는 구실은 떼레즈와 안나를 갈라놓고 있는 이 벽에 구멍을 뚫어줄 수 있을 것이고 그 구멍을 통해서 안나의 불쌍한 운명에 들어갈 수 있는 기회를 주었을텐데…… 그러나 오늘 밤 떼레즈는 그녀를 거들떠보지도 않았다. 물 잔을 단숨에 비워버리고는 따뜻한 몸짓 한 번 하지 않고서 부엌을 나와버렸다.

식당을 지나가다 말고 떼레즈는 멈춰서야 했다. 잊고 있었던 심장의 고통이 갑자기 엄습해온 것이다…… 그녀는 벽에 의지하고 의자를 붙잡으며 천천히 거실로 돌아와 상체를 앞으로 구부리고 의자에 앉았다. 그녀는 왼쪽 어깨를 경련적으로 꽉 쥐고 있는 것 같은 이 고통을, 거기서부터 심장으로 퍼져 가득 채우는 이 통증을 잊고 있었다. 조용한 한밤중에 떼레즈는 자기의 거친 숨소리에 귀기울이고 있었다. 이 감옥 같은 아파트에 오늘밤 생명이 되돌아왔었고 흩어진 가구와 담배연기 속에서 그 잔재의 여운이 남아 있었다. 생명이 되돌아왔었다. 떼레즈는 죽고 싶지 않았다. 조심만 한다면 무리만 하지 않는다면…… 의사도 그녀에게 말해주지 않았던가. 그녀는 마지막으로 병원에 갔을 때에 전문의가 해준 말을 다시 상기해보았다. X레이 사진이 명확하지 않아서 정확하게 진단을 내릴 수가 없다고 했었다. 병세가 가볍지 않은 건 분명했지만 의사는 "심장병은 딱히 언제까지라고 꼬집어 말할 수 없답니다"라고 덧붙여 말했었다. 뭐니뭐니해도 그녀의 생활은 심장병을 견디어내기에 아주 적절하지 않은가? 다만 오늘부터는 더 이상 경솔한 짓만 하지 않으면 괜찮을 것이다. 자리에 눕지 말고 밤새 앉아 있도록 하자. 이 시간에 마리는 기차에 실려가고 있겠지. 벌써 오를레앙은 지나갔을 것이다. 통증은 좀 가라앉았다. 아마 마리는 자기가 사랑을 받고 있다고 믿고 있겠지…… 좋아! 그 아이가 그렇게 믿고 있는 편이 얼마나 다행인지 몰라! 그 아이의 환상이 실제로 이루어질 수 있도록 난 최선을 다해야지. 마리를 불쌍하게 여길 이유가 무엇이람? 그 아이는 열 일곱 살이고 건강이 흘러 넘치고 있다. 앞날이 전도양양하다…… '그런데 나는 도살장의 입구까지 벌써 와 있다!'라고 떼레즈는 생각했다.

괘종시계가 한 시를 쳤다. 통증은 이제 좀 무뎌졌지만 완전히 사라진 것은 아니었다. 쥐어짜는 고통이 약간 느슨해졌을 뿐이다. 떼레즈는 이제 더 이상 마리나 조르주나 다른 그 누구에 대해서도 생각하고 있지 않았다. 온통 자기 자신에게 주의를 집중하고 있었다. 마치 내부에로의 시선의 집중이 미쳐버린 심장을 버릇없이 굴지 못하게 하고, 이 미칠 듯이 쿵쿵 뛰는 심장을 진정시키고, 이 무질서한 심장의 박동에 브레이크를 걸어 무(無)에의 경계선에서 멈추게 할 수나 있는 것처럼 그녀는 자기 존재의 한가운데에 위치하고 있는 이 깊디깊은 무질서에 온 주의를 기울이고 있었다.

6

 조르주의 방문이 있은 지 1주일이 지난 어느 날 오전 11시쯤, 떼레즈는 전셋집이라고 밖에 써붙여놓은 광고 쪽지들을 유심히 보면서 천천히 걷고 있었다.
 지금 살고 있는 아파트의 층계가 별로 가파르지는 않았지만 떼레즈의 심장에는 위험할 수도 있었다. 떼레즈를 재진찰했던 전문의는 그녀가 살 만한 1층에 있는 아파트를 구하지 못한다면 승강기라도 있는 집으로 이사를 가지 않으면 안되겠다고 충고를 했었다. 이 정도나마 움직일 엄두를 내게 되었다는 것은 그만큼 건강이 호전되었다는 것을 의미하고 있다. 1주일 전만 해도 이사를 한다는 것은 생각조차 할 수 없는 일이었다.
 그 사이 조르주로부터 아무런 연락이 없었다는 것에 그녀는 전혀 개의치 않고 있었다. 그 청년이 매일 저녁 그녀에게 긴 편지를 썼다가는 아침에 눈을 뜨면 곧 찢어버리곤 한다는 사실을 누가 떼레즈에게 알려주었더라도 그녀는 아마도 "난 알고 있었어……" 하고 대답했을 것이다.
 그녀는 '뒤 마고' 카페의 테라스 앞에서 신문을 한 장 샀다. 그러고 나서 몸을 돌리는데 누군가 자기를 향해 손짓을 하는 게 보였다. 또 자기에게 미소를 짓고 있는 얼굴도 보였다. 그녀의 심장이 뛰어서는 안되었다. 이런 하찮은 만남에, 그것도 미리 예견되었던 만남에 이렇듯 감격해서도 안되었다. 떼레즈는 자기가 곧장 세느강 쪽으로 걸어내려가지 않고 오른쪽으로 돌아서 이 카페가 마주보고 있는 생 제르맹 데 프레 성당이 있는 쪽으로 걸어왔던 까닭을 잘 알고 있었다. 그녀는 여러 테이블을 지나서 조르주가 앉아 있는 곳으로 갔다.
 조르주가 일어서서는 약간 바보 같은 표정으로 친구를 소개했다. 떼레즈는 그때까지 그 친구가 있다는 것을 보지 못했었다. "몽두입니다…… 르네 몽두입니다." 그 친구는 떼레즈가 상상했었던 우스꽝스러운 인간 타입이 아니라는 것을 그녀는 대번에 알아볼 수 있었다. 그는 가냘픈 어깨와 구부정한 등 그리고 앳된 얼굴에 오래 마주볼 수 없을 정도로 해맑은 눈빛을 간직하고 있었다. 그 투명한 두 눈을 보면 그 청년이 싸구려 기성품 양복을 입고 있다거나 국방색 구두끈을 맨 커다란 장화를 신고 있어도 용서해줄 수밖에 없는 그런 사람이었다. 떼레즈에게는 무엇보다도, 무슨 대가를 치르더라고 이 청년의 마음을 끄는 일이 중요하다는 생각이 들었다.

그 청년이 책이 가득 들어 있는 가방 속에서 잡지 한 권을 꺼내었다. 떼레즈는 잡지제목을 보자 이 청년이 어떤 사람인지 대충 짐작할 수 있을 것 같았다. 사기가 '아름다운 영혼의 소유자'라고 부르는 사람의 그룹 속에 이 젊은이를 분류해 넣을 수 있다고 그녀는 대뜸 생각했다. 그녀의 난파당한 사람 같은 모습 덕택으로 그런 그룹에 속한 사람들의 관심을 자주 끌 수 있었기에 떼레즈는 그들이 어떤 사람들인지 잘 알고 있다고 믿고 있었다. 그러나 몽두는 그녀의 환심을 사려는 말에 여자와는 토론을 안하겠다고 작정한 무례한 학생의 표정을 하고 애매한 몇 마디 말로만 대답을 할 뿐이었다. 떼레즈는 실수를 연거푸하면서 이것저것 그의 관심을 끌 만한 이야기를 하려 했고 그러자 부자연스럽기 짝없는 꼴이 되었다. 똑같이 존경하고 있는 두 사람을 대면시켰으나 그 만남이 좋은 성과를 거두게 될지는 전혀 모를 때 흔히 우리들이 느낄 수 있는 두려움이 뒤섞인 흥분 속에 조르주가 빠져 있는 동안에 떼레즈는 예전에 재치 있게 보이는 데 성공할 때 써먹던 말들을 다시 생각해내어 떠들었다. 그러나 몽두는 무례하게도 그 말을 무시해버리곤 했다.

상대방이 종교에 관심이 많은가보다고 짐작하게 된 떼레즈는 악과 숙명론에 관한 문제를 대화 속에 끌어넣었다. 그런 문제란 아무리 무식한 여자라 할지라고 요령만 있으면 아주 똑똑한 사람들까지도 당황하게 만들 수 있는 화제였다. "내가 젊은이 마음을 상하게 한 건 아닌지 모르겠네요"라고 물으며 떼레즈가 잠시 하던 말을 중단했다. 그때 조르주가 한마디 말을 던짐으로써 그녀가 방향을 잘못 잡고 있다는 것과 조르주의 사상은 그녀가 짐작한 것과는 정반대라는 것을 암암리에 알려주었다. 곧 떼레즈는 후퇴하여 겸손한 어조를 택하고는 본능적으로 좀더 분명한 방법으로 그의 환심을 사려고 했다. 그것은 주의 깊고 그윽한 눈초리를 해

보이고 목소리의 어조도 바꾸는 방법이었다. 그런 방법에도 상대가 전혀 반응을 보이지 않자 그녀는 우습게 보일 정도로 그녀의 가련한 노력을 배가하고 있는데 갑자기 조르주 필로가 자기를 유심히 관찰하고 있다는 사실을 알아차렸다. 그러자 사흘 전부터 그녀의 존재 속에 차곡차곡 쌓여 있던 기쁨의 폭풍우가 일시에 터져나왔다.
 아, 얼마나 멋진 일인가! 조르주는 괴로워하고 있다. 떼레즈는 상대방이 쓰고 있는 질투의 가면을 너무나 잘 간파할 수 있었다. 어떤 경우에든지 한눈에 그걸 알아볼 수 있었던 것이다. 참으로 오래전부터 우리가 사랑받고 있다는 유일한 증거로서 이 질투의 가면만큼 확실한 것은 없다고 그녀는 믿고 있었다.
 입은 꽉 다물고 있고 눈에는 고통과 비난의 빛으로 가득 차 있는 저 얼굴. 그걸 회상해내자면 먼 옛날로 거슬러올라가야만 했다. 떼레즈가 처음 파리에 올라왔던 무렵까지 거슬러올라가야 했다. 이 기쁨이 다시 한 번 그녀에게 주어지다니 너무나 놀라웠다! 그 발견은 그녀의 심장에 부담이 컸다. 그녀는 심장 가득 그 기쁨을 받아들였던 것이다. 그녀의 창백한 얼굴은 몽두를 향한 채 그대로 있었다. 조르주의 고통을 배가시키고 싶어서였든지 아니면 호흡을 되찾고 왼쪽 가슴에 퍼지기 시작한 고통을 없애고 싶어서였든지 그대로 있었다. 떼레즈는 남의 말에 귀기울이고 있는 사람의 모습이었다. 그녀가 귀를 기울이고 있는 것은 분명히 발걸음소리였다. 그녀 존재 깊은 곳에서부터 들려오는 발걸음소리였다. 죽음의 발자국. 죽음은 본질적으로는 존재하고 있지 않은 것이나 그렇다고 해서 이 여인의 비참한 육체 속에 자리잡고 있지 않은 건 아니었고, 이제 방금 솟아오른 예상치 못했던 행복으로 인해 죽음은 더욱 커지고 더욱 강해진 것이다. 마치, 그렇게도 오랜 세월 후에 이 여인의 육체의 붕괴를 재촉하기 위해서 사랑이 이 여인에게 다시 주어진 것처럼. 안된다. 지칠 대로 지친 그녀의 심장은 이런 종류의 흥분을 견디어낼 수 없을 것이다. 이 괴물 같은 환희의 압력에 못 이겨 이 심장은 터져버리고 말 것이다. 그녀는 조르주 쪽으로 몸을 돌렸다.
 "택시 한 대 잡아주겠어요.? 몸이 좀 불편하군요. 아니예요, 날 바래다줄 필요는 없어요."

"오늘밤에 찾아가 뵈어도 좋겠습니까?"
"안돼요, 오늘밤엔 안돼요, 내일이면 좋아요."
"건강이 어떠신지 안부를 물으러 가 뵙겠습니다."
 떼레즈는 그걸 거절하지는 않았다. 이렇게 육체적인 고통에 흉해져 있는 모습을 그에게 보이고 싶지 않았다⋯⋯ 더구나 조르주의 존재는 그녀의 고통을 배가시켜줄 뿐일 테니까. 떼레즈에게는 안정 속에 제정신을 차릴 시간적 여유가 필요했다. 그녀는 이 뜻하지 않은 사랑의 기습에 압도당했던 것이다. 내일 저녁이면 그녀는 만반의 준비를 할 수 있을 것이고 그녀의 심장도 단단히 단속해놓을 수 있을 것이다. 택시 속에서 그녀는 '죽지 않는다는 것은⋯⋯' 하고 되풀이 생각하고 있었다. 그런데 저 아이가 질투를 느낄 수 있었다는 사실이 자기가 그의 사랑을 받고 있다는 부인할 수 없는 엄연한 표시가 될까? 그리고 만약에 정말로 사랑을 받고 있다면 젊은이들의 열정적인 상상력이 만들어내는 신기루 중에 하나일 게 뻔한데 두려워하지 않을 수 없구나. 그는 이 삶에 지친, 반은 죽은 거나 다름없는 한 여인 때문에 오랫동안 괴로워하지는 않을 것이다. 그러고 나서 이 순간에 호흡을 되찾으려 애쓰면서 자기 심장의 고동이 조금이라도 빨라진다는 것을 위해 치르어야 할 대가가 무엇인지 그녀는 잘 알고 있었다⋯⋯.
 떼레즈는 잠시 층계참에서 꼼짝 않고 서 있었다. 그러고 나서 열쇠를 찾았으며 그 젊은이는 오늘 저녁에 올 수도 있었을텐데 하고 생각했다. 그는 내일 올 것이다. 그런데 나는 내일까지 살아 있기나 할까? 끊임없이 이 눈앞에 죽음을 느끼고 안 느끼고는 이젠 더 이상 그녀에게 달려 있지 않았다. 내일 저녁 그 청년은 이 옷걸이에 외투를 걸어놓을 것이다. 현관 테이블 위에 편지 한 통이 와 있었다. 마리의 필적임을 금세 알아볼 수 있었다. 두 시간 전부터 떼레즈는 한 번도 마리 생각을 하지 않았다.
 그녀는 혐오하는 눈초리로 이 어린애 같은 필적을 바라보았다. 길쭉한 봉투 모양도, 보랏빛 종이 색깔도 붉은 잉크 색깔까지도 유치했다. 이 모든 것에서 풍기느니 어리석다는 느낌뿐이었다. 떼레즈는 자신이 이런 감정을 갖는다는 것에 수치심을 느꼈다. 그러는 동안 그녀가 기운을 쓰지 않도록 안나는 그녀의 모자도 벗겨주었고 신발도 벗겨주었다. 점심은 먹지 않기로 했다. 통증이 가라앉을 때까지 난로 앞의 낮은 의자에 꼼짝 않고 앉아 있기로 했다. 상체를 앞으로 구부리고 양손으로 봉투를 든 채 그녀는 혼자 있었다. 마리의 행복…… 그녀의 딸인 마리…… 그러나 핏줄이란 무엇을 의미하는 것일까? 이 모녀는 서로가 상대방을 모르는 두 여자에 불과했다.

　자기의 운을 시험해보는 일은 각자의 실력에 달려 있다. 마리는 열 일곱 살이고 아름답다. 그 두 젊은이는 물레방앗간에서 함께 수영을 하곤 했다. 둘이는 메뚜기가 뛰노는 뜨거운 잔디 위에 나란히 누워 서로의 마음을 잘 이해하곤 했었다. 그러나, 떼레즈, 그녀는 이미 반은 부서진 몸이다…… 마리는 어머니로부터 고백을 끄집어내려 강요하던 날 밤에 어머니가 안됐다고 생각했었을까? 더욱 나쁜 점은 딸이 어머니 일에 대하여 전혀 호기심을 갖고 있지 않았다는 것이다. 딸은 더 상세한 내막을 알려고 조금도 애쓰지 않았고 어떤 상황에 대하여서도 묻지 않았다…… 조르주였다면 훨씬 더 캐내려고 따졌을 것이다. 조르주는 작별인사를 할 때 "궁금해서 못 견딜 일이 있어요……"라고 주저하며 말했을 때 이 중단된 질문이 무엇을 의미하고 있었는지 떼레즈는 잘 알고 있었다. 다시 와도 괜찮겠느냐고 물었었지. 맙소사! 그의 방문이 심문장으로 변할 것인가? 떼레즈는 세번째로 피고가 되어 재판을 받게 될 것인가?

　딸아이가 어머니로부터 몇 마디 짧은 고백을 쥐어짜내던 그날 밤 떼레즈는 밤새도록 괴로워하겠지 싶었었다. 그녀는 마리를 제 아버지 곁으로 돌려보내기 위하여 자신을 희생한다는 환상에 빠졌었다. 솔직히 말해서 그녀는 이 자식에의 사랑을 한 번도 가져본 적이 없었다. "나는 내가 한 번도 갖고 있지 않았던 것을 포기했다. 내게 한 번도 속해본 적이 없는 것을 난 희생한다고 여겼다……." 만약에 내일 저녁에 조르주로부터 새로운 공격을 받게 된다면…… 아! 이번에는 좋다! 거짓말을 해주리라 …… 아니 이건 거짓말이라고 할 수도 없다. 그건 그녀와는 다른 어떤 여인의 일이다. 15년 전에, 몇 주일 동안이나 끔찍스러운 계획을 실행하면서 매일매일 새로운 힘을 되찾곤 했었던, 그녀가 알 수 없는 미지의 떼레즈였다…… 매일매일 계속되는 살인행위…… 남편의 약잔에 비산이 몇 방울 떨어졌는지 일부러 세지 않던 그 옛날의 미친 여자와 오늘밤의 떼레즈 사이에 무슨 관계가 있단 말인가? 어떤 유사점이 있단 말인가?
 아, 사물을 명확히 인식한다는 것은 얼마나 고통스러운 일인가! 자기 자신을 속일 수 없다는 것은 얼마나 치명적인 약점인가! 이즈음 날마다 자기가 이루는 일이란 다만 마리의 행복을 독살시키는 것뿐이라는 이 확신, 이 정확성! 이번에는 무슨 평계를 댈 수 있단 말인가? 이 아이가 그녀에게 무슨 일을 했단 말인가? 그녀 곁에 피난처를 구하고 그녀의 품속에 안기기를 원한 것밖에 없지 않은가?
 정원의 숲속에서 들려오는 새소리들, 오후 4시의 휴식시간에 들리는 어린 학생들의 시끄러운 소리, 봉 마르세 백화점행 마차의 말발굽소리, 속도를 늦추는 자동차들의 경적소리와 브레이크소리, 이 모든 잡다한 귀에 익은 소리들. 죽는다는 것은 더 이상 이런 소리를 못 듣는다는 것일 것이다. 그리고 산다는 것은 이 단조로운 소리에 귀를 기울이며 앉아 있다는 것일 것이다. 단번에 자신을 희생한다는 것, 단번에 자신의 죄를 갚는다는 것, 실행한다는 것, 송충이를 짓밟아버린다는 것…… 이 편지가 무엇을 제안하고 있는지 아직은 모르지만 그 제안에 따르겠다고 생각하며 떼레즈는 편지 봉투를 뜯었다. 이 편지 속에 무슨 명령 같은 것이라도 들어 있다면 내용이 무엇이든지 간에 따르겠다고 떼레즈는 결심하고 있었다.

 아버지와 할머니께서는 제가 예상했던 것보다는 더 친절히 맞아주셨습니다. 저를 너무 자극하지 않으시려고 제 가출에 대해서는 아무 말씀 안하시기로 두 분 사이에 이야기가 있었던 것 같습니다. 저는 곧 두 분께 어머니에 대한 이야기를 했습니다. 또 만약에 제가 결혼을 할 경우 어머니가 어떤 조처를 취하려고 계획하고 계신지도 이야기했습니다. 아무도 얼굴에 드러내 보이지는 않았지만 어머님의 제안에 대해 매우 기뻐하시는 눈치들이었습니다. 아버지는 '그렇게 된다면 모든 일이 잘 해결될 건 분명하군……'이라고 말하셨고요, 항상 제 기분을 상하게 하는 데 성공하시곤 하는 할머니께서는 '그렇게 많은 지참금을 갖고서 기껏 소작인의 손주 녀석에게 시집을 간다는 것은 뭐니뭐니해도 유감스런 일인 건 분명하구나'라고 말씀하셨답니다.
 저는 아무 대꾸도 하지 않았습니다. 인내심을 발휘해야 할 좋은 이유가 제게 있었으니까요. 조금 전에 배달부가 소르주의 편지를 갖다주었답니다. 그렇게 빨리 편지를 보내주리라고는 생각지 못했었어요. 그 사람은 편지 쓰는 일을 몹시 싫어하거든요. 그런데 그렇게 빨리 편지를 받게 된 것이 누구의 덕분인지 곧 알게 되었습니다…… 사랑하는 어머니, 지금에 와서야 제가 본질적인 것을 이야기하게 되었습니다. 그런데 어머니에게 해드려야 할 이 말을 어떻게 설명해야 할지를 모르겠습니다. 저는 어리석은 계집애입니다. 어머니 같은 분에게 어떻게 이런 바보 같은 딸이 있게 되었는지 이해하지 못할 지경이랍니다. 저는 분명히 데께루 가문의 여자입니다! 제 말은 이것입니다. 저는 어머님께 용서를 구하고 싶습니다. 그것도 괜히 꾸며서 가짜로 용서를 구하는 것 말고 진짜로요…… 어머니와 저 사이에 있었던 모든 일을 저는 곰곰이 생각해보았어요. 그래서 지금 저는 어머니가 좋은 분이라는 것을, 제가 지금까지 만나본 적이 없는 좋은 분이라는 것을 알고 있습니다. 옛날에 있었던 일에 관해서는 사람들이 곡해하고 있다는 것에 저와 조르주는 의견을 같이했습니다. 그 문제는 어머님 혼자서만이 해결의 열쇠를 갖고 있다고 조르주는 편지에서 말하고 있습니다(그의 편지에 쓴 대로 옮긴 것입니다). 어머니에게 조금도 이해와 동정을 갖지 못했던 저를 대하는 어머니의 태도를 보면서 어떻게 제가 어머니를 의심할 수 있겠습니까? 이제 저는 악을 선으로 갚는다는 말이 무엇을 의미하는지 어머니 덕택으로 분명히 알게 되었습니다. 무엇보다도 저는 어머니를 존경하고 있습니다. 비록 조르주가 어머니를 좋아하지 않는다고 해도 저는 어머니를 좋아하고 있습니다. 어머니는 조르주에게 깊은 인상을 심어주셨어요. 그건 분명한 사실이에요. 그이는 사람을 알아보는 일에는 도가 튼 사람이랍니다! 저의 행복은 어머님께 달려 있습니다. 그건 너무나 밖으로 드러나 보이지요. 그래서 어머니께서는 제가 이런 모든 이야기를 하는 것이 저의 이익을 위해서 그런다고 생각하실지 모르겠습니다. 그렇지만 저는 진심입니다. 어머님께서 알아주셨으면 얼마나 좋을까요! 어머니 곁에서 지나다가 돌아오니 이곳의 모든 것이, 사물도 사람도 제게는 전보다 더 따분하게 느껴집니다. 어머니와 조르주와 함께 살 수 있다면 저의 생이 어떨까 상상해봅니다.

저를 위해서 어머니께서 결심하신 제안에 관한 문제로 집에서 편지가 가거든, 그 일이 저의 결론 여하에 따라 결정될 문제라고 분명히 말씀해주세요. 특히 할머니는 할머니 마음에 드시는 상대를 찾아서 일을 꾸미는 데 아주 능하실 겁니다. 할머니는 필로 가문을 멸시하고 있지만 우리 집안의 기운 가세 때문에 체념하고 계셨던 거랍니다. 그런데 저의 지참금이 많아진 걸 아시면 할머니의 야심이 다시 발동할 게 뻔합니다. 어머님께서 그 희생에 동의하는 것이 제가 좋아하는 상대와 결혼할 수 있도록 하기 위한 일이란 사실을 단단히 이해시켜놓아야 할 겁니다……

떼레즈는 트렁크 무게 때문에 몸을 한쪽으로 기울인 채 층계참에 서 있던 마리의 모습을 다시 머릿속에 떠올려보았다. 그녀의 딸이, 그녀의 아이가 이렇게 다정한 편지를 그녀에게 써보냈던 것이다. 그녀는 셋이서 함께 살아갈 생활을 꿈처럼 상상해보았다. 이것은 신기루가 아니다. 이 행복은 실현이 가능한 일이었다. 그녀가 붙잡아야 할 것이 다른 어떤 행복이 아니라 바로 이 행복이었다. 그녀가 손을 뻗치면 잡을 수 있는 유일한 행복이 바로 이것이다. 이 며칠 동안 그녀는 얼마나 불길한 광기에 사로잡혀 있었던 것일까! 그녀는 악덕이나 범죄란 불가능한 일을 상상하고 환상을 창조하는 무질서한 힘으로부터 생기는 것이라고 항상 믿고 있었다. 그리고 어떤 대가를 치르더라도 우리는 즉각 그 불가능이나 환상을 부둥켜안아야 한다고 믿고 있었다. 그런데 이제 그녀는 '인생의 진실 속에' 들어가려는 참이었다. 이건 베르나르 데께루가 즐겨 쓰는 표현이었다. 둘이서 함께 살기 시작한 결혼 초에 베르나르는 그녀에게 자주 이런 말을 반복하곤 했었다.

"당신은 인생의 진실 속에 살고 있지 않아."

그녀는 다른 쪽을 희생할 힘을 찾을 수 있을 것이다…… 다른 쪽이란 무엇을 뜻하는가? 그것은 아무런 신빙성도 없는 일이다. 그녀가 몽두를 존경하는 척했다고 해서 조르주가 신경쓰여 한 것에 대해 그녀는 터무니없는 의미를 부여했었다. 도대체 떼레즈는 그 청년을 사랑하고 있기나 한가? 그녀는 이제까지 그 점에 관해서 한 번도 자문조차 해보지 않았었다.

"솔직히 말해 나는 그 청년이 내게 대해 느끼고 있는 감정, 그것을 사랑하고 있었어……"

저물어 어두컴컴한 오후에 난로 앞의 낮은 의자에 앉아서 더 이상 심장의 고통을 느끼지 않아 마음이 가라앉은 떼레즈는 이런 생각을 하고 있었다. 그리고 미릿속으로 제일 처음에 그녀 앞에 나타났던 모습 그대로의 조르주 필로를 떠올려보았다. 수염도 제대로 깎지 않았고, 사팔뜨기 눈에다가 싸구려 스웨터를 입고 있었지. 정말로 너무나도 평범한 한 청년의 모습에 친숙해지자 이런 의문이 들었다. 수천 명의 보통 청년들과 똑같은 그런 젊은이 때문에 병든 심장을 악화시킬지도 모를 위험을 무릅썼던 것일까? 그녀와 다른 인간들 사이에 그렇게도 자주 끼여들어 그녀의 시각을 굴절시키곤 했던 이 확대경이 갑자기 사라져버렸다. 그래서 그녀는 있는 그대로의 조르주를 보게 되었다(그것은 마리나 몽두나 가르생 부인의 눈에 비친 조르주의 모습이 아니다). 큰 키에 말라빠졌고 무척 촌스러우며 매무새가 남루한데다가 사팔뜨기인 청년의 모습. 이렇게 보잘것없는 젊은이에게 어떻게 그녀는 그렇게 큰 가치를 부여할 수 있었던 것일까? 한순간 그녀는 그 청년에게 방문을 거절하는 속달편지를 띄울 생각을 했지만 마리 때문에 그의 방문을 허락해야 한다 싶었다.

다섯 시가 되자 벌써 안나는 덧문을 닫고 난로에 불을 지폈다. 그래도 역시 떼레즈는 내일밤은 혼자 있지 않겠다는 생각에 기뻤다. 내일이면 누군가 분명히 오리라는 확신으로 앞으로 긴 시간 동안 조용히 생각에 잠겨 있을 수밖에 없다 해도 권태롭다는 생각이 안 들었다. 열은 내렸다. 그리고 심장의 통증도 가셨다. 누군가 그녀 앞에 나타났다고 해서 떨고 열광하는 일은 이제 끝났다. 어쩌면 이 감옥 같은 집에서 나가게 될지도 모른다. 또 혼자서 죽지 않을지도 모른다. 마리의 품에 안겨서 죽게 될지도 모른다.

이렇게 되찾은 평온 속에서 이틀이 지나갔다. 심장의 고동도 정상을 되찾았다. 시간이 되자 안나가 현관문을 여는 소리가 들렸다.

7

조르주를 힐끗 보자 그의 모습이 전날 그녀가 생각했던 대로 평범한 청년이다 싶어 떼레즈는 기뻤다. 언제나 그렇듯이 현관에 외투를 벗어두고 오길 잊어서 외투 속에 감싸인 채, 씩씩거리고 이마의 땀을 계속 씻으며, 태연한 체 애쓰고 있고 시간에 대어 오느라고 애썼다는 것을 드러내 보이고 있는 모습도 그러했다.

떼레즈는 자기 등 뒤에 있는 테이블 위의 전등 하나만을 켜놓았었다. 조르주는 몇 시간이고 마음 놓고 상세히 살펴보고 싶었던 이 얼굴을 바라본다기보다는 차라리 추측한다는 게 옳을 그런 상황이었다. 떼레즈는 너무나도 성급하게, 조금은 부자연스럽게 마리에 관한 이야기를 꺼냈고, 그토록 민첩하게 편지를 보내준 일에 감사한다고 했다.

"그건 부인께서 제게 요구하셨기 때문에 보냈던 겁니다."

떼레즈는 조르주의 말이 내포하고 있는 의미를 못 알아들은 척하고는 조르주에게 마리의 편지를 내밀었다. 그는 그 편지를 받아서 대충 훑어보고 나서 곧바로 다시 떼레즈에게 시선을 돌렸다. 그동안 떼레즈가 큰 소리로 이런 말을 하고 있었다. "마리는 참으로 섬세한 애예요! 사물을 감지하는 느낌이 예민한 애예요! 지금 당신에게 고백하지만 난 그 아이가 이렇게 영리한 줄 몰랐었어요. 우리는 우리 아이들이 순진하고 세련되지 못한 생각이나 되풀이하는 말을 듣고 걔들을 판단하고 어리석다고 치부해버리곤 하지요. 그런데 그 말이란 것이 흔히는 자기 생각이 아니라 어디서 주워 들은 얘기지요. 그런데 마리는 매우 매우 영리한 아이예요." 떼레즈는 '매우'라는 말에 힘을 주었다.

이야기를 해감에 따라서 떼레즈는 자기가 하는 말 하나하나가 이 청년의 관심을 점점 더 마리로부터 멀어지게 하고 있다는 사실을 확신할 수 있었다. 이제까지 살아오는 동안 떼레즈가 사랑하는 상대방에게 자기가 그 사람을 생각하고 있지 않다고 믿게 하기 위하여 무관심을 가장하느라 애써본 적이 얼마나 많았던가! 그럴 때면 그녀의 계책은 아무 도움도 되지 못하곤 했었다. 그녀가 사랑을 숨기려 노력하면 할수록 더욱 드러나 보이곤 했었던 것이다. 그런데 오늘 떼레즈는 도박장에서 한판 끝날 때마다 걸었던 판돈이 열 배가 되곤 하는 도박사와 같았다. 그녀는 말을 하다 말고 중단했다(왜냐하면 그녀는 진심으로 선의를 갖고 있었으니까).

"당신의 친구 몽두에게 큰 호감을 갖고 있어요."

떼레즈는 화제를 돌리려고 아무 생각 없이 이렇게 말했다. 이번에도 그녀가 전혀 의도하지 않았는데도 정통으로 과녁을 맞추었음을 직감할 수 있었다.

"네, 부인께서 그 친구를 좋아하신다는 건 눈치챘었습니다. 그러나 그건 상호적인 감정은 아니었습니다. 그 친구는 부인을 전혀 이해하지 못하고 있습니다"라고 조르주가 토라진 듯이 말을 맺었다.

"뭐 이해하고 자시고 할 것도 없었지요...... 그 친구는 우선 있는 그대로의 나를 보았던 거예요. 아니 오히려 내가 아닌 나를 보았다는 게 옳겠군요!"

"그 점이 바로 그 친구보다 부인께서 우월하시다는 것을 증명하고 있습니다. 부인께서는 대번에 그 친구의 가치를 알아보셨습니다. 그러나 그 친구는 부인께서 갖고 계신 독특한 장점을 알아보지 못했으니까요."

"내가 갖고 있는 독특한 장점이라......"

떼레즈가 말을 잇지 않았다. 그녀는 갑자기 조르주가 노리고 있는 기회를 주고 있다는 사실을 깨닫게 되었다. 즉 15년 전에 소나무 숲으로 둘러싸인 아르쾰루즈의 집에서 있었던 일에 관해서 질문할 수 있는 기회 말이다. 덜컥 겁이 나서 무엇이라고 말해줄 수 있을까 찾아보았으나 좋은 생각이 좀처럼 머리에 떠오르지 않았다. 그녀는 갑자기 정신이 아주 맑은 것 같기도 하면서 동시에 마비되어버린 것 같기도 했다. 조르주를 보지 않으려고 난롯불 쪽으로 상반신을 구부렸으나 이제라도 그 피할 수 없는 질문이 귓가에 들려올 것만 같았다. 또다시 그녀는 심문을 받을 것이다. 어떻게 하면 좋을까? 이 청년을 자기에게서부터 멀리 떼어놓기에 충분할 만큼은 고백을 할 것. 그러나 마리를 버릴 어떠한 구실도 제공해서는 안된다......

"물론 부인께서는 독특하십니다. 그 누구와도 닮지 않으셨습니다. 그래서 제 생각에 부인께서라면......."

이번에는 떼레즈가 청년 쪽으로 눈을 들고는 겉으로는 자연스럽게 이렇게 물었다.

"나라면 무엇이든 할 수 있단 말인가요?"

조르주 필로는 얼굴을 몹시 붉혔다.

"제 말을 오해하고 계시는군요. 저는 부인께서 인간의 위대한 면에 있어서 무엇이든지 할 수 있다고 믿고 있습니다...... 예를 들어서 부인께서는 남들이 터무니없는 비난을 하더라도 구태여 변명을 하려고 애쓰지 않으실 그런 분일 거란 말입니다……."

떼레즈는 일어서서 방 안을 몇 발짝 걸어다니다가 조르주가 앉아 있는 안락의자 뒤켠 벽에 기대어 섰다. 조르주는 감히 고개를 돌려 그녀를 바라다볼 용기가 없었다. 그녀는 청년에게 상상하고 싶은 대로 상상하고 또 그걸 모두 믿을라면 믿을 자유가 있다고 무뚝뚝하게 대답했다. 조르주가 떨리는 목소리로 이렇게 물었다.

"제가 부인에 대해 생각해도 아무렇지도 않으십니까?"

"그보다 더 중요한 일은 없나는 걸 당신도 잘 알고 계시잖아요?"

고통스러운 희망을 갖고 조르주는 상반신을 일으켰다. 그는 떼레즈를 향해 얼굴을 들고는 안락의자 위에 무릎을 꿇고 앉았다.

"무엇보다도 우선 마리 때문이에요"라고 그녀가 덧붙였다.

청년은 "그건 놀라운 일이군요!" 하고 한숨을 내쉬었다. 그리고 뭐라고 입속으로 중얼거렸지만 떼레즈의 귀에는 들리지 않았다. 그러나 그 말이 "마리의 일은 관심도 없어요……"라는 뜻이었으리라 짐작이 갔다. 어쩌면 그보다 더 상스러운 말이었는지 모르겠다. 그러자 떼레즈는 그를 바라보았다. 그를 바라볼 용기가 났다. 이 세상에서 그 무엇보다도 그녀가 가장 소중하게 생각했던 모든 것이, 그녀의 젊은 시절 몇 번의 연애 사건을 통해 그렇게도 감질나게 쪼개져주어졌고 이제는 영원히 그녀로부터 박탈당했다고 믿어왔던 모든 것이, 그녀 혼자만이 진정시킬 수 있었던 이 고통, 그녀 자신이 그 원동력이었던 이 괴로움, 이 모든 것이 그녀의 두 눈을 뚫어져라 쳐다보고 있는 저 퀭한 두 눈 속에서 일시에 그녀에게 다시 주어졌던 것이다. 그녀는 자기의 병든 심장으로는 도저히 감당할 수 없는 무서운 말 한마디가 들려올 것을 예감하고 있었다. 그녀는 그 말을 피하고 싶었다. 억지로 미소를 지으며 이렇게 말했다.

"나는 흥미를 끌 만한 여자가 못 돼요. 당신은 오해하고 있어요……."

그런데 그녀가 말을 채 끝내기도 전에 마치 딴 사람 같은 목소리가 들려왔다.

"이 세상에서 부인보다 더 저의 흥미를 끄는 사람은 아무도 없습니다."

떼레즈는 마치 제2탄을 피하기라도 하듯이 상반신을 약간 구부리고 이렇게 중얼거렸다.
"말도 안돼요…… 무엇 때문에 내게 흥미를 느낀단 말이에요?"
비록 겨우 들릴락말락 낮은 소리였지만 그녀가 기다리고 있던 말이 마침내 그녀의 심장 한복판을 명중했다.
"그건 제가 부인을 사랑하고 있기 때문입니다."
그렇다. 심장 한복판이었다. 우선 생리적인 고통이 온몸을 사로잡을 정도로 명중하였다. 그녀의 얼굴이 고통으로 일그러지자 조르주는 그녀가 노했구나 생각했다.
그러나 떼레즈는 이 겁에 질린 얼굴을 향해서 두 손을 내밀 힘조차 없었다. 이 아이가 중얼거리며 어리석게도 자기비하를 하고 있는 것에 그러지 말라고 말해줄 힘조차 없었다.
"부인께선 저를 비웃고 계시지요…… 부인은 제가 보기 싫으시지요."
그녀는 부인하는 몸짓을 해보였다. 그러고는 오른손을 들어서 그의 헝클어진 머리 위에 얹었다. 마치 잠자리에 들기 전에 아들의 이마에 키스를 해주려고 이마 위에 흩어진 머리카락을 쓸어올려주듯이 앞머리를 위로 쓸어올렸다. 그는 여전히 안락의자 위에 무릎을 꿇은 자세로 양팔꿈치를 의자 팔거리 위에 얹은 채 두 눈을 감고 있었다. 떼레즈의 심장이 뛰는 강도가 차츰 약해졌다. 그녀는 깊게 숨을 들이쉬었다. 다시 청년이 이렇게 말했다.
"제가 불쌍하게 보이시죠?"
그녀는 아무 대답도 하지 않았다. 목소리를 낼 기운이 없었던 것이다. 이 본의 아닌 침묵은 어떤 항의보다도 효과가 있었다.
"저를 불쌍하게 여겨주십시오" 하고 젊은이가 다시 말했다. 그녀가 할 수 있는 모든 행동은 그가 진정으로 불쌍해한다고 느낄 수 있는 그런 몸짓으로 그의 머리를 자기 어깨에 끌어당기는 일이었다. 좀 불편한 포즈를 취하고 있었지만 심장의 통증은 사라졌었기 때문에 꼼짝 안하고 그대로 있었다. 짙은색의 머리칼에서는 싸구려 포마드 냄새가 났다. 그러나 팔이 뻐근해지자 곧 안고 있던 머리를 놓아야 했다. 자…… 이것으로 끝이다.

그녀는 명령하는 어조로 조르주에게 난롯가의 낮은 의자에 앉으라고 했다. 그녀가 안락의자에 앉았지만 상체를 뒤로 젖히지는 않았고 여전히 경계하는 자세를 취하였다. 떼레즈가 말했다.

"당신은 어린아이예요."

"저는 부인께서 저를 심각하게 여겨주시지 않으리라는 것을 잘 알고 있습니다. 저로서는 부인의 멸시나 증오 중에서 어느 하나를 선택할 수밖에 없었습니다. 제가 차라리……."

떼레즈의 다정한 미소를 보자 청년은 그녀가 자기를 멸시한다고 믿게 되었다. 그러나 그녀는 자기 생애의 어느 순간을, 그녀가 "나는 당신을 사랑합니다"라는 말을 들을 것 같았던 어느 순간을 생각하고 있었다. 그러나 그녀가 상대방의 입술에 그 말이 막 떠올랐다고 생각되는 순간에 서글픈 술책에 의해서 상대방은 그 말을 보류하곤 했다. 그리고 그녀 자신도 자기의 패배를 자인할 수도 있었을 그 고백을 하지 않으려고 얼마나 여러 번 입술을 깨물었는지 모른다! 모든 승패는 언제나 이 책략 속에, 상대방이 안심하고 무관심하게 되지 않을까 두려워하는 것 속에 달려 있었던 것이다. 그런데 이 커다란 청년은 자기 심정을 솔직하게 털어놓았다. 떼레즈는 이런 생각을 했다. '하지만 저 청년은 조만간 나를 보게 될거다. 있는 그대로의 나를 갑자기 보게 될거다…….' 그녀는 의자에서 일어나서 벽난로 위의 거울에 비친 여인의 모습을 힐끗 쳐다보았다. 그녀의 뺨이 약간 홍조를 띠고 있었다. 그건 화장 때문이 아니었다. 두 눈은 빛나고 있었다. 그녀의 아름다운 이마에는 주름살 하나 보이지 않았다. 코언저리에서 입술 가장자리까지 연결되어 있는 두 줄기 주름은 그녀를 늙어 보이게 해주지 않고 범하기 어려운 위엄을 나타내주고 있었다. 그 순간에 그녀는 정열 때문에 변해버린 모습——그 정열의 대상이 자신인——을 보았다. 거울 한복판에 나타난 모습은 그녀의 이상화된 모습, 이 미치광이 같은 어린 아이의 퀭한 시선 속에 비치고 있는 자기의 모습이었다.

그녀는 커다란 안정을 느꼈다. 감미로움에 가득 찬 안도감 속에서 자신의 승리를 음미하고 있었다. 떼레즈는 이제 곧 마음을 털어놓으려고, 자신의 정체를 폭로하려고 했다. 그녀는 이제 곧 더 이상 젊지 않은 사람이 사랑을 받게 되면 입에 떠올리는 놀라움과 감사의 말을 중얼거리려고 했다. 그녀는 이제 곧 그녀 자신이 이 청년의 눈을 뜨게 해주고, 그의 환상을 깨뜨려버리고, 제정신을 잃은 불쌍한 늙은 여인의 모습을 갑자기 그에게 보여주려는 참이었다…… 그러나 떼레즈는 뜨거워진 두 손을 식히려고 벽난로의 대리석 위에 얹어놓았는데 그곳에 흩어져 있던 종이가 만져졌다. 그건 조르주가 대충 훑어본 후에 다 읽지도 않고 그곳에 놓아두었던 마리의 편지였다.

떼레즈는 어리석고 서투른 글씨로 가득 차 있는 이 종이 위로 고개를 숙인 채 이를 악물고 눈을 감았다. 마리라고? 이 아이는 어미를 좀 조용히 내버려두지 못할까? 인생이란 어차피 각자가 자기 게임을 하는거다. 떼레즈에게 이 청년을 넘겨준 것이 마리 자신이 아니었던가? 그 아이는 떼레즈가 위험성이 없다고 판단했었다. 그쪽으로부터 위험이 생기리라고는 상상조차 못 했었다. 자기만 사랑을 받고 있는 줄 믿고 있는 어리석은 청춘! 그러나 사랑은 인간들 속에서 육체를 초월해서 많이 살아본 사람만이 간직하고 있는 열정과 지혜와 계책의 비밀을 찾고 있다. 지금쯤 마리는 소나무가 끝없는 속삭임으로 감싸고 있는 아르쥘루즈의 큰 방에서 저녁시간을 보내고 있을지 모른다. 앞으로는 떼레즈에게 자기의 사랑과 생애를 맡겨버렸기에 깊은 안도감 속에서 그녀는 시간을 보내고 있을 것이다. 그 방은 예전에 떼레즈가 쓰던 방이다. 그 아랫방에서 베르나르는 신음을 하고 있었다. 천장을 통해 그녀는 남편의 신음소리를 엿들었었다…… 아! 이제는 더 이상 사람을 죽이기 위해서 현장에 있을 필요가 없다! 이제 그녀는 멀리서 사람을 죽인다.

그녀는 떨리는 손으로 편지를 한 장 한 장 집어서 순서대로 가지런히 해서 봉투 속에 넣었다. 그녀는 두 팔을 들어 손바닥으로 눈을 가리고는 그녀 자신이 그 위에 앉아 그렇게도 고통스러워했던 낮은 의자에 웅크리고 앉아 있는 청년에게 이를 악물고 낮은 소리로 말하였다.

"돌아가세요."

청년은 일어서서 매맞은 개와 같은 눈초리로 떼레즈를 바라보았다. 그가 입술을 움직거렸다. 아마도 그녀에게 용서를 비는 것 같았다. 그녀는 청년을 현관으로 밀었고 그의 외투를 집어주었고 현관문을 열었다. 청년은 떼레즈에게 시선을 고정시킨 채 뒷걸음질로 나갔다. 계단은 컴컴했고 악취가 났다. 자동점등장치는 고장났었다. 그녀가 말했다.
"난간을 잘 쥐고 내려가세요……"
 그는 한 발에 4계단씩 밟으며 성큼성큼 내려갔다. 2층에 거의 다 닿았을 때 "조르주!" 하고 자기 이름을 부르는 소리가 들렸다. 떼레즈가 그를 부르고 있었다. 떼레즈집 현관 앞 층계참까지 다시 올라왔다. 그녀는 그가 숨을 헐떡이는 소리를 들었다. 그가 현관 쪽으로 다가오자 떼레즈가 말했다.
"아뇨, 들어오지 마세요. 다만 한 가지 말하고 싶었어요…… 모든 것은 사실이에요!" 그녀는 애써 덧붙였다(그녀는 빠르게 속삭이듯 말했다).
"그래요, 내 일에 관해서 남들이 당신에게 무엇이라고 말했던지 간에 나는 남들이 중상모략할 수 없는 사람이란 걸 알아두세요. 아무 대답도 하고 싶지 않으세요? 당신이 내 말을 이해했는지 알고 싶으니 그렇다는 시늉이라도 해줘요."
 그러나 조르주는 난간에 기대인 채 가만히 있었다. 두 사람의 눈은 이제 어둠에 익숙해져 있었다. 그러나 얼굴 표정이나 윤곽을 알아볼 수는 없었다. 서로 상대의 몸통이 어디쯤 있는지 짐작할 수 있었고 숨소리를 들을 수 있었다. 떼레즈는 싸구려 포마드 냄새를 맡을 수 있었고 젊은 육체의 더운 체온을 느낄 수 있었다. 그녀가 속삭였다.
"내가 당신께 하고 싶은 말은 그뿐이에요. 이젠 알았지요?"
 길거리로 난 아파트 건물 정문이 열렸다가 다시 세차게 닫혔다. 누군가 문지기에게 무슨 이름을 말하는 소리가 들렸다. 계단 맨 아래층에 짧게 불이 켜졌다. 세든 사람이 성냥을 켜대며 불평하며 올라오고 있었다. 떼레즈와 조르주는 재빨리 현관 안으로 들어왔다 거실에는 전등이 켜진 채였다. 두 사람은 눈을 깜빡이며 감히 서로를 바라다보지 못했다.
"알아들었어요?" 떼레즈가 물었다.
 그는 고개를 가로저었다.
"전 부인의 말을 믿을 수 없습니다. 부인께서는 저를 쫓아내려고 쇠를 뒤집어쓰시는 거예요. 그건 마리를 위해서지요……" 그가 갑자기 화가 난 듯 말을 계속했다. "좋아요! 부인께서는 좋은 핑계를 생각해내셨지만 그건 아무 소용도 없게 될 것입니다. 저는 마리와 결혼하지 않을 것입니다. 제 말뜻을 아시겠어요? 절대로 저는 마리와 결혼하지 않겠습니다…… 아! 부인께서 생각해내신 핑계의 효과는 없어져버리고 말았어요!"

서가에 기대 서 있던 떼레즈는 고개를 돌리고 눈을 반쯤 감았다. 그녀는 너무나 큰 기쁨에 사로잡혀 있었고 그걸 밖으로 드러내 보이지 않으려고 무진 애를 쓰고 있었다. '이 젊은이가 마리와 결혼하지 않겠다고 했어. 무슨 일이 일어난다 해도 딸아이는 이 청년을 갖게 되지 못할거야. 조르주는 절대로 마리에게 속하지 않을거야'. 이런 생각을 하고 있었다. 떼레즈는 자기가 기쁨을 느끼고 있다는 사실을 혐오스러울 정도로 명확히 의식하고 있었다. 그녀는 바로 이 순간에 쓰러져서 죽어버리고 싶었다. 그리고 이 심장을 쥐어짜는 고통이 죽을 때 느낄 단말마의 고통 직전에 마지막으로 느끼는 고통이었으면 싶었다. 그러나 이 세상의 그 아무것도 그녀가 경쟁자를 이기고 사랑의 선택을 받았다는 것 때문에 생긴 이 비할 데 없는 행복을 느끼는 것을 막을 수는 없었다.

젊은이 앞에 그녀가 엄격한 이마며 표정 없는 시선을 내보일 수 있다는 자신이 생겼을 때에야 떼레즈는 천천히 조르주 쪽으로 고개를 돌렸다. 조르주는 두 팔을 아래로 내려뜨린 채 고개를 떨구고, 시선도 아래로 두고, 사나운 개의 음흉스런 표정을 한 채 방 한가운데에 서 있었다.

떼레즈가 쌀쌀맞게 말했다.

"유감스러운 일이군요. 언제고 그 결심을 취소하게 되었으면 싶습니다. 더 이상 내가 할 수 있는 일은 없는 것 같군요. 이 모든 일 중에서 적어도 내 불찰은 없다는 생각이 듭니다. 이제는 우리 사이에 더 이상 할 말이 없는 것 같습니다."

그녀는 현관문을 열고 그가 나가도록 비켜 서 있었다. 그러나 조르주는 꼼짝도 하지 않으며 그녀만을 뚫어져라 쳐다보고 있었다. 드디어 그가 입을 열었다.

"부인께서는 이걸 아셔야 합니다…… 부인께 이 말을 알려드리지 않을 수 없습니다. 저는 부인 없이는 더 이상 살 수 없습니다."

"아무나 늘 하는 얘기지요!"

떼레즈는 일부러 하찮은 일인 듯 받아넘겼다. 그녀는 이 "부인 없이는 더 이상 살 수 없습니다"라는 말에 아무런 중요성도 느끼고 있지 않은 체했다. 그러나 솔직히 말해서 그녀는 너무나 잘 알고 있었다. 그녀는 수년 전부터 너무나 많은 경험을 통해 상대방의 말이 대책 없는 절망에서 나온 말인지 아닌지를 틀림없이 대번에 알아차릴 수 있었다. 그녀는 이 젊은이의 말을 글자 그대로 받아들여야 한다는 것을 의심치 않고 있었다. 그녀는 이런 종류의 어린 소년들을 잘 알고 있었다. 그러자 그녀는 천천히 그에게 다가가서 그날 초저녁에 했듯이 그의 머리를 붙잡아 자기 어깨에 기대게 해주었다. 조르주는 온 힘을 다해서 자기 머리를 떼레즈의 한쪽 팔의 아랫부분에 기대었다. 떼레즈는 마치 어느 어머니가 젖을 먹이는 아이의 얼굴을 볼 때처럼 목을 돌려서 그를 쳐다보았다. 퀭하니 두 눈을 크게 뜨고 있는 그는 미소를 띠고 있지 않았다. 그녀는 이 어린 얼굴 위에 너무나 많은 연륜의 흔적이 있는 것을 보고 놀랐다. 그 얼굴에는 개구쟁이 어린애가 놀다가 긁힌 자국만이 남아 있는 것이 아니었다. 얼굴 여기저기에 가볍게 긁혔던 흔적이 남아 있었고 이마에는 벌써 골이 깊게 패인 주름살이 잡혀 있었다. 그러나 그가 눈을 감으면 매끄럽고 순수한 눈꺼풀은 영락없이 소년의 것이었다.

떼레즈는 갑자기 그의 얼굴을 바라다보기를 그만두고 조르주를 안락 의자에 앉혔다. 그러고는 낮은 의자를 가까이 끌어당겨놓고서 힘들여가며 이치에 합당한 이야기를 해주었다. 그녀는 자기는 그에게 아무것도 줄 수 없는 늙은 여자라고 말해주었다. 그녀가 그에게 해줄 수 있는 최대의 애정의 표시라면 그건 이 서글픈 영락자, 이 희망 없는 여자로부터 그를 떠나게 해주는 것이 고작이라고 말해주었다.

이야기를 해나감에 따라서 떼레즈는 너무 넓은 이마를 가리고 있는 머리카락을 일부러 뒤로 젖혔고 또 두 귀를 드러나 보이게도 했다. 이 무심코 하는 듯이 보이는 행동을 하는 데 떼레즈로서는 실로 비상한 노력을 필요로 했다. 그런데 그 행동의 효과가 곧 나타나지 않는 것에 그녀는 놀라고 있었다. 자주 사랑은 상대방의 겉모습에는 전혀 개의치 않는다는 것을, 우리가 상대방이 보지 말았으면 하고 원하고 있는 흰 머리카락을 상대방이 본다 해도 그게 그의 마음에 거슬리기는커녕 오히려 그를 감동시킨다는 것을 우리는 이해하기에 참으로 힘이 드는 것이다. 그러니 조르주의 눈에는 떼레즈가 하고 있는 몸짓이 들어오지 않았던 것이다. 아니다. 조르주가 자기 두 눈 속에 빨아들일 듯이 쳐다보고 있는 상대는 죽음에 한 발을 내딛고 있는 여인이 아니었다. 한 번의 시선으로, 약간 목이 쉰 듯한 목소리로 하는 한마디 말 속에 자신을 온통 표현하고 있는 여인. 그녀의 가장 하찮은 말 한마디도 그에게는 큰 가치가 있다고, 한없는 중요성을 갖고 있다고 생각되는 여인. 그의 눈에는 실체가 보이지 않는 한 인간을 그는 보고 있었다. 아무리 떼레즈가 이 청년에게 그녀의 황량한 이마를 드러내 보여주어도 아무 소용이 없었다. 그는 시간을 초월해서 육체에서 분리된 그녀의 모습을 바라다볼 특권을 갖고 있었던 것이다. 정열이, 아무리 죄스러운 정열이라 할지라도, 그것이 우리로 하여금 보게 해주는 것은 항상 한 영혼의 신비로움이다. 그리고 진창으로 얼룩진 한평생이라 해도 사랑이 우리에게 보여주는 그대로의 인간의 황홀감을 약화시키지는 못하는 법이다.

이렇듯이 떼레즈가 무진 애를 써서 자기의 초라한 무기를 파괴해감에 따라서도 그녀의 두 눈에서 시선을 거둘 줄 모르는 청년의 눈 속에서 열정이 식어가는 징조가 보이지 않자 그녀는 놀라고 있었다. 자기가 하는 말 한마디 한마디가 이 여인에게 얼마나 큰 노력을 필요로 하고 있는지를 이 청년은 의식하고 있는 걸까? 두 사람의 나이 차이가 만드는 심연, 그리고 무슨 일이 일어나더라도 이 사랑은 이루어질 수 없다는 확실성, 이 두 가지만은 무슨 대가를 치르더라도 떼레즈는 감추고 싶었던 것이었으리라. 그런데도 아주 가까운 장래에 닥쳐올 죽음을 앞에 둔 그녀는 바로 그 두 가지 문제에 자기 자신의 생각을 고정시키고자 노력하고 있었고 또한 그 문제에 조르주의 주의를 집중시키려고 애쓰며 설득하고 있었던 것이다.

떼레즈가 다시 말했다.

"당신은 스무 살이지요…… 그런데 나는 마흔이 넘었어요(그래도 그녀는 정확한 숫자를 말하기를 주저하고 있었다). 당신은 내게서 무엇을 기대할 수 있겠어요? 하룻밤만 함께 보낸다면 당신 혼자서 만들어낸 환상을 깨끗이 씻어버리는 데 족할 것입니다……."

조르주는 자기가 스무 살은 아니라고 항의하였다.

"저는 스물 두 살입니다…… 부인께서는 제 방에 오셨던 날 제게 하신 말씀을 벌써 잊으셨습니까? 제게 먼저 오신 건 부인이셨습니다…… 제가 부인께 오시라고 했었나요? 부인께서는 제게 이런 말을 하셨습니다……."

조르주는 눈을 감고 마음속 깊은 곳에서 떼레즈가 했던 말을 정확하게 그대로 찾아내려고 애썼다.

"기억나시지요. 제가 바보같이 이제 겨우 스물 두 살밖에 되지 않았다고 하자 부인께서는 제게 이렇게 대답하셨습니다. '벌써 스물 두 살이나 먹었다고 말하는 편이 더 나을 것 같군요'라고요. 그러고는 부인께서는 이 끔찍한 말을 덧붙이셨습니다. 제가 소년 시절부터 막연히 괴로워하던 문제를 분명하게 밝혀주었기에 제게는 끔찍한 말이라고 하겠습니다. '배에 일단 올라타기만 하면 벌써 목적지에 도착한 것처럼 느끼게 되지요…….'"

"어쩌면 그렇게 기억력이 좋으세요!"

떼레즈는 웃었다. 그러나 이런 말들을 듣지 않을 수 있기 위해서라면 그녀는 무엇이든지 다 줄 수 있었으리라! 그러나 조르주가 고개를 가로저었다.

"저는 기억력이 좋지 않습니다. 다만 부인께서 하신 말은 빼놓고요. 사는 것이 그렇게 권태로웠던 제가 부인을 알고 난 후부터는 부인이 하신 말을, 아무리 하찮은 말이라도 다시 기억해내고 음미하는 재미에 산다고 할 지경이 되었습니다. 부인께서 하신 말 한 구절을 몇 시간씩 음미하라면 할 수 있습니다. 그 구절이 제게 참신하게 느껴졌던 순간과 제가 그 의미를 더 이상 이해할 수 없게 된 순간 사이에 몇 시간도 며칠도 흘러갈 수 있게 되었습니다…… 그런데 생각해보면 볼수록 점점 더 제게 그 뜻이 분명해지는 말이 있습니다. 그래요. 배에 올라탔다는 것. 그건 목적지에 도착한 것입니다. 그런데 왜 저의 나이와 부인의 나이 차이를 문제삼으십니까? 함께 배에 올라탄 우리 사이에 무슨 차이가 있단 말씀입니까? 저의 청춘이란…… 손가락 사이로 흘러내려가버리는 물이고, 제가 잡을 수 없는 모래와 같습니다…… 그건 저를 사랑하노라고 주장하던 몇몇 이들이 애착하던 겉으로 드러나 보이는 힘이고, 가짜로 싱싱해 보이는 것이에요…… 그러나 저는, 저는 말입니다. 몇 년 후 저 자신으로 남아 있을 부분을 그들은 아랑곳하지 않고 있어요. 몽두도 …… 속으로는 저를 대수롭지 않게 여기고 있어요. 그 친구는 '네 속에서 내 마음을 끄는 점이 있다면 그건 동물적인 면뿐이야'라고 말한답니다."

떼레즈는 청년의 무릎 위에 한쪽 손을 얹어놓고 그에게 무슨 말로 대답을 해주어야 할까 찾고 있었다. 마치 이 세상에 전에 한 번 들은 말에 중독된 환자를 낫게 할 수 있는 해독제가 될 수 있는 말이 있기나 한 것처럼 찾고 있었다. 그러다가 그녀는 머리에 떠오르는 대로 아무렇게나 그에게 말해주었다. 사실 청춘이란 별것 아니다. 그보다는 사는 이유를 찾는다는 것이 중요하다. 아주 고결한 이유에서부터 가장 소박한 이유에 이르기까지 모든 사람은 각자 자기가 사는 이유를 갖고 있다. 누구는 신을 위해 혹은 왕을 위해, 아니면 노동계급을 위해, 이것을 위해, 저것을 위해…… 아니면 순전히 놀음에 도가 트기 위해서라도 하여간 자기 생의 이유를 위해 흥분하는 친구들의 모습을 본 일이 있지 않은가? 오늘날 얼마나 많은 젊은 남녀들이 그들의 육체를 단련하는 데에 그들의 사고를 소모시키고 있는지는 조르주도 알고 있지 않은가? 등등.

떼레즈는 열성껏 이야기를 했다. 그러나 조르주는 어깨를 으쓱하기도 하고 고개를 가로젓기도 했다.

"아니예요. 중요한 것은…… 어느 날 저녁에 부인이 하신 말입니다(떼레즈는 '내가 또 무슨 말을 했지?' 하며 한숨을 쉬었다). 생각나시지요? 제가 처음으로 부인을 뵙던 날 저녁이에요…… 마리를 정거장에 바래다주고 나서 저는 용기를 내어 이 곳에 다시 왔었지요. 그날 저녁에 부인께서는 무척 아름다우셨습니다…… 이런 말씀을 하셨지요(그는 한마디 한마디 떼레즈가 한 말을 거의 그대로 되풀이했다). '우리가 선택한 상대, 혹은 우리를 선택한 상대와 함께 산다는 것은 태양에 몸을 맡긴 채 긴 낮잠을 자는 것, 끝 모르는 휴식, 동물적인 평온감, 이런 것이 아니겠는가…… 서로 마음이 맞고, 순종하고, 만족하고 있는 한 인간이 그곳에, 손만 뻗치면 잡을 수 있는 곳에 있다는 확신을 갖는 것이겠다.

그 사람은 우리와 마찬가지로 다른 어느 곳이 아니라 바로 이곳에 나와 함께 있기만을 원하는 그런 사람이고. 머릿속에서조차 어떤 종류든 배신 같은 것은 도저히 생각할 수도 없을 정도로 우리의 사고를 마비시킬 수 있을 만큼 커다란 무기력 상태가 우리 주위를 감싸고 있어야 할 것이다 ……'라고요."

"그건 아무 생각없이 지껄인 빈말이었어요. 가련한 분 같으니라구. 그저 침묵을 깨기 위해 하는 말 있잖아요. 그 말이 얼마나 현실과는 동떨어져 있는지 당신도 잘 알고 계시잖아요. 사랑이란 인생의 전부가 아니예요…… 특히 남자들에게는……."

떼레즈는 화제를 그 문제로 돌려서 시작했다. 이야기는 날이 새도록 하여도 시간이 모자랄 지경이었다. 그녀가 의무감에 의해서 억지로 하고 있는 상식적인 이야기들은 조르주의 머릿속에 박혀드는 이야기가 아니었다. 그는 그 말을 듣고 있지도 않았다. 떼레즈가 하는 말 중에서 그의 절망을 더욱 크게 만드는 것 외에는 그의 귀에 들어오지 않았다.

그의 귀에 들어오는 말이란 그로 하여금 점점 더 절망에 빠지게 하는 말뿐이었다. 그런 때문에 떼레즈는 자기도 모르는 사이에 그가 요구하는 쪽으로 화제를 돌리게 되었다. 스무 살의 청년이 인생을 사랑해야 할 이유들을 여러 가지 열거해나감에 따라서 그녀는 조금씩 비꼬는 말투를 되찾게 되었다. 그러자 그는 귀를 기울이며 갈망에 젖은 슬픈 표정으로 얼굴을 그녀 쪽으로 들었다. 반쯤 벌린 그의 입 안에서 흰 이가 반짝이고 있었다. 떼레즈는 말하고 있었다.

"그래요, 물론 정치도…… 허지만 자기 자신의 마음의 역사가 자신을 온통 사로잡고 있는 그런 류의 인간에 속해서는 안되겠지요. 그런 사람들은 흔히 그것을 수치스럽다고 여기게 되지요. 그러면 그들은 자기들 주위 사람들의 흥미를 끄는 일에 자기도 관심이 있는 척합니다. 그들은 단 한 사람을 대상으로 한 이유없는 고통이나 절망적인 애정을 그들의 타고난 성격의 상처인 양 감추려듭니다. 절망적이라고 말한 것은 그런 사람들에게는 모든 소유가 허망하기 때문이에요. 손에 잡았다고 느끼는 순간 벌써 그건 존재하지 않곤 하지요. 매순간 아직도 사랑을 받고 있는가, 사랑이 약해진 건 아닌가 등등의 질문을 새삼 다시 하곤 해야 하니까요…….."

떼레즈는 마치 자기 자신에게 말하고 있는 것 같았다. 그녀가 말을 계속했다.

"옛날 편지란 절대로 다시 읽는 법이 아니랍니다. 안 그래요? 그걸 다시 읽느니보다는 차라리 읽지 않고 찢어버리는 쪽이 났지요. 왜냐하면 옛 편지란 이제는 더 이상 존재하지 않는 것을 증언해주고 있을 뿐이니까요. 가장 행복한 순간에도 우리를 사랑하노라 장담하고 있는 인간은 우리 없이도 잘 살아내고 있지요…… 사업으로 바쁘다는 둥, 자기 집안일이 있다는 둥…… 그 인간이 우리를 만나줄 때에는 동냥을 해주는 거예요. 가장 아름다운 순간에도 우리가 받는 것은 부자가 죽어서 큰 구렁텅이에 빠져서 라자로의 손 끝에 추긴 물 한 방울을 애원하는 것 정도뿐이지요(누가복음 17장 20절 이후). 그래요. 그 정도도 못 돼요! 왜냐하면 사랑하는 이는 언제나 영광스러운 자리에 앉아 있으나 가진 게 아무것도 없는 그 거지와 같지요. 그래서 우리에게 줄 것이 아무것도 없어요. 우리는 그 사람 때문에 불꽃 속에 떨어져 고통받고 있는데도……아니예요, 조르주. 내가 쓸데없는 소리를 지껄이고 있군요. 내가 한 말은 아무 의미도 없어요. 의미가 있다면 나한테 뿐이에요. 그렇게 미친 사람 같은 표정으로 나를 쳐다보지 마세요."

떼레즈는 의자에서 일어나 조르주가 앉아 있는 낮은 의자의 뒤로 돌아가서 두 손으로 그의 눈을 가렸다. 조르주가 그녀의 손을 덥썩 잡았다. 그녀는 거칠고 반점이 여기저기 있는 자기의 늙은 손을 생각했다. 바로 이 순간에 조르주가 그걸 보게 되겠지 생각했다. 그러나 그가 그 손을 본다 해도 떼레즈에게 속한 모든 것을 사랑하고 있으니 그 손도 사랑했을 것이다. 조르주는 그녀의 손바닥과 손목에 자기 입술을 대었다. 그녀는 뿌리치지 않았다. 그녀가 참지 못하고 뱉아내고야 말 한마디를, 조르주가 영원히 마음속에서 되뇌일 그 말 한마디를 생각하고 있었다. 그녀는 나지막한 목소리로 그 말을 했다

"나는 당신을 독살하고 있군요."

이 말을 입 밖에 내자마자 그녀의 두 뺨이 뜨겁게 달아올랐다. 청년은 반점이 얼룩진 떼레즈의 작은 손에 계속해서 자기 입술을 누르며 꼼짝도

안했다. 그러나 그가 아주 가볍게 몸을 떠는 것을 느끼며 떼레즈는 이 말이 상대의 급소를 찔렀음을 알아차렸다. 그녀는 그쪽 방향으로 나가면 어쩌면 출구가 있을지도 모르겠다고 생각했다. 그쪽으로 곧장 나가야 했다. 그래야 적어도 이 청년만은 구해낼 수 있을 테니까. 마리는 이제 끝장이 난 아이다. 떼레즈가 마리의 장래를 망쳐놓았다. 그러나 조르주는 아직은 구제할 가망이 있다. 더 이상 생각하기를 멈추고 그녀는 되풀이해서 말했다.

"나는 당신 역시 독살하고 있어요."

그가 비웃는 어조로 말했다.

"그래요, 떼레즈(청년은 망설이듯 다정하게 처음으로 그녀의 이름을 불렀다). 알겠어요. 왜 강조하시는 거죠?"

그러고는 쥐고 있던 떼레즈의 손에 입술을 더욱 힘껏 갖다대었다. 잠자리를 준비하려고 방 안에서 움직이는 안나의 소리가 들렸다. 그러고는 부엌에서 밖으로 난 문이 닫히는 소리가 났다. 이 아파트에 이제는 단 둘만 있다는 것을 두 사람은 알고 있었다. 모두 잠든 듯 건물은 조용했다. 거리도 조용했다. 아르쥘루즈에서 갖고 온 책장유리에 불빛이 반사되고 있었다. 벽난로의 대리석 위에서 자주색 봉투가 두드러져 보였다. 봉투 위에는 빨간 잉크로 '바크 가, 떼레즈 데께루 부인'이라고 쓴 마리의 글씨가 보였다. 떼레즈는 그 봉투에서 눈을 떼지 않았다. 수영하는 사람이 숨을 돌리기 위하여 얼굴을 하늘로 하고 누워 있을 때와 같은 느낌으로 떼레즈는 조르주의 입술을 손에 느끼며 꼼짝 안하며 방 안에 떠 있는 심정이었다. 그녀는 몸을 움직이지도 않았고 그렇다고 해서 그의 행위를 묵인한다는 아무런 표시도 하지 않았다.

"내 말을 믿지 않으시는군요?"

떼레즈는 화가 나서 낮은 목소리로 말했다.

떼레즈는 청년이 붙잡고 놓아주지 않으려는 팔을 조용히 빼고는 몇 발짝 그로부터 떨어졌다. 두 사람은 시선으로 서로의 마음을 헤아려보며 마주 서 있었다. 못미더워하면서 동시에 걱정에 찬 미소를 짓고 있는 이 청년에게 떼레즈는 몹시 화가 났다. "사실, 부인께서는 저를 미워하고 계시는군요……" 하고 그가 말하자 떼레즈가 이렇게 대답을 했다.

"당신이 미워요, 내 말을 믿으려 들지 않으니까요. 당신은 아르쥘루즈에 있는 다른 바보들과 똑같애요. 당신은 그 사람들과 똑같은 눈으로 이 범죄를 바라보고 있어요. 내가 그런 흉악한 행위를 저지를 수 있었다는 것이 당신에게는 도저히 상상도 할 수 없다고 생각되는 거지요. 내가 당신의 생에 들어간 이래로 당신에게 저지른 행위에 비하면 예전의 범죄는 아무것도 아니라는 사실을 당신은 이해하지 못하고 있어요. 아! 당신은 사람을 죽이지만 않았으면 죄가 없다고 생각하는 그런 농민의 아들임이 분명해요! 그래요! 어떤 돌로 된 감옥보다 더 끔찍한 감옥의 깊숙한 밑바닥에 나를 가두어놓은 간수였던 나의 남편의 잔에 한겨울 내내 비상 방울을 똑똑 떨어뜨린 여자가 나예요…… 그리고 그 후에는 어찌 되었지요? 오늘에 와서 나의 희생자는 마리고 또 날 사랑한다고 믿고 있는 당신이에요……."

이렇게 말하는 동안에 시선을 다른 곳으로 돌렸었던 떼레즈는 다시 조르주를 바라보며 이야기를 계속했다.

"내말은요, 이 며칠 동안 나를 사랑한다고 믿었던 당신 말이에요…… 이제는 끝났겠지요?"

조르주가 어깨를 으쓱 올려보이자 화가 난 그녀가 이야기를 계속했다.

"무엇 말인가요? 무슨 말을 감히 또 하려는 것이지요? 내가 그 일을 저지르지 않았다고요? 허지만 난 그 일을 했어요. 그런데 그 죄는 나의 다른 죄들에 비하면 아무것도 아니라니까요. 더 비겁하고, 더 비밀스럽고, 아무런 위험도 따르지 않는 다른 죄들 말이에요…… 한 번 더 되풀이 말하지만 우리가 서로 알고 난 이래로 내가 한 모든 말들이 무엇을 노리고 있었는지 당신은 모르고 있단 말인가요? 고개를 가로젓는군요 …… 내가 무슨 말을 하고 있는지 모른단 말인가요?"

조르주는 벽에 기대 서서 떼레즈의 얼굴을 뚫어지게 바라보고 있었다.

"조르주, 왜 그렇게 나를 쳐다보고 있나요? 아니예요, 나는 괴물은 아니예요…… 당신 자신도…… 잘 생각해보면…… 뭐 그리 오래 생각해 볼 것도 없어요…… 아! 물론이에요! 당신은 한 인간을 처치해버리려고 약을 치사량으로 복용하게 한 적은 없겠지요…… 허지만 인간을 처치해버리는 데에는 너무나 여러가지 방법이 있으니까! (그러고는 아주 낮은 목소리로 이렇게 물었다.) 당신 생애 중에서 몇 명이나 처치해버렸나요?"

청년의 입술이 약간 움직이는 듯했으나 아무 말도 하지는 않았다. 떼레즈가 가까이 다가갔으나 그는 더 이상 뒤로 물러날 수가 없었다.

"나는 비단 여자 관계만을 말하고 있는 것이 아니예요…… 그 어느 누구의 생애에도 일어나는 숨은 에피소드를 말하고 있어요…… 때로는 어린 시절에도 그런 일이 일어나기도 하지요."

"부인께서 어떻게 그걸 아십니까?" 하고 그가 물었다.

떼레즈는 만족해서 웃음을 터뜨렸다. 그녀는 만족했다. 그래서 다정한 목소리로 이렇게 말했다.

"자 어서 얘기해줘요……."

그러나 그는 거절한다는 몸짓을 해보였다.

"그건 불가능합니다."

"나한테는 무슨 말을 해도 괜찮아요."

"아! 부인 앞에서 부끄러워서 말을 못 하겠다는 건 아닙니다…… 다만, 너무 어려워요. 말로 어떻게 표현해야 할지 모르겠어요…… 그일을 여태까지 아무에게도 털어놓겠다는 생각을 해본 적이 없었어요. 모두들 코웃음치고 말 테니까요. 그건 정말로 아무 말도 할 거리가 못 되는 일이에요."

계속 그를 쳐다보며 떼레즈가 졸랐다.

"그래도 한번 말해보세요. 도중에서 말이 막히면 할 수 없지만요. 또 내가 있잖아요. 내가 거들어줄게요…… 자, 어서요!"

두 사람은 얼굴을 서로 마주 대하고 서 있었다. 조르주는 여전히 벽에 기대어 있었다. 그가 나지막한 목소리로 이야기를 시작했다.

"고등학교 1학년 때였습니다. 열 네 살이었어요. 같은 반에 어떤 녀석이 있었습니다. 꽤 먼 데 있는 도시에서 온 아이였는데 기숙사생활을 하고 있었고 한 번도 외출하는 법이 없었습니다. 퉁명스런 성격에 반아이들 사이에서는 '잘생긴 녀석'으로 통하고 있었지만 옷매무새는 엉망이었어요. 그 아이가 저를 매우 좋아했습니다. 저는 매우 감수성이 예민한 소년으로 그 때문에 마음씨가 착하다는 평을 들어왔지만 속으로는 냉담

한 성격이었지요. 저는 그 친구를 멀리하려는 어떤 행위도 하지 않았습니다. 저의 학교생활 속에서 그 친구가 큰 비중을 차지하게 되도록 내버려두었던 것은 우정에서가 아니라 무관심해서 그랬던 겁니다. 반의 다른 친구들과 다를 게 조금도 없는 그저 친구로서, 다만 다른 아이들보다는 좀더 '찐드기' 붙는 아이 정도로 생각되었을 뿐이었습니다. 그런데 휴일마다 저랑 함께 우리집으로 외출해도 된다는 허락을 그 친구가 자기 부모와 사감 선생에게서 받아냈던 것입니다(우리는 그 당시 보르도에 전셋집을 한 채 갖고 있었어요. 제가 학교 다닐 동안에는 부모님들도 거의 일년 내내 보르도에 사셨습니다). 저는 그 친구처럼 벽창호가 그런 어려운 교섭을 해내리라 전혀 믿지 못하고 있었습니다. 아마도 그 친구가 착한 학생에다 아주 순진하고 또 신심 깊었기 때문에 허락을 해주었을 겁니다. 또한 그때 벌써 불량학생으로 의심받고 있던 제게 그 친구가 좋은 영향을 주리라는 기대에 차서 선생들이 허락했을 거예요. 물론 제가 그 일에 동의한다고 이미 말해놓긴 했었지만 그 친구가 활짝 웃는 얼굴로 자기가 성공했음을 알려주러 왔던 날 아침에 저는 속으로는 실망스러웠습니다. 저는 그 아이와 함께 기쁜 척하긴 했지만 그날 이후로 그 친구는 내가 언제나 기분 나빠해서 몹시 언짢아했습니다. 제 눈에는 신성불가침으로 생각되었던 '집에서의 내생활'에 녀석이 침범했다는 것을 용서할 수 없었던 것입니다. 더구나 녀석은 과장이 심하고 우스꽝스럽고 귀찮은 존재로 생각되었습니다. 저는 내가 그를 어떻게 생각하고 있는지를 그 아이가 느끼게 행동했습니다. 우리는 학교가 쉬는 매주 목요일과 일요일마다 저녁 식사 후에 숨이 막힐 정도로 먼지투성이인 길로 그 친구를 기숙사로 다시 바래다주었습니다. 아마 그 친구의 일생에서 그때보다 더 불행한 시절은 없었을 겁니다……."

조르주가 일단 말을 중단하고는 한 손을 눈쪽으로 가져가며 떼레즈를 보았다.

"제 말이 맞았죠? 너무나 싱거운 얘기예요."

"그렇지 않아요, 계속하세요."

그가 재빨리 이야기를 계속하였다.

"아! 정말 아무것도 아닌 이야기예요. 부인께서는 실망하실 거예요.

오순절 휴가가 끝나고 개학하던 날 그 친구는 그 해 10월부터 런던 근처의 학교로 옮겨가야 한다고 말해주더군요. 이 소식에 제가 아무런 반응도 보이지 않는 것을 그 친구도 눈치챘어요. "아마 우리는 다시는 만나지 못할거야"라고 친구가 말했어요. 그때 제가 뭐라고 대답했는지는 차마 말씀드리지 못하겠습니다……."

잠시 후 조르주가 덧붙였다.

"대강 제 이야기는 끝난 것 같습니다."

떼레즈가 말했다.

"아니예요, 그게 다는 아니예요."

조르주가 순순히 이야기를 계속했다.

"방학식날이 올 때까지 그 친구가 슬퍼하면 할수록 저는 더욱 화를 냈고 냉담하게 굴었습니다. 우리가 헤어져야 했던 방학식날에 친구는 식이 끝난 후에 자기 어머니가 저의 어머니에게 감사했다고 인사를 하기를 원했습니다. 제가 무슨 감정에서 그런 행동을 했었는지 모르겠어요. 하여간 저는 두 어머니가 만나는 게 싫었습니다. 그건 다 끝난 일이고 더 이상 그 일에 관해 고맙다 어떻다 얘기할 필요가 없다는 생각이었습니다. 그날 제가 얼마나 서둘러서 어머니를 끌고 나갔던지 지금도 제꼴이 눈에 선합니다. 운동장에는 사람들이 흩어지고 있었어요. 우리가 웃자란 풀을 밟으며 총총히 지나가고 있을 때 나무 그늘 아래서 악대가 연주를 하고 있었습니다. 벌써 찌는 듯이 무더운 7월의 어느 아침 나절이었습니다. 등 뒤에서 '조르주! 조르주!'하고 숨이 차서 저를 부르는 소리가 들려왔어요. 그 친구는 자기 어머니가 곁에 있었기 때문에 절 잡으러 뛰어올 수가 없었던 거예요. 아니면 그럴 용기가 없었는지 모르겠어요(제가 그 두 사람을 보았다는 것을 그 친구는 알고 있었으니까요). 제가 '조르주! 조르주!'하는 소리를 듣고 있다는 사실을 그 친구도 잘 알고 있었어요."

"그 소리가 지금도 귀에 쟁쟁하군요?" 떼레즈가 말했다.

이 물음에는 아무 대답도 없이 그는 고통에 찬 표정으로 떼레즈를 바라다보았다. 그녀가 물었다.

"그 후에 그 친구가 편지를 보냈시요?"

청년은 그렇다고 고개를 끄덕였다.
"그래 답장을 보냈나요?"
조르주가 낮은 목소리로 아니라고 대답했다. 두 사람은 한동안 침묵을 지켰다. 다시 떼레즈가 물었다.
"그 친구는 어떻게 되었나요? (청년이 고개를 떨구며) 죽었어요?"
그가 재빨리 대답했다.
"네. 모로코에서요. 군복무중에요…… 그 죽음은 저와는 아무 관계도 없는 일이라는 것은 말할 필요도 없겠지요! 그 친구가 영국에서 돌아온 후에 개탄스러운 생활을 했었다는 사실은 그가 죽은 후에야 알게 되었어요…… 제가 왜 부인께 이런 이야기를 하고 있는지 모르겠군요."
조르주는 허공에 시선을 고정시킨 채 꼼짝도 안했다. 아마도 그의 귀에 들리는 것은 비내리는 파리의 밤거리를 질주하는 자동차소리가 아니라, 학교 운동장 저편 나무 그늘 아래에서 수년 전부터 그를 부르고 있는 그 친구의 목소리였을 것이다.
그 순간에 떼레즈는 마치 자기가 청년에게 환기시켰던 고통의 충격을 그녀 자신도 받은 것처럼 퍼뜩 정신이 들었다.
"아무것도 아니예요, 가련한 젊은이. 그건 아무것도 아니예요. 대수롭게 생각할 것 하나도 없어요. (청년이 고개를 끄덕이자) 당신 입으로 그렇게 말하지 않았어요, 조르주. 아무것도 아니라고……."
조르주가 신음소리처럼 말했다.
"부인께서는 저를 너무나 아프게 해주셨어요!"
떼레즈는 두 팔을 뻗어서 그를 끌어안아주려 했다. 그러나 청년은 난폭하게 그녀에게서 몸을 뺐다. 그때에 떼레즈는 그를 영원히 잃어버렸다는 사실을 깨달았다.

떼레즈는 낮은 의자에 다시 앉아서 기계적인 몸짓으로 그녀의 너무나 넓은 이마 위의 머리카락을 쓸어올렸고 희고 큰 귀를 드러내 보이고 있었다. 그러나 이번에는 일부러 그런 몸짓을 한 것이 아니었다. 아마도 그랬었기 때문이었는지 조르주의 눈에 그녀의 모습이 들어왔다. 끔찍한 얼굴 모습, 그리고 이 늙은 두 손. 15년 전에 살인을 하려 했던 두 손.

그리고 오늘밤에도 그를 껴안았던 저 손. 실상 청년은 자기 눈을 믿을 수가 없었다. 그를 매혹시켰던 미지의 존재와 합일하기 위해서 그는 이런 외관들을 무시했었던 것이다. 미지의 존재가 저 여자였다. 여전히 같은 여자였지만 이제 더 이상 같은 여자가 아니라는 것이 그의 눈에 보이기 시작했다. 그가 바보 같은 표정으로 그가 하는 깊은 방어의 말을 듣고 있던 여자가 아니었다. 아니다. 저 여자는 그를 아프게 해주고 싶어하지 않았다. 결코 누구를 해치려는 의지는 없었다. 그녀는 자신이 지금까지 몸부림쳐왔고 마지막 숨을 거둘 때까지 몸부림칠 거라고 말했었다. 떼레즈는 마치 이 세상에는 그 일 외에는 다른 아무 할 일이 없는 것처럼 몇 번이고 추락할 지점까지 다시 올라가고 또다시 추락하는 일을 과거에도 해왔고 또 앞으로도 몇 번이고 그 일을 했을 것이었다. 인생의 맨 밑바닥에 떨어져 있는 자신을 끌어올렸다가는 다시 그곳으로 미끄러져 내려가는 일. 그러고는 영원히 그 일을 다시 되풀이하는 일. 떼레즈는 몇 해를 두고 바로 그런 일이 자기 운명의 리듬이라는 사실을 의식하지 못하고 있었다. 그러나 이제 그녀는 이 암흑으로부터 벗어났던 것이다. 이제 떼레즈는 모든 사실을 분명하게 보게 되었다.

떼레즈는 두 무릎을 깍지낀 손으로 감싸안은 채 고개를 내려뜨리고 있었다. 조르주가 다음과 같이 말하는 소리가 들렸다.

"부인을 위해서 제가 무슨 도움이 될 수 있었으면 싶습니다."

이 말은 분명히 도망쳐버리기 전에 해보는 인사치레라고 떼레즈는 생각했다. 그런데 청년이 열의에 찬 어조로 되풀이하는 소리가 들려왔다.

"부인을 위해서 제가 무슨 힘이 될 수 있었으면 싶습니다."

청년은 떼레즈가 '당신은 나를 위해 아무것도 할 일이 없어요'라고 대답하리라고 확신하고 있었다. 그러면 그는 이 방으로부터 도망가리라고, 이 악몽에서 깨어나리라고 생각하고 있었다. 그러면 이 방은 또다시 그가 떼레즈를 알기 이전의 상태로 되돌아갈 것이다. 이웃들 때문에 늦은 시간에는 음악을 들을 수 없는 그의 작은 방으로…… 그녀 생각을 하지 않았을 때 그는 무슨 생각을 하며 살았던가?

오늘밤 갑자기 떼레즈는 처음 만났을 때부터 그를 매혹했던 여자와는 전혀 다른 여자가 되었다…… 아르쥘루즈의 사람들이 수군대던 바로 그런 여자가 되어버린 것이고 그는 이제 막 그녀의 마법에 사로잡혔다가 정신이 든 참이 아니었던가. 그는 그녀가 했던 모든 이야기를 기억하고 있었지만 특히 한마디 말이 생각났다. 같은 한 인간에 대한 정반대되는 대립된 주장들도 옳을 수가 있다. 그건 조명에 따라 달라지는 문제다. 한쪽의 조명이 다른 쪽의 조명보다 더 진실을 밝힐 수 있는 것은 아니다 …… 그런데 이 여인이, 마치 인체측정 슬라이드처럼 흉악한 모습으로 갑자기 조르주 앞에 나타난 얼굴이 진짜 떼레즈의 모습이었나?

조르주가 세번째로 되풀이했다.

"부인을 돕기 위해 제가 아무 일도 할 수 없다는 것이 괴롭습니다 ……."

사실 그는 도망칠 궁리밖에는 하고 있지 않았다. 자기 방에 가 닿기만 하면 전깃불도 켜지 않은 채 옷을 벗으리라 생각하고 있었다. 덧문이 열려 있을 때에는 현관 위에 켜 있는 전기 간판의 불빛만으로도 충분하였다. 얼굴 위까지 이불을 뒤집어쓰리라…… 갑자기 그의 귀에 들려오는 이 겸허하고도 겁에 질린 목소리는 떼레즈의 목소리가 아니었다. 아니 떼레즈의 입에서는 도저히 나올 수 없을 것 같은 목소리였다.

"그래요, 네. 당신은 나를 위해 무슨 일을 할 수 있겠지요…… 아주 간단한 일이에요. 당신은 모든 일을 할 수 있어요…… 허지만 당신은 그 일을 하고 싶지 않을 거예요."

그는 인사치레가 아닌 진실한 열의를 갖고 항의하였다. 그는 잠자코 서 있었다. 여전히 낮은 의자에 앉아 있는 떼레즈는 기계적으로 넓은 이마를 드러내는 손짓을 하고 있었고 조르주는 보지 않으려고 눈을 돌렸다.

"아니예요, 아니예요, 아무 의미도 없는 일이에요. 이야길 해서 무슨 소용이 있겠어요?"

조르주는 억지로 애를 써서 그녀의 발 밑에 무릎을 꿇었다. 그리하여 두 사람은 얼굴을 서로 마주 대하게 되었다. 그는 떼레즈의 얼굴을 가까이서 찬찬히 뜯어보았다. 확대경을 통해 보듯이 세월에 시달린 이 얼굴을 관찰할 수 있었다. 그녀의 시선은 그가 이 세상에서 이렇게 아름다운 눈은 처음 보듯이 여전히 아름다웠다. 그러나 그로 하여금 그토록 꿈꾸게 하였던 이 눈 주위에서, 지금까지 그가 보지 못하였던 상처입은 세계를, 죽은 바닷가의 불타버린 해안을 발견할 수 있었다.

떼레즈가 머뭇거리듯 이야기를 했다.

"원하신다고 하니까 하는 말인데…… 그래요, 마리에 관한 문제예요. 염려는 마세요. 당신에게 무얼 요구하는 것은 아니니까요. 다만 기다려 줬으면 해요. 아무것도 결정을 내리지 말고 시간이 해결하도록 내버려둬 달라는 말이에요. 당신은 내가 어떤 사람인지 잘 알고 있지요. 나는 딸 아이를 아무 데나 '시집' 보내버리려고 애쓰는 그런 어머니는 아닙니다. 또한 딸의 행복을 위해서라면 비굴한 일에도 동의하는 그런 여자도 아니고요. 당신이 딸아이에게 줄 수 있는 행복이 과연 어떤 모습을 하고 있을까요? 아니예요. 내가 당신께 바라는 것은, 당신께 애원하는 것은 나를 위해서예요…… 아니예요. 마리를 위해서 이러는 게 아닙니다. 나를 위해서입니다."

떼레즈는 열심히 이 점을 강조했다. 그녀를 사로잡고 있는 이 파괴력을, 부지불식간에 작용하는 이 힘을, 그녀로부터 분출해나오는 이 끔찍한 파괴력을 정복할 수 있는 사람은 조르주뿐이라고 말했다. 그는 떼레즈의 눈에 눈물이 글썽이는 것을 보았고 그녀의 낮은 목소리를 들었다. 그가 중얼거렸다. "네, 무슨 말씀인지 잘 알겠습니다…… 약속할게요……." 이 순간 그가 이 세상의 모든 인간 중에 절대로 다시 보고 싶지 않은 인간이 있다면 그건 바로 떼레즈의 딸이었다. 떼레즈의 딸! 그럴 수만 있다면 가장 멀리 도망가고 싶은 여자…… 그러나 그는 이렇게 되풀이하고 있었다.

"마리에 관해서는 아무 걱정 마세요……."

그녀의 저런 애원을 어떻게 거절할 수 있단 말인가?

"이 약속으로 아무것도 책임질 일이 생기는 것은 아닙니다…… 나는 확신하건대 당신이 인내심만 가져준다면…… 당신에게 중요한 것은(가련한 젊은이, 난 당신을 잘 알고 있습니다) 사랑을 하는 일이 아니라 사랑을 받는 일이에요. 한 여자가 당신을 맡아주는 일이에요. 그래요. 당신의 임신을 한 여자가 맡는 일이에요. 그동안에 당신은 다른 여자에게 미쳐 있을 수도 있지요…… 아시겠어요? 서로 신의를 지키는 일도 문제가 되지 않아요…… 당신이 앞으로 아무리 여러 번 마리에게 불충실하더라도 미리 마리가 그걸 모두 다 받아들이지 않을 거라고 생각하고 있나요? 중요한 일은 그게 아닙니다. 다만 당신이 마리의 생활 속에 들어가고 영원히 그렇게 머물러 있다는 것이 중요한 문제입니다."

그녀는 너무 가까이에서 조르주에게 말을 했다. 그는 그녀의 입김을 느낄 수 있었다. 그녀가 그의 두 손을 잡자 그가 알겠다는 몸짓을 했다. 선 채로 고개를 숙이고 있는 그는 어서 떠나고 싶은 마음뿐인 것 같아 보였다. 그에게 감사를 표하고 한 번 더 다짐을 받기 위해 문지방에 그를 붙잡아둔 것은 떼레즈 쪽이었다. 그녀가 다시 말했다(이번엔 명령인 동시에 애원의 말투였다).

"학교 때의 바보 같은 이야기는 잊어버리세요."

그는 "그럴까요?" 하고 물으며 음흉한 표정의 미소를 지었다. 그러고 나서 문고리에 손을 대었다.

"서가에서 마음에 드는 책을 한 권 고르세요. 드릴게요."

"책을요?"

그는 어깨를 으쓱하고는 다시 미소지었다. 그 순간에 지쳐버린 떼레즈는 그를 향한 사랑 비슷한 감정도 아니 인정 비슷한 감정조차도 느낄 수가 없었다. 왼쪽 심장 쪽에서 통증이 퍼져나오기 시작했고 그녀가 느끼고 있던 모든 회한을 없애버렸다. 그녀는 오늘밤의 일로 비싼 대가를 치러야 할 것이다! '난 참으로 불쌍한 미친 여자야!' 이런 일에 아무 증인도 없다는 사실, 이 이야기를 소문낼 아무도 없다는 사실만도 다행스러운 일이었다. 하지만 그녀는 일단 자기가 해야 할 임무는 완수한 셈이었다…… 확실한 일이겠지? 그녀는 다시 한 번 청년의 두 손을 잡고 그의 눈을 들여다보았다.

"당신은 마리의 생애 속에 머물러 주실 거지요? 그렇지요? 약속하셨지요?" 떼레즈는 열렬히 다짐했다.

청년은 이미 현관문을 열었었다. 층계참에 나가서야 몸을 돌려서 대답했다.

"제가 살아 있는 한……."

가까스로 진정이 된 떼레즈는 문을 닫고 거실로 돌아와 잠시 동안 꿈짝 안하고 서 있었다. 그런 후 갑자기 창문을 열고 덧문을 밀치고는 축축한 밤의 공기 속에 상반신을 밖으로 내밀었다. 그러나 아래층의 발코니 때문에 보도가 보이지 않았다. 조르주 필로는 볼 수 없었다. 다만 그의 발소리라고 짐작되는 소리가 멀어져가고 있었다.

8

 자리에 눕겠다는 건 꿈도 꾸지 말아야 했다. 그녀는 어둠 속에서 눈을 크게 뜨고 숨을 쉬는 일에만 골몰하여 베개에 기댄 채 침대 위에 앉아 있었다. 하루중 가장 조용한 시간이었다. 아주 작은 고통이나 기쁨에서 나오는 한숨소리까지 들릴 수 있을 것 같고 그것이 세상의 침묵을 깨기에 충분할 것 같다는 생각이 들었다. 떼레즈는 막간에 무대 배경에 기대어서 한숨 돌리는 무용수처럼 숨을 고르려고 애쓰고 있었다. 드라마는 중단되었다. 그녀의 참여 없이는 다시 시작되지 않을 것이다.
 이 밤의 정적이 무수한 사람들의 포옹과 고통으로 이루어지고 있다는 사실은 도저히 상상할 수도 없었다. 떼레즈는 자기가 휴식을 취하고 있는 것이라고 생각하고 있었다. 그러나 사실은 단지 그녀는 게임 밖으로 밀려났을 뿐이었다. 게임은 그녀가 모르는 동안에 다른 곳에서 벌어지고 있다. 인적 끊긴 보도 위로 발소리를 내며 멀리 가버린 그 사나이도 이제는 자기 잠자리에 들어갔을 것이다. 아니면 다른 곳으로 달려갔을지도 모른다. 떼레즈는 계속해서 그 청년에 관한 생각을 하고 있었지만 이런저런 질문을 자신에게 던지지는 않았다.
 오늘 저녁에 그는 무슨 옷차림을 하고 있었던가? 그는 옷을 입을 줄 모른다. 그녀는 너무 낮게 내려온 Y셔츠 깃에 헐렁하니 매여져 있던 넥타이의 색깔이 어땠었는지 생각해내려고 애썼다. 그녀가 청년의 머리를 쥐고 젖먹이 아기에게 어머니가 미소짓기 위해 고개를 돌려 쳐다보듯 그를 쳐다보았을 때 그의 시선이 어떠했었던가를 그녀는 상기해보느라 애썼다. 그 당시 그는 그녀의 미소에 응답해주지 않았고 밤에 활농하는 새의 시선처럼 강렬한 시선으로 그녀를 뚫어지게 바라보고 있었다. 그때 그녀는 그의 왼쪽 눈이 아르췰루즈의 사람들이 말하는 것처럼 사팔뜨기인 것을 분명히 볼 수 있었다. 다시 돋아나기 시작해서 얼굴 아래쪽을 거무튀튀하게 만들고 있는 수염을 보았을 때에 그녀는 무엇을 생각했었던가? 아! 그래…… 오래된 잡지 일류스트라시옹에서 본 적이 있는 소총수의 총에 맞아 사살당한 젊은 스페인의 무정부주의자의 시체를 상기했었지…… 그녀는 아무 위험 없이, 아무런 죄의식 없이 조르주가 여기 그녀의 곁에 있을 수도 있을텐데 하는 생각을 했다. 심장의 통증이 너무나 심했다. 이 통증 때문에 두 사람이 같이 있었다면 둘 사이의 쓸데없는 예의적인 행동을 생략하게 해주었으리라. 그는 그녀에 기대어 어린애처럼 잠들 수 있었으리라. 아이들이 무서운 꿈을 꾸었을 때면 어머니는 흔히 아이를 자기 침대로 데리고 오지 않는가. 그리고 자신의 악에 의해 보호받고 있는 떼레즈는 심장 속에 자리잡고 있는 죽음의 약속과 함께 증인 없이 편안하게 그 젊은이라는 인간의 존재로 인해서 정신을 함양할 수 있었을 것이었다. 그녀가 바라보았던 그 사나이가 그녀 곁에 있지 않아도 무방하다는 생각이 들었다. 왜냐하면 잠이란 부재를 의미하니까. 최후의 밤샘, 최후의 기쁨, 다른 그 누구도 이해할 수 없지만 떼레즈만 느낄 수 있는 이상스런 기쁨…… 아! 왜 자기는 그 청년을 그렇게 서둘러서 어두운 밤 속으로 내보내려 했던가? 이 행복을 단 한 순간이나마 가능하게 할 수도 있었을 이런 상황은 아마 다시는 없을 것이다…… 결코 다시는 없으리라!

　육체적인 통증이 차차 가라앉았다. 그녀는 한결 편안하게 호흡을 할 수 있게 되자 예전에 알았던 사물과 사람들이 우굴거리는 세계 속으로 조금씩 잠겨들 수 있게 되었다. 그러나 그 세계에는 조르주 필로의 자리는 없었다. 그녀는 파리 복판 생 루이 섬에 위치한 그녀의 아파트에서 남편과 함께 저녁식사를 하고 있었다. 그녀는 그 아파트에서 전에 몇 년을 살았었는데 남편은 한 번도 찾아온 적이 없는 곳이었다. 어느 새 소녀가 된 마리가 두 부부 사이에 앉아 있었다. 떼레즈는 남편 베르나르와 마리가 모르게 식탁을 뜨고 싶었다. 그러나 안나가 마실 것을 따라주며 잠자코 앉아 있으라는 눈짓을 했다. 그런데 떼레즈는 무엇인지는 모르겠지만 하여튼 급한 볼일이 있었고 그래서 외출을 해야만 했다……

떼레즈는 소스라쳐 눈을 떴다. 아침이 된 줄 알았다. 그러나 불을 켜 보니 한 시간도 채 못 잤다는 것을 알게 되자 다시 불을 껐다. 불면증이 두렵지 않았다. 조르주 생각을 할 수 있다는 것은 멋진 일이다. 그녀의 상상과 끊임없이 지어낸 이야기로 이루어진 그 비밀의 나라에서는 적어도 그녀는 아무도 해롭게 하지 않았고 아무도 독살하고 있지 않았다. '하지만 이제 더 이상 그이는 내게 속하지 않아. 그이는 마리의 사람이야……'라고 떼레즈는 생각했다.

  그러자 떼레즈는 지기의 생각 속에서 그 두 사람을 함께 있는 것으로 생각하려고 노력했다. 두 사람의 모습을 상기해보았다. 그러자 원인이 불분명한 수치심이 솟구쳐 그녀는 애써 그걸 떨쳐버리려 했다.

  씁쓸한 기쁨을 느끼며, 통증이 있는 곳을 누르는 쾌락을 느끼며, 떼레즈는 두 사람의 겹쳐진 이미지 위에 사고를 멈추었다. 아이를 몇 명 낳고, 몇 차례 장례를 치르고, 죽음을 향해 걸어갈 이 두 부부의 단순하면서도 아늑한 생활을 상상해보자면 이 밤은 결코 너무 길지 않을 것이다. 먼저 죽는 자가 남은 사람에게 그 영원한 잠을 두려워하지 않도록 길을 열어준다. 떼레즈는 자기는 절대로 그렇게 살 수 없을 그런 생활을 아주 정확하게 머릿속에 그려볼 수 있는 능력을 항상 보유하고 있었다. 평범한 생애가 갖고 있는 숭고성을 그런 생활에 젖어 있는 사람은 느낄 수 없는 법이고 매일매일의 일용할 양식은 그런 사람에게는 맛이 없게 생각되는 법이라고 떼레즈는 믿고 있었다. 그래서 그녀처럼 그런 생애로부터 영원히 추방당한 사람들만이 그런 생애의 참을 수 없는 부재의 아쉬움을 되씹고 또 되씹을 뿐이라고 생각하고 있었다.

  떼레즈는 이런 생각에 잠겼다.

  '한 시간 동안만이 아니고, 하루 동안만도 아니고 생애의 매일밤에 그 누군가의 어깨에 머리를 기댄다는 것, 스쳐 지나가는 짧은 만남의 상대가 아니라 매일밤 죽을 때까지 변치 않을 상대의 두 팔에 안겨 잠이 든다는 것, 이런 것은 대부분의 사람들에게 주어진 생활이 아닌가? 마리는 이런 행복을 알게 되겠지. 그리고 조르주도 알게 될거야. 나는 내가 받지 못했던 것을 그 두 사람에게 주게 될 것이다. 내 인생의 몫이 아니었던 것 바로 그것으로 나는 그 두 사람을 가득 채워주게 될 것이다. 그게 파리에서였건 아르쿨루즈에서였건 무슨 상관이 있담? 이 말을 조르주에게 말해주리라…… 그 아이에게 말해줄거야……,'
 떼레즈가 낮은 목소리로 혼잣말을 계속했다.
 '한데 그는 마리를 사랑하고 있지 않아. 감수하고 있는거야…… 그는 왜 감수하는 걸까? 이제 더 이상은 사랑 때문도 아니고, 나에 대한 연민 때문조차도 아니고…… 그렇다면 자기 약속을 지키기 위해서일까? 많은 남자들은 그래. 자기가 한 약속은 꼭 지켜야 한다고 생각하고 있어.'
 두 눈을 뜨고 침대 위에 앉아서 떼레즈는 또다시 자기가 조르주와 마리를 이 세상에서 가장 불행하게 만들었다는 사실을 깨닫고 몸서리를 쳤다. 남을 파멸에 몰아넣는 일에 관해서라면 그녀의 본능은 결코 착각을 일으키지 않았다. 그녀는 자기 변명을 해보려 노력했다. '그건 그렇지 않아! 마리에 관한 한 난 가책을 느낄 건 없어. 마리는 조르주와 함께 살게 될거야. 그것 외에 그 아이의 눈에 뵈는 게 없으니까…… 비록 그가 마리를 괴롭힌다 하더라도 같이 산다는 것만이 중요하지. 모든 버림받은 여자들은 상대와 함께 있을 때 괴로움당했던 일을 감미롭게 회상하곤 하니까. 그 여자들에겐 상대의 부재만이 유일한 불행이야. 영원히 다시 돌아오지 않는다는 사실만이 그 여자들에게는 회복할 수 없는 불행이야.' 그런데 조르주는? 조르주는 그가 혐오하고 있는 길로 떼레즈 때문에 접어들었다…….
 떼레즈의 눈은 밤의 어둠에 익숙해졌다. 장농의 형태며 안락의자의 검은 덩어리가 짐작되었다. 덧문 틈으로 스며드는 희미한 빛──새벽의 빛과는 다른──으로 벗어놓은 옷의 형체를 알아볼 수 있었다. 근처에서는 자동차소리도 들리지 않았다. "조르주…… 조르주……." 그녀는 심히 괴로워하며 반복해서 불러보았다. 그래…… 마리는 조르주에게 필요한 여자가 될 것이다. 떼레즈는 조르주를 잘 알고 있었기에 그러리라 확신하고 있었다. 그녀가 조르주를 임신해서 낳았다면, 조르주가 의식의 세계에 깨어가는 것을 옆에서 지켜보았다면 지금보다 더 잘 그를 알 수 있었을까? 단 1초라도 자기 자신으로부터 정신을 다른 곳으로 돌릴 수 없는, 신경증 환자와도 같은 이런 종류의 청년들…… 조르주가 끊임없이 코나 입술이나 뺨을 만지는 것만 보아도 금세 알 수 있다…… 그 시선이 자신의 내면으로만 쏠려 있는 사람들, 순간순간 자기가 늙어가고 또 죽어가고 있다는 것을 응시하고 있는 사람들…….

그렇다. 그에게는 마리 같은 아이의 사랑 외에는 그 어떤 출구도 없다. 그게 불행이긴 하겠지만 불행중에는 최소의 불행이다. 사실 그는 그 불행을 받아들이지 않으려고 별로 저항하지 않았었고 곧 동의했었다. 너무나 재빨리 떼레즈의 뜻대로 동의해주었다. 좀 저항하고 반대했더라면 얼마나 즐거웠을까! 그런데 그러지 않았다. 그는 마리에게 충실하겠다고 겉으로 보아 너무 쉽게 약속을 했었다. 믿을 수 없을 정도로 순순히 약속했었다. 그리고 문간에서 다시 약속을 되풀이했었다. 무슨 말을 했었더라? 떼레즈는 그가 했던 말을 생각해내려 했으나 언뜻 떠오르지 않았다. 그러나 그 말을 들었을 때 몹시 놀랐었으니까 그 생각이 곧 떠오르리라 확신하고 있었다. "그가 한 말은…… 아, 그래! 이렇게 말했어 (이 말은 너무 간단하고 생각했던 것보다 덜 엄숙하군). 이렇게 말했어, '제가 살아 있는 한……'이라고."

그 말 속에는 색다른 점이 아무것도 없었다. 그런데 어째서 떼레즈는 그 말을 들었을 때 그렇게 놀랐었던가? 그녀 존재의 가장 깊숙한 곳에 아로새겨져 있을 정도로 놀라다니. 그 말을 하던 조르주의 목소리가 다시 떼레즈의 귀에 들려오는 것 같았다. 좀 색다른 어조였다.

"제가 살아 있는 한……." 물론 그가 더 이상 살지 않을 때에는…… 그런 말 한마디를 남겨놓고 떠나다니 맹랑한 일이었다. 그는 자기가 한 약속에 한층 더 무게를 주겠다는 의도 외에는 다른 어떤 의도도 없이 그 말을 내뱉았던 것이다. 그 말은 죽음만이 그를 이 약속에서 벗어나게 할 수 있다는 의미를 포함하고 있다.

"안돼! 안돼! 안돼!" 떼레즈는 신음했다. 그녀는 머리에 떠오르는 어떤 상념, 쫓아내버리고 싶은 그 상념에 대하여 '안돼'를 연발하고 있었다. 그녀 속에서 태어나고 있는 이 말도 안되는 걱정, 아직은 분명한 고뇌의 형태를 갖추고 있지는 않으나 이제 곧 크게 되고 그녀에 침입하고 그녀를 온통 사로잡아버릴 것이 분명한 그 고뇌에 대하여 '안돼'를 연발하고 있었다. 아니다. 이 짧은 구절 가운데 무슨 위협이 내포되어 있는 것은 아니다. 그 간단한 네 마디 말은 그 이상의 깊은 의미를 갖고 있지는 않다. '제가 살아 있는 한……'이라는 문자 그대로의 의미 이상으로 다른 뜻을 찾아볼 건 아무것도 없다. 좋아! 그래, 그가 살아 있는 한 마리는 버림받지 않을 것이다. 그가 살아 있는 한 떼레즈는 마리의 운명에 대해 안심해도 좋을 것이다……. 아! 이 밤 내내 이 "제가 살아 있는 한……" 이란 말을 되씹고 또 곱씹고 내가 미쳐버릴 때까지 되풀이해야만 한단 말인가?

떼레즈는 마음을 진정시키려고 애썼다. '최악의 사태를 가정해본다 치고 만약에 그가 이 말 속에 협박의 의미를 감추고 있었다면, 오늘 아침에 그 약속 때문에 얽매였다는 생각은 취소하라고 편지를 보내면 되지 뭐…… 아니야, 차라리 내가 직접 가서 만나보면 될거야.'

그녀는 일어났다. 덜덜 떨면서 창문을 열고 덧문도 밀어젖혔다. 밖에는 비가 오고 있었다. 새벽녘의 뿌연 빛이 도시의 지붕들을 비추고 있었다. 인적 없는 길거리에서 발소리가 하나 들려왔다. 마치 어젯저녁에 들리던 조르주의 발소리 같았다. 왜 그때 뒤쫓아가지 못했었나? 지금 일어나서 그의 호텔까지 가기에는 너무나 이른 시각이다. 그랬다가는 남들이 미친 여자라고 하겠지. 8시 전에 그곳에 간다는 것은 불가능한 일이다. 아직 두 시간은 더 기다려야 한다. 그녀는 가운을 걸치고 거실로 갔다. 전등을 켜니 조르주가 떠날 때의 모습 그대로의 방 안이 갑자기 눈에 들어왔다. 떼레즈는 조르주가 무릎을 꿇고 앉아 있었던 안락의자를 바라다 보았다. 눈을 감으니 찬 담배 냄새에 섞여 그의 싸구려 포마드 냄새가 풍겨오는 것만 같았다. 그래 창문도 열지 않고 덧문도 밀쳐 열지 않으리라. 가능한 한 그의 냄새가 다 없어지도록 맡으리라. 살아 있는 조르주의 존재를 증명하고 있는 이 흐트러진 방 안 모습이 변할까봐 그녀는 두려웠다. 그가 두 발을 쪼이던 난로에는 등걸불이 아직 남아 있었다. 그는 살아 있었다. 여느 여자의 경우와 마찬가지로 떼레즈에게도 그런 일이 일어날 수도 있었을텐데. 바로 이 순간에 바로 이곳에서 그의 잠을 깨우지 않으려고 조심하며 잠자리에서 일어나서 반쯤 열린 문을 통해 그가 숨쉬는 소리를 들을 수도 있었을텐데. 그러나 그녀 자신이 그를 잃어버리고자 원했었다. 그래서 이제는 돌이킬 수 없는 상태고, 그를 잃어버리고 말았다. 잠시 후에 호텔에서 그를 다시 만나겠지만 그때에는 신기루를 재현하기 위한 상대로서 그에게 속할 수 있는 떼레즈가 이제는 아니었고, 지난 며칠간 죽지 않기 위해서 필요했던 여인으로서의 존재로 그의 눈에 비치지도 않을 것이다. 이제 그는 그녀를 알고 있었다. 이제 그는 진짜 떼레즈가 어떤 여자인지 알고 있었다…… 그리고 그녀가 그의 호텔방을 들어설 때 그의 시선이 어떠할지 미리 머릿속에 그려보았다 …… 아! 적어도 그의 시선이 살아 있는 인간의 시선이기만 하다면! 그가 살아 있다는 사실, 그것 한 가지만이 중요했다! 그녀는 무슨 생각을 했던 것인가! 감히 무슨 생각을 했던 것인가? 정신나간 생각이다! 아니다. 떼레즈는 다시는 자기의 광기 같은 생각에 빠져들지 않으리라.

떼레즈는 창문을 활짝 열었다. 몇 시간 전에 조르주가 무릎 꿇고 앉아 있었던 안락의자에 가서 앉았다. 담요로 몸을 감싸고 나서 얕은 의자 위에다 맨발을 내려놓았다. 이제는 "제가 살아 있는 한……"이란 말이 대수롭지 않게 생각되었고 그 말 속에서 무슨 위협적인 의미를 찾으려 했던 자신이 놀라웠다. 비를 품은 바람이 불어와서 상 위에 떨어져 있던 담배재를 약간 흐트러뜨렸다.

안나가 떼레즈를 깨웠다. 그리고 아무것도 물어보지 않았다.
"자리에 누워서 잘 수가 없었어"라고 겁에 질린 듯 떼레즈가 말했다.
하녀가 무표정한 얼굴로 무언의 항의를 했다. 자기 문제가 있겠지! 벌써 9시. 어쩌면 조르주는 이미 외출하고 없을지도 모른다. 그를 만나지 않는 편이 오히려 더 좋을 것이다. 그의 방문을 노크하겠지. 아무 대답이 없어도 문을 열어보기로 하자. 잠시 흐트러진 침대나 보게 되겠지. 아니면, 그 약속으로 매인 건 아무것도 없으며 그는 자유롭다는 의미를 상기시키는 편지를 책상 위에 두고 오는거지. 그녀는 편지를 썼다. 서둘러 옷을 갈아입었다. 몹시 피곤했으나 마음을 짓누르고 있는 이 상념을 떨쳐버릴 수 있을 만큼은 충분히 기운이 났다. 조르주가 살아 있다는 사실을 알게 되는 그 시간에 그녀는 죽도록 지쳐버리겠지. 그녀는 택시 기사에게 서부철도역 호텔의 주소를 말했다. 곧 그녀는 안도의 숨을 내쉬게 될 것이다. 그녀는 최악의 사태가 일어나지 않으리라는 것을 확신하기 위해서라도 최악의 사태를 애써 상상해보고 있었다. 그녀는 머릿속에서 사람들이 웅성거리는 호텔을 상상했다. "필로 씨를 찾으신다고요? 어젯밤에 있었던 일을 모르시는 모양이군요?…… 이웃방에 있는 사람들이 둔탁한 소리를 들었다고 합니다…… 그런데 그 소리를 들을 때엔 무슨 일이 일어났는지 알지 못했었대요…….” 그 웅성거림 속에서 그녀는 호텔의 여지배인의 목소리를 똑똑히 가려내 들을 것이다. "그래요, 가족에게 연락을 했어요…… 시신을 보시겠습니까? 조금도 변하지 않았습니다.” 혹은 이런 말을 할지도 모른다. "그 사람은 7시에 외출을 했답니다. 매일 아침에 그랬듯이 우리들에게 아침인사를 했어요. 사람들이 시체가 된 그 사람을 데리고 오게 될 줄은 꿈에도 상상도 못 했었어요…….” 떼레즈는 고개를 가로저으며 숨을 깊게 내쉬었다…… 그런 일이 있다면 그녀는 이제 안심할 수 있을 것이다. 이제 막 그녀의 머릿속에서 상상하고 난 일은 존재하지 않는 일이다. 그녀에게는 전혀 예언자적 능력이 없었고 또 운명이란 항시 예기치 못한 방향으로 전개되니까.

호텔은 평온해 보였다. 조르주 방의 창문은 닫혀 있었으나 덧문은 열려 있었다. 호텔 복도에서나 층계에서 아무도 만나지 않았다. 그녀는 급히 층계를 올라갔다. 이렇게 서두르고 나면 심장에 큰 대가를 치르게 될 것을 알고 있었다. 방문 안쪽에서 노래를 흥얼거리는 소리가 들렸다. 그이가 노래를 부르고 있구나…… 아니다. 그건 옆방에서 들리는 소리다. 그러나 그녀는 그가 숨을 쉬는 소리를 들을 수 있는 것 같았다. 노크를 했다. 잠시 귀를 기울이다가 다시 문을 두드렸다. 방은 비어 있었다. 침대는 정리된 채 아무도 그 속에서 잔 흔적이 없었다. 전날 밤부터 한 번도 공기를 갈아준 적 없어 탁한 공기가 방 안 가득했다. 모든 호텔방에서 나는 냄새였다. 낡은 침구, 낡은 옷에서 나는 냄새. 떼레즈는 문을 닫았다. 놀랄 이유가 무엇일까? 그 사람은 일찍 외출했을 것이다. 그 후에 침대 정리를 벌써 해주었을 것이다. 관리실에 내려가 물어보면 곧 알게 될 것이다. 그리고 만약에 어젯밤에 들어오지 않았다는 사실을 떼레즈가 알게 된다 하더라도 이 외박을 이상하게 생각할 이유는 없지 않은가?

침대 위에 걸터앉아, 상체를 앞으로 구부리고는 바닥에 깔린 가짜 리

놀룸의 무늬를 눈으로 쫓아가고 있었다. 여기서 그는 살았고 괴로워했다. 여기에 매일 아침 그의 맨발이 닿곤 했겠지. 침대머리 곁에 놓인 작은 탁자 위에는 법학강의의 프린트물이 놓여 있었다. 침대 위에는 영화잡지에서 오려낸 뺨이 통통한 소녀의 초상화가 붙어 있었다. 같은 여자의 수영복차림의 사진도 붙어 있었다. 모든 청년들의 생활 속에서 여자배우들이 차지하고 있는 위치…… 다만 사진으로만 그들에게 주어지는 여자들…… 떼레즈는 다시 일어났다. 그녀는 레코드판 한 장을 검은 표적처럼 벽에 꽂아놓은 것을 보았다. 서가에는 싸구려 문고판 책들이 꽂혀 있었다(어젯밤에 "책이요?"라고 그는 얼마나 경멸적인 목소리로 말했었던가). 갑자기 책상 위에 흰 사각형의 종이가 눈에 띄게 놓여 있는 것이 보였다. 떼레즈는 떨리는 두 손으로 그걸 집어서 얼굴 가까이로 가져왔다. 정성껏 정자로 쓴 글씨였으나 떼레즈는 알아보기가 힘이 들었다. "오늘 아침에도 '뒤 마고'에서 널 헛되이 기다렸다. 호텔에서는 네가 어제부터 들어오지 않았다고 하더구나…… 돌아오는 대로 카풀라드(Capoulade)네로 오너라, 나는 2시까지 거기 있겠다." 떼레즈는 겨우 이해할 수 있었다. 몽두가 보낸 거였다…… 관리실로 내려가서 물어볼 필요는 없어졌다. 조르주는 이 밤을 밖에서 보낸 것이다. 그러나 몽두는 이 조르주의 외박을 조금도 이상하게 생각하지 않고 있다. 떼레즈는 숨을 내쉬었다. 그래, 몽두는 그의 외박을 아주 자연스러운 일로 받아들이고 있다. 어쩌면 조르주가 지금이라도 이 방에 나타날는지 모른다. 떼레즈는 그를 기다리리라 마음먹었다……. 마치 그 일이 이 세상에서 제일 쉬운 일이기나 한 것처럼!…… 그녀는 한숨을 지었다.

아침 한때의 버스와 택시들이 역 쪽으로 달리고 있었다. 떼레즈는 창가로 다가갔다. 비는 멎었다. 하수구의 검은 도관을 파헤친 구덩이 속에 그곳에서 일하고 있는 노동자들의 하반신이 감추어져 있었다. 그들 생활의 기계장치는 잔뜩 감아져 있었고 어떤 순경의 지시에 따라 움직이고 있었다. 도시생활을 움직이지 못하게 막을 도리는 없다. 우리는 자기 자신만을 죽일 수 있을 뿐이다. 그러나 우리는 타인들을 자살하도록 부추길 수는 있다…… '만약에 조르주가 자살을 했다면 나를 체포해야 할 것이다. 나를 감옥에 넣어야 할 것이다…… 넌 미쳤어!' 그녀는 창문을 닫고 침대 위로 되돌아가 앉았다. 호텔 복도에서 들려오는 발소리, 부르는 소리, 초인종소리 등에 귀를 기울이고 있었다. 이번에는 그 사람일까! 아래층 어느 방문이 닫히는 소리가 들렸다. 벽 너머 들리던 노랫소리가 뚝 그쳤다. 그러고는 여기저기 파이프 속에서 나는 이상한 소리들, 무슨 숨어 있는 오케스트라가 반주해주고 있는 것 같은 음조……가 들렸다. 이번에는 틀림없었다. 누군가 급히 층계를 올라왔고 문 뒤에 멈춰섰다. 떼레즈는 그 사람이 숨을 몰아쉬는 소리를 들었다. 아니다. 그가 아니었다. 그가 몽두라는 것을 떼레즈는 얼른 알아보지 못했다.

몽두 역시 방 안에 누군가 있다는 것을 느꼈고 그래서 드디어 조르주가 돌아왔구나 생각했었다. 그런데 그 여자였다. 몽두는 이제 막 떼레즈를 찾아갔다오는 길이었다. 그 여자일 수밖에 없다는 생각을 했다. 떼레즈 역시 '몽두일 수밖엔 없어'라는 생각을 했었다. 두 사람은 서로 조금도 보고 싶지 않았던 상대였다. 둘은 화가 난 눈초리로 서로를 쨰려보았다. 몽두가 퉁명스런 목소리로 물었다.

"마지막으로 조르주를 만난 게 언제였지요?"

그녀는 어젯밤 12시 조금 못 되어서 그녀의 집을 떠났노라고 대답했다. 몽두는 낮은 감탄사를 내뱉고는 눈길을 돌렸다. 떼레즈는 카페의 테라스에 앉아 있던 몽두밖에는 본 적이 없었다. 서 있는 몽두는 키가 무척 컸고 섬세하고 순진한 얼굴에 천진난만한 눈매를 하고 있었다. 그러나 두 어깨 사이에 목이 박힌 것 같은 빼빼 마른 체형이었다.

"무슨 이야기를 했나요? 두 사람은 어떻게 헤어졌나요?"

그렇게도 많은 재판관을 겪고 났는데 여기 또 한 명의 재판관이 나타난 것이다! 떼레즈에게는 이제 기피할 아무 이유도 없었다. 그동안 남들이 그녀를 주시하고 있었을지도 모른다. 그녀는 두 사람이 자기 딸에 관해서 신의적인 어조로 이야기를 했으며 우호적인 분위기 속에서 헤어졌다고 유순히 대답했다.

그럴 수 있었다면 그녀는 거짓말을 하고 싶지는 않았다. 진실이 표현되지 못하고 남아 있다 해도 그건 그녀의 잘못은 아니었다. 얼굴을 맞대고 진지하게 대결했던 두 사람의 이야기를 몇 마디 말로 표현할 수는 없기 때문이다. 두 사람 사이에는 진실로 무슨 일이 있었던 것일까? 떼레즈는 그걸 정의내려 말하기란 불가능하다고 느끼고 있었다. 설혹 법정에서 예심판사의 심문을 받고 있다 하더라도 떼레즈는 침묵을 지켰을 것이다. 그런데 몽두 저 젊은이는 왜 불안해하는 걸까? 그녀는 차마 그에게 그걸 물어볼 수가 없었다. 그가 불안해서 안절부절못하고 있다는 것은 너무도 확연했다. 그녀가 두려워했던 것이 갑자기 끔찍스러운 형태로 다가왔다. 그녀가 낮은 소리로 물었다.
"무엇 때문에 두려워하고 계신가요? 이 사람이 밤에 자기방에 들어오지 않았다는 것이 그렇게도 이상스러운 일인가요?"
몽두는 거의 무례하게 그녀의 말을 중단했다.
"저 여자는 왜 연극을 하고 있는거지? 무엇을 두려워하고 있는지 자기도 잘 알고 있으면서……."
"아니예요. 정말 몰라요! 나는 그 사람을 잘 알지 못해요. 당신은 오래전부터 그와 잘 아는 사이니까…… 무엇 때문인지 말할 수 있는 사람은 당신이에요……."
몽두는 그렇지 않다는 거부의 몸짓을 해 보였다. 떼레즈가 전날 저녁 조르주와 마지막으로 보냈던 몇 시간에 있었던 일을 이야기할 수 없었던 것과 같은 무능력을 느끼고 있음에 몽두도 놀라고 있는 것 같았다. 이 작은 방 안에서 서로 얼굴을 마주해 서 있는 이 두 사람의 사이를 현재 여기 없는 친구가 멀리 떼어놓고 있었다. 마치 두 사람이 바다를 가운데 두고 서로 반대편 해안에 서 있기나 한 것처럼 한없이 멀리 떼어 놓고 있었다. 그리고 이 두 사람 사이에 있는 공통점이란 같이 느끼고 있는 불안뿐이었다.
"나는 경찰서에 신고하러 갈까 생각했었어요. 그러나 경찰서에서는 코웃음을 칠 것이 뻔했어요. 겨우 어젯밤부터 실종된 청년을 찾는다면 말입니다! '기다려라, 난리 피울 것 없다'라고 말해주겠지요. 최악의 경우를 가정해본다 해도 오늘 아침 조간에는 날 리가 없겠지요. 정오판이나 나오면 볼 수 있겠지요."
떼레즈가 중얼거리듯 말했다.
"당신 제정신이 아니군요."
그는 어깨를 으쓱 치켜올렸다. 떼레즈는 침대에 앉았다. 떼레즈는 어쩌면 맹목적이지 않을 수도 있는 이 힘에 자신을 내맡기고 있었다. 그녀가 믿지 못하고 있는 이름 붙일 수 없는 이 의지력에 자신을 내맡기고 있었다(그러나 조금 전까지만 해도 그녀는 최악의 사태를 예상해보면서도 운명을 좌우하는 일이 자기에게 달려 있다고는 믿고 있지 않았다. 그러나 그녀는 마치 자기가 그걸 믿고 있기나 한 것처럼 행동했었다). 그래서 그 순간에 그녀로부터 정신나간 것 같은 애원이 그녀를 짓누르고 있는 이 무(無)를 향해 솟구쳐나오고 있었다. 아직은 살아 있지만 이제 막 죽어버리려는 아이가 한 여인의 의지력에 의해서 다시 살아날 수 있다는 것을 자신이 믿는다는 듯이 자기 감정을 속이고 있었다. 떼레즈는 자기 혼자서 밧줄에 매달린 무겁고 거대한 몸뚱이를 제방 위에까지 끌어올렸다고 해도 지금보다 더 숨이 차지는 않았을 것이다. 그녀는 때때로 제정신이 들곤 했다. '이 무슨 어처구니없는 생각이람!' 하고 생각했다. '이 무슨 어처구니없는 생각이람!' 그녀는 되풀이했다. 그러나 동시에 자신의 신념의 부재를 변명이나 하듯이 온몸을 팽팽하게 긴장시켰다. 그리고 누군지 모를 사람을 실컷 두들겨패기나 하듯이 맹렬한 기구에 몸을 맡겼다.

몽두는 덧문을 활짝 젖히고 거기에 팔꿈치를 고이고 있었다. 떼레즈는 그에게 몇 시에 행동을 개시할 거냐고 물었다. 그러나 길가의 소음 때문에 그는 그녀의 말을 듣지 못했다. 그녀는 침대에 걸터앉아 있었지만 이제는 기진맥진해져버렸고 기도에 몸을 맡겼던 것이 수치스러웠다…… 마치 이미 실현되어버린 일을 기도로 아주 작은 변화라도 가져다줄 수 있다는 사실을 그녀가 단 한 번이라도 믿어본 적이나 있는 것처럼! 이제는 기다리는 일 외에 다른 아무것도 할 일이 없었다. 그리고 만약에 최악의 사태가 이미 일어났다면…… 좋다! 그 생각에 익숙해지고 만성이 되도록 해야겠지, '그 아이가 나를 몰랐다면 죽지 않았을거다'라는 그 생각과 함께 살아간다는 건 지독한 고통일거다. 참아내기 힘든 생각이다. 그러나 떼레즈는 전에도 늘 그랬었듯이 그 생각에도 익숙해질거다. 그녀는 벌써 자기 자신을 변호할 준비를 하고 있었다. 그녀는 이 영원히 계속되는 변론을 다시 시작하게 될 것이다. 그녀가 저지른 행위의 첫 희생자는, 그리고 아마도 가장 죄없는 희생자는 바로 그녀 자신일 것이다. 그러나 그녀가 죄가 없다는 사실은 이제는 아무에게도 중요하게 여겨지지 않고 있다. 중요한 것은 단지 관자놀이에 총알 구멍이 난 한 청년이 어느 곳에선가 누워 있다는 것뿐이다. 어서 빨리 찾아내야 할텐데, 그리고 가족에게 알려줘야 할텐데! …… 맙소사! 그런데 마리는! 이 죽음으로 모든 일이 다 끝나는 것이 아니다. 마리! 이 죽음으로 모든 일이 시작하는 것이다. 길 쪽으로 상체를 굽히고 있던 몽두는 떼레즈가 '마리!' 하고 신음하는 소리를 듣지 못했다. 이제는 앞으로 더 이상 딸아이를 위해서 손가락 하나 까닥하지 않겠노라고, 딸아이의 일은 다 모른체하겠노라고 떼레즈는 결심을 했다. 그녀가 무슨 일을 하든지 간에 그녀는 딸아이에게 치명상을 줄 수밖에 없으니까. 그러므로 앞으로는 마리의 문제에 대하여 개입하지 않을 심산이었다. 일단 사건이 터지기만 하면, 어린 시절 한밤중에 폭풍소리에 잠이 깨었을 때처럼 떼레즈는 두 눈과 두 귀를 막으리라 생각했다. 그녀는 꼼짝도 안할 것이고, 그 어떤 욕지거리에도 잠자코 대꾸하지 않으리라. 그래서 그녀가 알지 못하는 어느 곳엔가에 쓰러져 있는 조르주 필로의 육체 속에 이미 강력하게 내포되어 있는 이 비극이 제스스로 완성되어가도록 말 한마디 없이 그대로 방치해두리라. 인간의 정의는 결국 그녀에게 계산서를 요구하고 말 것이 아닌가? 일생에 두 번씩이나 경찰의 손에서 벗어날 수는 없으니까 …….

몽두의 목소리가 들려왔다. 그는 길가에 있는 누군가와 이야기를 하고 있었다. 떼레즈는 벌떡 일어났으나 창문 가까이로 갈 용기가 나지 않았다. 몽두가 몸을 돌렸다. 이 세상에서 가장 보통스러운 목소리로 이렇게 말했다.

"그예요."

"그라니?" 떼레즈가 마비된 듯 되풀었다. 그녀의 두 손은 얼음같이 차가웠다. 벌써 그녀는 계단을 올라오는 발소리를 알아들었다. 다시 살아난 아이의 발소리, 조르주에게 되돌려진 생명이 갑자기 그녀로부터 다 빠져나가버린 듯 약하게 들리는 발소리. 기절해서는 안된다, 그 사람은 살아 있다.

"그라니?" 하고 그녀가 되풀이 말했다.

벌써 몽두는 방을 나간 후였다. 저 검은 방 문구멍을 통해 조르주가 이제 막 나타날 것이다. 그는 붕대에 감겨 있지도 않을 것이고, 그의 뺨에서는 피가 흘러내리지도 않을 것이다.
 드디어 그가 나타났다. 혼란에 빠진 시선에, 웃자란 수염에 거무튀튀한 얼굴이었고 구두는 진흙투성이었다. 그녀는 그의 시선을 살펴볼 겨를이 없었다. 그는 떼레즈를 보자 층계참으로 되돌아나가서 방문을 닫아버렸다. 처음에는 소근소근 이야기를 나누는 소리가 들리더니 이어서 조르주가 크게 외치는 소리가 들렸다.
 "싫어! 싫어! 날 가만둬줘!" 마음씨 고약한 자의 목소리였고, 병자의 목소리였다. 몽두가 방으로 다시 들어왔다. 조르주는 목욕을 하러 갔노라고 말해주었다. 그런 꼴을 한 자기 모습을 남에게 보이기 싫다고 했다는 것이다.
 "저 친구 자주 밤새 걸어다닙니다. 그러고 난 후에는……"
 떼레즈는 거울 앞에서 모자를 고쳐 썼다. 그리고 문고리에 손을 얹고는 되풀이 말했다.
 "살아 있었어."
 그녀는 온몸의 기운이 다 빠져버리는 것 같았다. 그러나 온통 행복감에 젖어서 마음은 침착하고 평온했다.
 "당신은 크게 걱정하셨지요…… 나는 물론 약간은 염려했었어요…… 하지만 이런 일로 대뜸 그 친구가 죽었다고 생각하다니……"
 떼레즈가 미소를 지었다.
 "내가 온 것은 다만 편지 한 장을 전하기 위해서였다고 전해주세요. 저기, 책상 위에 있어요."
 떼레즈가 다시 몸을 돌려 망설이듯 이렇게 말했다.
 "딸아이 문제로 쓴 편지예요…… 당신이 좀 읽어봐주지 않겠어요? 그 사람이 읽어도 좋을지 당신이 판단해주었으면 좋겠군요…… 당신이 누구보다 더 잘 판단할 수 있을 테니까요……"
 앞으로는 자기의 아무리 사소한 행동도 조심하리라 그녀는 다짐했다. 그러나 그 편지를 읽고 난 몽두가 냉정하게 말했다.
 "이 편지는 좀 있다가 전해주겠습니다. 그래요. 조르주는 자기가 자유롭다는 것을 느껴야 합니다. 그 녀석은 당치도 않은 의무를 곧잘 짊어지는 성격입니다. 때로는 자기 힘에 부치는 의무까지도요."

이번과 같은 위기를 겪고 난 후에는 친구에게 안정이 필요하다는 말을 몽두가 덧붙여 말하자 떼레즈가 그의 말을 가로막았다.

"위기라고 말했나요……."

몽두는 자제력을 잃고는 아직도 고등학생 티가 가시지 않은 어조로 자기에게는 떼레즈에게 일일이 보고할 의무가 없노라고 항의했다. 그를 진정시키기 위해 떼레즈는 약간 쉰 듯한 목소리를 내어 말해보려 했으나 소용없었다. 예전에는 그런 목소리로 말했을 때 늘 효과가 있었던 것을 그녀는 잘 알고 있었다. 또한 눈꺼풀을 꽉 조여보였으나 허사였다. 몽두에게는 전혀 효과가 없었다. 떼레즈가 그걸 진작 알았으면 조심했을텐데 하고 한탄을(부드럽게) 하자 몽두는 화를 내기까지 했다.

"당신은 무슨 권리로 그 친구의 생애에 끼여들었습니까?"

그가 한 시간 전부터 억누르고 있던 분노가 드디어 폭발한 것이다. 떼레즈는 잠시 주저하다가 낮은 목소리로 말했다.

"내 딸아이 때문이었어요……." 마치 이 미지의 사나이에게 보고를 하고 있는 것 같았다.

"당신은 딸의 문제에는 관심도 없어요……."

떼레즈는 놀라는 얼굴로 그를 쳐다보며 어처구니없다는 몸짓을 했다. 이 청년이 화를 낸다고 해서 떼레즈에게 무슨 상관이람? 그녀는 그 청년의 악의에 찬 목소리를 귓전으로 흘려버리려고 애썼다.

"나는 대번에 당신의 유희를 알아챘었어요. 불안한 성격을 가진 소년에게, 병적인 상상력을 갖고 있는 소년에게 유혹의 손짓을 하기란 어려울 게 없겠지요. 그런데 혹시 저 친구가 당신을 사랑하고 있다고 믿는 건 아니겠지요!"

떼레즈는 어깨를 으쓱해 보이며 그 방을 나왔어야 했을 것이다. 그러나 이제는 더 이상 아무것에도 집착할 것이 없다고 생각했던 떼레즈였건만 저 청년의 웃음소리도 참을 수 없었고 저 비웃음도 참을 수가 없었다. "내가 원해서 받아주기만 했다면!"이란 말이 입에서 튀어나오는 것을 억제할 수가 없었다.

"물론이죠, 당신이 받아주기만 했다면 말이죠!"

왜 그녀는 이 방에 머물러 있는 걸까? 왜 그녀는 물고 늘어지고 있는 걸까? 그녀는 자기 목소리를 알아챌 수가 없었다. 이 가련한 목소리가 과연 떼레즈의 목소리란 말인가? 마치 어느 다른 여자가 중얼대고 있는 것 같았다.

"그의 입으로 나를 사랑하고 있다고 맹세했어요."

"그 친구는 다른 여러 사람들에게도 그런 맹세를 했습니다…… 아! 당신 말을 인정합니다! 당신이 그 친구 눈을 멀게 꼬셨던 거예요. 조르주는 당신이 천재라고 믿었거든요…… 그런데 보세요. 그런 눈가림이 오래가지 않았군요……."

아까와 같은 목소리가, 떼레즈가 아닌 어떤 바보 같은 여자의 목소리가 항의했다.

"내가 원했던 만큼은 오래갔어요."

떼레즈는 또다시 "내가 받아줄 생각이 있었다면……" 하고 비참하게 되풀이했다. 만약에 그녀가 받아줄 의사가 있었다면, 그녀가 그에게 두 팔을 벌려주었다면, 만약에…….

"그랬다면 어찌되었다는 말이지요? 당신이 그를 받아주지 않은 게 …… 도덕성 때문이었던가요?"

그녀는 분노에 찬 시선을 상대방에게 던지며 떨리는 목소리로 물었다.

"내가 당신에게 무슨 짓을 했다고 그러시나요?"

"우리 사이를 이간시키려고 하지 않았어요? 아니란 말입니까?"

"내가요?"

"그래요. 당신은 그에게 질투를 느끼게 하려 했어요. 내가 당신을 좋아한다는 말을 그 친구에게 해줄 시간이 당신에게 없었던 거지요. 우리는 한 번밖에 만나본 적이 없었으니 그런 말을 해도 그 친구가 믿지 않았을 테지요. 그러나 며칠만 더 시간이 있었다면 당신이 그런 말을 하고 말았을 거예요…… 이런 건 오래전부터 있던 수법이지만 효과가 좋은 수법이지요. 모든 여자들이 써먹는 수법이고요. 그동안에 당신은 내가 당신 마음에 든다는 척 꾸미고 있었어요…… 지난 번에 '뒤 마고'에서 당신이 떠난 후에 조르주가 내게 얼마나 화를 내던지요?"

분노에 차서 떼레즈가 그의 말을 중단했다.
"논리에는 서투시군요. 방금 그가 나를 사랑했을 리가 없다고 당신이 말했지요……."
이번에는 분명히 그녀가 말하고 있었다. 이 경솔한 청년이 눈을 뜨게 해준, 그 어떤 비난에도 응수할 준비가 되어 있는 떼레즈의 목소리였다. 셋 중에서 질투심에 사로잡혀 있는 건 몽두 혼자뿐이라고 그녀는 말해주었다. 질투란 항상 희극적인 건 아니지만 그의 경우는 희극적이라고 말해주었다.
"왜 희극적이지요?"
그녀는 가벼운 웃음으로 대꾸했지만 그 웃음에서 상대가 모욕을 느꼈다.
갑자기 그녀는 목소리를 높이며 청년 쪽으로 작은 머리를 쳐들었다.
"아무리 당신 친구가 괴짜라 하더라도 당신에게 내가 호감을 갖고 있다고 생각할 정도로 엉뚱하지는 않겠지요…… 만약에 그를 질투에 빠지게 할 생각이 나한테 있었다면 좀더 그럴 듯한 구실을 생각해냈었겠지요……."
그녀는 적을 내려치기에 좋은 급소를 발견했음을 확신하고 있었다. 청년이 괴로워하고 있음을 알아보고 그녀는 깊은 쾌감을 느꼈다. 그녀가 거침없이 내뱉는 말에 점점 더 독기가 서릴수록 그녀의 목소리는 점점 더 감미로워졌다. 하고 싶은 말을 다 쏟아놓는다는 충족감이 음성을 부드럽게 해주었다. 마지막 결정권이 자기에게 달려 있다는 확신감이, 은혜를 베풀 사람이 자기 쪽이라는 확신이 그녀에게 안정감을 되찾게 해주었다. 갑자기 그녀의 기분이 가라앉았고 심장도 진정되었다. 아까까지만 해도 그토록 무례하게 굴던 젊은이의 얼굴이 핏기가 가셔 있었다…….
"한 여자를 모욕했다고 생각할 때면 마음이 편해지죠, 안 그래요? 당연한 일이에요. 그것이 당신네들이 여자에게서 기대할 권리를 가진 유일한 쾌락이니까요. 그렇지만 그건 가짜 쾌락입니다. 왜냐하면 남자들이란 결코 여자를 정말로 아프게 해줄 수는 없는 법이니까요. 그런 힘을 갖고 있는 사람은 우리가 사랑하는 사람뿐이랍니다. 여자에게서 사랑을 받고 있는 청년만이 두려운 상대가 되는 거랍니다. 좀전에 당신이 제게 대하듯 한 남자가 한 여자에게 그토록 무례하게 굴 수 있다는 것도, 또 그랬음에도 불구하고 아무런 영향도 끼치지 못했다는 것도 참 재미있는 현상이군요……."
 "난 아무렇지도 않아!" 하고 몽두가 낮게 중얼거렸다.
 그는 "난 아무렇지도 않아!"라고 되풀이하며 문을 열고는 떼레즈를 층계 쪽으로 밀어내었다. 알아보지 못할 정도로 찡그린 얼굴을 떼레즈가 못 보게 돌렸다. 잠시 떼레즈는 아직 어린애 같은 그의 순진한 두 눈에 그녀의 시선을 고정시켰다…… 왜 갑자기 그녀의 격분이 일시에 사라져버린 걸까? 그녀 속에서 마치 거대한 썰물처럼 증오심이 빠져나가버렸다. 조수가 빠져나가버린 것이다.
 그녀가 어떻게 감히 그런 말을 했던 것일까? 그녀가 말했다.
 "아니예요, 아니예요! 내 말을 곧이듣지 마세요."
 몽두가 그녀를 밖으로 밀었으나 그녀는 문지방에 그대로 서 있었다. 낮은 목소리로 말을 이었다.
 "내가 한 말을 곧이들어서는 안돼요."
 "당신이 하는 말 같은 것엔 전 콧방귀도 안 뀌어요!"
 조르주가 곧 돌아올지도 몰랐다. 조르주가 왔을 때 그녀가 방에 있는 걸 원치 않노라고 몽두가 말했다.
 "그가 분명히 내게 말했어요. '가라고 해, 다시는 보지 않게 해줘!'라고요."
 떼레즈는 문에 기대어 몸이 굳어버리는 것 같았다. 이 화석이 된 그녀의 시선을 몽두는 똑바로 쳐다볼 수가 없었다. 그가 쥐고 있던 팔을 조용히 빼고서 그녀는 밖으로 나갔다. 층계참에 나가 서서 고개를 다시 쳐들었다.
 "아까는 당신을 괴롭히려 했어요. 그래서 아무 말이나 막 지어냈던 거예요……."
 그가 낮은 목소리로 대답을 했다.
 "아니예요, 아니예요. 아무 말이나 지어내신 건 아니었어요……."
 불안에 찬 목소리로 그녀가 물었다.
 "보복을 하기 위해서 무슨 일을 할 건가요? 경찰에 고발할 건가요?"

깜짝 놀라서 몽두는 층계를 내려가는 떼레즈를 쳐다보았다. 그녀가 사라져버릴 때까지 기다렸다가 방안으로 들어왔다. 친구의 책상 앞에 앉아서 책상 위에 양팔꿈치를 기대고는 두 주먹으로 얼굴을 가렸다.

9

길가에 늘어서 있는 집들을 따라 걸어가면서 떼레즈가 생각하고 있던 사람은 몽두였다. 그 순간에 그녀의 머리에서 조르주 필모의 생각은 이미 사라져버렸었다. 마리에 관한 생각도 나지 않았다. 그녀의 머리를 가득 채우고 있는 것은 그녀의 마지막 희생자인 몽두의 생각뿐이었다. 그것은 자기가 몽두에게 큰 고통을 줄 수 있었기 때문만은 아니었다. 그녀가 능숙한 솜씨로 상대방의 급소를 찌르고 났기에 자신의 힘이 얼마나 큰지를 재어볼 수 있게 되었고 또한 자신의 사명이 무엇인지 의식할 수 있게 되었던 것이다. 지나가던 사람들이 몸을 돌려 그녀가 걸어가는 모습을 쳐다본다 해도 놀라울 것은 없었다. 악취를 풍기는 짐승이란 제가 먼저 자기 정체를 드러내는 법이니까. 떼레즈는 뭇 사람들의 집요한 시선이 자기에게 쏠리고 있다는 것을 느끼고 있었다. 그녀는 걸음을 재촉하였다. 어서 빨리 자기 둥지로 되돌아가서 웅크리고 숨어버리고 싶은 마음뿐이었다. 앞으로는 방구석에 틀어박혀서 살아야 할 것이다. 더 이상 남에게 피해를 주지 않기 위해서도, 또한 남의 보복을 피하기 위해서라도 그렇게 살아야 할 것이다. 그녀가 괴롭혔던 모든 사람들은 결국은 함께 모이게 될 터이니까. 그녀는 이제까지 너무나 많은 허점을 보여주었다…… 그렇다. 그녀는 예전에 공소기각의 도움을 받았었다. 그러나 그랬다는 선례는 온갖 중상모략을 하는 사람들에게 좋은 구실을 제공해 준 것이 아니었는가…… 지금 자기는 어떤 중상모략을 이야기하고 있는 걸까? 아무도 그녀를 중상모략할 수 없었다. 남들이 그녀를 비난하는 것보다 더 많은 잘못을 그녀가 저지른 것이 아니었던가?

아니다. 아무도 그녀를 비난하지 않았다! 아무도. 그녀는 또 무슨 상상을 하려 드는 긴가?

떼레즈는 가벼운 현기증을 느꼈다.
 그녀는 길가의 어떤 대문에 기대어 서서 얼마동안 눈을 감고 있었다. 그러자 자기가 밥을 먹지 않았다는 것이 생각났다. 정말, 그녀는 배가 고팠다. 그녀는 점심을 걸렀다는 사실이 기억났다. 아니다, 그녀가 미쳐 가고 있는 것은 아니었다. 그러나 그녀는 정해진 시각에 규칙적으로 식사를 하도록 주의해야 할 것이다. 그녀는 어느 빵집에 들어가서 차를 마셨다. 모든 것이 다시 제자리를 찾았고 모든 것이 다시 간단해졌다. 조르주 필로는 죽지 않았다. 앞으로 그녀는 마리의 일에 개입하지 않을 것이고 자기의 안락의자와 책상 사이에서 살아갈 것이다. 외출은 밤에만 할 것이다. 대낮에는 절대로 밖에 나가지 않으리라. 지금 그녀의 뒤통수에 느끼고 있는 이 시선들에게 자신을 다시는 내보이지 않으리라.
 아, 드디어 아파트 입구가 보였다. 제발 수위아주머니가 계단에 보이지 않았으면 좋으련만! 수위아주머니는 수위실 앞에서 안나와 이야기를 하고 있었다. 왜 그 두 여자는 떼레즈를 보자 입을 다무는 걸까? 왜 두 여자는 괴롭다는 표정으로 떼레즈를 쳐다보는 것일까? 수위아주머니가 입을 열었다.
 "아까 아침에 누가 부인을 찾아왔었어요. 그래요, 키가 큰 남자였어요 …… 여러가지 일을 묻더군요……."
 "무얼 묻던가요?"
 "제가 뭘 아나요? 부인이 어젯밤에 외출했었느냐, 손님이 찾아왔었느냐……."
 "뭐라고 대답했어요?"
 "잘 모르겠다고 했어요. 남의 동정이나 살피는 것이 제가 할 일은 아니라고 해주었어요……."
 떼레즈는 감히 "그게 누구였다고 생각하시죠?"라고 그녀에게 물어볼 용기가 나지 않았다. 떼레즈는 그 미지의 방문객이 어떻게 생겼더냐고 물어보지도 않았다. 만일 물어보았다면 그 노파는 "키가 크고 인상이 나쁜 젊은이……"라고 대답했을 게 틀림없었다. 그랬다면 떼레즈는 몽두라는 것을 알 수 있었을 것이다. 사실 몽두는 떼레즈가 서부철도호텔 앞에서 택시를 멈추었을 바로 그 시간에 이 바크 가의 아파트를 찾아왔던 것이다.
 떼레즈는 깊은 혼란에 사로잡혀서 자기 심장이 어떻게 되리라는 생각은 하지 못한 채 계단을 올라갔다. 그녀는 문에 빗장을 걸기가 무섭게 모자를 벗을 겨를도 없이 안락의자에 쓰러지듯 앉았다. 그녀의 심장에 통증이 엄습해왔지만 이제는 혼자 죽는다는 것이 무섭지 않았다. 다른 사람들의 시선으로부터 피해 혼자 있을 수만 있으면 그만이었다⋯⋯ 안나가 부엌으로 통하는 계단을 통해 올라왔나보다. 안나를 내보내야 할 것이다. 떼레즈는 안나가 수위아주머니와 사이가 나쁘다고 생각했었다. 두 여자는 떼레즈가 모르게 화해를 한 모양이있다. 안나를 내쫓아버린다는 것은 원수를 만드는 일일 것이다⋯⋯ 안나가 제발로 나가겠다고 할 비법을 어떻게 찾아낼 수 있을까? '만약에 안나가 내 집에 있다는 사실을 이용하려 드는 사람들이 있다면 안나 스스로 이 집을 나가게 할 방법은 없게 될 것이다. 안나는 내 집의 일자리를 물고 늘어지리라.'
 떼레즈는 다시 통증을 온몸에 느끼며 침실까지 겨우 몸을 이끌어 걸어갔다. 그녀는 이런 생각을 했다.
 '참으로 터무니없는 생각을 했어. 나는 아무런 위험에도 처하지 않았어. 내가 저지른 모든 죄는 법에 걸리는 일은 아니야. 그래, 남들이 나를 망치고 싶어할 수는 있을거야. 나를 망치려고 계략을 쓸 수는 있을거야. 전에 한 번 사법당국에 걸려 혼 난 일이 있는 나 하나쯤 망치는 일이란 식은죽 먹기만큼 쉬울거야⋯⋯.'
 떼레즈는 속으로 '하지만 아무일도 없었어!'라고 되뇌이고 있었지만 여전히 마음은 불안했다. 그녀는 자기 목덜미에 당기면 죄어지도록 된 올가미를 느끼고 있었다. 그녀가 갖고 있는 이 확신을 없애버릴 수 있는 어떤 논리도 생각해낼 수가 없었다. 아파트가 쥐죽은 듯 조용한 것조차 그녀에게는 수상쩍게 생각되었다. 안나의 입에서 늘 흥얼거리던 알사스 지방의 노랫가락이 사라진 지도 오래되었다. 안나는 언제나 귀를 곤두세워 엿듣고 있다. 거실에서 마리와 있었던 일, 조르주와 있었던 일을 안나는 하나도 빼놓지 않고 모조리 엿들었을 것이다. 마리에게도 조르주에게도 떼레즈는 자기가 죄인임을 확실하게 말했었다. 떼레즈의 적들은 안나에게서 훌륭한 보조자를 구하게 될 것이다! 아니다. 안나는 이제 노래도 부르지 않고, 설거지하는 소리도 내지 않고 다만 주인 아주머니로부터 새어나올 고백의 말만 주워들으려 기다리고 있는 게 틀림없다.

떼레즈는 창문가로 가서 커튼을 젖혔다. 보도에는 머리를 위로 들고 쳐다보고 있는 남자가 한 명 있었다. 그 남자는 정거장 옆에 서서 버스를 기다리는 척하면서 아파트에서 눈을 떼지 않고 있었다. "아냐! 저 남자는 버스를 기다리고 있다는 걸 너도 알고 있어······." 떼레즈는 자기가 건전한 판단력을 잃지 않았음을 자신에게 다짐하기 위해서인 듯이 큰 소리를 내어 제 생각을 부정하는 말을 했다. 침실에서는 현관문 밖에서 누군가가 숨을 쉬는 소리를 들을 수 없다는 것을 그녀는 잘 알고 있었지만 분명히 숨쉬는 소리가 들려오는 것만 같았다······ 사실을 확인해 보기 위해 떼레즈는 현관문을 열어보다가 수위아주머니와 얼굴을 부닥뜨릴 뻔했다. 수위아주머니가 말했다.

"마님께 편지를 전한다는 걸 깜빡 잊었었어요······."

번들거리는 거무튀튀한 얼굴이 떼레즈의 코앞에 보였다. 그녀의 얼굴에서는 암퇘지의 두 눈이, 아니 암쥐의 두 눈이 반짝이고 있었다. 얼마나 탐욕스러운 호기심인가!

"왜 나를 빤히 쳐다보세요?"

"마님의 안색이 좋지 않은 것 같아서요······."

"나는 여느 때와 마찬가지예요."

"하지만, 마님, 제 말은······."

"어제 찾아왔던 남자가 내가 병이 났느냐고 물어봤던가요? 아니예요? 어쨌든 그 따위 험담꾼들에게 난 관심이 없으니까······."

현관문을 난폭하게 쾅 닫고 나서 그녀는 빗장까지 질렀다. 몹시 당황해진 수위아주머니는 "참 내! 좋도록 하시지 뭐!"라고 중얼거렸다. 그녀는 아래층으로 내려가는 대신에 사람이 들어 있지 않은 맞은편에 있는 빈 아파트의 문을 열고 들어가서는 부엌 층계를 통해서 안나에게로 갔다.

낮은 의자에 앉은 떼레즈는 심장에 통증이 올 때처럼 상체를 앞으로 구부리고는 아주 작은 소리에도 귀를 기울이며 꼼짝 안하고 있었다. 마치 개가 다가오는 소리에 귀를 기울이고 있는 여우처럼 모든 신경을 귀에만 집중시키고 있었다. 안나가 뭐라고 혼자 떠들고 있었다…… 아니다. 누군가가 그녀에게 대꾸를 하고 있다. 부엌에서는 낮은 목소리로 소곤대는 소리가 들려왔다. 누군가가 안나와 함께 부엌에서 무슨 수작을 꾸미고 있는 게 틀림없었다.

떼레즈는 식당에까지 힘들여 몸을 질질 끌고 가서 문틈에 귀를 바싹대고 엿들었다. 그녀는 수위아주머니 목소리임을 알아챌 수 있었다. 수위아주머니에게는 큰 계단으로 정문까지 내려갔다가 다시 부엌용 계단으로 올라올 시간이 없었다. 그렇다면 어떻게 된 일일까. 곰곰이 생각해봐야겠다. 머리를 진정시켜서 그 문제를 잘 생각해보아야지. 어쨌든 지금은 단 한마디 말도 놓치지 말고 귀담아듣도록 노력해야 한다. 수위아주머니는 떼레즈를 잘 감시하라고 충고하고 있다. 게다가 자기 생각으로는 가족에게 연락을 해야 할 것 같다고까지 말하고 있다. 그래, 안나는 자기가 주소를 알고 있노라고 말했다. 안나가 어떻게 주소를 알고 있지? 하고 떼레즈가 자문해보았다. 아마 마리를 통해서 알았겠지…… 안나랑 마리가 떼레즈 몰래 서로 편지질을 하고 있나보다…… 안나가 무슨 인기척이 나는 것을 듣고 문을 열었다. 주인 마님의 창백한 얼굴을 보자 뒷걸음질쳤다.

"곧 식사 준비가 될 건가 알아보려고 왔어……(그리고 수위아주머니에게) 다시 올라오셨어요?"라고 물었다.

늙은 노파는 안나에게 인사하러 왔을 뿐이라고 떠듬떠듬 말하고는 부엌쪽 계단으로 총총히 사라졌다. 안나는 화덕 주위에서 바쁜 듯 설쳐댔다. 목 뒤로 떼레즈의 무서운 시선을 느끼면서 그녀는 감히 몸을 돌려볼 수가 없었다.

떼레즈는 거실로 되돌아와서 낮은 의자에 앉았다. 그녀는 손가락으로 목에 감긴 올가미의 고리를 건드린 거나 마찬가지였다. 이제 다시는 자유롭게 호흡할 수 없을 것이다. 무엇보다도 우선 외출하지 말 것. 이곳에서 그녀는 감시를 당하고 있다. 허지만 그 이상 무슨 일을 할 것인가? 자택은 불가침의 보호를 받고 있다. 그들이 고소를 하지 않는 한…… 고소를 하기에는 증거가 없다. 안나가 몰래 들었던 떼레즈의 고백을 이제 와서 과연 떼레즈에게 불리한 증언으로 쓸 수는 없을 것이다.

만약 떼레즈가 외출을 한다면 그녀는 파놓은 함정에 빠질 것이다. 남들은 그녀가 죄를 저질렀다는 사실을, 그녀가 감옥에 가야 한다는 사실을 다 잘 알고 있다. 그들에게 필요한 것은 합법적인 동기를 발견해내는 일일 것이다…… 경찰은 그녀가 망치려고 결심했던 사람들보다는 훨씬 더 능수능란할 것이다. 이 집 안에서는 떼레즈는 감시당하고 있긴 하지만 놈들은 아무 일도 안할 것이다. 왜냐하면 그녀가 결국은 외출하고 말 것임을 놈들도 잘 알고 있으니까.

안나가 와서 말했다.

"식사준비가 되었습니다."

그녀의 목소리도 여느 때와는 달랐고 떼레즈로부터 눈을 떼지 못하고 있었다.

"식사하시지 않으시겠어요?"

떼레즈가 밥을 먹지 않는다는 것에 대해 저 아이는 어쩌면 저렇게 난처해하는 걸까!

"마님께서는 억지로라도 잡수셔서 기운을 차리셔야 해요."

본능적으로 떼레즈의 의지가 상대방의 의지에 반항하였다. 그녀가 먹기를 원한다면 모든 음식을 거절하는 일이 그녀에게는 중요하게 생각되었다.

안나가 커피를 가져 왔을 때 주인마님은 눈으로 문을 뚫어져라 쳐다보며 문과 마주보고 앉아 있었다. 얼마 후에 하녀가 쟁반을 가지러 왔을 때 커피 주전자에는 커피가 가득 그대로 있었다. 떼레즈는 그 자세에서 조금도 변하지 않은 채 그대로 앉아 있었다. 위험을 무릅쓰고 외출을 하고 그래서 적들을 그녀의 용기로 놀래키고 싶은 욕망을 안 느끼고 있는 건 아니었다. 적들은 놀랄 것이지만 다른 일을 하지는 못하겠지. 그녀는 적들의 우왕좌왕하는 모습을 관찰하리라…… 4시경 안나가 갖다준 홍차도 마시기를 거부하자 하녀는 마님 앞에서 입맛을 다시며 "아, 맛있다"라고 말하며 홍차를 자기가 마셔 보여야겠다는 생각이 들었다. 그건 어린 동생이 수프를 먹지 않겠다고 할 때면 하던 버릇이었다. 그러자 떼레즈는 안나에게서 홍차잔을 빼앗아서 꿀떡꿀떡 마구 들이켰다. 그러는 동안 그녀는 끔찍한 표정으로 안나를 쳐다보았다.

"심장에 통증이 있으세요?"

"아냐, 안나,…… 하긴 아프긴 해…… 그러나 지금 내가 괴로워하는 것은 그 때문이 아니야……."

떼레즈는 안나의 두 손목을 꽉 잡고 힘을 주었다.

"그 사람들에게 아무 말도 안할 거지? 그 사람들 편인 척하긴 해…… 그래도 아무 말도 해서는 안돼."

"마님께서 무슨 말씀을 하고 계신지 전혀 모르겠어요."

"나를 속이려고 애써봐야 소용없어. 그 사람들은……."

"제가 난상기(煖床器)로 침대를 덥게 해드리겠어요. 그런 후에 좀 주무시도록 하세요"

"왜 나더러 자라는거야?"

갑자기 신경질을 내며 떼레즈가 물었다.

"내가 잠들 거라고는 기대하지 마. 난 다시는 잠들지 않겠어."

"아무도 해롭게 하려는 사람은 없어요, 마님."

"앉아봐, 안나…… 할 수 없군. 내가 죄다 말해주겠어. 안락의자를 좀 더 바짝 당겨봐. 놈들이 안나를 꼬셔서 자기들 마음대로 부려먹고 있는 거야. 안나한테는 아무 설명도 안해주고 나서 말이야. 나는 진작 없어져야 할 사람이야. 그런데 합법적으로 한 인간을 없어지게 만든다는 건 쉬운 일은 아니지. 아무리 죄를 지은 여자의 경우라도 말이야…… 안나는 잘 이해가 안간다는 표정이군. 그러나 알고 보면 참으로 간단한 일이야! 나를 감옥에 넣을 수도 있었을 죄에 대해서 난 공소기각의 혜택을 입었던 거야…… 나의 다른 행동들은 법에 저촉된다고 할 수 없고. 그것들은 정확하게 말해서 일반법에 저촉되는 범죄는 아니니까…… 하지만 내가 예전에 저지른 일이 있기 때문에 아무리 공소기각이 되었어도 그 사람들은 뭔가를 찾아내서……."

깜짝 놀란 안나가 떼레즈의 두 손을 잡고 그녀의 눈을 들여다보려 했다.

"마님, 푹 주무셔야 하십니다. 헛소리를 하고 계시군요……."

"아니야, 난 미치지 않았어. 허지만 남들이 너보고 내가 미쳤다고 할 거야. 놈들은 이제끔 날 가두어버리겠다고 이미 결정내려버렸으니까. 아무에게도 알리지 않고서 말이야. 안나, 난 정신이 말짱해. 이 모든 게 사실이라는 것을 어떻게 안나가 믿게 할 수 있을까? 믿을 수가 없겠지. 나도 알고 있어. 허지만 이건 사실이야. 이제는 더 이상 아무도 내 말을 듣지 못하게 된거야, 아무도 내 말을 믿지 못하게 되었어. 내 일생 내가 괴로움을 호소해왔지만 괴로워한다는 것이 무엇을 의미하는지는 오늘에 와서야 겨우 깨닫게 되었어…… 왜 내 옷을 벗기는거지?"

그러나 떼레즈는 반항하지 않고 옷을 벗기는 안나에게 순순히 몸을 내맡기고 있었다. 안나가 부드럽게 그녀를 침대 쪽으로 떠밀어갔다.

"더운 물주머니가 너무 뜨겁지 않으세요?"

"아냐, 꼭 좋아……."

떼레즈는 잠시 긴장을 풀 수 있었다. 그러나 이 축축한 큰 손을 놓지는 않았다.

"안나, 생각나니? 때때로 네가 일감을 갖고 왔었지? 그리고 내가 잠이 들 때까지 옆에 머물러줬었지. 참 좋은 시절이었어. 그때 난 참으로 행복했었지! 그 당시엔 내가 행복한 줄도 미처 몰랐었어! 이제는 다 끝난 이야기가 되었어. 아냐, 아냐, 일감을 가지러 가지 마. 날 혼자 내버려두지 말아줘, 내 손을 놓지 말아줘."

떼레즈는 입을 다물었다. 잠이 든 듯 보였다. 그러나 안나가 살그머니 손을 빼려 하자마자 슬픈 목소리가 다시 들려왔다.

"난 잠들지 않았어! 문득 이런 생각이 났는데…… 안나…… 만약에 내가 경찰서에 출두하면 어떻게 될까? 제일 가까운 경찰서가 어디에 있지? 좋은 생각이야! 처음부터 모든 것을 다 말하는거야. 모든 것을 다 자세히 말하는거야. 그들보다 앞질러 선수를 써서 골탕을 먹이는거야. 하지만 어디서부터 시작을 한담? 그들에겐 내 말을 끝까지 다 들을 인내심이 없을거야. 그들은 내 말을 믿지 않을거야, 안나! 중상모략은 항상 간단하고 믿을 만한 법이야…… 그런데 진실은…… 진실은 하나의 세계를 이루고 있어! 그들은 인내심이 없을거야, 내 말을 믿지 못할거야…… 하지만 그들이 나를 체포한다면 비로소 나는 마음이 편안해질 수 있을거야. 모든 일이 일단락될 것이니까. 나는 더 이상 영원히 경계하는 생을 살지 않아도 될거야…… 내 속옷 좀 건네줘. 난 옷을 갈아입어야겠어."

안나는 떼레즈를 두 팔에 안고서 아무렇게나 생각나는 대로 지껄였다. 내일 아침에 나가도록 하라고. 또 이 시간에 경찰서는 사람이 너무 북적 댈 거라고. 어차피 그렇게 결심을 했으면 마지막 밤을 여기서 자두는 게 좋지 않겠느냐고……

"하긴 그래. 이제 난 잠들 수 있을거야…… 더 이상 위험한 일은 없으니까."

주인 마님이 잠든 줄 알고 안나가 자리에서 일어서면 문고리에 손을 대기도 전에 다시 불러들이곤 했다…… 그러면 안나는 고분고분하게 앉았던 의자로 되돌아가곤 했다. 그러나 9시 15분 전까지는 안나는 이 방에서 나가야 했다. 3층에 사는 그 운전기사와 9시에 만나기로 했던 것이다. 안나는 생전 처음으로 그 남자에게 자기 방에서 만나는 것에 동의했었다. 남자는 여느 때 이상의 행동은 하지 않겠다고 약속했었다. 안나는 눈을 감고 숨을 크게 내쉬었다. 그녀는 무엇을 걱정하고 있는 걸까? 반쯤 열어놓은 자기 방 문 뒤인 약속 장소로 9시까지 가는 것을 막을 일은 아무것도 없을 것이다…… 이 여자는 곧 잠이 들고 말 것이다. 혹시 잠이 들지 않는다고 하더라도……뿌리치고 갈 수 있을 것이다…… 기다릴 동안 마님 곁에 있어주는 것으로도 충분하다. 그녀는 무슨 생각을 할 것인지 잘 알고 있었다. 어두운 불빛이 비추고 있는 이 방에서 안나는 조금도 권태롭지 않았다. 왜냐하면 벌써 밤이 되었으니까, 행복을 맛볼 이 밤이! 마님은 한결 마음이 진정된 듯이 보였다. 수프 한 사발을 마실 것에 농의했나. "그래, 곧 잠들 것 같아……" 하고 자꾸만 되풀이했다. 그러나 8시에, 8시 반에, 번번이 방에서 나가려는 안나를 공포에 질린 목소리로 불러들였다. 그리고 그 후부터 그녀는 눈을 크게 뜨고 있었다.

9시에 안나가 말했다.

"이제 그만……."

떼레즈는 붙잡지는 않았지만 그 대신 울기 시작했다. 이런 어린 소녀의 흐느낌 같은 울음이 하녀에게는 그 어떤 간청보다 더 큰 힘을 갖고 있었다. 그래서 시계가 9시를 칠 때에도 안나는 자리를 뜨지 않았다. 그러면서 이 순간에 그녀의 이름을 부르며 8층에 있는 그녀의 방문에 귀를 대고 문을 열려고 애쓰고 있는 사나이의 모습을 상상해보았다. 떼레즈의 호흡이 평온을 되찾았다. 때때로 떼레즈는 알아듣지 못할 말을 중얼거렸고, 한탄을 하기도 했고 "아니야! 아니야!" 하고 외치기도 했고 스탠드가 놓여 있지 않은 왼쪽으로 돌아눕기도 했다.

안나는 부엌으로 통하는 계단쪽 문에서 가볍게 초인종소리가 나는 걸 들었다. 물론 그이다! 안나는 일어서서 떼레즈가 한숨을 쉬기 전에 발끝으로 현관을 가로질러 부엌에 이르렀으나 떼레즈가 다시 부르는 소리는 나지 않았다. 안나는 빗장을 열고 문을 열자 키가 큰 사나이가 문을 가득 채우는 게 보였다. 그녀가 그 사나이를 작은 부엌으로 끌어들였다.

"안돼요, 불을 켜지 마세요" 하고 안나가 낮은 소리로 말했다.

그녀가 속삭이듯 상황을 설명해주었다. 그러나 사나이는 아무 대꾸도 하지 않고 그의 입으로 그녀의 입을 막았다. 두 사람은 식당에서 의자가 쓰러지는 소리를 들었다. 부엌 문이 열렸을 때 어둠에 익숙해진 두 사람은 꼼짝 안하고 서 있는 빼빼 마른 유령을 보았다.

떼레즈는 남자 목소리가 나는 것을 알아차렸다.

"저 여자 권총 안 갖고 있는 게 분명하지?"

떼레즈는 "날 죽이지 말아주세요……" 하고 소리치고 싶었다. 그러나 아무 목소리도 밖으로 낼 수가 없었고 부엌의 타일 바닥에 쓰러졌다.

눈을 떠보니 베개에 기대어 침대 위에 앉아 있었다. 그녀는 안나에게 아무것도 묻지 않았다. 안나와의 밀회를 들킨 사나이, 그녀를 침대까지 옮겨오는 데 도와주었을 게 틀림없는 그 사나이에 관해 어떤 암시적인 말도 하지 않았다. 안나는 이제 자기가 주인마님과 바리케이드를 사이에 두고 맞서고 있다는 것을, 자기가 그녀의 최악의 적 중에 한 명으로 오인되고 있다는 것을 알아차렸다. 아무리 상냥하게 굴어도 떼레즈로부터는 짧은 한두 마디 말밖에는 들을 수가 없었다.

"그래, 이제는 좀 나아졌어…… 이제는 잠을 좀 잘 수 있을 것 같구나…… 저 긴의자에 앉아 있거라……."

환자는 아주 작은 부시럭소리에도 귀를 기울이며 잠들지 않고 깨어 있으려고 고통스러울 정도로 노력을 하며 긴장하고 있었다. 내일 날만 밝으면 곧바로 일어나서 곧장 경찰서로 가야지. 그녀가 할 이야기에 순서를 대충 생각해보자면 이 밤을 꼬박 새워도 부족할 것이다. 그렇지만 서에서는 그녀의 말을 믿어주지 않을 것이다…… 이런 무력함은 참을 수가 없구나! 그녀는 고독이 무엇인지 생각해보지도 않으며 줄곧 혼자서 살아왔었다. 사람들은 고독을 운운하지만 정작 고독이 무엇인지는 모르고 있다. 이런 이야기들을 경찰들이 이해해주리라고 바란다는 것은 헛된 일일 것이다. 그녀의 이런 이야기들은 마치 자기네 표적에 이르기 전에 죽어버린 새들처럼 땅에 떨어져버리고 말 것이 분명했다. 집에 머물러 있는 것 외에는 다른 어떤 출구도 없다. 석은 부엌 쪽 층계를 통해 기어 들어왔었다. 특히 그 쪽을 유심히 지켜봐야 할 것이다.

떼레즈는 자기가 주시의 대상이며, 거대하고 비밀스러운 음모의 한가운데에 있다는 것을 믿어 의심치 않았다…… 지금 이 시각에 이 세상 통틀어봐야 그녀를 생각하고 있는 사람은 하나도 없다는 것을, 이 밤에 떼레즈 데께루라는 여자를 걱정하는 사람은 하나도 없다는 것을 그녀가 어떻게 알 수 있었겠는가? 그녀와 관계되어 있는 것이라곤 아무것도 없다는 것을 어떻게 알 수 있었겠는가…… 다만 한 통의 편지를 제외하고는. 그 편지는 5시에 쓴 것으로 렌느 가의 우체국을 통해서 지금 보르도를 향해 운반되고 있었다. 그녀의 딸에게 부쳐진 편지였다. '지롱드현, 생 클레르읍, 마리 데께루 양 귀하' 주소는 보통 때보다 훨씬 반듯한 글씨체로 씌어졌었다. 조르주 필로는 생 클레르란 단어 중에 7자에 길게 가로질러 선을 그었고 지롱드 현에 밑줄을 그었었다. 그는 행복감과 해빙감에 젖어 이 편지를 우체통 속에 던져넣었다. 편지의 한 줄 한 줄은 몽두가 검열했고 또 수정한 바 있었다. 이제 조르주가 마리의 울고 불고 하는 소리를 듣지 않으려면 두 귀를 막는 일만이 남아 있었다. 이런 이야기에서는 동정보다 더 고약한 것은 없다. 몽두의 말마따나 형리 중에 최악의 형리는 마음이 좋은 형리로서 마음이 약해진다는 구실로 단 한 번에 해치울 수 있는 일을 열두 번 도끼질하는 그런 형리다. 그런 시각으로 볼 때 몽땅 몽두가 써넣었던 편지의 마지막 구절이 조르주 필로에게는 완벽한 구절로 생각되었다.

제발 답장은 보내지 말아주십시오. 어쨌든 앞으로는 무슨 일이 있어도 나는 침묵을 지킬 것임을 알려드립니다. 이것은 당신을 위한 조치입니다. 당신이 아무리 애원하더라도 아무리 협박을 하더라도 나는 침묵을 깨지 않을 것입니다. 한 번 더 말하지만, 내가 너무 가혹하다고 비난하지는 말아주십시오. 나는 충족시킬 수 없는 희망을 품고 있었고 보잘것없는 인간이었습니다. 그 점에 대해서는 당신이 용서해주시기를 빕니다. 나를 잊어주십시오. 내 편지에 당신 어머니의 편지를 동봉합니다. 그 편지를 보면 당신 어머니께서는 내가 당신에게 아무런 책임도 없다고 생각하고 계신 것을 알게 되실 것입니다.

10

그 다음날 한 시쯤 해서 이 편지는 생 클레르에 도착해서 마리의 손에 들어갔다. 마리는 어깨에 숄을 걸치고 식당에 혼자 앉아 있었다. 한눈에 사랑하는 사람의 필적임을 알아보자 그녀는 너무나 기뻐서 기절할 것만 같았다. 그 기쁨을 감추려 애쓸 필요는 없었다. 베르나르 데께루는 돼지의 도살 문제로 아르쿨루즈의 할머니에게 갔으니까.

마리는 편지의 겉봉만 바라보면서 점심을 먹었다. 편지는 좀 있다가 자기 방에 가서 문을 잠그고 열어볼 작정이었다. 이 11월의 대낮은 미지근한 햇살이 비추고 있었다. 작은 읍내는 소란스러웠다. 제재소의 톱질 소리가 송진냄새와 나무껍질냄새를 불어다주는 동풍 속에 어울리고 있었다. 날씨가 좋을 징조였다. 경제철도의 작은 기차가 좁은 궤도 위에서 흔들거리며 지나가고 있었다. 인생은 행복으로 가득 차 있었다.

마리는 방문을 잠갔다. 혼자라는 사실을 확인하고 나서 조르주의 손이 닿았던 봉투에 입술을 갖다대었다. 그리고 봉투를 뜯었다. 먼저 어머니의 글씨가 눈에 들어왔다. 곧 불길한 예감이 들었다. 우선 어머니의 편지를 대강 훑어보았다. 그리고 조르주의 편지를 단숨에 읽었다. 어찌나 급히 읽었던지 편지를 다 읽고 났는데도 온화한 오후의 햇살 속에 소나무 숲속을 낡은 객차가 흔들리며 멀리 사라지는 소리가 아직도 들려왔다……. "내 편지에 당신 어머니의 편지를 동봉합니다. 그 편지를 보면 당신 어머니께서는 내가 당신에게 아무런 책임도 없다고 생각하고 계신 것을 알게 되실 것입니다······."

조르주가 이 결별을 선언하게 된 이유들이 있었으리라는 생각은 단 한 순간도 마리의 머리에 떠오르지 않았다. 그녀는 우선 누구의 잘못인가를 찾아내어서 자기의 증오를 그 한 사람에게로 향하게 한다는 소녀적인 본능에 몸을 맡겼다. 물론 그 증오의 대상은 자기가 사랑하는 사람은 아니어야 했다. '어머니가 나를 배반한거야. 내가 그런 인간을 믿고 의지했다니! 나도 참 바보였어······.' 여러 가지 의심이 갑자기 뚜렷한 형태로 나타났다. 어머니는 조르주에게 무슨 말을 했단 말인가? 무슨 까닭에? 질투심에서 그랬을까? 보복하려고 그랬을까? 그러나 어머니는 마리를 잘 알지도 못하고 있지 않은가! 마리가 아직도 그곳에 선 채로 생기 넘쳐서 양뺨은 불같이 달아오른 채 있다는 것은, 이 타격이 그녀를 쓰러뜨려버리지 않은 것은, 그녀가 자기 불행을 현실이라고 믿고 있지 않았기 때문이었다. 그녀는 필요한 조치를 취할 생각이었다. 조르주를 다시 손에 넣을 수 있을 것이다. 마리는 그 청년을 다시 돌아오게 할 방법을 알고 있었다······ 이런 일은 처음으로 있는 일도 아니겠지만 또 마지막도 아닐 것이다······ 10분 후에 보르도행 버스가 출발한다. 파리행 기차는 5시에 있다. 그러면 파리의 오르세역에 자정에 내릴 것이다. 마리는 역에서 아버지에게 전보를 치리라. 아무 행동도 안하고는 도저히 참을 수 없을 것이다. 그런데 짐을 챙길 시간이 얼마 없었다.

하인들은 마리가 집을 나가는 것을 보지 못했다. 버스 속은 텅 비어 있었다. 아니, 마리는 절망하고 있지 않았다. 증오심이 그녀의 흘러넘치는 열정을 확고부동하게 만들었다. 조르주와 만날 장면이나 우선 그에게 무슨 말부터 해야 할까를 생각해보기 전에 마리는 이 밤에 바크 가의 아파트로 가서 초저녁 잠에 빠져 있을 죄많은 어머니를 깨울 장면부터 머릿속에 상상해보았다. 자정이 넘어선 시각에는 서부철도호텔에는 갈 수 없었다. 마리는 날이 밝는 대로 달려가서 조르주를 깨울 작정을 하고 있었다. 아, 이런 일은 그녀에겐 식은죽 먹기나 마찬가지일 것이다······ 그녀는 자기의 능력이 어떤지 시험해보고 싶었다. 이 밤은 유난히 길게 느껴지리라. 그러나 어머니와 실랑이하자면 시간이 잘 갈 것이다. 마리에게는 어떠한 비판정신도 없다는 것 때문에 떼레즈가 마리에게 느꼈던 바로 그 거센 분노를 지금 마리는 자기 어머니에게 쏟아붓고 있었다. 그래도 자기가 냉정해야 한다고, 일이 이렇게 된 사유를 어머니가 실토하게 해야 한다고, 어쩌면 조르주에게 해명의 편지를 쓰게까지 해야 할지 모른다는 생각을 마리는 하고 있었다. 하여튼 가서 보면 알게 되겠지만…….

이렇듯이 어젯밤부터 뜬 눈으로 침대 위에 앉아서 이제는 곁에 있는 것이 두렵고 보기 싫어진 안나를 쫓아내기 위해서, 자기가 마음의 안정을 되찾았노라고 짐짓 꾸미고 있을 동안에 이 풍파가 고향인 랑드 지방 한가운데로부터 그녀에게로 밀어닥치고 있었다. 이 불행한 여자가 아무리 의심투성이가 되었다 하더라도, 그날에 있을지도 모를 공격과 갑작스런 습격의 시기는 이제 다 지나갔겠거니 하고 생각하고 있었다. 지금쯤 안나는 8층의 자기 방에서 어젯저녁의 그 낯선 남자와 만나고 있을 것이다…… 아파트에는 이제 아무도 없고 모든 문은 단단히 빗장이 걸려 있었다. 밤이 그녀에게 보장해준 이 일종의 휴전 상태 속에서 떼레즈는 잠시 그녀를 박해하는 사람들 일을 잊고 있었다. 그녀는 적군이 진을 친 눈에 보이지 않는 경계선을 넘어서 예전에 그녀를 괴롭혔던 사소한 고통들을 되찾았었다. 그녀는 이 무시무시한 음모를 발견하기 전에 그녀가 받았던 마지막 타격을 회상해보았다…… 몽두가 되풀이하여 들려준 조르주의 말이 기억에 떠올랐다. "가라고 해! 다시는 보지 않게 해줘!" 그 남자가 그런 말을 했던 것이다. 몇 시간 전까지만 해도 그렇게 다정한 말을 해주었던 바로 그 목소리로…… 아, 그렇지만 그가 축복을 받도록 빌겠다. 그 희망에 찼던 며칠을 위해서, 황홀과 확신이 엇갈리던 그 짧은 순간들을 위해서라도! 지금도 떼레즈는 다시 이 한 방울의 물을 찾고 있고 두 손을 우묵하게 해서 자기 입에 갖다대는 시늉을 하고 있다. 결국 그들은 나쁜 일을 하지는 않았었다. 그녀는 그에 관해 아무런 나쁜 일도 생각하고 있지 않았다. 오히려 그 젊은 어깨에 자기의 버림받은 머리를 기대고 싶다는 꿈을 꾸고 있었다…… 아! 적은 그녀가 경계심을 늦추고 있던 이 몇 분도 가만히 두지 못하고 당장 일을 시작한

거다. 초인종소리가 몹시 크게 울렸다. 떼레즈는 자기가 꿈을 꾸고 있나 보다고 생각하고 두 손으로 머리를 감싸쥐었다. 두번째 초인종소리가 요란하게, 화가 난 듯 집요하게 울렸다.

떼레즈는 자리에서 일어나 현관의 불을 켰다. 그녀는 잠시 벽에 몸을 기대어 서 있었다(그녀는 음식이라고는 차와 비스킷밖에는 먹지 않았었다).

"누구예요?"

"저예요…… 마리예요."

마리라고! 그래 맨 처음에 습격해온 것은 마리로구나. 떼레즈는 벽에서 몸을 떼어낼 수가 없었다. 그녀는 겨우 현관문까지 다가가며 자기가 결심했던 것을 다시 상기했다. 모든 일이 벌어지는 대로 아무 말 말 것, 아이를 보호하려고 손가락 하나 까딱하지 말 것.

"들어와라, 마리야, 들어오너라."

떼레즈는 현관의 등불 아래 서 있었다. 마리는 입을 벌린 채 이 유령같은 모습 앞에 못박힌 듯 서 있었다.

"애야, 거실로 오너라 나는 오래 서 있을 수가 없단다."

마리는 정신을 차리고 나서 속으로 '무슨 연극이람!' 하고 되풀이했다. 불과 며칠 사이에 어머니가 자주 모습을 바꾸는 것을 마리는 전에도 보아왔다! 그것은 어머니의 술책의 일부분이었다. 어머니는 몇 가닥 머리카락만 뒤로 넘겨도 충분히 변해버릴 수 있었으니까.

"어떻게 이리 늦었니?"

"밤차로 왔어요."

마리는 어머니가 자기에게 이것저것 물어오리라 생각하고 있었다. 그러나 떼레즈는 더 이상 아무 말 없이 공격을 기다리는 태세로 딸을 쳐다보고 있었다. 마리는 어머니의 날카로운 시선을 견딜 수가 없었다. 이렇게 사람의 얼굴을 빤히 쳐다보는 것 역시 어머니의 술책 중에 하나라고 딸은 생각했다.

"제가 왜 왔는지 아시지요?"

떼레즈는 고개를 끄덕였다.

"보시다시피 저는 감수성이 예민해요. 다행스럽게도!…… 한데 도대체 어쩌자구 어머니는 제게 그런 짓을 하셨어요?"
 떼레즈는 한숨을 쉬었다.
 "어떤 일을 갖고 그러니? 내가 한 짓이 너무도 많아서 그런다!"
 "짐작이 가시죠? 아니예요? 그저께 날짜로 조르주에게 보낸 편지 말이에요! 어때요! 이 말에 좀 당황되시겠지요! 어머니가 배반했다는 증거가 그렇게 빨리 제게 전달되리라고는 미처 생각하지 못하셨지요! ······."
 "이제는 무슨 말을 들어도 놀라지 않겠다. 놈들에게는 강력한 수단들이 있다는 것을 난 잘 알고 있다. 놈들은 그것보다 훨씬 더 어려운 일도 해치웠단다. 너도 놈들의 수단이 어떤지 곧 알게 될거다."
 떼레즈는 남의 일인 듯 침착하게 말하여서 마리의 마음을 움직였다. 그러나 마리는 자기의 노여움이 가라앉아버리지 않도록 애썼다. '어머니는 역시 굉장한 배우야'라고 속으로 생각했다.
 "네가 맡은 일이 뭐니, 애야? 그래 말해봐······ 네 임무가 뭐지? 나랑 게임을 할 때에는 카드를 모두 상 위에 펼쳐놓고 하는 게 더 좋을거다. 나는 너와 맞겨룰 생각은 없다, 빨리 끝날 수만 있다면 너 하자는 대로 다 따를 심산이다······ 내가 뭐라고 대답하길 바란다면 그대로 대답하마. 원하는 대로 각서를 쓰고 도장도 찍어주마. 술책을 부릴 필요는 없다······."
 화가 나서 마리는 어머니의 말을 가로막았다.
 "어머니는 언제나 저를 바보 취급하셨어요. 그렇지만 어머니가 생각하고 있는 것처럼 그렇게 바보는 아니예요. 무엇 때문에 이 편지를 썼는지 우선 그 이유부터 말해주세요."
 "애야, 분명히 말하지만 나는 경찰 앞에서 아니면 예심판사 앞에서 대답을 하는 편이 나을거다."
 "어머니는 저를 놀리고 계시군요! 어머니는······."
 그러나 마리는 이야기를 하다가 도중에 입을 다물어버렸다. 아니다! 연극하느라고 저러고 있는 것은 아니었다. 어머니가 머리끝에서부터 발끝까지 끔찍스레 떨고 있는 모습이며, 콧등을 따라 흘러내리고 있는 한 줄기 눈물을 닦을 생각도 않고 있는 모습이며, 항복한 짐승처럼 한껏 등을 구부리고 있는 모습이며…… 일부러 꾸밀 수는 없는 모습이었다.
 "너는 내 말이 잘 납득이 가지 않을거다. 내가 알고 있는 것, 이 세상에서 나 혼자만이 알고 있는 것을 너는 믿을 수 없을 것이다. 너는 꼭두각시에 지나지 않아. 네가 알지 못하는 어떤 힘에 너는 복종하고 있는거야. 놈들은 조르주가 자살하도록 음모를 꾸몄던 거야. 그것은 그 자살의 동기가 나 때문이라고 몰기 위해서였지. 그러나 나 혼자서 그 살인을 저지했어. 내가 그 살인을 저지르도록 꾸며져 있었어. 그 사람이 나를 알았기 때문에 죽어야 한다는 것이었지. 허지만 내가 그 음모를 분쇄해버렸단다, 알겠니? 내가 그 음모를 분쇄했단다. 하여산에 이 일에 대해서는 일의 전모를 밝히는 순간에 다 말해야 할거다…… 그래, 난 내가 한 짓의 죄값은 치르겠어. 날 변명하려 들지는 않겠어…… 그러나 내가 놈들의 음모에 따라 그 사람을 죽이기는커녕 살려냈다는 사실은 아무도 믿으려 들지 않을거다. 그리고 이런 사막 같은 세상에서 내가 소리쳐본들 무슨 소용이 있겠니? 이 무덤 같은 세상 속에서 누구에게 그 이야기를 외쳐본단 말이니? 너는 지금 거기 있지만 너와 나 사이에는 수천 리 떨어져 있는 거나 마찬가지구나."
 떼레즈는 신음소리를 내고는 벽 쪽으로 몸을 돌렸다. 어머니는 무엇 때문에 이렇듯 괴로워하고 있는 걸까? 마리는 더 이상 자기 자신이 받았던 상처에 대한 아픔을 느끼고 있지 않다. 마리는 가능하다면 무슨 일이건 어머니를 위해 하고 싶었다. 불길에 휩싸인 어머니에게 이불을 덮어주어 불길을 끌 수 있다면 그러고 싶었다……. "내가 자살을 저지했다!"라고 어머니는 말했었다. 만일 그것이 사실이라면? 조르주가 빠져 있던 슬픔의 심연 속에 마리가 고개를 숙여 들여다본 적이 얼마나 여러 번이었던가! 일단 심연에 빠지고 나면 조르주가 그녀가 있는 곳까지 다시 올라오는 일은 아주 드물었다.
 그녀는 어머니가 조용한 아파트 속에서 벽을 향한 채 한팔을 구부려 고개를 감싸안고 어른의 울음이 아니라 벌받고 있는 어린 소녀처럼 훌쩍이며 울고 있는 모습을 바라다보았다. 마리 역시 어린아이를 다루듯이 어머니를 안아 들어서 침대 위에 눕혔다. 마리는 어머니에게 이렇게 말했다.

"어머니, 아무도 어머니를 해치려는 사람은 없어요. 저는 어머니를 돌보아드리려고 생 클레르에서 올라온 거예요. 제가 여기에 있는 한 아무도 어머니를 해치지 못할 거예요."

"너는 내가 알고 있는 일을 모르고 있어. 어제도 어떤 남자가 찾아왔었단다. 내가 권총을 갖고 있느냐고 묻더니 밤에 안나의 방에 숨었단다. 경찰 끄나풀이었어. 놈들은 급할 건 없다고 생각하고 있어. 그래도 결국 나를 잡아가고 말거다. 놈들은 나에게는 그 길밖에 없다는 것을 잘 알고 있단다."

"오늘밤에는 아무 일도 일어나지 않을 거예요. 제가 밤새 지켜드릴게요. 잠 좀 주무세요…… 자, 제가 손을 어머니 이마에 올려놓을게요……."

"놈들이 너더러 내 환심을 사두라고 했니? 나는 다 알고 있다. 나를 속일 수는 없어…… 허지만 네가 옆에 있으니 어쨌든 마음이 편하구나……."

이 밤은 이 소녀가 예기하였던 것과는 얼마나 판이한가! 저려오는 손을 떼고자 하면 당장 어머니의 신음소리가 들려왔기 때문에 마리는 다시 어머니의 이마에 손을 얹곤 했다. 마리는 추위를 느꼈다. 또다시 파리의 밤을 보내고 있는 것이다. 가을밤 속을 굴러다니고 있는 우울한 자동차 소리, 알르 시장 쪽으로 들어가고 있는 기관차의 씩씩대는 소리만 들려왔다. 그런데 이 많은 집들 중에 한구석에서 조르주는 잠을 자고 있다. 이 모든 일에 무관심한 채, 마리가 접근할 수 없는 곳에서. 마리는 조르주의 마음을 믿는 척 가장하고 있었지만 한 번도 그를 완전히 믿어본 적은 없었다. 다른 어떤 사람도 아니고 다만 그이만이, 이 사팔뜨기 키큰 사내만이 그녀에게는 중요했다. 다른 그 누구도 아닌 오직 그이뿐. 마리는 그 사람을 비난하고 있지 않았다. 아무 경험 없이 처음으로 사랑했으니까. "당신이 나를 버린다 해도 나는 영원히 당신 사람이에요……." 그녀는 울고 있었다. 그러나 그것은 분노나 절망의 눈물은 아니었다. 옷을 입은 채 어머니 곁에 누운 그녀는 어머니가 숨을 쉬는 소리를 들었고 뜻모를 말을 중얼거리는 소리도 들었다…… 그러나 마리는 열 일곱 살이었기에 곧 잠들어버렸다.

떼레즈는 자기 옆에 딸아이의 몸을 느끼며 깊은 기쁨을 느끼지 않을 수 없었다. 딸아이가 자기의 적들과 공모하고 있다고 믿고 있긴 했지만 (그러나 적들의 가담자라기보다는 도구로 쓰이고 있다고 믿었다), 떼레즈 역시 어느 결에 잠에 빠져버렸다. 누군가의 목소리에 그녀는 잠이 깨었다. 벌써 날은 밝았었다. 마리는 어머니 곁에 누워 있지 않았다. 거실에서 안나와 속삭이고 있는 마리의 목소리가 들렸다. 아! 저 여자가 재빨리 마리를 꼬셔서 조종하게 되었구나! 떼레즈는 정신을 집중하여 귀를 기울였다.

안나가 말하고 있었다.

"의사를 부를 수가 없답니다. 마님께서는 의사 선생님을 경찰이라고 믿으시고 마님을 경찰서에 가두기 위해서 왔다고 말하신답니다. 의사 선생님이 방 안으로 들어온다면 창문 밖으로 몸을 던지겠다고 하셔요. 마님께서 아가씨의 말은 믿고 계시니까 어머니 곁을 떠나지 마세요, 아가씨. 그 볼일은 뒤로 미루세요……."

"그 무엇 때문이라도 이 일을 뒤로 미룰 수는 없어요. 그리 오래 걸리지는 않을 거예요…… 오전중으로 돌아올 수 있을 거예요. 안돼요! 암만 그래도 나는 미룰 수 없어요……."

이 세상에 어머니만 살고 있는 것은 아니었다.

그녀는 누구를 보러 가려는 걸까? 누가 그녀를 기다리고 있는 걸까? 두 사람의 이야기에 귀를 기울이고 있는 떼레즈가 생각했다. '필경 저 아이가 두려워하는 사람을, 저 아이를 지배하고 있는 사람을 만나는 것이겠지…… 그러니 끝까지 감출 수는 없을 것이다. 네가 돌아오기만 하면 나는 곧 네가 무슨 꿍꿍잇속으로 이러는지 알게 될거다.' 문을 여닫는 소리를 들었고 계단으로 내려가는 마리의 빠른 발소리가 점점 멀어지는 소리를 들었다. 안나가 방 안으로 들어왔을 때 떼레즈는 아직도 잠들어 있는 체했다.

마리는 몽파르나스 대로까지 어찌나 급하게 걸었던지 찬 이슬이 내린 아침 공기 속을 지나왔는데에도 호텔에 이르자 온몸이 땀으로 흠뻑 젖어 있었다. 문 앞에서 그녀는 급히 얼굴 매무새를 정돈했다. 호텔 관리실에는 아직 아무도 없었다. 종업원 한 명이 현관을 청소하고 있었다. 곧장 조르주의 방으로 올라가서 잠들어 있는 그를 놀라게 하리라 결심했던 마리의 계획을 그 종업원이 방해를 했다.
 "이봐요, 거기! 아가씨!"
 벌써 계단을 올라가고 있던 마리는 자기가 만날 약속을 하고 왔노라고 소리쳐 주었다.
 "누구와 약속을 했다는 거요? 필로 씨라고요? 필로 씨는 아가씨에 대해서는 콧방귀도 안 뀌시던걸요!"
 계단의 난간에 기대 선 마리는 웃음기 띤 눈 주위가 불그스레한 종업원이 자기를 쳐다보는 것을 내려다보았다.
 "그래요…… 그 분은 어제 정오에 방값을 계산하고 떠났어요. 주소도 가르쳐주지 않았답니다. 우편물은 몽두 씨 집으로 전해 달라고 했고요……."
 마리의 얼굴 표정이 종업원의 흥미를 끌지 못했던들 그는 조르주에 관한 이야기를 더 이상 안해주었을지도 몰랐다. 그러나 이 계집애가 무슨 꼴을 할지 볼 만하리라고 생각했던지 그 종업원이 이야기를 계속했다.
 "그래요, 어떤 부인이 찾아와서 자동차에 태워 갔어요. 파리 근교에 있는 자기 마을로 데려간다면서, 가르생 부인이라고…… 여기 자주 찾아오곤 했던 분이시죠. 언제나 기다리는 일엔 도가 튼 부인이었어요 …… 아가씨는 모르세요? 젊고 아름다운 부인이지요, 마음도 관대로우시고요!"
 마리는 가르생 부인의 이름은 알고 있었다. 그 여자가 조르주와 교제하고 있는 줄도 알고 있어서 조르주에게 이런 농담을 한 적도 있었다.
 "파리에서는 가르생 부인을 만나는 일을 허락하겠어요!"
 조르주는 이 여자를 사랑하지 않는다고 했었다. 그런데 어찌된 일인가! 마리에게 절교장을 쓰고 난 후에 이 여자의 집으로 떠나다니. 호텔 종업원은 자기 눈앞에서 온몸이 줄어드는 것 같아 보이는 이 아름다운 소녀의 모습이 이제는 재미있다는 생각이 들지 않았다. 그녀의 얼굴은 창백해졌고 계단 난간을 붙들고 겨우 지탱하고 있었다. 이러다 말썽이나 부리면 골칫거리군. 그는 계단을 몇 단 올라가서 소녀의 팔을 붙잡아주었다. 그녀는 뿌리치지 않았다. 자기 앞만을 똑바로 쳐다보고 있었다. 해야 할 이 모든 일만 없었다면 재미 좀 볼 수 있는 기회건만…… 뭐니뭐니해도 그다지 시간이 걸리지도 않을 테고…….

"좀 쉬었다 가시겠다면 7층에 작은방이 하나 있어요."

그리고 그는 소녀를 아주 가까이에서 바라다보았다. 마리는 종업원이 무슨 뜻으로 그런 말을 했는지 알아차리지 못한 채 조용히 그를 물리치고 거리에 나와 택시를 불러세웠다.

"이렇게 빨리 돌아오시다니 마음씨가 고우시군요!"

마리에게 문을 열어주며 안나가 말했다.

마리의 낯빛이 변한 사실을 눈치채기에는 현관의 불빛은 너무 어두컴컴했다. 마리는 베레모와 외투를 낮은 의자 위에 내던져놓고서 어머니 방으로 슬그머니 들어갔다. 어머니는 자는 척하고 있었다. 그러나 그녀는 눈을 가늘게 뜨고 마리의 태도를 살피고 있었다. 저 아이는 누구를 만나고 왔을까? 가엾게도 이 아이에게 무슨 임무를 부여했기에 저렇게 온몸으로 고통을 느끼고 있는 것일까? 떼레즈는 온몸이 떨리기 시작했기 때문에 더 이상 잠든 척하고 있을 수가 없었다. 아무리 이를 악물어도 소용이 없었다.

"어머니, 추우세요?"

마리는 침대가에 걸터앉아서 두 팔로 어머니를 감싸안고는 미소를 지어보이려고 애쓰고 있었다.

"춥지는 않아. 난 겁이 난다."

딸이 상냥하게 "제가 겁나세요?" 하고 묻자 떼레즈는 자기가 다른 모든 사람과 마찬가지로 마리도 두려워해야 한다고 대답했다.

"하지만 내 의지대로 잘 되지 않는구나. 난 네가 나를 해치려 한다고는 도저히 믿을 수가 없어…… 아니, 애야, 너 울고 있니?"

대번에 마리는 서러움에 몸을 맡겼다. 그리하여 자기도 알지 못하는 사이에 어머니를 구원하게 되었다. 즉 어머니가 자기 자신의 고통으로부터 생각을 다른 곳으로 돌리도록 만들었던 것이다. 그래서 이제는 환자가 반대로 마리를 위로하는 입장이 되었다.

"그래, 그래! 실컷 울거라……" 하고 되풀이 말하며 떼레즈는 마리를 자기 어깨에 기대게 안고서 등을 토닥여주었다. 일찍이 마리가 어린아이였을 때에는 한 번도 그렇게 안아주어본 적이 없는 어머니의 모습이었다.

"어머니, 우리는 무슨 잘못을 했기에 이렇게 괴로워하지 않으면 안되나요?"

"너는 아무 잘못도 하지 않았다. 하지만 나는……."

"어머니, 그 사람은 주소도 남겨놓지 않고서 떠나가버렸어요…… 그것도 다른 여자와 함께요…… 이제는 다 끝났어요!"

마리는 어머니가 머리를 쓰다듬어주는 대로 가만히 있었고 베개에 눈물을 닦았다.

"아니다 얘야, 끝난 게 아니다!"

"왜 끝난 게 아니라고 말씀하세요?"

"그 사람은 다시 돌아올거다. 네가 그 사람을 잃은 것은 아니다."

그리고 마치 마리의 마음속을 들여다보기나 한 것처럼 아주 자연스러운 목소리로 딸아이가 생각하고 있는 것에 해답을 해주었다.

"아니야, 나는 정신이 말짱하다. 내 평생 이렇게 정신이 맑아본 적이 없는 것 같다. 네가 행복해하던 날 내가 네게 해준 말을 생각해보렴. 그 흐렸던 날 아침을 생각해보렴."

이 젊은 딸의 마음에 희망이 되살아나는 데에는 긴 시간이 필요하지 않았다. 별로 논리에 합당한 말은 아니었지만 하여튼 마리는 울기를 그쳤고 어머니를 꽉 껴안았다. 두 모녀는 그런 모습으로 꽤 오랫동안 있었다.

마리가 어머니를 위해 손수 커피를 끓이고 빵을 구우라고 시키겠노라고 말했다. 두 사람이 식사를 끝냈을 때 떼레즈는 목욕할 것에 동의했다. 그녀는 부엌문 쪽에서 울리는 초인종소리를 듣지 못했고 그래서 마리 앞으로 전보가 온 것도 모르고 있었다. 아버지가 그날 저녁으로 곧장 귀가하라는 명령의 전보를 쳤다. '첫 기차로 귀가 명령.' 물론 아버지는 화가 몹시 났다. 소녀가 거실에 있는 어머니에게 가보니 어머니는 기진맥진하여 온몸을 떨고 있었다. 어머니는 자기가 이제는 구원을 받았구나 생각했었으며 이제 다시는 안나에게 시중을 맡길 용기가 나지 않는다고 이야기했다. 또한 안나는 경찰의 정부고 놈들이 안나와 수위아주머니에게 꽤 많은 돈을 주고 있다고도 했다. 그런데 마리가 도착한 후부터 그 두 여자가 나타나길 주저하는데 그건 마리가 두렵기 때문이라고 했다. 마리가 여기에 머물러 있는 한 아무 일도 일어나지 않을 것이다. 마리가 놈들의 술책을 방해했다는 것이며 놈들은 마리도 이용하려고 시도하고 있으나 감히 본색을 드러내지 못하고 있는 거라고도 했다. 그런데 이제 딸아이가 자기를 버리겠다는 이야기를 하다니!

떼레즈가 신음소리를 내었다. 떼레즈가 무릎을 꿇고 애원하려는 것을 마리가 겨우 말려야 했다. 절망은 때로는 어린아이들의 변덕처럼 보이기도 하는 법이다. 떼레즈는 마리가 떠나는 것을 원하고 있지 않았다. 마리는 다시 돌아오겠다고, 다만 이 상황을 설명하기 위해서 생 클레르에 다녀와야 한다고 설명해주었다.

"이 미련한 애야, 그 분들은 너보다 이 상황을 더 잘 알고 있단다! 떠나지 말아라."

"어머니, 가야 해요."

"그럼, 좋다!" 하고 그녀는 갑자기 외쳤다(이 말은 그녀가 어렸을 때 곧잘 입 밖에 내던 말이었다. 그런데 그 오랜 세월이 흐른 뒤에 지금 불쑥 그 말이 튀어나왔던 것이다).

"그럼, 좋다! 정 그래야 한다면 나도 너를 따라 어디든지 갈테다."

"어머니 그건 꿈도 꾸지 마세요!"

그러니 떼레즈는 방 안을 빙빙 돌면서 어린애 같은 말투로 "나도 너를 따라 어디든지 갈테다!"라고 되풀이했다.

"왜 생 클레르까지 가지 못할 게 뭐 있겠어? 여기 있는 것보다 거기 가면 훨씬 위험하지 않을거다. 네가 같이 있어줄 테니까. 그리고 거기서 나는 베르나르 데께루 부인이야. 생 클레르의 경찰들은 감히 데께루 집 안에 쳐들어오진 못할거야. 우리 가족들에게는 경찰이란 겁날 것 없어. 15년 전에도 겪었지만······."

그녀는 목소리를 낮추며 흥분과 신비로움이 뒤섞인 어조로 덧붙여 말했나.

"게다가 내가 떠나면 안나의 모든 음모는 다 수포로 돌아갈거야. 그리고 네 아버지는 무슨 말을 하겠니? 지금 내 건강 상태가 이런데 날 쫓아내기야 하겠니?"

이 마지막 구절은 갑자기 몇 초 동안 떼레즈가 자기 자신을 밖에서부터 바라보고 판단을 내린 것처럼 아주 정상적인 목소리로 말했다.

마리는 "그건 꿈도 꾸지 마세요!"란 말만 되풀이했다. 그녀는 두 손으로 어머니의 얼굴을 쥐고 마치 꿈에서 깨어나게 하려는 듯이 조용히 흔들었다.

"어머니, 그렇게 오랜 세월 후에 그 집에 되돌아가시겠다니, 그것도 자진해서 되돌아가시겠다니…… 그곳에서 어머니는 질식하여 죽을 뻔하지 않으셨어요…… 겨우 어머니가 자유로워지셨는데, 그것도 얼마나 큰 희생을 치르고서요!" 하고 마리가 낮은 목소리로 마지막 말을 덧붙였다.

"큰 희생을 치르었다고?" 하고 얼빠진 표정으로 떼레즈가 반문했다. 그녀는 웃고 있지 않았다.

"애야, 나는 이제는 네 아버지를 원망하고 있지 않단다. 알겠니? 이제는 더 이상 네 아버지가 나를 들볶지 않을거야. 그리고 집이 꽤 크니까 쓰지 않는 방이 얼마나 많니! 나는 그 방들 중에 버려지고 잊혀진 방에서 틀어박혀 살거다. 뿐만 아니라 놈들이 내 뒤를 밟지 않게 되면 난 다시 그곳을 떠날 수도 있을 것이다. 이제는 그곳이 더 이상 감옥은 아니니까."

이제 이 계획은 마리에게도 그다지 무모한 것으로 생각되지 않았다. 이 두번째의 가출 후에 아버지가 어떻게 자기를 맞아줄 것인가 감히 상상도 해볼 수 없었던 그녀로서는 이것저것 변명거리를 찾을 필요가 없을 것 같았다. 벌써 그녀가 어떻게 변명을 할지 확실하게 머리에 떠올랐다. 편지가 한 장 왔는데 어머니가 편찮으시다는 소식이어서 첫차로 떠났던 것이다. 그런데 생 클레르로 당장 되돌아오라는 전보를 받고 병든 어머니를 돌볼 사람도 없이 혼자 놔두고 갈 수가 없어서 어머니를 모시고 왔다. 그러니 어머니를 어떻게 할지는 가족들이 결정을 내려야 할 것이다……

"어머니, 정말 저하고 같이 가실래요?"

"오늘밤에 말이니? 그래, 물론 몰래 떠나자! 내일 아침에 안나가 내 방 문을 두드리면 텅 비어 있겠지!"

떼레즈는 웃음을 터뜨렸다. 그러더니 갑자기 정색을 하고 자기는 도저히 이게 가능한 일인지 믿을 수 없노라고 애원하는 눈초리로 마리에게 의문의 시선을 던졌다. 그러다가 마리가 전화로 생 클레르로 전보를 치는 소리를 듣자 다시 안심하기 시작했다.

"그렇게 큰 소리로 말하지 말아라, 안나가 듣겠다" 하고 그녀가 당부했다.

마리는 어머니 모르게 이 일을 안나에게 알리느라 무척 애를 먹었다. 마지막 트렁크를 채우고 났을 때 떼레즈는 다시 혼란에 빠져들었다. 그녀는 집을 나가면 곧장 붙들릴까봐 겁이 난다는 것이었다.

기차 안에서 잠이 든 어머니의 맞은편에 앉자 마리는 다시 조르주에 대해서 생각할 여유가 생겼다. 그녀는 내일 그이에게 편지를 쓰리라 마음먹었다. 중요한 것은 다리를 놓아서 두 사람 사이가 완전히 끝장난 게 되지 않도록 해놓는 일이다. 그 사람은 하룻밤 사이에 딴 사람이 된 것처럼 변하기도 잘하는 사람이니까…… 이번에 그이를 다시 만나볼 수 있었으면 그이 마음을 되돌릴 수 있었을 게 분명했다. 만약에 그이가 오늘 아침 자기 방에 있었다면, 그녀의 품속에서 잠을 깰 수 있었다면…… 마리는 자기가 우는 것을 감출 필요도 느끼지 않으며 캄캄한 기차칸에서 눈물을 흘리고 있었다. 그런데 갑자기 어머니의 손이 그녀의 얼굴에 닿는 것을 느꼈다. 떼레즈의 초조한 목소리가 들렸다.

"내가 그 사람은 돌아온다고 하지 않더냐!"

그러더니 예전의 웃음을 되찾은 목소리로 이렇게 덧붙였다.

"그리고 언젠가는 네 편에서 그 사람이 싫증날 날도 오게 될거다. 그 때에는 그 사람도 다른 모든 남자와 똑같은 남자, 그저 보통의 뚱뚱한 남자가 되어 있을거다."

11

 모든 사랑을 자취도 없이 쓸어버리는 세월의 힘도 증오를 없애는 데에는 훨씬 더 오랜 기간을 필요로 한다. 그러나 결국에는 증오도 지워버리고 만다. 생 클레르 기차 역의 플랫폼에서 떼레즈는 이 대머리의 사나이에게 무엇이라고 대답을 할지 말을 잃었다. 그 사나이가 그녀의 남편인 베르나르였다. 파리의 길거리에서 만났더라면 어쩌면 알아보지도 못했을 것 같았다. 그는 전보다는 살이 빠졌었다. 밤색 스웨터가 식전에 반주를 즐기는 사나이의 튀어나온 배의 모습을 그대로 드러내 보이고 있었다. 이 남자는 사냥복 넥타이를 매는 법을 끝내 배우지 못하고 말았나보다. 그리고 남편 쪽에서는 결국 자기가 맡지 않으면 안될 이 미친 여자를 귀찮은 마음과 한편 소심해서 어떻게 할지 모르며 바라다보았다. 그는 자기로서 달리 어떻게 태도를 취해야 할지 모르고 있었다. 어쨌든 재수없는 일임에는 틀림없었다. 어머니가 늘상 되풀이 말하시듯 남들이 아무리 이혼을 해선 안된다고 말해도 설득력이 없는 게 분명하다. 이렇게 오랜 세월을 별거하고 있다가 지금 와서 이 여자가 자기 품에 떨어지다니 이건 좀 너무하지 않은가. 하지만 뭐니뭐니해도 원칙의 문제가 있으니…… 그래, 법은 법이니까.
 "아버지, 조심하세요. 자동차까지 부축해드리세요" 하고 마리가 외쳤다.
 자동차의 운전대를 쥐고 있는 베르나르는 아무 말도 안해도 된다는 사실이 기뻤다. 근래에 와서 그는 자기 생각을 남에게 설득한다는 일이, 아니 단순히 표명해서 말해야 한다는 일이 점점 더 싫었다. 게으름 때문이든 아니면 무기력 탓이든 간에 어쨌든 무얼 설명해야 하는 것이 지긋지긋했다. 그래서 집에 누가 찾아왔을 때 때로는 그 방문객이 돌아간 뒤에 귀가하기 위해서 50킬로나 먼 곳까지 자동차 심부름을 하는 일도 주저치 않곤 했었다. 밖에 나갔다가 혹시 광장거리에서 신부님이나 학교 선생님을 만나지 않을까 겁나서 외출을 삼가기도 했다. 그는 떼레즈가 곁에 있어도 입을 열고 아무 말도 안해도 된다는 것이 만족스러웠다.

환자는 작은 거실에서 기다려야 했다. 그녀의 방이 준비되지 못했었기 때문이었다. 옆방에서 낮은 목소리로 이야기를 주고받는 소리가 들려왔으나 떼레즈는 조금도 불안하지 않았다. 불안도 못 느낄 정도로 그녀는 극도로 기진맥진했었다. 자기로서는 가족의 처분대로 그대로 받아들이는 일밖에는 남은 게 없다는 생각이 들었다. 무엇이든지 하라는 대로 고분고분 복종하리라. 그것은 자리에 누워서 눈을 감는 일 외에 아무것도 아닐 것이다. 그녀의 범죄가 잉태되었던 이 작은 거실로 15년이라는 세월이 지난 지금 그녀를 다시 되돌아오게 만들 정도로 강한 의지의 힘이 명령하는 대로 맹목적으로 따르는 일 외에 자기에게 다른 어떤 방도도 없다는 것을 그녀는 알고 있었다. 거실의 벽지와 커튼도 다른 것으로 바뀌어져 있었고 의자의 천도 다른 것으로 바뀌어 있었다. 그러나 거실 밖 광장은 몇 그루의 키가 큰 플라타너스의 짙은 그늘이 드리워진 모습이 예전과 똑같았다. 거실 안에는 예전과 똑같은 위치에 여전히 떼레즈가 보기 싫어하는 똑같은 물건들이 그대로 있었다. 그 물건들은 그녀가 증오했던 것에의 영원히 말없는 증거물들이었다.

식구들이 서쪽에 있는 구석방까지 그녀를 부축해 오르게 해주었다. 그 방은 손님용 방으로 늘 비어 있던 방인데 떼레즈는 한 번도 이 방에 거처해본 적이 없었다. 그러기에 이 방에서는 지난날의 추억을 되살릴 만한 것이 아무것도 없었다. 다만 한 가지 예외로서 어느 날 오후의 일만 빼고는…… 그날 일은 지금도 생생히 기억되었다. 그때에는 가족이 모두 아르쥘루즈의 집에서 살고 있을 때였다. 그날 떼레즈는 자기가 생 클레르에 있다는 게 남들에게 알려질까봐 두려워할 자기만의 이유들이 있었다. 하녀 한 사람이 옆에 붙은 이불 호청 등을 넣어두는 방에서 호청을 정리하고 있을 동안에 이 컴컴한 방구석에 혼자 처박혀 소리도 못 내고 있던 자신의 모습이 지금도 눈에 선하였다.

이곳에 도착한 날 저녁에 떼레즈는 마리의 두 팔에 안겨서 처음으로 호흡곤란의 발작을 일으켰었다. 주사를 한 대 맞고 그 발작은 진정되었으나 밤중에 더욱 심한 발작이 다시 일어나 그녀는 그대로 죽는가 싶었었다. 그때를 고비로 떼레즈에게 있어서나 데께루 가족에게 있어서 복잡하게 왈가왈부할 소지가 없어졌었다. 떼레즈는 이제는 더 이상 두려워할 것이 아무것도 없다는 것을 확신하고 있었다. 이 기진맥진한 여인과 자기 뒤를 쫓고 있다고 상상하고 있는 패거리들 사이에 죽음이라는 벽이 우뚝 서 있는 꼴이었다. 데께루 집안 쪽에서도 가장 중요한 장애가 떼레즈의 절망적인 건강상태로 인해서 제거된 형편이었다. 아르쥘루즈의 집으로 피해버린 시어머니는 '그 괴물이 그 집에 살고 있는 한' 절대로 그 집에 한발짝도 들여놓지 않겠노라고 베르나르에게 경고를 했었다. 그 후 생 클레르의 집에 다시 나타나지 않았지만 끝내는 감정을 누그러뜨릴 것에 동의했었다. 그래서 아들 베르나르에게 다음과 같이 써보냈었다. "하느님의 심판에 맡겨두자꾸나." 또한 이런 말도 썼었다. "우리의 어린 마리는 참으로 기특한 아이로구나."

마리가 어머니의 모든 시중을 도맡아했다. 이런저런 험담이 퍼져나가는 것을 막기 위해서 되도록 하녀들의 손은 빌리지 않도록 애썼다. "저 여자는 이미 충분히 우리집에 피해를 입혔으니까……." 환자는 딸아이의 시중을 믿고 몸을 맡겼다. 그 신뢰감은 성탄절 가까이까지 계속되었고 그 무렵부터 갑자기 허물어지게 되었다. 마리의 마음이 변했다고 그녀는 생각했다. 미친 듯이 열심히하던 바느질 일도 젖혀놓았고 방 안을 자주 서성거렸으며 자주 창문 유리에 이마를 갖다대었고 어머니를 간호하는 일도 전과는 달리 기계적으로 꼭 필요한 일만 하게 되었다. 떼레즈는 이런 생각을 하였다. '저 아이는 무슨 지령을 받은거야. 누군가의 영향력에서 벗어나려고 속으로 투쟁하고 있는거야. 우리들은 내쫓기게 되었어. 하지만 저 아이는 별로 외출을 하지 않았는데…… 그러나 놈들에게는 숫자로 된 암호를 전달하는 방법이 수십 가지는 있을 테니까…… 놈들은 외부에서 저 아이에게 신호를 보내고 있는거야. 어쨌든 놈들이 어떤 공작을 하더라도 소용이 없을거야. 저 아이는 나에게 독약을 먹이지는 않을 테니까…… 그런데 저 아이가 내 딸이라고 해서 어쩌면 놈들이 이상한 생각을 날조해낼지도 몰라…….' 떼레즈는 대강 이런 뜻의 말을 혼자 중얼거리고 있었다.

비가 유리창을 심하게 때리고 있던 어느 흐린 날 아침에 푸른색 방수복을 걸친 마리가 와서 자기가 외출을 하겠는데 뭐 필요한 것이 없느냐고 물었을 때 떼레즈는 자기가 배신당하고 있다는 생각을 확신하게 되었다. 아, 영원히 되풀이되는 말이여!

예전에 안나가 자기가 준 맞춤양복을 입고 가짜 악어가죽구두를 신고 외출하는 저녁이면 이 고독한 여자가 던지는 바로 그 질문을 지금 마리에게 다시 던지고 있었다. "얘야, 외출할 거니? 비가 오는데 괜찮겠니?······." 전에 안나의 경우와 마찬가지로 이번에 마리도 자기를 기다리고 있는 사람에게로 달려가는 일을 누가 그 어떤 말을 해도 중단하지 않으리라는 것을 떼레즈는 확신하면서도 그런 질문을 던졌던 것이다. 마리는 대수롭지 않은 구실을 주워섬기고 있었지만(자기는 바람을 쏘일 필요가 있다······. 파리에서는 날씨에 개의치 않고 산책을 하지 않는가. 시골이라고 그러지 말라는 법이 있는가. 특히 이 고장에서는 모래 바닥에 빗물이 금세 흡수되어버리지 않는가······) 마리의 얼굴에 떠 있는 무자비한 표정은 "어머니가 막는다면 그 몸을 밟고 지나가서라도······"라고 말하고 있었다.

그저께 저녁에 조르주 필로는 성탄절 방학을 맞아 생 클레르로 내려와 있었다. 필로가의 하녀가 이 소식을 푸줏간 주인에게 알려주었다. 마리는 조르주에게 편지를 쓰고 싶은 마음을 참을 수가 없었다.

"우리가 서로 작별 인사를 못 할 이유가 무엇일까요? 내일 오전 10시에 실레에 있는 버려진 소작인 오두막집에 있겠어요······."

그이는 그곳에 오지 않을 것이다. 마리는 몇 번이고 그렇게 되뇌이고 있었다. 마리는 방문께에서 몸을 돌려서 어머니에게 키스를 보냈다. 베개에 고개를 푹 파묻고 있던 어머니는 눈으로 딸아이의 행동을 쫓고 있었다. 얼마나 고통에 찬 시선인가! 그러나 우리는 우리가 시중 들고 있는 환자의 고통에 차차 익숙해지는 법이다.

광장을 가로질러 가면서 마리는 마음속으로 조르주가 써보냈던 무서운 구절을 되뇌이고 있었다. "앞으로는 무슨 일이 있어도 나는 침묵을 지킬 것임을 알려드립니다······ 당신이 아무리 애원을 하더라도 아무리 협박을 하더라도 나는 침묵을 깨지 않을 것입니다······." 비록 그이가 양보하여 약속한 장소에 온다 하더라도 마리를 행복하게 해줄 어떤 모습이라도 보여줄 수 있을 것인가? 그러나 마리는 희망에 가득 차 있었다. 그것은 어머니가 매일매일 길러준 그런 희망이었다. 여러 번 떼레즈는 자기 생전에 보지 못할 손자에 대한 암시를 했었다. 어젯저녁에만 해도 이런 말을 했었다.

"네가 간병인의 일을 배우고 있는 건 잘된 일이다. 많은 인내심을 요하는 일이니까. 그 사람과 살자면 많은 인내심이 필요할거다."

그런 말을 한 사람은 제정신이 아닌 여자가 아니었던가? 그렇다는 사실을 마리가 잘 알고 있긴 했으나 그날 아침 마차바퀴 자국으로 패인 아르퀼루즈의 큰 길을 떠나 비 때문에 약간 굳어진 모랫길을 따라 걸으며 그녀는 어머니가 했던 말을 되새기고 있었다. 떡갈나무 잎새는 아직 떨어지지 않았었다. 따뜻한 날씨였다. 랑드 지방에서는 겨울이 되어도 언제까지나 가을 날씨가 계속되고 있었다. 비는 소녀의 주위를 포근하게 감싸고 있었고 썩은 나무 냄새와 죽은 고사리 냄새를 풍기고 있었다. 소나무들 사이로 예전에 마구간으로 쓰이던 양구유의 문이 열려 있는 것이 보였다. 굴뚝에서 연기가 피어오르고 있었다. 누군가 그곳에서 대팻밥과 솔방울을 태우고 있었다. 아마도 목동이겠지. 목동인 편이 더 나을지 모르겠다…….

마리가 안으로 들어갔다. 연기 때문에 눈이 매웠다. 나뭇단 위에 앉아서 불길 쪽으로 두 다리를 뻗고 있던 조르주가 벌떡 일어섰다. 그가 야위었다는 것을 마리는 알아볼 수 있었다. 그리고 몹시 피곤할 때에 언제나 그렇듯이 보통 때보다 더 사팔뜨기 눈을 하고 있었다. 그는 안경을 쓰고 있었다. 전에 마리는 그에게 자기 앞에서는 안경을 쓰지 말라고 당부한 적이 있었다. 안경을 쓰면 보기 흉했던 것이다. 그는 수염조차 깎지 않은 채였다. 그가 바로 조르주였다. 열정적이면서 마음이 약한 이 키가 큰 청년이 바로 그이였다. 그런데 마리는 생기가 넘쳤다. 얼굴은 비에 젖었고 양뺨은 상기되어 붉었고 두 눈이 빛나고 있었다……. 그녀는 장딴지 중간쯤까지 오는 칠피로 만든 장화를 신고 있었다. 마리는 조르주에게 나와 주어서 고맙다고 했다. 청년은 마리에게 불 가까이 오라고 말하고는 마리에게 자리를 내주려고 약간 옆으로 비껴갔다.

벽에 숯검댕으로 써놓은 표지들, 이름의 머리글자들, 갖가지 그림들은 작년에 보았을 때와 똑같이 선명했다. 마리가 원하기만 했다면 모든 일은 얼마나 간단할 수 있었을까! 그녀가 손을 내밀어 그의 손을 잡기만 했으면 됐으련만…… 그러나 그때 우선 왜 그가 이곳에 왔던가를 생각하자 마리는 일어섰다.

"이제는 춥지 않아요. 괜찮아요. 그대로 앉아계세요. 그 편지 한 장으로 우리들 사이가 끝났다고는 보지 않아요. 작별인사도 없이 당신 곁을 떠나고 싶지 않았어요. 그리고 미리 말해두지만 당신에게 성가시게 굴지 않을 것을 맹세하겠어요……."

조르주는 마리가 성가시게 굴까봐 걱정하고 있지는 않다고 했다. 그러나 이 항변을 듣고도 마리는 조금도 기쁘지 않았다. 그런 순간 그의 얼굴을 다시 알아볼 수 있었고, 불쑥 튀어나온 시골 사투리며 약간 급한 숨결이며 너무 붉은 아랫입술 등이 다시 눈에 들어왔다. 그녀는 아무런 감정도 느끼지 않으며 오히려 혐오감을 느끼며 냉정하게 그를 관찰하고 있었다. 그러나 그는 그녀를 사랑하고 있지는 않았고, 정열 때문에 숨이 막힐 지경이었고 죽고 싶은 생각까지 든 것은 오히려 그녀 편이었다.

그는 일이 '잘못된 것을' 알아차렸고 구태여 억지로 제 생각을 강요하려 하지 않았다(그는 한 번도 제 생각을 강요해본 적은 없었다). 그는 이곳에 나온 자신을 원망하였고 불을 바라보며 휘파람을 불기 시작했다.

"새 판이 몇 장 생겼어요. 아주 멋진 거예요…… 참 그랬었지! 음악과 당신은……."

그렇게 말하고는 마리에 대해서 더 이상 신경을 쓰지 않고는 혼자서 콧노래를 부르기 시작했다. "라! 라! 리! 라! 라!"

마리는 창문에 빗방울이 때리고 있는 서쪽 방에 누워 있는 어머니를, 어머니의 공포에 질린 시선을 생각하고 있었다. 그녀는 다만 그의 콧노래를 중단시키기 위해서 아무렇게나 머리에 떠오르는 질문을 불쑥 던졌다.

"당신의 친구 몽두 씨는 어떻게 지내고 있나요?"

"아! 놀라운 일이에요! 이런 일이 일어나리라고 누가 생각할 수 있겠소…… 하시면 뭠, 당신은 그 친구를 모르지요. 그 친구를 알아두면 좋을텐데! 글쎄 그 친구가 갑자기 여자를 발견했단 말이오. 그건 멋진 일이고 그 밖에 아무것도 원하는 게 없다고 말했어요. 가엾은 몽두! 그 일이 항시도 그의 머리를 떠나지 않게 되었어요…… 당신이 그를 알았다면…… 아니 마리, 왜 울어요? 당신이 이성적으로 되었기를 바라고 있었는데…….”

마리는 눈물로 뒤범벅되어 중얼거렸다(이것은 거짓말이었다).

"당신 때문에 우는 게 아니예요.”

"이제 더 이상 당신을 괴롭히는 사람이 내가 아니란 말이오? 내가 미리 눈치채었어야 하는데 그랬군.”

그는 억지로 웃음을 터뜨렸다.

마리가 눈물을 닦으며 말했다.

"나는 그 분에 애착을 갖고 있어요. 그래요. 그렇게도 그 분을 미워했던 내가 말이에요…… 때때로 정신이 나가곤 하셔요. 그런데 이상한 것은 정신이 나간다고 해도 조금도 그 분을 막 대하게 되지가 않아요. 하지만 이젠 오래가지 못할 거예요. 어쩌면 서너 달 정도…… 지금이라도 발작이 일어나기만 하면 그대로 갈지도 몰라요.”

조르주가 물었다.

"누구 이야기를 하고 있는 거요?”

마리는 놀라워하며 그를 쳐다보았다. 24시간 전부터 생 클레르에 와 있으면서 뻬레즈 데께루가 이곳에 와 있고 몹시 아프다는 사실을 모른다는 것을 상상도 할 수 없었다. 아마도 필로가의 사람들이 조르주 앞에서 이쪽집 이름을 입 밖에 내기를 꺼렸나보다고 마리는 추측했다.

"어머니를 이곳에 모시고 와야만 했어요. 신경쇠약 정도가 아니었어요 …… 여기에 온 후로 두 번이나 발작이 일어났었어요. 이제는 가망이 없어요.”

마리는 흐느껴 울면서 마지막 말을 덧붙였다. 어머니의 병세는 그 전날들보다 오늘 특히 악화된 것은 아니었다. 마리는 어머니의 병세 때문에 울지 않았고, 식성 좋게 식사를 하기도 했다. 신문도 읽었고, 어머니가 죽은 후 자기의 생활이 어떨 것인가 생각해보기도 했었다. 마리는 눈물을 닦았다. 조르주를 성가시게 해서는 안된다고 생각했다. 그는 아마도 예의상인 듯 휘파람 불기를 끝마쳤다. "미안해요……" 하고 마리는 말했다. 그는 불가로 다시 다가가서 두 손을 불 쪽으로 쫙 펴며 쪼였다. 그가 고개를 돌리지 않으며 물었다.

"어머니께서 나를 알아보실 수 있을까요?"

"물론 알아보실 거예요! 어머니는 이상한 망상에 빠져 있고 경찰의 추적을 당하고 있다고 상상하고 있긴 하지만 그 나머지 일에는 정신이 말짱하세요. 혹시 당신을 어머니의 적들 중에 한 사람이라고 간주하고 있다면 모르지만……."

청년이 낮은 목소리로 말했다.

"그건 도저히 믿을 수 없군요…… 그렇게 지성적인 분이!…… 하지만 이제 그런 건 아무 문제도 안되겠군요. 가망이 없다고 말하는 걸 보면. 가망이 없다는 것이 확실한가요?" 하고 그는 고통스러운 낯빛으로 물었다.

마리가 그를 쳐다보자 그는 다시 불께로 고개를 돌렸다.

"의사 선생님은 어머니가 다시 한 번 발작을 일으키면 그때에는 끝이라고 말씀하셨어요."

"떼레즈!" 하고 거의 들릴락말락하는 목소리로 그가 불렀다. 마리는 그의 얼굴을 볼 수 없었다. 그러나 그가 몇 번이나 손등을 눈께로 갖다 대는 것을 알아볼 수 있었다. 마리가 물었다.

"그렇게까지 친했었어요? 나는 미처 모르고 있었어요."

"아마 서너 차례 만났을 거예요. 그러나 그런 분은 한 번만 보아도 충분히……."

빗물이 한 방울씩 지붕에서부터 떨어져서 사이가 갈라진 바닥의 타일 사이로 고이고 있었다. 소나무 숲이 버려진 소작인의 오두막을 끝없는 한탄소리로 감싸고 있었다. 마리는 머리가 냉철해지고 주의력이 집중되는 것 같았다. 그녀는 이 청년이 자기 자신 이외에 그 어느 누구를 위해서도 괴로워하는 모습을 지금까지 한 번도 본 적이 없었다. 그리고 그가 이렇게 열정에 넘치는 어조로 말하는 것도 본 적이 없었다. 그녀와 함께 있을 때면 그는 마치 죽은 사람 같았다. 그의 얼굴도 죽은 사람의 얼굴이었다. 남들은 흔히 그를 가리켜 "죽은 거나 다름없는 녀석……"이라고 말하곤 했다. 그런데 생전 처음으로 그녀의 눈에 그가 생기를 띠는 모습이, 그가 살아 있는 모습이 보였던 것이다.
 그러나 그녀는 자기 어머니가 자기를 배반하였으리라는 생각은 하지 못했다. 마리의 나이는 열 일곱이었다. 이 젊은 청년이 그 제정신이 아닌 늙은 여자에게 애정을 느꼈다는 것을 마리가 어떻게 상상이나 할 수 있었겠는가? 그래, 솔직히 말해서 어머니는 예전부터 늘상 머리가 좀 이상하지 않았던가…… 갑자기 소녀가 냉담한 목소리로 이렇게 선언했다.
 "사실 어머니는 예전부터 늘 제정신이 아니었어요. 우리 식구들은 늘 그런 상태의 어머니를 알고 있었지요. 어머니는 위험한――정신병자예요. 그 사실을 알아차리려고 우리집은 커다란 대가를 치르었고요. 요컨대 당신이 어머니에게 흥미를 느끼고 있는 것이 그 때문이었지요, 안 그래요?"
 조르주는 딱하다는 표정을 지으며 대답했다.
 "당신은 나를 이해하지 못해요…… 한 번도 나를 이해한 적이 없어요. 내가 자기 자신으로부터 주의를 다른 데로 돌릴 수 없는 인간이라고 당신에게 말한 것은……."
 "아! 그래요! 난 당신을 이해해요! 그건 사실이에요!" 하고 그의 말을 중단하며 그녀는 웃었다.
 그러자 경멸의 어조로 조르주가 제생각을 고집했다.
 "아니예요, 당신은 나를 이해하지 못하고 있어요. 매순간 자기 자신이 누구인가 의심하고 있는 인간이 어떤 것인지 당신은 알지 못해요…… 바보 같아 보이기도 하고, 때로는 미친 것 같기도 하고…… 하지만 매순간 내가 자기분해를 느끼고 있다는 것이 내 잘못은 아니예요…… 그래요! 나는 알 수 있었어요. 때레즈를 처음 만났을 때……."
 "떼레즈라니! 떼레즈라고 부르다니!" 하고 마리가 다시 웃기 시작했다.
 "나는 알 수 있었어요. 당신에게 어떻게 설명할는지요? 그 여자가 내가 느끼고 있는 불안의 방향으로 나를 깊게 밀어넣어주리라는 것을 알 수 있었어요. 그래요. 그 여자가 한 처음 몇 마디 말에서 벌써…… 그 여자는 나라는 인간을 놀랄만치 명철하게 꿰뚫어보고 있었어요. 내가 어떤 인간인지 정의내렸어요. 그리하여 나라는 인간이 드디어 내 눈에 분명히 보이게 되었어요. 그 여자가 곁에 있는 한 나도 존재하고 있었어요. 그리고 헤어져 있을 때에도 그 여자 생각만 하여도 내게는 족했어요 …… 그런데 이제는……."

그는 두 손으로 자기 얼굴을 가렸다. 마리는 초조감과 질투심이 뒤섞인 착잡한 느낌이 들었다. 그건 마치 그녀가 조르주와 같이 이야기를 하고 싶거나 키스를 하고 싶어할 때에 조르주가 그녀에게는 지루하기만 한 레코드판을 틀었을 때 느끼는 기분 같은 것이있다. 그러나 그 감정에는 크고도 혼동스런 고통이 뒤섞여 있었으나 그때까지 마리는 의식하지 못하고 있었다.

마리가 무뚝뚝하게 말했다.

"뭐니뭐니해도 잊어선 안될 일이 있지요…… 그 일에 관해서는 내가 어머니를 용서했다는 것은 하느님도 아십니다! 그렇다고 해서 어머니가 저지른 죄가 없어지는 것은……."

조르주가 어깨를 으쓱해 보이며 짜증스럽다는 투로 "아이! 참! 그만 둬요! 그 시시한 옛날 이야기를 다시 끄집어내진 말아요!"라고 항의하자 마리는 몹시 화가 나서 외쳤다.

"아니, 말해보세요. 당신도 전에는 그 문제에 대해 중요시했다고 생각되는데요! 내가 어머니로부터 그 일을 왜 저질렀는지 그 동기를 알아내지 못하였다고 당신이 분개하던 일을 생각해보세요…… 기억나시죠?"

"그건 그래요…… 내가 왜 그 독살사건에 대해 그토록 흥미를 느꼈었는지 그 당시에는 잘 몰랐었어요. 그건 아마도 내가(그는 무슨 말을 하려다가 망설이며 잠깐 마리를 쳐다보았다) 그건 내가 그 여자를 존경하였기 때문에 그 일에 대한 모호한 심정을 없애버리고 싶었던 것이라고 당시에 나는 생각했었어요. 그렇게도 비범한 인간을 그런 무서운 혐의로 의심한다는 것이 내게는 참을 수 없었던 거요. 적어도 당시 그런 감정을 느끼고 있다고 생각했어요…… 그러나 지금 내가 정확히 어떤 감정을 느끼고 있는지 안다는 것은 너무나 어려워요! 내 속에 있는 것 중에서 내가 분명한 언어로 정의내릴 수 있는 것은 하나도 진실된 것이 아니라오. 언제나 한참 지나서야 내가 어느 목적을 향해 지향하고 있었는가를 알게 되곤 한다오. 그래요. 나는 양심에 따라 당신의 어머니가 무죄라고 항의했고 그 여자가 그 죄를 저질렀다고 믿지 않는 척했었어요. 그러나 내가 그런 것은 내가 필요로 했던 해답을, 그 여자가 분명히 내게 보여준 해답을 내게로 끌어내기 위해서였소. 어머니는 그 범죄가 자기가 매일매일 저지르고 있는 많은 범죄 중에 하나일 뿐이라고, 우리 모두가 저지르고 있는 범죄 중의 하나일 뿐이라고 내게 말하셨어요…… 그래요, 마리, 당신 역시 저지르고 있어요. 이 세상 사람들의 눈에는 보통 법조문에 위반되는 범죄만이, 어떤 물질적인 피해를 입힌 경우에만 문제가 되지요…… 아! 어머니는 곧 내 생애의 가장 깊은 곳에서 아주 작은 더러운 행적을, 수천 마리의 전갈 중에서 골라낸 한 마리의 아주 작은 독충을 끄집어내도록 요구했었지요……."

"전갈이라니 무슨 말이에요?"

"내가 그 학창시절에 있었던 이야기를 당신에게 해주면 당신은 '겨우 그것뿐이에요? 그건 아무일도 아니잖아요!'라고 말할 게 분명합니다. 나만이 알고 있는 일을, 아니 당신 어머니도 알고 있는 일을 당신에게 이해시키려 해보았자 무슨 소용이 있겠어요……."

마리가 뾰로통해서 쏘아붙였다.

"알았어요! 그래, 나는 바보예요. 당신이 어떤 표정을 지으며 '얼마나 바보인가!' 하고 말하는지는 나도 잘 알고 있어요. 아니예요. 억지로 변명해주시려고 애쓰실 필요없어요……."

아! 마리가 애써 그의 변명을 막을 필요는 없었다. 그는 굳이 변명해줄 생각이 없었으니까. 그 문제에 있어서 그는 마리의 생각과 일치하고 있었다. 그는 마리가 그 속에서 그가 고통스러워하고 있는 이 세계, 절대로 그녀가 쫓아들어올 수 없을 이 세계와는 어떤 인연도 없는 바보 같은 여자라고 생각하고 있었다. 그런데 적어도 마리는 어머니에게서는 찾아볼 수 없는 어떤 면을 갖고 있었다. 그녀는 열 일곱의 나이를 먹었다는 것, 사랑하는 사람의 품속에 웅크리고 안길 수 있다는 것은 뭐니뭐니 해도 아름다운 일이라고 생각하고 있었다…… 그녀는 나뭇단 위에 걸터앉았다. 그녀의 손은 조르주의 이마를, 관자놀이를, 수염을 깎지 않은 광대뼈를 쓰다듬고 있었다. 조르주는 그녀가 욕정에 타는 소녀라고 생각하고 있을지 모르지만 그건 착각이었다. 그녀가 원한 것은 그것이 아니었다. 그러나 조르주의 마음에 육체적인 것 외에 어떤 여지가 남아 있었던가? 그녀는 자기 어머니가 그렇게도 쉽게 들어갈 수 있었던 그곳까지 가서 그의 마음과 합일될 수만 있다면 그녀의 모든 것을 줄 수도 있었을 것이다…… 그런데 사람이란 한 사나이를 이해하고 또 동시에 그의 품에 안길 수는 없는 것일까? 아마 어머니는…… 마리는 혐오감에 잠겨서 머리를 가로저었다. 그 미친 여자가?…… 과연 미쳤을까?…… 파리에서 조르주와 서로 알게 될 무렵에는 아직은 미치지 않았었다…… 불쌍한 마리! 그녀는 무엇을 상상하려는 것일까? 그녀는 청년의 어깨와 목 사이에 얼굴을 파묻고 두 팔로 상대방을 꽉 껴안았다. 그런 자세로 꽤 오랫동안 그대로 있었다. 아, 안도감이여! 조르주는 드디어 그녀를 받아들이는 듯이 보였다. 그녀는 그의 숨결이 가빠지는 것을 느낄 수 있었다.

"어머니께서 나를 만나주는 데에 동의하시리라 생각해요?" 하고 그가 물었다.

소녀는 거칠게 그로부터 몸을 떼었다. 그녀는 몸을 일으켜서 조르주가 그녀를 붙잡으려는 몸짓을 할 새도 없이 열려진 문께로 가서 부드러운 빗물과 연기가 뒤섞인 공기를 오랫동안 마셨다. 마침내 그녀가 몸을 돌렸다.

"원한다면 지금 당장도 돼요" 하고 차분한 목소리로 그녀가 대답했다.
"아니예요. 아니예요. 당장은 말고요."
"매일 오후에는 언제라도…… 내가 당신을 안내해드릴 수 있어요."
"우리가 함께 있는 것이 사람들 눈에 띄지 않는 편이 좋을 것 같군요" 하고 잠시 침묵을 지키던 끝에 조르주가 말했다.
"걸어서 가실 거니까 먼저 떠나세요."

그는 이렇게 그녀에게 말하기 위해서 그녀의 얼굴을 똑바로 쳐다보지 않을 수 없었다. 그는 마리의 얼굴 표정에서 그를 두렵게 만든 무엇을 읽을 수 있었던가? 그가 서둘러 이렇게 덧붙여 말했다.

"어머니는 당신을 사랑하고 계세요. 알고 있죠? 어머니의 머릿속은 온통 당신 생각으로 가득 차 있었어요. 당신의 행복이 어머니의 머리를 잠시도 떠나지 않았었어요. 그리고 이것도 당신에게 분명히 말해두어야겠어요. 나라는 존재가 어머니의 눈에 들었던 것도 모두 당신 때문이었어요. 이 점은 당신께 맹세하겠어요. 당신도 그걸 알고 있지요?" 그가 덧붙여 말했다. "마리, 내 말 믿지요?"
 마리가 웃으면서 말했다.
 "별일이군요. 당신은 나를 안심시킬 필요를 느끼고 있군요. 우스운 일이라고 생각지 않으세요?"
 그녀가 한 손을 흔들었다. 그는 그녀가 떠나간 뒤를 장대 같은 빗물이 다시 그녀와 자기 사이에 벽을 쌓듯이 떨어지는 것을 바라보다가 다시 나뭇단이 쌓인 곳으로 돌아와 쭈그리고 앉았다.

12

 마리는 빗물이 뚝뚝 떨어지는 비옷을 걸어놓으려고 화장실로 갔다. 떼레즈는 눈으로 딸아이의 행동거지를 쫓으면서 벌써 여러 미세한 표적들에 의해 자기 방에 들어온 사람이 적인 것을, 그것도 불구대천의 적이란 것을 알아차리고 있었다. 집은 빗소리 외에 아무 다른 소리도 나지 않아 마비되어버린 것 같았다. 초인종은 모두 고장이 나서 벙어리가 되었다. 베르나르 데께루는 아르쿨루즈의 어머니에게로 가 있었다. 떼레즈가 물었다.
 "애야, 너무 젖지 않았니?"
 그러나 마리는 아무 대답도 하지 않았다.
 "아무도 만나지 않았니?"
 "뭐 특별한 사람은 만나지 않았어요…… 약을 잡수셔야지요."
 찬장의 대리석 바닥에 접시가 부딪치는 소리, 병 마개를 여는 소리, 찻잔을 손가락으로 휘젓는 소리, 이런 소리가 수없이 멀리 지나가버린 세월의 저 밑바닥으로부터, 공포로 말미암아 미쳐버릴 것 같아진 이 여인에게까지 들려오는 것이었다. 바로 그 소리들을 예전에 그녀는 낮잠으로 혼미한 정신 속에 들었었다. 그럴 때면 그녀는 서둘러 마지막 독약 한 방울을 떨어뜨리곤 했었다. 평온함이 다시 돌아오기를 바라면서, 이 방과 이 세상의 침묵을 깨지 않으면서 조용한 죽음이 자기 할 일을 완수해주기를 바라면서.

그런데 지금 찻잔을 한 손에 들고, 찻숟가락으로 잔 속의 액체를 휘저으면서 그녀 쪽으로 오고 있는 것은 마리였다. 마리가 침대에 가까이 다가왔다. 그녀는 광선을 등 뒤로 받고 있었고 찻잔 쪽으로 고개를 숙이고 있어서 표정을 분간할 수가 없었다. 마리에게는 어머니를 닮은 점이 조금도 없었다…… 그러나 창문에 그녀의 그림자가 뚜렷하게 드리니 보일 때면 그 아이는 어머니의 유령과 똑닮았다. 지금 떼레즈에게 다가오고 있는 것은 바로 떼레즈 자신이었다.

"싫어, 마리야…… 마시고 싶지 않다."

그녀는 겁에 질린 몸짓으로 찻잔을 밀어놓고는 애원하는 듯한 시선을 들어 딸아이를 쳐다보았다. 갑자기 마리는 어머니가 왜 이러는지 알아차렸다. 그녀가 자주 해 보였듯이 자기가 몇 방울 마셔 보이면 될 것이다. 그렇게 해 보이면 환자를 진정시킬 수 있을 것이다. 환자도 그 생각을 한 것일까? 그 일을 하지 않는 건 무슨 이유에서일까? 마리가 윽박지르듯 말했다.

"마셔야 해요."

생 클레르에 도착하던 날 일으켰었고 그 후에는 다시는 일으키지 않았던 발작을 떼레즈가 다시 시작하며 온몸을 떠는 것을 보자 마리가 시치미를 떼고 이렇게 물었다.

"설마 내가 무서워서 이러시는 건 아니겠죠?"

그것이 절정이었다. 그 정도에서 떼레즈는 발작을 멈추었고 숨을 내쉬었다. 더 이상 괴로울 수는 없으리라. 그녀는 인간 고통의 한계에 이른 것이 아니라 그녀 자신의 고통, 그녀의 한계에 이르렀던 것이다. 여기서 그녀는 당연히 값을 것을 치른다. 이것은 그녀에게 요구된, 그녀가 거절하지 않을 마지막 한푼인 것이다. 그녀는 이제 몸을 떨기를 멈추고 마리를 쳐다보며 두 손으로 찻잔을 받아서 단숨에 마셔버렸다. 그녀는 그러는 동안 내내 표정을 알아볼 수 없는 딸아이의 얼굴에서 눈을 떼지 않았다. 마리는 어머니가 비운 찻잔을 다시 받았다. 그건 15년 전에 떼레즈 자신이 베르나르의 손에서 찻잔을 다시 받을 때와 똑같은 모습이었다. 그리고 역시 그때와 마찬가지로 마리는 화장실로 찻잔을 부시러 갔다.

떼레즈는 베개를 베고 누웠다. 이제 그녀에게는 누군가에게 그녀가 다음과 같이 말할 수 있는 순간을 기다리는 일만이 남아 있었다.

"당신의 뜻에 따라, 자기 자신과의 끊임없는 투쟁에 의해 기진맥진해진 당신의 피조물이 여기 있습니다."

떼레즈는 고개를 약간 옆으로 돌려서 벽에 걸려 있는 석고로 만든 십자가를 바라다보았다. 조심해서 그녀는 왼쪽 다리를 오른쪽 다리 위에 포개놓았다. 그리고 천천히 두 팔을 폈고 두 손도 폈다.

떼레즈는 이미 절정에 이르렀었기에 이제는 다른 쪽 경사를 내려오고 있었다. 즉 그녀가 마신 잔에는 독이 없었고 마리는 아무 죄도 없다는 것을 이제 그녀는 알게 되었던 것이다. '그렇게 믿고 있었다니, 그럼 나는 미쳤던 걸까?' 그러면 나머지 모든 일은? 이 거대한 악몽은? 그녀의 앞을 가리고 있던 안개가 걷혔고 그녀의 두 눈은 현실 세계를 보게 되었다.

"마리야!"

소녀는 낙담해서 푹 파묻혀 있던 안락의자에서 일어났다.

"오늘 아침에 누굴 만났니? 창문 쪽으로 등을 돌리지 말아라. 내가 네 얼굴을 좀 볼 수 있게 돌려주렴……."

"제가 누구를 만났는지 꼭 알고 싶으세요? 제게 만나자고 약속을 했었고, 인적 없는 곳에서 저를 기다리고 있던 남자를 만났어요……."

"애야, 왜 너는 나를 겁나게 하고 싶어하니?"

"저는 어머니를 겁나게 하고 싶어하지 않아요. 아까 실레에서 저랑 이야기를 나눈 사람은 어머니의 적 중의 한 사람은 아니예요. 반대로…… 이제 곧 이 방에 나타날 거예요."

"나를 아껴줄 사람은 이 세상에 하나도 없다."

"있어요! 버려진 소작인 집에서 저를 기다리던 사람은…… 아시겠어요? 그 사람의 이름을 댈 필요는 없겠지요. 어머니는 벌써 짐작하셨으니까요."

"네가 그 사람을 만났니? 그 사람이 너를 기다리고 있던? 자, 내 눈을 들여다보렴. 내가 그 사람을 그리워하는 것처럼 보이니? 마리야, 내가 진행했던 모든 과정이 생각나지 않니? 그리고 내가 벌써 네게 말해주지 않았니……."

딸아이는 심통이 나서 고개를 가로저었다.

"내가 지금 열렬히 원하고 있는 것이 무엇인지 모르겠니?"

그래, 그럴지도 모른다…… 그러나 마리는 실레의 외양간 부엌에 있던 조르주의 모습, 그가 흘리던 눈물이 머리에 떠올랐다.

"어머니는 그러실지 모르지만…… 그러나 그이는! 그이에게 어머니가 어떻게 생각되는지……."

"이 어리석은 것아!" 떼레즈가 말했다. "상대방의 이야기에 귀를 기울여주고 그 이야기를 잘 이해하고 있는 척하는 늙은 여자란 그런 상대에게는 일종의 위엄을 갖게 되는 거란다. 그래서 상대가 그런 여자를 존경하고 또 사랑하기도 하지. 그런 여자가 죽는다는 게 슬프기도 하고. 젊은이들은 마음을 툭 터놓고 이야기를 할 사람이 없는거야. 스무 살에는 자기 말을 들어주고 동시에 이해해주는 사람을 만난다는 것은 아주 드문 일이거든…… 하지만 얘야, 그건 다른 종류의 감정이야…… 사랑과는 근본적으로 다른 감정이란다. 사랑이란 말을 입 밖에 내다니 부끄럽구나. 내 입에서 그런 말이 나오다니 웃음을 터뜨릴 일이다."

"그이가 얼마나 슬퍼하는지 어머니께서 보셨다면……."

"물론 그랬겠지! 그 사람은 그 사람 나름으로 나를 소중히 여기고 있단다. 내가 죽으면 며칠 동안은 슬퍼하겠지…… 그 후엔 두고 보면 알게 될거야! 조금만 지나면 그 사람의 이야기엔 네 생각밖에 없게 될 테니까. 그럼 넌 이렇게 말하겠지, '가엾은 어머니만 살아계셨다면 귀찮은 저이를 내게서 좀 떼어놓아주실 수 있었을텐데'라고 말이다."

이런 말을 하며 떼레즈는 웃음을 터뜨렸다. 그 웃음은 아주 자연스러운 웃음이었고 그녀를 한결 젊어 보이게 해주었다. 그러나 잇몸이 들어난 모습은 귀신 같았다. '그래, 그건 다른 종류의 감정이야'라고 마리는 생각했다. 무엇 때문에 악쓰고 있는가? 뭐니뭐니해도 조르주는 자기

보다 먼저 실레에 가 있었고, 애정의 욕망 속에 자기를 기다리고 있지
않았는가. 그녀가 그의 기대를 실망시키긴 했지만. 그리고 그런 종류의
실망이 그 사람을 적의를 품게 만들고 또 무관심하게 만든다는 것을 그
녀는 경험을 통해 알고 있었다. 그리고 또 어머니가 하시는 말씀은 얼마
나 진실된 이야기인가.
 "열 일곱의 나이에 한 남자의 모든 면을 다 꿰뚫어본다는 것은 불가능
한 일이란다…… 너는 해가 거듭될수록 그 사람의 마음속에 더욱 넓은
자리를 차지하게 될거다…… 두고 보면 안다!"
 비는 그쳤었다. 플라타너스 나무에서 빗방울이 광장 위로 떨어지고 있
었다.
 "해가 날 때 나가서 햇빛을 쬐고 오는 게 좋겠구나."
 "그렇지만 어머니는 어떻게 하구요?"
 "이제 눈을 감고 자겠다. 내 걱정은 하지 마라…… 이젠 무섭지 않
다. 나 혼자 있어도 된다."
 마리가 어머니에게 키스했다.
 "어머니 병이 다 나았어요?"
 떼레즈는 고개를 끄덕이고는 딸에게 미소를 보냈다. 그녀는 마리의 발
소리가 점점 멀어지는 것을 들었다. 드디어! 그녀는 방금 들은 소식을
천천히 마음놓고 음미해볼 수 있게 되었다. 조르주가 괴로워하더라고,
그녀가 죽어간다는 소식에 눈물을 흘리더라고 했지. 안된다! 이 환희는
그녀로부터 멀리 사라져야 한다! 그녀는 이 괴물 같은 환희를 절대로
용납해서는 안된다. 이미 우리의 육신은 반 이상 파괴되어버렸건만 마치
뒤늦은 열정이 우리 몫으로 아직 남아 있기나 한 듯이, 그래서 온 무게
를 다해서 우리를 짓누르고 있기나 한 듯이 이 죽음의 문턱에서조차 사
랑은 우리를 집요하게 공격하는구나…… 그 사람이 올 것이다. 마리도
곁에 있을 것이다. 자기의 고통도 사랑도 겉으로 드러내 보이지 않기 위
해서는 이 두 사람과의 대질에 대해 마음의 준비를 해야 하리라고 떼레
즈는 생각하고 있었다.

13

 조르주가 처음으로 찾아왔던 날 저녁에 그 방에는 상 위에 램프 하나만 밝혀놓았었다. 떼레즈는 그에게 말을 할 수 없겠다는 몸짓을 해보였다. 그는 호청 위로 늘어뜨리고 있는 밤색 반점이 생긴 뼈만 남은 두 팔을 보았다. 그녀의 얼굴에서 콧등, 이마와 턱뼈 등 옛모습이 조금이나마 남아 있는 것을 알아볼 수 있었던 것은 조금 시간이 흐른 뒤였다. 그러나 그녀의 시선은 아직도 팔팔하게 살아 있었다! 여전히 그는 그녀의 시선이 자기를 향하면 정면으로 바라보기가 힘들었다. 그가 침대 곁에 서 있었기에 떼레즈가 그의 한 손을 잡았다. 조금 뒤에 서 있던 마리는 두 사람의 거동을 살펴보고 있었다.
 "마리야, 가까이 오렴."
 마리가 몇 발짝 다가왔다. 떼레즈는 딸의 손목을 잡아서 두 사람의 손을 자기 손 안에서 합치도록 쥐려고 애썼다. 마리는 뿌리치려는 몸짓을 했다. 그러나 마리가 뿌리치기를 포기할 때까지 조르주가 억지로 그녀의 손을 붙잡았다. 두 사람의 포개진 손을 떼레즈의 두 손이 감싸고 있었기 때문에 두 젊은이는 감히 손을 뗄 수가 없었다.
 떼레즈의 손에서 힘이 차차 빠져나갔다. 두 사람은 그녀가 잠이 든 줄 생각하고는 살금살금 문께로 갔다. 그러자 그녀가 다시 눈을 떴다. 숨이 막힐 듯한 통증이 왔다. 아, 마리는 왜 이리 돌아오지 않는가! 아마 대문까지 조르주를 바래다주는가보다. 진흙과 썩은 낙엽 속에서 두 발을 딛고서 두 사람이 약혼의 키스를 나누고 있을지도 모른다…… 마침내 마리가 돌아와서 침대에서 가장 멀리 떨어져 있는 방구석의 의자에 앉았을 때 떼레즈의 심장을 꽉 조이고 있던 끔찍스런 고통은 가라앉았었다.
 의자 등받이 위로 고개를 젖히고 있는 딸아이의 얼굴에서 떼레즈는 아무 표정도 읽을 수가 없었다. 그래서 마리가 다음과 같은 생각을 하고 있다는 사실을 알 수 없었다. '나는 한평생이 걸리더라도 저 늙은 여자가 며칠 사이에 이루어놓은 일이 절반도 따라갈 수 없을거야…… 그이가 나를 다시 받아들여준 것은, 나를 수용해준 것은 어머니 때문이야. 어머니를 위해서 그래 준거야. 어머니에의 추억을 위해서였어…….'
 떼레즈는 자기 딸이 이토록 심한 원한을 가슴에 품고 있으리라고는 상상도 못 하고 있었다. 그녀가 이 사실을 알았다면 그녀의 마음은 괴로웠을까? 아니면 기뻤을까? 그녀는 자기가 듣고자 원하고 있는 대답은 자기 자신도 해줄 수 없었으리라는 것을 알면서도 갑자기 마리에게 이렇게 물었다.
 "마리야, 행복하니?"
 딸아이는 눈을 가리고 있던 손을 떼고 말했다.
 "주무시는 줄 알았어요……."
 떼레즈가 다시 간청했다.
 "네가 행복하다고 맹세해주렴."
 마리는 테이블 곁으로 다가오면서 말했다.
 "약 잡수실 시간이에요……."
 떼레즈는 또다시 병마개 따는 소리며 찻잔에 부딪치는 숟가락소리에 주의를 기울였다.
 한밤중에 환자는 발작을 일으켰다. 가사상태로부터 의식을 회복한 그녀의 첫눈에 뜨인 것은 마리의 근심스러운 얼굴이었다.
 "어머니, 얼마나 고통스러우셨어요!"
 "아니다. 나는 아무것도 느끼지 못했다. 네가 주사 바늘을 꽂았다는 것만 알고 있다……."
 아니 어찌된 일일까! 그 단말마의 헐떡거림이며 보랏빛으로 변했던 얼굴이 아무런 고통의 표시도 아니었단 말인가? 혹시 우리는 고통의 지옥을 가로질러 가면서도 아무런 기억도 할 수 없는 존재가 아닐까?
 잠이 채 깨지 못한 의사는 퉁퉁 부은 눈으로 머리카락은 부시시하게 곤두선 채로 도착했다. 그는 잠옷 위에 외투 단추를 잠근 채였다. 청진기로 떼레즈를 진찰해보고 난 후 그는 마리를 따라서 복도로 나왔다. 두 사람이 소곤거리는 소리의 파편이 떼레즈에게 들려왔다.
 "그래요, 그래…… 식구들을 불러와야 해요. 아르퀼루즈라면 그다지 멀지 않으니까…… 내일 첫새벽쯤, 그보다 더 오래가지는 못해요."

이게 드디어 마지막일까? 그러나 떼레즈는 고통스럽지 않았다. 자기가 죽을 수 있다는 것이 그녀에게는 믿기지 않았다. 떼레즈가 눈을 떴을 때 아직도 산양 가죽옷을 입고 있는 베르나르 데께루와 마리가 침대 곁에 서서 그녀를 지켜보고 있었다. 떼레즈는 두 사람에게 미소를 지어 보이며 괜찮아졌다고 말했다. 베르나르는 구둣소리를 요란하게 내며 밖으로 나갔고 마리는 환자에게 여러 가지 잔시중을 들고 난 후에 환자를 안락의자에 앉혀놓았다. 그런 후에 그 아이는 층계참에 있는 아버지에게로 갔다. 이번에 떼레즈는 그들이 하는 말을 엿들을 수는 없었지만 시어머니의 날카로운 목소리는 알아들을 수 있었다. 온 집안 사람들은 임종을 기다리고 있었다. 일상생활은 중단되었다…… 그러나 떼레즈는 무슨 오해가 있나보다 생각했다. 그녀는 아직은 죽지 않은 모양이라고 생각했다.

베르나르가 다시 들어왔다. 그는 산양가죽 웃도리를 벗어놓았었다.

"마리와 교대하러 왔소…… 저 불쌍한 아이들도 서로 만날 시간이 있어야 하지 않겠소……."

그때 떼레즈는 두 사람의 약혼이 성립되었다는 것을 알았다. 베르나르는 침대에서 좀 떨어진 곳에 앉아서 호주머니에서 신문을 꺼냈다. 저 사람은 하루종일 저렇게 있을 건가? 그는 식전 반주를 할 시간에 밖으로 나갔다가 오후에 다시 돌아왔다. 마리가 덧문을 닫을 때까지 그는 그대로 앉아 있었다. 그 다음 며칠을 베르나르는 그날과 똑같이 보냈다. 그는 아무 말도 하지 않았다. 그의 손가락 사이에서 종이를 버석이는 소리가 났고 그런 후에는 갑자기 매우 큰 소리를 내며 신문의 페이지를 들치든지 접든지 했다. 그 소리가 떼레즈의 신경을 몹시 건드리곤 했다.

그는 의사가 왕진을 오는 시간에 마지막으로 그 방에 들어오곤 했다. 의사는 여러 군데 왕진을 하고 나서 맨 마지막으로 이 집에 왔기 때문에 항상 꽤 늦은 시각에 왔다. 그 의사에게서는 파이프 담배 냄새가 났다. 비에 젖은 의사의 수염이 떼레즈는 싫지 않았다. 대충 진찰을 마치고 나면 이렇게 말하곤 했다.

"이제는 더 이상 악화되지는 않습니다!"

모든 사람들이 떼레즈가 죽지 않나보다고 생각하는 것 같았다…… 조르주 필로는 왜 아직도 생 클레르에 머물고 있는 것일까? 그 사나이까지도 무엇을 기다리고 있는 것일까?

"강의를 듣지 않고서도 법률 시험준비는 할 수 있어요"라고 마리가 분명하게 말하곤 했다. 그리고 어쩌면 그 사람을 필요로 하고 있는 자기 아버지 곁에 머물러 살지도 모른다고 했다. 이제 파리는 더 이상 그 사람의 관심을 끌지 않는다고도…… 어느 날인가 마리는 이런 말까지 덧붙였다.

"어머니께서 그 사람을 이곳에서 다시 만났던 날 의식불명이 되셨던 일 생각나세요? 어머니의 병세가 조금만 좋아지면 그이도 어머니를 보러 올 거예요. 의사 선생님은 가족 이외에 모든 병문안을 금지하고 있어요…… 무슨 말을 하셨어요?"

떼레즈는 눈을 감은 채 말했다.

"하지만 애야, 나는 그 사람을 보고싶진 않다……."

떼레즈가 오랫동안 잊어버리고 있었던 남편 베르나르가 다시 그녀의 생활 속에 자리를 잡게 되었다. 또다시 이 인간을 겪어야 한다. 예전보다 살은 좀 빠졌으나 훨씬 더 옷차림에 신경을 쓰지 않는 이 사나이. 고개를 떨구고 있어서 뒤통수를 보여주고 앉아 있는 말없는 사나이. 식전에 반주를 즐겨서 눈에는 핏발이 서 있고 심장에 가벼운 통증을 더러 느꼈을 이 사나이가 저기에 있다. 아! 떼레즈는 이제는 더 이상 자기가 옛날에 어떻게 그런 행동을 할 수 있었는지를 자문하지 않게 되었다. …… 이제 바로 그 사나이가 저기에서 그의 온 체중의 무게를 다해서 그녀를 짓누르고 있는 이때에 그를 멀리 떼어내고 싶은 욕망, 그를 영원히 내동댕이치고 싶은 욕망보다 더 단순한 것이 없는 것 같은 생각이 들었다…… 그런데 그녀의 계획은 실패를 했었고 그래서 저 사나이는 아직도 저기에 있구나…… 그리고 지금 죽어가고 있는 것은 그녀였고 15년 전 그녀를 소유할 때 어서 끝나기를 기다리던 초조감과 똑같은 초조감으로 죽어가고 있는 그녀를 지켜보고 있는 사람이 그였다.

그는 신문을 바시락대며 구기는 소리를 냈고 마른 기침을 했고 새끼 손가락을 귓구멍에 넣고는 열심히 후벼파고 있었다. 그가 식탁 하나를 맡아놓은 단골 식당인 라 코스트 카페에서 돌아올 때면 그는 자주 입에 손을 대고 트림을 하고는 미안하다는 인사를 하곤 했다. 그럴 때면 떼레즈는 일부러 졸린 척했다. 그러면 그는 옆방으로 갔지만 문은 으레 열어놓았기 때문에 그가 그곳에 있다는 것을 그녀가 느끼지 않을 수 없었다. '아니야, 아니야' 하고 그녀는 마음속으로 생각하곤 했다. '나는 저이가 죽기를 바라고 있지는 않아……' 생명이 사라져가면서도 그녀를 덮어씌운 충적토 밑에서도 이 욕망만은 여전히 생생하게 영원히 남아 있었다.

떼레즈는 죽을 기미를 보이지 않고 있었다. 아니 그녀는 차차 생기를 회복해가고 있었고 영양도 충분히 섭취했고 공포감도 느끼지 않게 되었다. 물론 심장은 언제 갑자기 멎어버릴지 알 수 없었다. 시어머니는 의사에게 이렇게 말하곤 했다.
"그건 알겠어요, 선생님. 허지만 아무리 기다려도 그 심장은 멎지 않네요……."
마리는 더 이상 밤샘 간호를 할 수 없었다. 베르나르도 날씨가 좋은 날에는 사냥을 했다. 간호할 사람을 구해야만 했다.
어느 날 아침에 마리는 어머니에게 지금도 안나를 믿지 못하고 있느냐고 물었다. 떼레즈가 어깨를 으쓱하며 이렇게 말했다.
"그때는 내 정신이 나갔었다는 걸 너도 잘 알고 있지 않니…… 가엾은 안나!"
"오늘 저녁 안나가 올 거예요…… 어머니 속옷이랑 짐을 갖고요…… 그래요, 두 달만 있겠다고 했어요. 안나는 운전기사와 약혼을 했는데 약혼자가 주인을 모시고 여행중이래요. 그러나 앞으로 두 달 동안에는……."
"두 달 동안에는 뭐지?"
마리가 얼굴을 붉히며 말했다.
"어머니 병환이 나을 거라고요."
안나가 오자 떼레즈의 생활에 변화가 있었다. 마리와 아버지는 아침과 저녁에 잠시 동안만 들여다보게 되었다. 떼레즈는 하녀가 옆에 있으면 마음에 안정을 찾는 어린애가 다시 되었다. 안나가 거기 있는 한 아무것도 두려워할 것이 없었다. 안나는 가장 혐오스러운 간병도 기꺼이하고 있는 것 같아 보였다. 또 조금도 지루해하지 않았다.

"결혼준비로 할 일이 잔뜩 있답니다, 아주머니!"

안나는 전보다 몸이 말랐고 약혼자를 다시 보고싶어 안달하고 있지는 않노라고 했다. 하지만 머지않아 여기를 떠나야 한다고 했다. 이제 곧 운전기사가 되돌아올 것이고…… 그 사람은 일자리를 구하고 있으며…… 굳이 파리에서 살 마음은 없노라고도 했다…… 떼레즈는 이 소박한 여인의 잡담에 귀를 기울이며 '그때까지면 난 죽을거야' 하고 생각하고 있었다. 그녀는 안나 없이 살아간다는 것을 지금에 와서는 생각조차 할 수 없었다.

집안 깊숙한 곳에서부터 갑자기 음악소리가 들려왔다. 피아노, 바이올린, 첼로의 삼중주가 어두컴컴한 오후를 가득 채우고 있었다.

"전축을 틀었어요…… 두 분께서 들어왔어요……" 하고 안나가 설명했다.

날씨가 좋은 날 아침 두 약혼자가 말을 타고 나갈 때면 보도 블럭이 깔린 길 위로 말발굽소리를 들을 수 있었다. 그런 날에는 얼어붙은 길 위로 여덟 개의 말발굽소리가 요란스레 들려왔기 때문에 멀리서부터 두 사람이 집으로 돌아오고 있다는 것을 알 수 있었다. 그러나 안개가 꼈거나 비가 오는 날에는 조르주가 이 집 안에 있다는 것을 알려주는 것은 전축소리뿐이었다. 아직도 떼레즈에게는 이 음악이 그 청년과 마리 사이에 건널 수 없는 파도의 물결을 펼치고 있다는 상상을 하는 순간이 있곤 했다. 떼레즈 그녀 혼자만이 이 파도에 가까이 가서 저 길잃은 젊은이 곁으로 갈 수 있다는 생각이…… 다시 한 번만 더 저 아이를 이 방에 들어오도록 해주었으면 좋겠는데…… 떼레즈에게는 그에게 할 말이, 아주 급히 해주어야 할 말이 있었다…… 그것은 사랑에 관한 말은 아니었다…… 하지만 저 아이가 피아노 삼중주 〈대공〉의 판을 틀며 떼레즈를 생각하고 있는지를 알 수 있는 사람이 이 세상에 있다면 그건 떼레즈뿐이었을 것이다. 떼레즈는 어느 날 저녁 그에게 이 음악에 관해 이야기 해주었던 일을 기억하고 있었다.

"안돼! 안돼!" 하고 떼레즈가 외쳤다.

"안돼라니요, 누구보고 하시는 말씀이세요? 불쌍한 마님, 꿈을 꾸셨어요?"

하녀가 가까이 다가왔다. 떼레즈는 하녀의 커다란 손을 잡고 땀이 배일 때까지 놓지 않았다.

"안나야, 네 약혼자가 돌아오려면 이제 며칠이나 남았니?"

"두 주일 남았어요, 마님."

"두 주일이라고! 그건 생각도 할 수 없어! 두 주일 후에는 나는 여전히 살아 있을거야!"

"제가 없어도 견디실 만큼 건강하게 살아 계시겠지요."

그날 저녁 베르나르가 방에 들렀을 때 떼레즈가 말했다.

"마지막으로 부탁할 게 한 가지 있어요…… 아니예요. 걱정 마세요. 그런 찌푸린 얼굴일랑은 제발 하지 마세요. 돈이 많이 드는 일은 아니예요."

남편은 걱정스러운 표정을 지었다.

"알고 있겠지만 송진값이…… 점점 더 악화일로요. 오늘 시세를 보았소?"

"마지막으로 부탁하는 거예요…… 그래요. 내가 아직 살아 있을 동안만이라도 운전사를 한 명 고용해주면 좋겠어요. 안나의 약혼자 말이에요……."

"운전사라고? 당신 미쳤군! 내가 쓰던 운전사까지 일 년 반 전에 내보냈는데…… 운전사라니! 송진값이……."

"그래요. 그건 안나를 내 곁에 두고 싶어서 그래요. 어차피 그렇게 오래가지는 않을 거예요……."

"심장병 환자를 어떻게 믿을 수 있겠소? 의사도 병세를 종잡지 못하고 있지 않소…… 운전사라니! 운전사를 고용해서는 하루 종일 무슨 일을 시킬 게 있단 말이오? 참 내! 별소리를 다 듣네! 터무니없는 소리 말아요! 운전사라니! 지금이 어느 때라고 그런 말을 해요!"

여느 때에는 말이 없던 사나이가 갑자기 떼레즈가 얼떨떨해질 정도로 말을 퍼부었다. 분노가 그를 수다스럽게 만들었던 것이다. 떼레즈는 남편과 말씨름을 할 만한 기력이 없었다. 그녀는 속수무책이었다! 그녀는 이제 곧 죽으려는 마당인데 남편은 그녀가 이 세상에서 애착하고 있는 단 하나, 안나를 곁에 두고 싶다는 소망을 거절하는 것이다…… 그것도 몇 장의 지전 때문에! 일찍이 자기 전재산을 포기하겠다고 제의했던 그녀에게…… 떼레즈는 숨을 헐떡이며 이렇게 말했다.
"내 재산을 모두 바칠 테니까……."
"흥! 이제야 뭐……."
남편이 말을 중단했지만 이미 때가 늦었다…… 떼레즈는 그가 무슨 말을 하려 했는지 벌써 다 알아차렸다. 이제야 뭐 어차피 유산은 모두 그들이 상속하게 될 이 마당에 와서…… 떼레즈는 남편이 15년이 지난 지금도 기억하고 있을 무서운 시선으로 남편을 쏘아보았다.

"애들아, 이야기를 나누렴…… 왜 아무 소리도 들리지 않는거냐."
"우리는 이야기하고 있어요, 할머니."
"나는 할머니가 주무시는 줄 알았어요" 하고 마리가 목소리를 낮추어 덧붙였다.
그러고 나서 그녀는 조르주의 가슴에 자기 머리를 기댔다.
"당신이 두 눈을 감고 있으면 마치 죽은 사람 같아요…… 어머니가 당신을 한 번 더 만나게 해달라고 조르고 있다는 것 아세요? 아! 드디어 당신의 잠을 깨울 방법을 찾아냈군요…… 어머니는 이번에는 기절하지 않겠다고 약속하셨어요…… 당신에게 해줄 중요한 이야기가 있나봐요……."
"내일 찾아뵙도록 하지요, 의사 선생님이 허락하신다면……."
"아! 그야 허락하고말고요…… 어머니가 당신에게 무슨 말을 할 게 있는지 궁금해요…… 나중에 얘기해주시죠?"
그는 대답하지 않았다. 면사무소에 있는 시계가 땡땡하고 시각을 알리는 종소리를 오래 울렸다. 작은 거실로부터 할머니의 외치는 소리가 들렸다.
"11시구나! 조르주, 그만 돌아가야지."
거의 매일 밤마다 조르주가 돌아갈 때면 으레 떼레즈가 잠에서 깨어 잠든 마을 속으로 사라져가는 그의 발소리가 안 들리게 될 때까지 엿듣고 있다는 사실을 그는 모르고 있었다. 그때에는 으레 마을의 개들이 갑자기 짖어대기 시작하곤 했다. 지난 사흘 동안 눈이 좀 내렸지만 땅에 닿자마자 곧 녹아버렸다. 기와지붕 위에 내린 눈만 약하게 반짝이고 있었다. 내일 그는 떼레즈를 다시 만날 것이다. 조르주가 그렇게 여러 날 동안 마음속으로 되뇌이고 있던 사실을 그녀에게 고백하기 전에는 떼레즈는 이 세상을 뜨지 않으리라. '그 여자에게 고백하리라……' 그는 눈을 들어 반짝이는 겨울하늘의 별들을 쳐다보았다. 무슨 말을 하려는 것일까? 자기 문제에 관해서는 아무 걱정 말고 눈을 감아달라는 것, 그녀는 자기에게 어떤 나쁜 일도 하지 않았으며 그 누구에게도 나쁜 일을 하지 않았다는 것, 이미 반쯤 죽어 있는 마음에 깊이 파고들어서 뒤흔들어 놓는 일은 그녀의 사명이었다는 것, 그녀는 한 인간의 가장 깊은 본성까지 물고 늘어졌으며 이제 자기가 그 열매를 맺도록 할 자신이 있다는 것 등등…… 아! 상대가 마리면 어떻고 다른 여자인들 어떤가. 생 클레르면 어떻고 파리면 어떤가. 아버지의 목재창고나 제재소면 어떻고 법대면 어떤가? 그게 무에 그리 중요하단 말인가? 요컨대 그가 출발해야 하는 것은 떼레즈가 그의 마음속에 샘솟게 만들어준 그 근원으로부터다…… 그래 이 고통으로부터 출발해야 하고, 영원한 정열로 향해 항상 좌절되는 이 감격에서부터 출발해야 한다. 그는 이제 다시는 자기 자신에 대해 만족할 수 없으리라. 절대로 자기에 대해 충족할 수 없으리라…… 그는 자기 자신 속에 있는 한계를 알기를 배우리라. 그 한계 저 너머에 그 영원한 정열이 펼쳐져 있을 것이건만…… 혼자서 아무런 위험이 없는 상태 속에서 저지르는 사소하고 모호하나 악랄한 행위들이 남의 눈에 드러나는 커다란 범죄들보다 우리들 자신이 무엇인가를 더 잘 말해주고 있는 것이다…… 이러한 생각을 하며 그날 밤 조르주는 인적 없는 마을의 담들 사이에서 발소리를 울리며 걷고 있었다.

"충계참에서 기다리고 있겠어요" 하고 마리가 뾰로통한 목소리로 말했다. "5분 이상은 안돼요. 의사 선생님의 명령이니까요! 5분이 지나면 내가 다시 들어오겠어요."
조르주는 앞으로 평생을 두고 같이 살다가 죽어야 할 이 여인의 목소리를 자기가 미워하고 있다는 것을 느꼈다. 그는 문을 닫았다. 떼레즈는 불이 활활 타고 있는 난롯가에 앉아 있었다. 언뜻 보아 그녀는 살이 쪄 보였다. 양뺨이 부풀어 있었다(약간 부어오른 것일지는 모르지만). 눈은 좀 작아진 것 같았다. 그녀 곁에 있는 작은 원탁 위에는 사람을 부르는 작은 종 하나, 몇 개의 약병, 반쯤 내용물이 담겨 있는 찻잔이 한 개 놓여 있었다. 아직 덧문을 닫지 않았었기 때문에 유리창은 검은 색으로 보였다.

떼레즈는 그를 힐끗 쳐다보고는 곧 눈길을 돌렸다…… 그는 떼레즈의 손을 잡고 입을 맞추고는 미소를 지었다. 그러나 그녀는 걱정스러워 보였고 무슨 말을 하고 싶은데 어떻게 해야 할지 몰라서 입술을 움직이고만 있었다. 조르주는 잠자코 있었다. 그녀가 먼저 말을 시작해야 한다고 생각하고 있었다.

"저…… 하지만 우선 약속을 해주세요…… 문제는…… 염치가 없어서……."

이렇게 말하면서 그녀는 조르주를 불안한 눈초리로 바라다보았다.

"다 당신에게 달린 일이에요…… 당신의 아버님께서 트럭을 여러 대 갖고 계시죠, 안 그래요?"

조르주는 환자가 헛소리를 하고 있다고 생각했다.

"왜 트럭이야길 하십니까?"

"왜냐하면 그가 대형 트럭을 운전한 경력이 있기 때문이에요…… 그래요, 안나의 약혼자 말이에요…… 당신의 아버지께서 그 사람을 운전기사로 써주실 수 있으시다면…… 그 사람은 일종면허증도 갖고 있어요…… 그렇게 된다면 안나가 떠나지 않아도 될 거예요…… 터무니없는 희망사항인 건 잘 알고 있어요, 그렇게 된다면 더 이상 바랄 게 없을 거예요!"

떼레즈는 조르주의 표정을 열심히 살폈다. 그는 달갑게 여기는 것 같아 보이지 않았다. 왜 저렇게 얼굴을 찌푸리는 걸까?

"내 요구가 당신을 난처하게 만들었다면……."

"그렇지 않아요" 하고 그가 항의했다. 그 문제에 관해서 아버지에게 말해보겠다고 그가 말했다. 지금 자리가 비어 있는 것 같지는 않다고도 했다. 그리고 운전기사의 자리가 나기를 기다릴 동안 그 사람에게 무슨 다른 일을 시킬 수도 있을 거라고도 말해주었다…… 떼레즈는 기쁨의 탄성을 발하고는 조르주를 쳐다보았다. 그는 고개를 숙이고 있었다. 바크 가에서의 그날 밤 모양 성미 사나운 개의 음흉한 표정을 하고 있었다 …… 멀리서 들려오는 한 목소리가, 거리가 너무 멀어 잘 들리지 않는 한 목소리가 떼레즈에게 이런 말을 되풀이 속삭이고 있었다.

"그이야, 이것이 마지막으로 보는거야! 사랑하는 그 아이야……."

그게 조르주였다. 그가 저렇게 고통스러운 표정으로 그녀를 쳐다보고 있다니 이번에 또 그녀는 그에게 무슨 타격을 주었단 말인가? 그는 떼레즈가 당황해하고 있는 것을 보았다. 이제 그가 이 여자에게 해주겠다고 결심했던 말을 해버릴 시간이 되었다고, 어차피 이 여자는 자기 말을 이제는 이해하지 못할 거라고 조르주는 생각하며 말을 시작했다.

"아니예요. 당신은 제게 나쁜 영향을 끼치지 않으셨습니다……."

그러나 그가 준비했던 그 다음 말이 생각나지 않았다. 그러자 아무렇게 생각이 떠오른 대로 이런 질문을 했다.

"이제 주무시겠습니까?"

마리가 문을 열고 5분이 지났다고 외쳤다. 문턱에 기대어 선 채로 마리는 떼레즈가 앉아 있는 안락의자 쪽으로 몸을 약간 기울이고 서 있는 조르주를 살펴보고 있었다. 의자에 파묻힌 떼레즈의 모습은 마리에게는 보이지 않았다. 조르주는 마리의 말을 못 들은 듯이 다시 물었다.

"주무시겠습니까?"

환자는 고개를 가로저었다. 누우면 숨이 막혀서 이제는 거의 잠을 잘 수 없노라고 그녀가 말했다. 캄캄한 밤에는 시간이 더디가는 것 같다고도 했다.

"책을 읽으시겠어요?"

아니라고, 이제는 더 이상 책을 읽을 기력도 없노라고 했다.

"나는 아무 일도 안해요. 시계가 치는 소리만 듣고 있을 뿐이에요. 나는 생의 종말을 기다리고 있어요……."

"밤의 종말을 기다리신다는 말씀이겠지요?"

떼레즈가 갑자기 그의 두 손을 잡았다. 그는 이 절망적인 사랑의 뜨거운 눈길을 겨우 몇 초 동안밖에는 감당해낼 수가 없었다.
"그래요. 생의 종말을, 밤의 종말을 기다리고 있어요."*

□ 해 설

　나는 〈밤의 종말〉이란 작품 속에서 〈떼레즈 데께루〉의 속편을 쓰고 싶지는 않았다. (중략) 독자는 이 책 속에서 이야기하려는 떼레즈의 마지막 사랑에 흥미를 느끼기 위해서 첫번째 소설에 나오는 떼레즈를 알아야 할 필요는 전혀 없다.　　　　　　　　　　　　——《밤의 종말》초판의 서문

　이러한 작가의 확인은 좀 놀랍긴 하지만 이 말에서 두번째 소설만 읽으려는 독자를 안심시키기 위해 씌어진 위장의 글로만 본다면 잘못된 생각일 것이다.
　분명히 이 두 소설은 여러 면에서 서로 얽혀 있다. 예를 들어 두 소설 속에 그려진 장소의 묘사는 서로 완벽하게 일치하고 있다. 그렇다고 독자들이 놀랄 건 없다. 왜냐하면 소설에 나오는 장소가 소설의 인물들에게 속한다기보다는 더 많이 작가 자신에게 속해 있기 때문이다. 아르쥘루즈와 생 클레르는 15년 전에 묘사되었던 것과 똑같이 남아 있다. 베레즈는 젊은 시절에 꿈을 꾸곤 했던 바로 그 작고 어두운 거실에서 피난처를 찾는다. "거대한 플라타너스 때문에 어두워진 그 방에는 옛날과 똑같이 그늘이 드리워 있었다. 예전과 똑같은 장소에 볼썽사나운 물건들이 영원히 놓여 있는 모습을 떼레즈는 다시 보았다……." 부수적 인물들은 간단한 묘사로 처리되고 있지만 전편에서의 모습과 아주 흡사한 모습으로 나이만 늙게 그려져 있다. 떼레즈는 베르나르를 보자마자 곧 '그를 멀리 떼어놓고 싶다는 욕망, 그를 영원히 내동댕이쳐버리고 싶다는 욕

망'이 다시 솟구치는 것을 느낀다. '그녀에게 그보다 더 간단한 일은 없는 것처럼 생각되었다.' 드 라 트라브 부인은 전편에서와 마찬가지로 어리석을 정도로 인습적이고 또 쏘아붙이기 좋아하는 인물이다. 떼레즈의 모습의 묘사 또한 빈틈없이 정확한 것이 마치 모리악이 어떤 모델(정신적이든 실존인물이든 간에)이 있어 그녀를 추적하고 있는 것 같을 정도다.

그러나 떼레즈라는 인물에 대한 상상을 연장하면서도 작가는 첫 소설이 자신에게 강요하는 속박으로부터 벗어나고 있다. 작가는 두 소설간에 전후가 일치하는 연대기를 구성하는 일에는 별로 신경을 쓰지 않는 것처럼 보이며, 이제는 더 이상 작가의 흥미를 끌고 있지 않는 인물이나 일화들을 삭제해버리기도 하고(예를 들어 전편에 꽤 큰 비중을 차지하고 있던 안느 드 라 트라브에 관해서는 이번 소설에서는 어떠한 암시조차 하고 있지 않다), 혹은 다른 인물이나 일화를 새로 창작해넣기도 한다. 또 떼레즈가 기억하는 것으로 쓰고 있는 몇몇 추억거리들은 독자가 그녀의 과거에 끼워넣으려 해봐야 되지 않는 것도 있다. 그러니 모리악이 썼듯이 결론적으로는 작가가 전편의 존재에 아무런 구애됨없이 전적인 자유 속에 후편을 썼다고 하겠다. 모리악은 그의 동시대 작가인 대하소설 작가들에 관해 이런 이야기를 하고 있다.

> 나로 말할 것 같으면 내가 과거에 썼던 책의 무거운 짐을 질질 끌며 다시 책을 쓴다는 서글픈 일을 참고 견디지 못했을 것이다. (중략) 매번 새로운 수고를 하면서 앞으로 무엇이 솟구쳐나올 것인가에 대한 두려움과 기대 속에 출발한다는 것이 바로 소설을 쓰는 경이로움이다.
> —— 1932년에 쓴 기사 〈대하소설〉

역설적으로 떼레즈의 이야기로 다시 돌아오면서 작가는 다만 '왜 그 여자는 자기 남편을 독살하려고 했었나?'라는 미결인 채 남아 있는 질문에 해답을 하겠다는 일에만 정신이 팔려 있었다('소설가와 그의 인물들'). 사실 〈떼레즈 데께루〉를 읽는 독자들이 가정해볼 수 없을 해답을 〈밤의 종말〉에서 주고 있긴 하다. 즉 그 행위를 그녀는 '하고 싶지' 않았었고, 그녀가 행한 다른 어떤 '범죄'도 그녀는 하고 싶지 않았다는 해답이다. 그러니 떼레즈는 소설을 어떻게 읽는가에 따라서 악을 행하도록 숙명지어진 여인이든지 아니면 미친 여자라고 간주된다.

작가의 아들 클로드 모리악에 따르면 이 소설은 말라가르에서 1934년 여름부터 써서 그 해 9월 19일에 끝냈다.

"1934년 9월 12일. 아빠께서는 〈떼레즈 데께루의 종말〉을 힘겹게 쓰고 계시다(〈밤의 종말〉이라는 제목은 소설이 끝난 후에 지어진 게 확실하다). 이 소설이 실패작이 되지나 않을까 무척 걱정하고 계신 것 같다. 아빠께서는 빠져나오기에 어려운 궁지에 빠져 계신데 그래도 우리가 말라가르를 떠나기 전에는 이 소설이 끝나기를 바라고 계시다니!" 그 후 1주일 후에는 아버지의 소설이 '끝났으며' 그러나 '두 개의 장을 다시 손질'해야 한다고 아들은 쓰고 있다. 이 소설에 관한 작가의 해설과 아들의 글을 미루어보면 우리는 몇 가지 추측을 해볼 수 있겠다.

나의 소설 속에 나오는 한 젊은 청년의 성격에 대해 그때 나는 불안을 느끼고 있었다…… 그러나 이제는 더 이상 걱정하지 않고 있다…… 청년에게는 결정적인 성격을 부여할 수 없으니까…… 그 증거로 사람들은 청년들에게는 좋은 점이든 나쁜 점이든 그들에게서 기대하는 모든 이야기를 다할 수 있다. 젊은이의 마음속에는 모든 가능성이 다 존재하고 있는 것이다.
—— 〈말라가드의 테라스에서〉, 1977.

아마도 소설의 마지막 몇 장에 나오는 조르주 필로의 성격 설정에 관해서 모리악이 신경썼던 것 같다. 그 청년이 생 클레르로 돌아오기까지는 이 인물은 모리악이 창작해낸 다른 젊은이에 비해 보면 너무나도 별볼일 없는 삶을 살아온 것으로 그려져 있으니까. 페드르의 유혹에 넘어가지 않는 이폴리트, 그러나 페드르와 정면으로 부딪치는 인물. 그건 〈사랑의 사막〉에서의 레이몽 쿠레주와 같고, 〈악〉에 나오는 파비엥과 같다. 이 두 인물 중에 한 사람은 서로 사랑하는 행복한 연인이었다가 젊은 처녀를 사랑하기 위해서 연상의 연인을 떠나는 인물이고 다른 사람은 사랑을 거절당한 후 그 복수심에서 여러 여자를 정복하지만 어떤 여인으로부터도 실연의 쓴 경험을 위로받을 수 없는 그런 인물로 그려져 있다. 떼레즈로부터 거절당한 조르주 역시 체념하고 사랑하고 있지 않은 마리와 결혼한다. "마리든지 다른 어떤 여자와 결혼하든지 그런 건 중요하지 않아······." 이 장면에서 작가의 관심을 끌고 있는 것은 조르주의 반발적 행동이 아니라 떼레즈의 반응이다. 자신의 회한을 잠재우기 위해서 조르주에게 그런 희생을 요구한 사람이 바로 떼레즈니까. 떼레즈는 그 희생을 얻어냄으로서 안도감에 빠질 수 있게 된 것이다.

그러나 작가는 이런 상황의 미묘한 점을 피해버리기는커녕 오히려 그 점들을 물고 늘어지고 있다. 마리는 조르주의 감정을 알고 있으며 그가 자기와 결혼하는 것은 떼레즈에의 사랑 때문이라는 것도 알고 있다. 그러나 마리는 조르주와 결혼하기로 결심한다. 도저히 그를 떠나서는 살 수 없기 때문에 그와의 이별보다는 사랑없이라도 함께 사는 쪽을 선택했기 때문이다. '그녀가 바랐던 대로 된 것은 아니었다. 그러나 이 방법 외에 달리 그녀에게 남은 방법이 없지 않은가?' 이러한 결말은 모리악의 작품에서 자주 볼 수 있듯이 이미 다른 소설에서 사용했던 주제의 재현이라는 측면에서 이해될 수 있을 것이다. 〈검은 천사들〉에서 카트린느의 '현존' 자체만으로도 또 '그녀가 자기에게 느끼고 있는 욕망'으로도 역겨움을 느끼고 있는 앙드레스 역시 그녀와의 결혼에 굴복하고 있다. 한편 카트린느 편에서도 마리보다 더욱 쓰라린 마음이지만 자기의 승리의 한계를 인정하고는 '육체만이라도 아무것도 못 가진 것보다는 낫지'라며 냉소적으로 자위하고 있다. 조르주라는 인물을 더 명확히 하려고 노심초사하던 모리악이 어떤 주제를 생각해내는데 후에 그 주제를 〈갈리가이〉에서 사용하고 있다. 즉 '한 여장부의 끈질긴 추적의 목표가 된 젊은이의 비극'이란 주제다. 그러나 젊은이 니콜라 플라삭은 '갈리가이'의 '욕망' 앞에 절대로 극복할 수 없는 '혐오감'을 느끼고 있는 것으로 묘사된다.

이러한 갈등의 이야기는 이번 소설에서는 결론을 이끌기 위해 마지막 몇 장에서만 다루어지고 있다. 죽음에 직면하고 있는 떼레즈는 자기 딸의 행복을 다시 찾아주었다고 믿고 있다. 아니면 믿고 있는 척하고 있다. 어머니와 딸 사이의 경쟁의식, 질투심에서 나온 가짜 행동 등이 사실상 이 소설의 줄거리를 이끌어가고 있다. 좀 다르게 묶어 나뉘어서 잡지에 실린 순서를 살펴보면 이 소설의 반전하는 순간들을 더 잘 이해할 수 있을 것이다. 네 번에 나뉘어 잡지에 게재되고 있는데 ① 1-3장 : 마리의 도착 ② 4-7장 : 조르주와의 만남과 유혹 ③ 8-10장 : 조르주의 친구와 마리와의 대면 ④ 끝으로 생 클레르에로의 귀향과 결말. 그런데 결말이 모호하다. 마리가 재회하는 약혼자는 순간적으로 그녀를 '증오'하고 있다는 사실도 결말로서 모호하지만 떼레즈 역시 마음의 평정을 찾지 못하고 있고 자기 딸이 앞으로 행복하시 못힐 것이라는 예감을 느끼고 있으며 또 솔직히 말해서 자기가 그 행복을 원하지 않고 있음을 느끼고 있다는 사실도 그렇다. 그래서 조르주와 마리가 함께 음악을 듣고 있을 때 떼레즈는 그 청년이 자기 약혼녀 곁에서 떼레즈 자신을 생각해주었으면 하는 꿈을 꾸고 있는 것이다.

"아직도 떼레즈에게는 이 음악이 청년과 마리 사이에 건널 수 없는 파도의 물결을 펼치고 있다는 상상을 하는 순간이 있곤 했다. 떼레즈 그녀 혼자만이 이 파도에 가까이 가서 저 길잃은 젊은이 곁으로 갈 수 있다는 생각이…… 다시 한 번만 더 저 아이를 이 방에 들어오도록 해주었으면 좋겠는데…… 떼레즈에게는 그에게 할 말이, 아주 급히 해주어야 할 말이 있었다…… 그건 사랑에 관한 말은 아니었다…… 하지만 저 아이가 피아노 삼중주 〈대공〉의 판을 틀며 떼레즈를 생각하고 있는지를 알 수 있는 사람이 이 세상에 있다면 그건 떼레즈뿐이었을 것이다. 떼레즈는 어느 날 저녁 그에게 이 음악에 관해 이야기해주었던 일을 기억하고 있었다."

죽어가면서도 떼레즈는 자기 속에 있는 악과 투쟁하며, 그 악을 물리쳐버리지 못하며 자신의 모순 속에 빠져 있다.

나이 차이가 나는 두 여자 사이의 연적관계, 어머니와 약혼녀(아니면 아내) 사이의 연적관계는 이미 여러 소설 속에서 모리악이 다룬 적이 있었다(〈검은 천사들〉, 〈제니트릭스〉, 〈악〉, 〈운명〉, 〈바다로 가는 길〉 등). 이 주제는 페드르 신화를 모리악 나름대로 변형한 주제다. 〈떼레즈 데께루〉에서도 장 아제베도를 가운데 두고 떼레즈와 안느 사이에 있었던 갈

등도 이와 유사한 주제였다. 이 모리악 소설의 근본적 구조는 〈카미유〉나 〈운명〉 속에서는 두 소년 사이의 질투심으로 변형되어 나타나고 있고 〈사랑의 사막〉에서는 아버지와 아들 사이의 질투로 그려져 있다. 〈밤의 종말〉에서 떼레즈가 조르주의 친구인 몽두를 유혹하는 장면에서 이 두번째 도식이 사용되고 있음을 우린 알 수 있다. 떼레즈가 몽두를 유혹하려는 것은 사랑의 유희였다. 소설 〈카미유〉의 주인공 카미유가 알고 있었듯이 떼레즈도 질투심이 상대방에게 사랑을 시작하게 해주지는 못하더라도 적어도 상대방이 사랑을 하고 있는지 아닌지는 알게 해준다는 사실을 알고 있었다. 조르주가 괴로워하는 것을 알게 된 떼레즈는 '심장 가득히 차오르는 기쁨'을 느끼게 된다. 왜냐하면 '우리가 사랑받고 있다는 유일한 증거'를 얻어냈기 때문이었다(질투심이 사랑의 열정에 불을 당긴다는 논리는 모리악의 소설 〈자주빛선을 두른 흰 옷〉에서도 나타난다).

이렇듯이 〈밤의 종말〉의 줄거리는 다른 모든 소설에서 다루어지고 있는 상황들 위에 구축되어 있다. 그러나 본소설의 상황들을 분석해보면 소설의 줄거리의 구조만 보여줄 뿐이다. 그러니 작가 모리악이 그 상황들에 촉구되어 본소설을 쓴 것이 아니라 자기에게 회한을 남겨주었던 한 인물에 촉구되어 쓴 것임이 너무나 자명해진다. 그 회한은 첫 소설에서 그 인물을 종교로 귀의시키지 못했다는 회한이었는데 이 두번째 소설에서도 작가의 미련은 그대로 남아 있게 된다. 진정한 소설가들은 자기가 쓰는 소설이 다른 방향으로 이끌어질 때, 또한 모든 희생을 치르더라도 작가가 꿈꾸고 있는 장면을 삽입해넣기 위해서 자기 작품을 왜곡하기를 거부할 때, 이러한 계획을 포기한다. 만약에 모리악이 물고 늘어졌더라면 떼레즈의 고해장면을 써넣는 일이 가능했으리라는 것은 의심의 여지가 없다. 그는 그 장면을 썼었는데 그 페이지들을 찢어버렸다. 그 장면에서 인물들이 작가의 '눈에 들어오지' 않았기 때문이었다고 말하고 있다. 이것은 모리악에게 있어서 종교적인 가책보다 문학적인 의무가 더 중요했음을 보여주는 일이다. 그래서 그는 소설의 서문에서 종교적인 가책으로부터 해방되고자 했던 것이다. 그렇지만 이 종교적인 가책은 본소설의 창작에서 중요한 역할을 하고 있다. 결국은 수포로 돌아간 이 깊은 움직임, 떼레즈를 '구원'하고 싶다는 이 욕망이 아마도 소설 전체를 지배하고 있고 소설 창작을 지배했을지도 모를 일이다.

떼레즈라는 인물로의 회귀에서 우리는 다른 동기들, 심미적인 동기를 추측해볼 수 있을 것이다. 모리악은 '완결'되지 않은 소설을 별로 좋아하지 않았다. 그는 즐겨 여러 번 말하고 있는데 자신은 프랑스 고전비극의 영향을 받아서 줄거리에 제시된 문제를 '해결'하고, 등장하는 인물들의 운명을 결정하든지 아니면 적어도 앞으로 어떻게 되리라는 전망을 지적해줌으로써 소설을 끝맺음하는 편을 좋아한다고 쓰고 있다. 〈떼레즈 데께루〉는 그녀의 출발로 끝맺음하고 있다. 떼레즈가 모든 것에 희망을 걸고 있는 새로운 생이 그녀 앞에 펼쳐지는 데에서 끝내고 있다. 그러니 모리악은 그녀의 이야기를 계속하고 싶다는 욕망을 뿌리치기 어려웠을 것이다.

그리고 그 인물을 창작한 작가가 떼레즈라는 인물에게 느끼고 있던 매력 또한 우리는 고려해 보아야 할 것이다. 작가 자신이 지적하고 있듯이 모호한 여러 이유가 있는 것 같다. "떼레즈는 나의 다른 어떤 여주인공들보다 더 나와 가깝게 살고 있다. 그녀가 나 자신이라고는 말할 수 없지만 플로베르가 '보바리 부인, 그녀가 나다'라고 말했던 것과 같은 의미라면 모를까. 그녀는 여러 면에서 나와 정반대되지만 내 속에서 내가 극복해야만 했던 점, 아니면 우회하거나 몰랐어야 했던 모든 점을 갖고 있는 인물이다." 그래서 그를 몹시 거북스럽게 만들었던 사르트르의 비판에도 불구하고, 그를 약간 당황하게 만들었던 카톨릭 쪽의 비판에도 불구하고 모든 반대들을 다 씻어버리며 이렇게 결론 내리고 있다. "다시 떼레즈에 관해 이야기하자면 그녀는 존재하고 있고 그게 사실이다. 그녀는 나 외에 많은 다른 사람들의 머리를 떠나지 못하고 있다. 내가 〈밤의 종말〉 속에서 그녀에 대해 꿈을 꾸어보았다는 사실에 후회하지는 않는다......"

모리악이 초안으로 남긴 원고를 보면 그가 1928년부터 이미 이 〈떼레즈의 종말〉이란 소설을 쓸 생각을 했었음을 알 수 있다. 작가는 이 소설의 계획을 곧 포기하지만 그 초안에 씌어 있는 소설의 형식이 우리의 흥미를 끈다. 그 소설은 떼레즈가 마지막으로 결별을 선언한 한 애인에게 보내는 편지의 형식으로 되어 있었다. 떼레즈라는 인물이 처음으로 다시 나오는 〈떼레즈 데께루, 양심, 성스러운 본능〉의 초고를 보면 이미 고해의 형식을 취하고 있다. 역시 버림받은 여인이 주인공인데 아마도 떼레즈와 같은 이유로 버림받았을 거라는 가능성이 암시되고 있다. 소설의 줄거리가 진전되어가는 속에서 어떻게 자기 자신을 이해하지 못하고 있는 인물을 독자가 이해하도록 설명해나갈 수 있을까? 자신에게조차 애매모호했던 그 인물은 자기 이야기를 해낼 수 없었을 것이다. 한 인물을 이런 식으로 그리려면 모든 술책을 다 써야 하고, 소설쓰기가 갖고 있는 모든 모호성을 다 활용해야 하고 그 인물과의 공모성을 작가가 받아들이고 또 독자에게도 받아들이게 해야 한다고 말한 사르트르는 옳게 보았었다. 그러나 그는 소설가 모리악에게는 이 권리를 거부하고 있다.

그러나 이런 인물에게 말을 하게 하고 자기의 모순 속에서 어떻게 살아가는가를 뒤쫓아가보고 싶다는 생각은 소설가에게는 커다란 유혹이었을 것이다. 1933년에 쓴 짧은 두 편의 단편소설 〈의사를 방문한 떼레즈〉와 〈호텔에서의 떼레즈〉는 '고백문학'이다. 하나는 어느 정신과 의사에게 하는 고백형식이고 다른 하나는 과연 고백을 하는 상대가 존재하는지 아니면 독백을 하고 있는지 독자가 분명히는 알 수 없는 형식으로 되어 있다. 그 단편의 길이가 아주 짧았기 때문에 그렇게 애매하게 끝맺는 방식도 가능했던 것이다.

그 두 단편은 둘 다 아주 짧은 하나의 에피소드를 이야기하고 있다는 한계를 갖고 있다. 그러나 그 단편 속에서 암시되고 있는 이야기들을 통해서 우리는 떼레즈가 아르쥘루즈를 떠난 이후부터 어떠한 생활을 해왔는가를 재구성해볼 수가 있다. 즉 떼레즈에게는 연애사건과 실연사건이 계속되었음이 암시되고 있다. 맨 먼저 장 아제베도가 있었다. 그녀는 아주 빨리 그에게 실망한다. 그 후에 필리가 있다. 필리는 소설 〈독사덩어리〉에 나오는 인물 중 하나다. 그 외에도 여러 명이 더 있었던 것 같다. 왜냐하면 소설은 떼레즈가 필리와의 사건으로 끝낸 것이 아님을 암시하고 있으니까. 그 두 단편소설 후에는 떼레즈의 운명은 소설가의 상상 속에서 불가능한 행복에의 절망적인 추구로 고정되어진 것처럼 보인다. 〈밤의 종말〉 속에 암시되어 있는 그 후 15년간의 떼레즈의 생애만 주목

해보아도 작가의 의도를 파악하기엔 족할 것이다. 이 소설이 시작된 때에 떼레즈는 이런 불가능한 행복에의 절망적인 추구를 포기한 상태다. 아니 그녀가 포기했다고 믿고 있는 상태다. 이제 그녀에게는 대단원에 이르게 하는 최후의 사건이 하나 남아 있을 뿐이다. 우리는 이 마지막 연애사건이 어떻게 전개되는지는 이미 보았다.

이번 소설에서는 상황이나 일화들보다는 떼레즈의 '몽상'중에 불쑥 드러나곤 하는 주제들이 중요하고 그 주제의 개입은 인물의 성격을 깊이 변화시키고 있음을 우리는 알 수 있다. 여기서 우리는 떼레즈의 심리적인 발전에 관해서보다는 차라리 새로운 주제에 관해서 이야기하게 될 것이다. 왜냐하면 이 소설에서 모리악이 보여주고 있는 떼레즈는 첫 소설에서의 떼레즈와는 아주 다른 또 하나의 떼레즈를 보여주고 있기 때문이다. 두번째의 떼레즈가 첫번째의 떼레즈와 모순되고 있지는 않지만 독자로 하여금 소설 〈떼레즈 데께루〉를 새롭게 다시 읽도록 강요하고 있다.

제일 먼저 이야기할 수 있는 주제는 죄의식이다. 15년 전에는 자기 자신을 이해해보려고, 자기를 정당화해보려고 애썼던 여주인공이 이번 소설에서는 자신이 저질렀던 또 지금 저지르고 있는 행위 앞에서 회한이 아니라 공포와 같은 깊은 감정에 빠져 있다. 〈의사를 방문한 떼레즈〉에서 의사 슈바르츠의 눈에 비친 그녀는 자기가 저지른 죄의식을 떨쳐버리지 못한 여인, 그 범죄행위의 매력에서 벗어나지 못한 여인, '살인욕구로 괴로워하는' 여인이었다. 필리가 그녀를 또 다른 범죄로 끌어들이려 한다는 것을 알았을 때 그녀는 자신이 애인의 협박공갈에 넘어갈까봐라기보다는 자기 자신의 살해욕망에 넘어갈까봐 공포를 느끼고 있다는 것을 독자들은 쉽게 이해할 수 있었다. 두번째 단편 속에서 감옥의 이미지를 환기함으로써 이러한 죄의식의 존재를 더욱 뚜렷하게 하고 있다. "내가 저지른 행위들이 나를 구속하고 있다. 행위들이라고? 아니다. 나의 단 한 번의 행위다. (중략) 목숨을 구한 베르나르는 잘 살고 있다…… 그런데 나의 이 헛된 죄악의 감옥 속에서 앞으로도 살아나가야 할 사람은 바로 나 자신이다." 그보다 더 분명하게 이번 소설의 초반에서 그녀는 자기가 재판소를 떠나오며 '드디어 자유로워졌다고 믿었던' 그 9월

저녁을 상기하고 있다. 그녀는 —— 아니면 소설가는 —— 다음과 같이 인정하고 있다. "그날 저녁 그녀는 자신이 이 세상에서 가장 비좁은 관보다 더 고약한 감옥에 들어갔다는 사실을, 즉 자기 행위의 감옥에 들어갔으며 영원히 거기서부터 빠져나올 수 없으리라는 사실을 꿈에도 생각할 수 없었다."

소설 〈잃어버려진 것〉에서 어느 날 저녁 알랭 포르카가 샹젤리제에서 만난 외로운 여인, 버림받은 여인의 모습으로 떼레즈가 묘사되었다면 이번 소설에서는 좀 다른 여인으로 묘사되어 있다. 장 아제베도로부터 버림받고, 필리로부터 다시 죄를 저지르도록 협박당하고 있던 그녀는 자기 운명에 책임을 져야 하는 인물이라기보다는 오히려 희생자로 보인다.

필리가 자살한 후에 그녀는 자기 사랑의 '파괴적' 성격에 대해 의식하게 된다. 그 파괴적 성격을 먹이를 찾아서 '불모지를 헤매는 악마'에 비유하고 있다.

이 비유는 성서에 나오는 마귀 들린 사람의 이야기를 넌지시 암시하고 있다.

그 당시 호텔에서 만난 젊은 청년을 유혹할 수 없게 되자 그녀는 적어도 그 청년의 마음에 상처를 입히고 싶어하고, 자신의 고통을 청년에게 전염시키고 싶어하고 있다.

그녀는 '범죄인'이 되었다. 그것은 자기가 저지른 행위의 성격을 밝혀보려는 것보다는 오히려 자신의 성격을, 아니면 자신의 운명을 명확히 하려는 시도였다. '그녀를 사랑했던' 사람들은 얼마 안 있어 곧 '그녀 속에 이 파괴력'이 있다는 것을 발견하곤 했음을 그녀는 의식하게 된다. 소설 〈밤의 종말〉 속에서 그녀 자신이 혹은 다른 사람이 하고 있는 일련의 암시는 이 범죄에 강박관념적인 성격을 부여하고 있다. 그 중 몇 가지만 인용해보겠다. "적어도 나였었다면 어머니는 실패 없이 해치우셨었겠지요"라고 딸은 외치고 있다. 또 "난 당신 또한 독살하고 있어요"라고 떼레즈는 조르주에게 말하고 있다. 그녀는 자기가 '마리의 행복'을 '독살'하고 있다고 느끼고 있다.

이런 순간에 떼레즈는 더 이상 자기가 저지른 악에 대해 어떠한 책임도 없는 것 같아 보인다. 그녀는 자기로부터 자신도 모르게 밖으로 나오는 말이나 몸짓의 중요성에 대해서는 그 말이나 몸짓이 빚어낸 결과를 발견하기까지는 아무런 의식도 하고 있지 않다. 그것은 마치 '자기도 모르게 행동하는 타고난 재능'과 같은 것이고, '그녀로부터 밖으로 나오는 무시무시한 힘'과 같은 것이다. 그녀가 억지로 조르주로 하여금 고통스러운 추억을 간직하고 있는 '그 바보 같은 학생시절 이야기'를 하도록 강요할 때에도 그녀는 이렇게 자신을 변명하고 있다. "아니다, 그녀는 그를 아프게 하고 싶지는 않았다. 결코 그녀는 누구를 해치려는 의지를 가진 적은 없었다." 그래서 자기가 몽두에게 치명적으로 상처를 줄 말들을 본능적으로 생각해냈다는 것에, '적을 찌르는 급소'를 찾아냈다는 것에 그녀의 놀라움은 참으로 컸다. 그 놀라움이 너무나 커서 그녀는 정신착란증에 빠지게 되고 다시는 제정신을 찾지 못하게 되고 만다.

소설가가 주인공 인물의 성격을 명백히 밝히기 위해서 정신착란이라는 방법을 사용한 것에 대해서는 여러 이견이 있을 수 있을 것이다. 떼레즈는 과거에 겪었던 사법권과의 실랑이가 구실과 이미지를 제공하는 빌미가 되는 피해망상증에 시달리게 된다. 그녀는 자신이 감시당하고 있다고 믿고, 안나의 친구가 자기를 감시하려고 쫓아다니는 경찰이라고 생각한다. 또한 그녀는 자기가 위협받고 있다고 생각한다. 자신이 저질렀던 범죄가 그녀의 피해망상증에 덧붙여져서, 처음에는 안나가, 다음에는 마리가 자기를 독살하려고 한다는 상상을 하게 된다. 더욱이나 그녀는 자신이 '거대하고도 비밀스러운 음모의 한가운데에 빠져 있음'을 의심치 않으며, 그 음모의 주동자들이 누구인지 그녀는 알 수도 없고 또 그들을 물리칠 수도 없다고 믿고 있다. "나는 그들이 강력한 방법을 갖고 있다는 것을 안다"라고 그녀는 말하고 있다. 그녀의 주위에서, 혹은 그녀 속에서 이들 미지의 '강력한 힘을 가진 자들'이 행동하고 있다고 믿고 있다. 떼레즈는 흔히 피해망상증환자를 그릴 때 쓰는 고전적인 묘사의 특징들을 보이고 있다.

그러나 정신착란의 증세와 관계 없는 순전히 심리적 상태의 묘사들조차도 그와 같은 방향으로 지향되고 있음을 볼 수 있다. 떼레즈는 자기가 하고 있는 행위 속에서도 자신을 알아볼 수 없어할 뿐만 아니라 어떤 장면에서는──특히 몽두와 함께 있는 장면에서는──인격이 둘로 나뉘는 인상을 느끼고 있기도 하다. 그녀는 "자기 자신의 목소리를 알아차릴 수 없었다. (중략) 마치 다른 여자가 중얼거리고 있구나 하는 착각이 들었다." 그보다 좀 후에는 "아까와 같은 목소리가, 떼레즈가 아닌 어떤 바보 여자의 목소리가 반박했다."(중략) 마침내 그녀는 그게 자기 자신이었음을 의식하게 된다. "이번에는 바로 그녀 자신이 말하고 있는 것이 틀림없었다." 죄의식이 되살아나며 그녀는 온화함 속에서가 아니라 악의 속에서 자기 자신임을 의식하게 되고 있다. 이미 전부터 그녀는 '이 냉정한 악의, 내 존재 자체, 내가 어떠한 노력도 하지 않으며 자성할 때면 내가 떨어지곤 하는 이 악의'를 알고 있었다. 사실 그녀가 어떠한 노력을 하게 되면 더 나쁜 결과에 이르게 되긴 한다.

그러나 소설 텍스트는 이 정신착란중을 떼레즈가 빠져 있는 죄의식의 역류라고 독자가 해석하는 것을 배제하고 있다. 조르주의 친구와 헤어지면서 그녀는 자신이 악을 저지르도록 숙명지어진 여인임을 자각하게 된다는 것을 우리는 알고 있다. "이 틀림없는 손으로 해치운 타격에 대한 인식이 그녀의 힘을 측정할 수 있게 했고 또 그녀의 사명을 자각하게 해주었다." 사르트르가 비난하고 있는 이 장면은 이미 정신착란증세에 속해 있는 것이 분명하다. 즉 정신착란이 이미 시작되었음을 알려주는 장면이다. 그런데 예전에, 그녀가 범죄를 저지르기 전부터 떼레즈는 자신이 저주받은 몸이라는 것을 이미 느끼고 있었다. 그녀는 자기가 '태어날 때부터 버림받도록 숙명지어진 여인'이라고 말하고 있다. 그리고 더 명확히 말해서 그녀는 자기가 저질렀던 독살 시도행위를 다만 이런 운명의 첫번째 발현으로만 보고 있다. "모든 다른 범죄들보다 제일 먼저 그녀가 저지른 범죄가 있다면 그것은 아마도 이 세상의 율법과 관계 없도록 태어난 그녀가 한 남자와 관계를 맺고 아이를 낳고 세상의 율법에 따른 죄였는지 모른다." 이에 대해 사르트르는 다음과 같이 지적하고 있다.

떼레즈의 행위가 그녀로부터 밖으로 나온 순간부터 그 행위를 지배하는 것은, 또한 그 행위를──가장 좋은 의도로 행해진 행위들까지도──모두 불행한 결과로 이끌고 있는 것은, 떼레즈의 의지와는 관계 없는 별도의 율법이라는 것이다. 이런 벌은 마치 요술할멈이 나타나서 '네가 입을 열 때마다 입에서는 두꺼비가 나오리라'라고 형벌을 과했던 일을 생각나게 한다. 믿음이 없다면 이런 마술의 이야기와는 아무 상관이 없을 것이다. 그러나 신자일 때에는 그 이야기를 아주 잘 이해할 수 있다. (중략) 그래서 나는 모리악 씨가 기독교인으로서 운명을 이야기하고 있을 때에는 그 분이 진지하다는 것을 인정한다. 그러나 그 분이 소설가로서 그런 이야기를 할 때에는 그의 이야기를 진지하게 읽을 수가 없다.
—— 〈프랑수아 모리악 씨와 자유〉 상황 Ⅰ, 1961, P. 41.

소설 〈밤의 종말〉에서 이러한 초자연의 개입이 문제를 제기하고 있음은 사실이다. 작가가 〈검은 천사들〉에서 전개시키게 될 주제를 아직 충분히 발견해내지 못해서였든지, 아니면 그 주제를 앞에 두고 주저했었든지, 여하튼 작가가 이번 소설에서 박력 있게 밀고 나가지 못하고 있다고 말할 수 있겠다. 〈검은 천사들〉 속에서 악한 힘에 의해 지배당하고 또한 인도당하고 있음을 느끼고 있는 그라데르라는 인물을 창작해낼 때나 아니면 〈바다로 가는 길〉에 나오는 랑댕이란 인물을 묘사할 때에 모리악이 작가의 확고한 추진력을 보여주고 있음에 비해서 떼레즈의 '악마적' 성격을 묘사함에 있어서는 확신이 없어 보인다. 그러나 떼레즈라는 인물 역시 악을 행하도록 운명지어진 여인이며 자신도 모르게 그런 행위를 하는 인물임에는 의심할 여지가 없다. 특히 그러한 성격은 떼레즈가 누군가를 유혹하는 장면에서 분명히 보여주고 있다. 그녀가 조르주를 그녀로부터 멀어지게 하려고 일부러 하는 모든 행동과 모든 말이 오히려 그를 더 그녀에게로 이끌리게 하고 있음을 독자들은 쉽게 알 수 있다. 그때 그녀는 자기가 전혀 원하고 있지 않았던 결과들이 실현되는 것을 보게 된다. 그러나 그렇다고 해서 그녀가 결백하다고 말할 수는 없겠다. 왜냐하면 분명히 그녀는 자신이 사랑받고 있다는 기쁨을, 그녀가 빠져 있던 질투심을 만족시킨 기쁨을 물리치지 못하고 있으니까.
"떼레즈는 (중략) 크나큰 기쁨에 사로잡혀서 그 기쁨을 억제하려 애쓰며 고개를 돌렸다. 저 청년은 나리와 결혼하지 않을 것이다. 무슨 일이 일어난다고 하더라도 딸은 저 청년을 가질 수 없으리라. 조르주는 절대로 딸에게 속하지 않으리라. 떼레즈는 혐오스러울 정도까지 강하게 이 기쁨을 의식하고 있었다. 그녀는 바로 이 순간에 죽어버리고 싶었다. 그 순간에 그녀의 가슴을 조이고 있는 고통은 죽기 직전에 느끼는 단말마의 고통 다음으로 컸다. 그러나 이 세상에 그 아무것도 그녀가 경쟁상대를 물리치고 선택을 받았다는 이 황홀한 행복을 느끼지 못하게 막을 것이 없었다."

그러니 떼레즈가 완전히 결백하다고 할 수는 없지만 겉으로 보기보다는 죄가 덜하다고 할 수 있겠다. 사르트르가 지적했듯이 그녀의 행위는 '숙명지어져서' 원하지 않았음에도 그런 상황에 빠지게 되었으니까. 환상적인 수단의 사용과 너무나 엄밀한 심리적인 시각의 포기, 사르트르의 말에 의하면 '치사하게도 심리적인' 시각의 포기가 이러한 주제를 다루기 위해서 필요했던 것 같다. 모리악 개인적으로는 환상적 수단의 사용을 별로 좋아하지 않았다. 모리악의 자리를 이어 아카데미 프랑세즈의 회원이 된 쥘리앙 그린은 입회연설에서 이렇게 밝히고 있다.

"그 분은 환상적인 것이 가져다주는 효과를 의심하였습니다. 이번에 그 분의 전집을 재독하였는데 전집을 통틀어서 혼령은 단 한 번밖에 나오지 않으며 그것도 아주 모호한 형식으로 그려져 있었습니다." 그 단 한 번의 혼령이란 〈제니트릭스〉에서 펠리시테 카즈나브가 한 순간 얼핏 보았다고 느낀 혼령으로서 사실은 그의 상상에 지나지 않았던 것이다. 〈잃어버려진 것〉에 나오는 알랭 포르카의 '개종'과 또 다른 한 장면을 제외하고는 모리악의 작품에서 초자연적인 힘의 직접적인 개입은 찾아볼 수 없다. 그렇다고 해서 이 주제를 단지 심리적 관점으로만 다룰 수는 없겠다. 〈떼레즈 데께루〉의 초고였던 〈떼레즈 데께루, 양심, 성스러운 본능〉에서 성본능의 끈질긴 거부로 이미 그려져 있는 범죄의 설명을 작가가 거절하고 있음을 우리는 알고 있다. 그렇다고 설명이 없다는 것을 의미하지는 않는다. 정신분석학자가 떼레즈의 광기에 흥미를 느껴 분석을 해본다면 아마도 그녀의 범죄의 충동과 같은 것으로서 그 광기를 설명할 수도 있을 것이다. 프로이트에게 있어 박해당했다는 강박관념에서 오는 정신착란은 그 기원이 억압된 동성애적 충동이라는 것을 우리는 알고 있다(《정신분석의 다섯 경우》에서 〈슈레베르의 케이스〉에서). 이런 면이 떼레즈의 경우 안느 드 라 트라브와의 관계에서 너무나도 명확히 드러난다. 이번 소설에서는 마리의 도착으로 되살아나고 있다. 떼레즈는 마음속 깊은 곳에서 마리를 자기 딸로 인정하고 있지 않고 예전에 안느를 대하듯 마리를 대하고 있다. 앞서 인용했듯이 떼레즈는 이런 생각을 하고 있다. "딸은 저 청년을 가질 수 없으리라. 조르주는 절대로 딸에게 속하지 않으리라." 떼레즈가 예전에 원했던 것도 이처럼 안느와 장 아제베도 사이를 갈라놓겠다는 것 이상에 아무 다른 마음은 없었다. 이런 점에서 두 소설간에 떼레즈라는 인물의 성격에 놀랄 만한 전후 연결성이 있다 하겠다. 이렇듯이 심리적인 관점으로만 다룰 수 없기에 항상 유희가 있게 되고 내면세계로부터 외부적 포착으로의 끊임없는 이동이 있게 되며 특히나 광기를 사용하고 있는 것이다. 이 광기는 떼레즈가 사로잡혀 있는 '마귀 들림'을, 이 숙명적으로 악을 행하도록 태어났음을 분명히 밝히고 있지 않아도 독자로 하여금 감지할 수 있게 해주고 있다.

작가 모리악은 그녀의 범죄행위를 '설명'하고자 하지 않았었던 떼레즈라는 인물을 주인공으로 다시 소설을 쓰게 되자 전편 〈떼레즈 데께루〉에서는 쓰지 않았던 영적인 영역 속에 그 주인공을 위치시키도록 강요당하게 되었다. 〈밤의 종말〉 후에 쓴 〈검은 천사들〉의 구성을 보면 그 시절에 모리악이 악의 문제나 숙명론 등에 몰두해 있었음을 알 수 있다. 아니 그보다는 오히려 항상 그가 간직하고 있었던 종교적 관점을 좀더 뚜렷하게 표현하고 싶어했다고 말하는 편이 옳을 것 같다.

그 후에 쓴 작품을 읽어보면 그 점이 더욱 뚜렷하게 표현되고 있음을 알 수 있다. 예를 들어 그 후에 쓴 〈바다로 가는 길들〉에서 오스카 레볼무라는 인물은 소설의 다른 인물인 랑댕에 관해서 이렇게 말하고 있다. "그의 사명이 범죄라는 사실은 랑댕 자신도 의식하지 못하고 있다. 이 세상에서 그걸 아는 사람은 나혼자뿐이다." 그 후에 〈어린 양〉에서 다시 이 주제를 다루게 될 것이다. 〈밤의 종말〉에서는 그 후에 쓴 작품들에 비해서 이 주제를 반쯤 정도 명확하지 않게 다루고 있다는 점이 이 소설의 독특한 면일지도 모르겠다. 소설을 심리적인 관점으로 읽도록 끝까지 견지해나가면서도 작가는 또 다른 관점으로 읽을 수도 있음을 암시하고 있다. 그 관점은 소설적이라기보다는 소설이 비극이 될 수 있는 한 비극적인 관점이다.

주인공이 정신착란에 빠져버린다는 사건으로부터 독자는 떼레즈가 처녀였을 때 경험했던 '공포'와 그 때문에 그녀가 결혼이라는 보호벽 안으로 뛰어들게 되었던 일('그녀는 대상이 무엇인지 모를 위험으로부터 안전하게 대피하고 싶었었다.') 이래로 여기에 이르기까지 떼레즈라는 인물의 지극히 논리적인 발전을 재구성해볼 수 있을 것이다. 결혼을 하자마자 베르나르는 그녀가 벗어나야 할 박해자가 된다. 범죄를 저지르고, 공소기각의 판결을 얻어낸 후에도 그녀는 위협에서 완전히 벗어났다고 느끼고 있지 않다. 또다시 예심판사 앞에 서 있는 자신을 꿈꾸고 있는 장면을 보면 잘 알 수 있다. 그 후에 그녀는 하인들이 자신을 위해하려 한다는 상상을 하게 되고 자기가 추격받아 땅 속에 숨어버리는 짐승과 같다는 생각을 한다. 그녀가 정신과의사 슈바르츠에게 하는 고백도, 그녀에게 집요하게 강요하는 필리 앞에서 느끼는 두려움도 모두 그런 생각의 결과였다. 떼레즈가 행하는 모든 행위에서, 그녀가 어떤 사실 앞에 느끼는 모든 반응작용에서 우리는 정신착란증세의 전징들을 간파할 수 있다.

그러나 너무나 많은 지적도, 너무나 정확한 분석도 정신착란증이 암시하는 결론만을 고려하는 것에 만족하여 소설 〈밤의 종말〉을 종교적인 소설로 읽도록 이끌 수 있을 것 같다. 확실히 모리악의 신중성은 주인공에게 일어난 몇 번의 운명의 간섭과 같은 장면을 그녀의 병적인 상상력의 소산이라고 볼 수 있게 만들고 있다. 이 소설의 이야기를 이끌고 가는 자가 누구인지를 그 누가 알 수 있을까? 독자로 하여금 자신의 관점에 따라 소설을 읽을 수 있게 한 것은 작가의 신중성일까 아니면 작가의 능숙성일까?

〈밤의 종말〉은 처음에 월간 문예지인 《양세계잡지》의 1934년 11월호와 12월호에 발표되었다. 단행본으로는 1935년에 베르나르 그라세 출판사에서 처음 출판되었다. 1935년도판 등 1951년 이전에 출판된 모든 판에 첨부되었던 서문을 모리악은 삭제하였다. 그는 《전집》의 제2권의 서문에서 그 이유를 설명하고 있다.

"그 서문은 나에게 여러 가지 피해를 주었다. 모 신부 혹은 모 종교인과 그 분의 카톨릭 독자를 위해서 '상황적'으로 씌어진 텍스트였던 그 서문은 독자들에게 잘못 이해되었었고 독자들은 그 서문에서 작가가 전혀 의식하고 있지 않았던 '변명의 필요성'을 보았다고 모리악은 쓰고 있다. "…… 나는 그 서문 속에서 죽음의 침상에서도 떼레즈를 개종시키지 못했던 것을 어리석게도 변명하고 있었다……." 이러한 작가의 주저에도 불구하고 그 서문을 여기에 옮긴다.

"나는 〈밤의 종말〉 속에서 〈떼레즈 데께루〉의 속편을 쓰고 싶지는 않았다. 다만 내가 죄에 빠졌던 젊은 시절을 그린 적이 있었던 한 여인이 인생의 종말에 처한 모습을 그려보고자 했다. 독자는 이 책 속에서 이야기하려는 떼레즈의 마지막 사랑에 흥미를 느끼기 위해서 첫번째 소설에 나오는 떼레즈를 알아야 할 필요는 전혀 없다.

떼레즈가 10년 전부터 내 속에서 살기에 지쳐서 죽기를 원하고 있었을 때 나는 그녀가 기독교인으로 죽음을 맞을 수 있기를 바랬었다. 그래서 책을 끝내기도 전에, 그 밤이 어떻게 끝날 것인지를 알지 못하면서도 나는 이 책을 〈밤의 종말〉이라고 불렀었다(앞서 언급했듯이 오랫동안 이 소설의 제목은 〈떼레즈의 종말〉이었다). 완성된 소설은 이 제목이 내포하고 있는 희망의 한 부분을 실망시키고 있다.

모든 문학작품이 영적상승의 제단계를 표시하기를 바라고 있는 독자들(그들의 바람은 정당하다)에게, 내가 다시 그녀를 지옥에로의 하강으로 끌어들이고 있다는 것에 놀라게 될 독자에게 내 여주인공은 이미 과거가 된 내 인생의 어느 시기에 속하고 있으며 또한 그녀는 시대에 뒤진 지나가버린 불안정의 증인이라는 사실을 상기시키는 일은 중요할 것 같다. 더구나 내가 이 소설을 쓸 때에는 고통받고 있는 떼레즈의 모습을 적나라하게 드러내 보이겠다는 의도 외에 다른 어떤 의도도 없이 썼지만 오늘날 그 소설이 내게 의미하는 것이 무엇인지, 내가 그 소설 속에서 우선 발견하게 되는 것이 무엇인지를 잘 알고 있는 이 시점에서는 더욱 그러하다. 그것은 숙명의 짐을 잔뜩 지고 사는 인물들에게 부여된 힘이다. 그들을 짓누르는 법칙에 거부의 말을 할 수 있는 힘이다. 떼레즈를 사모하고 있는 청년이 그녀를 혐오하고, 그녀를 멀리 떠나라고 떼레즈가 주저하는 손으로 앞머리를 들춰서 자신의 초췌한 이마를 드러내 보일 때, 그 한 번의 몸짓은 소설 전체에 의미를 부여하고 있다. 그녀는 사랑하는 사람을 만날 때마다 상대를 독살하고 망치도록 그녀에게 주어진 힘에 대해 반항을 계속하며 이 불행한 여인은 그 몸짓을 되풀이한다. 그러나 이 여인은 삶을 벗어날 때에서야 어둠에서 벗어날 수 있는 그런 종류의 사람들에 속한다(그런 사람들이 얼마나 많은지!). 그들에게 어둠을 체념한 채 받아들이고만 있지 말라고 한 번 해본 것이다.

왜 이 이야기를 떼레즈가 용서를 받고 하느님의 평화를 맛보게 되기 직전에 끝을 냈는가? 사실 그런 위안이 될 페이지들이 씌어졌으나 찢어버렸다. 떼레즈의 고해를 받아들일 신부의 모습이 내 머리에 떠오르지 않았다. 그런데 로마에서 그 신부를 발견했다. 오늘 나는 어떻게 떼레즈가 죽음의 광명 속에 들어가게 되었는지를 알고 있다(아마도 언젠가는 몇 페이지에 걸쳐 그 이야기를 하게 될 것이다.)"*

로마, 1935년 공헌절(公顯節)에.

1935년 2월 16일 자 《투트 레디시옹》지에 다음과 같은 본소설의 소개의 글이 게재되어 있다.

"나의 독자들은 내가 이렇게 비극적인 책을 쓴 것을 용서해줄 것인지? 내가 절차방법을 따랐는지, 아니면 공포의 효과를 창출해내려고 애썼는지, 그도 아니면 반대로 이 소설이 비극적인 것은 진실하기 때문인지를 아는 것에 모든 문제가 달려 있다.

그렇다. 모든 문제는 거기에 있다. 절망적인 시각이란 인생의 비극적인 시각과는 먼 것이다. 떼레즈의 절망은 한동안의 일이지 영원한 것은 아니다. 그녀를 짓누르고 있으나 부숴버리지는 않는 이 운명에게 그녀는 끝까지 거절의 말을 할 수 있다. 죽음에 이르도록 그녀는 운명에 대항하고 있다. 더군다나 자신이 숙명적이라고 믿고 있는 이 여인은 자신이 행하였다고 자책하고 있는 모든 죄악을 사실은 전부 다 저지르지는 않았을

---

*모리악은 일련의 원고를 쓰기 위해서 1934년 12월말에서 1935년 1월초 로마에 체류했었다. 이 신부는 앙드레 드 바비에 신부로서 모리악이 고해를 했었다. 라쿠튀르가 쓴 《프랑수아 모리악》(세이유출판사, 1980년 간행)이란 책 307페이지에 모리악이 듀보스에게 보낸 편지 속에 이 신부에 대한 이야기가 나온다.

지도 모른다. 우리는 우리가 행하는 악이나 선을 비판할 수는 없다. 하느님이 인간을 사용하시는 방법은 참으로 이상스럽고, 한 영혼의 칼날은 상처만 내는 것은 아니다. 아마도 떼레즈의 사명은 가난하고 불모의 심장들을 부유하게 만드는 일, 그 심장들에게서 물이 솟아나올 때까지 파는 일이었는지 모르겠다."

□ 작가론

프랑수아 모리악의 갈등과 극복

　프랑수아 모리악은 1885년 10월 11일, 프랑스 남서쪽에 위치한 지롱드 도(道)의 도청소재지인 보르도시 구도시의 한가운데 상업지역이며 장인들이 살던 거리인 바 생 조르주 가(街) 86번지에서 태어났다. 그가 태어난 해는 19세기 프랑스 문학의 대부였던 빅토르 위고가 사망한 해로 낭만주의, 유럽적 국가주의, 실증주의 시대였던 19세기가 막을 내리는 해였다. 제국주의, 과학주의가 밀려오고 니체와 마르크스뿐 아니라 카프카와 프로이트의 후손의 시대가 시작되는 때였다.
　모리악이 태어나 어린 시절을 보낸 보르도 지방은 소나무와 갈색의 사암(砂岩)으로 황량한 랑드 지방과 기름진 포도나무밭의 울창함이 한데 어울려 있어 모리악은 태어날 때부터 '풍요와 쾌락으로 열린 세계'와 '메마름과 황량함 속에서 꼼짝할 수 없도록 운명지어진 세계'라는 상반된 두 모습의 모순을 갖고 태어났다. 그의 고향의 모습은 일생 모리악의 마음에서 떠나지 못하고 있고 〈떼레즈 데께루〉를 비롯한 그의 많은 소설의 배경이 되고 있다.
　모리악이 자신 속에서 발견하는 상반된 모순은 그가 태어난 지방이 내포하고 있는 이중성에서 기인되었을 뿐 아니라 부모의 상반된 성격에서도 기인되고 있다. 모리악이 태어난 지 20개월 만에 35세의 나이로 뇌종양으로 사망한 아버지 장 폴 모리악은 다정하면서도 빈정대기 좋아하는 감수성, 문화에의 갈망, 독서에의 열정, 능란한 표현력을 아들에게 물려주었다. 프랑수아 모리악이 사망한 지 3년 후인 1973년에 조카가 발견한 아버지의 일기를 프랑수아 모리악이 읽을 수 있었다면 자기가 늘 주장해 온 정신의 자유, 기성 윤리의 거부가 아버지의 유산이었음을 인정했을 것이다. 그 반면에 아버지를 그토록 사랑했던 어머니 클레르 모리악은 가장 전통적인 형태의 신앙심과 그 신앙의 성실한 실천, 매사의 조심성, 권위적 기질, 덕성스러운 생활을 하는 자에게 복이 온다는 믿음, 죄악 중에 가장 나쁜 죄는 육체적 죄라는 확신 등을 갖고 있었다. 이러한 부모의 상반된 성격이 모리악의 내부에서 갈등을 일으키고 있으나 끝내 그는 이 갈등을 창조적 모순으로 승화시키고 있다.

29세에 딸 하나에 아들 넷의 다섯 아이가 딸린 과부가 된 클레르 모리악은, 역시 과부며 같은 보르도시에 살고 있던 친정어머니댁으로 들어가 살게 되었다. 1887년~1894년까지의 모리악의 유년기는 외할머니와 어머니인 두 여인의 보살핌하에 누나와 세 형과 함께 엄격하고 검소하며 종교적인 분위기 속에서 보낸다. 모리악은 자기 가정내에서의 권력이란 항상 여자들에 의해 행사되는 것이라는 관념이 머리에 박혀 있었다고 후에 자전적 소설인 〈어느 생(生)의 시작〉에 쓰고 있다. 그래서 오랫동안 모리악에 있어서 권위에의 반항은 무의식적으로 반페미니스트적인 의미를 지니고 있게 된다.

모리악은 다섯 살 때 아드리엔느 수녀가 원장으로 있는 유치원에 다녔고 그 후 마리아니스트수도회 부속학교인 생트 마리 국민학교에 다녔다. 국민학교 시절은 학교의 우중충한 건물이며 위치며 분위기며 무서운 선생님들이며 성적도 좋지 못해서 불행한 시절로 상기되고 있다. 다만 1896년 5월 12일, 첫 영성체를 받던 날의 감동만은 모리악은 잊지 못한다.

열 두 살 때 역시 마리아니스트수도회의 부속중학교인 그랑 르브렁 중학교에 입학하였다. 중학교 시절은 모리악의 일생에 큰 영향을 주게 될 훌륭한 선생님과 친구를 만나게 되는 중요한 시기가 된다. 성적도 좋아서 국어, 작문, 라틴어, 역사, 음악, 철학 과목에서는 늘 1등을 했다는 기록이 남아 있다. 특히 문학선생님이었던 뻬끼뇨신부님의 가르침은 모리악이 작가가 되는 결정적인 계기가 되었다. 그 신부님의 파스칼, 라신의 강의가 모리악의 머리에 늘 남아 있었고 후에 그 두 작가의 전기를 쓰게 되는 계기가 되었으며 또한 소설가로서 정확하고 아름다운 문장을 쓰게 되는 훈련을 받은 것도 그 신부님에게서라고 모리악은 쓰고 있다. 후에 아카데미 프랑세즈의 회원이 되어서 회원들이 모인 학회에 참석해서도 그랑 르브렁 중학교의 수업시간이 더욱 그리워진다며 한탄을 할 정도로 프랑스어 수업은 그 시절 그 어느 곳에서보다 탄탄하게 배웠음을 상기하고 있다. 모리악은 중학교에 들어가서 그의 생애중에 첫번째로 중요한 친구를 만나고 있는데 그 친구가 앙드레 라카즈다. 〈프랑수아 모리악이 기록한 앙드레 라카즈의 사상〉이란 제목의 수첩을 만들어서 들고 다니며 친구의 말을 적어갈 정도로 모리악은 라카즈를 좋아했다. 라카즈는 모리악에게 최초로 불복종과 기성거부를 가르쳐주었던 선생이었고 자기 혼자서였다면 절대로 생각하지 못했을 혁신적인 사상에 접근할 수 있게 길을 열어준 친구였다. 후에 라카즈가 신부가 되었을 때 모리악은 친구가 인생에서 도피한 것이라고 생각했었다. 두 친구간에는 중간에 종교 등 이념의 차이는 있었으나 일생 동안 친구로서 규칙적으로 만나며 살았다.

　모리악은 어려서부터 독서광이었고 여덟, 아홉 살 때부터 남몰래 시와 소설을 썼다. 언젠가 그 비밀공책을 다 태워버리고 나서 성인이 된 후 그 일을 후회하고 있다. 당시의 보통 젊은이들과는 다르게 모리악은 낚시, 사냥, 말타기, 테니스, 운전 등 야외에서 하는 어떠한 스포츠도 즐기지 않았다.

　친가와 외가의 상반되는 가풍이 1897년의 드레퓌스사건이나 1903년의 정교분리사건 등 국가적·사회적인 사건 앞에서 모리악을 갈등에 빠지게 하였다. 친가인 모리악 가정은 공화정치에 찬성을 하고 있고, 반교권주의였으며, 진보를 믿는 편이어서 드레퓌스가 유죄선고를 받고 디아볼로 섬에 갇혀 있을 때조차 그의 무죄를 믿고 있었다. 반면에 외가인 코아파르 가정은 단호한 교권주의자들이며 부르주아의 덕목을 중요시하고 있고 외국인이나 노동자들로부터는 나쁜 일이나 일어날 뿐이라고 믿고 있는 집안이었다.

　그 시대에 가장이 없는 집안이란 정치가 없는 집안이며 결국은 보수주의 집안이란 말과 같았다. 전통적인 보수성에 빠져 있는 이 집안에서 프랑수아 혼자서 반기를 들 수는 없었다. 신문도 공화정치의 기관지인 《라 프티트 지롱드》지는 모리악 가문의 그 어떤 집에서도 볼 수 없었고 그보다는 《누벨리스트》라는 극우보수적 신문만 구독했다. 그 신문에서는 에스테라지가 스파이 노릇을 했다는 사실을 고백을 하고 난 후에까지도 드레퓌스를 '배반자'라고밖에는 다른 명칭으로 부르지 않는 그런 신문이었다.

모리악이 열 일곱 살 때 외할머니가 사망하자 그 사망 앞에서 친척들이 가면을 벗고 적나라한 치사한 인간의 모습을 보이는 것을 최초로 목격하게 된다. 그때 이래로 모리악은 사회적·도덕적 기성의 가치제도에 대한 무조건적인 찬성에 회의를 품게 되었다.

1905년부터 모리악은 젊은 카톨릭 신자로서 가장 긴급히 해야 할 일은 '가장 맹목적인 우파주의에 얽매어 있는 교회'를 자유롭게 하는 일이라고 확신하게 되고 그 후 '드레퓌스사건이 가장 범죄적인 사건'이었음도 확신하게 된다. 그래서 그때부터 마르크 상니에의 시용파 운동에 열성적으로 가담하게 되어 시용파의 기관지를 파는 데 앞장 서게 된다. 모리악이 최초로 글을 발표하게 되는 것도 바로 시용파의 보르도와 프랑스 남서부 지방의 기관지였던 《동지애적 삶》지의 1905년 7월 15일자에 〈상아탑〉이란 단편을 발표함으로써고, 다음해 10월에 같은 신문에 모리악 최초의 시인 〈지식인들〉을 발표하게 된다.

그러나 시용파 운동의 창시자인 마르크 상니에를 만난 후에 크게 실망을 한 모리악은 1906까지의 1년간의 시용파 운동의 활동에 종지부를 찍게 된다. 그러나 시용파 운동이 모리악의 마음에는 근본적인 교훈을 남기고 있다. 즉 교회는 저명인사들, 부자들, 권력자들의 박해를 받은 한 유태인 목수가 세운 것이다. 그런데 2천 년 전부터 이 교회를 식민화하고 있는 국가기관, 경제, 정치로부터 이 교회를 자유롭게 해야 한다는 사상이 바로 시용파 운동에서 얻은 모리악의 교훈이었다. 모리악에게 어떤 정치적인 사상이 있었다면 그 주축은 바로 이러한 생각이었다. 그는 복음서와 마키아벨리, 하느님과 맘몬 사이에는 양립할 수 없는 극단적인 모순이 있다는 의식을 분명히 하게 되었던 것이다.

고등학교 졸업 후 모리악은 1904년 천학계열로 대학입학 자격고사에 합격하여 보르도 대학 문과대학에 다녔다. 1906년 7월, 〈죽음의 생각은 우리에게 산다는 것을 잊게 하니 우리를 속이는 것이다〉라는 제목의 학사논문을 통과했으나(20점 만점에 18점으로) 구술시험에서 희랍어에 낙제를 해서 10월에 재시를 보아 학사학위를 취득한다. 학위취득 후 모리악은 당장에 그의 사상적 스승인 모리스 바레스와 그가 좋아하는 시를 쓴 시인인 프랑시스 잠이 있는 파리로 가고 싶은 생각에 들뜨나 어머니는 나이가 어리다고 허락을 주저했다. 모리악은 파리로 도망갈 구실로 파리의 고문서 대학에 입학하여 공부를 하고 싶다는 주장을 한다. 1907년 9월 15일, 드디어 프랑수아 모리악은 고향인 보르도를 떠나 파리행 기차를 탄다. 이 출발은 반항이며 동시에 수확이었고, 고향에의 결별이며 동시에 유년기와의 결별이었으며 거부의 몸짓이었다. 후에 〈어느 생(生)의 시작〉에서 그 당시의 일을 이렇게 쓰고 있다. "나와 내 친구들이 그토록 고향을 뜨고 싶어 안달했던 것은 고향인 보르도를 우리 속에 간직한 채 떠나기 때문이었다. 우리는 고향을 우리들 자신처럼 사랑했고 또 동시에 증오했었다……."

1908년 파리의 고문서 학교에 합격했으나 어차피 사서가 될 생각은 없었기 때문에 다음해 3월에 퇴학원서를 쓴다. 그러고는 어머니에게 '문학에 전념할 것을 결심했노라는' 편지를 쓰고 있다.

모리악이 최초로 낸 책은 1909년 11월에 나온 《두 손을 모두어》라는 시집이었다. 그 다음해 2월 8일, 모리악의 우상이었던 모리스 바레스로부터 〈두 손을 모두어〉에 대한 격찬의 편지를 받은 것은 모리악 일생에 내외적으로 큰 사건이었다.

당시 카톨릭 우파(右派)의 지도자며 아카데미 프랑세즈의 회원에다가 대소설가였던 바레스에게 풋내기 문학청년이었던 모리악은 감히 자기 시집을 바친다는 헌사조차 못 썼었고, 시집을 보내지도 못했었다. '바레스 중독환자'의 상태로 살고 있었던 모리악으로서는 그런 훌륭한 선생님에게는 시시한 자기 시집을 보내드리는 것이 합당치 못하다고 생각했었고, 또 보냈다가 혹시 아무런 반응도 없이 침묵 속에 무시당할까봐 두렵기도 했었던 것이다. 후에 모리악은 〈바레스와의 만남〉에서 당시의 심정을 이렇게 쓰고 있다. "내가 감히 내 시집을 바친다고 헌사도 못 썼던 바레스가 수천 명의 문학수업작가들 중에서 나를 발견해주었고, 나의 이 보잘것없는 존재로부터 수천 수만 리 멀리 있다고 생각되는 저 높은 영광의 자리로부터 나에게 존경과 우정의 메시지를 보내주었다는 것은 기적이다!"

모리악은 바레스의 강연장으로 찾아가 처음으로 두 사람이 만나게 된다. 이 첫만남 후 모리악은 바레스에 대한 생각이 달라지게 되지만 1910년 3월 21일 자 《에코 드 파리》지에 바레스가 쓴 모리악과 그의 시집에 대한 아름답고 긴 찬탄의 글은 모리악 생애에 깊은 영향을 남기게 된다. 50년이 지난 후에도 "나의 이 긴 일생을 통틀어보아도 그때와 비교할 만한 감동을 주었던 일은 없었다. 아무리 큰 찬사도, 노벨상도 그때 느꼈던 기쁨과 자만심에 비하면 아무것도 아니었다……"라고 그는 쓰고 있다. 바레스가 모리악에게 그런 열정을 보인 것이 그 전해에 바레스가 사랑했던 조카 뺄인 드망주가 자살한 사건 때문이었다는 것이 학계의 정설이고 또 모리악 자신도 후에 그 일을 알게 된다. 이 사건을 바탕으로 모리악은 소설 〈육체와 피〉를 쓰게 된다. 모리악과 바레스 두 사람의 기질에 많은 차이가 있어 두 사람의 관계는 점차 소원해진다.

1909년 12월 19일에 모리악은, 어려서부터 그가 몹시 좋아했던 시인인 프랑시스 잠으로부터 자기 시집 《두 손을 모두어》를 읽은 후 아름다운 시라는 찬사의 편지를 받고 감격한다. 당시 모리악이 그 시집 외에는 여기저기 시 몇 편밖에는 발표한 게 없던 25세의 무명시인이었음을 생각해 볼 때 첫 시집의 출간 후 그가 제일 흠모했던, 이미 대가였던 두 작가 바레스와 잠으로부터 찬사의 편지를 받았다는 사실은 우리가 주목할 만한 일이라 하겠다.

그 후 모리악은 '유심론자파'에 관여하여 그 파의 기관지에 문학평론을 발표하나 그 파도 기관지도 제 1 차세계대전의 발발로 사라진다.

1910년 말 모리악의 첫 소설인 〈쇠사슬에 매인 어린애〉를 완성하는데 그 제목이 바레스의 소설 〈자유로운 인간〉의 반대 명제일 수도 있다는 의견도 있다.

그 후 1911년, 〈사춘기에의 고별〉이란 제목으로 그동안 발표했던 시들을 모아 그의 두번째 시집을 출판된 후 모리악은 시 쓰는 일을 중단하고 자신의 재능을 십분 발휘하게 될 소설 쪽으로 방향을 돌리게 된다. 그 후 모리악은 〈뇌우〉(1925)와 〈아티스의 피〉(1940)라는 두 권의 시집을 더 쓰게 된다.

모리악이 초기에 발표한 몇 편의 소설들은 자서전의 범주를 벗어나지 못하고 있는 범작이었다. 그 중에서도 〈쇠사슬에 매인 어린애〉(1913), 〈자줏빛 선을 두른 흰옷〉(1914), 〈육체와 피〉(1920), 〈우선권〉(1921) 등에서는 모리악 소설의 특유성과 테크닉의 발전을 볼 수 있다. 특히 정확한 사회 묘사, 그중 보르도 지방의 부르주아들의 희화적인 생활묘사는 모리악 특유의 재능을 보여주고 있다. 〈우선권〉에서는 이미 작가의 독특한 분위기인 내적 열기와 인간 영혼의 신비성이 드러나 보인다.

그 사이에 모리악은 1913년 6월 탈랑스에서 잔느 라퐁과 결혼을 한 후 이탈리아와 스위스로 신혼여행을 간다. 1914년 4월, 맏아들 클로드가 탄생한다. 모리악은 일생 동안 부인과 깊은 사랑과 존경을 나누고 있다. 부인은 모리악의 일을 다방면으로 돕고 있고 일기형식의 노트를 계속 써 나가며 남편과 아이들(아들 둘에 딸 둘)에게 일어난 일을 적어왔다. 남편이 바쁠 때 신문과 잡지들 중에 중요한 기사를 읽어주기도 하고 악필이던 남편의 원고를 모두 타이프를 쳤으며 노년에는 남편이 불러주는 원고를 받아써서 출판을 하기도 했다. 때로는 남편 혼자 멀리 가서 일을 하도록 해주었으며 부부가 떨어져 있을 때에는 서로 편지로 의견을 나누곤 했었다. 모리악이 부인에게 보낸 수많은 편지는 모리악의 생애를 연구하는 데 가장 중요한 자료 중에 하나가 되고 있다. 모리악은 아내 잔느를 '나를 이해해주고, 나를 알고, 내가 다른 누가 아니라 바로 나 자신으로 있기를 강요하는, 하느님께서 나를 위해 일부러 선택해준 여인'이라고 쓴 편지를 친구에게 보내고 있다.

대외적으로는 제1차세계대전이 발발하여 모리악도 종군하지만 건강 때문에 담가병이나 앰뷸런스부대에 편입되어 전선으로 보내진다. 희랍의 살로니크에도 배속되어 근무하기도 하다가 1917년 4월에 지치고 병이 난 몸으로 귀향하게 된다. 문인들, 작가들, 친구들의 죽음, 프랑스인만도 150만 명이나 사망한 대학살, 전쟁의 부조리성 등 시민으로서 기독교인으로서 예술가로서 이 전쟁은 모리악에게 깊은 상처를 남겼다. 이 전쟁은 모리악에게 과거의 자신을 뒤돌아보는 계기가 되었고 자신의 신앙심도, 그때까지 자기가 쓴 글도 하찮은 것이라는 생각이 들게 되었다. 그는 설흔 세 살이 되도록 아무것도 한 것이 없고 앞으로도 과연 훌륭한 글을 쓸 수 있을까 하는 불안과 위기의식에 젖게 되었다. 전쟁이라는 거대한 비극이 모리악 자신을 냉정하게 철저하게 관찰하도록 만들었던 것이다. 또한 끔찍하고 잔인한 고통이 주위에 널리 퍼져 있는 데 비해 자기 자신은 전쟁의 고통에서 면제되었다는 사실에서도 깊은 죄의식까지 느끼게 되었다. 이 전쟁에서 느낀 깊은 고뇌를 〈30세 사나이의 일기〉 속에서 쓰고 있는데 이 작품은 과거와 결별한 냉철하고 간결하고 깊이 있는 모리악 특유의 문체를 보이기 시작하는 작품이다. 1918년, 전쟁을 치른 후의 일기에서 '의미 없는 글은 한 줄도 발표하지 말 것'이라는 원칙을 세워놓았음을 읽을 수 있다. 이미 만나서 사귀게 된 클로델, 잠, 바레스 외에 그의 생애에 큰 의미를 갖게 될 세 작가인 지드, 발레리, 프루스트를 전후에 만나 친교를 맺게 된다.

1920년, 〈종교 심리에 관한 소고 : 몇몇 불안한 마음에 관하여〉를 발표하고 또한 소설 〈육체와 피〉를 발표한다. 이 소설은 바레스가 사랑했던 조카인 샤를 드망주의 이야기를 소설화한 것이다. 바레스의 연인이었다는 소문이 났던 여류시인 안나 드 노아이유 백작을 사랑했던 드망주는 이 여류시인에의 사랑 때문에 자살했다. 이 소설은 공정하다는 평을 듣고 있는 몇몇 비평가들로부터 혹평을 받았다.

1920년에서 1921년까지 18개월에 걸쳐 써서 1922년에 발표한 소설 〈문둥이에의 키스〉는 모리악의 문학에 일내 돌파구를 찾게 한다. 이 소설은 그때까지 그가 쓴 어떤 작품보다 많이 고쳐 쓴 흔적이 남은 작품으로 줄거리의 단순화와 주제의 집중화를 위한 끊임없는 수정이 이 작품의 완성도에 기여했으며 모리악을 훌륭한 소설가로 만들었다. 많은 저명인사들과 많은 문인 친구들로부터 칭찬의 글을 받았고 상업적으로도 성공하여 작가 모리악의 이름을 유명인사 그룹에 낄 수 있게 해준 소설이었다. 그때까지의 작품이 3,000부 이상 팔리지 못했었던 것에 비해서 이 소설은 발간한 지 4개월 만에 18,000부가 팔려서 모리악 작품 최초의 베스트 셀러가 되었다. 이로써 문학계에서도 대중에게도 모리악이 소설가로서의 위치가 확고히 되는 계기가 되었다.

　1922년 내내 모리악은 소설 〈불의 강〉(파스칼에서 빌려온 제목)에 매달렸다. 이 소설은 지드와 리비에르의 추천으로 그때까지 모리악을 외면하였던 당시 프랑스 최고의 권위를 자랑하는 문학잡지인 《NRF》지에 발표되었다. 문학에 입문한 지 15년 만에 드디어 《NRF》지에 처음으로 작품을 발표하게 되었다는 일은 모리악의 생애에 있어 큰 기쁨과 자부심을 안겨주는 일이었다. 그러나 이 소설이 단행본으로 나올 때에는 《NRF》지의 출판사인 갈리마르사가 아니라 지금까지 모리악의 책을 출판했던 그라세출판사에서 나온다. 30년 후 소설 〈불의 강〉에 관하여 모리악은 처음 50페이지만 자기 눈에 잘 쓰인 것으로 보인다고 말하고 있다.

　이 시대쯤부터 모리악은 당시 파리에서 발행되던 가장 권위 있고 부수 많은 신문인 《골로와》, 《에코 드 파리》, 《피가로》 등에 시사나 문학에 관한 기고를 하기 시작한다. 그 후부터 모리악 사망시까지 신문을 통한 시사평론은 모리악의 저술생활에 가장 중요한 부분을 맡게 된다. 이 시절에 프랑스어로 씌어진 가장 훌륭한 기사를 쓴다는 평을 받게 될 모리악의 시사평론가로서의 수련기가 시작되었던 것이다.

　1923년에 발표된 소설 〈제니트릭스〉는 소설로서 〈문둥이에의 키스〉보다 더 완성된 작품이다. 배경과 인물이 완벽하게 짜여졌고 모리악의 소설가로서의 한층 성숙된 능력을 보여주고 있는 소설이다. 이 소설이 출간된 후 모리악은 더욱 유명해졌고 젊은이들이 '스승님'이라고 부르게 되었으며 출판사, 잡지사, 신문사에서 글을 달라고 조르는 그런 작가가 되었다. 이미 모리악은 인간 내면 심층의 심리를 분석하고 조화 있게 엮어진 시적인 문체를 구사하는 소설가로서 자기의 방향을 잡고 있었다.

　모리악이 소설가로서 최초로 공식적인 인정을 받게 된 것은 1925년에 소설 〈사랑의 사막〉이 아카데미 프랑세즈의 소설대상을 받은 것이 계기가 된다. 〈사랑의 사막〉의 주인공인 마리아 크로스는 17세기 라신의 가장 숙명적인 주인공 페드르의 현대판이라고 말할 수 있을 것이다. 만약에 모리악이 쓴 소설을 전부 통틀어서 하나의 제목을 붙이자면 바로 '사랑의 사막'이라고 붙일 수 있을 정도로 이 제목은 상징적인 의미를 내포하고 있다. 이 소설의 출간 후 모리악은 당대에 가장 훌륭한 대여섯 명의 소설가 중에 한 명으로 지적되기도 했다. 그 후 모리악은 자기의 절친한 친구였던 앙드레 라퐁의 생애를 엮은 〈어느 시인의 생애와 죽음〉을 쓰며 이처럼 사랑을 갖고 쓴 책은 없었다고 말하고 있다.

1924년 4월에는 《내일》이라는 잡지사의 청탁을 받고 〈악〉을 쓴다. 모리악 자신은 이 소설을 혹평하며 단행본 출간을 거부했으나 일반적으로는 호평을 받았다. 또한 아셰트출판사의 청탁을 받아 지드의 〈지상의 양식〉과 같은 류의 수상집인 《젊은이》를 써서 1926년에 출판한다. 그러는 동안에 《NRF》시에 연극비평을 고정적으로 썼다. 1925년에서 1930년 사이에 모리악은 커다란 정신적·종교적 위기를 겪는다. 그러는 중에 1926년에 소설 〈떼레즈 데께루〉를 쓴다.

모리악 소설에 나오는 대부분의 인물들은 작가가 보았었거나 알았었거나 이야기를 들었었던 실생활 주변의 추억에서 몇몇 요소를 끌어내다가 작가의 사상, 상상력, 소설기법이 가미되어 창작되고 있다. 모리악은 〈소설가와 작품 속의 인물들〉에서 다음과 같이 말하고 있다. 소설의 주인공들은 소설가가 현실과 맺는 결합으로부터 태어난다. 그의 소설의 인물들은 현실에서 직접 있는 그대로 빌려오는 게 아니라 예술가와 현실 사이의 신비스러운 결합에서 태어나는 새로운 인물인 것이다. 예술가가 어린 시절부터 보았던 얼굴들, 모습들, 들었던 일화들이 보통 사람들에게서처럼 스쳐 지나가버리지 않고 예술가의 머릿속 어딘가에 살아남아 있다가 싹이 터서는 소설을 쓰는 순간에 불쑥 튀어나오는 것이다. 그는 소설의 배경이 되는 장소도 어렸을 때 살았던 곳이거나 해서 구석구석을 너무나 잘 알고 있는 곳이 아니면 쓸 수가 없다고도 말하고 있다. 그래서 〈떼레즈 데께루〉처럼 그의 고향인 보르도와 랑드 지방이 그의 많은 소설의 배경이 되고 있어 단조롭다는 느낌도 주고 있다.

현실이 소설가에게 제공해주는 것은 어느 한 사람의 윤곽, 일어날 수도 있었을 어떤 비극의 실마리, 상황이 달랐었다면 흥미롭게 전개될 수 있었을 하찮은 갈등 등 현실은 소설가에게 시발점만을 제공하고 소설가는 잠재적인 허상을 실제적인 것으로 만들고 애매모호한 가능성들을 현실화시키는 것이라고도 모리악은 말하고 있다. 떼레즈 데께루라는 인물의 경우도 이와 같이 창조되었다고 쓰고 있다. 작가가 열 여덟 살 때 보

르도의 재판정에서 보았던 두 경찰 사이에 서 있던 남편을 독살했다는
빼빼 마른 여자의 모습, 증인들의 증언 모습, 피고가 독극물을 구하기
위하여 사용했던 가짜 처방전 이야기. 이상에서 작가가 현실에서 빌려온
이야기는 끝난다. "현실이 나에게 제공해준 것을 갖고서 나는 전혀 다르
고 훨씬 복잡한 인물을 만들어나갈 것이다. 현실에 있어서 피고인의 동
기는 아주 단순했다. 그 여자는 자기 남편이 아닌 다른 남자를 사랑하고
있었다. 그 여인은 내가 만들어낸 떼레즈와는 닮은 점이 하나도 없었다.
떼레즈의 비극은 무엇이 그 여자로 하여금 그 범죄적인 행위를 하게 했
는지 그녀 자신도 모른다는 데에 있다"라고 모리악은 쓰고 있다.

  소설 〈떼레즈 데께루〉의 구성을 살펴보면 총 13장으로 된 소설의 9장
까지 즉 소설의 3분의 2 가량이 과거를 회상하는 떼레즈의 몽상으로 되
어 있는데 한 장이 짧으면 다음 장은 길게 교차로 구성되어 긴 장에서
중요한 에피소드가 회상되든가 일어나든가 하고 있다. 법정에서 공소기
각을 받고 난 떼레즈가 B시로부터 자기집이 있는 아르쥘루즈로 오는 어
둠 속의 긴 여행 동안——사륜마차, 기차, 마차를 탄——서서히 떼레
즈의 과거가 부활하며 떼레즈가 잃어버린 시간을 찾으려는 시도, 자기
행위의 동기를 찾으려는 시도가 행해진다. 우선 떼레즈의 가장 오래된
과거——어린 시절, 사춘기, 안느와의 우정——로 거슬러올라간다. 그
녀의 생애에서 가장 순수했고 아름다웠던 시절이다. 이 시절은 베르나르
와의 약혼, 결혼식, 이 결혼의 환멸로 끝난다. 그 다음의 회상은 신혼여
행중 파리에서 돌연 안느가 온 가족의 반대를 무릅쓰고 이웃 소작농가의
아들이며 폐결핵 환자인 장 아제베도와 사랑을 하게 되었다는 소식에 접
하게 되었던 시절의 회상이다. 떼레즈는 말 한마디 통하지 않으며 혐오
스럽게 자기의 육체를 범하는 남편에의 환멸과는 정반대로 진정 사랑에
빠져 있는 안느의 변모에 아픈 질투를 느낀다. 그녀는 귀가하자 즉시 시
부모 편을 들어 안느와 장을 갈라놓는 일을 한다. 떼레즈와 장과의 만
남. 시골의 숨막히는 생활 속에서 한 가닥 신선한 향기 같은 것. 그녀의
잠자는 정신을 자극하고 일깨우고는 사라져버린 것. 상상의 날개를 펼
수 있게 해준 불씨 같은 것이었다. 마지막 단계의 회상은 가장 가까운
과거가 된다. 서서히 범죄의식이 그녀 속에서 구체화되고 드디어 어느

계기에 그 숙명적인 일을 실행하게 되었던 일을 회상한다. 이 회상과 더불어 작가는 이야기를 현실로 끌어오며 떼레즈의 여행이 끝날 때에 회상도 끝이 나는 이야기의 진행은 조금도 무리가 없으며 모리악의 소설가로서의 완벽한 기교를 보여주고 있다.

떼레즈가 아르쥘루즈의 집에 들어가는 순간, 그동안에 그녀가 밝혀보려고 애써온 과거가 모두 헛된 일 소용없는 일이었음을, 그녀에게는 마지막 구원의 기회도 없음을 알게 된다. 그녀 앞에는 베르나르가 그녀를 위해 마련해둔 미래, 즉 아르쥘루즈에서의 유폐생활만이 남아 있을 뿐이었다. 그 후 소설의 줄거리는 흐르는 시간과 같은 궤도로 진행된다. 떼레즈의 유폐, 떼레즈가 점차로 빠져들어가는 광증, 안느의 결혼식과 파리에서 버림받는(떼레즈로서는 자유로워지는) 결말로 끝이 난다.

소설의 구성이 처음 9장이 떼레즈를 아르쥘루즈로, 남편 베르나르에게로 가깝게 가려는 떼레즈의 노력이었다면 나머지 4장은 떼레즈를 고향 아르쥘루즈로부터, 베르나르로부터 점점 멀어지게 하는 형식으로 되어 있다. 베르나르가 떼레즈에게 그녀의 미래생활을 결정하여 판결문 읽듯이 통고해주었을 때부터 떼레즈는 그 미래로부터의 도피를 생각한다. 우선 그곳으로부터 도망할 생각을 해보고 그 다음엔 자살할 생각도 해본다. 나중에는 철저한 고독 속에서 상상 속으로 도피해보기도 한다. 그러나 그녀가 도피를 시도할 때마다 방해물이 나타나 그녀의 시도를 불발로 그치게 한다. 수중에 돈이 없다든지, 클라라 고모의 죽음, 베르나르의 편지 등. 결국 그녀의 도피를 도와주는 것은 베르나르 자신이다. 최초로 이 부부가 의기투합하여 한 가지 임을 성취하고 있는데 그 일이 바로 두 부부를 완전히 갈라서게 하는 일이라는 아이러니로 소설이 끝나고 있다.

혈통의 억압에 굴복하고 있는 여자, 자기 자신 속에 있는 자기가 혐오하는 이 미지의 힘에 이끌리는 여자, 자기가 원하지도 않았고 왜 그랬는지 이해할 수도 없는 행위를 저지르지 않을 수 없는 여자, 그러나 명석하게 자신을 분석하고 자신을 잘 알고 있는 여자, 절대로 노여움이나 분통을 터뜨리지 않을 수 있는 여자, 냉정하고 확실한 악의로 무장한 여자인 떼레즈는 라신의 페드르와 마찬가지로 죄인이며 동시에 무죄인 여자로서 상반된 모순을 자기 속에 끌어안고 살다가 죽는 여자다.

소설의 능란한 구성과 더불어 이야기의 배경이 되고 있는 장소와 계절이 이 소설에서 중요한 역할을 하고 있다. 떼레즈가 자랐고 결혼생활을 했고 나중에는 유형지로서 갇혀 있었던 곳인 아르쥘루즈는 모래밭, 사암, 황야, 소나무 숲으로 이루어진 몇몇의 소작농가가 있을 뿐 교회도 묘지도 없는 곳이다. 읍내인 생 클레르, 인간이 있는 곳과는 단 하나의 길, 그 길도 겨울에는 다니지 못할 정도로 나쁜 길로 연결되어 있을 뿐 세상의 끝과 같이 버려진 곳이다. 계절의 역할을 보면 소녀 시절 안느와의 우정을 회상할 때에도 뜨거운 여름이고, 떼레즈가 범죄를 저지르던 날도 작열하는 여름, 게다가 큰 불로 소나무 숲이 타던 날이다. 그녀의 몽상 속의 계절은 아름다운 가을빛이고 겨울엔 끊임없는 비로 우울한, 그녀의 유형시절은 어둡고 비오고 추운 계절이다. 불, 태양, 바람, 비 등 기후변화와 인간영혼의 소용돌이가 계절의 변화에 민감하게 소설 속에서 대비되고 있다. 자연과 인간관계에 민감한 작가는 비극적인 배경과 계절이라는 자연의 요소와 떼레즈의 마음속에서 형성되어가는 정신의 비극과 좋은 조화를 이루고 있다.

모리악의 작품에 나오는 인물들을 두 가지 유형으로 대별해본다면 자기 만족에 빠져서 사는 인물과 쉽사리 만족하지 못하는 명철함을 견지하며 살아가는 인물의 유형으로 나눌 수 있겠다. 자기 자신에게 까다로울 정도로 명철함을 요구하며 산다는 것은 기독교적인 도덕성과 더불어 모리악 윤리의 가장 기본이 되는 요소다. 이 인물유형분류의 전자의 대표가 베르나르라면 후자가 떼레즈라 할 수 있겠다. 떼레즈의 순수함과 행복은 결혼에 의해 더럽혀진다. 정략결혼 후에 실망만 더해갈 뿐이다. 거칠고 에고이스트고 섬세하지 못한 남편. 얘기가 안 통하며 떼레즈와는 다른 세계에 살고 있는 베르나르. 위선과 형식과 아둔한 자기 만족 속에 살고 있는 남편과 시댁식구들 사이에서 떼레즈는 숨이 막혀올 뿐이다. 그러한 떼레즈에게 장 아제베도와의 만남은 새로운 지평선을 보게 해주었고, 그녀의 부르주아의 거짓과 위선에의 반항심에 불을 지펴주었다. '죽도록 거짓말만 하도록 운명지어진' 아르쥘루즈에서의 생활을 고발하며 '자기 자신으로서 산다'든가 '위태롭게 산다'는 말의 매력을, 신선함을 장은 떼레즈에게 불어넣어주었다. 떼레즈는 장의 말 속에서 궤변이 있음을 알아차리면서도 그 말의 진실된 한 면은 떼레즈의 존재 깊은 곳을 일깨워주었다. 이 일깨움이 떼레즈를 범죄로 이끌어가는 데 중요한 심리적 역할을 하고 있다. 자유도 존재이유도 말살해버리는 가족들 속에서 그녀가 쓰러져버릴까봐 두렵다는 장의 말은 떼레즈에게 해방을 의미하는 행동을 할 계기를 만들어준다. 장이 파리로 떠나버린 후 떼레즈는 다시 고독 속에 빠지고 몇 달 후 '그 일'을 하게 된다. 남편이 부주의로 약방울을 세지 않고 두 배를 타서 마시는 것을 떼레즈가 더위 때문에 혹은 피로 때문에 베르나르에게 경고하지 않은 것이 그녀의 첫번째 잘못이 된다. 그러다가 점차로 범죄의식이 떼레즈 속에서 깨어나서 후에는 '단 한 번만, 정말로 그게 그이 병의 원인이었는지를 알기 위해서……'라고 생각하며 그 행위를 계속한다. 그 과정은 너무나 자연스러워서 지드가 모리악에게 편지로(1928년 2월 5일) "당신의 위대한 예술은 독자들을 공범자로 만들었습니다"라고 한 말처럼 독자에게 떼레즈의 범죄를 비판하게 하지 않는다. 떼레즈와 같은 범죄가 현실에서도 가끔 일어나고 있다는 사실을 확인하고는 모리악 자신도 놀라고 있다. "어느 날 내가 어떤 의사에게 자기 환자 중에 〈떼레즈 데께루〉와 같은 경우의 환자가 있었느냐고 물었을 때 그는 내 등골이 오싹하게 '네 명의 경우는 확실하다고 믿고 있다'고 대답해주었다."

 모리악은 떼레즈를 변명하고 정당화하는 방향으로 이야기를 이끌어간다. 떼레즈의 삶에서와 마찬가지로 그 사건에 있어서도 우연, 비정상, 무의식의 부분이 크게 작용하고 있다. 독자가 떼레즈를 비판하기 전에 농성을 하도록 만들고 있고 모리악이 말했듯이 "자비심이 결여된 정의보다 더 혹심한 것은 없다"는 그의 생각을 보여주고 있다. 한 사건을 알기 위해서는 모든 복잡한 인과관계를 다 파헤쳐보아야 한다는 모랄리스트의 관점과 자비심을 동반한 명석성으로 한 인물 속에 도사린 범죄를 묘사하고 있는 것이다. 이해함은 곧 사랑하는 것이라는 말이 있듯이 작가 모리악은 독자들에게 떼레즈를 이해하기 위해서는 그녀를 사랑해달라고 말하고 있는 것이다.

 〈떼레즈 데께루〉는 결국 하나의 범죄의 이야기다. 그러나 그 범죄의 분명한 동기는 그 행위를 저지른 여자 자신도 알지 못하고 있다. 떼레즈

도 그 동기를 찾아보려고 시도하지만 그 시도는 사건의 여러 가지 여건
은 밝혀주고 있고 떼레즈라는 인물의 성격을 독자들에게 밝혀주기는 해
도 범죄의 비밀을 드러내주지는 못하고 있다. 모리악은 신문사회면에 실
린 하찮은 기삿거리로 끝날 수도 있을 이야기를 갖고 우리 인간 행위의
비밀에 대한 끝없는 질문을 만들고 있다. 또한 표피적인 심리묘사는 피
하면서 주인공의 모순과 무분별한 행동 속에서 그 인물의 진실을 추구하
려 노력하고 있으며 한편 이 사회에서 외부로 눈에 보이는 죄만을 인정
하려는 인간적인 사법권과 그보다 더 까다롭고 엄격한 양심의 법 사이의
대립의 주제를 드러내 보여주고 있다. 양심의 법으로 보면 겉으로는 아
무런 의심도 가지 않는 많은 인간이 죄인일 수도 있고 부르주아적 형식
주의에서 파생된 추상적 사고는 어떠한 행위의 깊고도 모호한 원천에까
지 파고들 수 없다는 사실도 보여주고 있다. 또한 그럴 경우 인간의 정
의가 진정한 정의를 묵살하곤 한다는 것을 작가는 고발하고 있다.

　소설 〈떼레즈 데께루〉를 발표한 후에도 그 주인공이 작가의 머리를 떠
나지 못하고 있음은 그가 친구 장 케이롤에게 보낸 편지에서도 드러난
다. "……사실 〈떼레즈 데께루〉만 빼고 내가 쓴 어떤 작품도 좋아하지
않소…… 어느 날 저녁 길거리에서 나는 그 여자와 헤어졌소. 그날은
비가 오고 있었소. 그 이후로 나는 그 여자가 내 곁에서 살아가고 있다
는 것을 느끼고 있소……."

　그 후 1931년에 일어난 파브르불사건과 1932년의 비올렛트 노지에르사
건의 재판을 방청한 모리악은 자기의 머릿속에서 맴돌고 있던 떼레즈라
는 인물을 다시 살아나게 해서 완결시키고자 생각하게 된다.

　1928년에 발표한 소설 〈운명들〉은 모리악이 쓴 소설 중에서 가장 절망
적인 소설이다. 그 해에 모리악은 17세기 장세니스트 비극작가인 라신의
생애를 쓴다. 모리악의 정신적인 자서전적 요소가 많이 포함되어 있는
이 책에서는 예술적 창작과 카톨릭 종교 사이의 관계에서 제기될 수 있
는 모든 문제가 제기되어 있다.

　1929년에는 〈기독교인의 행복〉을 씀으로써 모리악이 몇 년 동안 겪었
던 종교적 위기를 극복하고 안정을 되찾았음을 보여주고 있다. 이 시기
의 정신적 위기에 관해서는 후에 〈내가 믿고 있는 것〉에서 자세히 쓰고

있다. 같은 해에 〈신과 맘몬〉을 썼고 그해 6월에 어머니가 사망했다.
 1930년 4월 잡지 《르뷰 드 파리》에 소설 〈잃어버려진 것〉을 발표하나 별로 큰 호응은 받지 못했다. 이 소설의 9장에서 잠시 길가 벤치에 앉아서 울다가 택시를 타고 가는 떼레즈 데께루가 나온다. 1928년에 쓴 〈라신의 생애〉가 성공하자 아셰트출판사에서 또 다른 전기를 써줄 것을 모리악에게 부탁하게 된다. 그러자 모리악은 파스칼의 생애를 쓰기로 결정하고 자료를 수집하여 말라가르의 집에 파묻혀 연구를 한다. 그러나 파스칼의 생애의 방대함에, 특히 수학, 기하학 등 그의 과학적 생애의 깊은 전문성의 요구에 모리악은 주저하게 된다. 결국 누이 지클린느 파스칼의 생애를 쓰며 블레즈 파스칼의 생애 중에서 종교적인 면만 다루기로 결정하게 된다. 〈블레즈 파스칼과 그의 누이 자클린느〉는 모리악이 쓴 '라신'이나 '예수의 생애' 등의 전기들보다 덜 알려진 작품이지만 모리악이 쓴 가장 아름다운 책 중의 한 권이다.
 모리악의 정신적·종교적 고뇌가 끝나갈 무렵 이번에는 육체적 고통이 그를 괴롭히게 된다. 1931년 말부터 목소리가 변하고 쇠약해지는 증상이 나타나기 시작하여 1932년 3월에 후두전문의의 진찰을 받은 결과 회복률 80%의 성대암이라는 진찰이었고 그는 곧 수술을 받게 된다. 수술 후 병발증으로 모리악은 오랫동안 고통받고 긴 병상생활을 하게 된다. 3~4년간의 육체적 고통과 죽음 직전의 단말마적 두려움, 특히 죽음을 코앞에 맞았다가 신의 은총으로 다시 소생하게 된 일을 모리악은 일생을 두고 잊지 못한다.
 투병중에도 모리악은 쉬지 않고 일을 했다. 단편 〈의사를 방문한 떼레즈〉는 콩블루 산에서 요양중에 끝냈고 그 후에 발표한 〈독사덩어리〉는 소설로서 대성공을 거두게 된다. 그 후 〈프롱트낙의 비밀〉을 쓰는 등 모리악의 장년기 소설의 절정을 이루는 작품들, 소설가로서 완성도를 보여주는 작품들이 이 시기에 완성되었다.
 이 시기에 모리악이 아카데미 프랑세즈의 회원으로 선출되는 영광스러운 일도 있었다. 1932년 르네 바쟁의 사망으로 결원이 생겼을 때 모리악을 포함한 세 명의 후보가 각축을 벌여 경쟁하게 되었다. 바쟁에 대해서는 모리악이 젊었을 때부터 강연장에서 연구발표를 했었던 작가였다.

그러나 르노트르, 제롬 타로, 모리악 세 후보 중에 부르제와 극우파 회원들이 밀었던 기자 출신의 늙은 조르주 르노트르가 선출되었다. 이에 관해 발레리가 격노한 편지를 모리악의 형인 피에르에게 보내고 있다. 그 다음해에 희곡 작가인 외젠 브리외가 사망하여 다시 회원 선출이 있게 되었다. 경쟁자 없이 모리악 혼자서 후보로 나서게 되었다. 1933년 6월 1일에 아카데미 프랑세즈 회원이 모여 외젠 브리외의 승계자를 선출했다. 31명이 참석하여 16표를 얻어야 선출될 수 있었는데 28표를 얻어서 기대 이상의 결과를 초래하게 되었다. 당시 모리악의 나이가 마흔 여덟 살이어서 아카데미 프랑세즈의 회원이 되기에는 너무 젊은 나이였다. 그래서 모리악이 중병을 앓고 있어서 선출되었다는 악의에 찬 소문도 있었고 입회식에서 앙드레 쇼메의 가시 돋친 답사 등 모리악에게는 괴로운 일도 많았다. 특히 유명인이 되자 카메라에 미소지어야 하고 파티를 열어야 하고 끊임없이 타인의 시선의 초점이 되어야 하는 일 등 모리악에게는 괴로운 일이었다.

  모리악은 다시 떼레즈에게로 돌아오게 된다. 앞서 언급했듯이 모리악은 1931년에 애인을 살해한 파브르뵐 부인의 재판을 방청하게 된다. 독살사건은 아니었으나 이 여인은 남성지배제도의 희생자로 사법제도가 난폭하게 취급하고 깨부수어서 결국 20년의 강제노동형에 처해진 사건이었다. 다음해인 1932년에 있었던 비올렛트 노지에르사건은 부모를 독살한 여인의 범죄사건이었다. 피고 자신도 독살하게 된 동기를 모르고 있었고 다만 가족이라는 감옥의 철창으로부터 빠져나오겠다는 억누를 수 없는 목마름으로 그런 행위를 저지른 것처럼 보이는 사건이었다.

  이미 〈의사를 방문한 떼레즈〉와 〈호텔에서의 떼레즈〉두 단편을 통해서 떼레즈라는 인물을 작가의 의식으로부터 세상이라는 수면 밖으로 잠시 드러냈었던 모리악으로서는 정신과의사를 만나고 난 후 도움을 받기는커녕 더욱 힘들게 되었고 어린 신학생의 서투른 설교로 더욱 절망 속에 내동댕이쳐진 떼레즈를 그대로 버려둘 수는 없었다. 그는 〈밤의 종말〉을 썼다. 〈떼레즈 데께루〉의 초반부에서 독자가 보았던 여학생의 모습의 떼레즈는 〈의사를 방문한 떼레즈〉에 나오는 불안초조한 여인이 아니었고 〈밤의 종말〉에 나오는 정신병적 강박관념에 사로잡힌 지칠 대로 지친 여인도 아니었다. 작가가 7년 동안 간헐적으로 보여주었던 떼레즈가 성장하고 투쟁하고 고통받고 그러다가 죽는 모습을 관심을 갖고 지켜보았던 독자는 그 인물이 마치 실생활 속에서 정말로 만났었던 여인이라고 믿을 수 있을 정도로 깊이 있게 다가온다. 그런데 이렇게 몇 년의 기간 동안 한 인물을 재등장시켜나가며 그 인물에게 생명을 불어넣는 기법은 프랑스 문학계의 위대한 거장 발자크로부터 프루스트에 이르는 작가가 사용했던 기법이다. 그들이 창조했던 인물인 라스티냐, 보트랭, 스완, 샤를뤼, 게르망트 집안 사람들과 마찬가지로 떼레즈 데께루는 세월의 신비한 인개 속의 살아가면서 독자의 눈앞에서 끊임없이 얼굴이 변하고 끊임없이 인격이 풍부해지는 그런 인물가족에 속해 있는 인물이다. 〈밤의 종말〉에 관한 해설은 소설 앞머리에 자크 프티 교수의 해설을 첨부하였기에 여기서 더 이상 거론하지 않겠다. 다만 사르트르가 〈밤의 종말〉에 대한 살인적인 악평을 쓴 지 20년 후에 《엑스프레스》지와의 인터뷰에서 한 말만을 덧붙인다. "소설의 근본적인 장점은 독자의 흥미를 끌고 독자를 열중케 한다는 데 있다고 생각하고 있으니 그 글을 오늘날에 썼다면 훨씬 유연하게 썼을 것이다…… 또한 소설 기법에 대해서도 그렇게 세세히 파고들지도 않았을 것이다…… 모든 소설 기법이 트릭(속임수)이라는 것을 알게 되었다……."

어쨌든 〈밤의 종말〉로 떼레즈라는 인물은 모리악 속에서 극복되었다. 모리악의 청춘을 숨막히게 했던 억압적인 카톨릭교와의 조심스러운 결별이 모리악 자신 속에 스며들게 하였던 잠재적 독약이며 작가의 죄의식이며 배출구가 바로 떼레즈였다. 1935년부터 역사와, 역사가 모리악에게 강요하는 정치적·도덕적·사회적 선택이 이 숨은 마녀를, 이 완전하게 되려는 자유의 도전적 화신인 떼레즈라는 인물을 모리악의 마음에서부터 쓸어가버린 것이다. 그 후 한동안 모리악은 소설로부터 멀어지고 연극 쪽에 더 많은 관심을 기울이게 되고 특히 신문에 시사기고를 쓰는 일에 주력하게 된다. 우선 모리악은 극우성향의 신문인 《에코 드 파리》와 결별하고 중도자유성향의 《피가로》지로 옮긴다. 그 사이에 모리악은 아카데미 프랑세즈의 회원선출이 극우파 인물들이 당파를 조직하여 뒤에서 공작을 한다는 실상에 눈뜨게 된다.

그해에 모리악이 쓴 〈예수의 생애〉에서는 전통적인 구세주의 모습과는 다르게 인간적인 약점들, 감정들을 갖고 있는 예수, 성전을 가득 메운 장사치들, 바리새인들, 제사장들, 지방징세관들 앞에서 분노를 터뜨리는 예수를 그리고 있어서 많은 교인들과 사제들의 노여움을 사기도 했다. 모리악은 예수의 생애를 통해서 기독교의 원천으로 거슬러올라가서 오귀스트 황제시대 동방에서 사회적·정치적 제반관계를 연구하고자 했던 것이다.

그때까지 20년대 말의 종교적·정신적 위기도, 생명을 위협하는 병도, 아카데미 프랑세즈의 회원이 된 것도 모리악 자신 속에 있는 두 가지 성격, 즉 질서에 목말라하는 대부르주아 계급의 자손으로서의 작가와, 복음주의적 무질서에 목말라하는 기독교인으로서 정의를 찾는 지식인이라는 두 상반된 성격을 극복, 통일시키지 못하고 있었다.

모리악의 시각의 변화를 보여주는 최초의 글은 1935년 9월 25일 자 《피가로》에 실린 이탈리아 뭇솔리니의 파시스트 군대의 이디오피아 침공의 부당성에 관한 50줄 가량의 짧은 기사다. 이 기사는 물론 《피가로》지를 구독하는 대다수 부르주아 계층의 독자를 대상으로 쓴 글이고 여러 군데 '그러나'로 시작되는 망설임과 미묘한 뉘앙스와 모순들이 보이지만 시민 모리악의 위치와 시각의 결정적인 변화를 보여줄 뿐 아니라 정치기고가로서의 성숙을 증명해주고 있으며 지식인의 안락과 사회적으로 기성윤리의 추종 속에 안주하고 있던 모리악의 위치로부터 단번에 결별을 고하는 기사이기도 했다. 흑인의 피도 백인의 피와 같으며 흑인도 인간이라는, 지금 보면 진부한 주장이었으나 당시 모리악이 처해 있던 입장으로는 커다란 용기를 필요로 했던 기고였으며 모리악이 보수적인 질서편이 아니라 정의편에 섰음을 입증해주고 있는 글이었다.

그 후 스페인에서 일어난 내란은 당시 프랑스의 지식인들에게 입을 다물고 회색분자로 남아 있을 수 없게 만든 계기가 되었다. 내란 초기에 모리악은 그 어느 편도 들지 않으며 중도입장을 견지하고자 했었다. 그래서 지식인들이 모여서 몇 번 반프랑코 성명서를 작성하여 항의성 발표를 할 때에도 모리악은 서명하지 않았었다.

1937년 4월 26일, 바스크의 역사적·정신적 수도인 게르니카시가 히틀

러의 비행편대에 의해서 3시간 동안 무차별 폭격을 받는 일이 일어났다. 그날이 마침 장날이어서 아이들 여자들까지 포함한 2천여 명이 학살을 당했다. 그 사건 이후 모리악은 바스크 민족주의자들편, 민중전선편에 서게 되었고 그해 5월 9일에 발표된 반파시스트성명서 첫줄에 모리악의 이름이 있게 되었다.

1937년 7월 이후부터 모리악은 권력과 부를 가진 자들, 파시스트, 보수적 권위주의자들이 모든 수단을 다 써서 감추려 하는 역사의 진실을 추구하고 파헤쳐 알리는 명철하고 정의로운 지식인으로서 변모하게 된다. 그 이후 더 이상 아무것도 진실만을 보려는 모리악의 눈을 가리우는 것이 없게 되었으며 자기 시대의 역사를 증언하는 가장 중요한 증인 중에 한 명이 되었다. 모리악은 당대의 중견작가들과 함께 종교와 관계 없는 《탕 프레장》(現代)이란 주간지를 창간하여 이 잡지를 통해서 사회정의를 위한 캠페인에 가담하게 된다. 이 주간지는 당시 프랑스 언론계에서 가장 많이 또 자주 인용되는 텍스트가 되었다.

1935년 이후 정치소용돌이에 휩싸이게 되었어도 모리악은 무엇보다도 문인으로서 창작인으로서 이야기꾼으로서의 생활도 계속하였다. 1936년 여름에 프랑스 국립극장인 코미디 프랑세즈의 극장장으로 임명된 친구 부르데의 권유로 모리악은 연극의 희곡 〈아스모데〉를 쓴다. 1937년 2월에 대본을 극장측에 넘겨주었는데 코포의 연출로 9개월 후에 상연될 때까지 집단창작이라고 부를 수 있을 정도로 서로 의견을 교환하며 작품을 자르고 덧붙이고 매만지는 일을 함께 하였다.

1938년 말에 소설 〈마모니〉를 잡지 《깡디드》에 발표한다. 그 소설은 1939년 초에 〈바다로 가는 길들〉이라고 제목이 바뀌어서 그라세출판사에서 출판된다. 제2차세계대전이 발발하고 독일점령하의 프랑스에서 고통스럽게 살며 소설이라는 픽션 속에 빠지는 일이 상책이라고 생각했듯이 1940년 7월에서 11월까지 모리악은 〈바리새 여인〉을 완성한다. 그러나 독일 점령 초기에 쓴 〈바리새 여인〉 이후에는 그런 식의 도피가 불가능했다고 그보다 10년이 지난 후 모리악 작품 전집의 서문에 쓰고 있다. 몇몇 평자들은 〈바리새 여인〉이 〈독사덩어리〉와 함께 모리악이 쓴 소설 중에서 가장 완성된 소설이라고 간주하고 있다. 또한 이 소설의 주인공인 브리지트 피앙이 비시 정권이라고 보는 정치적인 해석자들도 있다. 이 소설은 1941년 그라세출판사에서 출판되었다. 이 책의 출판을 위해 모리악도 시련을 겪어야 했는데 점령군의 검열관은 모리악의 사상이 비협조적이며 불건전하다고 치부하고 있었다. 그해 10월 니스에 있던 지드로부터 〈바리새 여인〉에 대한 찬사의 편지를 받은 일만이 유일한 위안이 되었다고 모리악은 쓰고 있다. 독일점령기간 내내 프랑스 국내에 머물렀던 모리악은 계속해서 위협을 받았다. 드골장군 휘하의 런던주재 자유프랑스방송이 체포되지 않은 작가의 리스트에 지드, 아라공, 베르나노스 등과 함께 모리악의 이름을 거명하자 항독작가그룹의 일원으로 드러났고 친독 명사들로부터 모욕적인 욕설이 담긴 기사가 실리기도 했고 편지를 받기도 했고 협박을 당하기도 했다. 1941년 6월에는 항독 삐라를 만든 타자기를 조사한다면서 모리악의 파리에 있는 집으로 독일인들이 들이닥쳐서 모리악의 타자기를 조사하기도 했다. 1942년 2월 파리에서 자크 드쿠르가 비밀리에 준비한 항독지하잡지인 《프랑스 편지》의 제1호 창간에 모리악은 협력을 하였고 그해 9월 점령지 프랑스 내에서 작가국민전선을 만들기 위한 성명서에도 서명을 했다.

1941년 8월에 〈절망에 빠져 있는 사람에게 희망을 보내는 편지〉의 초고를 아들 클로드와 읽고 있다. 그 책은 후에 《검은 노트》라는 제목으로 출간된다. 모리악은 당시에 절망에 빠져 있는 사람이 자기 자신이었음을 후에 고백하고 있다. 이 책의 결정판은 1947년 자정출판사에서 나온다. 이 책에서는 1940년에서 1944년 사이의 모리악과 전쟁 사이의 비정하고도 감정적인 대화의 반영을 볼 수 있다. 이 책은 파리에서와 같은 시기에 런던에서 *The Black Note-Book*으로 발간된다.

1944년 8월 25일, 드디어 파리는 독일로부터 해방되었고 9월 1일 모리악은 드골 장군과 점심을 들며 해후하게 된다. 모리악 자신이 장군과 가깝게 지내지는 않았으나 아들 클로드가 장군의 비서여서 늘 동정을 알 수 있었고 모리악의 장군에 대한 사랑은 깊고 흔들림 없는 것이었다. 모리악은 해방 후 새정부의 소개자, 선구자, 계관시인, 드골의 예전실장 등으로 대우받고 활동했지만 그보다 더 진실된 모리악을 보여주고 있는 것은 새정부의 대변지인 기독교 민주주의 기관지 《피가로》를 통해 발표한 시사평론이라 하겠다. 1944년 8월 25일부터 12월 31일까지 사이에 모리악은 《피가로》지에 50여 편의 사설을 싣고 있다. 이 글은 카뮈, 아롱, 올리비에 등이 익명으로 썼던 《콩바》(전투)지의 사설과 함께 당시 프랑스 전국을 뒤흔들었던 사상과 감동의 대토론의 가장 중요한 지표가 되었다.

모리악은 점령시절에 항독운동을 하며 공산주의자들과 함께 국가전선운동을 했었다. 해방 후 드골이 모리악에게 국가전선에서 탈퇴할 것을 종용했으나 한동안 활동을 계속하였다. 해방 후 즉각 친독협력자들을 청산하기 위한 위원회가 구성되어 모든 협력자들을 친독작가순화재판에 회부하게 된다. 모리악은 재판에 회부된 작가들의 사형선고를 사면 또는 감형시키고자 노력하게 된다. 그의 노력이 더러는 성공하기도 하고 더러는 실패하기도 했다. 예를 들어 앙리 베로는 사형선고에서 특사(特赦)되었고 로베르 브라시야크는 여러 문인, 예술가들의 구명운동에도 불구하고 1945년 2월 6일에 총살형이 집행되었다. 이러한 모리악의 행위에 대해 비난하는 사람도 많았다.

해방 후 모리악은 다시 연극으로 돌아온다. 1945년에는 〈잘못 사랑받은 사람들〉, 1947년에는 〈악마의 통행〉, 1950년에는 〈지상의 불〉을 써서 무대에 올린다. 〈지상의 불〉은 원제가 〈길이 없는 나라〉였는데 극장측이 바꿀 것을 요구해 와 내키지 않았지만 변경된 제목으로 상연되었다.

1948년에는 소설 〈어린 양〉을 쓰기 시작하고(출판은 1954년에) 독일점령 시절에 시작했던 단편을 다시 손질하여 《긴꼬리 원숭이》를 1950년에 출간한다.

1952년 11월 6일, 파리 테오필 고티에 가에 있는 모리악의 집에 파리 주재 스웨덴 대사인 웨스트만 씨가 와서 스톡홀름의 아카데미에서 보내온 메시지를 전달하게 된다. "소설이라는 형식 속에서 영혼의 투철한 분석과 예술적인 강도로 인간의 생을 해설했다는 공로로" 노벨문학상의 수상자로 뽑혔음을 알려주는 메시지였다. 그 메시지에는 현실참여자로서의 모리악, 시대의 증인으로서 또한 투사로서의 모리악에 대한 언급은 한마디도 없었다. 그해 12월 9일, 모리악은 아내 잔느와 아들 클로드와 함께 스톡홀름으로 가서 노벨상을 받고 답사를 하게 된다.

그 시기에 대외적으로 알제리에의 프랑스 식민정책과 알제리 독립운동가들에 대한 압박, 모로코사건 등 프랑스 국내의 여론도 양분되어 있었다. 1953년 1월 3일 자 《피가로》지에 〈프랑스 연합내에서 기독교인의 사명〉이란 제목으로 식민지에서의 토착민들에의 압박과 인종차별적인 민족주의를 고발하며 기독교도들에게 시대의 증인으로서의 역할을 상기시키는 글을 실어서 그 어느 때보다 큰 소동을 일으키게 되었다.

당시 프랑스와 마그레브와 모슬렘 국가 사이의 연대를 강화하기 위한 목적으로 '프랑스-마그레브'회가 조직되는데 모리악도 그 일에 열성껏 참여하였고 회장이 되었다. 그러나 식민정책의 강화로 프랑스-마그레브회가 처음에는 실패를 했으나 국민의 의식을 일깨우고, 그곳의 정확한 실상을 알리고, 희생자들에게 미래에의 희망을 주고 연대감을 나누었다는 점에서 이 회의 의의가 컸다.

1953년 가을 셰이유출판사가 출간하고 있는 《영원한 작가》 전집 중에서 모리악편을 피에르 앙리 시몽이 써서 출간된 일은 당시의 고통스러운 상황 속에서 모리악의 무거운 마음을 잠시나마 덜어준 일이었다. 또한 말라가르의 집에서 로제 린하르트 감독이 모리악에 관한 영화를 찍기도 했다. 1953년 말부터 프랑스-마그레브회에서는 식민지 실상을 알리기 위한 회보를 매달 발간하기로 결정하고 제1호의 권두언을 모리악이 썼다. 이 글은 모로코사태에 관해 가장 충격적인 글 중의 하나였다. 결국 18개월 동안 식민지군에 의해 억류되었던 모로코의 왕이 수도로 돌아와서 다시 왕좌에 앉게 되었다. 모로코의 독립이 선포되는 날 마호메트 5세는 프랑스 친구들을 초대했는데 모리악은 제일 상석에 특별한 예의를 갖추어 초대되었다. 이 모로코투쟁에서 모리악이 싸운 것은 어느 한 국민이나 가족을 위해서가 아니라 불의를 타도하기 위해서 싸웠던 것이다. 모리악에게는 정치와 종교가 밀접하게 얽혀 있는 사건에서 신앙의 이름으로 진실을 승리하게 만드는 일이 옳다고 생각되었던 것이다. 모로코사태 후 튀니지와 알제리사태가 계속 일어났다. 그러나 모리악은 튀니지나 알제리에서의 식민정책과 억압에 대해서는 모로코 때처럼 앞장 서서 투쟁하지는 않았다. 전기작가들은 드골이 재집권하게 되는 1958년 5월 이전에 투쟁하는 모리악과 1959년부터 마그레브를 관찰하는 모리악 사이에는 선이 그어져 있다고들 쓰고 있다.

1953년 11월부터 1961년 4월까지 모리악은 《엑스프레스》에 〈블록 노트〉를 연재한다. 당시 《엑스프레스》는 젊은 엘리트인 세르방 슈레베르가 창간한 지 7,8개월밖에 안된 시사주간지로서 그 이후로 모리악은 세르방 슈레베르와 프랑수아즈 지루 등과 다방면에서 깊은 연대감을 나누며 〈블록 노트〉가 될 불어로 쓰인 가장 아름다운 기사를 쓰게 된다. 그러나 1958년 봄, 드골 장군이 재집권하게 되자 드골을 둘러싸고 세르방 슈레베르와 모리악 사이에 의견이 대립되게 되자 모리악은 1961년 4월 14일 《엑스프레스》를 떠나게 된다. 처음에는 《라 타블 롱드》에서 시작된 〈블록 노트〉는 《엑스프레스》에서 성장하여 《피가로 리테레르》에서 말년의 터를 잡게 된다. 이 시사기고에서는 논전자로서의 모리악을 보여주고 있는데 논쟁은 모리악이라는 증언의 천재가 펼치는 여러 영역 중의 하나일 뿐이다. 1945년에서 1970년까지 4반세기 동안 저널리즘이라는 영역에서 모리악은 반론을 불허하는 대가의 자리를 차지하고 있다. 소설가로서든 시사평론가로서든 진보를 향해 끊임없이 걸어가려는 직업적인 악착스러움이 다른 작가들과 다른 모리악의 특질이라 할 수 있겠다.

1962년에 〈떼레즈 데께루〉의 영화화에 모리악은 참여한다. 감독인 조르주 프랑주와 아들 클로드와 셋이서 영화의 시나리오를 쓰고, 또 대사는 모두 모리악 자신이 쓴다. 이 영화는 대성공을 거두며 떼레즈역의 임마뉴엘 리바와 베르나르 역의 필립 노와레가 그해의 주연배우상을 받기도 한다. 이 두 배우는 1966년 〈밤의 종말〉을 TV영화로 만들 때에도 다시 떼레즈와 베르나르의 역을 맡고 있다. 그외 〈운명들〉(1965년)과 〈사랑의 사막〉(1969년)도 TV영화로 만들어져 상연되었다.

모리악은 1957년부터 마지막 소설을 구상하고 있다. 1964년 6월에 70년 전의 자신의 모습을 소설화하겠다는 생각을 굳히게 된다. 1968년 5월의 정치적·사회적 소용돌이 속에서 가장 확실하게 피할 수 있는 길은 소설에 집중하는 일이라 생각하며 여름내 매달려서 가을에는 소설을 끝냈다. 소설외 제목은 〈옛날의 젊은이〉다. 모리악이 60년 동안 썼던 그 어느 작품도 이 소설처럼 만장일치의 칭찬을 받은 작품은 없었다. 모두 신문, 잡지, 문인들, 친구들로부터 칭찬의 말이 날아들었다. 특히 드골

장군과 몽테를랑으로부터도 잊을 수 없는 찬양의 편지가 왔었다. 여든 살의 모리악이 〈독사덩어리〉를 쓰던 장년의 기백과 소설의 완성도를 거침없이 내보였던 것이다. 1968년 말에 TV용으로 모리악의 마지막 모습이 녹화되었다. 그전에 1959년에는 잡지, 신문에 썼던 서평과 자신의 이야기들을 묶어서 《내적 수기》를 출간했고, 1965년에는 그 속편인 《신내적 수기》를 출간했으며 1967년에는 《정치적 수기》를 출간했다.

1970년은 모리악이 여든 다섯 살이 되는 해다. 허약해진 몸으로 베마르의 집에서 침대에 앉아 〈블록 노트〉를 쓰고 라디오를 듣고 십자말풀이를 하며 소일했다. 모리악이 더욱 쇠약해졌을 때에는 불러주는 말을 부인이 받아써서 기사를 완성시키기도 했다. 모리악은 사망 2주 전까지 〈블록 노트〉를 썼다. 1970년 5월 4일 《엑스프레스》와의 인터뷰에서 모리악은 놀라울 정도의 단순성을 갖고서 노년과 죽음에 관해 이야기를 하고 있다. 그해 6월에 《누벨 리테레르》지와 마지막으로 인터뷰를 한다. 그 인터뷰에서 "〈문둥이에의 키스〉나 〈떼레즈 데께루〉의 운명이 앞으로 어떻게 될 것인지는 모르겠으나 〈블록 노트〉는 일반적인 역사에 뒤섞인 나 개인의 이야기로서 중요하게 간주되리라 생각하고 있다"고 말하고 있다. 아들 클로드의 일기를 보면 8월 18일에 침대에 푹 파묻혀 꼼짝도 못 하면서도 〈옛날의 젊은이〉의 속편 소설을 구상하고 있음을 이야기했다고 쓰고 있다. 그 소설이 《말타베른느》로서 모리악 사후에 출판된다. 8월 23일 일요일에 병세가 악화되어 파스퇴르연구소 병원에 입원하여 아들 클로드와 며느리와 마지막 이야기를 나누고는 긴 수면에 빠진다. 1970년 9월 1일 화요일 새벽 1시 40분, 프랑수아 모리악의 심장이 멎었다. 1970년 9월 8일에 드골을 만난 레옹 노엘 대사는 모리악의 사망에 드골이 큰 상처를 입었으며 모리악에 대해 커다란 사랑과 존경심을 갖고 있었으며 모리악이 끝까지 자기를 지지해주었다는 것이 놀랍고 또 무한한 감사의 마음을 간직하고 있다고 말했음을 전하고 있다. 모리악이 열정적인 애국심과 위대함에 대한 감각을 지니고 있어서 드골 자기를 지지해주었다는 말을 했음도 전하고 있다.

시인이자 소설가며 극작가며 수필가며 시사기고가며 아카데미 프랑세즈 회원이며 노벨문학상 수상작가였던 프랑수아 모리악은 불의를 보고 가만히 있기를, 그대로 견디기를 거부하고 큰 소리로 외치지 않고는 불의의 존재를 이야기할 수 없었던 당시대의 증인으로서, 모든 고통받는 자들에게 희망을 불어넣어줄 수 있었던 지성인으로서 후세에 기억될 것이다. 또한 훌륭한 소설가로서도 기억될 것이다. 소설의 새로운 유행(실존주의소설, 반소설 등)은 변하고 다시 새 유행으로 바뀌어도 모리악은 자기만의 방법을 고집하며 계속 같은 방법의 소설을 썼다. 누가 뭐라 해도 모리악은 자기가 구축한 세계를 독자에게 보여주었고 카톨릭 세계의 바리새주의를 난폭할 정도로 폭로, 가정의 한가운데 또아리를 틀고 있는 〈독사덩어리〉를 까발겨 보여주고 있다. 또한 그의 전 작품을 통해서 "그 어떤 계급도 덕성의 특권이나 부패의 특권을 갖고 있지 않다"는 것과 신과 영혼의 세계가 없는 인류란 그에게는 부재하며 아무 흥미도 없다는 명제를 확인하고 있다(일기에서). 이 점에서 그는 신심과 불신심의 경계에서 "초자연적인 것에 문을 닫고 있지 않는, 하느님에 관한 일에 마음이 열려 있는" 수많은 독자들의 가슴을 두드리고 있다. 이 점이 모리악의 역설이며 동시에 그의 작품의 생명력의 비밀이기도 하다. 그의 작품은 이미 고전으로 간수되고 있다. 혹자는 모리악을 20세기의 길 잃은 휴머니스트라고 하기도 하지만 과연 모리악과 함께 휴머니즘이 길을 잃고 사라질는지는 앞으로 두고 봐야 알 일이다. 한 작가가 고통과 사랑과 창작의 땀과 영광과 투쟁으로 걸어온 85년의 이야기를 통해서 이 글을 읽는 독자들의 삶에 한방울의 윤활유 역할을 할 수 있다면 여러 권의 모리악 연구서를 들추며 한 겨울을 보낸 이 역자에게 더없는 기쁨이 될 것이다. 15년 전에 번역했던 〈떼레즈 데께루〉의 연작들을 뒤늦게 번역을 하면서 모리악의 생애와 사상을 좀더 깊게 이해할 기회를 주신 범우사의 편집실 여러분들에게 감사를 보낸다.

□ 작품 연보

시

1909년 《두 손을 모두어(*Les Mains Jointes*)》
1911년 《사춘기에의 고별(*Adieu à l'Adolescence*)》
1925년 《뇌우(*Orages*)》
1940년 《아티스의 피(*Le Sang d'Atys*)》

소설

1913년 《쇠사슬에 매인 어린애(*L'enfant chargé de chaînes*)》
1914년 《자줏빛선을 두른 흰 옷(*La Robe Prétexte*)》
1920년 《육체와 피(*La Chair et le Sang*)》
1921년 《우선권(*Préséances*)》
1922년 《문둥이에의 키스(*Le Baiser au L'epreux*)》
1923년 《불의 강(*Le Fleuve de feu*)》,《제니트릭스(*Génitrix*)》
1924년 《악(*Le Mal*)》
1925년 《사랑의 사막(*Le Désert de l'Amour*)》
1927년 《떼레즈 데께루(*Thérèse Desqueyroux*)》
1928년 《운명들(*Destins*)》
1929년 《세 단편(*Trois Récits*)》

1930년 《잃어버려진 것(Ce qui était Perdu)》
1932년 《독사덩어리(Le Noeud de vipères)》
1933년 《프롱트낙의 비밀(Le Mystère Frontenac)》, 《이상스런 아이(Le Drôle)》
1935년 《밤의 종말(La Fin de la Nuit)》
1936년 《검은 천사들(Les Anges Noirs)》
1938년 《잠수들(Plongées)》. 단편집으로 〈의사를 방문한 떼레즈〉와 〈호텔에서의 떼레즈〉가 포함되어 있음.
1939년 《바다로 가는 길들(Les Chemins de la Mer)》
1941년 《바리새 여인(La Pharisienne)》
1951년 《긴꼬리원숭이(Le Sagouin)》
1952년 《갈리가이(Galigaï)》
1954년 《어린 양(L'Agneau)》
1969년 《옛날의 젊은이(Un Adolescent d'autrefois)》
1971년 《말타베른느(Maltaverne)》

희곡과 시나리오

1938년 《아스모데(Asmodée)》
1945년 《잘못 사랑받은 사람들(Les Mal-Aimés)》
1948년 《악마의 통행(Passage du Malin)》
1951년 《지상의 불(Le Feu sur la Terre)》
1955년 《살아 있는 빵(Pain Vivant)》

에세이·평론·수기·신문기사

1920년 〈종교심리에 관한 소고(Petits essais de Psychologie religieuse)〉
1924년 〈어느 시인의 생애와 죽음(La vie et la mort d'un Poète)〉

1926년 〈젊은이(Le jeune homme)〉, 〈시골(La province)〉, 〈자크 리비에르의 혼란(Le tourment de Jacques Rivière)〉, 〈파스칼과의 만남(La rencontre avec Pascal)〉, 〈어느 문인(Un homme de Lettres)〉

1928년 〈라신의 생애(La vie de Racine)〉, 〈소설(Le Roman)〉, 〈보쉬에의 번뇌론에의 보충(Supplément au traité de la concupiscence de Bossut)〉, 〈성 쉴피스에 관한 객설(Divagations sur Saint Sulpice)〉

1929년 〈신과 맘몬(Dieu et Mammon)〉, 〈가장 오래된 추억(Mes plus lointains Souvenirs)〉, 〈극작가들(Dramaturges)〉, 〈볼테르 대 파스칼(Voltaire contre Pascal)〉, 〈자신을 괴롭히는 밤(La nuit du bourreau de soi-même)〉

1930년 〈스페인에서의 대화(Paroles en Espagne)〉, 〈신 앞에 선 세 명의 위대한 사람들(Trois grands homme devant Dieu)〉

1931년 〈기독교인의 고뇌와 기쁨(Souffrances et bonheur de chrétien)〉, 〈파브르불사건(L'affaire Favre-Bulle)〉, 〈블레즈 파스칼과 그의 누이 자클린(Blaise Pascal et sa soeur Jacqueline)〉, 〈성 목요일(Jeudi saint)〉, 〈르네 바쟁(René Bazin)〉

1932년 《어느 생의 시각(Commencements d'une Vie)》. 〈보르도〉와 함께 수록.

1933년 〈루르드의 순례자들(Pèlerins de Lourdes)〉, 〈소설가와 작품 속의 인물들(Le Romancier et ses personnages)〉, 〈아카데미 프랑세즈 입회연설(Discours de Réception à l'Académie Française)〉

1934년 《일기, 제1권(Journal, t. 1.)》

1936년 《예수의 생애(Vie de Jésus)》

1937년 《일기, 제2권(Journal, t. 2.)》

1939년 《일시적인 집(Les Maisons Fugitives)》

1940년 《일기, 제3권(Journal, t. 3.)》, 《파스칼의 불후의 구절들(Les Pages immortels de Pascal)》

1943년 《검은 노트(Le Cahier Noir)》

1945년 《코르톤느의 성녀 마르그리트(Sainte Marguerite de Cortone)》,《부인하지 않기(Ne pas se renier)》,《풀어진 재갈(Le Bâillon dénoué)》,《바레스와의 만남(La rencontre avec Barrès)》
1947년 《프루스트 쪽에(Du côté de chez Proust)》,〈아카데미에서 폴 클로델에 답함(Réponse à Paul Claudel à l'Académie Française)〉
1948년 《30세 사나이의 일기(Journal d'un homme de trente ans)》
1949년 《위대한 사람들(Mes grands hommes)》
1951년 《일기, 제4권(Journal, t. 4.)》,《실패의 원인(La Pierre d'achoppement)》
1952년 《앙드레 지드의 죽음(La mort d'André Gide)》
1953년 〈현대의 고뇌와 지성인의 의무(L'angoise du temps présent et les devoirs de l'esprit)〉(제네바 국제회의 연설문,《일기, 제5권 (Journal, t. 5.)》
1954년 《카톨릭이야기(Paroles catholiques)》
1958년 《인간의 아들(Le Fils de l'homme)》
1959년 《블록 노트(Bloc-Notes ; 1952—1957)》,《내적 수기(Mémoires Intérieurs)》
1960년 〈덕성의 가치에 관한 보고(Rapport sur les prix de vertu)〉
1961년 《신 블록 노트(Nouveau Bloc-Notes ; 1958—1961)》
1962년 《내가 믿고 있는 것(Ce que je crois)》
1964년 《드골(De Gaulle)》
1965년 《신 블록 노트 Ⅱ(Nouveau Bloc-Notes(1961—1964) Ⅱ)》,《신 내적 수기(Nouveaux Mémoires intérieurs)》
1966년 《다른 사람들과 나(D'autres et moi)》
1967년 《정치적 수기(Mémoires Politiques)》
1971년 《최후의 블록 노트(Dernier Bloc-Notes ; 1968—1970)》

옮긴이 소개

1939년 충북 청주출생.
경기여자중·고교, 이화여자대학교 불어불문학과·동 대학원 졸업, 미국 남가주대학 대학원 불문과 졸업.
전 공주사대 불어과 교수.
전 충북대학 인문대 불문과 교수.
역서 : 《타인의 피》(시몬느 드 보봐르), 《야간비행》(생 텍쥐페리), 《몽마르트의 축제》(징 콕도), 《흐트러진 침대》(프랑수아즈 사강), 《자기 앞의 생》(에밀 아자르-본명 로맹 가리저), 《아메리카 기행》(알베르 카뮈), 《어느 아프리카의 여름》(모하메드 디브), 《기계들의 밤》(샤를리 보아장), 《티보가의 사람들》(마르탱 뒤 가르) 등이 있음.

떼레즈 데께루·밤의 종말(외)

1990년 11월 20일	초판 1쇄	발행
1992년 6월 20일	초판 3쇄	발행
1999년 11월 10일	2 판 1쇄	발행
2013년 10월 5일	2 판 4쇄	발행

지은이	프랑수아 모리악
옮긴이	전 재 린
펴낸이	윤 형 두
펴낸데	**범 우 사**

출판등록 1966. 8. 3. 제406-2003-000048호
413-756 경기도 파주시 문발동 출판단지 525-2
대표전화 031)955-6900~4, FAX 031)955-6905

＊파본은 교환해드립니다.   편집·교정/신영미·김정희

ISBN 89-08-07066-4 04860
ISBN 89-08-07000-1 (세트)

(홈페이지)http://www.bumwoosa.co.kr
(E-mail):bumwoosa@chollian.net